Russische Liebe

Weltbild

Titel der nordamerikanischen Originalausgabe:
Splendor

Published by arrangement with
St. Martin's Press, New York

Konzeption/Gestaltung: fredeboldpartner.network, Köln
Umschlaggestaltung: pecher und soiron, Köln
Titelabbildung: © by corbis, Düsseldorf / GettyImages, München
Satz: Berger Grafikpartner, Köln
Druck und Bindearbeiten: Ebner & Spiegel, Ulm
Printed in Germany
ISBN 3-89941-104-8

Genehmigte Sonderausgabe
für Verlagsgruppe Weltbild GmbH,
Steinerne Furth, 86167 Augsburg

Deutsche Erstveröffentlichung als Hardcover-Ausgabe 2003

Cora Verlag GmbH & Co. KG,
Axel-Springer-Platz 1, 20350 Hamburg

Brenda Joyce

Russische Liebe

Roman

Aus dem Amerikanischen von
Dr. Eva Hoffmann

Weltbild

PROLOG

KNIGHTSBRIDGE 1799

Papa und Mama stritten miteinander! Carolyn hockte in ihrem Bett, presste die knochigen Knie gegen die Brust und hielt den Atem an, während ihr unaufhörlich die Tränen über die Wangen liefen. Noch nie zuvor hatten sich die Eltern gezankt. Jetzt aber herrschten sie sich lauthals an, sodass das angstvoll unter die Decke geduckte Kind jedes ihrer Worte verstehen konnte, zumal die Tür des Zimmers nur angelehnt war, weil Carolyn sich allein im Dunkeln fürchtete. Das elterliche Schlafzimmer lag auf der anderen Seite des schmalen Flures, unmittelbar über dem Buchladen des Vaters, dessen Zornesausbruch Carolyn so erschreckte, dass sie nur mühsam ein Schluchzen unterdrücken konnte.

„Warum willst du mich denn nicht fahren lassen?" rief die Mutter jetzt außer sich. „Ich kann es doch wenigstens einmal versuchen."

„Du hast ihr zweimal geschrieben", versetzte der Vater aufgebracht, „und sie hat nicht ein einziges Wort als Antwort darauf gehabt."

Nun schluchzte die Mutter nur noch leise.

„Oh Gott", sagte George Browne bedrückt, „bitte, Margaret, weine nicht. Ich liebe dich doch und kann es nicht ertragen, dich weinen zu sehen."

Dann herrschte Stille.

Carolyn schluckte die Tränen hinunter und schlich auf bloßen Füßen zur Tür. Die rauen Dielen waren eiskalt, denn es war Winter, und draußen flockte nasser Schnee vom Himmel. Aber sie musste zu den Eltern, musste nach ihnen sehen. Vielleicht würden sie ihren Streit beenden, wenn sie zu ihnen ging. Mit angstvoll klopfendem Herzen lugte das Kind durch den schmalen Spalt, den die angelehnte Tür des elterlichen Schlafzimmers freigab.

Weinend lag die Mutter an der Brust des Vaters, der zärtlich über ihr blondes, zu einem dicken Zopf geflochtenes Haar blickte. Schon wollte sie zu ihnen ins Bett kriechen, wie sie es so gern tat, als die Mutter den Kopf wieder hob.

„Lass mich noch diesen einen Versuch unternehmen, George, bevor wir alles verlieren“, bat sie mit erstickter Stimme. „Sie ist doch meine Mutter.“

Des Vaters Haltung wurde starr, abwehrend. „Lieber würde ich alles verlieren, als ihrer Gnade etwas zu verdanken.“

„Wenn sie dich nur kennen würde“, murmelte die Mutter unter Tränen. „Sie würde dich ebenso lieben wie ich.“

„Sie hat mich vom ersten Augenblick an gehasst“, erwiderte der Vater. „Und das ist jetzt sechs Jahre her. Du musst den Dingen ins Auge sehen, Mag. Deine Briefe blieben unbeantwortet, weil sie mit dir und unserer Tochter nichts zu tun haben will – und zwar meinetwegen.“

„Aber man wird das Haus und den Laden versteigern, wenn wir unsere Schulden nicht bezahlen“, rief die Mutter angsterfüllt. „Was soll dann aus uns werden?“

„Ich kann mir in Frankreich Arbeit suchen, oder vielleicht in Stockholm oder Kopenhagen. Und in St. Petersburg gibt es eine große ausländische Kolonie. Dort könnte ich wieder Kinder aus vornehmem Hause unterrichten, so wie damals, als wir uns kennen lernten.“ Ein flüchtiges Lächeln erhellte seine Miene.

„In Frankreich?“ erwiderte Margaret entsetzt. „Aber dort hat doch gerade eine blutige Revolution die Geschicke des Landes in die Hand genommen! Und Stockholm? Oder gar Russland?“

George Browne hob die Schulter. „Was soll ich denn tun, wenn wir den Buchladen aufgeben müssen? Wohin soll ich deiner Meinung nach gehen? Deine Mutter hat es mir unmöglich gemacht, in unserem Lande als Hauslehrer tätig zu sein. Hier steht mir keine Tür mehr offen.“ Unvermittelt drückte er seine Frau fester an sich und legte die Stirn auf ihr Haar. „Großer Gott, wie ich dein Leben ruiniert habe!“ stöhnte er.

Die Mutter griff nach seinen Armen und schüttelte sie. „Du hast mein Leben nicht ruiniert, denn ich liebe dich und werde dich immer lieben. Ich könnte mir ein Leben ohne dich nicht mehr vorstellen, und es ist mir gleichgültig, was aus uns wird, sofern wir nur beieinander sind mit unserer Tochter, ein Dach über dem Kopf haben und jeden Tag etwas Warmes zu essen." Jetzt glänzten ihre Augen wieder, und ein warmes Lächeln lag auf ihren Lippen.

Aber die Miene des Vaters verdüsterte sich. „Wenn wir nicht alle unsere Schulden begleichen, werden wir unser Bündel schnüren müssen, und man wird uns das Haus wegnehmen und alles, was wir besitzen."

„Dann lass mich zu meiner Mutter fahren!" Margaret Browne richtete sich auf und sah ihrem Mann fest in die Augen. „Ich bin ihr Fleisch und Blut, und ich habe sie in all den Jahren um nichts gebeten. Jetzt musst du mir erlauben, sie um Hilfe zu ersuchen."

In diesem Augenblick entdeckte der Vater seine kleine Tochter mit weit aufgerissenen Augen und tränennassen Wangen an der Tür. „Carolyn!" rief er, sprang auf und nahm die Kleine, die leicht war wie ein Federchen, auf seine Arme. „Kannst du nicht schlafen?" fragte er zärtlich und küsste ihre Stirn.

Carolyn schüttelte abweisend den Kopf, denn was sie hatte hören müssen, hatte sie verwirrt. „Warum weint Mama? Und warum lässt du sie nicht fahren, wohin sie will?"

Der Vater biss sich auf die Lippe. „Wir haben doch nur eine Frage erörtert, Kind. Manchmal haben auch Menschen, die sich sehr lieben, unterschiedliche Meinungen und Vorstellungen, und das ist sogar gut so. Ich liebe deine Mutter mehr als je einen anderen Menschen ... außer dir natürlich." Wieder küsste er die Stirn seiner kleinen Tochter, doch diesmal von Kummer erfüllt.

Inzwischen war auch die Mutter zu ihnen getreten und strich über Carolyns lichtblondes Haar. „Papa hat Recht", sagte sie lächelnd. „Wir haben uns nur über eine Reise unterhalten, die ich gern machen möchte." Dann warf sie ihrem Mann einen mahnenden Blick zu und fuhr fort: „Aber nun wird er mir erlauben, nach Midlands zu fahren, und dich nehme ich mit, Carolyn", fügte sie mit fester Stimme hinzu.

Mutter und Tochter waren noch vor dem Morgengrauen aufgebrochen, und es schneite seitdem ununterbrochen. Ganz Essex schien in weiße Tücher gehüllt zu sein, und an den Rändern der Landstraßen hatten sich Schneewehen gebildet. Teiche und Seen waren zugefroren. Die Zweige der Hartriegelsträucher bogen sich unter der weißen Last. Hin und wieder hielt die Postkutsche an. Die Passagiere mussten aussteigen, und die Männer unter ihnen hatten das zweifelhafte Vergnügen, den Postillion beim Säubern der Räder von dem festgebackenen Schnee zu unterstützen, bis endlich alle, durchgefroren und müde, wieder einsteigen durften. Wenn jeder seinen Sitz eingenommen hatte, setzte sich der Wagen aufs Neue schwerfällig in Bewegung.

Carolyn war hungrig, und die Kälte drang selbst durch ihren dicken Wollmantel. Zusammen mit der Mutter und zwei Handwerksgesellen saß sie auf der schmalen Bank hinter dem Kutscher, da die Plätze im Innern des Wagens für den Vater unerschwinglich gewesen waren. Die in Tücher eingewickelten heißen Ziegelsteine, an denen sie die Füße wärmen sollten, waren längst erkaltet, und auch die Mutter fröstelte unaufhörlich.

„Wir sind gleich da", sagte sie und zog ihre Tochter an sich, um sie mit der Wärme ihres Körpers vor dem schneidenden Wind zu schützen. „Dort drüben ist schon der Owl Hill. Als ich ein Kind war, nicht viel älter als du, bin ich oft mit meinem Pony dorthin geritten. Auf der anderen Seite ist ein kleiner Teich, an dem meine Schwester Georgia und ich dann immer ein Picknick gemacht haben. Das war sehr lustig." Sehnsüchtig blickte Margaret Browne zu dem fernen Hügel.

„Ich mag Tante Georgia gut leiden", erklärte Carolyn. „Warum haben wir sie so lange nicht mehr gesehen?"

Die Mutter blickte zur Seite, um die aufsteigenden Tränen zu verbergen. „Sie hat geheiratet und ist jetzt sehr beschäftigt", erwiderte sie. Ihre Stimme war matt und lustlos, und Carolyn merkte daran, dass sie dieses Thema nicht weiter zu vertiefen wünschte.

Nach einer Weile brachte der Postillion die vier kräftigen Braunen mit einem Ruck des Zügels zum Stehen. „Wir sind da", sagte die Mutter.

Überrascht sah sich Carolyn um. Die Straße wurde von einem hölzernen Zaun begrenzt, hinter dem sich nichts als schneebedeckte

Wiesen und kahle Bäume erstreckten. „Hier? Wo ist denn Midlands?"

„Am Ende des Weges. Ich glaube, wir müssen noch ein ganzes Stück zu Fuß zurücklegen." Die Mutter lächelte der Kleinen ermutigend zu.

Geduldig wartete Carolyn, bis der Kutscher der Mutter beim Hinunterklettern von dem hohen Sitz behilflich war und dann sie selbst mit einem Schwung herabhob und neben sie auf den gefrorenen Boden stellte. Er war in einen dicken Überrock und einen wollenen Schal gehüllt und sah seine Passagiere mitleidig an. „Ich hoffe, Sie müssen nicht mehr weit laufen, Ma'am", sagte er freundlich.

„Nein, nein", erwiderte die Mutter rasch. „Sie brauchen sich keine Sorgen unsertwegen zu machen." Verlegen schob sie ihm einen Schilling in die Hand. „Sie waren so nett zu uns", murmelte sie. „Leider habe ich nicht mehr."

Der Kutscher kletterte auf den Bock zurück, hob grüßend die Peitsche und trieb die Pferde zungenschnalzend an.

Margaret Browne ergriff die Hand ihrer Tochter und blickte mit ihr der entschwindenden Kutsche nach, bis sie nur noch ein kleiner schwarzer Fleck inmitten der weißen Einöde war. Dann wandte sie sich um, und nun erblickte Carolyn auch den Weg, von dem die Mutter gesprochen hatte. Er schlängelte sich auf der anderen Seite des Zaunes über unwirtliche Felder, aber ein Haus war nirgends zu erblicken.

„Mama?" sagte das Kind schließlich, als sie eine Zeit lang Hand in Hand den Weg entlanggeschritten waren. „Mama, ich sehe Großmutters Haus immer noch nicht."

„Es steht ungefähr eine Meile entfernt von hier", erwiderte die Mutter. „Aber das Laufen tut doch gut nach dem langen Sitzen, nicht wahr?" Es sollte lustig klingen, doch es gelang ihr nicht so recht.

Carolyn nickte eifrig, denn sie spürte, dass ihr von dem Marsch durch die Winterluft tatsächlich wärmer wurde. Umso beunruhigender fand sie es, dass die Lippen der Mutter immer noch blau vor Kälte waren.

„Mama, fehlt dir etwas?"

„Es ist alles in Ordnung. Es geht mir gut. Wollen wir nicht ein bisschen singen?"

Carolyn lachte fröhlich, und gemeinsam stimmten sie ein Wanderlied an.

Voller Bewunderung riss Carolyn die Augen auf. Großmutters Haus war ja riesengroß, und es sah aus wie ein Schloss! Das Eingangsportal erinnerte mit seinen Säulen und dem reliefgeschmückten Giebel an einen Tempel, und auf der Freifläche davor stand ein Springbrunnen aus hellem Kalkstein, umrahmt von merkwürdig geformten, jetzt aber kahlen Hecken.

„Mama", flüsterte das Kind, „ist sie sehr reich?"

„Meine Mutter ist eine Countess, Carolyn", erwiderte Margaret. Ihre Zähne schlugen aufeinander, während sie sprach.

„Aber das ist doch ein Schloss für einen König."

Nun musste die Mutter unwillkürlich lachen. „Das Haus ist beeindruckend, sicherlich, indes kein Palast. Du bist einfach nicht an die Landsitze der guten Gesellschaft gewöhnt."

„Und du hast wirklich früher einmal hier gewohnt?"

„Wir haben jeden Sommer hier verbracht ... und auch das Weihnachtsfest."

Carolyn warf der Mutter einen besorgten Blick zu, denn ihre Stimme klang plötzlich ganz heiser, und sie sah sehr blass und traurig aus. Tröstend fasste sie ihre Hand fester.

„Komm", sagte Margaret Browne, ging mit ihrer Tochter über den gepflasterten und sorgfältig gefegten Weg zum Eingangstor und betätigte dort einen kunstvoll verzierten schmiedeeisernen Klingelzug. Hinter der schweren Eichentür erklangen schrille Glockentöne. Der Himmel hatte sich inzwischen verdunkelt, und die Nacht würde bald hereinbrechen.

Schließlich wurde die Tür von einem kahlköpfigen Mann in einer goldverzierten Livree geöffnet. Er starrte die Mutter wortlos an.

„Hallo Carter", sagte Margaret Browne. „Ist Lady Stafford zu Hause?"

Der Diener blinzelte unsicher. Dann wandelte sich seine gleichgültige Miene zu einem Ausdruck höchster Überraschung. „Lady Margaret!“ rief er.

„Ja“, erwiderte die Mutter lächelnd. „Und das ist meine Tochter Carolyn.“ Bei diesen Worten legte sie den Arm um die Schulter des Kindes.

Carolyn runzelte misstrauisch die Stirn. Wie kam der Mann dazu, die Mutter mit Lady Margaret anzureden?

„Treten Sie ein! Treten Sie ein! Draußen ist es kalt.“ Vergebens sah sich der Alte nach einem Wagen vor der Tür um.

„Wir sind mit der Postkutsche gekommen und unten an dem Weg zur Landstraße ausgestiegen“, erklärte die Mutter, während sie eine weiträumige Eingangshalle mit einem marmornen Fußboden betraten.

Wieder riss Carolyn die Augen auf und klammerte sich an die Mutter. Vor ihnen führte eine breite geschwungene Treppe in das obere Stockwerk. Auf den Stufen lagen rote Teppiche, und die marmorne Balustrade wurde von unzähligen vasenförmigen Säulen getragen. Wie konnte die Mutter nur hier gewohnt haben? Sicherlich war sie eine Prinzessin!

„Sie sind zu Fuß gegangen? Bei diesem Wetter?“ Carter schien entsetzt zu sein.

Jetzt betrat ein schwarz gekleideter grauhaariger Mann die Halle.

Margaret Browne lächelte erfreut. „Hallo Winslow!“

„Lady Margaret!“ Der Butler eilte auf sie zu, als wolle er sie umarmen, blieb aber auf halbem Wege stehen und ließ die Arme sinken. „Wie schön, Sie einmal wiederzusehen, Mylady! Wie schön!“

Die Mutter küsste seine Wange. „Es ist auch schön, dich wiederzusehen, Winslow. Und das hier ist meine Tochter Carolyn.“ Sie schob das Kind nach vorn.

Der Butler strahlte. „Sie ist Ihnen wie aus dem Gesicht geschnitten, Mylady, wenn es mir erlaubt ist, das festzustellen“, sagte er beinahe ehrfürchtig.

„Denke dir, Winslow, Lady Margaret und ihre Tochter haben den ganzen Weg von der Landstraße bis hierher zu Fuß zurückgelegt“, warf Carter missbilligend ein.

„Um Himmels willen!" rief Winslow erschrocken. „Geben Sie mir Ihre Mäntel. Ich bringe sofort heißen Tee."

Das frohe Lächeln der Mutter war erloschen. „Ich denke, Sie sollten erst meine Mutter von meiner Ankunft unterrichten, bevor Sie irgendwelche Erfrischungen bringen", sagte sie.

Der Butler blickte sie an. Seine Miene war ausdruckslos.

„Sie befindet sich doch im Hause, nicht wahr?"

„Gewiss, Ihre Ladyschaft ist daheim." Winslow verneigte sich. „Also gut, ich werde sofort zurück sein." Mit schnellen Schritten verschwand er in dem Korridor hinter der Treppe.

Als Margaret Browne wieder nach Carolyns Hand griff, blickte das Mädchen zu ihr empor, sah ihren sorgenvollen Gesichtsausdruck und flüsterte: „Keine Angst, Mama, es wird schon alles gut gehen." Aber sie glaubte selbst nicht recht daran. Alles um sie war dazu angetan, ihre kleine Welt aus den Angeln zu heben. Wie konnte die Mutter in diesem Schloss gewohnt haben? Und warum war sie hier Lady Margaret und nicht Mrs. Browne?

Die Mutter neigte sich zu Carolyn hinab und küsste ihre Wange. „Ich habe dich lieb, meine Kleine", murmelte sie.

„Und ich dich auch", erwiderte das Kind.

Als sich nun jedoch energische Schritte näherten, fuhr Margaret Browne hoch und erblasste.

Eine schlanke grauhaarige Frau mit einem immer noch hübschen Gesicht trat aus dem Schatten der Treppe. Ihre weiten blassgrünen Röcke raschelten leise. Als sie der unerwarteten Gäste ansichtig wurde, blieb sie unvermittelt stehen. Ein paar Herzschläge lang sahen sich Mutter und Tochter schweigend an, während Carolyn ratlos von einer zur anderen blickte und sich plötzlich sehr elend fühlte.

„Guten Tag, Mutter", sagte Margaret schließlich kaum hörbar.

Die Countess trat ein paar Schritte näher. „Was willst du hier?" fragte sie kühl. Dann streifte ihr abweisender Blick Carolyn, so als sei irgendetwas an ihr ganz schrecklich ungehörig, ehe er wieder zu Margaret zurückkehrte. „Hast du mir nicht gesagt, dass du nie wieder nach Hause zurückkehren wolltest?"

Margaret schluckte. „Das ist jetzt sechs Jahre her", murmelte sie.

„Oh, du hast also deine Meinung geändert? Du verlässt ihn endlich?"

„Meine Gefühle sind immer noch dieselben", erwiderte Margaret gequält. „Aber ich hatte gehofft, dass die deinen sich verändert hätten. Hast du meine Briefe bekommen?"

„Ja." Lady Staffords Antwort bestand nur aus diesem einen harten Wort. Es klang unnachgiebig – endgültig. Dann wies sie auf Carolyn und fügte mit gleichgültiger Miene hinzu: „Hast du geglaubt, mich versöhnen zu können, wenn du sie mitbringst?"

„Ja, Mutter", erwiderte Margaret mit tränenerstickter Stimme, „das habe ich geglaubt."

„Nun, dann nimm zur Kenntnis, dass solche Tricks keine Wirkung bei mir haben", entgegnete Edith Owsley, Countess of Stafford, spöttisch. „Du hast deine Wahl getroffen, Margaret ... vor Jahren schon. Und jetzt entschuldigst du mich wohl?"

Margaret nahm noch einmal all ihren Mut zusammen. „Mutter, wir sind seit dem Morgengrauen auf den Beinen, durch Wind und Wetter, nur um dich zu sehen. Können wir uns nicht irgendwo in Ruhe unterhalten? Carolyn kann inzwischen hier bei Winslow bleiben."

Angstvoll klammerte sich die Kleine an den Mantel der Mutter. Sie wollte in diesem fremden, merkwürdigen Haus nicht allein bleiben.

„Was sollte es zwischen uns zu besprechen geben?" versetzte die Countess gereizt. „Es sei denn, du willst mir mitteilen, dass du zur Vernunft gekommen bist und wieder in den Schoß der Familie zurückkehrst."

Margaret straffte sich. „Das geht nicht, Mutter. Ich bin kein Kind mehr, sondern Ehefrau und Mutter gleich dir." Verzweifelt presste sie die Hand auf ihr Herz. „Wir brauchen deine Hilfe, Mutter", flüsterte sie, „ganz dringend."

Von einer unerklärlichen Angst gepeinigt verbarg Carolyn das Gesicht in dem Mantel der Mutter.

Einen Augenblick lang verharrte die Countess in Schweigen, und in Margaret begann die Hoffnung auf ein Zeichen ihrer Liebe zu keimen. Doch dann verhärtete sich ihre Miene. „Du kannst jederzeit zurückkommen, trotz allem, was du uns angetan hast“, sagte sie fast beiläufig, wandte sich um und verließ mit schnellen, resoluten Schritten die Halle.

„Wenn du es nicht für mich tust, dann für Carolyn, deine Enkelin“, rief Margaret ihr verzweifelt nach. Aber Lady Stafford hörte es nicht mehr.

Margaret und Carolyn blieben wie zu Eis erstarrt in der Halle zurück, und eine Furcht erregende Stille legte sich über das Bild, das einem Stillleben der Hoffnungslosigkeit glich. Dann blickte die Kleine zu ihrer Mutter empor und sah, wie Tränen unaufhörlich über ihre blassen Wangen liefen. „Bitte, bitte, weine nicht, Mama“, flehte sie und war doch selbst nahe daran, es ihr gleichzutun.

Die Mutter kniete sich neben sie und nahm sie in die Arme. „Ich weiß, du wirst es mir nicht glauben“, sagte sie leise, „aber sie liebt uns ... sie liebt uns wirklich.“

Carolyn schenkte ihr in der Tat keinen Glauben, nicht einen Augenblick lang. Aber in ihren Armen fühlte sie sich wieder sicher und getröstet, trotz der abweisenden, beunruhigenden Umgebung. „Fahren wir jetzt zurück nach Hause?“ fragte sie leise, denn sie wünschte sich nichts sehnlicher, als dieses fremde kalte Schloss so schnell wie möglich wieder verlassen zu können.

Die Mutter lächelte. „Aber ja, mein Kind.“ Und dann begann sie erneut zu weinen.

ERSTER TEIL
Der Fürst

1. KAPITEL

Allmählich begannen die Gäste unruhig zu werden. Die Damen flüsterten hinter vorgehaltener Hand oder nervös geschwenkten Fächern. Diamanten glitzerten an schneeweißen Hälsen, hingen von mehr oder weniger wohl geformten Ohren herab und waren in kunstvoll geschlungene Haarknoten eingeflochten. Die Herren traten von einem Fuß auf den anderen, husteten dezent oder unterhielten sich murmelnd. Ihre kostbaren Abendanzüge glänzten im Schein Tausender Kerzen, die in den riesigen vergoldeten Kronleuchtern über ihren Köpfen flackerten.

Fast fünfzehnhundert Gäste hatten sich in Carlton House, dem Palais des Prinzregenten, eingefunden, und der Ballsaal war so überfüllt, dass Tanzen undenkbar erschien. Doch nun war der Strom der juwelengeschmückten, elegant gekleideten Damen mit ihren Begleitern abgeebbt. Von Fall Mall bis nach St. James waren die Straßen angefüllt mit Equipagen und Karossen. Livrierte Diener, Leibhusaren und Kutscher mit den traditionellen Perücken säumten mit ehrerbietig geneigten Köpfen die Wege. Im Hofe des Palais standen die Mitglieder der Königlichen Garde unbeweglich wie Statuen in Erwartung des Gastgebers. Selbst die Angehörigen des von der Revolution vertriebenen französischen Königshauses der Bourbonen hatten sich bescheiden unter die Gäste gemischt. Der älteste Sohn König Georgs III., der für seinen unberechenbaren und wohl auch schon nicht mehr ganz zurechnungsfähigen Vater die Regentschaft führte, war bekannt für seine Unzuverlässigkeit und seine Vorliebe für maßlos überzogene Auftritte. Diesem Ruf würde er wohl auch heute wieder gerecht werden.

„Sind Sie beunruhigt, Exzellenz, oder einfach nur gelangweilt?" richtete eine rothaarige Dame das Wort an ihren Nachbarn.

Der Herr wandte sich zu ihr um. Er war hoch gewachsen und blondhaarig und trug einen fantastischen Uniformrock mit einem hohen steifen Kragen und riesigen goldenen Epauletten, den zu allem Überfluss noch Dutzende von Orden und Medaillen zierten. Höflich neigte er sich über die ihm entgegengestreckte Hand in einem hauchzarten Seidenhandschuh.

„Lady Carradine!“ murmelte er. „Sie haben mich regelrecht überrumpelt.“ Sein Englisch hatte einen ganz leichten, exotisch wirkenden Akzent.

„Wirklich?“ Lady Carradine lächelte kokett. „Ich wage zu bezweifeln, dass irgendjemand Sie überrumpeln kann, Fürst Swerajow.“

Nikolaus Iwanowitsch Swerajow überragte die zierliche Dame um Haupteslänge. Langbeinig und mit breiten Schultern wirkte er schlanker, als er in Wirklichkeit war, denn der elegant geschnittene Rock ließ seinen muskulösen Körper nur erahnen. Jetzt senkte er den Blick aus seinen bernsteinfarbenen Augen vielsagend auf das kunstvoll geschminkte Antlitz seiner Gesprächspartnerin. „Ich bin auch nur ein Mensch“, sagte er und lächelte dabei hintergründig. „So wie jeder andere hier im Saale – im Gegensatz zu den Behauptungen der Klatschspalten in Ihren Zeitungen.“

„Aber die lesen Sie doch sicherlich nicht?“ Lady Carradine verzog geziert ihren dunkelrot gefärbten Mund.

„Nur wenn es unvermeidlich ist.“

„Kennen Sie eigentlich diesen Charles Copperville?“ erkundigte sich Lady Carradine und bewegte ihren spitzenbesetzten Fächer hin und her, soweit es die Enge um sie erlaubte. „Er scheint jedenfalls gut über Sie informiert zu sein.“

„Wenn ich ihm je begegnet sein sollte, so ist es ihm jedenfalls gelungen, seine Anonymität zu wahren.“ Swerajows kühles Lächeln verriet nichts über seine Gedanken. „Aber ich würde mich nichtsdestoweniger freuen, seine Bekanntschaft zu machen, je eher, desto besser.“

„Ich erschaudere bei diesem Gedanken für den armen Copperville“, entgegnete Lady Carradine mit dramatisch gesenkter Stimme. „Aber vielleicht wird er danach die boshaften Bemerkungen über Sie, Ihre Mission und Ihr Land zurücknehmen.“

Ihr Nachbar zog es vor, diese Feststellung unbeantwortet zu lassen. Er war ein Swerajow und hatte Jahrhunderte eines berüchtigten Lebensstils in Vergessenheit zu bringen. Wo er auftauchte, hefteten sich Klatsch und Gerüchte an seine Fersen, was immer er tat und wer immer in seiner Begleitung gesehen wurde, wurde bemerkt. Nach und nach hatte er sich daran gewöhnt. Am schlimmsten war es daheim in Russland, wo jedes Tun eines Mitgliedes des Hauses Swerajow sofort zum Gegenstand wildester Spekulationen erhoben wurde.

Jetzt aber war er in England, im diplomatischen Auftrag. Seit jenem unseligen Friedensvertrag von Tilsit im Jahre 1807, der das Ende des Krieges zwischen Frankreich und Preußen besiegelte, hatte Russland sein Geheimabkommen mit dem Preußenkönig durch eine Teilnahme an der von Napoleon über England verhängten Kontinentalsperre bezahlen müssen. Auf Befehl des Franzosenkaisers waren alle europäischen Häfen für englische Schiffe geschlossen worden. Englische Handelsschiffe mussten aufgebracht werden, und ihre Waren wurden als Kriegsbeute konfisziert. Dieser Umstand hatte das Verhältnis zwischen Russland und England äußerst angespannt werden lassen, und Swerajows Empfang in London war dementsprechend kühl und reserviert gewesen.

Zar Alexander I. aber brauchte jetzt dringend eine Allianz mit England, denn Napoleon war vor drei Wochen mit einer gigantischen Streitmacht zu dem lange erwarteten Feldzug gegen Russland aufgebrochen. Daraufhin hatte ein direkter Befehl des Zaren Swerajows Kommando in der Russischen Armee aufgehoben und den Fürsten zu dessen größtem Missfallen mit einer diplomatischen Mission beauftragt. Es blieb ihm jedoch keine andere Wahl, als sich dem Herrscher zu fügen, auch wenn er mit dem Zaren eng befreundet war. Er wusste, Alexander vertraute im Augenblick keinem anderen mehr als ihm.

Dies war die gegenwärtige, keineswegs unkomplizierte Situation, in der er sich befand, und er konnte unter diesen Umständen keinen Satiriker mit Namen Copperville gebrauchen, der die englische Feindseligkeit gegen Russland und gegen ihn als dessen Repräsentanten noch mehr anstachelte.

„Natürlich kann ich mir nicht vorstellen", fuhr die bildschöne Frau an seiner Seite fort, „dass Sie sich auch nur um eines der Worte kümmern, die Copperville oder andere seines Schlages über Sie verlieren." Vielsagend blickte sie ihn an.

Swerajow wusste sofort, dass sich diese Bemerkung auf die neueste Klatschkolumne bezog, in der behauptet wurde, Lord Carradine sei außer sich über die Hörner, die ihm der „arrogante Ausländer" aufgesetzt habe. Daraufhin waren gestern Abend in Whitehall einige Drohungen gegen den Russen laut geworden. Swerajow aber hatte diese Tatsache überhaupt nicht angefochten. Lord Carradine war mindestens sechzig Jahre alt, etwas fettleibig und gänzlich impotent. Zu einem Racheakt dürfte er kaum in der Lage sein.

„Vielleicht bin ich weniger interessiert an dem, was andere über mich denken, als an dem, was Sie von mir halten, Lady Carradine." Die Schmeichelei kam ganz automatisch über Swerajows Lippen. Lady Carradine war im Bett recht erfreulich, und er legte Wert darauf, in seinen freien Stunden auf derart angenehme Weise abgelenkt zu werden.

„Gestern Abend waren Sie unvergleichlich, Exzellenz", murmelte Lady Carradine hinter ihrem Fächer.

Swerajow verneigte sich leicht. „So wie Sie, Mylady." Mit dieser Antwort wollte er sich alle Möglichkeiten offen halten, denn er konnte sich, um ehrlich zu sein, an keine Einzelheiten ihrer Stelldicheins in den vergangenen Nächten erinnern. Was ihn dagegen viel mehr beschäftigte, war Lord Castlereaghs, des Außenministers unglaublich eigensinniger Charakter und die unumstößliche Gewissheit, dass er dieser Hartnäckigkeit irgendwie beikommen musste ... so schnell wie möglich, damit er wieder zu seiner Truppe zurückkehren konnte, denn die Zeit lief ihm davon. Vor zwei Tagen hatten die Franzosen Wilna eingenommen. Alexander, der gegen die Empfehlung aller seiner Ratgeber selbst das Oberkommando führte, hatte höchstpersönlich den Rückzug angeführt und Wilna nahezu kampflos aufgegeben.

„Kann ich Sie später noch bei mir erwarten?" erkundigte sich Lady Carradine in diesem Augenblick, und ihre Stimme ähnelte dabei dem Schnurren eines Kätzchens.

Swerajow war schon entschlossen, ihr einen Korb zu geben, als er über die Köpfe der Wartenden hinweg auf der Eingangstreppe ein Paar entdeckte, das sich gerade dazu anschickte, in den Ballsaal hinabzusteigen. Bei seinem Anblick straffte er sich unwillkürlich und vergaß zu antworten.

„Geruht der Prinz endlich, unsere Gesellschaft mit seiner Anwesenheit zu beehren?“ fragte Lady Carradine und folgte seinem Blick. Unvermittelt erlosch ihr Lächeln, und ihre Miene gefror zu einer Maske.

Nikolaus hatte ihre Frage nicht gehört. Er starrte auf die wundervolle Frau mit dem rabenschwarzen Haar, die in unvergleichlicher Pose auf der obersten Stufe verharrte. Sein Herz hämmerte hart in der Brust, denn er traute seinen Augen immer noch nicht. Die Frau trug eine Ballrobe aus hauchdünnem Organdy, der so durchsichtig war, dass sie ebenso gut hätte unbekleidet erscheinen können. Nichts, aber auch gar nichts blieb der Fantasie überlassen, und vor allem der deutlich vorgewölbte Bauch war nicht zu übersehen. Wie zu Stein erstarrt blickte Swerajow zur Treppe.

„Oh, ich merke, Sie sind zerstreut“, sagte Lady Carradine, „und ich weiß auch, warum. Sie sieht einfach überwältigend aus.“

Ungläubig betrachtete Nikolaus die schöne schwarzhaarige Frau. Sie war, weiß Gott, schwanger! Und zudem hatte sie sich mit himmelschreiender Unverschämtheit seinen Anweisungen widersetzt und war ihm heimlich nach London gefolgt! Er wusste wirklich nicht, welche der beiden Tatsachen ihn mehr aus der Fassung brachte.

Aber Lady Carradine ließ sich nicht so schnell entmutigen. „Sie kennen die Dame, Exzellenz?“ erkundigte sie sich und zwang sich zu einer liebenswürdigen Miene. „Ich habe sie noch nie gesehen, und dabei kenne ich doch fast jeden hier. Sie muss aus der Provinz kommen ... oder aus dem Ausland.“ Ihr Lachen und der Blick, den sie ihrem Nachbarn zuwarf, zeugten von ihrer Unsicherheit. „Aber eigentlich macht sie nicht den Eindruck einer Landpomeranze“, fügte sie in dem vergeblichen Versuch hinzu, Swerajow eine Äußerung über die Fremde zu entlocken.

Nikolaus kniff die Augen zusammen, und zwischen seinen Brauen zeigten sich zwei steile Falten. Dann gab er sich einen Ruck. „Sie ist meine Gemahlin", sagte er schroff.

Lady Carradine zuckte zusammen. „Natürlich habe ich angenommen", beeilte sie sich zu versichern, „dass Sie verheiratet sind. Das ist doch schließlich jeder, nicht wahr? Aber ich habe nicht gewusst, dass Ihre Gemahlin mit nach London gekommen ist."

Ich auch nicht, dachte Nikolaus mit einem Anflug von Selbstverspottung. „Ich bitte um Verzeihung", murmelte er, neigte den Kopf und bahnte sich dann einen Weg durch die Menge.

Marie Helene hatte ihn bereits entdeckt und blickte ihm lächelnd entgegen. Dabei schmiegte sie sich eng an den Arm ihres Begleiters Michael Fedorowski, eines schlanken jungen Mannes, der heftig errötete, als er Swerajows ansichtig wurde.

Am Fuß der Treppe blieb Nikolaus stehen und wartete auf die beiden. Die in der Nähe stehenden Gäste hatten ihn bereits bemerkt, und er spürte ihre neugierigen Blicke fast körperlich und vernahm ihr gedämpftes Flüstern. Es war ärgerlich, derartig im Mittelpunkt des öffentlichen Interesses zu stehen, aber er hatte sich inzwischen damit abgefunden. Wahrscheinlich würde in spätestens einer Viertelstunde Marie Helenes Identität bekannt sein und ein heftiges Getuschel auslösen. Die Schönheit seiner Frau war sprichwörtlich in ganz Europa, und man hatte ihnen immer und immer wieder beteuert, dass sie ein wahrhaft königliches Paar abgaben. Für einen kurzen Augenblick tauchte das Bild seiner kleinen Tochter Katja vor Swerajows geistigem Auge auf und rief wie immer tiefe Besorgnis bei ihm hervor.

„Niki, mein Liebling, wie schön, dich zu sehen!" rief Marie Helene, küsste ihn auf die Wange und drückte ihre vollen, nahezu unbedeckten Brüste gegen seinen Arm. Ihre Augen waren genauso schwarz wie ihr Haar, und beides bildete einen aufregenden Kontrast zu ihrer wie Elfenbein schimmernden Haut. In ihren Locken war ein Brillantdiadem befestigt. Um den Hals trug sie ein breites, mit Rubinen und Brillanten besetztes Kollier und zahlreiche dazu passende Armreifen an den Handgelenken über ihren Seidenhandschuhen.

„Wir sind gerade erst angekommen", fügte sie hinzu und warf einen Blick über die Schulter zu ihrem Begleiter, der diskret hinter ihr zurückgeblieben war.

Nikolaus sah sie zornig an. „Warum bist du nicht in St. Petersburg geblieben? Habe ich dir nicht klar und deutlich erklärt, dass ich in Staatsangelegenheiten nach London reise und nicht zu meinem Privatvergnügen?"

Marie Helene verzog schmollend den Mund. „Ja, ja, ich weiß, du wolltest eigentlich nicht, dass ich mit nach England komme. Aber Katja hat sich so elend gefühlt, seit du fort warst", fügte sie mit ihrer heiseren Stimme hinzu, die seltsam sinnlich wirkte.

Besorgt ergriff Nikolaus ihren Arm. „Was heißt das: Sie hat sich elend gefühlt?"

„Sie hat jede Nacht geweint, und nicht einmal Lisa konnte sie trösten." Lisa war das alte Kindermädchen der Familie. „Ich habe ihr immer wieder erklärt, dass du nicht in den Krieg gezogen bist, aber sie hat es mir anscheinend nicht geglaubt. Und sie wollte auch nichts mehr essen. Schließlich habe ich Angst bekommen." In Marie Helenes wunderbaren Augen schimmerten Tränen.

Nikolaus ließ unvermittelt ihren Arm wieder los und wandte verächtlich den Kopf ab, denn er wusste nur zu genau, dass seiner Frau nichts wirklich nahe ging und sie skrupellos seine Liebe zu Katja für ihre egoistischen Zwecke auszunutzen verstand. Das Mädchen war seine empfindliche Stelle. Er wurde mit allem fertig, mit jeder Schwierigkeit, jeder Gefahr, weiß der Himmel, nur nicht mit Kummer oder Krankheit der Tochter.

„Wie bist du hierher gekommen?" fragte er kurz.

Marie Helene hatte bereits wieder ihr strahlendes Lächeln aufgesetzt. „Alexander hat uns ein Schiff zur Verfügung gestellt."

Das hätte ich mir denken können, sagte sich Nikolaus ärgerlich. Der Zar war Marie Helene ebenso zugetan wie ihm selbst, denn die beiden Männer waren seit ihren Kindertagen miteinander befreundet. Und er hatte die Ehe mit Marie Helene in seiner üblichen schnell entflammten Begeisterung, die eine merkwürdige Mischung aus romantischem Idealismus und kühler politischer Berechnung war, höchstpersönlich arrangiert. Die Fürstin Swerajowa, eine deutsche Prinzessin, war eine Cousine der Zarin.

„Er hat mir auch einen Brief für dich mitgegeben. Ich habe ihn auf den Schreibtisch in der Bibliothek gelegt", fuhr Marie Helene eifrig fort. „Sei doch nicht mehr böse, Niki! Vielleicht kann ich dir hier von Nutzen sein."

„Vielleicht", erwiderte Nikolaus gleichgültig, denn er hatte wieder einmal die simple Wahrheit vor Augen geführt bekommen, dass seine Gemahlin selbstsüchtig, durch und durch verdorben und nur darauf bedacht war, ihre Wünsche zu befriedigen – auf Biegen und Brechen.

Ihr ganzes Streben war darauf gerichtet gewesen, ihn nach London zu begleiten, so als sei diese Reise ein Sonntagsausflug, und sie hatte deshalb Katja als Mittel zum Zweck missbraucht. Aber da er beim besten Willen nicht sagen konnte, wie lange diese verdammten Gespräche wohl noch dauern würden und er zudem Katja schon schmerzlich vermisst hatte, würde er wohl oder übel gute Miene zum bösen Spiel machen müssen.

„Ich wünsche dir noch einen schönen Abend, Niki", sagte Marie Helene lächelnd und schob mit den seidenglänzenden Fingerspitzen eine dunkle Locke aus der Stirn. Diese ungemein sinnliche Geste bewunderten alle Männer, wie Nikolaus hinreichend bekannt war. „Und reserviere mir einen Tanz", rief sie schon im Davongehen, während sie die Hand zärtlich auf Fedorowskis Arm legte.

In diesem Augenblick erklangen Fanfaren im Hof des Palais. Der Prinzregent war endlich eingetroffen.

„Ich bin sehr glücklich, dass du heute Abend doch noch Zeit für mich gefunden hast", sagte Lady Carradine leise.

„Es hat mich ebenfalls glücklich gemacht", erwiderte Nikolaus achtlos, ohne der schönen Frau im Bett auch nur einen Blick zu schenken, während er sich ankleidete.

Seine Gedanken wanderten zu Marie Helene. Es war das Letzte, was er hätte gebrauchen können, dass sie jetzt ganz London in ihrer üblichen wenig taktvollen Art unsicher machte. In Russland gingen sie schon seit Jahren getrennte Wege. Aber hier in England würde es wohl nicht zu umgehen sein, dass sie zumindest den Eindruck einer auf konventionellen Bindungen beruhenden ehelichen Gemeinschaft aufrechterhielten. Die romantischen Vorstellungen, die der goldblonde russische Fürst und die bildschöne deutsche Prinzessin des Öfteren in der Gesellschaft von einer im Himmel geschlossenen Ehe vermittelten, konnten seiner Mission bei den fischblütigen Briten möglicherweise tatsächlich von Nutzen sein und ihm bei seinem Sturm gegen Castlereaghs Festungsmauern Unterstützung verschaffen.

Von Anfang an hatte er sich des Eindrucks nicht erwehren können, dass irgendjemand im Hintergrund seine Gespräche mit dem Außenminister sabotierte. Doch es war ihm bis jetzt noch nicht gelungen, diesen Mann – oder diese Frau? – zu identifizieren.

Aber fatalerweise war Marie Helene schwanger, und die Briten huldigten einer so verdammt altmodischen und langweiligen Denkweise. Nein, nein, Marie Helene würde seinen Bemühungen wohl eher im Wege stehen, anstatt sie zu fördern. Mit ungeduldigen Bewegungen schob Nikolaus die blitzenden Goldknöpfe durch die rotgepaspelten Knopflöcher.

„Hast du irgendetwas, Nikolaus?“ Lady Carradine richtete sich auf und streckte die schlanken weißen Beine unter der Bettdecke hervor.

„Nein. Es ist nur spät, und ich muss jetzt gehen.“ Das war die reine Wahrheit.

„Aber du kannst mich doch nicht jetzt schon verlassen!“ rief Lady Carradine entsetzt.

„Ich bedaure es ja selbst außerordentlich.“ Nikolaus hatte sich an diese Art liebenswürdiger Lügen längst gewöhnt. „Doch es muss leider sein.“ Mit geübten Griffen schnallte er sich den edelsteinbesetzten Zierdegen um.

„Die ganze Zeit warst du schon so abwesend.“ In Lady Carradines Miene lag eine Welt von gekränkter Eitelkeit.

„Das tut mir Leid“, erwiderte Nikolaus und fügte tröstend hinzu: „Mir gehen schwer wiegende Fragen durch den Kopf.“

Lady Carradine erhob sich und trat neben ihn. „Wann wirst du ... ich meine, sehe ich dich überhaupt noch einmal, jetzt, da deine Frau in London ist?"

Nikolaus hasste nichts so sehr wie Szenen, und er sah auch keine Veranlassung, Lady Carradine in Zukunft noch weitere Besuche abzustatten. „Ich glaube nicht", erwiderte er schulterzuckend.

Schmollend schob Lady Carradine die Unterlippe vor und schlang dann unvermittelt die Arme um Swerajows Nacken. „Habe ich dich denn so enttäuscht?" flüsterte sie.

„Du hast mich nicht enttäuscht." Nikolaus löste vorsichtig ihre Hände von seinem Hals. „Und es schmerzt mich, wenn ich dich enttäuschen muss. Aber wir haben uns doch keinerlei Versprechungen gegeben."

Lady Carradine ging zum Bett zurück und ließ sich auf dessen Rand sinken. „So ist es doch wahr, was man von dir sagt, dass du gefühllos bist, was Frauen anbelangt ... dass du unfähig bist zu lieben ...", stammelte sie unter Tränen.

Nikolaus schüttelte verständnislos den Kopf. „Was haben denn die Nächte, die wir miteinander verbracht haben, mit Liebe zu tun? Wir sind erwachsene Menschen und haben uns in der Gesellschaft des anderen wohl gefühlt. Ich bin kein romantischer Schwärmer, wenn du das meinst."

„Nein, in der Tat." Lady Carradine strich mechanisch über die Bettdecke. „Und du hast mir auch nichts versprochen. Aber du kannst so hinreißend sein, wenn du willst, und ich habe mich in dich verliebt."

Nur mit Mühe unterdrückte Nikolaus ein ungeduldiges Stöhnen. „Das tut mir wirklich Leid."

„Ist es ihretwegen?" erkundigte sich Lady Carradine voller Eindringlichkeit. „Liebst du sie? Findest du, dass sie so viel schöner ist als ich? Und wer war ihr Begleiter?"

Nikolaus blickte sie schweigend an, denn er hatte keineswegs die Absicht, ihr zu sagen, dass er seine Frau nicht liebte – nie geliebt hatte – und dass der Mann an ihrer Seite vermutlich ihr derzeitiger Liebhaber war.

„Das waren sehr indiskrete Fragen“, entgegnete er kühl.

„Aber du gehst doch jetzt zu ihr, nicht wahr?“ rief Lady Carradine fassungslos.

„Bitte, bemühe dich nicht meinetwegen.“ Nikolaus machte eine leichte Verbeugung und wandte sich zur Tür. „Ich finde allein hinaus.“

Lady Carradine sprang auf und eilte ihm nach. „Verzeih, verzeih mir“, stammelte sie, aber Swerajow hob nur wortlos die Schulter. Der dicke Perserteppich im Nebenzimmer dämpfte seine Schritte, während die Tür zu Lady Carradines Schlafzimmer hinter ihm ins Schloss fiel.

Vorbei an langen Reihen grimmig dreinblickender Carradine-Vorfahren durchquerte Nikolaus den von einigen wenigen Wandleuchtern erhellten Korridor, stieg die marmorne Treppe hinab und ließ sich von einem aus dem Schlaf emporfahrenden Lakaien die Haustür öffnen. Die Nacht war frisch und kühl, aber Swerajow konnte dennoch eine ungute Vorahnung nicht abschütteln. Irgendein Unheil schien in der Luft zu liegen.

Hinter der nächsten Straßenecke wartete seine schwarz gelackte vierspännige Kutsche, deren goldenes Dach im Schein der Straßenlaternen geheimnisvoll schimmerte. Das Wappen der Swerajow in Silber, Rot und Gold war in die Tür eingelassen. Als Nikolaus nach der Klinke greifen wollte, stand wie aus dem Boden gewachsen sein französischer Kammerdiener Jacques vor ihm.

„Oh, mon Dieu, endlich! Ich warte schon eine geschlagene Stunde!“

Einen Herzschlag lang hielt Nikolaus den Atem an. Seine innere Stimme hatte also nicht getrogen! War Napoleon in St. Petersburg einmarschiert? Oder hatte er gar Moskau erobert?

„Was ist geschehen?“ fragte er schließlich und zwang sich zur Ruhe.

„Die Fürstin“, stammelte der Diener, „sie hatte eine Fehlgeburt. Das Kind ist tot, und die Mutter kann ebenfalls sterben, meint der Arzt.“

Nikolaus erstarrte. „Es kann doch kaum der fünfte Monat gewesen sein“, murmelte er.

„Exzellenz!" Der Diener griff nach seinem Arm. „Im Wagen ist eine Flasche Wodka. Soll ich ..."

Nikolaus sah ihn wie aus weiter Ferne an. „Es tut mir Leid um das Kind", sagte er ruhig. „Aber ich war nicht der Vater." Seit Jahren schon schlief er nicht mehr mit Marie Helene.

Jacques blickte verlegen zur Seite. „Oui, Exzellenz, ich weiß."

Aber Nikolaus beachtete ihn nicht. Marie Helene konnte sterben! Bei allen ihren Fehlern – und es waren deren nicht wenige – war sie doch seine Frau und Katjas Mutter. Großer Gott, dachte er entsetzt, Katja ist ja allein zu Hause.

Mit einem Satz sprang er in den Wagen. „Fahr zu, rasch!" befahl er dem Kutscher.

2. KAPITEL

„Brownes Buchhandlung und Antiquariat – Spezialität: seltene Manuskripte“ stand über dem Laden in einer freundlichen kleinen Straße in der Nähe der Bond Street. Es war ein sonniger Frühlingsmorgen kurz vor neun Uhr. Der Himmel strahlte im schönsten Vergissmeinnichtblau, und auf dem Fensterbrett unmittelbar über der Ladentür zwitscherte ein Vogel. Auf der gegenüberliegenden Straßenseite kehrte die Frau des Bäckermeisters den Gehsteig. Carolyn winkte ihr grüßend zu und sah dann lächelnd zu dem Vögelchen hinauf.

„Guten Morgen, Spätzchen“, sagte sie fröhlich. „Ein herrlicher Tag, nicht wahr?“

Die Riegel gaben ein quietschendes Geräusch von sich, als das Mädchen sie zur Seite schob, um die Läden vor dem blank geputzten Schaufenster zu öffnen. Stolz überblickte sie die Auslage. In der Mitte lag eine kostbare Landkarte aus dem 16. Jahrhundert, umgeben von Seekarten neueren Datums. Der Vater liebte die alten, mit allerlei Fabelwesen illustrierten Pläne ganz besonders.

Als Carolyn dann in den Laden trat, holte sie erst einmal tief Luft. Sie liebte den leicht dumpfigen Geruch nach altem Papier und ausgetrockneten Ledereinbänden genauso wie den Duft des Frühlingsmorgens. Das Sonnenlicht fiel schräg in den Raum, der bis an die Decke hinauf mit Büchern angefüllt war. Lächelnd überblickte sie ihr Reich. Die Buchhandlung war ihre Heimat. In der Stube über der Ladentür hatte sie das Licht der Welt erblickt.

Heute aber vermisste sie wieder einmal den Vater ganz besonders. Vor zwei Wochen hatte er sich auf den Weg gemacht, um einem Kunden in Kopenhagen eine mittelalterliche Handschrift persönlich zu überbringen, denn derart kostbare Manuskripte vertraute er keinem Boten an. Seit dem Tode der Mutter in Carolyns sechstem Lebensjahr war der Vater der einzige Mensch, der zu ihr gehörte. Ihre Großmutter, die verwitwete Countess of Stafford, hatte die Existenz ihres Enkelkindes nie zur Kenntnis genommen. Vor vielen Jahren, als Carolyns Mutter mit dem Hauslehrer davonlief, um ihn heimlich zu heiraten, hatte sie die Tochter enterbt und verstoßen und jede Beziehung zu ihr abgebrochen.

Deshalb fühlte sich Carolyn immer besonders einsam, wenn der Vater nicht im Hause war, denn er und die Bücher waren ihre besten Freunde. Gleichaltrige Freundinnen hatte sie nie gehabt. Wo fand sich auch schon ein Mädchen, das die Werke von David Hume, dem schottischen Philosophen und Historiker, und von Adam Smith, einem der modernen Volkswirtschaftler, gelesen hatte, oder mit dem man über Plato reden konnte? Carolyn hingegen verschlang alles, was ihr in die Hände fiel, von den populären Romanen Walter Scotts bis zu Abhandlungen über Astronomie, und diskutierte danach eifrig und manchmal auch hitzig mit dem Vater über das Gelesene. Belustigt dachte sie an diese Gespräche, die sich oft bis in die Nachtstunden hinzogen, und fragte sich dabei, was der Vater wohl von dem russischen Gesandten halten würde, der vor einiger Zeit in London eingetroffen war.

Während ihr diese Gedanken durch den Kopf gingen, warf sie einen Blick in die Ladenkasse, um sich zu vergewissern, dass genügend Wechselgeld vorhanden war. Die Geschäfte gingen zwar zurzeit, vornehmlich wegen der wirtschaftlichen Probleme, die die Kriegswirren auf dem Festland ausgelöst hatten, nicht besonders gut, aber falls sich doch ein Kunde in den Laden verirren sollte, musste man auf alles vorbereitet sein. Seufzend griff sie nach dem Staubwedel, denn die auf dem Ladentisch ausgebreiteten Bücher durften als Blickfang auch nicht das geringste Stäubchen aufweisen. Noch ehe sie diese Arbeit beginnen konnte, klingelte die Glocke an der Ladentür, und ein gut gekleideter junger Mann betrat mit einem strahlenden Lächeln die Buchhandlung.

„Guten Morgen, Mr. Davison“, sagte Carolyn freundlich und schwenkte unwillkürlich den Staubwedel wie ein Fähnchen.

„Guten Morgen, Miss Browne“, erwiderte der junge Mann und kam näher. „Ein herrlicher Tag heute!“

„Sie wollen mir doch nicht etwa erzählen, dass Sie das Traktat über Metaphysik schon gelesen haben, das ich Ihnen gestern verkauft habe?“ rief Carolyn und schüttelte lachend den Kopf.

Anthony Davison errötete leicht. „Nein, das nicht. Ich kam nur zufällig hier vorbei und dachte, ich könnte hier vielleicht ein Geschenk für meine Schwester kaufen. Sie liest nämlich sehr gern, müssen Sie wissen."

„Oh, wie schön! Und was bevorzugt sie? Gedichte oder Romane?"

„Was lieben Sie denn am meisten?"

„Nun, ich lese gerade das neueste Buch des Philosophen Jeremy Bentham; er ist ein Anhänger der Aufklärung. Aber natürlich nehme ich mir auch hin und wieder einen Gedichtband vor. Kennt Ihre Schwester schon ‚Hitter Harolds Pilgerfahrt' von Lord Byron? Es ist erst vor ein paar Monaten erschienen, und die Leute sind alle sehr versessen darauf."

„Das weiß ich nicht", erwiderte der junge Mann verlegen, ohne den Blick von Carolyn zu wenden. „Darf ich etwas sagen, Miss Browne?"

„Aber gewiss", gab Carolyn höflich ihre Zustimmung, während sie das erwähnte Buch und noch einen weiteren Romanband aus dem Regal holte.

„Sie sehen heute ganz reizend aus", erklärte Anthony und wurde feuerrot dabei.

Überrascht drehte Carolyn sich um und blickte den jungen Mann zweifelnd an. Hatte er das eben ernst gemeint? Ihr Kleid war doch völlig aus der Mode und der Stoff ausgeblichen. Die Haare schnitt sie sich immer selbst, und für eine Frau war sie eigentlich zu groß.

Aber Anthony lächelte auf einmal gar nicht mehr und fügte nur halblaut hinzu: „Sie haben unglaublich grüne Augen."

Carolyn entschloss sich, nichts Außergewöhnliches an dieser Bemerkung zu finden, und erwiderte mit einem verbindlichen Neigen des Kopfes: „Sehr freundlich von Ihnen." Dann legte sie die beiden Bücher auf die Ladentheke. „Ich möchte Ihnen Byron empfehlen. Er liest sich sehr gut, auch wenn ich persönlich ihn eher unbedeutend finde."

„Wenn Sie ihn empfehlen, nehme ich ihn natürlich." Hingerissen beobachtete Anthony Davison, wie Carolyn den Verkauf in einem

Heft neben der Kasse notierte. In diesem Augenblick ertönte wiederum die Glocke an der Tür.

„Das ist ja der reinste Taubenschlag heute“, sagte Carolyn, ohne den Kopf zu heben.

„Soll das etwa mein Willkommensgruß sein?“ Lachend stellte George Browne seine lederne Reisetasche auf die Trittleiter neben dem Regal.

„Papa!“ Jubelnd eilte Carolyn auf den Vater zu und schlang die Arme um seinen Hals. „Ist alles gut gegangen?“

„Sehr gut. Aber ich will dich bei deinen Geschäften nicht stören. Der junge Mann scheint auch zu den Anhängern von Lord Byron zu gehören.“

Verwirrt blickte Anthony auf das Buch in seiner Hand. „Byron? Oh, es ist nicht für mich, sondern für meine Schwester. Ich selbst habe mir gestern das neueste Werk von Sir Hamilton gekauft.“

„Aha, und deshalb sind Sie heute wiedergekommen, um auch für Ihre Schwester etwas Lesestoff zu erwerben?“ Die Grübchen in George Brownes Wangen vertieften sich.

„Gewiss doch. Ganz so ist es, Sir.“

Carolyn hatte inzwischen das Buch sorgfältig eingewickelt und reichte es dem jungen Mann, nachdem sie die Geldstücke durchgezählt hatte, die dieser auf den Ladentisch gelegt hatte. Dann begleitete sie ihren Kunden zur Tür, verabschiedete sich freundlich von ihm und wünschte ihm einen guten Tag.

„Wie ich sehe, hast du wieder einmal ein Herz gebrochen“, stellte George Browne fest, als sich die Tür hinter Anthony Davison geschlossen hatte.

„Oh, Papa, bitte!“ rief Carolyn gekränkt. „Er hat doch nur ein Geschenk für seine Schwester gekauft.“

„Ich bin überzeugt, dass er gar keine Schwester hat, mein Kind“, erwiderte George Browne lächelnd.

„Was denkst du nur von mir, Papa!“

„Nun, dann sage mir, wie oft der junge Mann während meiner Abwesenheit hier gewesen ist.“

„Ich weiß es nicht. Ich habe es nicht gezählt. Fünf- oder sechsmal vielleicht.“

George Browne brach in schallendes Gelächter aus. „Na, also! Ein besonders guter Advokat würdest du nicht werden."

Carolyn ließ sich auf der untersten Stufe der Trittleiter nieder. „Ach, als Frau dürfte ich das ja sowieso nicht."

„Wann hat dich der Umstand, eine Frau zu sein, je davon abgehalten, deine Absichten in die Tat umzusetzen?" Vater und Tochter wechselten einen raschen Blick. „Wie geht es übrigens Charles Copperville?"

„Ausgezeichnet", erwiderte Carolyn und zog eine spitzbübische Grimasse. „Aber nun erzähle mir, was es Neues auf dem Kontinent gibt."

„Napoleons Grande Armee hat Wilna eingenommen, augenscheinlich ohne auch nur einen Schuss abzufeuern", berichtete George Browne kopfschüttelnd.

„Wirklich?" Erschrocken blickte Carolyn den Vater an.

„Die Russen haben die Stadt freiwillig geräumt. Zar Alexander überschätzt sich maßlos. Er gehört wirklich nicht an die Spitze eines Heeres." Der Vater tätschelte zärtlich die Wange seiner Tochter.

„Er hätte doch aus der Niederlage in der Dreikaiserschlacht bei Austerlitz, damals, im Jahre 1805, lernen sollen, als der Franzosenkaiser Russen und Österreicher in die Flucht schlug – gar nicht zu reden von dem Fiasko bei Friedland zwei Jahre später, das ihm letztendlich die ungünstigen Bedingungen im Friedensvertrag von Tilsit eingebracht hat", ereiferte sich Carolyn. „Er ist eben kein Heerführer. Und wie wird es jetzt weitergehen?"

„Das ist schwer zu sagen", erwiderte George Browne. „Aber meinetwegen sollen die Herrschaften machen, was sie wollen. Was gibt es denn aus unserem alten England zu berichten?"

„Das Übliche." Carolyn zuckte die Schulter. „Die Preise steigen, und die Arbeiter hungern. Im Norden hat es einen Aufstand gegeben. Die Ludditen, so nennen sie sich nach ihrem Anführer Ned Lud, haben die Maschinen in den Fabriken zerstört, weil sie glaubten, damit ihr Los verbessern zu können. In gewisser Weise kann ich die Menschen verstehen", fügte sie nachdenklich hinzu, „wenn sie nicht mehr wissen, wie sie ihre hungernde Familie ernähren sollen."

Der Vater strich ihr liebevoll über das Haar.

„Nun, dafür hat der Prinzregent gestern Abend ein rauschendes Fest gegeben", fuhr Carolyn fort. „Die Bourbonen waren auch dort. Ich nehme an, der Ball hat mindestens zehntausend Pfund gekostet. Wie üblich verspätete sich der Prinz um eine halbe Stunde. Der Saal soll so überfüllt gewesen sein, dass die Damen reihenweise in Ohnmacht fielen und hinausgetragen werden mussten." Sie lächelte verschmitzt. „Offensichtlich waren einige junge Männer sehr um sie bemüht und versuchten, die Damen dadurch wieder zu sich zu bringen, dass sie ihnen die Kleider lösten."

„Na, na, na!" Der Vater schnalzte missbilligend mit der Zunge.

„Der russische Fürst war auch unter den Gästen. Er ist vor zwei Wochen hier eingetroffen als Sonderbotschafter des Zaren. Swerajow heißt er. Hast du von ihm gehört, Papa?"

„Nicht viel. Er soll ein ausgezeichneter Offizier sein, stammt aus einer reichen, altadeligen Familie, und er ist nach London gekommen, um eine Allianz zwischen England und Russland zu Stande zu bringen. Das ist alles."

„Man sagt, er habe eine sehr lockere Moral."

George Browne sah die Tochter aufmerksam an. „Kennst du ihn etwa?"

Carolyn errötete flüchtig. „In den zwei Wochen, die er hier ist, hat man ihn mit wenigstens einem halben Dutzend Damen der obersten Gesellschaftskreise in Verbindung gebracht – jede von ihnen verheiratet, wie ich wohl nicht ausdrücklich betonen muss, Papa!"

„Na und? Benimmt er sich damit etwa anders als unsere eigenen Lebemänner? Mir scheint, du hast wieder ein neues Opfer für deine spitze Feder gefunden", erwiderte der Vater lächelnd. Doch dann wurde er plötzlich ernst. „Sei nur vorsichtig, mein Kind. Wer mit dem Feuer spielt, kann sich leicht verbrennen. Der Fürst könnte dir gefährlich werden."

Carolyn warf den Kopf in den Nacken. „Er ist doch nur an einem interessiert, Papa, und wahrscheinlich auch nur einer der unfähigen Busenfreunde des Zaren. Es würde mich nicht wundern, wenn er auf diese Weise den Strapazen des Feldzuges zu entkommen trachtet. Vielleicht ist er sogar ein Feigling." Verächtlich schob sie die Unterlippe vor. „England wird bestimmt keine Allianz mit dem Zaren eingehen. Warum auch? Weil er uns jetzt braucht? Niemand hat vergessen, dass er nach Tilsit seine Häfen für die englischen Schiffe geschlossen hat."

„Offensichtlich hast vor allem du es nicht vergessen, mein Kind", murmelte George Browne. „Seit wann beschäftigst du dich eigentlich so leidenschaftlich mit unseren Beziehungen zu Russland?"

Wieder errötete Carolyn. „ Ich wäre nicht so ablehnend, wenn ich den Eindruck hätte, man könnte ihm vertrauen."

„Meinst du nicht", erwiderte der Vater mit einem nachsichtigen Lächeln, „dass es nicht um das Vertrauen zu ihm geht, sondern zu Russland?"

Carolyn erhob sich und ging zu der Treppe, die im Hintergrund des Ladens zur oberen Etage führte. Sie war jetzt feuerrot und umklammerte unbewusst das blankgewetzte Geländer. „Das habe ich damit natürlich gemeint", sagte sie abweisend.

Der Vater blickte ihr nach, bis sie hinter der Tür zu ihrer gemeinsamen Wohnung verschwunden war.

„Was mag nur während meiner Abwesenheit vor sich gegangen sein?" murmelte er ratlos.

Carolyn saß in ihrem Zimmer an dem kleinen Schreibpult und vollendete mit sicheren Strichen das Bild eines jungen Mannes, der eine ohnmächtige Frau in dramatischer Haltung auf den Armen trug. Auf dem Boden vor ihm lagen bereits zwei weitere weibliche Wesen, ohne Schuhe und Strümpfe und mit geöffneten Ballroben. Jeden Augenblick mussten die Kleider von ihren Brüsten gleiten. Zwei junge Männer knieten neben ihnen und fächelten ihnen Luft zu.

Als die Zeichnung fertig war, betrachtete sie zufrieden ihr Werk, blies auf das Blatt, um die Tusche zu trocknen, und schrieb schließlich darunter: „Was für ein angenehmer Abend! Unser verehrter Prinz könnte öfter zu spät kommen." Meine Verkleidung hat mir gestern Abend ausgezeichnete Dienste getan, dachte sie lächelnd.

Doch dann wurde sie plötzlich ernst. Den Fürsten Swerajow hatte sie bisher noch nicht zu Gesicht bekommen, und deshalb konnte sie ihn in ihrer Zeichnung auch nicht wiedergeben. Gehört hatte sie allerdings genug von ihm. Er sollte hoch gewachsen sein, blondhaarig und sehr gut aussehend. Kalt wie Eis könne er sein, hieß es, aber auch hinreißend charmant, wenn es seinen Zielen dienlich war. Selbst der Prinzregent sei ihm bereits auf den Leim gegangen. Glücklicherweise war Lord Castlereagh bis jetzt ihm gegenüber hart geblieben.

Carolyn war überzeugt, dass die Berichte über sein Aussehen außerordentlich übertrieben waren, und verwies die Erzählungen, dass einige Damen beinahe die Besinnung verloren hatten, nur weil Swerajow ihnen vorgestellt worden war, in das Reich der Legenden. Immerhin wurde es Zeit, dass sie diesen Menschen endlich einmal in Augenschein nahm – und zwar so bald wie möglich. Sie lächelte grimmig, tauchte die Feder in das Tintenfass und begann unter dem Titel „Eine fürstliche Betrügerei" zu schreiben.

„Nahezu fünfzehnhundert erlauchte Gäste folgten gestern Abend der Einladung des Prinzregenten zu einer seiner bekannt extravaganten Festivitäten, die sich nicht weniger als 65.000 Kerzen, 150 reich gedeckter Tafeln und 285 Lakaien, Köche und sonstigen Dienstpersonals rühmen konnte. Ein Gast von besonders hochadeliger Geburt gab ein glänzendes Beispiel untadeliger Moral ab. Wenn die Wände von Carlton House doch reden könnten! (Glücklicherweise können es die Menschen!) Dieser Gast war kein Franzose. Fürst S. erschien mit einem imposanten Gefolge von berittenen und bis an die Zähne bewaffneten Kosaken, wie stets begleitet von seinem aus Paris stammenden Kammerdiener. Seine riesige schwarz lackierte Kutsche wies an den Türen das Familienwappen in Silber, Rot und Gold auf. Obwohl der Ball bis zum Morgengrauen dauerte, zog es S. vor, die Veranstaltung zu der ungehörigen Zeit von ein Uhr morgens zu verlassen. Und was anderes konnte einen so bedeutenden Gast zu einem derart vorzeitigen Abschied veranlassen, als der Liebreiz der ebenfalls anwesenden Lady C.? Lord C. war natürlich auch zugegen, aber viel zu sehr mit seiner Zigarre und seinem Portwein beschäftigt, zumindest gab er das vor. Sollte diese Abendgesellschaft etwa wieder so ereignislos verlaufen wie üblich?

Nun, ich denke, diesmal hatte niemand diesen Eindruck, am allerwenigsten Fürst S., der wohl nicht im Entferntesten das Erscheinen einer gewissen Fürstin erwartet hatte, der er zweifellos das letzte Mal in St. Petersburg begegnet war. Sie hatte allerdings ihre eigene persönliche Begleitung mitgebracht und in letzter Zeit unübersehbar an Gewicht zugelegt. Ich frage mich, was sie wohl erwarten könnte."

Fast ohne Atem zu holen, hatte Carolyn die Worte aufs Papier geworfen. Ihr Herz schlug jetzt wie wild, und vor ihrem geistigen Auge stand das undeutliche Bild eines großen goldblonden Mannes. Wenn sie sich Mühe gab, konnte sie sein Gesicht erkennen: hohe Wangenknochen, slawisch, mit markanten Zügen. Die Warnung des Vaters kam unvermittelt in ihr Gedächtnis, aber sie schob sie beiseite.

Die feine Gesellschaft scherte sich nicht darum, dass Hunderttausende von Soldaten aller Nationalitäten auf den Schlachtfeldern des Festlandes starben und britische Gefangene in europäischen Gefängnissen schmachteten. Sie hielten wohl auch die Erschütterungen, die im eigenen Land durch die Auswirkungen der Kriege zu verzeichnen waren, für nichts als Ammenmärchen! Bauern, Bergarbeiter, Weber kamen an den Bettelstab. Die Armenhäuser füllten sich von Tag zu Tag mehr. Das allgegenwärtige Leiden war schrecklich, und Carolyn konnte die Menschen nicht begreifen, die die Augen davor verschlossen.

Wie froh war sie, dass ihre Mutter dieser selbstsüchtigen Gesellschaft den Rücken gekehrt und George Browne geheiratet hatte. Er war in den Augen ihrer Familie zwar ein bedeutungsloses, armseliges Geschöpf, aber er hatte Ideale und liebte Margaret.

Carolyn erhob sich und holte die Miniatur der Mutter von ihrem Nachttisch. Wie schön sie gewesen war! Und in ihren Zügen lag so viel Wärme, so viel Empfindsamkeit.

Kurz nach ihrer Rückkehr von dem schrecklichen Besuch in Midlands war sie gestorben. Carolyn konnte sich noch genau daran erinnern, wie die Mutter sie ins Bett gebracht hatte, obwohl sie damals erst fünf Jahre alt gewesen war. Sie spürte noch ihren zarten

Kuss und hörte den liebevollen Gutenachtgruß, der wie immer mit den Worten schloss: „Ich habe dich lieb." „Ich dich auch, Mama", hatte das kleine Mädchen von damals geantwortet. Dann hatte die Mutter die Kerze ausgeblasen, und als Carolyn am anderen Morgen erwachte, stand der Vater an ihrem Bett und berichtete unter Tränen, dass die Mutter zu den Engeln im Himmel gegangen war.

Rasch legte Carolyn das Bild aus der Hand. Auch heute, zwölf Jahre danach, krampfte sich noch ihr Herz zusammen, wenn sie daran dachte. Wahrscheinlich konnte man den Verlust eines geliebten Menschen sein Leben lang nicht verwinden. Mutter war an der Schwindsucht gestorben. Sie musste die Krankheit schon lange mit sich herumgetragen haben, ohne jemandem etwas davon zu sagen.

Carolyn wischte sich eine Träne aus dem Augenwinkel und ging an das Schreibpult zurück. Unwillig schob sie die Blätter zusammen. Fürst Swerajow verdiente ganz ohne Zweifel ihre Sticheleien. Er war keinen Deut besser, vielleicht sogar noch schlimmer, als die Lebemänner in ihrem eigenen Lande. Und er durfte sich nicht wundern, dass er ein willkommenes Ziel für ihre Feder abgab, wenn er seinen offiziellen Staatsauftrag dazu benutzte, in aller Öffentlichkeit die Betten der Damen des Hochadels zu beehren, während seine schwangere Frau daheim saß. Persönlich hatte sie ganz und gar nichts gegen ihn. Es war eine Frage des Prinzips. Sie fragte sich, wie man es wohl ertragen könne, mit einem solchen Mann verheiratet zu sein.

Sie selbst würde niemals eine Ehe eingehen. Es sei denn, es fände sich ein Mann mit solch edlen Grundsätzen, wie sie der Vater hatte. Und außerdem müssten sie in inniger Liebe miteinander verbunden sein.

Entschlossen tauchte sie die Feder in das Tintenfass und unterzeichnete den Artikel schwungvoll mit dem Namen „David Copperville".

3. KAPITEL

Swerajow träumte. Die Welt um ihn war weiß, Schnee fiel unaufhörlich vom Himmel, und er wusste, es würde irgendetwas Furchtbares geschehen, wenn er nicht aufwachte. Vor dem Fenster seiner Datscha in Twer tobte der Schneesturm, und an der Tür hinter ihm stand ein junger Lakai, hoch gewachsen und stämmig, mit einem entschlossenen Leuchten in den Augen. Von irgendwoher ertönte die Stimme Marie Helenes.

„Hör nicht darauf, Niki. Es ist nicht wahr."

Aber Nikolaus hatte es ohnehin schon lange geahnt.

„Exzellenz, ich muss eine sehr ernsthafte Angelegenheit mit Ihnen besprechen."

Mit einem Aufschrei lief Marie Helene davon.

Eine ernsthafte Angelegenheit? Katja. Der größte Schatz seines Lebens, seine Tochter. Katja. Wo war sie? Wo war seine Tochter? Sie war verschwunden. Verloren für immer. „Katja!" wollte er schreien, „Katja!" Aber sie war wie vom Winde verweht ... unauffindbar ... verloren ...

Wieder eine männliche Stimme. „Exzellenz?"

Irgendjemand rief seinen Namen. Das passte nicht in diesen Traum, der ihn so oft heimgesucht hatte.

„Exzellenz!" Und nun ein Klopfen an der Tür, laut und eindringlich.

Zwischen Traum und Erwachen versuchte Nikolaus, sich mühsam zu erinnern. Seine Tochter war verschwunden, nicht draußen im Schneesturm, sondern durch den Verrat seiner Frau ...

„Fürst Swerajow!"

Nikolaus öffnete die Augen und erkannte im ersten Augenblick seine Umgebung nicht. War er denn nicht eben noch in Twer gewesen? In seinem Landhaus? Aber er befand sich auch nicht in dem vergoldeten Salon des Wladchja Palastes, seines Petersburger Heimes, in dem nicht nur er selbst und sein Bruder Alexander zur Welt gekommen waren, sondern auch Katja. Nein, durch die unverhüllten Fenster der holzgetäfelten Bibliothek blickte man in einen üppig grünenden Garten und auf einen hellblauen Himmel, und er selbst lehnte in der Ecke eines mit karminrotem Damast bezogenen Sofas. Er war in London.

Der bittere Nachgeschmack des Traumes lag auf seiner Zunge, und Nikolaus sagte sich zum wiederholten Male, dass er mit den vergangenen Ereignissen, die nicht mehr zu ändern waren, und mit dem tagtäglichen bohrenden Verdruss darüber leben musste. Aber er hatte auch Gott zu danken, dass Katja nicht im Schneesturm verschwunden war und nie mehr verschwinden würde.

Zornig schob Nikolaus das Bild des jungen dreisten Lakaien zur Seite, der jetzt bequem und sorgenfrei in Murmansk lebte, da sein Erpressungsversuch erfolgreich gewesen war.

„Exzellenz?" Jetzt wurde die Tür geöffnet, und Ludmila, Katjas Gouvernante, trat ein.

Bei ihrem Anblick kehrte Swerajow das Bewusstsein der Zusammenhänge schlagartig zurück. Im oberen Stockwerk lag Marie Helene und kämpfte mit der Hilfe dreier Ärzte um ihr Leben! Aber bei ihrem enormen Blutverlust bestand nur noch geringe Hoffnung. Ein Pope der russisch-orthodoxen Kirche, der zu Swerajows ständigem Haushalt gehörte, hatte bereits die letzte Ölung vorbereitet.

„Papa?" Eine ängstliche Kinderstimme ließ Nikolaus aufspringen.

Mit einem schüchternen Lächeln auf den Lippen stand die sechsjährige Katja unschlüssig auf der Schwelle. Sie war so schmal und zart und glich mit ihren schwarzen Locken, den tiefdunklen Augen und einer Haut wie Porzellan ihrer Mutter aufs Haar. Bei ihrem Anblick wurde das Herz des Vaters wie stets von heißer Liebe erfüllt.

„Komm herein, Katjuscha", sagte er zärtlich.

„Verzeihen Sie, Exzellenz", meldete sich jetzt die Gouvernante wieder zu Wort, „ich habe der Komtesse ausdrücklich untersagt, Sie zu stören."

„Meine Tochter stört mich nie", erwiderte Nikolaus und wäre am liebsten zu dem Kind geeilt, hätte es in seine Arme geschlossen ... Aber etwas hielt ihn zurück, er wusste nicht, wie er das anstellen sollte. Dafür hatte Marie Helene gründlich gesorgt.

Katja betrat das Zimmer und schloss die Tür sorgfältig hinter der sich devot zurückziehenden Gouvernante. Dann musterte sie den Vater mit Augen, die viel zu alt waren für ein Kind, und sagte sehr ernst: „Ich hoffe, ich störe dich wirklich nicht."

Nikolaus schüttelte den Kopf. „Komm, setze dich zu mir. Wir müssen miteinander reden, Kind."

Das Mädchen trug ein über und über mit Spitzen und Seidenbändern verziertes weißes Kleid, das es sorgfältig glatt strich, nachdem es in einem der beiden großen Armstühle Platz genommen hatte.

Nikolaus setzte sich der Kleinen gegenüber, räusperte sich unsicher und sagte dann leise: „Deine Mutter ist sehr, sehr krank."

„Ich weiß. Sie wird sterben." Katjas Stimme war matt und emotionslos.

„Man darf aber die Hoffnung nicht aufgeben", murmelte Nikolaus und blickte das Mädchen ratlos an. Er fragte sich, wie er es wohl trösten könnte, wenn Marie Helene tatsächlich sterben würde. Sie war kaum eine vorbildliche Mutter zu nennen.

Sooft es ging, ließ sie Katja in Twer allein mit ihren Hauslehrern und Kindermädchen, während sie selbst sich in der Welt herumtrieb, von Moskau nach St. Petersburg, von Wien nach Prag und Rom. In dieser Zeit wartete ihre Tochter geduldig auf sie und stand oft mit sehnsüchtigen Blicken lange Zeit am Fenster.

Aber eine schlechte Mutter war Marie Helene wiederum auch nicht. Bei ihrer Rückkehr überschüttete sie Katja mit Geschenken und unterhielt sie in heiterster Laune mit den Berichten über ihre Abenteuer in fremden Ländern. Nikolaus war überzeugt, dass Katja ihre Mutter regelrecht verehrte.

„Wollen wir zusammen für die Mutter beten?" fragte er nach einer Weile, obwohl er nicht an die Wirkung von Gebeten glaubte. Dazu hatte er schon zu viele junge, hoffnungsvolle Männer ins Grab sinken gesehen.

Katja nickte wortlos. Sie war sehr blass.

„Also, dann", begann Nikolaus, „lieber Gott ..."

„... lass meine Mutter nicht sterben", fuhr das Mädchen halblaut fort. „Bitte! Sie ist noch so jung und so schön, und ich weiß, dass sie mich lieb hat ... und auch Papa. Ich will alles tun, wenn du sie rettest. Amen."

„Amen", wiederholte Nikolaus und wusste wieder nicht, was er nun noch tun sollte. Es war doch viel leichter, einem sterbenden Soldaten in Schlamm und Schnee beizustehen, als ein Kind mit trockenen, tränenlosen Augen zu trösten. Vorsichtig legte er Katja den Arm um die Schulter. „Hab keine Angst", flüsterte er.

Das Mädchen fuhr zusammen. Dann legte es seine reine Kinderstirn im kaum sichtbare Falten und sagte: „Aber vielleicht werde ich sie nie wiedersehen."

„Doch", erwiderte Nikolaus, „eines Tages im Himmel. Wir können mit Gott nicht handeln."

Katja nickte mit ernster Miene.

Nun erhob sich der Vater wieder. „Komm, wir wollen sehen, ob die Ärzte uns erlauben, sie zu besuchen."

Leise stiegen sie Hand in Hand die Treppe hinauf. Die Tür zum Krankenzimmer war geschlossen. „Warte hier auf mich", sagte Nikolaus, drückte die Hand des Kindes und schlüpfte rasch in den verdunkelten Raum. Wenn es wirklich zum Schlimmsten kam, sollte Katja ihre Mutter schön und voller Leben in Erinnerung behalten.

Marie Helene lag so blass und reglos wie eine Tote in den Kissen und wirkte unglaublich wesenlos und winzig in dem großen, von vier Pfosten umgebenen Himmelbett. Nikolaus starrte sie an. Sie schien bewusstlos zu sein.

„Gibt es keine Besserung?" fragte er flüsternd einen der Ärzte. „Wird sie am Leben bleiben?"

Der weißhaarige Mann hob die Schulter. „Wir konnten endlich die Blutungen zum Stillstand bringen. Aber sie hat sehr viel Blut verloren, und die Chancen stehen nicht besonders gut. Es tut mir sehr Leid, Fürst Swerajow", fügte er zögernd hinzu. „Aber vielleicht kommt sie wenigstens noch einmal zu sich, sodass Sie mit ihr sprechen können."

Wie als Antwort darauf, begannen die Lider der Kranken zu zucken. Nikolaus ließ sich auf dem Bettrand nieder, nahm ihre Hand und sagte halblaut: „Marie Helene! Hörst du mich? Möchtest du Katja sehen?"

Langsam öffnete Marie Helene die Augen und sah ihren Mann eindringlich an. „Du liebst sie sehr, nicht wahr?" flüsterte sie schließlich. „Es ist völlig widersinnig ... aber du liebst sie. Nur mich hast du nie geliebt."

Ihre Worte riefen ein tiefes Befremden in Nikolaus hervor. Seine Frau lag im Sterben und enthüllte dabei zum ersten Male eine grenzenlose Eifersucht auf die eigene Tochter! Es war unfassbar.

„Weißt du eigentlich", fuhr Marie Helene fort, mühsam die Worte formend, „wie viele Männer mich geliebt haben? Mich! ... So wie ich bin, mit Leib und Seele ... über Jahre und Jahre ... Sie würden töten um meinetwillen ..." In ihren Augen glomm ein wildes Feuer.

„Wie hätte ich das nicht merken sollen?" erwiderte Nikolaus und dachte dabei einzig und allein an den verdammten Diener mit Namen Pjotr, der aller Wahrscheinlichkeit nach Katjas Vater war.

„Selbst Alexander liebt mich", flüsterte die Kranke. „Er hat es mir gesagt, bevor ich abreiste." Nur du nicht. Diese Worte hingen, nun unausgesprochen, in der Luft.

Müde stand Nikolaus auf. „Es hat doch keinen Sinn, jetzt darüber zu reden", sagte er. „Wir haben schließlich nicht aus Liebe geheiratet. Wer tut das schon." Er wandte sich um. „Ich hole nun Katja."

„Zum Teufel mit dir, Nikolaus!" schrie Marie Helene mit unerwarteter Energie, und in ihrem Blick lag abgrundtiefer Hass.

Einen Herzschlag lang blieb Nikolaus stehen und fragte sich verwundert, warum er keinen solchen Hass empfinden konnte, da er doch auf das Schamloseste betrogen worden war. Dann hob er resigniert die Schultern und ließ Katja ein.

Das Kind ging ängstlich mit kleinen Schritten zu dem Bett und starrte auf seine Mutter.

„Mama?" Die Furcht verzerrte das Flüstern zu einem schrillen Laut.

Aber Marie Helene hörte jetzt nichts mehr. Sie schien zu schlafen. Oder ...?

Katja warf sich auf sie und presste ihren Kopf an die Brust der Kranken. Dann begann sie zu weinen.

Auch Nikolaus kämpfte mit den Tränen. Wenn seine Frau starb, hatte das Kind keine Mutter mehr ... und keinen Vater.

In der Bibliothek nahm Nikolaus das Mädchen in die Arme, zog es auf seinen Schoß, wiegte es leise hin und her und wartete darauf, dass sein Schmerz zum Ausbruch kommen würde. Aber Katja blieb stumm.

„Ich weiß, dass du Angst um deine Mutter hast", murmelte er und strich ihr über das Haar. „Ich wünschte, ich könnte dich trösten. Doch ich kann es nicht. Und ich habe auch nicht die Macht, irgendetwas zu ändern."

Das Kind starrte ihn an. Es war totenblass. „Glaubst du an Wunder, Papa?" fragte es schließlich.

„Ja", erwiderte Nikolaus sehr leise, denn er schämte sich der Lüge.

„Dann ist es ja gut", flüsterte Katja, und nach einer Weile fuhr sie fort: „Ich glaube, es ist jetzt Zeit für meinen Unterricht."

Nikolaus stellte sie auf die Füße, küsste ihre Wange und sagte: „Ich spreche mit Signor Raffaldi. Heute ist kein Tag zum Lernen. Du solltest lieber etwas tun, das dir Spaß macht. Möchtest du vielleicht in den Zirkus gehen?"

„Wenn es dir nichts ausmacht, Papa", erwiderte Katja höflich, „würde ich gern in meinem Zimmer bleiben und lesen."

Warum ist dieses Kind, das nicht meine Tochter ist, nur immer so zurückhaltend, so verschlossen, fragte sich Nikolaus hilflos – dieses schöne, ernsthafte Kind. Von mir kann es ja nicht kommen, aber von seiner Mutter erst recht nicht.

„Wie du willst", entgegnete er freundlich. „Aber lass es mich wissen, wenn du deine Meinung noch ändern möchtest." Er sagte es, obwohl er wusste, dass das Mädchen nie seine Meinung ändern würde.

Katja nickte, und Nikolaus ging zur Tür, um Lisa zu rufen.

Die ergraute Kinderfrau sah ihn mit ihren trüben Augen an, als erkenne sie jeden seiner Gedanken. „Ich werde mich um sie kümmern, Exzellenz. Machen Sie sich keine Sorgen."

„Danke“, erwiderte Nikolaus erleichtert.

Und dann starrte er die Alte fassungslos an. Hatte sie wirklich eben hinzugefügt: „Die Fürstin schläft. Gott hat beschlossen, sie noch nicht zu sich zu rufen“?

4. KAPITEL

Carolyn fühlte sich sehr unbehaglich, und das hatte nichts mit ihrer Verkleidung zu tun. Sie steckte in dem Gebüsch neben dem hellen Backsteinhaus in Mayfair, das Fürst Swerajow für seinen Aufenthalt in London gemietet hatte. Ihr Haar war unter einem breitkrempigen Hut versteckt und der knapp sitzende Männerrock bis unters Kinn zugeknöpft. Weste, Hose, dicke Strümpfe und Schuhe mit glänzenden Schnallen vervollständigten ihren ungewöhnlichen Aufzug. Warum nur klopfte ihr Herz derart heftig? Sie war doch an Kostümierungen aller Art gewöhnt. Wie anders sollte sie sonst an die Informationen über jene Leute kommen, denen ihre Kolumnen im Morning Chronicle galten?

Heute aber, zwei Tage nach dem großen Ball im Palais des Prinzregenten, war sie dabei ungewöhnlich aufgeregt, so als lauere irgendwo eine Gefahr für sie – was natürlich der pure Unsinn war. Sie konnte sich jedoch einer merkwürdigen düsteren Vorahnung nicht erwehren, ohne irgendeinen greifbaren Anlass dafür zu entdecken.

Ungeduldig schob sie ein paar Zweige zur Seite und musterte die Fensterfront. Da bereits die Vormittagsstunden angebrochen waren, konnte man davon ausgehen, dass Swerajow daheim war, selbst wenn er die Nacht wieder mit Lady Carradine verbracht haben sollte. Allein der Gedanke an diese Möglichkeit angesichts der Schwangerschaft seiner Frau trieb Carolyn die Zornesröte ins Gesicht. Vor zwei Tagen hatte sie sich die Livree eines königlichen Lakaien ausgeliehen und sich so Zutritt zu dem Palais des Kronprinzen verschafft. Es war ungeheuer amüsant und zugleich aufschlussreich gewesen, dem Geschwätz der Dienstboten zuhören zu können.

Hoffentlich kommt der Fürst bald auf den Gedanken, einen Ausritt in den Hyde Park zu unternehmen, dachte sie ärgerlich, denn sie wollte heute damit beginnen, sich mit seinem Tagesablauf vertraut zu machen und seine Gewohnheiten zu ergründen, um ihn so bald wie möglich in einem ihrer Artikel aus seiner vornehmen aristokratischen Zurückhaltung in das Licht der Öffentlichkeit zu rücken.

Seit mehr als einem Jahr schrieb sie bereits für die Zeitung. Zu Beginn hatte sie ein paar Kommentare ausschließlich zum eigenen Vergnügen verfasst. Doch der Vater hatte ihre Aufsätze so amüsant und geistreich gefunden, dass sie diese schließlich einigen Tageszeitungen anbot. Der Morning Chronicle war begeistert gewesen und hatte mit ihr – trotz der Tatsache, dass sie eine Frau war und noch dazu eine sehr junge – sofort eine Vereinbarung getroffen. Seit dieser Zeit lieferte sie jede Woche einen neuen Beitrag ab, unter der beiderseitigen ausdrücklichen Voraussetzung, dass ihre Anonymität gewahrt blieb.

Ihr eigentliches Motiv dabei war nicht etwa eine grundsätzlich feindselige Einstellung gegenüber den Angehörigen des Hochadels. Sie wollte lediglich die zweifelhafte Moral jener Peers aufzeigen, die sich so erhaben über alle anderen Menschen dünkten. Und vielleicht würde sie mit der Zeit erreichen, dass Leute wie Fürst Swerajow und Lady Carradine weniger an ihr eigenes Vergnügen dachten und dafür mehr an die Not und das Elend derer, die nicht so reich und mächtig waren wie sie.

Da sich im Hause immer noch nichts rührte, zog Carolyn ihr Notizbuch aus der Rocktasche und schrieb auf eine neue Seite „Recherchen über S. – Persönliches, Hintergrundinformationen und Ähnliches“. Dabei spürte sie wieder das vertraute Kribbeln im Nacken, das sie bei all ihren Erkundungen begleitete.

Endlich wurde das Portal geöffnet, und zwei Männer, in eine halblaute Unterhaltung vertieft, traten ins Freie. Carolyn spähte durch das Gebüsch ... und erstarrte. Einer der beiden war hoch gewachsen, mit dichtem, etwas unordentlichem blonden Haar und bronzefarbener Haut. Er und kein anderer musste der Fürst sein! Sie spürte, wie ihr Herzschlag aussetzte.

Nur wenige Schritte von ihr entfernt blieb Swerajow stehen, und Carolyn musste nun eingestehen, dass die Berichte über sein Aussehen keineswegs übertrieben waren. Selbst ohne Uniform – er trug nur eine Weste, ein weißes Hemd und graue Pantalons – wirkte er ungemein beeindruckend mit seinen breiten Schultern, den langen kräftigen Beinen und den schmalen Hüften. Aber es waren nicht nur diese Äußerlichkeiten, die Bewunderung hervorrufen mussten. Der Fürst bewegte sich wie ein Mensch, der für Macht und Reichtum geboren war. Ein unübersehbarer Hauch von Dominanz und Hochmut umgab ihn. Dieser Mann kannte offensichtlich keine Zweifel an sich und seiner Bedeutung!

Unvermittelt kam Carolyn die Warnung des Vaters in den Sinn, und sie schloss von Unruhe ergriffen die Augen. Zum ersten Male war sie nicht mehr in der Lage, einen klaren Gedanken zu fassen.

Als sie die Lider wieder hob, hatten die beiden Männer ihr den Rücken zugewandt und gingen langsam auf dem Gartenweg auf und ab. Sie riss sich zusammen, nahm den Bleistift zur Hand und begann in fieberhafter Hast, ein Porträt des Fürsten zu zeichnen. Mit raschen Strichen hielt sie seine gerade, aristokratische Nase fest, seine hohen, ausgeprägten Wangenknochen, das harte, energische Kinn und den zugleich grausam und ungemein sinnlich wirkenden Mund. Das halb offene Hemd und die kaum gekämmten Haare vergröberte sie in ihrer Darstellung noch etwas, denn sie stammten zweifellos wieder von einer Nacht voller Wollust.

Der andere Mann schien ein Arzt zu sein, denn er trug in der einen Hand eine große lederne Tasche und in der anderen eine weiße Schürze oder etwas Ähnliches. Jetzt näherten sich die beiden wieder dem Versteck der Lauscherin.

Mit zitternden Händen stopfte Carolyn das Notizbuch in die Tasche und wagte kaum zu atmen. Noch nie hatte sie eine derartige Angst gehabt, entdeckt zu werden. Mit weit aufgerissenen Augen starrte sie auf die Männer, die jetzt unmittelbar neben ihr anhielten.

„Alles, was Sie getan haben“, sagte Swerajow mit rauer Stimme, „werde ich Ihnen selbstverständlich reichlich vergelten.“

„Ich erwarte nicht mehr, als mir der Ordnung nach zusteht, Exzellenz“, erwiderte der weißhaarige Mann.

„Nein, nein, Sie müssen eine besondere Belohnung erhalten.“ Der Ton des Fürsten ließ keinen Zweifel daran zu, dass geschehen würde, was er wünschte. „Ich weiß ja nicht, wie ich Ihnen danken soll, dass sie überlebt hat.“

„Ich bin auch froh darüber, aber ich habe nicht viel dazu getan", sagte der Arzt mit einem leichten Lächeln. „Ihre Gemahlin ist kräftiger, als sie aussieht, und hat einen starken Lebenswillen."

„Es war jedenfalls außerordentlich entgegenkommend von Ihnen, so oft nach ihr zu sehen." Swerajows Miene wirkte seltsam verzerrt.

Der Arzt verneigte sich schweigend, und Carolyn fragte sich vergebens, was mit der Fürstin geschehen sein mochte. Wieso wäre sie beinahe gestorben?

In diesem Augenblick wandte der Fürst sich um und schien Carolyn anzublicken. Sie presste die Hand auf das Herz und war nahe daran, ohnmächtig zu werden. Plötzlich begriff sie die Erregung der Damen des Hofes, wenn er ihnen vorgestellt wurde und ihre Hand zum Kuss an die Lippen zog. Er war wahrhaftig der hinreißendste Mann, den sie je zu Gesicht bekommen hatte!

Zum Glück fuhr gerade eben die mit vier Pferden bespannte riesige Kutsche vor, auf deren Tür ein zähnefletschender rotbrauner Wolf zwei gekreuzte silberne Schwerter und ein goldenes Banner in den Fängen hielt. Darunter stand in lateinischer Schrift „Mein Verdienst" – der dünkelhafte Wahlspruch der Swerajow. Zwei Lakaien sprangen von dem über den Hinterrädern angebrachten Tritt und halfen dem Arzt beim Einsteigen. Dann schnippte Swerajow mit den Fingern und die Pferde zogen an. Einen Augenblick sah er dem Wagen gedankenverloren nach, wandte sich unvermittelt um und streifte das Buschwerk, in dem sich Carolyn verborgen hielt, mit einem aufmerksamen Blick. Entsetzt krampfte sie die Hände zusammen. Hatte er sie etwa entdeckt?

Doch nein, der Fürst neigte nur den Kopf und ging zum Eingang zurück. Sorgfältig schloss ein Diener die Tür hinter ihm.

Schweißgebadet sank Carolyn zu Boden und versuchte krampfhaft, ihr seelisches Gleichgewicht wiederzuerlangen.

Wenn sie doch irgendjemand auf die Wirkung einer ersten Begegnung mit Swerajow vorbereitet hätte! Aber sie musste sich jetzt vor Augen halten, dass dieser Mensch durch und durch schlecht und ohne jede Moral war – alles das, was sie bei Männern seines Schlages so verachtete. Mochte er auch aussehen wie ein römischer Gott, der auf die Erde herabgestiegen war, um das Böse zu bekämpfen und das Unrecht zu rächen – er war kein Unsterblicher, sondern nur ein schöner Mann.

Langsam begann sie, sich wieder besser zu fühlen. Und seine arme Frau wäre beinahe gestorben. Warum nur? Keinesfalls mochte Carolyn ihre Stellung hier aufgeben, ohne herausgefunden zu haben, was in diesem Hause eigentlich vorgefallen war. Sie spähte aufmerksam durch die Zweige. Irgendwie musste es ihr gelingen, den Garten ungesehen zu durchqueren, um an den Dienstboteneingang zu gelangen.

Nikolaus lehnte sich stirnrunzelnd über seinen Schreibtisch und drehte den Federkiel zwischen den Fingern. Im Vorzimmer wartete ein Eilkurier, der seinen Bericht auf dem schnellsten Wege zum Zaren bringen sollte, der jetzt sein Hauptquartier in Drissa aufgeschlagen hatte. Fürst Michail Illarionowitsch Kutusow war mit der Ersten Armee auch dort, und er selbst, Nikolaus Swerajow, würde sich zweifellos an der Spitze seiner Bataillone ebenfalls dorthin begeben, wenn Alexander ihn nicht nach Napoleons Überfall stehenden Fußes nach London geschickt hätte.

Seufzend legte Nikolaus die Feder zur Seite, denn er hatte wahrhaftig keine allzu erfreulichen Mitteilungen zu machen. Castlereagh erwies sich nach wie vor als unzugänglich für alle Argumente. Aber Alexander sollte dennoch nicht erfahren, wie schwierig sich die Gespräche in London gestalteten. Schließlich bestand immer noch Hoffnung auf das Zustandekommen eines Abkommens und vielleicht sogar auf finanzielle Hilfe von englischer Seite, solange er, Nikolaus, noch im Lande war. Aber er fragte sich insgeheim doch immer wieder, wer wohl in der britischen Regierung unter der Hand so erfolgreich gegen ihn und damit gegen die Interessen Russlands intrigierte ... und sogar einen Spitzel in seinen Vorgarten schickte!

Schließlich raffte er sich zu einem kurzen Schreiben an den Zaren auf, in dem er dessen Hoffnung auf einen baldigen erfolgreichen Abschluss der Verhandlungen dämpfte und zugleich ein weiteres Mal den Wunsch zum Ausdruck brachte, so schnell wie möglich zu der Truppe zurückkehren zu dürfen. Noch während er die letzten Worte formulierte, wurde die Tür geöffnet, und ein ebenso stattlicher junger Mann wie er selbst, mit wirrem dunklen Haar, über und über von Reisestaub bedeckt, erschien auf der Schwelle.

„Ich hoffe, ich störe dich nicht, Niki", sagte er lachend.

„Alexi!" Nikolaus sprang auf und lief seinem Bruder entgegen. „Welche Überraschung! Ich glaubte dich in Wien, Katz und Maus mit den Habsburgern spielend."

„Hund und Katze wäre treffender", erwiderte Alexander und schnitt eine Grimasse. „Aber meine Arbeit dort ist fürs Erste getan. Wir haben ein paar ziemlich wertlose Garantien aus den Österreichern herausgeholt, und ich ließ mich danach für kurze Zeit beurlauben. Es ist nämlich lange her, seit ich das letzte Mal über die Oxford Street gebummelt bin."

„Du warst seit unserer Kinderzeit nicht mehr in London", erwiderte Nikolaus lächelnd.

„Ich weiß, ich weiß." Alexander warf seinen staubigen Hut auf einen der Sessel. „Eigentlich habe ich auch gedacht, du könntest mich hier vielleicht brauchen."

„Ja, vor allem um herauszufinden, wer gegen unsere Bemühungen arbeitet. Aber berichte erst einmal, was ihr in Wien erreicht habt."

Der Jüngere ließ sich in einen Armstuhl fallen und streckte die langen Beine weit von sich. „Die Österreicher werden sich so weit wie möglich in Zurückhaltung üben, was den Überfall der Franzosen auf unser Land betrifft, obwohl sie ja seit dem Vertrag mit Napoleon zur Stellung eines Militärkontingentes verpflichtet sind. Aber Metternich will sich auch nicht an Russland binden, um sich bei kommenden Ereignissen möglichst unabhängig entscheiden zu können. Immerhin verhandeln sie insgeheim weiter mit uns, obwohl die Angst vor dem Franzosenkaiser nach wie vor sehr ausgeprägt ist."

Nikolaus erwiderte nichts, denn diese Neuigkeiten waren zwar nicht erfreulich, boten aber auch keinen Grund zu ernsthafter Besorgnis. Er füllte zwei Gläser mit Wodka und reichte eines davon dem Bruder, der es in einem Zuge leerte. „Marie Helene ist hier", sagte er dann kurz. „Sie kam mit Katja nach London."

Auf Alexis hübschem Gesicht zeichnete sich für einen kurzen Augenblick Widerwillen ab. „Welch freudige Überraschung für dich", sagte er spöttisch. „Kennst du eigentlich schon die neuesten Gerüchte über deine verehrte Gemahlin?"

Nikolaus nippte an dem Wodka, der sich mit einem leichten Brennen auf seiner Zunge verteilte und ein angenehmes Wärmegefühl hervorrief. „Ich widme solchem Geschwätz keine Aufmerksamkeit", erwiderte er. „Und du solltest es auch nicht tun."

„Damit hast du vollkommen Recht, Niki. Aber diesmal ist es ziemlich ernst."

„Nun denn, worum geht es?"

„Woronski soll der Vater des Kindes sein, das sie erwartet."

Nikolaus biss die Zähne so heftig zusammen, dass die Muskeln am Unterkiefer hart wie Stein wurden, und stellte das Glas mit einem scharfen Klirren auf den Tisch. „Du hättest mir das nicht gesagt, wenn du diesen Klatsch nicht selbst glauben würdest", presste er zwischen den Lippen hervor.

„Du bist zu nachsichtig mit ihr."

„Sie hat viele Probleme."

„Und Woronski, unser Vetter und Freund? Hat er auch Probleme? Entschuldigt er damit auch seinen gemeinen Betrug an dir?" fragte Alexander wütend.

Nikolaus schwieg und erinnerte sich der Kindertage, in denen er mit dem Vetter im Park gespielt hatte. Obwohl dieser wusste, dass Marie Helene und ihn selbst kaum mehr als der Name verband, wäre es schändlicher Verrat, wenn es zutraf. Ein neuer schändlicher Verrat ...

„Frage sie doch einfach", schlug der Bruder höhnisch vor. „Sie wird wieder auf entzückende Weise Tränen vergießen, alles ableugnen und um deine Liebe flehen."

„Ich werde sie fragen", erwiderte Nikolaus ruhig.

„Und dann?"

„Dann werde ich sie nach Twer schicken – bis zum nächsten Sommer."

„Ein guter Gedanke.“ Alexi erhob sich und reckte die Arme. „Ich persönlich glaube, sie hat sich Woronski absichtlich ausgesucht, weil sie dich verletzen wollte.“

„Mache ich den Eindruck, als sei ich verletzt?“ fragte Nikolaus kühl. „Ich bin nur verärgert. Meinetwegen kann sie sich ihre Liebhaber aussuchen, wo immer sie will – aber nicht im Kreise meiner Freunde oder meiner Familie.“

„Ich sagte dir doch, sie wollte dich kränken. Schicke sie lieber nach Sibirien. Twer liegt zu nahe bei Moskau. Und lasse sie dort, bis sie alt und grau geworden ist.“

„Das verstehst du nicht, Alexi. Ich würde Katja einen tiefen Schmerz zufügen, wenn ich Marie Helene auf diese Weise bestrafte. Sie ist doch selbst nur ein selbstsüchtiges, eigensinniges Kind.“

„Gott sei gelobt, dass der Zar nicht auch für mich eine Heirat arrangiert hat!“ Alexander hob mit gespielter Dankbarkeit die Hände empor und beeilte sich dann, sein Glas erneut zu füllen. „Wenn ich jemals in den Stand der Ehe trete, will ich mich zumindest vorher versichern, dass eine Scheidung möglich ist, ohne dass ich gleich gesteinigt werde.“

„Sehr begreiflich“, murmelte Nikolaus, obwohl er selbst nie eine Scheidung in Erwägung gezogen hatte. Warum auch? Seine Ehe war nicht viel anders als die vieler anderer Paare, die wegen des politischen oder gesellschaftlichen Nutzens geheiratet hatten. Und einem männlichen Erben galt sein Bestreben auch nicht. Katja sollte seine Erbin sein.

„Sie hat vorgestern eine Fehlgeburt gehabt“, sagte er leise, „und ist fast daran gestorben.“

Alexi fuhr auf. „Großer Gott! Jetzt tut mir mein dummes Gerede direkt Leid.“

„Mach dir nichts draus. Ich weiß, dass du sie immer verachtet hast, und ich würde an deiner Stelle wohl auch nicht anders denken.“ Nikolaus warf dem Bruder einen ausdruckslosen Blick zu und fügte dann hinzu: „Für Katja war ich sehr froh, dass sie am Leben geblieben ist. Ich mache mir große Sorgen um das Kind. Sie ist zu ernsthaft für ihr Alter.“

Alexander trat auf den Bruder zu und legte ihm die Hand auf die Schulter. „Die arme Kleine. Wo ist sie? Ich möchte sie gern begrüßen."

„Sie ist oben bei Lisa", erwiderte Nikolaus zögernd und fragte sich, ob der Bruder nicht vielleicht doch eine Ahnung von den wahren Umständen hatte. Damals, als er sich gezwungen sah, Licht auch in die dunkelste Ecke von Marie Helenes Leben zu bringen, wäre er glücklich gewesen, sich jemandem anvertrauen zu können. Doch nicht einmal seinem Bruder hatte er erklärt, dass Katja aller Wahrscheinlichkeit nach nicht seine Tochter war, so wie er auch bis heute diese Tatsache gegenüber jedermann verschwieg. Mit langsamen Schritten ging er zum Fenster und blickte in den Garten hinunter.

„Glaubst du, dass Katja glücklich ist?" fragte er, ohne sich umzuwenden.

Alexi hob ratlos die Hände. „Sie ist sehr ruhig", sagte er und fügte nach einer Weile hinzu: „Ich weiß es wirklich nicht, Niki."

„Ich fürchte, sie ist nicht glücklich", fuhr Nikolaus fort, „aber ich weiß nicht, warum. Wahrscheinlich bin ich ein besserer Vater, als es viele andere Männer, insbesondere in Bezug auf eine Tochter, sind. Ich kümmere mich so viel wie möglich um sie und spreche mit ihr über alles. Und Marie Helene ist auch nicht anders als alle Frauen: mehr interessiert an Liebhabern, Diamanten und Galadiners als an ihren Kindern. Vielleicht mache ich mir unnötige Sorgen."

„Ich kann das nicht beurteilen", erwiderte Alexander. „Aber ich bin sicher, du liebst Katja wirklich."

Nikolaus drehte sich hastig zu ihm um. „Was willst du damit sagen?"

„Nichts Bestimmtes, Bruderherz. Und nun möchte ich deine Tochter begrüßen. Was hältst du später von einem Bummel durch London?" An der Tür blieb Alexi noch einmal stehen und lächelte Nikolaus verschmitzt zu.

„Vielleicht", murmelte Nikolaus. Er hatte sich wieder dem Fenster zugewandt und blickte suchend hinaus. Ob Alexander andeuten wollte, dass Marie Helene für ihre eigene Tochter nichts übrig hat?

dachte er bedrückt. Aber er wies eine solche Möglichkeit sofort weit von sich.

„Offensichtlich kannst du vom Anblick deines Vorgartens gar nicht genug bekommen", sagte Alexi jetzt lachend.

Gleichgültig hob Nikolaus die Schultern. „Da draußen treibt sich ein Spitzel herum", sagte er so unbeteiligt, als spreche er über das Wetter.

„Machst du Witze?" Der Jüngere starrte ihn verblüfft an.

„Ein junger Bursche", erklärte Nikolaus und kam ins Zimmer zurück. „Er schleicht schon eine Zeit lang hier umher, und ich sollte dieser Posse jetzt ein Ende setzen. Nach all dem, was ich in den letzten zwei Tagen hinter mich gebracht habe, bin ich ganz und gar nicht in Stimmung für solche zweifelhaften Scherze." Im Gegenteil, dachte er, meine Stimmung wäre eher geeignet, dem Kerl den Hals umzudrehen. Aber schließlich bin ich schlau und erfahren genug, ihn auch so in die Enge zu treiben. „Nun, ich werde wohl erst einmal frühstücken und einen Blick in die Zeitung werfen, ehe ich ihm den Garaus mache."

„Der Arme! Also bis später dann." Lachend eilte Alexander aus dem Zimmer.

Als Nikolaus ihm folgen wollte, trat sein Kammerdiener Jacques ein. „Das Frühstück steht bereit, Exzellenz", meldete er mit einer höflichen Verbeugung. „Oder wünschen Sie zuvor ein Bad zu nehmen?" Er hustete dezent und fügte dann hinzu: „Sie haben heute Vormittag eine Verabredung mit Lord Stuart Davison."

Nikolaus nickte wortlos. Das Treffen mit Davison hatte er keineswegs vergessen. Der Mann hatte eine Schlüsselposition im Außenministerium inne und schien dem Gedanken einer Allianz mit Russland nicht abgeneigt zu sein. Wahrscheinlich steckte viel mehr hinter ihm, als es den Augenschein hatte – es wäre zumindest zu hoffen.

„Ich bade nach dem Frühstück", sagte Swerajow schließlich. „Und wenn ich fort bin, habe ich einen wichtigen Auftrag für dich. Du sollst ein Kätzchen kaufen."

Der Diener strahlte. „Für Komtesse Katja?"

„Ja. Sieh zu, dass du ein besonders anschmiegsames findest. Ich will sie heute Abend damit überraschen."

„Wie Sie befehlen, Exzellenz."

Nikolaus betrat das Frühstückszimmer, einen Raum mit vielen bis zum Boden reichenden Fenstern, dessen helle Blumentapete für seinen Geschmack viel zu sehr an ein verspieltes Boudoir erinnerte. Aber das ganze Haus gefiel ihm ohnehin nicht besonders, denn es war auch nicht im Entferntesten mit seinen Wohnstätten in Russland zu vergleichen – weder mit dem Landsitz in Twer noch mit dem neuen palastähnlichen Gebäude in Moskau, ganz zu schweigen von dem prachtvollen alten Familiensitz in St. Petersburg, einem schon vor mehreren hundert Jahren erbauten und danach vielfach erweiterten Stadtschloss.

Noch während er am Tisch Platz nahm, begannen die Lakaien damit, das Frühstück aufzutragen. Sein gesamtes Personal war ihm nach London gefolgt, denn er hätte keinem britischen Koch oder Diener über den Weg getraut. Wenn der Preis hoch genug war, würden sie ihn, ohne mit der Wimper zu zucken, vergiften. Schließlich herrschte Krieg in Europa, und die Großmächte wechselten ständig die Fronten. Vor ihren Agenten und Spitzeln war man in keiner der wichtigsten Hauptstädte sicher.

Genießerisch nahm sich Nikolaus ein zart durchgebratenes Lendenstück von einer silbernen Platte und griff dann zur Zeitung. Plötzlich hatte er das unangenehme Gefühl, beobachtet zu werden. Zum Teufel mit dem Burschen im Garten, der wahrscheinlich gerade durch eines der Fenster späht, dachte er ärgerlich. Konnte man denn nicht einmal in Ruhe sein Frühstück zu sich nehmen? Es wurde wirklich Zeit, dass er den Kerl hinauswerfen ließ.

Der Morning Chronicle war heute wieder einmal besonders umfangreich, und Nikolaus durchblätterte ihn ungeduldig auf der Suche nach den neuesten Meldungen vom Kriegsschauplatz in Russland. Dabei fiel sein Blick auf seinen eigenen Namen. Es war nicht der volle Name, aber zweifelsfrei als der seine zu erkennen. Fürst S.

Wütend warf Nikolaus Messer und Gabel auf den Tisch und starrte auf die Überschrift des Artikels. „Eine fürstliche Betrügerei".

„Was, zum Teufel, soll das bedeuten?“ knurrte er, während er den Beitrag Wort für Wort studierte. Als er geendet hatte, warf er die Zeitung verächtlich auf den Boden.

Charles Copperville. Dieser Mann war nicht nur naiv und romantisch, sondern auch ein unverbesserlicher Idealist. Ein paar Mal hatte sich Swerajow über dessen Beiträge schon amüsiert, denn sie stellten zwei hochedle Lords wegen ihrer Streitereien im Parlament als unfähige, egoistische Narren bloß, die sie in der Tat auch waren. Diesmal jedoch gab er selbst den Gegenstand für die spitze Feder dieses Schreiberlings ab, und das war eine verdammt andere Angelegenheit ... und ganz und gar unakzeptabel!

Nikolaus kochte vor Empörung. Der Kerl stellte ihn als einen lasterhaften, übersättigten, sittenlosen Lebemann hin, während er Marie Helene mit dem Heiligenschein des armen Opfers schmückte. „Tschortwasmil!“ Der Stuhl fiel krachend zu Boden, als Swerajow zornbebend aufsprang.

In diesem Augenblick fand er sich unversehens Auge in Auge mit einem jungen Mann in einem engen Überrock und mit einem breitkrempigen Hut wieder – nur getrennt durch die Glasscheibe eines der Fenster. Einen Augenblick lang war Nikolaus starr vor Überraschung, aber offensichtlich nicht halb so entsetzt wie der Spitzel, der ihn mit weit aufgerissenen Augen angaffte. Fürst Swerajow jedoch war nicht nur Kriegsmann, sondern auch Herrscher über Tausende von Seelen. Er hatte sich schnell wieder in der Gewalt und lächelte böse. Zur Hölle mit diesem Katz-und-Maus-Spiel, dachte er entschlossen. Jetzt ist es genug!

Doch nun duckte sich der junge Mann hastig und verschwand im Gebüsch.

Fluchend stürzte Nikolaus zum Fenster. Die Wildheit tatarischer Großkhane, aus deren Sippe einer seiner Urahnen stammte, schien plötzlich in ihm zu erwachen.

5. KAPITEL

Nikolaus riss das Fenster auf. Der Spitzel rannte blindlings durch den Vorgarten. Doch als Nikolaus ihm folgen wollte, merkte er, dass der geöffnete Fensterflügel zu schmal für ihn war. Mit zusammengekniffenen Augen blickte er dem Davoneilenden nach. Es konnte doch nicht möglich sein? Oder doch?

Eilig wandte er sich zur Tür, durchquerte das Haus und verließ es durch einen Seiteneingang. Dann lief er mit großen Schritten die Seitenfront entlang, bis der Gehweg vor dem Eingangsportal in Sicht kam. Seine sichere Beute würde sich in wilder Flucht zweifellos noch auf der Straße befinden. Nikolaus lachte grimmig. Er ließ sich nicht zum Narren halten. Dieser alberne junge Spitzel war kein Mann. Es war ein weibliches Wesen!

Plötzlich musste Nikolaus lächeln. Eigentlich war die ganze Angelegenheit recht amüsant. Im Laufen knöpfte er seinen Rock zu und winkte eine Droschke herbei.

Hastig schlüpfte Carolyn in den Laden und bemerkte zu ihrer Bestürzung, dass der Vater gerade mit einem Kunden beschäftigt war, einem ältlichen Herrn, der sich für mittelalterliche Erzählungen interessierte. So blieb ihr nichts anderes übrig, als den beiden Männern den Rücken zuzukehren und scheinbar interessiert in den Bücherregalen herumzustöbern. Dabei versuchte sie, sich von dem Schrecken zu erholen, den die Gegenüberstellung mit Swerajow bei ihr ausgelöst hatte. Immer noch sah sie seine zornige Miene vor sich und war überzeugt, dass er das Fensterglas zerschlagen und sich auf sie gestürzt hätte, wenn sie nicht so geistesgegenwärtig gewesen und Hals über Kopf geflohen wäre.

Immer noch war sie schweißgebadet, denn sie hatte wohl ein halbes Dutzend Häuserblocks umrunden müssen, bevor es ihr gelungen war, eine Droschke zu finden, die sie nach Hause bringen konnte. Und ihre Hände zitterten auch noch!

Wenn es Swerajow gelungen wäre, sie zu ergreifen, hätte er das Recht gehabt, sie vor Gericht zu bringen. Noch nie war sie um ein

Haar in eine solche Katastrophe hineingeschlittert. Aber sie hatte es bisher auch noch nie gewagt, ihre Opfer derart hautnah auszuspionieren.

Die Türglocke riss sie aus diesen trüben Gedanken und verkündete ihr, dass Mr. Ames endlich das Geschäft verlassen hatte. Langsam wandte sich Carolyn nun zu dem Vater um, der sie mit liebevoller Besorgnis musterte.

„Papa, du kannst dir nicht vorstellen, was geschehen ist!" rief sie aufgeregt.

George Browne kam um den Tisch herum und sagte kopfschüttelnd: „Du siehst ja ziemlich mitgenommen aus."

Unwillkürlich griff Carolyn an den angeklebten Schnauzbart und stellte erschrocken fest, dass die Hälfte davon herabhing. Kein Wunder, dass der Kutscher sie so merkwürdig angesehen hatte!

„Vielleicht solltest du das nächste Mal etwas mehr Leim verwenden", schlug der Vater augenzwinkernd vor.

Seufzend riss Carolyn auch noch die andere Hälfte des Bartes ab und stopfte ihn achtlos in die Rocktasche. „Denk nur, seine Frau wäre in der vergangenen Nacht beinahe gestorben!" erklärte sie aufgeregt.

„Wessen Frau?" erkundigte sich George Browne, während er der Tochter den Hut vom Kopf nahm.

„Nun, Swerajows", erwiderte Carolyn ungeduldig und stellte sich dabei die Vorgänge in dem eleganten Stadthaus vor, das der Fürst gemietet hatte. Irgendwann war er von seinem Liebesabenteuer mit Lady Carradine nach Hause zurückgekehrt und hatte dort seine Gemahlin am Rande des Todes vorgefunden. Ob er wenigstens so etwas wie Reue empfunden hatte? Wie hätte er leben können, wenn sie tatsächlich diese Welt verlassen hätte? Und sie hatte das Kind verloren. Ihrer beider Kind! Aber er hatte am Frühstückstisch gesessen, als wäre überhaupt nichts geschehen. Was war er nur für ein herzloser Mensch! Carolyn erschauerte und sah doch zugleich sein ebenmäßiges, leicht bronzefarbenes Gesicht vor sich. Was würde sie darum geben, wenn es pockennarbig, voller Schmisse oder sonst wie verunstaltet wäre!

„Ach, dort bist du gewesen?“ Der Vater runzelte missbilligend die Stirn. „Carolyn, ich möchte nicht, dass du den Russen aufs Korn nimmst. Lass ihn in Ruhe!“

Verwirrt blickte Carolyn ihn an, denn die Stimme des Vaters war ungewöhnlich scharf gewesen. Obwohl sie erst achtzehn Jahre alt war, hatte der Vater sie immer wie seinesgleichen behandelt – wie eine erwachsene, denkfähige Frau. Nie hatte er sie gegängelt oder ihr irgendetwas verboten, nicht einmal in ihrer Kinderzeit. Immer hatte er ihr die Möglichkeit eingeräumt, sich eine Meinung zu bilden und danach die Entscheidung zu treffen. Jetzt aber hatten seine Worte verdächtig nach einem Befehl geklungen.

„Warum soll ich ihn in Ruhe lassen?“ begehrte Carolyn auf. „Er verkörpert doch alles, was ich bekämpfe: unmoralische Ausschweifungen, Selbstverliebtheit, zügellose Genusssucht und die Unterdrückung der großen Mehrheit durch eine Hand voll Tyrannen. Um alles in der Welt, Papa, bedenke doch, dass es in Russland noch Leibeigene gibt!“

George Browne unterdrückte einen Seufzer. „Na und? Ist das etwa Swerajows Schuld?“

„Er ist zumindest Mittäter“, erwiderte seine Tochter zornig. „Und außerdem habe ich keine Achtung vor einem Mann, der in Kriegszeiten sein Land in angeblichen Staatsangelegenheiten verlässt und sich im Ausland so sorglos benimmt, als sei die Welt in Ordnung. Er sollte doch lieber seinem Volke ein gutes Beispiel geben, meinst du nicht auch? Stattdessen treibt er sich Nacht für Nacht herum, während seine Gemahlin auf dem Sterbebett liegt!“

„Nicht jeder ist so edel gesinnt wie du“, erwiderte der Vater lächelnd. „Aber ich sehe schon, dass ich in diesem Wortgefecht wieder den Kürzeren ziehen werde. Wie hast du eigentlich die Sache mit seiner Gemahlin herausbekommen? Ich hoffe nur, du hast nicht die Absicht, etwas über sie zu schreiben.“

„Natürlich nicht.“ Carolyn zuckte die Achseln. „Das wäre ein zu milder Schlag gegen Swerajow, obwohl ich hoffe, dass er sich wenigstens vor sich selbst schämt.“ Jetzt endlich hatte sie ihre Unerschrockenheit wiedergefunden. „Ich fürchte aber, er denkt über sein Benehmen gar nicht nach ... Doch nun muss ich hinaufgehen und mich umziehen", setzte sie hinzu und stieg rasch die Treppe ins obere Stockwerk hinauf.

In ihrer Schlafkammer hängte sie Hemd, Weste und Rock sorgfältig an einen Kleiderhaken, legte den Hut auf eine hölzerne Truhe und zog schließlich noch Hosen, Schuhe und Strümpfe aus. Dann streifte sie ein blassblaues Kleid über, das der Mode entsprechend unmittelbar unter der Brust mit einem breiten Band zusammengehalten wurde. Während sie ihre blonden Locken mit einer Bürste bearbeitete, stand immer wieder Swerajows Bild vor ihrem geistigen Auge. Plötzlich musste sie lächeln. Eigentlich, so sagte sie sich, eigentlich war es doch ein sehr schöner Morgen ...

Und schließlich konnte sie den Fürsten ja nicht in Ruhe lassen, wenn er fortfuhr, ihr derart nützliches Material für ihre Kolumnen zu liefern! Jeder einigermaßen fortschrittlich eingestellte Zeitungsschreiber würde ebenso verfahren. Der Sinn und Zweck ihrer Artikel war doch einzig und allein, die Scheinheiligkeit und Doppelzüngigkeit der oberen Zehntausend an den Pranger zu stellen und vielleicht ein paar von ihnen zum Nachdenken über ihr Benehmen zu veranlassen.

Sie fragte sich, ob Swerajow wohl an dem Tanzdiner bei Lord Sheffield in ein paar Tagen teilnehmen würde. Es war zwar kein Ball, aber man hatte wieder Hunderte von Einladungen dafür verschickt, wie ihr zugetragen worden war, denn das Fest fand zu Ehren von Lord Sheffields fünfundfünfzigstem Geburtstag statt. Die Gästeliste hatte sie zwar noch nicht zu Gesicht bekommen, aber dass der Prinzregent teilnehmen würde, war ihr bereits zu Ohren gekommen. Sie hatte schließlich ausgezeichnete Verbindungen zu dem königlichen Personal. Auch alle führenden Mitglieder der konservativen Partei, der so genannten Tories, waren eingeladen, einschließlich Robert Jerkinson, Earl of Liverpool, einer der derzeit führenden Staatsmänner. Demnach würde Swerajow ebenfalls auf eine Einladung dringen, obwohl das kaum nötig wäre. Soweit Carolyn Lady Sheffield kannte, wäre diese nie und nimmer bereit, irgendeine interessante Persönlichkeit des Hochadels von ihren Gesellschaften auszuschließen, geschweige denn einen prunkvollen russischen Fürsten! Den Empfang bei Lord Sheffield hatte Carolyn deshalb schon vor Tagen in ihr Notizbuch eingetragen und dick unterstrichen. Keinesfalls wollte sie eine solche Gelegenheit versäumen.

Nachdenklich musterte sie sich in dem Spiegel über ihrem Waschtisch. Aber sie sah weder ihre immer noch geröteten Wangen und ihre glänzenden Augen, sondern tanzende Paare in einem von tausend Kerzen erleuchteten Saal, ein hinter Grünpflanzen halb verborgenes Orchester und die eilfertig hin und her laufende goldbetresste Dienerschaft. Und dann entdeckte sie auch Swerajow. Er überragte die Anwesenden fast um Haupteslänge und betrachtete die Tänzer mit hochmütiger Miene.

Diesmal hatte sie keine Lust, sich wieder als Lakai zu verkleiden und die Tanzgesellschaft nur von der Straße her zu beobachten. Aber konnte sie es wirklich wagen, offiziell an dem Fest teilzunehmen? Sich einen Namen und einen Titel zuzulegen? Nun, wenn sie erst einmal ins Haus gelangt war, würde in der Menge der Gäste wohl kaum mehr jemand Notiz von ihr nehmen.

Bei diesem Gedanken begann ihr Herz zu klopfen. Warum sollte sie es nicht wagen? Sie könnte auf diese Weise weitaus mehr Informationen sammeln als auf ihrem Lauschposten vor der Tür. Und sie würde auch kein neues Risiko wegen Swerajow eingehen müssen.

Als Carolyn wenig später immer noch erregt über diesen waghalsigen Plan in den Laden herabkam, war der Vater gerade dabei, seinen kaffeebraunen Leibrock überzuziehen. Dann setzte er sich den hohen dunkelbraunen Hut auf den Kopf, griff nach einem Bündel Büchern auf dem Ladentisch und sagte abschiednehmend: „In etwa zwei Stunden bin ich zurück."

Carolyn nickte, küsste zärtlich seine Wange und begleitete ihn zur Tür. „Ich bin so froh, dass du wieder da bist", sagte sie lächelnd.

George Browne legte den Arm um seine Tochter. „Es geht nichts über ein gemütliches Zuhause", sagte er froh gestimmt. „Und heute Abend gehen wir beide aus und trinken irgendwo einen guten Tropfen."

„Wie schön!" rief Carolyn und umarmte ihn herzlich.

Nachdem der Vater die Buchhandlung verlassen hatte, machte sie sich daran, das Geld in der Kassenschublade nachzuzählen. Aber sie hatte nicht viel zu tun damit, denn es war seit gestern nur ein einziger Betrag hinzugekommen, nämlich der Preis für das Buch, das Mr. Ames vorhin erstanden hatte. Die niedergedrückte Stimmung, die sie ob dieses Umstandes zu befallen drohte, bekämpfte sie jedoch rasch und erfolgreich. Der Winter war schließlich lang und hart gewesen. Teuerung, Mangel, Arbeitslosigkeit hatten mit Ausnahme der reichen Leute alle heimgesucht, und Steuern und Miete verschlangen das Wenige, was man verdiente, fast völlig. Aber dafür wurde ihre Arbeit als Charles Copperville immer mehr auch zu einem finanziellen Erfolg, und das Honorar für ihre Artikel sicherte wenigstens ihre Existenz und ein bescheidenes Auskommen.

Als die Türglocke ertönte, schob Carolyn schnell die Lade zu und wollte dem Eintretenden freundlich entgegenblicken. Allein ihr Lächeln erfror auf den Lippen, und ihr Herzschlag stockte.

Auf der Schwelle stand Fürst Swerajow. Groß und kräftig füllte er den Türrahmen so vollständig aus, dass das Sonnenlicht plötzlich aus dem Laden verdrängt wurde.

Carolyn traute ihren Augen nicht. Dann begann ihr Herz wieder zu schlagen, schneller und immer schneller. Ihr Atem ging keuchend, und sie wagte nicht, sich zu rühren.

Swerajow blickte sie einen Augenblick schweigend an. Schließlich verzog er die Lippen zu einem höflichen Lächeln, trat ein und schloss sorgfältig die Tür hinter sich.

Dieses Geräusch riss Carolyn aus ihrer Erstarrung. Sie begann, am ganzen Leibe zu zittern, und irgendetwas schien ihr die Kehle zuzuschnüren. Er wusste alles! Er wusste, dass sie ihm als Mann verkleidet nachspioniert hatte!

Aber Swerajow hatte offensichtlich nicht die Absicht, ihr deswegen Vorhaltungen zu machen. Er schlenderte zu dem Ladentisch mit einem leichten Anflug männlicher Großspurigkeit in seinem Gang und musterte dann Carolyn von den blonden Locken über ihrer Stirn bis zu den Spitzen ihrer schön geformten Brüste – also alles, was hinter dem Ladentisch von ihr zu sehen war –, während sie selbst wie zur Salzsäule erstarrt stehen blieb.

„Guten Tag“, sagte der Fürst schließlich mit einem ganz leichten slawischen Akzent in seinem makellosen Englisch.

Carolyn öffnete den Mund, um irgendetwas zu erwidern, aber sie brachte kein Wort heraus. Das konnte doch kein Zufall sein! Indes war ihr auch nicht aufgefallen, dass jemand sie verfolgt hatte. Denke nach! befahl sie sich. Denke genau nach! Vergeblich. Sie konnte sich an keine Einzelheiten ihrer Heimfahrt mehr erinnern.

Währenddessen setzte Swerajow die Musterung seines schweigsamen Gegenübers fort und schien dabei länger als nötig auf ihren Mund zu blicken. Dann lächelte er erneut, und wieder drohte Carolyn das Herz stillzustehen bei diesem – wie sie meinte – fast wölfischen Grinsen.

„Man hat mir gesagt, dies hier sei die beste Buchhandlung in ganz London, insbesondere wenn man nach einer seltenen Handschrift sucht“, sagte Swerajow plötzlich.

Aufgeregt feuchtete Carolyn die Lippen mit der Zunge an. Es blieb ihr keine andere Wahl, als dieses Spiel mitzumachen und dabei herauszufinden, was und wie viel der Fürst über ihre Maskerade wusste. „Ja, gewiss“, stammelte sie. „Guten Tag. Woran sind Sie denn besonders interessiert?“ Sie hatte den Eindruck, als krächze sie wie eine alte Krähe.

Fürst Swerajow lehnte sich an den Ladentisch, nur ein paar Handbreit von ihr entfernt, und sie musste nun den Kopf heben, um ihn ansehen zu können. Er wirkte sehr einschüchternd – nicht wegen seiner Größe und seiner kräftigen Statur, sondern wegen der zwingenden, unverhüllten Sinnlichkeit, die von ihm ausging. Sie lag in dem warmen Glanz seiner bernsteinfarbenen Augen, in dem Schwung seiner vollen Lippen. Und er hatte ein kleines Grübchen im Kinn ...

Ich werde nicht ohnmächtig, keinesfalls, sagte sich Carolyn. Sie war nicht eine jener hohlköpfigen Damen ... sie war eine intelligente Person ... und stolz darauf. Und Swerajow war nichts als ein genusssüchtiger Tyrann. Das musste sie sich immer vor Augen halten!

„Ich bin auf der Suche nach einer Originalkopie von Peter Abälards ‚Sic et non' und nach einer Abschrift von Bartholomews Enzyklopädie der universellen Wissenschaft", erwiderte der Fürst, ohne mit der Wimper zu zucken.

Carolyn schrak zusammen. „Ich bitte um Verzeihung. Was sagten Sie eben?"

Der Fürst begann, seine Wünsche zu wiederholen, doch sie unterbrach ihn schnell. „Abälards Originalabhandlung ist in Latein verfasst", erklärte sie.

Wieder lag dieses herausfordernde Lächeln auf Swerajows Lippen. „Das wusste ich", erwiderte er.

Mechanisch griff Carolyn nach einer Feder, um sich die Titel zu notieren, und hoffte dabei inständig, dass ihr unerwünschter Kunde nicht bemerkte, wie ihre Hände zitterten. Er war also des Lateinischen mächtig? Und er interessierte sich für abstrakte wissenschaftliche Fragen? „Es wird außerordentlich schwer sein, ein solches Manuskript aufzutreiben", sagte sie ruhig und sah zu ihm empor. Sein Blick schien sie zu versengen, und sofort begann ihr Herz wieder, wilde Sprünge zu machen. „Abälard lebte im zwölften Jahrhundert", fügte sie mit unsicherer Stimme hinzu.

„Sie sind für eine Frau gut informiert", bemerkte Swerajow scheinbar beiläufig.

Doch seine Worte flößten Carolyn dennoch Angst ein. Waren sie etwa doppeldeutig gemeint? „Ich habe Abälard selbst gelesen", erwiderte sie wesentlich eifriger, als sie gewünscht hatte, „und zwar bereits mit zwölf Jahren."

Wenn der Fürst von dieser Mitteilung beeindruckt war, konnte er das zumindest geschickt verbergen. „Das Original ... oder die Übersetzung?" erkundigte er sich höflich.

Carolyn reckte das Kinn in die Höhe. „Das Original selbstverständlich." Dass sie auch die Übersetzung gelesen hatte, verschwieg sie tunlichst.

„Äußerst imponierend", erwiderte Swerajow in einem erregend vertraulichen Ton. „Man findet nur sehr selten Frauen, die Latein beherrschen."

Sein magnetischer Blick raubte Carolyn vollends den Verstand. „Ich ... ich lese auch fließend Französisch“, stammelte sie.

„Ah, die Sprache, die man am Zarenhof spricht!“ Der Fürst hob die Brauen. „Wie interessant. Und Bartholomew kennen Sie demzufolge auch, nicht wahr?“

„Ja.“

Nun lehnte sich Swerajow noch weiter über den Ladentisch, so dass sein Gesicht kaum mehr eine Elle von Carolyns Kopf entfernt war und sie die Wärme spüren konnte, die von seinem Körper ausging. „Und wer ist für eine so ungewöhnliche Erziehung verantwortlich?“ fragte er gönnerhaft.

Carolyn schnappte vergebens nach Luft. Seit wann war es eigentlich so erstickend dumpf im Laden? „Mein Vater“, murmelte sie und spürte dabei, wie ihre Wangen glühten.

„Mr. Browne?“

„Ja.“

Langsam ließ der Fürst seinen Blick über ihren Hals gleiten. Mit unbeschreiblicher Erleichterung erinnerte sich Carolyn daran, dass sie sich heute für ein hochgeschlossenes Kleid entschieden hatte. Dann streifte er kurz ihre sich unter dem hellblauen Stoff deutlich abzeichnenden Brüste und richtete sich auf. „Wann werde ich die Gelegenheit haben“, fragte er mit kühler Höflichkeit, „mit Mr. Browne über die Möglichkeit der Realisierung meiner Wünsche zu sprechen?“

„Er wird in wenigen Stunden zurück sein“, erwiderte Carolyn verwirrt. Swerajow wollte also wiederkommen? Merkwürdigerweise erfüllte sie bei diesem Gedanken sowohl freudige Erregung als auch namenlose Angst.

Swerajow nahm eine goldgeränderte Visitenkarte aus der Tasche, die er Carolyn mit einem leichten Neigen seines Kopfes gab. „Hier kann man mich erreichen“, erklärte er mit einem hintergründigen Lächeln. „Für den Fall, dass Sie ein Bedürfnis dazu verspüren.“

Ihre Fingerspitzen berührten sich, und Carolyn zuckte zusammen. Macht er sich über mich lustig? fragte sie sich verstört. Wollte er ihr damit zu verstehen geben, dass er alles über ihren unüberlegten

Streich am heutigen Morgen wusste? Zweifellos legte er aus persönlichen Gründen keinen Wert auf ihre nähere Bekanntschaft.

„D...danke", stotterte Carolyn und legte die Karte in die Kassenschublade, ohne einen Blick darauf zu werfen. „Vielleicht haben wir mit dem Werk von Bartholomew Glück", fügte sie rasch hinzu, denn sie hatte den beunruhigenden Eindruck, als könne der Fürst ihre Gedanken lesen.

„An Abälard bin ich allerdings mehr interessiert", erwiderte Swerajow kühl.

Carolyn schluckte wortlos.

„Ich bitte jedenfalls darum, Mr. Browne auszurichten, dass ich mich auf unsere künftigen geschäftlichen Verbindungen freue. Wenn er mit der Beschaffung der gewünschten Werke Erfolg hat, werde ich auch weiterhin seine Dienste in Anspruch nehmen." Jetzt war Swerajow wieder ganz der uneingeschränkte Gebieter über seine Mitmenschen.

„Ja, selbstverständlich", flüsterte Carolyn verschüchtert.

Plötzlich zeigte sich ein unerwartet charmantes Lächeln auf Swerajows Lippen, und statt sich abschiednehmend zu verneigen, wie Carolyn erwartet hatte, ergriff der Fürst ihre Hand und zog sie an seine Lippen.

Entgeistert starrte Carolyn ihn an. Als er den Kopf wieder hob, lag ein amüsiertes Glitzern in seinen Augen. Mit einer leichten Verbeugung wandte er sich um und verließ den Laden.

Kraftlos sank Carolyn auf die Trittleiter, denn die Beine wollten sie auf einmal nicht mehr tragen.

6. KAPITEL

George Browne kehrte früher nach Hause zurück, als seine Tochter erwartet hatte. Als er den Laden betrat, wirkte er ein wenig bedrückt. Carolyn indes hatte sich ebenfalls noch nicht völlig von der Aufregung erholt, die die Begegnung mit Swerajow bei ihr hervorgerufen hatte, und sie war sich auch noch nicht klar darüber, ob er sie nun von seinem Haus aus verfolgt hatte oder nicht. Aus dieser Unklarheit entstand für sie eine bedeutungsschwere Frage. Konnte sie es jetzt noch wagen, an der Soiree bei Lord Sheffield am nächsten Dienstag teilzunehmen? Andererseits wäre gerade das eine Möglichkeit herauszufinden, ob der Fürst über ihre Maskerade Bescheid wusste. Bei diesen Überlegungen mischte sich auch Erleichterung in Carolyns Bedenken. Copperville zumindest war nicht in Gefahr. Er musste um jeden Preis unerkannt bleiben.

Für kurze Zeit war ihr der Artikel „Eine fürstliche Betrügerei" aus dem Sinn gekommen. Jetzt aber lag ihr die Erinnerung daran wie ein Stein im Magen. Ob Swerajow wohl diesen Beitrag gelesen hatte? Vielleicht kaufte er den Morning Chronicle gar nicht? Nun, in diesem Falle würde ihn zweifellos irgendjemand darauf aufmerksam machen – dessen war sich Carolyn sicher. Glücklicherweise hatte er keine Ahnung, wer hinter dem Namen Charles Copperville steckte!

„Wie war das Geschäft?" erkundigte sich der Vater, während er den Mantel ablegte.

„Mrs. Henson hat den neuesten Roman von Jane Austen, ‚Gefühl und Verstand', gekauft", erwiderte Carolyn und übergab dem Vater gleichzeitig Swerajows Bestellung, die sie wenige Stunden zuvor notiert hatte.

George Browne überflog den Vermerk. „Jemand wünscht das Traktat von Abälard im Original?" rief er. „Das ist ja unglaublich", fügte er lächelnd hinzu.

„Unglaublich oder unwahrscheinlich?"

„Beides." Der Vater legte den Zettel auf den Ladentisch. „Bartholomew kann ich sicherlich auftreiben. In Prag habe ich bei einem

Kunden eine Kopie gesehen. Wenn der Interessent bereit ist, eine bedeutende Summe dafür auszugeben, wird es mir möglich sein, den Kauf für ihn zu tätigen." Er blickte seine Tochter zweifelnd an. „Wer hat denn eigentlich eine solch ungewöhnliche Bestellung aufgegeben?"

„Du wirst nicht darauf kommen, Papa!" Nun lächelte auch Carolyn und blickte den Vater erwartungsvoll an. „Es war kein Geringerer als der hochwohlgeborene russische Fürst Swerajow!"

„Er war hier?" George Browne fuhr auf und runzelte die Stirn.

„Was hast du, Papa?" fragte Carolyn überrascht. „Ist etwas nicht in Ordnung?"

Der Vater blickte sie besorgt an. „Carolyn, du hast einen boshaften Artikel über ihn geschrieben, der heute Morgen in der Zeitung zu lesen war, und plötzlich erscheint der Fürst in unserer Buchhandlung. Findest du das nicht auch Besorgnis erregend? Soviel ich weiß, kennen nur der Verleger und ich selbst die wahre Identität von Charles Copperville."

Carolyn wurde unruhig. „Wir haben schließlich eine Buchhandlung, und der Fürst sucht seltene Bücher und Handschriften", erwiderte sie. „Ich halte es für völlig unwahrscheinlich, dass er mich in Zusammenhang mit Copperville bringt. Möglicherweise hat er den Artikel noch gar nicht gelesen oder weiß noch nicht einmal etwas davon." Einen Augenblick überlegte sie angestrengt, ehe sie zögernd hinzufügte: „Aber es könnte sein, dass er mir heute Morgen gefolgt ist."

„Das gefällt mir ganz und gar nicht!" rief George Browne außer sich. „Du hast dich doch noch nie zuvor so weit vorgewagt!"

Carolyn konnte dieser Feststellung nicht widersprechen. „Aber er hat nicht den Eindruck gemacht, als habe er irgendetwas Bedrohliches im Sinne", warf sie ein. „Wenn er mich denn tatsächlich beobachtet haben sollte, so ist er offensichtlich entschlossen, kein Wort darüber zu verlieren. Andererseits ..." Sie hob ratlos die Schultern. „Andererseits kann ich mir nicht vorstellen, warum er das tun sollte. Denn wenn er genau wüsste, dass ich heute Morgen in seinem Vorgarten gewesen bin, könnte er mich doch glatt zur Anzeige bringen."

„Carolyn, der Mann ist in London, um eine Allianz zwischen Russland und England zu Stande zu bringen. Er ist ein russischer Aristokrat, ein hoher Offizier der russischen Armee und ein enger Freund von Zar Alexander“, hielt der Vater ihr aufgebracht vor.

„Und warum glaubst du, mir das sagen zu müssen? Diese Tatsachen sind mir alle bekannt, Papa.“

„Weil ich mittlerweile den Eindruck habe, dass du die Sache mit Copperville etwas zu weit treibst. Bis vor kurzem hast du zwar über die maßlosen Extravaganzen oder das unmoralische Benehmen berichtet, aber dir noch nie eine Person von offizieller Bedeutung zum Ziel genommen. Ich halte das Letztere für einen großen Fehler! Du könntest in die größten Schwierigkeiten geraten, Kind, wenn du dich in der von Kriegsgefahr gezeichneten Situation in Europa auf diese Weise in Staatsangelegenheiten einmischst!“ Wortlos ergriff der Vater seinen Mantel, stieg die Treppe zu den Wohnräumen im ersten Stock empor und ließ seine Tochter äußerst beunruhigt zurück.

Es war zweifellos richtig, was der Vater ihr soeben nachdrücklich zu verstehen gegeben hatte. Seit ein paar Jahren waren die gesetzlichen Bestimmungen hinsichtlich der freien Meinungsäußerung wesentlich strenger geworden, insbesondere wenn es sich dabei um Fragen von politischer Bedeutung handelte. Aber schließlich konnte ihr doch niemand den Vorwurf machen, sie habe sich in die Vertragsverhandlungen zwischen der englischen Regierung und dem russischen Zaren eingemischt, nur weil sie Swerajow wegen seines unmoralischen Betragens an den Pranger gestellt hatte! Die Angst des Vaters war allerdings nur zu verständlich, denn sie entsprang der Sorge um das Schicksal seiner recht eigenwilligen Tochter. Vielleicht sollte sie in Zukunft doch lieber etwas vorsichtiger zu Werke gehen.

Obwohl ihr von dem Vater noch nie irgendetwas verboten worden war, hatte sie plötzlich ein sehr schlechtes Gewissen, wenn sie an die Pläne dachte, die sie hinsichtlich der Abendgesellschaft bei Lord Sheffield geschmiedet hatte. Was würde er zu diesem waghalsigen Unterfangen sagen? Auf keinen Fall durfte er erfahren, dass sie nach wie vor die feste Absicht hatte, sich unter die Gäste zu mischen!

Im Korridor des zweiten Stockwerkes blieb Nikolaus stehen und lauschte angestrengt. Hier oben befanden sich die Kinderstube und das Schulzimmer, in dem Katja jeden Tag von ihrem italienischen Lehrer, Signor Raffaldi, unterrichtet wurde. Auch die Gouvernante Ludmilla und die alte Kinderfrau Lisa hatten hier ihre Unterkunft am Ende des Ganges. Aber Lisa schlief ohnehin immer auf einer Matratze in Katjas Schlafzimmer, ganz gleich, wo die Familie gerade ihren Wohnsitz hatte.

Trotz seiner Bemühung vernahm Nikolaus keinen Laut. Zu seiner Enttäuschung waren weder kindliches Lachen zu hören noch leiser, fröhlicher Gesang, auch nicht die zirpenden Töne der Harfe oder die vollen Klänge des Klaviers, obwohl Katja beide Instrumente schon recht gut beherrschte. Seufzend näherte er sich der offenen Tür des Schulzimmers.

Mit gesenktem Kopf las Katja in einem dicken, ledergebundenen Buch, während Signor Raffaldi ihr gegenübersaß und offensichtlich eine Arbeit seiner Schülerin korrigierte. Die Gouvernante hatte in der Ecke auf einem Sofa Platz genommen. Nikolaus mochte die Frau nicht, der es seiner Meinung nach gänzlich an Herzenswärme und Mitgefühl mangelte. Aber Marie Helene hatte nachdrücklich darauf bestanden, sie zu engagieren.

Um sich bemerkbar zu machen, klopfte Nikolaus an die Tür und fragte: „Darf ich eintreten?“

Katja hob nur wortlos den Kopf, während Signor Raffaldi beflissen aufsprang. „Exzellenz“, rief er mit freudestrahlender Miene, „ich muss Ihnen unbedingt mitteilen, dass Ihre Tochter nur einen einzigen orthografischen Fehler in dem ganzen Aufsatz gemacht hat!“

„Das ist ja wunderbar“, erwiderte Nikolaus und betrachtete Katja liebevoll. „Und welches Thema hatte der Aufsatz?“

„Katja, sage deinem Vater, worüber du geschrieben hast“, forderte Raffaldi das Kind auf.

„Der Aufsatz beschäftigt sich mit der Zarin Katharina der Großen“, erklärte Katja ruhig.

Nikolaus nickte beifällig. „Ein sehr wichtiger Gegenstand. Und was hast du über sie zu berichten gehabt?“

„Sie war eine große Herrscherin, weil sie Russland besser machen wollte", erwiderte Katja. „Es ist ihr auch gelungen, das russische Territorium zu vergrößern, und außerdem hat sie den Menschen beigebracht, verantwortungsvoll mit ihren Leibeigenen umzugehen." Einen Augenblick überlegte sie und fügte dann hinzu: „Sie wollte, dass ein Regierender durch Natur und Verstand herrschte."

„Ich bin tief beeindruckt von deinen Kenntnissen", bekannte Nikolaus der Wahrheit entsprechend.

„Danke, Papa." Errötend senkte Katja den Blick. Aber es war nicht zu erkennen, ob es aus Freude oder aus Verlegenheit geschah.

„Möchten Sie den Aufsatz lesen?" erkundigte sich Signor Raffaldi stolz.

„Gewiss, aber später. Dürfte ich jetzt mit meiner Tochter unter vier Augen sprechen?"

Diese Worte waren keineswegs als Frage gemeint, und der Lehrer und die Gouvernante verließen auch sofort das Zimmer.

Nikolaus zog einen Stuhl heran und setzte sich neben Katja an das mit Büchern und Schreibgerät bedeckte Pult. Das Kind betrachtete ihn regungslos, und einen Herzschlag lang fürchtete er, von seinen Gefühlen überwältigt zu werden. Zum ersten Male spürte er so etwas wie Verlegenheit.

„Hat dir das Geschenk gefallen?" fragte er schließlich.

Katja nickte und schob ein wenig die Unterlippe vor. „Ja, danke, Papa."

Wenn sie doch aufgesprungen und mir lachend um den Hals gefallen wäre, dachte Nikolaus bedrückt und versuchte erneut, dem Kind wenigstens ein Lächeln zu entlocken.

„Möchtest du es mir nicht zeigen?"

„Madame Arkadjewa sagt aber, es soll in meinem Zimmer bleiben." Katja sah den Vater zweifelnd an.

„Ich erlaube dir, es herzuholen", versicherte der Vater. „Ist es ein Kater?"

Katja nickte, verließ eilig die Schulstube und kam kurz darauf zurück mit einem Knäuel aus weißem Fell im Arm. Dann stellte sie sich vor Nikolaus auf, hielt ihm das Kätzchen hin und fragte höflich: „Möchtest du es vielleicht auf den Arm nehmen?“

„Nein, danke“, erwiderte der Vater und kraulte die kleine Katze zwischen den Ohren, die laut zu schnurren begann. „Hat der Kater schon einen Namen?“ erkundigte er sich freundlich.

„Ja, Alexander.“

Nikolaus lachte. „Du hast ihn nach dem Zaren benannt?“

„Nein, nach Onkel Alexi.“

„Oh, da wird sich mein Bruder aber sehr geschmeichelt fühlen!“ Nikolaus hätte seine Tochter am liebsten ans Herz gedrückt.

„Er sagte, ich soll mir noch sein Brüderchen schenken lassen und es dann Nikolaus nennen“, berichtete Katja gleichmütig.

„Nun, ich denke, eine Katze im Haus ist genug“, erwiderte der Vater. „Möchtest du, dass wir jetzt über deine Mutter reden, Katja?“

Das Mädchen antwortete nicht, sondern streichelte nur mechanisch die Katze.

„Ich habe vorhin mit dem Arzt gesprochen. Deine Mutter ist außer Gefahr. Sie wird am Leben bleiben“, fuhr Nikolaus ratlos fort.

Aber Katja schwieg weiterhin beharrlich, und nur das Schnurren der Katze erfüllte die Stille im Raum.

„Sie ist aber noch sehr schwach.“ Nikolaus war am Rande der Verzweiflung. „Könntest du deshalb wohl mit einem Krankenbesuch bis morgen warten?“

Hatte Katja ihn vielleicht nicht verstanden? Er wiederholte die Frage.

„Ja“, murmelte das Kind in das Fell des Kätzchens.

„Oder möchtest du sie doch lieber gleich sehen?“ fragte Nikolaus entgegen seiner besseren Einsicht.

Endlich blickte Katja mit ihren fast schwarzen Augen den Vater an. „Ich werde warten, so wie du es vorgeschlagen hast, Papa“, sagte sie leise.

Nikolaus unterdrückte ein Seufzen und erhob sich. Es war immer das Gleiche: Alle seine Worte und Gefühle prallten an ihr ab wie an einer Wand. „Ich freue mich, dass dir Alexander gefällt“, sagte er resigniert und wandte sich dann ärgerlich um, als die Gouvernante nach einem kurzen Klopfen das Zimmer betrat.

„Ich bitte um Verzeihung, Exzellenz. Katja, es ist Zeit für die Klavierstunde."

Katja machte ein langes Gesicht, beherrschte sich aber sofort wieder. Wenn Nikolaus nicht so gänzlich auf das Kind eingestimmt gewesen und zudem ein so guter Beobachter wäre, hätte er seine Enttäuschung sicherlich nicht bemerkt,

„Und bringe bitte die Katze zurück, wo sie hingehört." Die Gouvernante wies mit spitzem Finger auf das kleine Tier, das Katja immer noch in den Armen hielt.

„Vielleicht solltest du tun, was Madame Arkadjewa sagt", schlug Nikolaus vor. „Du kannst ja nach der Klavierstunde wieder mit Alexander spielen."

„Ja, Papa." Gehorsam verließ Katja mit dem weißen Perserkätzchen den Raum. Nikolaus und die Gouvernante blickten ihr nach.

„Sie macht einen ungewöhnlich verzagten Eindruck auf mich. Habe ich Recht?" wandte sich Nikolaus an Madame Arkadjewa.

„Das finde ich nicht", erwiderte die Gouvernante. „Katja ist ein sehr ernstes Kind, aber dagegen ist ja nichts einzuwenden."

„Hat sie eigentlich mit Ihnen über ihre Mutter gesprochen?"

„Nein. Sie hat die Fürstin nicht einmal erwähnt."

Nikolaus räusperte sich. „Sorgen Sie doch dafür, dass der Koch ihr heute Abend ihre Lieblingsspeise zubereitet."

„Sie verderben das Kind noch, wenn Sie es so verwöhnen, Exzellenz."

„Das ist mein gutes Recht", erwiderte Nikolaus kurz und ließ die Gouvernante stehen.

Verärgert stieg er die Treppe zum ersten Stock hinab. Madame Arkadjewa hatte ganz offensichtlich nicht das geringste Fingerspitzengefühl für ihren Schützling, denn selbst der einfältigste Mensch konnte doch erkennen, dass Katja noch zurückhaltender und verschlossener war, seit sie ihre Mutter um ein Haar verloren hätte.

Die Tür zu Marie Helenes Räumen im ersten Stock war geschlossen. Aber Nikolaus machte sich nicht die Mühe anzuklopfen, sondern durchquerte das Wohnzimmer, ohne die beiden mit dem Aufräumen beschäftigten Hausmädchen zu beachten, und betrat das Schlafzimmer.

Es war hell erleuchtet, und in dem Kamin brannte ein Feuer. Marie Helene saß, in ein elegantes Negligee aus sektfarbener Spitze gehüllt und von mehreren riesigen Kissen im Rücken gestützt, in dem von einem Baldachin überdachten Bett. Sie war noch immer sehr bleich, und unter ihren Augen lagen tiefe dunkle Schatten. Auf dem Nachttisch stand ein Tablett mit leichten Speisen, die aber fast vollständig unberührt waren. Nur die Champagnerflasche, die sich ebenfalls auf dem kleinen Tisch befand, schien mehr als zur Hälfte geleert zu sein. Irgendjemand hatte der Kranken unzählige Rosen geschickt. Sie standen überall – neben dem Bett, auf dem Fensterbrett, auf dem Schreibsekretär. Von Woronski? Oder von einem anderen Liebhaber? Angewidert und verärgert wandte Nikolaus den Blick ab.

„Hallo, Niki." Marie Helenes Stimme war matt und leise. „Möchtest du ein Glas Champagner mit mir trinken?"

Nikolaus presste die Kiefer aufeinander. Er hatte sein Bestes getan, die vergangenen Ereignisse aus dem Gedächtnis zu vertreiben, und bemühte sich auch weiterhin darum. „Ich freue mich, dass du zu den Lebenden zurückgekehrt bist", erwiderte er kurz. „Aber für Champagner ist es mir noch zu früh am Tage."

Marie Helene warf ihm einen unsicheren Blick zu. „Sei mir doch nicht mehr böse, Niki", bat sie weinerlich. „Ich bin noch so schwach und war doch so glücklich, dem Tode entronnen zu sein." Dicke Tränen liefen ihr nun über die Wangen, und Nikolaus stellte zum wiederholten Male fest, dass sie seines Wissens die einzige Frau war, die beim Weinen keine roten Augen und keine fleckige Haut bekam.

„Vielleicht solltest du lieber noch nicht wieder so viel Champagner trinken, wenn du so mitgenommen bist", sagte er teilnahmslos.

„Ich merke schon, dass du mir immer noch zürnst." Marie Helene schenkte ihm ein Lächeln mit zitternden Lippen, worin sie Meisterin war. „Aber, Niki, bedenke doch: Ich war gerade vom Sterbebett aufgestanden! Ich wusste nicht, was ich sprach." Sie versuchte vergebens, sich noch weiter aufzurichten, und Nikolaus brachte es trotz allem nicht fertig, unbeteiligt zuzusehen, wie sie sich allein abmühte.

Er trat neben das Bett, half ihr empor und steckte noch ein Kissen hinter ihren Rücken.

„Danke", flüsterte Marie Helene und wollte nach seiner Hand greifen. Doch er entfernte sich rasch wieder von dem Bett, sodass sie ihn nicht mehr erreichen konnte.

Dann musterte er mit zusammengekniffenen Lippen das Blumenmeer. „Diese Rosen ... sind sie alle von Sascha?"

Angstvoll riss Marie Helene die Augen auf, und ihre Blässe schien sich noch mehr zu vertiefen. Eine Antwort gab sie jedoch nicht.

„Nun?" Die Aufforderung klang sehr unfreundlich.

„Sie sind von einem Bewunderer", erwiderte Marie Helene halblaut, „von einem unbekannten Bewunderer. Die Karte liegt dort drüben."

Nikolaus ging zu dem Sekretär und überflog die kurze Botschaft: „Für eine wahre Schönheit. Ihr sehr ergebener Diener." Verächtlich warf er die Karte auf die mit Intarsien verzierte Schreibplatte zurück, wandte sich wieder um und sagte mit bedrohlich wirkender Beherrschtheit: „Diesmal bist du zu weit gegangen."

„Ich weiß nicht, wovon du sprichst!" rief Marie Helene aufgeregt.

Langsam trat Nikolaus an das Bett heran und blickte auf die Kranke hinab. „Wenn du genesen bist", sagte er kalt, „lasse ich dich nach Twer bringen, notfalls unter bewaffneter Begleitung, und dort wirst du bleiben – für immer."

Marie Helenes Miene erstarrte. Ihre Nasenflügel bebten. „Du kannst mich nicht gegen meinen Willen einsperren!"

„Oh doch, das kann ich, denn du bist zu weit gegangen, wie ich bereits sagte. Und Katja bleibt bei mir", fügte Nikolaus noch hinzu.

„Es ist doch gar nicht wahr!"

„Was ist nicht wahr?"

„Was du denkst", keuchte Marie Helene und starrte ihren Mann voller Entsetzen an.

„Ich glaube nicht, dass du weißt, was ich denke", erwiderte Nikolaus geringschätzig und wandte sich zum Gehen.

„Niki!" Es klang wie der Schrei einer Ertrinkenden. „Du bist so böse ... Was habe ich denn getan? Bitte! Du kannst mich doch nicht fortschicken."

Ohne sich umzuwenden schritt Nikolaus zur Tür.

„Alexander wird es nicht zulassen!"

Nun blieb Nikolaus doch stehen und drehte sich langsam um. „Der Zar ist auch mein Freund", erwiderte er lakonisch. „Und er würde deiner Handlungsweise sehr wenig Beifall zollen, wenn er über alles Bescheid wüsste."

Entsetzt starrte Marie Helene ihn an. „Du willst ihm doch nicht etwa ... diesen Klatsch erzählen ... über Katja ..."

„Es wäre mir lieber, wenn ich mich nicht dazu gezwungen sehen würde", entgegnete Nikolaus mit einem Schulterzucken.

Marie Helene krallte die gepflegten Finger in die seidene Bettdecke. „Das wirst du nicht tun ... niemals. Du liebst sie zu sehr, um sie öffentlich bloßzustellen."

Nikolaus lächelte böse. Natürlich würde er Katja das nicht antun. Aber auf Alexander war Verlass, wenn es darum ging, ein Geheimnis zu wahren.

„Wenn du ..." Marie Helene rang nach Worten. „Wenn du wirklich ... Ich werde Katja vielleicht selbst alles sagen, und dann wirst du sie für immer verlieren. Dafür werde ich schon sorgen!"

„Wünschst du wirklich, dich ernsthaft mit mir anzulegen?" erkundigte sich Nikolaus spöttisch.

Jetzt quollen die Tränen in überreichlichem Maße aus Marie Helenes Augen, und sie sank in die Kissen zurück, während Nikolaus gleichgültig das Zimmer verließ.

Nikolaus fand den Bruder in der Bibliothek und ließ sich von ihm zu einem Wodka überreden. Das Benehmen und die Drohung seiner Frau beunruhigten ihn mehr, als er zugeben wollte. Aber auch sein eigenes Verhalten ihr gegenüber bedrückte ihn, obwohl ihm doch gar keine andere Wahl geblieben war. Sie hatte den Bogen überspannt, als sie Sascha verführte. Über diesen Fehltritt konnte und durfte er nicht hinwegsehen. Sascha war zwar schon immer unglaublich willensschwach gewesen, wenn es sich um schöne, verführerische Frauen handelte. Doch das war keine Entschuldigung für einen solchen Skandal.

Nun, vielleicht würde irgendwann Gras darüber gewachsen sein, und er konnte Marie Helene erlauben, nach Hause zurückzukehren, vielleicht etwas weiser, aber zumindest nun etwas vorsichtiger. Die Freundschaft mit Sascha Woronski indes war wohl für immer zerbrochen. Diese Erkenntnis schmerzte Nikolaus sehr.

Gedankenverloren nippte er an seinem Wodka, als unvermittelt vor seinem geistigen Auge die so äußerst belesene Miss Browne auftauchte, und er musste gegen seinen Willen lächeln. Glaubte die Kleine wirklich, sie könnte ihn mit ihrer Maskerade hinters Licht führen?

Auf einmal spürte er ein aufrichtiges Bedauern darüber, dass sie ein derartiges Possenspiel mit ihm trieb. Er hatte doch wahrhaftig im eigenen Hause mehr als genug gegen Intrigen anzukämpfen. Außerdem schien ihm Miss Browne gar nicht der Typ für solche zwielichtigen Unternehmen wie Spitzeldienste oder Ähnliches zu sein. Er hatte ein gutes Auge für menschliche Charaktere.

„Unser Spitzel von heute Morgen", sagte er zu Alexis Überraschung plötzlich, „ist eine Frau ... eine Frau und außerdem ein Amateur."

Der Bruder starrte ihn verblüfft an und ließ sich dann lachend auf einen mit golddurchwirktem Damast bespannten Stuhl fallen. „Dann brauchst du dir ja keine Sorgen zu machen!"

Nikolaus hockte sich auf den Rand eines glänzend polierten Tisches aus tiefschwarzem Ebenholz und streckte ein Bein weit von sich, während er über das rätselhafte Benehmen von Miss Browne nachdachte. „Um mein Haus herumzuschleichen und sich dabei erwischen zu lassen!" sagte er kopfschüttelnd. „Warum wartet sie nicht darauf, mich bei irgendeiner Festivität verführen zu können? Und sie hat nicht einen einzigen Blick über die Schulter geworfen, als ich ihr gefolgt bin." Plötzlich liefen ihm die Gedanken davon und formten ein fantastisches Bild seiner Verführung durch die junge Dame mit den reizenden Locken.

Belustigt verzog Nikolaus bei dieser Vorstellung die Lippen. Das Mädchen war bestimmt keine raffinierte Verführerin, keine Femme fatale – aber dennoch irgendwie anziehend und sogar merkwürdig aufreizend.

„Das arme Ding", sagte Alexi mit übertriebenem Mitgefühl. „Ich hoffe, sie ist wenigstens hübsch?"

Nikolaus warf ihm einen verschmitzen Blick zu. „Wenn du kurze blonde Locken magst, ein zartes Alter und eine magere Gestalt, dann wirst du sie ganz passabel finden." Und außerdem hat sie nicht die geringste Ahnung von Liebe, dachte er. Das kann jeder Narr erkennen. Dieser Gedanke löste überraschenderweise Erleichterung in ihm aus, und er musste unwillkürlich einen Vergleich mit der in Liebesdingen außerordentlich bewanderten Marie Helene ziehen. Und welches Mädchen las wohl mit zwölf Jahren den Abälard? Es war wirklich erstaunlich.

„Ich ziehe rotes Haar vor", erklärte der Bruder, „und einen vollen Busen."

Nikolaus blinzelte ihm spöttisch zu, denn Alexis Geliebte war genauso zierlich wie Miss Browne.

„Das mache ich aus Prinzip", ergänzte Alexi.

„Ich frage mich, warum die Briten mir ein solches Unschuldslamm auf den Hals schicken", sagte Nikolaus kopfschüttelnd. „Ihr Vater ist Buchhändler. Aber er wird wohl kaum in diese Angelegenheit verwickelt sein. Trotzdem sollte ich vielleicht beide beobachten lassen."

„Wenn dir die Kleine Staatsgeheimnisse entlocken will", erklärte Alexi, „wird sie über kurz oder lang versuchen, mit dir ins Bett zu gehen. Ich hoffe, du bist auf eine so ausgefallene Möglichkeit hinreichend vorbereitet." Es fiel ihm offensichtlich schwer, ein Kichern zu unterdrücken.

„Nun, vielleicht sollte ich lieber ihre Geheimnisse aufdecken", entgegnete Nikolaus amüsiert, denn dieser Gedanke erschien ihm ungemein verlockend.

„Das dürfte sehr unterhaltsam sein", bestätigte der Bruder eifrig.

„Ganz meiner Meinung.“ Nikolaus setzte das Glas auf den Tisch zurück und stellte sich das nächste Zusammentreffen mit der Kleinen vor. Wenn sie sich wieder verkleidet hatte, würde er der Maskerade ein Ende setzen ... wenn nicht, wäre es eine günstige Gelegenheit, das Mädchen zu verführen. Plötzlich merkte er, dass er sich seit langem nicht mehr so auf ein Wiedersehen mit einem weiblichen Wesen gefreut hatte.

Arme Carolyn Browne! Sie hatte nicht die geringste Chance.

7. KAPITEL

Carolyn hatte beschlossen, auf den Überrock zu verzichten. Zweifellos würde Swerajow sie sofort wiedererkennen, wenn ihre Verkleidung nicht wohl durchdacht genug wäre.

Deshalb hatte sie als Erstes beschlossen, die Haut von Gesicht und Händen mit Hilfe einer speziellen Creme etwas dunkler zu färben, und diese Tönung harmonierte ausgezeichnet mit der rotbraunen Männerperücke, die ihr durch Zufall in die Hände gefallen war. Zudem konnte sie sich noch ein Monokel in das rechte Auge klemmen, wodurch ihre Züge verkniffener und dadurch fremder wirkten. Ein Schoßrock aus dunkelblauem Samt, eine gestreifte Weste und helle Pantalons vervollständigten ihre gelungene Maskerade.

Nichtsdestoweniger klopfte ihr Herz wild und schnell, als sie inmitten Dutzender herrschaftlicher Kutschen vor dem Haus von Lord Sheffield aus dem gemieteten Zweispänner stieg. Sie hatte sich vorgenommen, bei einer größeren Gruppe männlicher Gäste Anschluss zu suchen und mit ihnen das Gebäude zu betreten. Deshalb schlenderte sie zunächst auf dem Bürgersteig hin und her und beobachtete die Paare, die die breite Freitreppe zum Hauptportal emporstiegen. Das prächtige Haus war im Innern festlich erleuchtet. Endlich veranlassten sie männliche Stimmen und raues Gelächter, sich rasch umzuwenden. Eine Gruppe von fünf jungen Männern in Abendfrack und seidenen Kniehosen war gerade dabei, aus einer offenen Kutsche auszusteigen. Aus ihrem lärmenden Benehmen schloss Carolyn, dass sie offensichtlich schon mehrere Gläser geleert haben mussten. Das war genau die Möglichkeit, auf die sie gewartet hatte!

In diesem Augenblick aber fuhr auch Swerajows Karosse vor. Carolyn erkannte sie sofort an dem zähnefletschenden Wolf auf der Tür. Aber selbst wenn sie diesen nicht gesehen hätte, wäre die Eskorte von vier berittenen Kosaken Hinweis genug gewesen. Bei diesem Furcht erregenden Anblick schien ihr Herz plötzlich bis in den Hals hinauf zu hämmern.

Die jungen Männer hatten sich jetzt unmittelbar neben Carolyn versammelt und diskutierten lauthals über ein Pferderennen. Plötzlich bemerkte einer von ihnen: „Dort kommt Swerajow."

Sein Nachbar gab ihm einen Rippenstoß. „Na, und siehst du auch seine Frau? Weiß der Kuckuck, ich würde meine rechte Hand dafür geben, eine solche Schönheit nur für einen Abend zu besitzen."

Diese Bemerkung rief Carolyns äußerstes Missfallen hervor, während sie aufmerksam beobachtete, wie ein livrierter Diener die Tür des Wagens öffnete. Ist die Fürstin wirklich eine so hinreißende Erscheinung? fragte sie sich ärgerlich. Ich glaube, ich hätte mich noch eingehender erkundigen müssen. Aber es gab ja eigentlich keinen Zweifel daran, dass ein Mann wie der Fürst niemand anderes als eine venusgleiche Perle zur Frau nehmen würde, mit der er sich in der Öffentlichkeit brüsten konnte.

Als jetzt zwei Männer rasch nacheinander aus der Karosse stiegen, fuhr Carolyn aus ihren Gedanken empor. Dem dunkelhaarigen der beiden widmete sie kaum einen Blick ... sie hatte nur Augen für Nikolaus Swerajow.

Der Fürst trug wiederum seinen dunkelgrünen Waffenrock mit den riesigen goldenen Epauletten und den zahllosen funkelnden Medaillen auf der Brust. Das Licht der Laternen spiegelte sich in seinem blonden Haar wider und ließ die hohen Wangenknochen stärker hervortreten. Zwei Damen gingen an Carolyn vorüber und wären um ein Haar ins Straucheln geraten, so reckten sie die Hälse in Richtung auf die fürstliche Kutsche.

Die beiden Russen gingen rasch auf das Haus zu, ohne die übrigen Gäste zu beachten. Doch im Vorübergehen streifte Swerajows Blick völlig unerwartet die am Fuße der Treppe wartende Carolyn, die so überrascht war, dass sie sich nicht mehr abwenden konnte. Einen Herzschlag lang sahen sie sich in die Augen. Der Fürst schien verwundert zu sein, und Carolyns Lippen wurden vor Entsetzen trocken. Er hat mich erkannt, dachte sie verzweifelt.

Aber dann wanderte der Blick des Fürsten gelangweilt und gleichgültig weiter, während er mit seinem Begleiter die Freitreppe emporstieg. Ich habe mich sicherlich getäuscht, versuchte Carolyn sich zu beruhigen. Sonst hätte er sich doch noch einmal nach mir umgedreht.

Dennoch wollte sich ihr rasender Herzschlag nicht beruhigen, als sie sich nun den jungen Männern anschloss, die endlich Anstalten machten, ebenfalls das Haus zu betreten. Einer von ihnen stellte die Frage, was die anderen von dem Artikel „Eine fürstliche Betrügerei" hielten, und Carolyn spitzte sofort die Ohren, obwohl ihre Gedanken immer wieder zu Swerajow abgleiten wollten.

„Ein guter Aufsatz", erwiderte ein Blonder mit einem gepflegten Backenbart. „Ich habe übrigens gehört, dass die Fürstin eine Fehlgeburt gehabt haben soll. Ob das ein böses Omen ist?"

„Swerajow soll ja Mord und Totschlag geschworen haben, nachdem er den Beitrag gelesen hatte. Wenn ich dieser Copperville wäre, hätte ich mich längst nach Paris abgesetzt."

„Um Napoleon hinterrücks abzuknallen?" fragte ein anderer kichernd.

Mit gesenktem Kopf folgte Carolyn den in eine lebhafte Unterhaltung vertieften Männern. Ihre Bemerkungen über Copperville beunruhigten sie nicht sonderlich, denn sie war daran gewöhnt, dass die Artikel immer ein Gesprächsthema in der Gesellschaft bildeten. Einen Augenblick lang spürte sie Mitgefühl für Swerajow, doch dann sagte sie sich, dass sein ungebührliches Betragen nichts anderes verdient hatte.

Als die Gruppe die Eingangshalle betrat, hielt Carolyn unwillkürlich Ausschau nach dem Fürsten. Er würde sie doch wohl zur Rede stellen, wenn er trotz der geschickten Verkleidung in ihr den Spitzel erkannt hätte oder gar die junge Dame aus der Buchhandlung. Oder etwa nicht?

Aber weit und breit war niemand zu sehen, der mit spitzem Finger auf sie gewiesen hätte, während die Diener den Gästen Stöcke und Hüte abnahmen. Erleichtert, wenn auch immer noch mit fliegendem Atem, übersah Carolyn geflissentlich den zweifelnden Blick eines der jungen Männer, eilte schnell an ihnen vorüber und stieg die wenigen Stufen zum Ballsaal empor.

Geschafft!

Hastig mischte sie sich unter die Schar der eleganten, gut gelaunten Gäste. Jetzt würde niemand mehr ihre Maskerade enthüllen.

Mehr als eine Stunde war bereits verstrichen, und Carolyn begann, ungeduldig zu werden. Sie hatte sämtliche Säle und Nebenräume durchstreift, immer auf der Lauer nach aufschlussreichen Gesprächsfetzen und vielsagenden Beobachtungen. Doch bis jetzt war ihr noch nichts Bemerkenswertes aufgefallen, das sie zum Gegenstand ihres nächsten Beitrages im Morning Chronicle hätte machen können. Auch bei den vielen für ein Diner im Freien vorbereiteten Tischen hatte sie nichts Besonderes entdecken können – aber vor allem nicht ... Swerajow.

Wo mochte er nur sein?

Seufzend nahm sich Carolyn ein fantasievoll verziertes Petit Four vom Büfett und musterte dabei zum wiederholten Male die Gäste. Wenn ich nicht aus einem besonderen Anlass heraus hierher gekommen wäre, würde ich mich schrecklich langweilen, dachte sie unzufrieden. Und ich würde mich auch weigern, an einem solchen Fest teilzunehmen, wenn ich zu den oberen Zehntausend gehörte.

Bei dieser Vorstellung wanderten ihre Gedanken zu der Mutter, die einem solchen Leben den Rücken gekehrt hatte. Sie hatte der Tochter immer wieder eingeschärft, dass jeder Mensch die Pflicht habe, denjenigen zu helfen, die weniger glücklich waren als man selbst. Und obwohl in ihrer Familie des Öfteren Mangel herrschte, hatte sie doch für jeden Bettler immer ein paar Münzen übrig gehabt und einmal in der Woche die Kranken im Armenhospital von St. John betreut. Warum nur vergeudeten die Reichen ihre Zeit mit solchem Firlefanz und wandten sich nicht guten Werken oder wichtigeren Angelegenheiten zu?

Nun, die Männer zumindest standen in Gruppen zusammen und besprachen den Krieg auf dem Kontinent oder irgendwelche wichtigen innenpolitischen Themen. Die Damen aber, so hatte Carolyn festgestellt, interessierten sich ausschließlich für sich selbst, für Kleider und Juwelen und für Männer. Bei dem letzten Thema drehte sich die Unterhaltung zumeist um Swerajow. Sie schienen ihn alle geradezu anzubeten, und viele von ihnen setzten insgeheim ihre Hoffnung auf ein leidenschaftliches Liebesverhältnis mit ihm.

Swerajows letzte Favoritin, Lady Carradine, war auch anwesend und präsentierte sich den staunenden Gästen in einem gerade fallenden Kleid, dessen Ausschnitt jede nur irgend vertretbare Spanne ihrer etwas zu üppigen Brüste den Blicken preisgab. Außerdem schien sie keine Unterwäsche zu tragen, sodass sich ihre Gestalt in ungehöriger Deutlichkeit abzeichnete. Carolyn schüttelte verächtlich den Kopf. Das also war die Art Frauen, die Swerajow bevorzugte? Nun, das überraschte sie keineswegs.

Sie wandte sich erneut um und nahm rasch ein Fruchttörtchen vom Büfett, nicht ohne dabei einen missbilligenden Blick von dem aufwartenden Lakaien aufzufangen. Es war noch zu früh, um mit dem Essen zu beginnen, und Carolyn war sich dessen durchaus bewusst. So verspeiste sie denn das Gebäck mit wenigen Bissen und wischte sich danach die Finger an ihrem Taschentuch ab. Es wurde Zeit, irgendetwas zu unternehmen, um den spurlos verschwundenen Swerajow ausfindig zu machen. Wahrscheinlich hatte er sich mit irgendeiner einflussreichen Persönlichkeit zu einem Gespräch unter vier Augen in ein Nebengemach verzogen. Vielleicht benutzte er die Gelegenheit sogar zu einem Gedankenaustausch mit dem etwas unberechenbaren Lord Liverpool? Wieder ließ Carolyn ihren Blick über den Ballsaal schweifen, ohne Swerajow zu entdecken. Wo war er nur?

Enttäuscht verließ sie den Saal. Ein Blick ins Nebenzimmer zeigte ihr, dass dort ein paar Männer um den Billardtisch versammelt waren und an einigen Tischen Whist gespielt wurde. Swerajow war nicht unter ihnen.

Auf der anderen Seite des Korridors erblickte sie zwei solide, mit Schnitzwerk verzierte Eichentüren. Wahrscheinlich die Bibliothek. Sie wäre ein passender Ort für eine vertrauliche Unterhaltung. Ob sie es wagen konnte, an der Tür zu horchen? Die Tür zum Spielzimmer war nur zur Hälfte geöffnet und der Korridor im Augenblick menschenleer. Rasch näherte sich Carolyn einer der Türen und presste ihr Ohr daran. Der Lohn für ihren Wagemut war jedoch nichts als absolute Stille.

Ärgerlich wandte sich Carolyn wieder dem Ballsaal zu. Sie würde um keinen Preis aufgeben! Mühsam bahnte sie sich am Rande der Tanzfläche einen Weg und trat auf die Terrasse, die sich über die ganze Breite der Hinterfront des Hauses erstreckte, und stieß als Erstes auf ein Pärchen in inniger Umarmung. Der Mann warf ihr einen so erbosten Blick zu, dass sie sich schnell in den Anblick der steinernen Putten am Rande des Springbrunnens vertiefte.

Schulterzuckend fragte sie sich, was die beiden hier im Dunkeln wohl vorhatten. Wollten sie etwa gar irgendwo in den Büschen ...? Aber das war nicht ihre Angelegenheit. Sie hatte ohnehin nie Verständnis für die leidenschaftliche Zuneigung zwischen Männern und Frauen gehabt. Als sie fünfzehn war, hatte ein Nachbarssohn sie geküsst. Das Einzige jedoch, woran sie sich danach noch erinnerte, war das unangenehm feuchte und klebrige Gefühl auf den Lippen.

Nun, das mochte jeder halten, wie er wollte. Sie jedenfalls hatte hier eine Aufgabe zu erfüllen. Entschlossen ging sie zu einem der unbeleuchteten Fenster und spähte hinein ... vergebens. Der Raum – es schien die Bibliothek zu sein – war leer und dunkel. Weit und breit war niemand zu sehen. Ratlos vergrub sie die Hände in den Taschen ihres Schoßrockes. Wo, um alles in der Welt, war Swerajow?

„Ich bin sicher, dass Sie nicht auf Diebestour sind“, ertönte plötzlich eine männliche Stimme hinter ihr. „Selbst ein Spitzbube würde dabei nämlich mehr Verstand entwickeln.“

Diese raue und zugleich warme Stimme mit ihrem leichten slawischen Akzent hätte Carolyn unter Tausenden herausgehört. Einen Herzschlag lang erstarrte sie vor Schreck. Dann wandte sie sich jählings um.

Swerajow stand im Schatten eines hohen Rhododendronbusches. Über ihm hing eine haarfeine Mondsichel am nachtschwarzen Himmel. Trotz der Dunkelheit konnte Carolyn erkennen, dass er sie mit einem geradezu wissenschaftlichen Interesse musterte, so als wolle er ein seltenes Tier sezieren, während er gedankenverloren an seinem Champagnerglas nippte.

Verzweifelt rang sie um Fassung. War er ihr diesmal etwa gefolgt? „Ich bitte um Verzeihung“, murmelte sie. „Aber ich habe nicht ganz verstanden ...“

„Ich nehme an, Sie interessieren sich für die Bücher darin", fiel Swerajow ihr ins Wort und kam mit langsamen, wippenden Schritten auf Carolyn zu.

Hatte er nicht eben das Wort „Bücher" besonders betont? Wusste er Bescheid? Oder war seine Bemerkung ein reiner Zufall? Schließlich hatte sie durch ein Fenster der Bibliothek geblickt, und alle Bibliotheken waren ja mit Büchern angefüllt. Carolyn räusperte sich krampfhaft. Es klang aber mehr wie das Krächzen einer Krähe.

„Bücher? Ach, sind hier tatsächlich Bücher ... eh ... ich ... ich wollte hineingehen, aber natürlich nicht, um zu stehlen ..." Sie brachte keinen halbwegs vernünftigen Satz zu Stande.

„Nun, wer die Bibliothek betreten möchte", erwiderte Swerajow mit einem hintergründigen Lächeln, „benutzt im Allgemeinen die Tür."

Carolyn musterte ihn misstrauisch. Machte er sich über sie lustig? Oder was sollte diese Äußerung sonst bedeuten? Es war wirklich zu dunkel hier draußen, um seinen Gesichtsausdruck genau zu erkennen.

„Ich ... eh ... ja, ich wollte gern die Bibliothek besichtigen." Vergebens versuchte sie zu erkennen, ob Swerajow ihre Kostümierung durchschaut hatte. Ihre Bemühungen wurden aber jählings durch einen halb unterdrückten Lustschrei unterbrochen, der aus der Richtung jenes liebeshungrigen Paares kam. Mit feuerroten Wangen fuhr Carolyn herum, doch von den beiden war nichts mehr zu sehen. Wahrscheinlich hatten sie sich in das Gebüsch zurückgezogen. Sie spürte den prüfenden Blick Swerajows fast körperlich und wollte irgendetwas sagen. Doch sie brachte kein Wort heraus.

„Mir scheint", sagte der Fürst jetzt lächelnd und in keiner Weise peinlich berührt, „dass sich jemand hier außerordentlich gut unterhält."

Wieder wollte Carolyn etwas entgegnen, doch es fiel ihr absolut keine passende Bemerkung ein.

„Aber", fuhr Swerajow fort, „Liebesromanzen sind eben für die Beteiligten eine sehr erfreuliche Angelegenheit, meinen Sie nicht auch?"

Jetzt blieb Carolyn nichts anderes übrig, als dieser Feststellung zuzustimmen. Zum Glück war es inzwischen noch dunkler geworden, sodass man ihre Schamröte nicht erkennen konnte. „Natürlich, ich ... eh ... ich begeistere mich gern an Liebesromanzen. Kennen Sie den Roman ‚Gefühl und Verstand'?" Als ihr diese Worte über die Lippen kamen, hätte sie sich am liebsten geohrfeigt. Sie war doch ein Mann! Swerajow würde misstrauisch werden, wenn sie diesen Fehler nicht sofort gutmachte.

„Ich fürchte, dass mir nicht einmal der Titel bekannt ist." Der Fürst konnte offensichtlich nur mühselig ein Lachen unterdrücken.

„Meine Schwester liebt den Roman ganz besonders", warf Carolyn rasch ein.

„So?" Swerajow zuckte mit keiner Wimper. „Ja, ja, die Liebe hat die Fantasie der Menschen schon seit Adam und Evas Zeiten beflügelt."

Carolyn hielt den Atem an. „So ist es", murmelte sie schließlich.

„Wollen wir nicht wieder hineingehen und Adam und Eva ihren irdischen Vergnügungen überlassen?" Der Fürst wandte den Kopf in die Richtung, aus der jener unerhörte Schrei gekommen war.

„Hineingehen ... ja, das ist eine gute Idee." Carolyn wandte sich eilig um und wäre um ein Haar in das Fenster der Bibliothek gelaufen, wenn Swerajow ihr nicht die Hand auf die Schulter gelegt hätte.

„Wir waren uns doch über unsere ehrenhaften Absichten einig, nicht wahr? Die Tür ist dort links."

Widerstandslos ließ sich Carolyn in die richtige Richtung drehen. Ihre Schulter brannte noch, nachdem der Fürst seine Hand längst zurückgezogen hatte, und ihr Körper prickelte vor Erregung. Diese merkwürdige Reaktion auf seine Berührung verwirrte sie noch mehr. Zum Teufel, mein Verstand scheint mir den Dienst aufgekündigt zu haben, dachte sie wütend.

Swerajow öffnete eine Tür und ließ Carolyn dann höflich den Vortritt. In dem unbeleuchteten Raum war es scheinbar noch dunkler als draußen unter freiem Himmel, und die Stille darin hatte einen beklemmenden Hauch von Intimität. Als dann auch noch die Tür hinter ihr mit Nachdruck wieder geschlossen wurde, schrak Carolyn zusammen. Wenn er weiß, dass ich Carolyn Browne aus der Buchhandlung bin, dachte sie angstvoll, wird er diese Gelegenheit nutzen und unschickliche Annäherungsversuche machen. Ihre Erregung wuchs, und auf ihren Handflächen bildete sich kalter Schweiß.

Mit langsamen, fast lautlosen Schritten kam der Fürst näher. Seine Hand streifte ihre Hüfte ... oder war es vielleicht sein Schenkel? Ein schwerer, exotischer Duft umgab ihn, eine Mischung aus Leder, Tabak und aromatischen Gewürzen aus Fernost.

„Ich frage mich, warum das Pärchen dort draußen nicht diesen Raum für sein kleines Stelldichein gewählt hat“, murmelte er.

Ein Stelldichein! Plötzlich wünschte sich Carolyn, nicht kostümiert zu sein oder von Swerajow demaskiert zu werden. Es war unfassbar. Aber um selbst etwas in dieser Richtung zu unternehmen, fehlte ihr der Mut.

„Glücklicherweise bin ich ein Freund des Hauses“, fuhr der Fürst jetzt fort, gerade als sich Carolyns Augen an die Dunkelheit zu gewöhnen begannen. „Ah, hier ist es.“ Er neigte sich über eine glänzend polierte Tischplatte, entzündete den Docht einer kleinen Lampe und stülpte den Schirm aus buntmarmoriertem Glas wieder darüber. Das bläuliche Licht erhellte nur einen kleinen Umkreis, der ganz von Swerajows imponierender Gestalt beherrscht wurde, und unterstrich seine eindrucksvollen Gesichtszüge. In gekonnt zwangloser Haltung lehnte er sich mit der Hüfte an die Tischkante und blickte Carolyn lächelnd an.

„So, mein Freund“, sagte er mit herablassender Freundlichkeit, „da Sie behaupten, kein Einbrecher zu sein, sollten Sie mir nun von Rechts wegen erklären, was Sie vorhin eigentlich vorhatten.“

Dankbar ergriff Carolyn den rettenden Strohhalm, den er ihr mit dieser Frage hingehalten hatte. „Ich ... ich habe auf jemanden gewartet.“

„So, so.“ Der Fürst wiegte interessiert den Kopf. „Auf eine männliche Person oder auf eine weibliche?“

Sollte das schon wieder eine Anspielung sein? dachte Carolyn ratlos. Oder lege ich aus meinem Schuldgefühl heraus nur alle seine Worte falsch aus? Aber wie auch immer, jetzt musste sie Swerajow unbedingt von ihrer Männlichkeit überzeugen, sonst würde er auf der Stelle ihren Schwindel aufdecken.

„Auf eine Dame“, erwiderte sie hochmütig.

„Natürlich. Wie töricht von mir, eine solche Frage zu stellen! Also waren Sie auch in der Erwartung eines Rendezvous?“ Swerajows Augen blitzten vor Vergnügen.

Nur mit Mühe konnte sich Carolyn daran hindern, den engen Kragen ihres Hemdes zu lockern. Es war plötzlich so unsagbar heiß geworden. Sie machte eine unbestimmte Geste, die alles und nichts ausdrücken sollte.

Der Fürst spielte scheinbar nachdenklich mit einer blauweißen Dose aus feinem Wedgwoodsteingut. „Sie scheinen mir zu jung zu sein für ein Liebesverhältnis“, sagte er schließlich.

Carolyn hob entrüstet den Kopf. „Ich bin achtzehn“, erwiderte sie. Endlich konnte sie einmal die Wahrheit sagen!

„Wirklich? Sie sehen höchstens wie sechzehn aus“, erwiderte Swerajow. „Aber das soll keine Beleidigung sein. Mit achtzehn ist man allerdings alt genug, um sich mit einem drallen Milchmädchen im Heu zu amüsieren.“ Sein breites Lächeln entblößte eine Reihe makelloser Zähne. „Haben Sie das schon ausprobiert?“

„Selbstverständlich.“

„Und? War es schön?“

„Sehr.“ Carolyn presste vor Aufregung die Fingernägel in die Handflächen, denn sie hatte keine Ahnung, worauf der Fürst hinauswollte. Dass es eine Falle sein würde, stand für sie allerdings außer Zweifel.

„Lassen Sie mich raten. Sie war blond und blauäugig? Nein ... mit grünen Augen?“

Carolyns Nervosität verstärkte sich immer mehr, und sie hatte den Eindruck, kein Glied mehr regen zu können. „Blond, ja.“ Sie räusperte sich krampfhaft. „Aber die Augen waren bernsteinfarben.“

Swerajow überlegte eine Weile und sagte dann: „Mir scheint, Sie sind mit Erfolg von ihr verführt worden.“

„Al...allerdings“, stammelte Carolyn und befahl sich dabei energisch, endlich wieder ihren Verstand zusammenzunehmen, sonst gewann der Fürst weiterhin jedes Rededuell. Aber das war schließlich nicht ihre Schuld. Er hatte sie zu sehr überrascht, und das Pärchen dort draußen war so schamlos gewesen, und sein Blick war so eindringlich und so erregend ... Irgendwie hatte man dabei den Eindruck, als würde er sich jetzt auch gern so unschicklich betragen. Doch das war natürlich Unsinn. Er hielt sie ja für einen jungen Mann, und es gab genügend schöne Frauen, die ihm zu Füßen lagen.

Mit einem leichten Klappern stellte Swerajow die Dose auf den Tisch zurück. „Ich habe Appetit auf einen stärkenden Schluck", sagte er, warf Carolyn einen nicht zu deutenden Blick zu und ging zu einem Mahagonischränkchen mit vergoldeten Beschlägen, dem er eine mit einer bräunlichen Flüssigkeit gefüllte Karaffe entnahm. Dann schenkte er zwei venezianische Gläser zur Hälfte voll.

„Leider findet Sheffield wenig Geschmack an gutem russischen Wodka." Mit einem bedauernden Kopfschütteln reichte er Carolyn eines der beiden Gläser. „Cheerio! So sagt man doch bei Ihnen, nicht wahr?"

„Cheerio", murmelte Carolyn zaghaft. Aber da ihr keine andere Wahl blieb, folgte sie Swerajows Beispiel und nahm einen kräftigen Schluck aus dem Glas. Sofort wurde sie von heftigem Husten geschüttelt.

Der Fürst nahm ihr rasch den kostbaren Kelch aus der Hand und klopfte ihr dann fürsorglich auf den Rücken. Als Carolyn wieder Atem holen konnte, rollten ihr zwei dicke Tränen über die Wangen. Hilflos blickte sie auf – direkt in seine voller Aufmerksamkeit auf sie gerichteten Augen. Und dann spürte sie, dass seine Hand noch immer auf ihrem Rücken lag, dicht an ihrem Hals. Bei dieser Feststellung lief eine siedendheiße Woge über ihren Körper, noch fiebriger als beim ersten Mal.

Swerajows Blick war eindringlich, verheißungsvoll und sehr, sehr männlich.

Carolyns Herz begann zu stolpern.

Doch nun zog der Fürst die Hand fast unmerklich wieder weg, und als er Carolyn das Glas erneut reichte, waren seine Augen ausdruckslos.

Immer noch atemlos und verwirrt, fragte sich Carolyn, ob er sie eben tatsächlich in einer so ungezügelt sinnlichen Weise angesehen hatte. Und wenn ja, was sollte das dann bedeuten? Liebte er etwa auch junge Männer? Denn er ging doch davon aus, dass sie ein Mann war – oder etwa nicht? Wenn er vom Gegenteil überzeugt wäre, warum lüftete er dann nicht ihre Maskerade? Wieder stieg der unsinnige Wunsch in Carolyn auf, selbst ihre Kostümierung abzulegen.

„Achtzehn sind Sie? Nun, dann sollten Sie etwas vorsichtiger beim Trinken sein, mein Freund", empfahl Swerajow lächelnd.

Carolyn nickte und nahm einen winzigen Schluck. Der Whisky lief angenehm brennend über ihre Zunge und dann die Kehle hinab.

„So ist es gut." Der Fürst hatte wieder auf dem Tischrand Platz genommen.

Die Hitze des starken Getränkes schien sich in großer Schnelligkeit über Carolyns Gehirn auszubreiten. Sie starrte auf Swerajows kräftige Schenkel und die engen Hosen, die der Fantasie keinen Spielraum ließen. Ihre Spannung ließ allmählich nach und machte einem angenehmen Gefühl von Leichtigkeit und Wärme Platz. Aber tief in ihrem Innern glomm noch immer eine merkwürdige Erregung und rief unvermittelt das Bild des in Liebesverlangen umschlungenen Paares auf der Terrasse hervor. Hastig nahm sie einen weiteren Schluck.

„Ich weiß nicht, was ich eben angestellt habe", sagte sie verlegen. „Ich glaube, ich habe mich verschluckt."

„Natürlich", erwiderte Fürst Swerajow mit höflichem Mitgefühl. „Das passiert jungen, unerfahrenen Leuten hin und wieder."

„Wollen Sie sich etwa über mich lustig machen?" Carolyn hatte plötzlich ihren Mut wiedergefunden.

„Mache ich einen solchen Eindruck auf Sie?"

„Ja, allerdings." Überrascht stellte Carolyn fest, dass ihr Glas nahezu leer war. „Sie scheinen sich überhaupt gern über die Menschen zu mokieren, und ich frage mich nach dem Grund dafür."

Der Fürst lächelte. „An Ihrer Stelle würde ich etwas langsamer trinken", sagte er statt einer Antwort. „Wie war doch Ihr Name?"

Carolyn öffnete den Mund und hätte um ein Haar „Carolyn Browne“ gesagt. Doch im letzten Augenblick fiel ihr ein, dass sie ja einen Männernamen angeben musste. „Ich heiße Charles Brighton“, erwiderte sie mit einer leichten Verbeugung.

„Brighton? Hmm, vielleicht ein Verwandter von Edmond Brighton, dem alten Fuchs, der vor ein paar Jahren Sir William Pitt mit dem Plan für den Osthandel überlistet hat?“

„Er ist mein ... eh ... Großonkel“, erklärte Carolyn, während sie krampfhaft überlegte, was das für ein Plan gewesen war.

„Eine sehr nützliche familiäre Beziehung.“ Der Fürst nickte beifällig. „Dann muss es für Sie ja eine besondere Freude sein, dass Ihr Onkel heute Abend auch anwesend ist.“

Carolyn zuckte zusammen und hätte beinahe das Glas fallen gelassen. „Mein Großonkel ist doch ... leidend ...“ Sie räusperte sich nachdrücklich, denn wieder einmal schien ihre Stimme dem Krächzen einer Krähe zu ähneln. „Und er lebt seit Monaten auf dem Lande.“

„Ich bin ihm des Öfteren begegnet, und ein Irrtum ist deshalb ausgeschlossen“, erwiderte der Fürst lächelnd. „Er ist hier. Offensichtlich hat sich sein Gesundheitszustand seit Ihrer letzten Begegnung gebessert. Oder haben Sie sich mit ihm etwa entzweit?“

Verzweifelt suchte Carolyn nach einer rettenden Ausrede. „Ich ... eh ... nun, ich errege schon seit Jahren sein Missfallen, und deshalb haben wir uns schon längere Zeit nicht mehr gesprochen.“ Erleichtert über den guten Einfall lächelte sie vergnügt. „Ich glaube, seit meinem fünfzehnten Jahr. Er würde mich wahrscheinlich gar nicht mehr erkennen.“

„Das glaube ich auch.“ Carolyn warf Swerajow einen misstrauischen Blick zu. Aber der Fürst nippte nur gleichmütig an seinem Whisky.

„Und wer sind Sie, Sir? Sie haben sich mir auch nicht vorgestellt.“

„Habe ich das in der Tat versäumt? Nun, ich dachte, Sie wissen, wer ich bin.“ Jetzt kreuzten sich ihre Blicke wie zwei blitzende Degen.

„Ich habe aber nicht die geringste Ahnung."

Der Fürst richtete sich auf und machte eine höfliche Verbeugung. „Fürst Nikolaus Iwanowitsch Swerajow, zu Ihren Diensten, mein junger Freund."

„Oh ja, jetzt erinnere ich mich. Sie sind der Sonderbotschafter des russischen Zaren." Carolyn leerte großspurig ihr Glas. „Darf ich Sie fragen, Exzellenz, ob Sie bei unserem Außenminister Castlereagh bereits Fortschritte gemacht haben?"

Swerajow verzog die Lippen zu dem wölfischen Lächeln, das Carolyn schon einmal verunsichert hatte. „Jeder Gedankenaustausch ist doch gleichzeitig Fortschritt. Habe ich Recht?"

„Ich nehme aber an", erwiderte Carolyn beherzt, „dass Ihr Zar unter den gegenwärtigen Umständen kein verlässlicher Bundesgenosse ist. Sobald er unser nicht mehr bedarf, besteht die Gefahr, dass er wieder mit Napoleon gemeinsame Sache macht." Sie bedachte ihren Gesprächspartner mit einem übertrieben liebenswürdigen Lächeln. „Und ich denke auch, dass uns die Russen viel dringender brauchen als wir sie." Nach diesen Worten kam sie sich sehr großartig vor.

„Nun, dann teilen Sie die Ansichten der meisten Ihrer Landsleute." Der Fürst erwiderte etwas herablassend ihr Lächeln. „Und wenn ich Ihnen nun sage, dass der Zar aus seinen Fehlern gelernt hat und dem Franzosenkaiser nun völlig ablehnend gegenübersteht?"

„Dann würde ich antworten, dass er erst den Beweis dafür erbringen müsste", sagte Carolyn spitz.

Swerajow schmunzelte. „Daran erkenne ich den wahren Skeptiker! Aber Sie haben schon Recht: Probieren geht über Studieren, wie man im Deutschen sagt. Vielleicht sollten wir einmal unter uns die Probe aufs Exempel machen. Was ist der erste Punkt, der Ihr Misstrauen begründet?"

„Der erste Punkt ist Tilsit", begann Carolyn eifrig.

„Oh ja, ich weiß. Ihr Briten habt ein schrecklich gutes Gedächtnis! Aber warum lassen Sie dann solche Punkte aus wie Friedland und Jena? Oder auch Spanien, wenn Sie gern möchten?"

„Nun, ich gebe zu, dass wir einen gemeinsamen Grund zur Feindschaft gegen Napoleon haben", erwiderte Carolyn. „Aber auch hier ist es wieder eine Sache des Vertrauens. Sollte der Franzose in Fragen des Handels den Wünschen von Zar Alexander nachgeben, würde dieser bestimmt nur zu gern seine Unterschrift unter einen Vertrag mit ihm setzen."

Einen Augenblick lang schwieg der Fürst überrascht, bevor er unerwartet sanftmütig fortfuhr: „Sie scheinen ein äußerst scharfsinniger Beobachter der internationalen Politik zu sein, mein lieber junger Freund."

Carolyn errötete vor Stolz. Ein Lob ihrer Intelligenz aus einem so berufenen Munde war mehr als ein landläufiges Kompliment. „Nun, so sagen Sie mir doch, Exzellenz, welchen Grund wir haben sollten, Russland in dem Krieg mit Napoleon beizustehen?" erkundigte sie sich wagemutig.

Swerajow streifte sie mit einem beiläufigen Blick, der kaum merklich auf ihren Lippen verharrte. „Was dabei nicht sofort ins Auge sticht", erklärte er dann, „ist die Tatsache, dass es nach einer Niederlage Napoleons viel Arbeit in Europa geben wird. Sie wird leichter getan werden können, wenn das Vertrauen unter den Völkern gewachsen ist und wir sowohl die Lasten als auch den Ruhm gemeinsam getragen haben. Andernfalls könnten sich die Beziehungen zwischen den Nationen nach dem Krieg in einem kleinlichen Gezänk erschöpfen."

In sich gekehrt, überdachte Carolyn diese Worte. Schließlich sagte sie langsam: „Wir haben daheim genug eigene Schwierigkeiten, und Russland ist groß – zu groß für England, um in seine Angelegenheiten verwickelt zu werden. Und sollte Napoleon seine Grenzen neu festsetzen, können wir allein besser mit den entsprechenden ökonomischen und politischen Veränderungen fertig werden."

Auf Swerajows Stirn zeigten sich zwei tiefe Furchen, und in seinen Augen blitzte ein eisiges Licht. „Es wird keine Veränderung der Grenzen Russlands geben. Alexander schließt mit Napoleon niemals Frieden, solange sich auch nur ein einziger feindlicher Soldat auf seinem Territorium befindet."

Carolyn dachte an Wilna und biss sich auf die Lippe. „Wann werden diese Kriege endlich ein Ende haben?" seufzte sie. „Es haben schon so viele Männer ihr Leben dafür hingeben müssen."

„Sie werden erst aufhören, wenn Napoleons Armeen vernichtet sind. Und dieses Ziel streben wir an.“ Swerajow stellte das leere Glas auf den Tisch und erhob sich. „Aber nun genug des Politisierens. Wollen wir jetzt nicht lieber zu der Gesellschaft zurückkehren? Vielleicht um Ihre Freundin zu suchen?“ Er schlug Carolyn lachend auf die Schulter. „Ich bin nämlich sehr neugierig auf diese Dame. Vielleicht kann ich Ihnen zu einem zärtlichen Tete-a-Tete verhelfen!“

Nur mühsam konnte Carolyn dem so unvermittelten Themenwechsel folgen, denn ihr Kopf war auf einmal ein wenig schwer und die Umgebung seltsam verschwommen.

Der Fürst legte den Arm auf ihre Schulter und schob sie zur Tür. „Sie haben doch hoffentlich noch keine Schlagseite, wenn ich so sagen darf? Das wäre schade so früh am Abend.“

„Ich kann viel vertragen“, murmelte Carolyn undeutlich, denn Swerajows körperliche Nähe verwirrte sie völlig, und zudem spürte sie ein erregendes Ziehen im Leib.

„Dann ist ja alles in Ordnung. Ich würde mich nämlich freuen, wenn Sie mir später noch Gesellschaft leisten könnten.“ Der Fürst lächelte vielsagend.

„Ganz m...einerseits, ganz m...einerseits“, stammelte Carolyn.

„Also gut, dann treffen wir uns um Mitternacht im Spielsalon und brechen dann gemeinsam auf.“

Sie hatten die Bibliothek verlassen und gingen durch den mit dicken Teppichen ausgelegten Korridor zum Ballsaal zurück.

Swerajows Arm lag noch immer auf Carolyns Schultern, und seine Nähe, sein Duft, seine überwältigend männliche Ausstrahlung raubten ihr das letzte bisschen Verstand. Sein Lächeln war erloschen, und einen Augenblick lang glaubte Carolyn, er wolle sie küssen. Dieser Augenblick schien sich in eine Unendlichkeit auszudehnen, und die Erwartung wurde zu einem unsinnigen Verlangen.

Doch dann ließ der Fürst den Arm sinken und öffnete die Tür zum Tanzsaal. Die Geräusche des Balles erfassten sie wie eine Brandung: Musik, Gelächter, Stimmen ...

„Ich schlage vor, wir gehen anschließend noch in ein Bordell“, sagte Swerajow plötzlich. „Was halten Sie davon, Charles?“

Vergebens schnappte Carolyn nach Luft. Sie brachte kein Wort mehr heraus.

8. KAPITEL

Widerstandslos ließ sich Carolyn über die Schwelle zu dem hell erleuchteten Ballsaal schieben, während Swerajows letzte Worte noch in ihren Ohren widerhallten. Wahrscheinlich hat er einen Scherz machen wollen, dachte sie verwirrt und streifte ihren Begleiter mit einem raschen Seitenblick.

Doch der nickte ihr lächelnd zu. „Sie werden dort Ihre verloren gegangene Herzdame im Handumdrehen vergessen."

Also war es doch kein Spaß gewesen! Was, um Himmels willen, sollte sie nur tun?

Mitten in ihre angstvollen Überlegungen hinein ertönte plötzlich eine männliche Stimme. „Niki, ich habe dich schon überall gesucht!"

Erleichtert über diese unerwartete Rettung vor einer sofortigen Antwort musterte Carolyn einen stattlichen dunkelhaarigen Mann, der eine entfernte Ähnlichkeit mit dem Fürsten aufwies und jetzt mit schnellen Schritten auf sie zukam. Das war also sein Bruder! Konnte sie in seiner Gegenwart ihr Spiel fortsetzen und vielleicht gar beiden in ein Bordell folgen? Merkwürdige, nie gesehene Bilder flimmerten plötzlich vor ihren Augen.

„Wo hast du dich nur herumgetrieben, Niki?" erkundigte sich der junge Mann in vorwurfsvollem Ton.

„Ich habe mit meinem neuen Freund ein Glas geleert", erwiderte Swerajow. „Darf ich dir Charles Brighton vorstellen, Alexi? Charles, das ist mein Bruder Alexander."

Alexander starrte den Begleiter seines Bruders wortlos an, und seine verblüffte Miene war Carolyn außerordentlich unangenehm. Verlegen streckte sie die Hand aus und murmelte: „Es ist mir ein Vergnügen, Sir."

Zögernd, ja beinahe widerstrebend nahm Alexi ihre Hand und warf seinem Bruder dabei einen misstrauischen Blick zu.

Rasch zog Carolyn ihre Hand zurück. „Unsere Unterhaltung war sehr angenehm", sagte sie mit einer Verbeugung zu Nikolaus Swerajow. „Doch jetzt bitte ich Sie, mich zu entschuldigen."

„Ganz meiner Meinung." Der Fürst lächelte liebenswürdig. „Und vergessen Sie nicht: Wir treffen uns um Mitternacht!"

Carolyn nickte mit brennenden Wangen und tauchte dann hastig in der Schar der Gäste unter.

„Großer Gott!" stieß Alexi erschüttert aus, während er dem neuen Freund seines Bruders nachblickte. „Bist du verrückt geworden? Oder hast du neuerdings deine Vorliebe für junge Burschen entdeckt?"

Statt einer Antwort brach Nikolaus in schallendes Gelächter aus. „Brighton ist doch ein Mädchen", erklärte er dem Bruder amüsiert.

Alexi riss den Mund auf. „Etwa der Spitzel von neulich?" fragte er ungläubig.

„Allerdings. Er – oder vielmehr sie – hat mir kürzlich einen ungebetenen Besuch abgestattet. Ihr richtiger Name ist Carolyn Browne, und sie glaubt tatsächlich, mich mit dieser lächerlichen Kostümierung hinters Licht führen zu können! Ich bin doch schließlich ein Mann und kenne die Unterschiede zwischen den beiden Geschlechtern zur Genüge. Im Übrigen ist sie mir schon draußen auf der Straße aufgefallen, als wir beide ankamen." Wieder wollte er sich vor Lachen ausschütten.

„Nun, du scheinst dich ja mächtig an dieser Posse zu ergötzen. Was führt sie denn eigentlich im Schilde?"

„Ich habe keine Ahnung. Aber ich werde es bestimmt herausfinden." Nikolaus überblickte den Ballsaal und entdeckte Carolyn, die an einer Säule lehnte und scheinbar in die Beobachtung der tanzenden Paare vertieft war. „Bestimmt will sie irgendetwas von mir. Ich verstehe nur nicht, warum sie sich als Mann verkleidet, wenn sie doch als Frau viel bessere Chancen hätte, ihre Wünsche erfüllt zu sehen."

Doch bevor Alexi noch seine Vermutungen über die Gründe dieser Maskerade äußern konnte, näherte sich Lady Carradine den Brüdern. Ihre Ballrobe hob die üppigen Rundungen in aufreizender Weise hervor.

„Niki!" rief sie schon von weitem. „Wie reizend, dich wieder einmal zu sehen!"

Nikolaus neigte sich über ihre Hand in den seidenglänzenden Handschuhen und beteuerte seinerseits freudige Gefühle, die er allerdings nicht im Entferntesten verspürte.

Als die Uhren Mitternacht schlugen, wartete Carolyn verabredungsgemäß in der Eingangshalle auf Swerajow. In den vergangenen Stunden hatte sie nichts anderes getan, als vergeblich über seine Absichten nachzudenken, und war schließlich zu der Erkenntnis gekommen, dass sie sich diese günstige Gelegenheit keinesfalls entgehen lassen durfte. Oder war es etwa Swerajow selbst, den sie sich nicht entgehen lassen wollte?

Doch sie versuchte, sich mit vermeintlich vernünftigen Überlegungen zu beruhigen. Welcher Frau wurde schon die Möglichkeit geboten, ein Bordell in Augenschein zu nehmen? Allein ihre Neugier auf ein solches Etablissement war Grund genug, sich auf dieses Abenteuer einzulassen. Aber sie musste natürlich auch an Copperville denken. Wahrscheinlich würde sie von dem heutigen Abend mit einem halben Dutzend wunderbarer Histörchen heimkehren.

Aufgeregt und gespannt und natürlich auch ein bisschen ängstlich wartete sie auf ihren Begleiter und hoffte dabei nur, dass man sie nicht wirklich mit einer der Halbweltdamen verkuppeln würde. Dann wäre es allerdings sehr schnell vorbei mit ihrer Maskerade.

Aber auch dafür war ihr bereits ein Ausweg eingefallen. Wenn es tatsächlich dazu kommen sollte, würde sie einfach krank werden und sich eilig zurückziehen. Aber bis es möglicherweise zu einem so heiklen Ende dieses außergewöhnlichen Abends kam, würde sie Augen und Ohren offen halten.

Carolyn vergrub die Hände in den Taschen ihres blausamtenen Frackrockes, während aus dem Saal der mitreißende Rhythmus eines neuen Tanzes erklang, den man in Wien populär gemacht hatte. In diesem Augenblick erschien Swerajow in der breiten Flügeltür, und allenthalben wandten sich ihm die Köpfe der Anwesenden zu – allerdings vorwiegend der weiblichen. Wie gebannt blickte Carolyn ihm entgegen, als er mit ein paar schnellen, elastischen Schritten auf sie zukam.

„Ah, da sind Sie ja!“ Der Fürst hob erfreut die Arme. „Sie haben also unsere Verabredung nicht vergessen“, fügte er mit einem etwas anzüglichen Lächeln hinzu.

„Aber nein“, erwiderte Carolyn. „Ich habe mich doch darauf gefreut.“ Entgegen dieser Behauptung nahm indes ihre Angst vor dem Kommenden immer mehr zu.

„Ich auch.“ Swerajow klopfte ihr aufmunternd auf den Rücken. „Es gibt keine bessere Art, einen Abend zu beenden, nicht wahr?“ fügte er augenzwinkernd hinzu.

Carolyn gab ihm keine Antwort, denn wieder verwirrte sie das Gefühl seiner Nähe über die Maßen. Noch nie hatte sie die Berührung durch einen Mann derart erregt, und sie konnte erst wieder einen klaren Gedanken fassen, als Swerajow seine Hand von ihrem Rücken genommen hatte und sie gemeinsam die Freitreppe vor dem Haus von Lord Sheffield hinabstiegen. Merkwürdigerweise war sie nicht nur erleichtert darüber, sondern auch enttäuscht. Ob er wohl mit seinen Worten wirklich hatte sagen wollen, dass man einen Abend am besten mit einem Liebeserlebnis abschloss? fragte sie sich mit klopfendem Herzen.

Am Fuße der Freitreppe wartete die prächtige Kutsche des Fürsten, und die Kosakeneskorte saß bewegungslos wie aus Stein gehauen auf ihren Pferden. Ein betresster Lakai riss eilfertig den Schlag auf.

Swerajow machte eine einladende Geste. „Nach Ihnen, mein Freund.“

Etwas unbeholfen kletterte Carolyn in die Kutsche und unterdrückte dann nur mit Mühe einen Ausruf des Erstaunens. Das Innere des Wagens war ganz mit königsblauem Samt ausgekleidet. Dicke geflochtene Kordeln aus haarfeinen vergoldeten Drähten verdeckten alle Ecken und Kanten, und auf dem Sitz lag ein langhaariges, glänzendes Fell.

Verwirrt ließ sie sich auf die weichen Polster sinken und musste dabei unwillkürlich an ihre Mutter und ihre Großmutter denken. Margaret Browne hätte auch eine Kutsche dieser Art besitzen können. Aber sie hatte das Glück der Liebe dem Glanz des Reichtums vorgezogen. Nichtsdestoweniger musste Carolyn seufzend einräumen, dass Wohlstand eine äußerst angenehme Seite hatte. Sie bestand weniger in den schönen Dingen des Lebens als in der Erlösung von der ständigen Sorge um den Lebensunterhalt. Bewundernd strich sie über den hellbraunen Pelz.

„Das ist russischer Zobel." Swerajows Stimme riss sie aus ihren Gedanken. Sie war so nahe, dass Carolyn die Wärme seines Atems an ihrem Ohr spürte. Erschrocken wandte sie sich um und merkte dabei, dass sich der Fürst dicht neben ihr niedergelassen hatte. Wieder löste seine Nähe von der Fußspitze bis zur Schulter fiebrige Hitze in ihr aus.

„Wir haben einen langen, kalten Winter in Russland", fuhr Swerajow in seinen Erklärungen fort, während er sich auf seinem Sitz zurechtrückte und dabei Carolyns Knie berührte. Dann wurde die Tür geschlossen, und die Pferde zogen an.

Carolyn presste die Hände krampfhaft zusammen.

„Haben Sie denn Ihre Freundin noch gefunden?" erkundigte sich der Fürst freundlich.

„Ja, in der Tat, das habe ich", erwiderte Carolyn beflissen.

„Und welche Erklärung hat sie für die Nichteinhaltung der Verabredung abgegeben?"

Carolyn seufzte. „Sie hat leider einen anderen gefunden."

„Nun ja, Frauen sind allesamt wankelmütig", sagte der Fürst mit ausdrucksloser Miene. „Wankelmütig ... und betrügerisch."

„Das scheint mir eine zu weitgehende Verallgemeinerung zu sein", entgegnete Carolyn unüberlegt und sagte sich sofort, dass ein Charles Brighton dieser Meinung zweifellos seine Zustimmung nicht vorenthalten hätte. Aber sie musste doch schließlich ihre Geschlechtsgenossinnen verteidigen!

„Nicht ganz. Glauben Sie mir, mein junger Freund, meine reichen Erfahrungen auf diesem Gebiet haben mir die Augen dafür geöffnet, dass das schöne Geschlecht sehr unbeständig ist ... und sehr zu Winkelzügen neigt, wie Ihr Fall nur zu deutlich beweist."

Vergeblich versuchte Carolyn herauszufinden, ob die Antwort des Fürsten einen tieferen Bezug haben sollte oder lediglich eine beiläufige Bemerkung war. Swerajows Miene war gleichmütig, beinahe unschuldig. So schluckte sie die wieder aufkeimende Angst tapfer hinunter und erwiderte heiterer, als ihr tatsächlich zu Mute war: „Auch Männer können unbeständig sein. Nehmen Sie doch wiederum mich. Mein Herz ist kaum gebrochen, und schon bin ich auf neue Abenteuer aus, um mich über den Verlust zu trösten."

„Das ist also Ihre Absicht?" erkundigte sich Swerajow lächelnd.

„Allerdings." Zu ihrem Ärger konnte Carolyn nicht verhindern, dass sie bei dieser Vorstellung errötete.

„Nun, ich würde Ihr Verhalten unter diesen Umständen kaum als unbeständig bezeichnen ... und noch viel weniger als täuschend." Der Fürst blickte Carolyn in die Augen. „Habe ich nicht Recht?"

„In ... eh", sie räusperte sich aus Angst, wieder rot zu werden, „in diesem Falle natürlich nicht." Rasch blickte sie aus dem Fenster.

„Obwohl man Ihr Betragen dennoch als heuchlerisch bezeichnen könnte", fuhr Swerajow fort, und Carolyn zuckte erschrocken zusammen. Doch ihr Begleiter fügte lächelnd hinzu: „Wenn man Ihre Zuneigung zu einer gewissen Dame im Auge hat."

„Nun, meine Zuneigung ist vergangen", presste Carolyn mühsam hervor.

„Das ist sehr klug. Es ist nämlich viel vernünftiger, sich ungesäumt von einer Enttäuschung zu erholen, als in hoffnungsloser Sehnsucht zu verharren wie ein törichter Romantiker, wenn man nicht erwünscht ist."

Carolyn blickte in die bernsteinfarbenen Augen mit dem verführerischen Goldschimmer und musste an Lady Carradine denken, die vorhin um ihn herumscharwenzelt war, und an all die anderen Frauen, von denen sich der Fürst sehr rasch wieder getrennt haben musste. Glücklicherweise gehörte sie nicht dazu, und sie würde auch nie ihresgleichen werden.

„Ich teile diese Meinung voll und ganz", erwiderte sie erfreut über den Wechsel des Themas, das nicht mehr ständig auf ihre Verkleidung anzuspielen schien. Doch Swerajows Sticheleien gegen die Frauen ärgerten sie nichtsdestoweniger immer noch.

„Sie mögen die Frauen nicht?" erkundigte sie sich deshalb nach einer Weile.

Der Fürst lachte. „Ganz im Gegenteil."

Carolyn rutschte auf ihrem Sitz hin und her. „Ich weiß, dass Sie ein so genannter Frauenheld sind, aber das hatte ich bei meiner Frage nicht im Sinn. Es gibt nämlich Männer, die trotz ihrer Vorliebe für ... hm ... Leidenschaft im Grunde genommen für Frauen gar nichts übrig haben. Haben Sie das nicht auch schon festgestellt?"

„Für einen so jungen Menschen ist das eine äußerst scharfsinnige Beobachtung", erwiderte Swerajow, beugte sich hinab und entnahm einem Lederbehälter unter dem Sitz eine silberne Flasche. „Wodka, mein Freund! Möchten Sie auch einen Schluck?" Er tat einen tiefen Zug und hielt dann Carolyn die Flasche hin.

„Ich ... ich ...", stotterte sie. Sie durfte auf keinen Fall noch etwas trinken, denn sie musste doch ihre fünf Sinne zusammenhalten.

„Ah, ich verstehe. Lampenfieber! Ich selbst hatte damit allerdings niemals Schwierigkeiten." Der Fürst lehnte sich zurück und nahm genussvoll einen zweiten Schluck. Danach ließ er den Silberflakon in seine Rocktasche gleiten.

Carolyn hob die Schulter. „Was ... eh ... ich habe nicht ganz verstanden."

Scheinbar verwundert hob Swerajow den Kopf und lächelte dann verständnisvoll. „Nun, Sie wollen doch wahrscheinlich nicht mehr trinken, weil Sie befürchten, es könnte Ihre Potenz untergraben, nicht wahr? Viele Männer leiden darunter, dass der Alkoholgenuss sie zu einem Liebesakt unfähig macht. Dessen braucht sich niemand zu schämen."

Entsetzt schnappte Carolyn nach Luft und spürte dabei, wie ihre Wangen zu glühen begannen. Unerhörte Bilder flogen an ihrem inneren Auge vorüber, und ihr ganzer Körper war schweißgebadet. Doch sie nahm sich rasch wieder zusammen und musterte verstohlen ihren Begleiter. Wenn er ihre Verwirrung bemerkt haben sollte, ließ er es sich jedenfalls nicht anmerken, denn er fuhr aufgeräumt fort: „Um auf Ihre Frage zurückzukommen: Ich habe beileibe kein Missfallen an Frauen. Ich verabscheue ausschließlich diejenigen unter ihnen, die unehrlich sind und unbeständig." Lächelnd sah er Carolyn an. „Ich bin nämlich kein Mann, der es mag, hintergangen zu werden."

Angstvoll biss sich Carolyn auf die Unterlippe. „Nun, ich verabscheue Täuschungen generell“, erwiderte sie und hätte sich im selben Augenblick ohrfeigen können. Wenn es doch möglich wäre, einmal ausgesprochene Worte augenblicklich wieder zurückzunehmen!

„Wirklich? Nun, dann haben wir ja viele Gemeinsamkeiten, mein junger Freund.“

Verzweifelt schloss Carolyn die Augen. Offensichtlich rutschte sie immer tiefer in die Grube, die sie ja eigentlich für Swerajow hatte graben wollen.

„Haben Sie noch nie bemerkt“, fuhr der Fürst genüsslich fort, „dass Frauen für einen normalen Mann eigentlich kaum zu begreifen sind?“

„Sie sind zumindest oft schwer zu verstehen“, erwiderte Carolyn aufatmend, denn in diesem Falle blieb ihr wirklich nichts anderes übrig, als Swerajow zuzustimmen.

„Sie sagen das eine und tun das andere. Oder ihre Handlungsweise ist nichts anderes als eine Ausflucht – vielleicht auch nur schlichtweg ein Verstecken.“

„Ich bin mir nicht sicher, Ihre Bemerkung richtig verstanden zu haben.“ Wieder einmal tönte Carolyn die eigene Stimme wie das Krächzen einer Krähe im Ohr. Außerdem war ihr unheimlich heiß. Sie hätte sich liebend gern mit irgendetwas Luft zugefächelt, oder noch besser, ihren Frackrock abgelegt. Aber das war natürlich vollkommen ausgeschlossen.

„Was ich damit sagen wollte“, der Fürst lächelte nachsichtig, „ist, dass Frauen oft sehr unterschiedliche Zeichen geben, sodass es für einen Mann nahezu unmöglich ist zu erkennen, was sie eigentlich wollen ... oder was für ein Mensch sie sind.“

Carolyns Herz hämmerte wie verrückt. Schien es nur so, oder musterte Swerajow sie tatsächlich vielsagend? Wollte er ihr nun die Maske vom Gesicht reißen? Aber das hätte er ja schon längst tun können, wenn es seine Absicht gewesen wäre. „Ich habe ein paar Schwestern“, erwiderte sie, „die dasselbe von den Männern behaupten. Ist das nicht komisch?“ Ihr Lachen schien allerdings nicht sehr von Herzen zu kommen. „Sie finden uns Männer trügerisch und, gerade herausgesagt, unehrlich, weil sie ihrer Meinung nach ebenfalls das eine sagen und das andere meinen. Und schließlich ist es ja auch ziemlich unverständlich, wenn ein Mann eben noch ewige Liebe schwört und sich wenig später dann mit einer anderen amüsiert, nicht wahr?" Bei dem Bemühen, ihrer Stimme das Krächzen zu nehmen, hatte sie nun einen unnatürlich hohen Klang bekommen.

Wieder lächelte der Fürst nachsichtig. „Ehrlichkeit! Wir scheinen von diesem Thema nicht wegzukommen. Aber nur ein Narr schwört ewige Liebe oder ein Lügner, denn sie existiert gar nicht."

„Sie sind ein Zyniker."

„Genauso ist es. Und Sie sind ein grenzenloser Optimist."

„Darauf bin ich stolz!"

„Daran zweifle ich nicht", räumte Swerajow liebenswürdig ein.

„Wie ich hörte", nahm Carolyn unvernünftigerweise den Gesprächsfaden wieder auf, „haben Sie in der kurzen Zeit Ihres Hierseins schon zu einigen Damen Beziehungen angeknüpft. Ist das nicht ein überzeugendes Beispiel für den unaufrichtigen Männertyp?"

Der Fürst betrachtete seine Begleiterin mit ausdrucksloser Miene. „Und wieso, wenn ich fragen darf, ist mein Privatleben ein Beweis für Unehrlichkeit?"

„Nun, Sie sind immerhin verheiratet." Jetzt fühlte sich Carolyn bei diesem Gesprächsgegenstand doch sehr unbehaglich, und sie hätte ihn gern wieder aufgegeben.

„Meine Gemahlin und ich gehen getrennte Wege", erwiderte der Fürst kühl. Sein Lächeln hatte jetzt etwas merkwürdig Bedrohliches. „Das tun im Übrigen viele Ehepaare. Keiner von uns beiden erwartet oder wünscht gar Treue vom anderen. Deshalb würde ich unsere Beziehungen als beinahe übertrieben ehrlich bezeichnen. Meinen Sie nicht auch?"

Carolyn krümmte sich verlegen. „Wahrscheinlich haben Sie Recht", erwiderte sie zögernd. „Wenn ich Sie beleidigt haben sollte ..."

„Warum sollte ich mich von Ihrer Bemerkung beleidigt fühlen?" Swerajow lehnte sich lässig in das Polster zurück. „Mein Benehmen kann man doch kaum als ungewöhnlich bezeichnen. Und wenn irgendjemand darin eine Spur von Unehrlichkeit zu finden glaubt, so wird er diese auch bei dem Verhalten meiner Gemahlin entdecken und darüber hinaus bei vielen Mitgliedern der guten Gesellschaft."

„Das Letztere scheint mir allerdings keine hinreichende Rechtfertigung zu sein", entgegnete Carolyn rasch. „Ich für meinen Teil huldige der Überzeugung, dass für den Stand der Ehe die Treue eine sehr wünschenswerte Grundbedingung ist."

„Sie sprechen wie ein unverbesserlicher Romantiker." Der Fürst strich mit seinen gepflegten Fingern nachdenklich über den Samt der Polsterung. „Eigentlich favorisieren nach meiner Erfahrung mehr die Frauen eine feste, auf Treue beruhende Bindung."

„Wieder eine dieser grenzenlosen Verallgemeinerungen!"

„Sie müssen Ihren Schwestern sehr zugetan sein, dass Sie das weibliche Geschlecht ständig derart engagiert verteidigen."

„Haben Sie keine Schwester, die Ihnen ans Herz gewachsen ist?"

„Keine."

„Und Sie haben auch noch nie einer Frau ewige Liebe geschworen?" forschte Carolyn weiter wie unter einem unwiderstehlichen Zwang.

„Niemals", erwiderte Swerajow entschieden. Aber diese Unterhaltung schien ihn dennoch zu amüsieren.

Wiederum musste Carolyn an seine Gemahlin denken, die so unbeschreiblich schön sein sollte und gerade ein ungeborenes Kind verloren hatte. Aber wenn jeder der beiden Eheleute sein eigenes Leben führte, konnte dieses Kind ja eigentlich nicht von Swerajow sein. Das war ein äußerst verwirrender Gedanke.

„Nicht einmal Ihrer Gemahlin?"

Das belustigte Lächeln des Fürsten erlosch, und seine goldglänzenden Augen wurden plötzlich kalt. „Ich bin weder ein Narr noch ein Lügner, mein junger Freund. Und deshalb habe ich meiner Frau nie etwas versprochen, das ich nicht zu halten beabsichtigte."

In seinem frostigen Ton lag zugleich etwas Bedrohliches, und Carolyn lehnte sich ängstlich in die Polster zurück. „Ich war indiskret. Verzeihen Sie, ich ..." Unter Swerajows abweisendem Blick versagte ihr die Stimme, und sie bereute heftig, diese Frage angeschnitten zu haben. Eines hatte ihr Gespräch allerdings zu Tage gebracht: Der Fürst liebte seine Frau nicht. Aber er stand ja ohnehin in dem Ruf, völlig gefühllos zu sein, was Frauen anbelangte.

„Wollen Sie wirklich nicht einmal den Wodka probieren?“ Swerajows Stimme riss sie aus ihren Überlegungen. „Wir sind gleich am Ziel.“

Carolyn schreckte auf. „An dem Bordell?“ erkundigte sie sich aufgeregt.

„Das war doch wohl unsere Absicht, nicht wahr? Haben Sie es sich auch reiflich überlegt? Vielleicht trauern Sie doch Ihrer treulosen Freundin nach?“

„Ich ...“ Weiß der Kuckuck, ich hätte es in dieser Zwickmühle wahrhaftig nötig, alle möglichen reiflichen Überlegungen anzustellen, dachte Carolyn. Durfte sie wirklich als vermeintlicher Mann ein Bordell besuchen? Aber was sollte ihr schließlich zustoßen, wenn sie es nur schlau genug anstellte und vorsichtig war?

Unvermittelt beugte sich der Fürst vor und legte die Hand auf Carolyns Knie. „Sind Sie schon einmal in einem Bordell gewesen, Charles?“ erkundigte er sich besorgt.

Einen Herzschlag lang überlegte Carolyn. Dann entschloss sie sich, zur Aufrichtigkeit Zuflucht zu nehmen. „Nein“, murmelte sie beschämt.

„Das habe ich mir gedacht.“ Swerajow tätschelte beruhigend ihr Knie. „Sie brauchen aber keine Angst zu haben.“

„Ich habe auch keine Angst“, erwiderte Carolyn wahrheitswidrig. In diesem Augenblick hielt der Wagen an, und sofort schien ihr Herzschlag auszusetzen.

„Es gibt hier bildschöne Frauen“, erklärte der Fürst schwärmerisch. „Sie mögen doch hübsche Frauen, Charles, nicht wahr?“

Ihre Blicke trafen sich. Jetzt wäre die letzte Gelegenheit, alles zu gestehen, dachte Carolyn und hätte am liebsten die Perücke vom Kopf gerissen und Swerajow die Wahrheit ins Gesicht geschleudert. Aber stattdessen krampfte sie die Finger in den seidigen Zobelpelz.

„Charles, warum wollen wir nicht ehrlich zueinander sein und dieser kindischen Verstellung ein Ende setzen?“ Der Fürst betrachtete sie mit beinahe väterlicher Miene.

Er weiß alles! Er hat es von Anfang an gewusst! Nicht einen Augenblick habe ich ihn hinters Licht geführt. Carolyn stockte der Atem. Langsam, ganz langsam, mit weit aufgerissenen Augen nickte sie.

Wieder tätschelte Swerajow begütigend Carolyns Knie. „Ich habe gewusst, dass Sie noch nie bei einer Frau gelegen haben“, sagte er halblaut. „Und ich bezweifle auch, dass Sie schon achtzehn sind. Aber das sind keine Gründe, um sich zu schämen.“

Carolyn schwieg. Sie spürte seine Hand auf ihrem Knie und blickte in seine jetzt wieder so warmen goldbraunen Augen. Vergebens rang sie nach Luft und brachte kein einziges Wort heraus.

Swerajow lächelte gutmütig. „Ich habe gehört, dass viele Männer Angst vor dem ersten Mal haben. Deshalb mache ich Ihnen einen Vorschlag.“

„Ja? Und?“ flüsterte Carolyn.

„Sie kommen einfach mit mir.“

„Mit Ihnen?“ krächzte Carolyn.

„Ja.“ Der Fürst griff nach der vergoldeten Klinke. „Das ist nicht ungewöhnlich, glauben Sie mir.“ Ehe noch ein Lakai zur Stelle war, öffnete er den Schlag.

Was war nicht ungewöhnlich? Er hatte doch wohl nicht die Absicht, dass sie miteinander ...? Kannte er nun die Wahrheit, oder nicht? Carolyn blieb wie angewurzelt sitzen. „Was meinen Sie damit?“

„Nun, ganz einfach: Ich gehe mit einer der Damen ins Bett, und Sie schauen zu. Das ist sehr aufschlussreich für einen Neuling“, versicherte Swerajow. „Dafür verbürge ich mich.“

9. KAPITEL

Wie betäubt kletterte Carolyn aus der Kutsche. Das Bordell erwies sich als ein Backsteingebäude ohne besondere Merkmale. Als Swerajow an die Eingangstür klopfte, wurde sofort von einem seriös wirkenden Bediensteten geöffnet, der in seinem gestreiften Kamisol und den engen dunklen Hosen allerdings nicht ganz Carolyns etwas unbestimmten Erwartungen entsprach.

„Sie wünschen, Mylord?" erkundigte sich der Mann höflich.

„Melden Sie bitte Madame Russell, dass Fürst Nikolaus Swerajow sie gern sehen würde", erklärte Swerajow in nachdrücklichem Ton, woraufhin der Bedienstete sich nach einer leichten Verbeugung eiligst entfernte und kurz darauf zurückkehrte, um die Gäste einzulassen.

Die Eingangshalle war ziemlich einfach ausgestattet. Auf dem Parkettfußboden lagen lediglich einige rote Teppiche, und die Wände waren mit einem farbenfrohen Stoff bespannt. Eine Treppe, die ebenfalls mit einem dunkelroten Läufer ausgestattet war, führte ins Obergeschoss, und Carolyn konnte sich sehr gut vorstellen, was sich dort befand.

„Madame wird sofort erscheinen", verkündete der Türhüter. „Würden Euer Exzellenz und der junge Herr vielleicht inzwischen im Empfangszimmer warten?"

„Wir werden lieber im Salon Platz nehmen. Mein Begleiter benötigt eine kleine Erfrischung." Swerajow legte die Hand auf Carolyns Arm und schob sie durch die Halle. Als sie an der offenen Tür des Empfangsraumes vorüberkamen, spähte Carolyn neugierig hinein und erblickte einige Herren im Gespräch mit einigen äußerst attraktiven Damen. Einer von ihnen war Sir Thomas Woodhaven, ein prominentes Mitglied des Parlaments und leidenschaftlicher Verfechter aller möglichen Reformen. Über diese Entdeckung war Carolyn zutiefst enttäuscht und verärgert, denn sie hatte Woodhaven bis jetzt immer sehr bewundert.

Aber zumindest waren die Damen anständig gekleidet und enthüllten auch nicht mehr als die weiblichen Gäste auf dem Ball bei

Lord Sheffield, einschließlich Lady Carradine. Carolyn fand das eigentlich etwas verwunderlich.

Der Salon indes hätte sich auch in jedem beliebigen Herrenclub befinden können. Er war mit Eichenholz getäfelt und mit einigen kleinen runden Tischen ausgestattet, um die sich Polstersessel gruppierten. In einem aus Klinkersteinen gefertigten Kamin loderte ein helles Feuer.

Der Fürst bestellte zwei Wodka, während Carolyn sich verstohlen umsah. Plötzlich zuckte sie zusammen und wies mit dem Kopf in eine Ecke. „Ist das nicht Lord Davison?" fragte sie aufgeregt. „Einer der Staatssekretäre im Außenministerium?"

Swerajow ließ sich lässig in einen Sessel fallen und blickte in die gewiesene Richtung. „Allerdings." Davison sah kurz auf und nickte ihm grüßend zu.

„Ich habe im Empfangszimmer schon Sir Thomas Woodhaven gesehen", sagte Carolyn und rutschte verlegen auf ihrem Sitz hin und her. „Er war bis jetzt immer so eine Art Held für mich." Ob Anthony Davison wohl eine Ahnung hat, dass sein Vater ein Bordell besucht, dachte sie ärgerlich und fuhr dann fort: „Was will er denn ausgerechnet hier?"

„Ich fürchte, Sie müssen Ihre rosarote Brille ablegen, mein lieber Charles", erwiderte der Fürst. „Niemand ist fehlerlos. Und was er hier will ... nun, ich nehme an, dasselbe, was wir auch vorhaben." Unvermittelt strich er mit seiner schlanken aristokratischen Hand über Carolyns Finger.

Carolyn vergaß zu atmen und sah krampfhaft an Swerajow vorbei. Schließlich murmelte sie verwirrt: „Exzellenz, Ihr Vorschlag ist ... ist außerordentlich interessant. Aber ich kann nicht zusehen, wenn Sie sich mit einer dieser Damen ... eh ... beschäftigen. Das wäre doch Sünde."

Der Fürst lächelte. „Sind Sie etwa ein Moralprediger? Ein aufgeklärter junger Mann wie Sie!"

„Vielleicht sind meine Vorstellungen von Moral üblicher als Ihre lasterhaften Gewohnheiten", erwiderte Carolyn wütend.

Doch noch ehe Swerajow dazu kam, eine passende Antwort zu geben, trat eine nicht mehr ganz junge, aber nichtsdestoweniger immer noch anmutige blondhaarige Dame in einem eleganten Kleid aus lavendelfarbener Seide und mit einem etwas zu prätentiösen Brillantkollier um den Hals an ihren Tisch. Der Fürst erhob sich höflich.

„Claire, wie geht es dir?"

„Niki, welch wundervolle Überraschung", rief die Hausherrin freudestrahlend. „Ich habe dich ja jahrelang nicht mehr zu Gesicht bekommen."

„Du siehst aber noch genauso gut aus wie eh und je!"

Claire Russell seufzte. „Ich bitte dich! Schließlich bin ich inzwischen zehn Jahre älter geworden. Doch du hast dich gar nicht verändert. Ich hätte dich sofort erkannt, auch wenn man mir nicht gesagt hätte, dass du da bist."

Swerajow lachte. „Wirklich, ganz die Alte! Darf ich dir meinen jungen Freund Charles Brighton vorstellen?"

Carolyn sprang rasch auf und verbeugte sich, um dem forschenden Blick von Madame Russell zu entgehen. „S...sehr erfreut", stotterte sie. Der Ausdruck von Claire Russells Augen war einfach zu wissend, zu erfahren, und Carolyn befürchtete, dass ihre Maskerade sehr schnell durchschaut würde. Und was hatte eigentlich die offensichtliche Sympathie zwischen der Hausherrin und Swerajow zu bedeuten? Hatten sie vielleicht einmal ein Verhältnis gehabt? Möglich wäre es schon.

„Ich möchte ein paar Worte mit Claire unter vier Augen sprechen, Charles", unterbrach der Fürst ihren Gedankengang. „Sie soll doch in unser kleines Spiel eingeweiht werden." Er zog Madame Russell zur Seite und sprach leise auf sie ein.

Carolyn konnte kein einziges Wort verstehen, zweifelte aber nicht daran, dass Swerajow der Hausherrin alle Einzelheiten über ihre geplante Einweisung in die Liebeskunst mitteilte. Großer Gott, dachte sie entsetzt, ich glaube, ich bin verrückt geworden! Wollte sie wirklich Swerajow bei seiner Betätigung im Bett beobachten?

Als ein Kellner zwei mit Wodka gefüllte Gläser auf den Tisch stellte, nahm sie rasch einen Schluck von dem merkwürdig farblosen, scharfen Getränk. Der Branntwein wärmte ihr Inneres und beruhigte ihr wild klopfendes Herz. Ihr Körper entspannte sich, und sie sagte sich erneut, dass sie sich diese einmalige Gelegenheit nicht entgehen lassen durfte. Schließlich konnte sie sich überhaupt nicht vorstellen, wie diese Prozedur vor sich ging, obwohl sie sich – um ehrlich zu sein – schon des Öfteren gefragt hatte, was sich zwischen Mann und Frau eigentlich abspielte. Wenn sie Swerajow dabei beobachtete, würde sie endlich Bescheid wissen!

Während sie erneut an dem Wodka nippte, hielt sie sich vor Augen, dass sie ja doch nie eigene Erfahrungen auf diesem Gebiet machen würde, da sie sich mit Sicherheit niemals verlieben könnte. Ihr heutiger Lauschposten war demzufolge die einzige Möglichkeit, einige Kenntnis über die Technik der körperlichen Liebe zu erlangen.

Sie würde also bleiben ... wenigstens ein paar Minuten!

Wenig später verließ Madame Russell den Raum, und Swerajow kehrte an den Tisch zurück. „Wollen Sie erst noch austrinken, oder gehen wir gleich hinauf?“ fragte er, ohne sich noch einmal hinzusetzen.

Erschrocken umklammerte Carolyn das Glas. „Hinaufgehen ... jetzt schon ...?“

Der Fürst verbiss sich ein Lachen. „Es ist alles arrangiert. Sie brauchen nur in das Nebenzimmer zu gehen und können von dort aus alles beobachten. Oder wollen Sie doch lieber Abstand davon nehmen? Meine Kutsche kann Sie nach Hause bringen.“

Einen Augenblick lang starrte Carolyn ihn wortlos an. Dann erhob sie sich so unvermittelt, dass sie um ein Haar den Tisch umgestoßen hätte. „Ich stehe zur Verfügung“, sagte sie steif.

Der Fürst legte besorgt den Arm um ihre Taille. „Sie hätten den Wodka nicht derart rasch trinken sollen“, sagte er kopfschüttelnd. „Er ist sehr hochprozentig.“

Aber Carolyn fühlte sich plötzlich sehr wohl. Sein Arm lag schützend und warm um ihren Körper und machte ihr seine Nähe auf eine erregende Weise bewusst. Als sie eng nebeneinander die Treppe emporstiegen, berührte sein Schenkel ihre Hüfte. Nur mühsam erinnerte sie sich daran, dass sie keine Frau sein durfte. Es war aber sehr schwer, sich als Charles Brighton zu fühlen, während sie so fest an seinen harten Männerkörper gedrückt wurde.

Auf dem Korridor im Obergeschoss reihte sich Tür an Tür. Eine davon war geöffnet, und als die beiden Besucher auf der Schwelle anhielten, kam Carolyn in aller Deutlichkeit zu Bewusstsein, dass sie unmittelbar vor jenem eigentlich nicht auszudenkenden Vorgang stand.

Im Zimmer war eine der wundervollsten Frauen, die sie je zu Gesicht bekommen hatte, damit beschäftigt, ihr dichtes blauschwarzes Haar vor einem großen Spiegel zu bürsten. Sie trug ein hauchdünnes Negligee aus zartrosa Batist und streifte nun die beiden Männer mit einem aufmerksamen Blick.

„Hallo, Victoria", sagte Swerajow. „Du kannst mich Nikolaus nennen. Das hier ist mein Freund Charles."

Lächelnd ging Victoria auf ihn zu. Ihre schweren Brüste, deren Spitzen dunkel durch den zarten Stoff schimmerten, wippten bei jedem Schritt. Carolyn presste die Fingernägel in die Handflächen. Ich habe den Verstand verloren, dachte sie hilflos, und sollte verschwinden, ehe es zu spät ist.

„Guten Abend, ihr beiden", sagte Victoria mit einer unerwartet kindlichen Stimme. Ihre türkisblauen Augen waren sehr hell und wirkten irgendwie unschuldig. Das gab ihrem Gesicht den Anschein großer Jugendlichkeit, der sehr im Gegensatz zu ihrem wohl gerundeten weiblichen Körper stand. „Claire sagte mir, dass Sie mir gefallen würden, weil Sie sehr hübsch sind", fuhr sie fort.

Swerajow lächelte belustigt. „Wirklich? Aber wir sollten Charles erst einmal das andere Zimmer zeigen."

Als Victoria sich zu Carolyn umwandte, öffnete sich das Negligee und enthüllte ein mit schwarzer Spitze besetztes, weit ausgeschnittenes Korsett. Bei diesem Anblick stieg brennende Röte in Carolyns Wangen und ließ selbst die Ohren mit erglühen. Sie warf Swerajow einen verlegenen Blick zu und bemerkte zu ihrer Überraschung, dass er nicht Victoria betrachtete, sondern sie selbst ... und so merkwürdig ... mit seinen goldbraunen Augen, die ganz ruhig waren und doch tief im Innern glitzerten wie Diamanten ...

Aber Victorias Stimme riss sie aus ihrer Versunkenheit. „Wollen Sie wirklich zuschauen, Charles?“ erkundigte sie sich mit einem etwas einstudiert wirkenden Lächeln. „Mir macht es nichts aus. Ich habe Erfahrung darin.“

Aufgeregt fuhr Carolyn mit der Zungenspitze über ihre trockenen Lippen. „Ja, ja ... wirklich ... ich ... ich möchte es mit ansehen“, stammelte sie.

Victoria nickte beifällig und trat in den Gang hinaus. Als Carolyn ihr folgen wollte, hielt Swerajow sie jedoch überraschenderweise am Handgelenk fest.

„Mein Benehmen war vielleicht etwas verantwortungslos“, sagte er langsam, „und ich komme mir vor wie Mephistopheles höchstpersönlich, der einen Unschuldigen auf Abwege lockt. Sollten wir nicht lieber wieder aufbrechen und uns für den Rest des Abends eine andere Unterhaltung suchen?“

Carolyn antwortete nicht. Sie starrte auf seinen Mund und fragte sich verträumt, wie es wohl sein würde, ihn auf ihren Lippen zu spüren. Als sie jedoch ihre ungehörig abschweifenden Gedanken bemerkte, schreckte sie auf. Es war doch weder Zeit noch Ort, um solchen Wünschen Raum zu geben! Außerdem begehrte der Fürst jetzt die schöne, sinnliche Kokotte und nicht sie, Carolyn Browne. Sie schluckte. „Ich würde auch lieber gehen“, erklärte sie leise, „aber ich werde doch nie wieder eine solche Gelegenheit bekommen.“ Zu spät wurde ihr bewusst, dass eben diese Carolyn Browne aus ihr gesprochen hatte.

Nach ihren Worten herrschte Stille im Zimmer, die erst dadurch unterbrochen wurde, dass Victoria wieder auf der Schwelle erschien. „Was macht ihr denn da?“ fragte sie ärgerlich.

Der Fürst nahm keine Notiz von ihr, sondern blickte nur Carolyn eindringlich an. „Wie gern möchten Sie denn hier bleiben“, erkundigte er sich mit ungewohnt heiserer Stimme, „und ... uns beobachten?“

Ein Schauer lief über Carolyns Rücken. „Ich weiß nicht“, flüsterte sie. „Ich bin ... nur ... sehr neugierig.“

„Nun, denn ...“ Swerajow senkte die Lider und wies zur Tür. „Nach Ihnen, Charles.“

Mit unsicheren Schritten folgte Carolyn der schwarzhaarigen Frau in das Nebenzimmer und riss verwundert die Augen auf. Der Raum war wie ein Schlafzimmer eingerichtet, hatte aber an der Seitenwand ein Fenster, das wie ein Spiegel gerahmt war, und durch dieses Fenster konnte man in ein weiteres Schlafgemach sehen, in dem das Bett bereits einladend aufgedeckt war. Swerajow trat hinter sie, so nahe, dass sie die Wärme seines Körpers spürte. Unbewusst lehnte sie sich an Swerajows breite Brust.

„Von hier aus können Sie mich jetzt beobachten", sagte der Fürst, scheinbar unberührt.

Victoria lachte, ein etwas schrilles Kinderlachen. „Schlau eingerichtet, nicht wahr?" Dann zupfte sie Swerajow am Ärmel. „Nun wollen wir aber anfangen, Nikolaus."

Doch die leicht bekleidete schöne Frau schien Swerajow wenig zu interessieren, denn er machte keine Anstalten, den Raum zu verlassen, und fragte nur noch einmal: „Soll ich wirklich gehen, Charles?"

Carolyn krampfte verwirrt die Hände zusammen. Sie war von einer gänzlich unbegreiflichen Aufregung erfüllt und wusste nicht mehr, was sie tun sollte. Ihr Blick streifte über das unsagbar anziehende Gesicht ihres Begleiters und verharrte dann auf seinem Mund.

„Worauf warten wir eigentlich noch? Braucht ihr beiden mich überhaupt?" fragte Victoria schmollend und strich mit geübten Händen über Swerajows Unterleib. „Wenn er zusehen möchte, so lass ihn doch. Warum gehen wir nicht endlich hinüber?" Ihre Stimme hatte einen nörgelnden Klang angenommen. Langsam ließ sie eine Hand immer tiefer herabgleiten.

Unwillkürlich folgte Carolyn ihr mit den Blicken und starrte entsetzt auf die deutlich sichtbare Wölbung unter den eng anliegenden Hosen. Sie kniff die Augen zusammen und öffnete sie sofort wieder – es war keine Täuschung!

„Komm doch endlich!" flüsterte Victoria und biss neckend in Swerajows Ohrläppchen, während sie spielerisch die verräterische Wölbung streichelte.

Carolyn hatte das Gefühl, zu einem Eiszapfen erstarrt zu sein.

Schließlich machte Swerajow der Sache ein Ende. Er ergriff Victorias Hände und schob sie zur Seite. „Ich glaube", sagte er, „wir sind jetzt weit genug gegangen." Mit ärgerlicher Miene drängte er die heftig protestierende Victoria unsanft aus dem Zimmer. Dann wandte er sich an Carolyn.

„Lassen Sie uns jetzt gehen." Sein Ton war scharf, und zwischen den Brauen zeichneten sich zwei scharfe Falten ab.

Carolyn nickte und stürzte an ihm vorüber zur Tür hinaus. Sie hatte ja geahnt, dass es eine Katastrophe werden würde! Hals über Kopf eilte sie die Treppe hinab, rannte, ohne sie wahrzunehmen, an Madame Russell vorüber, die ihr kopfschüttelnd nachblickte, und wurde erst an der Eingangstür von Swerajow eingeholt. Tief atmete sie die frische Nachtluft ein und gewann langsam ihre Fassung zurück.

Als sie den Fürsten neben sich bemerkte, kam ihr plötzlich der Gedanke, dass er jetzt wohl bei Victoria geblieben wäre, wenn sie ihn heute Abend nicht begleitet hätte, und diese Vorstellung löste eine merkwürdige Missstimmung in ihr aus, über deren tieferen Grund sie im Augenblick nicht nachzudenken wünschte. Jedenfalls war das Letzte, was ihr jetzt zupass kommen würde, mit ihm in der Kutsche sitzen zu müssen.

„Ich nehme mir eine Droschke", erklärte sie trotzig.

„Wo wollen Sie die um diese Zeit auftreiben?" Swerajow nickte dem Lakaien zu, der neben dem Wagen wartete und sofort den Schlag aufriss. „Kommen Sie, Charles. Sie können doch nicht zu Fuß nach Hause gehen."

Seufzend kletterte Carolyn in die Kutsche, die leicht wippte, als der Fürst ihr gegenüber Platz nahm. Verlegen strich sie über den kostbaren Zobelpelz.

„Sie machen einen etwas ... verstörten Eindruck, Charles", bemerkte Swerajow besorgt.

Carolyn zwang sich zu einem Lächeln. „Ich bin aber keineswegs verstört", erwiderte sie. Dabei war sie in der Tat völlig durcheinander, konsterniert und erhitzt, und in ihrem Körper klopfte es an den unmöglichsten Stellen. Zaghaft blickte sie den Fürsten an.

„Nun, es war ein etwas verwirrender Abend“, murmelte Swerajow. „Für mich ebenfalls.“

Was sollte das nun wieder heißen? Konnte er sich nicht etwas verständlicher ausdrücken? Carolyn wagte nicht, sich zu bewegen, so heftig war der Wunsch in ihr, der Fürst möge sich zu ihr herüberneigen und sie küssen. Sie hätte so gern seine Lippen auf den ihren gespürt und seinen Körper ganz nahe an ihrer Haut. Ach, wenn sie doch so mutig sein könnte wie diese Victoria!

In der Kutsche war es trotz der Nachtstunde heiß und stickig, und Carolyn sah sich nach einer Möglichkeit um, das Fenster zu öffnen. Plötzlich bemerkte sie, dass Swerajow die Hand nach ihr ausstreckte. Ihr Herzschlag setzte erst aus und fing dann wie wild zu rasen an. Sie vergaß, dass sie Charles Brighton war – sie vergaß alles ...

Aber der Fürst berührte sie nicht. Er wies nur auf ihr Gesicht und sagte: „Nehmen Sie doch das Monokel ab, Charles. Es steht Ihnen nicht.“ Und er zog seine Hand erst zurück, als Carolyn das nutzlose Einglas zögernd hineingelegt hatte.

„Nun fahre ich Sie nach Hause“, erklärte Swerajow lächelnd.

„Wo wohnen Sie eigentlich?“ erkundigte sich der Fürst, als die Pferde bereits durch die nachtleeren Straßen trabten.

„In einem Gasthof“, erwiderte Carolyn rasch und nannte eine Adresse in unmittelbarer Nachbarschaft der Buchhandlung.

Swerajow musterte sie versonnen. Ich hatte doch eigentlich nur beabsichtigt, als Strafe für ihre Verkleidung ein bisschen Schabernack mit ihr zu treiben, dachte er. Er wollte einfach nur sehen, wie weit sie gehen würde, denn er war überzeugt gewesen, dass sie sich demaskieren würde, noch bevor sie eines der Zimmer bei Madame Russell betreten hätten. Aber er hatte sich geirrt. Sie hatte geschwiegen und ihre Karten weiter ausgespielt, sodass er selbst schließlich einen Rückzieher machen musste. Die erste Runde war also eindeutig an Carolyn Browne gegangen.

Nachdenklich strich er sich über die Stirn und fragte sich, was sie wohl getan hätte, wenn er tatsächlich mit der Prostituierten ins Bett gegangen wäre. Ob Carolyn zugeschaut hätte? Besonders überrascht wäre er nicht gewesen. Aber es war ihm ja gar nichts anderes übrig geblieben, als das Spiel zu beenden, denn so amateurhaft, wie sich Miss Browne als Spitzel bewegte, so offensichtlich ahnungslos war sie auch in ihrer Jungfräulichkeit.

„Warum starren Sie mich so an?“ fragte Carolyn plötzlich verärgert. „Sind mir auf einmal Hörner gewachsen?“

Habe ich sie wirklich angestarrt? überlegte Swerajow verwundert. Nun ja, das lag vielleicht daran, dass weder die hässliche Perücke noch das unsinnige Monokel ihre reizende kleine Nase und die schön geschwungenen Lippen hatten verbergen können, und dass die großen glänzenden Augen in einem wunderbaren Smaragdgrün schimmerten – wenn sie sich jetzt auch unversehens trübten.

Er war ein äußerst erfahrener Mann und wusste, dass seine Erregung in Madame Russells Haus nichts mit der diensteifrigen Victoria zu tun gehabt hatte. Der Gedanke, mit einem unschuldigen Mädchen ein leidenschaftliches Liebesverhältnis einzugehen, stand an und für sich in krassem Gegensatz zu seinem ausgeprägten Selbstgefühl. Und doch konnte er es sich bei Carolyn plötzlich vorstellen. Die Schwierigkeit dabei war freilich die Tatsache, dass das Mädchen viel zu romantisch veranlagt war, um das Ende einer solchen Beziehung schadlos zu überstehen. Das war so sicher wie der allabendliche Sonnenuntergang.

Etwas beunruhigt über diese Vorstellung, ließ er sich tiefer in die Polster sinken und fragte dann: „Ist dieser Abend denn nun aufschlussreich für Sie gewesen, Charles?“

Carolyn errötete und murmelte: „Ja.“

Mit einem Anflug von Bedauern sagte sich Swerajow, dass jeder Mensch irgendwann einmal erwachsen werden musste. Aber er selbst wollte jedenfalls nicht derjenige sein, der dem Mädchen die Illusionen über die Liebe zerstörte.

„Vielleicht gehen Sie demnächst einmal allein zu Madame Russell?“ fuhr er fort. „Claire wird Sie bestimmt willkommen heißen.“

„Sie scheinen mit Madame Russell gut befreundet zu sein“, erwiderte Carolyn ausweichend.

„Allerdings. Sie hatte vor Jahren ein ähnliches Haus in Paris, in das mein Vater mich und meinen jüngeren Bruder einführte, als wir noch nicht ganz trocken hinter den Ohren waren."

„Und Sie sind ihr seitdem gewogen geblieben?"

Ist sie etwa eifersüchtig, dachte Swerajow und stellte überrascht fest, dass dieser Gedanke ihm nicht unangenehm war. „In der Tat. Sie ist eine ganz besondere Frau."

„Sehr merkwürdig, da Sie doch nicht viel von Frauen halten."

Der Fürst schüttelte ärgerlich den Kopf. „Die meisten wollen nur irgendetwas von mir und sind in der Wahl ihrer Mittel, um dieses Ziel zu erreichen, weder besonders geschickt noch aufrichtig. Können Sie mir dann vorwerfen, dass meine Wertschätzung darunter leidet?"

„Natürlich nicht", murmelte Carolyn verlegen.

Swerajow betrachtete sie nachdenklich. Ein politischer Spitzel kann sie keinesfalls sein, dachte er. Sie war so unglaublich naiv. Für ihre merkwürdige Maskerade musste sie irgendeinen anderen Grund haben. Vielleicht war es nichts anderes als Neugier auf Menschen und neue Umgebungen. Miss Carolyn Browne war so ungewöhnlich aufgeschlossen, außerordentlich gebildet und offensichtlich völlig unkonventionell erzogen und hatte sogar Abälard gelesen! Darüber kam er einfach nicht hinweg.

„Man erzählt sich", nahm Carolyn gänzlich unerwartet wieder das Wort, „dass Sie eine Spur zerbrochener Herzen hinter sich zurücklassen." Sie blickte bei diesen Worten angestrengt aus dem Fenster.

„Das ist Unsinn! Wenn irgendwo in meiner Nähe ein Herz zerbrochen sein sollte, so habe ich jedenfalls nichts davon bemerkt."

„Ja, das kann ich mir vorstellen", erwiderte Carolyn melancholisch und blickte zu Swerajow auf.

Sie sieht so zerbrechlich aus, so unschuldig und trotz ihrer scheußlichen Verkleidung so bezaubernd weiblich, dachte er hingerissen und spürte auf einmal ein fast unwiderstehliches Verlangen, sie in den Arm zu nehmen und nicht mehr länger nach möglichen Folgen zu fragen. Verwirrt biss er die Zähne zusammen und hoffte inständig, dass dieser Anfall von offensichtlicher Verwirrung rasch vorübergehen möge.

„Ich glaube, wir sind da", sagte er aufatmend, als die Kutsche anhielt und unmittelbar darauf der Schlag geöffnet wurde.

Aber Carolyn erhob sich nicht. Sie sah ihrem Begleiter unverwandt in die Augen und flüsterte: „Es war ein sehr ... sehr interessanter Abend."

Der Fürst gab keine Antwort und lächelte auch nicht mehr.

„Gute Nacht, Exzellenz", murmelte Carolyn schließlich und kletterte nach einem letzten Seitenblick aus dem Wagen.

„Ich würde mich freuen, Sie bald einmal wiederzusehen, Charles", sagte Swerajow zum Abschied halblaut und nickte ihr einen Gruß zu.

Carolyn blieb auf dem Bürgersteig stehen und beobachtete, wie der Lakai die Tür wieder schloss und der Kutscher die Pferde antrieb. Doch Swerajow blickte nicht zurück. Es kostete ihn eine ungeheure Anstrengung. Dann versank er in Nachdenken.

10. KAPITEL

Wenige Stunden später lag der Eingang zu Brownes Buchhandlung im Licht der hellen Morgensonne. Nikolaus Swerajow hielt einen Augenblick inne, bevor er die Ladentür öffnete. Er hatte der Versuchung, Carolyn zu überraschen, nicht widerstehen können. Sie würde bestimmt nicht mit seinem Besuch rechnen.

Die Klingel über der Tür bimmelte melodisch und veranlasste einen untersetzten, grauhaarigen Mann, der hinter dem Ladentisch etwas in ein Kontobuch kritzelte, erwartungsvoll den Kopf zu heben. Carolyn war nirgends zu erblicken. Aber schließlich war es noch nicht zehn Uhr, und der nächtliche Ausflug hatte sich wohl bis zwei Uhr am Morgen hingezogen.

Nikolaus musterte den Ladeninhaber und konnte nur wenig Ähnlichkeit zwischen Vater und Tochter feststellen. Unbefangen schlenderte er zum Ladentisch. „Guten Morgen. Mr. Browne nehme ich an?"

George Browne klappte das Rechnungsbuch zu und legte es in eine Schublade, die er sorgfältig schloss. „So ist es." Das mechanisch aufgesetzte Kaufmannslächeln reichte nicht bis in seine Augen. „Kennen wir uns, Sir?"

„Fürst Swerajow", stellte sich der Besucher mit einer leichten Verbeugung vor.

„Ach ja, ich erinnere mich." Der Buchhändler streifte den unerwarteten Kunden mit einem besorgten Blick, ehe er sich rasch zu einem der Regale umwandte. „Meine Tochter hat neulich Ihre Bestellung entgegengenommen." Mit einigen Papierbogen in der Hand drehte er sich wieder um und begann, sie scheinbar aufmerksam durchzublättern.

Nikolaus bemerkte das leichte Zittern seiner Hände und fragte sich, was den Mann wohl so beunruhigen mochte. Dass er mit seiner Tochter unter einer Decke steckte, hielt er für unwahrscheinlich, seitdem er gestern Abend zu der Überzeugung gekommen war, dass Carolyn keinesfalls ein feindlicher Agent sein konnte. Andererseits konnte ihr Vater aber auch nicht wissen, dass sie die halbe Nacht mit einem gewissen Fürsten Swerajow verbracht hatte.

„Nun, dann dürfte Ihnen ja bekannt sein“, sagte Nikolaus herablassend, „dass ich mich für eine Originalkopie von Abälards Traktat ‚Sic et non‘ interessiere.“ Verstohlen musterte er die Treppe zum Obergeschoss, in welchem vermutlich die gemeinsame Wohnung von Vater und Tochter lag. „Und außerdem für eine Abschrift von Bartholomews Enzyklopädie.“

„Ja, ja, jetzt fällt es mir wieder ein.“ George Browne legte die Papiere beiseite. „Abälards Traktat werde ich wahrscheinlich nicht auftreiben können, obwohl ich gute geschäftliche Beziehungen auch auf dem Kontinent habe. Bartholomews Enzyklopädie habe ich kürzlich in Prag gesehen, und ich glaube, es wird mir möglich sein, sie – allerdings für eine beträchtliche Summe – zu beschaffen.“

Nikolaus lehnte sich an den Ladentisch. „Wie hoch wird die Summe Ihrer Meinung nach sein?“

Der Buchhändler wiegte nachdenklich den Kopf. „Vielleicht tausend Pfund.“

„In Ordnung. Übermitteln Sie dem Besitzer mein Angebot. Wenn es erforderlich ist, bin ich bereit, den Betrag zu verdoppeln.“

Überrascht öffnete George Browne den Mund, wurde aber durch ein Geräusch einer Antwort enthoben. Carolyn war auf der Treppe aufgetaucht und blieb jetzt auf halbem Wege unschlüssig stehen, die Hand auf dem Geländer. Bei ihrem Anblick vergaß Nikolaus seinen Handel mit dem Ladeninhaber.

Miss Browne trug ein hochgeschlossenes hellblaues Musselinkleid mit langen Ärmeln und sah darin unbeschreiblich mädchenhaft aus – ganz im Gegensatz zu ihrer gestrigen Kostümierung. Ein paar Herzschläge lang starrte Swerajow sie wortlos an, denn sie erschien ihm heute noch viel, viel hübscher, als er schon immer vermutet hatte, und diese unerwartete Erkenntnis traf sein Selbstbewusstsein beinahe so schmerzhaft wie ein hinterhältiger Tritt seines edlen Reitpferdes. Erst als er gewahr wurde, dass ihr reizendes Lächeln erloschen war und einem unsicher fragenden Ausdruck Platz gemacht hatte, erwachte er aus seiner Erstarrung.

Zögernd stieg Carolyn die restlichen Stufen hinab. Von Charles Brighton war nichts mehr übrig geblieben. Seine Stelle hatte eine schöne junge Frau eingenommen mit goldblonden Locken und großen grün schimmernden Augen.

„Guten Morgen, Carolyn“, sagte George Browne kurz angebunden.

Swerajow aber machte keinerlei Anstalten, die junge Frau zu begrüßen, als sie sich schließlich den beiden Männern neben dem Ladentisch näherte. Eine leichte Röte färbte ihre Wangen, während sie den vornehmen Kunden mit einem scheuen Blick streifte und damit verriet, dass sie sich sehr wohl an die Ereignisse der vergangenen Nacht erinnerte.

„Es tut mir Leid, dass ich verschlafen habe, Vater.“ Carolyn küsste ihm flüchtig die Wange und begrüßte dann Swerajow mit einem Knicks. „Exzellenz. Ich freue mich, Sie wieder bei uns begrüßen zu können.“ Trotz der verbindlichen Worte lag der Ausdruck unbestimmter Furcht in ihren Augen. Wie verletzlich sie doch schien!

Swerajow neigte sich über ihre Hand. „Nun, es war nicht nur die Aussicht auf den Erwerb einer seltenen Handschrift, die mich hierher geführt hat“, entgegnete er ruhig.

Bei diesen Worten vertiefte sich Carolyns Röte.

„Wir haben just über diese Bestellung gesprochen“, mischte sich jetzt der Vater hastig ein, „und auch schon ein Geschäft abgeschlossen. Soeben wollte ich Seiner Exzellenz versichern, dass er für das Traktat von Bartholomew nicht im Voraus zu bezahlen braucht.“

Nikolaus aber hatte keineswegs die Absicht, diesem Wink zu folgen und sich zu verabschieden. Stattdessen zog er eine Brieftasche aus seiner Rocktasche und entnahm ihr einige Scheine. „Oh, bitte, nehmen Sie dies als Anzahlung für unsere künftigen geschäftlichen Beziehungen.“ Er wandte sich damit jedoch keineswegs an den Ladeninhaber, dessen Gegenwart er gar nicht mehr wahrzunehmen schien, sondern legte das Geld vor Carolyn auf den Ladentisch und sagte dann lächelnd: „Nun, Miss Browne, wollen Sie mir nicht helfen, ein Buch für meine Schwester auszusuchen?“

Carolyn hob überrascht den Kopf. Swerajow hatte doch Charles Brighton gegenüber erklärt, keine Schwester zu haben! Doch als sie sein Lächeln bemerkte, kam ihr zu Bewusstsein, dass Miss Browne ja davon nichts wissen konnte.

„Selbstverständlich", sagte sie höflich. „Was bevorzugt denn Ihr Fräulein Schwester?" Obwohl ihre Stimme ein wenig zitterte, war die Schärfe darin nicht zu überhören.

„Sie ist sehr romantisch veranlagt. Vielleicht wären Liebesgedichte das Richtige? Jede Frau träumt doch von der Liebe." Nikolaus hoffte, dass Carolyn sich an ihr gestriges Gespräch erinnerte und diesem neuerlichen Köder nicht widerstehen konnte.

Und tatsächlich runzelte sie ärgerlich die Stirn. „Liebe ist ein wesentlicher Teil des Lebens, sowohl für Frauen als auch für Männer", setzte sie Swerajow mit Nachdruck auseinander. „Das werden Sie doch nicht abstreiten, Exzellenz!"

„Nun, ich glaube, sie ist für Frauen wichtiger als für Männer." Nikolaus konnte nur mit Mühe seine Belustigung verbergen. „Es ist doch heutzutage eine regelrechte Sucht bei den Damen, aus Liebe heiraten zu wollen. Eine völlig abwegige Vorstellung, das müssen Sie zugeben."

„Ich finde sie keineswegs so abwegig. Meine Eltern zum Beispiel haben auch aus Liebe geheiratet." Carolyn reckte hochmütig das Kinn empor. „Nicht wahr, Papa?" wandte sie sich Unterstützung suchend an den Vater.

„Gewiss, mein Kind. Ich habe deine Mutter sehr geliebt. Aber das ist nun schon lange her."

Carolyn bedachte Swerajow mit einem triumphierenden Lächeln, obwohl von George Browne gar nicht ausdrücklich bestätigt worden war, dass er auch die Ehe aus Liebe geschlossen hatte. Aber das hatte sie in ihrem Eifer wohl überhört.

„Und Sie, Miss Browne?" erkundigte sich Swerajow nun gespannt. „Möchten Sie auch aus Liebe heiraten?"

Carolyn öffnete die Lippen zu einer Antwort. Doch noch ehe es dazu kommen konnte, mischte sich erneut der Vater ein. „Carolyn, ich habe eine geschäftliche Verabredung um elf Uhr dreißig."

„Nun, dann solltest du dich wohl jetzt auf den Weg begeben." Die Tochter machte einen sehr erleichterten Eindruck. „Und ich suche inzwischen romantische Liebesgedichte für die Schwester des Fürsten heraus."

Nikolaus beobachtete die beiden lächelnd, während er voller Ungeduld darauf wartete, dass sich der Buchhändler endlich in Bewegung setzte.

„Ach, ich kann ja auch noch ein paar Minuten warten." George Browne blickte besorgt von seiner Tochter zu Swerajow.

„Oh, bitte, lassen Sie sich meinethalben nicht aufhalten", warf der Fürst mit höflich kühler Miene ein.

Carolyn jedoch schüttelte ärgerlich den Kopf. „Aber er denkt ja gar nicht daran, um Ihretwillen seine Verabredung zu versäumen. Lass dich nicht aufhalten, Papa." Sie wandte sich um, ging zu dem Teil des Regals, an dem ein Schild mit der Aufschrift „Gedichte" befestigt war, und zog ein Buch heraus. „Das sind die neuesten Gedichte von William Wordsworth", sagte sie und blickte Swerajow flüchtig an. „Aber wir haben auch noch eine große Auswahl an anderen Gedichtbänden, zum Beispiel von Thomas Moore, Percy Bysshe Shelley, Lord Byron, Samuel Taylor Coleridge und so weiter und so weiter. Vielleicht sollten Sie mir den Charakter Ihrer Schwester etwas näher beschreiben."

„Was würden Sie denn bevorzugen?" erkundigte sich der Fürst, anstatt auf ihren Vorschlag einzugehen. „Ich glaube, meiner Schwester würde alles gefallen, was Sie empfehlen – ich bin mir dessen sogar sicher." Lächelnd sah er Carolyn an. „Aber Sie haben meine Frage immer noch nicht beantwortet. Möchten Sie aus Liebe heiraten?"

Carolyn zögerte. „Eigentlich ... ja, ich glaube jedoch nicht, dass ich überhaupt jemals heiraten werde."

„Wirklich?" rief Swerajow ungläubig.

„Ach, Sie machen sich ja nur über mich lustig."

„Keineswegs. Sie sind eine schöne Frau, intelligent und gefühlvoll, wenn auch etwas zu romantisch veranlagt. Es kann doch kaum Ihr Wunsch sein, das Leben einer alten Jungfer zu führen."

„Wenn ich es für richtig halten sollte, dann werde ich es auch tun", erwiderte Carolyn mit fester Stimme.

„Aber Sie haben mir doch eben erst erklärt, dass die Liebe für Männer und Frauen ein wesentlicher Teil ihres Lebens ist! Wollen Sie denn jetzt etwas anderes behaupten?"

„Man kann die Liebe nicht herbeirufen, indem man nur mit dem Finger schnippt", entgegnete Carolyn. „Und deshalb sehe ich die Notwendigkeit nicht ein, mich mit einem Menschen von niedriger männlicher Wesensart zu verbinden, der mich in eine Rolle drängen will, die ich nicht zu spielen bereit bin. Ich bin eine aufgeklärte Frau und habe im Leben noch viel vor." Sie lächelte stolz und bekräftigte noch einmal: „Jawohl, das habe ich."

Will sie mit dieser Bemerkung etwa auf meine „niedrige männliche Wesensart" von gestern Abend in dem Bordell anspielen? fragte sich Nikolaus amüsiert. „Ich bin tief beeindruckt von Ihren festgefügten Grundsätzen", erklärte er mit ernster Miene. „Aber was werden Sie tun, wenn die Liebe Sie wider Erwarten auf den ersten Blick wie ein Blitzstrahl treffen sollte?"

Für einen Augenblick schwieg Carolyn und sah Swerajow nur mit großen Augen an. Dann murmelte sie: „Ich weiß es nicht."

„Aber ich weiß es", erwiderte Nikolaus und dämpfte seine Stimme dabei unwillkürlich, sodass die Worte sehr vertraulich klangen.

Bewegungslos starrte Carolyn ihn an.

„Sie werden in diesem Fall Ihren Helden mit derselben Leidenschaft ans Herz drücken wie bisher Ihre Bücher", sagte Swerajow im Brustton der Überzeugung und spürte im gleichen Augenblick eine leichte Eifersucht auf jenen Mann, dem es eines Tages gelingen würde, Carolyns Meinung zu ändern und ihr Herz zu gewinnen. Was würden die beiden für wundervolle Streitgespräche führen!

„Ich weiß nicht, wovon Sie eigentlich reden", erwiderte Carolyn mit hochroten Wangen. „Sollten wir nicht lieber endlich ein Buch für Ihre Schwester auswählen?"

„Gewiss doch. Also, was bevorzugen Sie denn in der Poesie?"

Carolyn zuckte abweisend die Schulter.

„Wollen Sie es mir vielleicht nicht verraten?" erkundigte sich der Fürst belustigt.

„Ich denke, Sie können die Gemütsart eines Menschen so gut beurteilen", erwiderte sie trotzig. „Nun, also, ich liebe die Sonette von Shakespeare." Gespannt auf seine Reaktion, sah sie Swerajow an.

„Shakespeare?" erwiderte dieser schmunzelnd. „Das war allerdings nicht zu erwarten gewesen. Sie sind wirklich schwer einzuschätzen, Miss Browne. Shakespeare!" Er schüttelte den Kopf. „Und das von einer Frau, die Abälard liest und Bentham!"

„Wir haben alle sehr unterschiedliche Wesenszüge, Exzellenz", versetzte Carolyn spitz.

Der Fürst lehnte sich lässig mit der Schulter an eines der Regale, während Erinnerungsbilder aus der vergangenen Nacht vor seinem inneren Auge vorbeizogen. Ob sie wohl auch gerade an jene Stunden denkt? fragte er sich versonnen. Doch dann gab er sich einen Ruck.

„Dann suchen Sie mir also Shakespeare heraus." Carolyn nickte wortlos, schob den Gedichtband von Wordsworth wieder in das Fach zurück, entnahm ihm stattdessen ein Sammelwerk von Shakespeares Sonetten und legte es auf den Ladentisch. „Ich hoffe, es wird Ihrer Schwester gefallen."

Swerajow sah ihr fest in die Augen, „Ich glaube", murmelte er, „dass ich es selbst lesen werde."

Ihre Blicke schienen ineinander zu versinken, bis ein leises Husten hinter ihnen erklang und Carolyn emporschreckte. George Browne stand in Hut und Mantel am Fuße der Treppe. „Ich muss jetzt gehen", sagte er gereizt. Offensichtlich missfiel ihm der Gedanke außerordentlich, seine Tochter mit dem Fürsten allein lassen zu müssen. „Soll ich Ihnen noch eine Quittung über Ihren Einkauf ausstellen?" erkundigte er sich bei dem Fürsten in der Hoffnung, ihn dadurch zum Gehen veranlassen zu können.

Nikolaus wandte sich langsam zu ihm um. „Ich bin noch nicht fertig", erwiderte er kühl.

„Bitte, wie Sie wünschen", knurrte George Browne ärgerlich und wandte sich dann mit besorgter Miene an Carolyn: „Ich bin in etwa anderthalb Stunden zurück."

„Mach dir keine Sorgen, Papa." Sie küsste ihm abschiednehmend die Wange, und so blieb ihm nichts anderes übrig, als schweren Herzens den Laden zu verlassen.

Nikolaus beobachtete, wie Carolyn dem Vater gedankenverloren nachschaute, bis sie schließlich den Blick von der geschlossenen Tür losriss und Swerajow mit einem flüchtigen Lächeln bedachte.

„Was kann ich Ihnen also sonst noch für Wünsche erfüllen?"

„Um ehrlich zu sein", erwiderte der Fürst, „haben diese Wünsche herzlich wenig mit Gedichten oder mit Büchern überhaupt zu tun."

Carolyn schwieg beharrlich.

„Ich weiß", fuhr Swerajow schließlich fort, „dass Sie sich jetzt um das Geschäft kümmern müssen. Aber kann ich Sie nicht vielleicht später zu einer Spazierfahrt durch den Hyde Park einladen? Sagen wir, um drei Uhr?"

„Ich ... ich weiß nicht", stotterte Carolyn überrascht.

Der Fürst lächelte und berührte für einen kurzen Moment mit den Fingern der rechten Hand sein Herz. „Sie können mich doch nicht so enttäuschen", sagte er eindringlich.

Carolyn schluckte aufgeregt. „Ich verstehe das nicht. Welche Absichten ..."

„Meine Absichten sind ganz simpel. Ich möchte unsere Freundschaft fortsetzen – das ist alles."

„Vielleicht ... vielleicht wird Ihre Frau etwas dagegen haben."

„Gegen eine unschuldige Bekanntschaft? Das glaube ich kaum. Sie fürchten sich doch nicht etwa vor mir?"

Ärgerlich warf Carolyn den Kopf in den Nacken. „Ich bin kein Angsthase, Exzellenz."

Swerajow unterdrückte erneut ein Lächeln. „Dann habe ich also keinen Korb bekommen?"

„Haben Sie überhaupt jemals einen erhalten, Exzellenz?"

„Nein."

„Das habe ich auch nicht erwartet." Nun lächelte Carolyn, allerdings etwas spöttisch. „Vielleicht sollte es jetzt zum ersten Male geschehen."

„Aber wir könnten uns über Bentham unterhalten, wenn Sie es wünschen."

Statt einer Antwort lachte Carolyn nur.

Wieder legte der Fürst die Hand auf das Herz. „Als Offizier und Ehrenmann versichere ich Ihnen, dass Sie unversehrt an Leib und Seele zurückkehren werden. Davor hatten Sie doch Angst, nicht wahr?" fügte er herausfordernd hinzu.

„Habe ich etwas dergleichen gesagt?" Carolyns Augen blitzten kampfbereit.

„Das nicht, aber eine solche Schlussfolgerung lag nahe."

„Nun gut, es ist sehr lange her, dass ich zum letzten Male eine Spazierfahrt durch den Park gemacht habe", sagte Carolyn mit einem sehnsüchtigen Lächeln. „Um drei also, Exzellenz."

Der Fürst verneigte sich. „Ich freue mich darauf", versicherte er ungewöhnlich sanftmütig.

11. KAPITEL

„Die verlorenen Töchter der Nacht. Wie beliebt ist eigentlich das Freudenhaus in den tonangebenden Kreisen? Nun, die Antwort ist sehr einfach: ziemlich beliebt. Das zeigte sich darin, dass sich an einem beliebigen Wochentag zu vorgerückter Stunde nicht weniger als ein gutes Dutzend Gentlemen in einem unscheinbaren Backsteinhaus in der Nähe von Delancey Square aufhielten, dessen Inhaberin außerordentlich bemüht war, ihre Kunden zufrieden zu stellen. (Die dienstbereiten Damen von ausgesuchter Exklusivität konnten zweifellos alle erdenklichen Wünsche erfüllen.) Die genannten Herren befanden sich in den öffentlich zugänglichen Räumen. Wie viele sich darüber hinaus mit ihren Begleiterinnen hinter verschlossenen Türen aufhielten, war schwer einzuschätzen. Aber womit kann man eigentlich die Anwesenheit eines gewissen Parlamentsmitgliedes, nämlich Sir T., rechtfertigen? Nun, vielleicht erforschte Sir T. ebenfalls die Beliebtheit der käuflichen Liebe, um Stoff für eine weitere leidenschaftliche Rede über sein Lieblingsthema, die Verderbtheit der heutigen Gesellschaft, zu sammeln? Oder sollten wir uns lieber der altbekannten Redensart erinnern: ‚Wer allzu viel Einspruch erhebt ...?‘ Unglücklicherweise war dieser hervorragende Parlamentarier nicht der einzige bekannte Aristokrat und hohe Regierungsbeamte unter den Anwesenden. Ein gewisses Mitglied von Lord Liverpools Kabinett scheint auch nicht der Mensch zu sein, der sich in den frühen Morgenstunden gern zu Hause aufhält. Oder ist das Etablissement von Madame R. vielleicht der eleganteste Treffpunkt für die berühmten (oder sollte ich lieber sagen: berüchtigten) Mitglieder der feinen Gesellschaft? Es wurde nämlich sogar ein sehr vornehmer Fremder beobachtet, wie er die Treppe zu den intimen Räumen im Obergeschoss emporstieg. Dieser Mann soll nicht weniger als ein Fürst gewesen sein.“

Entgeistert starrte Nikolaus auf den neuesten Artikel von Charles Copperville. Gerade war er von einem späten Frühstück nach Hause zurückgekehrt, um sich für die Spazierfahrt mit Carolyn umzuziehen, und hatte nur schnell noch die Zeitung durchgeblättert.

Ungläubig schüttelte er den Kopf. War das möglich? Konnte Carolyn Browne alias Charles Brighton auch Charles Copperville sein?

Es war völlig abwegig!

Aber es ergab nichtsdestoweniger einen Sinn!

Doch das würde bedeuten, dass Carolyn nach ihrer Rückkehr in den Nachtstunden sofort diese Zeilen niedergeschrieben hatte und dann noch vor dem Morgengrauen zur Redaktion des Chronicle gegangen war. Jetzt erinnerte sich Nikolaus auch ihrer trüben Augen und der tiefen dunklen Ringe darunter.

Er stand auf und starrte mit zusammengebissenen Zähnen auf das Zeitungsblatt. Das konnte doch kein Zufall sein! Sicherlich wäre es möglich, dass Copperville zur selben Zeit unter Claires Gästen gewesen war wie er selbst und Carolyn. Möglich ... aber sehr unwahrscheinlich.

Was dagegen viel mehr der Wahrscheinlichkeit entsprach, war die Tatsache, dass die kleine Carolyn Browne hinter dem scharfzüngigen Satiriker Charles Copperville steckte.

Unvermittelt begann Nikolaus zu lachen, bis ihm die Tränen über die Wangen liefen. Großer Gott! Er hätte doch von Anfang an darauf kommen müssen, dass dieser Copperville eine Frau war! Stattdessen hatte er dessen Naivität und Romantik seiner großen Jugend zugeschrieben und nicht seiner weiblichen Empfindsamkeit. Er schüttelte fassungslos den Kopf. Doch dann kam ihm plötzlich die entscheidende Erkenntnis: Carolyns Maskerade verbarg keinen politischen Spitzel, wie er schon angenommen hatte, sondern diente einzig dem Zweck, auf diese Weise Material für ihre Kolumnen zu sammeln! Auf welchem Wege sollte sie sonst zu ihren Neuigkeiten kommen? Wieder musste er lachen, als ihm bewusst wurde, dass Carolyn und Copperville in der Tat auch dieselben Ansichten vertraten!

Als er jedoch die ganze Tragweite dieser Erkenntnis erfasst hatte, kannte seine Bewunderung für Miss Browne keine Grenzen mehr. Sie war also nicht nur klug und belesen, eine leidenschaftliche Romantikerin und grenzenlose Optimistin, sondern hatte auch den Mut, die ganze mächtige Oberschicht herauszufordern.

Und nun begriff er auch, warum sie neulich um sein Haus herumgeschlichen war. Sie hatte nicht die Absicht gehabt, ihn zu beobachten, weil er der Sonderbotschafter des russischen Zaren war und einen wichtigen Vertrag mit der englischen Regierung aushandeln sollte, sondern schlicht und einfach, weil sie Histörchen für ihre Klatschspalte brauchte.

Allerdings erklärte das nicht das merkwürdige Verhalten ihres Vaters. Nikolaus zweifelte nicht daran, dass der Mann bis über die Ohren in irgendeiner dunklen Angelegenheit steckte, die sicherlich weit weniger unschuldig war als Carolyns Eskapaden.

In Gedanken versunken ging Nikolaus in der Bibliothek hin und her, die Hände auf dem Rücken verschränkt. Wie heimlichtuerisch und schlau das Mädchen doch war! Aber, so sagte er sich mit einem hintergründigen Lächeln, dennoch nicht ganz so schlau wie ein gewisser vornehmer Fremder!

Carolyn sagte sich zum wiederholten Male, dass sie absolut keine Veranlassung hatte, sich hübscher anzuziehen, ein Band im Haar zu tragen oder gar – Gott behüte! – etwas Rouge auf die Lippen zu tupfen. Sie war keine törichte, eitle, verliebte Närrin und würde sich auch nicht wie eine solche benehmen.

Nichtsdestoweniger mischte sich Beunruhigung in ihre freudige Erwartung. Warum nur hatte der Fürst sie zu dieser Spazierfahrt eingeladen?

Es war derselbe Mann, der sie mit in das Bordell genommen hatte, in dem er sich offensichtlich ziemlich heimisch fühlte. Es war auch derselbe, dem ein Verhältnis mit der verführerischen Lady Carradine nachgesagt wurde und der schließlich und endlich mit einer der schönsten Frauen der Welt verheiratet war, wie man erzählte. Was, um alles in der Welt, bedeutete unter diesen Umständen seine Einladung?

Es gab eigentlich nur eine vernünftige Erklärung dafür. Er war ein Lüstling und begehrte sie. Trotz seines feierlichen Versprechens, sie unbeschadet wieder zu Hause abliefern zu wollen, hatte er sicherlich vor, sich auf ihre Kosten zu amüsieren. Eine Spazierfahrt im Park mit ihm war demzufolge ein großes Wagnis. Das konnte schließlich jeder denkfähige Mensch erkennen!

Mit wild klopfendem Herzen blickte Carolyn auf den kleinen Regulator in ihrem Zimmer. Es war bereits drei Uhr! Rasch nahm sie den blauen Schal vom Kleiderhaken und eilte entschlossen die Treppe hinab. Der feine Herr sollte schon sehen, dass sie nicht wie all die anderen war, auf die er üblicherweise Jagd machte!

Dem Vater hatte sie bereits mitgeteilt, dass sie am Nachmittag etwas zu erledigen habe. Er saß hinter dem Ladentisch und las in dem neuesten Roman von William Cobbett. Doch zu ihrem Schreck erblickte sie vor ihm auf der Tischplatte die heutige Ausgabe des Morning Chronicle, an einer bestimmten Stelle aufgeschlagen.

Dass ihr Artikel über das Bordell ein Risiko war, wusste sie nur zu genau. Aber sie hatte der Versuchung nicht widerstehen können, das viele interessante Material, das sie dort gesammelt hatte, zu verarbeiten. Sie war auch darauf vorbereitet, dass Swerajow sie beschuldigen würde, Copperville zu sein, wenn sie ihm demnächst einmal wieder als Charles Brighton gegenübertreten musste. Das würde sie natürlich energisch bestreiten und behaupten, Copperville müsste zufälligerweise am selben Abend auch bei Madame Russell gewesen sein. Der Fürst konnte so misstrauisch sein, wie er nur wollte – sie würde nie die Identität von Charles Copperville lüften. Bei dem Gedanken an dieses brenzlige Abenteuer lief ihr ein angenehm erregender Schauer über den Rücken, und sie sagte sich lächelnd, dass Swerajow noch so schlau und gerissen sein mochte ... sie selbst würde noch schlauer zu Werke gehen!

Der Vater hob den Kopf und blickte sie mit strenger Miene an. „Wie, um alles in der Welt, war es dir möglich, so etwas zu schreiben?“ fragte er und wies mit dem Finger auf den Artikel von Copperville.

„Ich habe eben meine Quellen, Papa“, erwiderte Carolyn und warf einen sehnsüchtigen Blick auf die Tür, aber Swerajow war noch nicht in Sicht.

„Wenn du etwa in deiner üblichen Verkleidung einen Fuß in dieses Etablissement gesetzt haben solltest“, fuhr George Browne stirnrunzelnd fort, „sehe ich mich nun doch gezwungen, energisch dagegen einzuschreiten."

Hastig lief Carolyn hinter den Ladentisch und legte dem Vater den Arm um die Schulter. „Aber du weißt doch, Papa, dass kein Zeitungskorrespondent seine Informanten preisgeben kann!"

Doch der Vater ließ sich nicht besänftigen. „Ach was, du warst selbst dort, nicht wahr? Damit bist du diesmal aber zu weit gegangen, Carolyn."

Verlegen strich sie über den Chronicle. „Hat dir denn die Kolumne nicht gefallen, Papa?"

George Browne seufzte und fragte dann: „War Sir Thomas Woodhaven wirklich dort?"

Carolyn schob schmollend die Unterlippe vor und nickte nur wortlos.

„Das kann ich einfach nicht glauben! Welche Heuchelei! Und wer, wenn ich fragen darf, war der andere Gentleman ... das Mitglied von Lord Liverpools Kabinett?"

Nun blitzten Carolyns Augen in diebischem Vergnügen. „Nun, Papa, vielleicht sollte hier das Wissen auf meiner Seite sein und auf der deinen das Nachdenken", erklärte sie zufrieden.

Wieder seufzte der Vater, jetzt aber nur noch zum Schein erzürnt, und legte seinerseits den Arm um Carolyns Taille. „Du bist viel zu unvorsichtig, Kind."

Ein erneuter Blick zur Tür zeigte Carolyn, dass sich immer noch kein hoch gewachsener Mann in der Nähe zeigte, und so sagte sie mit gedämpfter Stimme: „Also, es war der ältere Davison."

„Wirklich? Nun, man weiß ja eigentlich nie, was in dem Kopf eines Mannes so vor sich geht, nicht wahr?"

Carolyn nickte. „Ja, es ist wirklich erstaunlich."

Lächelnd schüttelte George Browne den Kopf. „Heute ist ein wunderbarer Tag zum Ausgehen. Wo willst du denn hin, mein Kind? Aber sage mir bitte nicht, dass du wieder Informationen sammeln möchtest."

„Nun, ich ..." Carolyn zögerte einen Augenblick und fuhr dann fort: „Ich mache eine Spazierfahrt durch den Hyde Park."

„Diesmal mit dem jüngeren Davison?" erkundigte sich der Vater augenzwinkernd.

In diesem Moment ertönte die Glocke an der Tür. Erschrocken fuhr Carolyn herum und erblickte zu ihrer Überraschung Anthony Davison. „Eh ... nein, nein ..." stotterte sie verwirrt.

„Das verstehe ich nicht", erwiderte der Vater ungehalten.

„Also, ich ... der Fürst Swerajow hat mich eingeladen."

Mit äußerst missbilligender Miene öffnete George Browne den Mund zu einem nachdrücklichen Widerspruch, doch Carolyn wandte ihm rasch den Rücken zu und blickte Anthony Davison, der ein wunderschönes Bukett in Händen hielt, freundlich entgegen. „Guten Tag, Mr. Davison!" begrüßte sie ihn weitaus liebenswürdiger als sonst und lächelte zuvorkommend.

„Miss Browne." Der junge Mann neigte sich über ihre Hand. „Mr. Browne. Ich habe mir erlaubt, Ihnen das hier mitzubringen", sagte er und überreichte Carolyn freudestrahlend die Blumen.

Carolyn hatte eine solche Aufmerksamkeit nicht erwartet. Aber sie war in Gedanken zu sehr mit der bevorstehenden Ausfahrt beschäftigt, um sich näher mit dem möglichen tieferen Sinn dieser Liebesgabe befassen zu können. „Oh, ich danke Ihnen", sagte sie und steckte ihre reizende kleine Nase zwischen die Parmaveilchen. „Wie entzückend! Ich werde sogleich eine Vase holen und die Blumen ins Wasser stellen."

Wieder ertönte die Türglocke, und nun erstarrte Carolyn beim Anblick des Fürsten, der mit raschen Schritten den Laden betrat. Hinter ihm entdeckte sie einen Phaeton für zwei Personen. Eigentlich hatte sie seine schwarz lackierte Kutsche erwartet mit dem zähnefletschenden Wolf auf der Tür und die gewohnte Eskorte von mindestens einem halben Dutzend bewaffneter Kosaken. Der Zweispänner wirkte dagegen außerordentlich klein ... und außerordentlich intim!

Wieder einmal musste sie an die vergangene Nacht denken, und sie erinnerte sich dabei zugleich der unglaublichen Erregung, die sie während der ganzen Zeit ihres Zusammenseins mit dem Fürsten gespürt hatte. Irrtümlicherweise nahm sie an, dass nur sie allein von dieser merkwürdigen Spannung ergriffen gewesen war.

Swerajow trat langsam näher, und Carolyns Herz machte dabei einen kleinen freudigen Sprung. Denn obwohl der Fürst ganz unkonventionell nur mit einem Reitjackett, Breeches und hohen Stiefeln aus Saffianleder bekleidet war, sah er einfach zu gut aus, als dass sie hätte ruhig bleiben können.

„Guten Tag, Miss Browne." Swerajow verneigte sich nur kurz, ohne Carolyn die Hand zu reichen. In seinen Augen lag ein hintergründiges Glitzern, so als wisse er etwas sehr Amüsantes, das er jedoch nicht zu verraten beabsichtigte. „Guten Tag, Mr. Browne", wandte er sich anschließend an den Buchhändler, und schließlich streifte er Anthony Davison mit einem gleichgültigen Blick. „Wenn Sie das Bukett so zusammenpressen, werden Sie die schönen Blumen zerdrücken", ermahnte er die nunmehr völlig verwirrte Carolyn.

Ihre Wangen röteten sich. „Ich wollte gerade eine Vase für den hübschen Strauß holen", murmelte sie und musterte Anthony Davison verstohlen. Der junge Mann war ebenfalls rot geworden und schien obendrein ganz offensichtlich verärgert zu sein.

„Eine ganz reizende Aufmerksamkeit", bemerkte der Fürst beiläufig zu Davison. „Ich glaube nicht, dass wir bereits das Vergnügen hatten. Wenn Sie gestatten: Fürst Swerajow."

„Anthony Davison", erwiderte der junge Mann mit einer ehrfürchtigen Verneigung. „Ich habe Sie schon bei verschiedenen Gelegenheiten zu Gesicht bekommen, Exzellenz, aber ich wurde Ihnen noch nie vorgestellt."

„Äußerst schmeichelhaft", erwiderte Swerajow kühl, während sein belustigtes Lächeln bewies, wie gänzlich er über der Situation stand.

Carolyn fühlte sich unangenehm berührt und unbehaglich. Die Männer führten sich auf, als seien sie Rivalen – eine absolut lächerliche Vorstellung. „Ich bin gleich zurück", sagte sie und zog sich fast fluchtartig in die kleine Küche hinter dem Laden zurück. Dort pumpte sie rasch Wasser in eine hübsch geformte Porzellanvase und stopfte den Strauß achtlos hinein.

„Beruhige dich endlich wieder", schalt sie sich ärgerlich. „Er ist doch nur ein ganz normaler Mann, wenn auch zugegebenermaßen ein wundervoller. Aber er ist niederträchtig und gemein und hat obendrein keine Moral. Er geht sogar in ein Bordell!" fügte sie angewidert hinzu.

„Führst du neuerdings Selbstgespräche?" ertönte plötzlich die Stimme des Vaters hinter ihr.

Carolyn wandte sich um. „Da hast du mich also auf frischer Tat ertappt", erwiderte sie schlagfertig.

„Willst du wirklich mit ihm ausfahren?"

Carolyn kaute auf der Unterlippe. „Ja", sagte sie schließlich.

„Das billige ich aber ganz und gar nicht, Carolyn!"

Schweigend drehte sie die Vase in ihren Händen. „Und warum nicht?" erkundigte sie sich nach einer Weile.

„Er treibt doch nur sein Spiel mit dir. Du selbst hast mir gesagt, dass er ein Lebemann ist und noch dazu ohne jeden menschlichen Anstand. Er wird dich ausnutzen und dich damit sehr verletzen."

Carolyn musste sich widerwillig eingestehen, dass sie bereits zu genau derselben Schlussfolgerung gekommen war. Der Fürst konnte gar keine ehrenhaften Absichten haben – obwohl sie ohnehin nicht genau sagen konnte, was in diesem Falle eigentlich unter ehrenhaften Absichten zu verstehen gewesen wäre. Jedenfalls war Swerajow ein Lüstling, der die Frauen wegwarf wie ein schmutziges Hemd, sich mit Prostituierten abgab und seine eigene Frau vernachlässigte. Der Vater war in seinen Feststellungen verletzend offen gewesen. Aber ihre eigenen Überlegungen waren noch viel unverblümter. Ihrer Meinung nach wollte Swerajow ein- oder zweimal mit ihr ins Bett gehen – in der Art, wie er es mit jener Victoria vorgehabt hatte!

Sie schob die Finger in den Halsausschnitt ihres Kleides, denn sie hatte plötzlich das Gefühl zu ersticken. Gewiss, sie war eine aufgeklärte, denkfähige Frau ... aber doch nicht ganz so aufgeklärt. Dann erinnerte sie sich daran, dass sie einen unverzeihlichen Augenblick lang mit dem Gedanken gespielt hatte, sich nicht völlig abweisend zu verhalten, wenn der Fürst ihr den Hof machte, und sie nahm sich zusammen.

„Du hast natürlich Recht, Vater", erwiderte sie langsam, während sie sich erneut vor Augen hielt, dass ihr doch überhaupt nichts an einer heftigen Leidenschaft lag – heute nicht und später auch nicht. Ja, sie konnte solche Gefühle nicht einmal begreifen. Sie glaubte nur an die wahre Liebe, eine Liebe, wie sie zwischen Vater und Mutter bestanden hatte und die es doch so selten im Leben gab.

„Gut", sagte in diesem Moment George Browne, „ich bin froh, dass du zur Vernunft gekommen bist. Wenn du möchtest, sage ich Swerajow, dass du heute Nachmittag zu beschäftigt bist, um eine Spazierfahrt unternehmen zu können."

„Papa, das wäre doch sehr unhöflich", widersprach Carolyn hastig, „zumal ich schon zugesagt habe. Außerdem hoffe ich, viel Nützliches für meine nächste Kolumne dabei zu erfahren,"

Der Vater runzelte die Stirn. „Carolyn, ich habe dir noch nie etwas verboten ..."

„Dann fange doch auch jetzt nicht damit an", fiel sie ihm ins Wort. „Ich bin achtzehn Jahre alt. Sicherlich bin ich damit nach dem Gesetz noch nicht volljährig, aber wir wissen doch beide, dass ich genauso erwachsen und denkfähig bin wie jeder andere mündige Mensch. Vertraue doch meiner Urteilsfähigkeit! Und wenn er irgendetwas Unschickliches vorhat, werde ich ihn schon in seine Schranken zurückweisen." Sie lächelte dem Vater aufmunternd zu. „Zumindest steht der Fürst nicht in dem Ruf, sich Frauen gegen ihren Willen gefügig zu machen. Das hätte er wohl auch kaum nötig."

„Natürlich vertraue ich deiner Urteilsfähigkeit." George Browne versuchte offensichtlich vergebens, Herr seiner zwiespältigen Gefühle zu werden. „Aber ich traue den Absichten des Fürsten nicht ... und auch nicht seiner Überredungskunst."

„Pah!" Carolyn machte eine wegwerfende Geste. „Was das anbelangt, brauchst du dir wahrhaftig keine Sorgen zu machen." In diesem Augenblick glaubte sie sogar, was sie soeben gesagt hatte.

Mit einem festen Griff um den Ellenbogen half Swerajow Carolyn beim Einsteigen und setzte sich dann neben sie. Mit einem ermunternden Lächeln ergriff er die Zügel. Der Sitz war genauso schmal, wie Carolyn vermutet hatte.

Verwirrt spürte sie den Druck der festen Männerschenkel an ihrer Seite und bemühte sich, eingedenk der väterlichen Warnung und ihrer eigenen Befürchtungen, etwas Abstand zwischen sich und ihren Begleiter zu schaffen. Dabei fiel ihr Blick auf den Eingang der Buchhandlung, von dem aus Anthony Davison ihre Abfahrt mit missvergnügter Miene verfolgte. Mitleidig winkte sie ihm einen Abschiedsgruß zu. In diesem Augenblick zogen die Pferde ruckartig an, und sie wurde an Swerajows Brust geschleudert.

„Armer Kerl“, bemerkte der Fürst. „Ihr Anbeter ist offensichtlich nicht sehr erfreut, dass Sie eine Ausfahrt mit mir unternehmen.“

„Er ist nicht mein Anbeter“, erwiderte Carolyn abweisend und gab mit einem unterdrückten Seufzer den Versuch auf, etwas Raum zwischen sich und ihrem Begleiter zu schaffen.

„Wirklich nicht?“ Swerajow lehnte sich lässig zurück, so als sei das Kutschieren für ihn die selbstverständlichste Sache der Welt. Dabei streifte er erneut Carolyns Hüfte. „Bringt Ihnen denn jeder x-beliebige Kunde Blumen mit?“

Carolyn errötete. „Nun, ich habe eben mehr als einen Kunden, der Bücher für seine Schwester kauft“, erwiderte sie anzüglich und warf ihm einen spöttischen Seitenblick zu.

„Wie merkwürdig.“ Der Fürst war offensichtlich nicht aus der Ruhe zu bringen.

Plötzlich entdeckte Carolyn eine zusammengerollte Zeitung neben dem Sitz ihres Begleiters und zuckte erschrocken zusammen, während dieser den Phaeton um die Ecke zur Einfahrt in den Hyde Park lenkte. Das hinderte ihn jedoch nicht daran, ihrem Blick zu folgen.

„Ich habe gedacht, Sie halten sich sicherlich gern über das Neueste vom Tage auf dem Laufenden“, sagte er beiläufig.

Carolyn hoffte inständig, dass es nicht der Morning Chronicle sein würde. Ihr Herz klopfte heftig, und sie sagte sich immer wieder, dass sie energisch und, wenn es sein musste, bis zum letzten Atemzug abstreiten würde, dass Brighton und Copperville identisch waren. Doch dann hätte sie um ein Haar erleichtert aufgeschrien. Sie war ja jetzt Carolyn Browne und nicht Charles Brighton! Demnach würde sie zumindest heute nicht zum Leugnen gezwungen sein.

„Ich versuche es jedenfalls“, erwiderte sie kühl. Tatsächlich las sie jeden Tag die Zeitung, denn sie fühlte sich dazu verpflichtet.

„Hmmm. Und welches Blatt bevorzugen Sie dabei?“

Carolyn überlegte einen Augenblick und erwiderte dann: „Die Times.“

Swerajow wiegte überrascht den Kopf. „Das hätte ich in der Tat nicht vermutet. Die Times ist doch ein sehr konservatives Journal, das von den Tories herausgegeben wird, wie Sie sicherlich wissen, und natürlich auch für sie geschrieben ist. Ich habe immer geglaubt, Sie seien ein Liberaler – ein Whig, wie er hier in England genannt wird.“

Selbstverständlich bin ich ein Whig, dachte Carolyn insgeheim und sagte dann laut: „Offen gestanden lese ich die Times, um informiert zu sein, was die Gegenseite denkt und sagt und erwartet.“

Sie fing einen Blick ihres Begleiters auf, den sie als Bewunderung ausgelegt hätte, wenn sie nicht felsenfest davon überzeugt gewesen wäre, dass der Fürst wieder einmal sein Spiel mit ihr trieb. „Sehr klug“, bemerkte dieser jedoch nur.

Als sie sich dabei in die Augen sahen, tat Carolyns Herz wieder einmal einen wundersamen Sprung, denn entgegen ihres Verdachts erblickte sie tatsächlich Bewunderung darin. Wenn nur nicht immer zugleich auch dieser beißende Spott hindurchschimmern würde! Irgendetwas wusste der Fürst, das er ihr um keinen Preis mitteilen wollte. Aber was nur? Sie musterte scheinbar interessiert die Einfahrt zum Hyde Park. Ob Swerajow wohl ahnte, dass sie in Wahrheit die Times hasste und vor Wut platzen konnte, wenn sie einen ihrer Herausgeber auch nur von weitem erblickte?

Der Phaeton rollte über einen weißen Sandweg, der von Kutschen, Landauern, vornehmen Equipagen und Einspännern frequentiert war. An den Seiten trabten elegant gekleidete Reiter paarweise oder auch einzeln. Die Eichen, die den Weg säumten, waren hoch und stattlich, und die Wiesen standen im vollen Grün, gesprenkelt von allerlei bunten Blüten.

„Nun, ich für meinen Teil bevorzuge den Morning Chronicle“, sagte der Fürst so unvermittelt, dass Carolyn angstvoll der Atem stockte. Doch er fügte seiner Mitteilung nichts weiter hinzu, sodass sie sich sagte, er könne sie doch unmöglich mit Copperville in Verbindung bringen ... sofern er nicht wusste, dass sie Charles Brighton gewesen war. Aber er hätte sie doch wohl kaum mit in ein Bordell genommen, wenn er ihre Maskerade durchschaut hätte. Kein Mensch – nicht einmal er – könnte so leichtfertig, so verantwortungslos, so unmoralisch sein!

„Ich hätte eher angenommen", erwiderte sie zögernd, „dass Sie der Times den Vorzug geben." Hatte er nun ihren Artikel „Die verlorenen Töchter der Nacht" gelesen oder nicht?

„Ich finde aber den Chronicle viel unterhaltsamer", erklärte der Fürst, „und ich habe sogar ein Exemplar bei mir. Wenn Sie wünschen, kann ich es Ihnen leihen."

Carolyn richtete sich unwillkürlich auf. „Wann haben Sie denn die Möglichkeit zum Zeitunglesen?" erkundigte sie sich vorsichtig, während sie krampfhaft nach Luft schnappte. „Ich habe angenommen, dass Ihre Mission als Gesandter des Zaren Ihre Zeit außerordentlich in Anspruch nimmt."

Auf Swerajows Lippen lag jetzt wieder jenes wölfische Lächeln. „Ich gehöre zwar nicht zu den Leuten, die wenig Schlaf brauchen, komme aber nichtsdestoweniger trotzdem mit meinen Aufgaben sehr gut zurecht. Nach dem Aufstehen überfliege ich bei einer Tasse Tee die Morgenblätter, aber erst während des Frühstücks, wenn ich von meinem Ausritt zurückgekehrt bin, lese ich sie dann eingehender."

In seinen Augen lag ein aufreizendes Glitzern, und Carolyn war nun überzeugt, dass er tatsächlich die jüngste Kolumne von Charles Copperville im Chronicle zur Kenntnis genommen hatte. „Wie ich Sie um Ihre Vitalität beneide", sagte sie mit einem gezwungenen Lächeln.

„Eine interessante Feststellung."

„Das verstehe ich nicht recht."

Doch noch ehe Swerajow zu einer Erklärung anheben konnte, wurde er von einem herantrabenden Reiter gegrüßt.

„Guten Tag, Exzellenz." Der ältliche, untersetzte Gentleman griff grüßend an seinen Zylinder und musterte zugleich Carolyn neugierig, die bei seinem Anblick sofort interessantes Material für ihren nächsten Artikel witterte.

„Guten Tag“, erwiderte der Fürst freundlich.

„Er kann offensichtlich nicht herausfinden, wer ich bin“, flüsterte Carolyn ihm zu.

„In der Tat. Und das scheint ihm das Herz abzudrücken“, murmelte Swerajow belustigt.

Carolyn betrachtete sein eindrucksvolles, makelloses Profil und bemerkte, als er sich ihr kurz zuwandte, das Lachen in seinen Augen. Plötzlich kam ihr der schmerzliche Gedanke, dass er sich anscheinend über ein ebenso bedeutungsloses Mitglied der Gesellschaft amüsierte, wie sie selbst eines war.

Dann tauchte eine offene Karosse hinter ihnen auf, in der zwei gut angezogene, bildhübsche Damen saßen, die ihre Blicke voller Interesse zwischen dem Fürsten und Carolyn hin und her wandern ließen. „Guten Tag, Exzellenz“, riefen sie mit einem liebeswürdigen Neigen ihrer Köpfe, als der Wagen Swerajows Phaeton passierte.

„Guten Tag“, entgegnete Swerajow höflich.

Eine der Damen hob grüßend ihre Hand in dem weichen Lederhandschuh, während die andere, eine etwas vollschlanke Brünette, errötend kicherte und sich noch einmal umdrehte, als sie schon wieder ein gutes Stück entfernt waren.

„Jeder scheint sich zu fragen, wer ich eigentlich bin“, stellte Carolyn fest.

„In der Tat. Ich nehme an, die Frage, mit wem ich heute Nachmittag ausgefahren bin, wird die Klatschbasen in einen wahren Taumel versetzen.“

„Nun, in der so genannten guten Gesellschaft ist man wohl ständig mit den ... eh ... Liaisons ihrer Mitglieder beschäftigt.“

Swerajow streifte sie mit einem ausdruckslosen Blick. „Sie haben eine Neigung für ungewöhnliche Worte.“

„Was meinen Sie damit?“

Er gab keine Antwort, sondern fuhr fort: „Aber für Fürstlichkeiten oder gar Mitglieder eines Königshauses ist das eigentlich noch viel schlimmer. Ich zum Beispiel kann nicht eher einschlafen, als bis ich bei irgendeinem Klatschkolumnisten gelesen habe, dass ich an der Schwelle des Todes stehe."

„Ganz so unerfreulich wird es doch wohl nicht sein", sagte Carolyn schuldbewusst.

„Noch viel unerfreulicher. Aber wir Swerajows sind es gewohnt, immer im Mittelpunkt der Neugier und Sensationslust zu stehen. Das ist der Preis für unser exklusives Dasein. Man muss gelassen bleiben. Ich denke, viele Menschen wissen mit ihrem eigenen Leben zu wenig anzufangen, sonst würden sie nicht ein derart großes Interesse an dem meinen nehmen."

Bei diesen Worten kam sich Carolyn noch schlechter vor. Zugleich aber drängte es sie heftig zum Widerspruch. Schließlich hatte sie selbst doch ein sehr erfülltes Leben, oder etwa nicht? Und sie bespitzelte die Leute auch keineswegs aus Langeweile.

„Ist es denn nicht eine nur zu verständliche Neigung der Durchschnittsmenschen, Aristokraten wie Sie auf einen Sockel zu stellen und vielleicht zu bewundern?" wandte sie vorsichtig ein. „Das bedeutet ja nicht, dass sie selbst kein sinnvolles Leben führen. Man kann doch einfach nicht anders, als neugierig zu sein, wenn es Persönlichkeiten wie Sie betrifft."

„Wirklich? Sie sind also neugierig auf mich, Carolyn?" Die Stimme des Fürsten war weich wie Seide.

Sie spürte, wie sie errötete, und faltete verlegen die Hände im Schoß. Dabei bemühte sie sich, einen Blick in seine bernsteinbraunen Augen zu vermeiden. „Wäre das denn so verwunderlich?" erwiderte sie. „Schließlich habe ich noch nie einem leibhaftigen Fürsten Auge in Auge gegenübergestanden, und schon gar nicht einem russischen. Und nun fahre ich mit einer so bedeutenden Persönlichkeit im Park spazieren wie mit einem alten Freund." Als keine Antwort kam, warf sie einen verstohlenen Blick auf ihren Begleiter und ergänzte lächelnd: „Nun ja, vielleicht nicht wie ein alter Freund, sondern eher wie ein neuer."

Swerajow musterte sie aufmerksam, bevor er erklärte: „Nach meiner Erfahrung gibt es aber nur höchst selten echte Freundschaften zwischen Vertretern der beiden Geschlechter."

„Diese Erfahrung kann ich nicht im Entferntesten bestätigen", widersprach Carolyn eifrig.

„Nun, das will freilich viel besagen", räumte der Fürst schmunzelnd ein, „denn Sie besitzen ja sicherlich eine bedeutende Menge von Erfahrungen. Haben Sie eigentlich viele männliche Freunde, Carolyn? Ich meine natürlich platonische."

„Leider ist mein Freundeskreis insgesamt nur sehr klein", gab Carolyn etwas wehmütig zu. „Mein bester Freund ist mein Vater."

„Aha." Der Fürst nickte. „So lenken Sie in diesem Punkt also ein?"

„Nein! Keineswegs."

Swerajow sah sie verblüfft an und begann dann, aus vollem Halse zu lachen. Es schien Carolyn, als habe dieses von Herzen kommende Lachen den warmen Klang eines Cellos, und sie fühlte sich plötzlich entspannt genug, um endlich den wunderschönen Nachmittag und die Gesellschaft dieses bemerkenswerten Mannes genießen zu können. „Exzellenz", sagte sie mit einem ganz leichten Anflug von Koketterie, „meinen Sie nicht, dass die Leute es merkwürdig finden werden, wenn Sie mit der Tochter eines Buchhändlers im Hyde Park umherkutschieren?"

Gleichgültig hob Swerajow die Schultern. „Schon möglich. Aber ich habe mich nie um die Meinung der Leute gekümmert und immer getan, wozu ich Lust hatte." Seine Worte klangen sehr hochmütig.

Carolyn betrachtete ihn nachdenklich von der Seite. Es war wirklich nicht schwer festzustellen, warum alle Frauen sich um ihn förmlich rissen. Zum Ersten war er ein Ausländer, und zwar ein etwas exotischer. Weiterhin stammte er aus einem alten mächtigen Adelsgeschlecht, was eine äußerst faszinierende Wirkung auf die Damenwelt hatte, und schließlich war er von stattlicher Gestalt, unverhüllt sinnlich und auf beides anscheinend grenzenlos stolz. Nun, mochte das sein, wie es wolle, sie jedenfalls würde nicht zu dem Kreis seiner Opfer mit gebrochenen Herzen gehören, sondern sich in gebührendem Abstand zu ihm halten. Allerdings war das eigentlich sehr schade, da er unglaublich charmant und reizend sein konnte.

„Der Chronicle war heute ganz besonders interessant“, bemerkte in diesem Augenblick Swerajow wie aus heiterem Himmel. „Hatten Sie schon Gelegenheit, einen Blick hineinzuwerfen?“

Carolyn schnappte nach Luft, und ihre Gelöstheit war schlagartig verschwunden. „N...nein“, stotterte sie.

„Ach ja, ich erinnere mich, Sie haben ja heute Morgen verschlafen.“ Der Fürst warf ihr einen hintergründigen Blick zu. „Nun, dann haben Sie eine sehr amüsante Kolumne verpasst.“

Er kann es nicht wissen, hämmerte sich Carolyn ein – er kann unmöglich wissen, dass ich Copperville bin. Wenn doch nur seine Bemerkungen und seine Miene nicht so verdammt anzüglich wären! Vergeblich rang sie um Fassung.

„Sie sehen so blass aus, Miss Browne. Fühlen Sie sich nicht wohl?“ erkundigte sich Swerajow besorgt und lenkte den Phaeton, als keine Antwort kam, von dem Hauptweg auf einen schmalen Nebenpfad. In einiger Entfernung von der belebten Promenade brachte er den Wagen auf einem von Eichen umgebenen Rasenstück zum Stehen.

„Carolyn, was ist los?“

„Nichts“, erwiderte sie atemlos und zitterte am ganzen Körper. Sie hatte jetzt noch mehr Angst als je zuvor, denn sie waren nun nicht mehr unter Menschen, sondern ganz allein.

Swerajow knüpfte die Zügel um einen tief hängenden Ast und legte den Arm um ihren Nacken.

„Sie sehen aber gar nicht gut aus ... irgendwie verängstigt. Habe ich Sie mit meinen Worten erschreckt?“ In seinen Augen schimmerten winzige goldene Pünktchen, und sein Blick war unbeschreiblich betörend.

Carolyn lehnte an seiner Schulter, und in ihrem Kopf wirbelten die Gedanken und Gefühle wild durcheinander. Sie spürte die Kraft seines Armes an ihrem Nacken, atmete seinen Duft ein, gemischt aus Natur und Gewürzen, und sah sein Gesicht ganz dicht über sich geneigt, nur eine Handbreit entfernt ... Wie hell seine Augen jetzt waren ... und wie golden ... Was hatte doch der Vater vorausgesagt? Und wie war ihre eigene Ansicht über die Absichten des Fürsten gewesen?

„Habe ich Sie beunruhigt?“ fragte Swerajow sacht und drückte sie fester an sich.

Fiebrige Hitze brannte auf Carolyns Haut. Ihr Herz raste, und ihr Verstand schien auszusetzen. Irgendwie kam ihr noch zu Bewusstsein, dass sie jetzt eigentlich energisch verlangen müsste, dass er seinen Arm wegnähme und zur Promenade zurückkehrte ... dass sie ihm Vorhaltungen machen sollte über sein hinterhältiges Spiel ... Aber wäre es denn wirklich so unverzeihlich, wenn er sie jetzt küssen würde? Nur ein einziges Mal? Sie würde ja so gern einen wirklichen, berauschenden Kuss erleben!

Sie fuhr sich mit der Zungenspitze über ihre trockenen Lippen und erwiderte mit seltsam gepresster Stimme: „Nein, nein, ich bin nicht beunruhigt. Ich habe nur heute völlig vergessen, etwas zu mir zu nehmen.“ Und nun sollte ich ihn bitten, mich nach Hause zu bringen, dachte sie traurig.

Doch der Fürst schwieg und blickte sie nur weiter unverwandt an mit seinen goldschimmernden verzaubernden Augen.

Carolyn ahnte, dass er sie jetzt küssen würde, wenn sie ihn nicht davon abhielt, und schluckte krampfhaft. Seltsamerweise hatte sie auf einmal keinen Gedanken mehr für seine zahlreichen früheren Eroberungen, und es war ihr auch gleichgültig, ob sie sich benahm wie eine seiner törichten Liebhaberinnen.

„Ich würde es sehr bedauern, wenn unser Ausflug ein so rasches Ende finden müsste“, murmelte der Fürst. Es waren harmlose Worte, aber sie klangen in Carolyns Ohren ungeheuer gefährlich. Dennoch rührte sie sich nicht.

Sein Blick schien ihre Wangen zu liebkosen. „Trotz der verleumderischen Behauptung von Menschen, die mich überhaupt nicht kennen“, fuhr er halblaut fort, „bin ich alles andere als ein gefühlloser Kerl.“ Langsam nahm er seinen Arm von Carolyns Schulter, wickelte die Zügel von dem Ast und trieb das Gespann mit einem leisen Schnalzen zur Promenade zurück.

Noch etwas benommen beglückwünschte sich Carolyn zu dem harmlosen Ausgang dieses Abenteuers. Zugleich aber spürte sie eine unerwartet tiefe Enttäuschung. Swerajow hatte sie nicht geküsst! Er hatte sich wie ein Ehrenmann verhalten. Und seine letzte Bemerkung zielte auf solche Schreiberlinge wie Copperville und seinesgleichen.

Plötzlich fühlte sie sich unbeschreiblich elend. An seine Seite geschmiegt, war sie zufrieden und glücklich gewesen, und sie wünschte sich heftig, wieder seine Nähe spüren zu können. Nie zuvor hatte sie eine Spazierfahrt mit einem Mann gemacht – geschweige denn Zärtlichkeiten oder Küsse empfangen. Bilder aus dem Bordell zogen vor ihrem geistigen Auge vorüber, und in ihren Ohren ertönten wieder die Warnungen des Vaters. Sie waren jedoch völlig unnötig gewesen. Bei ihrem Aufenthalt auf der Wiese hätte Swerajow die beste Gelegenheit gehabt, ihre Zweisamkeit auszunutzen. Aber er hatte es nicht getan, ja, nicht einmal den Versuch dazu unternommen. Schon schimmerte zwischen den Bäumen der weiße Sand der Promenade ...

„Warten Sie!“ hörte sie sich plötzlich sagen.

Der Fürst brachte den Phaeton sofort zum Stehen und sah sie an. Der Ausdruck seines Gesichts wirkte merkwürdig gezwungen.

Trotz ihrer Unerfahrenheit wusste Carolyn sofort, was das zu bedeuten hatte. Er war genauso durcheinander wie sie selbst! Sie blickte in seine Augen, erkannte das rücksichtslose Verlangen darin und ahnte, dass sie dabei war, sich ins Unglück zu stürzen. Aber sie konnte nicht anders. Wer weiß, wann sie ihn jemals wiedersehen würde ...

„Woran denken Sie jetzt, Carolyn?“ fragte Swerajow sehr ruhig.

Sie biss sich auf die Unterlippe. Was würde er tun, wenn sie ihm die Wahrheit gestand? Zögernd öffnete sie den Mund und schloss ihn sogleich wieder. Ihr Herz hämmerte wild in der Brust. Schließlich sagte sie langsam: „Als ich fünfzehn war, habe ich meinen ersten Kuss bekommen“, und fügte flüsternd hinzu: „Es war scheußlich.“

Swerajow regte sich nicht. Nur sein eindringlicher Blick wich nicht von ihr.

„Seit dieser Zeit interessiere ich mich nicht mehr für Küsse.“ Großer Gott, mache ich mich etwa zum Narren, dachte Carolyn verzweifelt und wandte den Kopf zur Seite.

„Und wie ist es jetzt?“ erkundigte sich der Fürst mit einer seltsam rauchigen Stimme.

„Jetzt ... ich ...“ Sie starrte ratlos auf ihre im Schoß gefalteten Hände. „Jetzt habe ich doch auf einmal wieder ein gewisses Interesse daran“, murmelte sie rasch und wagte nun wieder, ihren Begleiter anzublicken.

Aus seiner Miene waren aller Spott und alle Belustigung, die sie in den vergangenen Tagen bemerkt hatte, spurlos verschwunden. Selbst sein so gewinnendes Lächeln war erloschen. Carolyn stockte der Atem.

„Ich fühle mich ungemein geschmeichelt“, sagte Swerajow schließlich und knotete erneut die Zügel um einen Ast. Er tat es sorgfältig und mit Bedacht, so als habe er alle Zeit der Welt. Es eilte ihm offensichtlich nicht sehr.

Carolyn beobachtete seine schlanken Finger, seine kräftigen Hände, und das Blut rauschte in ihren Ohren. Plötzlich erschien das Bild der Prostituierten vor ihr, die jene verräterische Wölbung liebkoste ...

„Carolyn?“ tönte Swerajows Stimme zärtlich fragend an ihr Ohr. Er umfasste ihr Kinn und hob es sacht empor. „Ich finde es sehr verwunderlich“, sagte er und neigte sich langsam hinab, „dass eine so schöne und wissbegierige Frau wie Sie noch nie zumindest das Küssen ausprobiert hat.“ Sein Mund war nur noch eine winzige Spanne von ihren Lippen entfernt, über die sein Atem warm und erregend hinwegstrich. Carolyn hatte das Gefühl, völlig in seinen Bann geschlagen zu sein.

„Es erschien mir so lächerlich“, flüsterte sie.

Ein Lächeln huschte über Swerajows Gesicht. „Wirklich? Ich hoffe, dass Sie diese Meinung nicht aufrechterhalten, wenn wir jetzt einen neuen Versuch machen.“

Oh, Herr im Himmel, war der einzige Gedanke, zu dem Carolyn noch fähig war.

Der Fürst umfasste ihre Schulter und zog sie an sich, sodass ihre Lippen sich jetzt berührten – aber nur einen Atemzug lang. Dann ergriff sein Mund von dem ihren Besitz, nicht rücksichtslos und hart, aber nichtsdestoweniger fordernd. Er drängte ihre Lippen, die unter der erregenden Liebkosung weich und widerstandslos wurden, Stück für Stück auseinander. Unersättlich und kennerisch schien er in ihrer Süße zu schwelgen.

Auf einmal begriff Carolyn, was Leidenschaft bedeutete: Sie erfasste wie ein rasender Feuersbrand Körper und Seele, und keine Macht der Welt konnte ihr Widerstand leisten. Wie berauscht von schwerem Wein, tastete sie über Swerajows kraftvollen Körper, fand die Schultern und umklammerte sie mit aller Kraft. Dann begann sie, seinen Kuss zu erwidern, anfangs noch zögernd, dann immer mutiger, bis sich plötzlich ihre Zungenspitzen berührten ...

Unvermittelt fand sich Carolyn tief in die weichen Lederpolster gedrückt wieder und spürte Swerajows Lippen heiß auf ihrer Kehle. Sie stöhnte hingerissen. Dann kehrte sein Mund auf den ihren zurück, und sie schloss die Augen, gab sich ganz dem Erlebnis ausbrechender Sinnlichkeit hin ... der Schwindel erregenden ... wilden Glut ...

Als sie spürte, wie Swerajow ihren Schal beiseite schob, erstarrte sie in fiebriger Erwartung und hielt den Atem an, während seine Finger ihre Brüste streichelten. Unter seiner Liebkosung wurden die rosigen Spitzen hart und fest, und sie stieß die Luft wieder aus. Zu spät bemerkte sie, dass es ein hoher, entzückter Schrei gewesen war.

Ruckartig hielt Swerajow inne, presste eine Sekunde lang sein Gesicht gegen ihre Wange und hob dann den Kopf.

Verwirrt öffnete Carolyn die Augen und begegnete seinem eindringlichen Blick. Aber sie konnte weder seine Gedanken noch seine Gefühle darin erkennen, nicht das Geringste, obwohl er sie unablässig ansah, bis ihr brennende Röte in die Wangen stieg. Über sich erblickte sie zwischen den Kronen der Bäume einen strahlend blauen Himmel und darin wahrhaftig eine bunt gestreifte Montgolfiere, einen Heißluftballon, mit ein paar todesmutigen Passagieren darin. Großer Gott, sie wurde von Swerajow in einem öffentlichen Park geküsst! Und wünschte sich trotzdem, dass ihr Beisammensein nie ein Ende fand.

Leidenschaft ist alles andere als lächerlich, dachte sie bestürzt.

Swerajow richtete sich auf, fuhr sich mit den Fingern durch sein dichtes goldblondes Haar und reichte ihr dann die Hand, um auch ihr emporzuhelfen. Danach wandte er sich wortlos um, löste die Zügel von dem Ast und umfasste sie mit festem Griff.

Als er das Gespann mit einem Zungeschnalzen antrieb, wurde Carolyn in das Polster gedrückt. Sie hüllte sich hastig in ihren Schal und fragte sich verzweifelt, was sie jetzt wohl tun sollte. Ihr Körper brannte vor Sehnsucht nach einer Erfüllung, die es nicht geben konnte ... nicht geben durfte. Warum nur sagte der Fürst nichts? Aber was sollte er schon sagen, zumal sie ja selbst diese Situation herbeigeführt hatte. Und schließlich hatte sie sich keinen Deut besser oder vernünftiger aufgeführt als alle seine anderen Liebhaberinnen!

Der Phaeton bog jetzt in die Promenade ein, die glücklicherweise nur noch wenig belebt war.

„Nun ja", sagte Carolyn so unbefangen wie möglich, „lächerlich war es eigentlich nicht."

Der Fürst schob wortlos das Kinn vor. Nach einer Weile streifte er seine Begleiterin mit einem kurzen Blick. Er machte einen beunruhigten Eindruck, beinahe verärgert.

„Nein", erwiderte er schließlich. „Es war nicht lächerlich."

12. KAPITEL

Marie Helene lächelte ihrem Spiegelbild befriedigt zu, denn sie fühlte sich nicht nur von Tag zu Tag besser, sondern begann auch wieder, ihr früheres Aussehen zurückzuerlangen. Vergebens suchte sie nach Fältchen oder anderen Zeichen von Krankheit oder Alter, die vor der Fehlgeburt nicht vorhanden gewesen waren. Die Blässe war zwar noch nicht verschwunden, und sie fühlte sich auch noch etwas schwach, aber ihre Schönheit war unversehrt!

Ein kostbares Kollier aus Perlen und Diamanten glitzerte an ihrem Hals, obwohl es erst Mittagszeit war. Doch als gebürtige Prinzessin und Gemahlin des Fürsten Swerajow konnte sie die gesellschaftlichen Regeln brechen, wie es ihr beliebte.

Sie verließ das Schlafzimmer, in dem zwei Zofen damit beschäftigt waren, etwa ein Dutzend Kleider wegzuhängen, die die Fürstin nach hysterischen Suchaktionen und nervenzerreißenden Anproben für den heutigen Tag verworfen hatte, und trat auf den Korridor hinaus. Vom Schulzimmer her hörte sie, wie ihre Tochter lateinische Verben konjugierte. Lächelnd betrat sie den hellen, freundlichen Raum.

Katja hielt mit offenem Mund mitten im Plusquamperfekt inne, und Signor Raffaldi ließ das Buch, das er in Händen hielt, laut klatschend zu Boden fallen. Madame Arkadjewa, die neben Katja am Pult saß und sich Notizen machte, klappte das schmale Heft rasch zu und richtete sich steif wie ein Besenstiel auf.

„Guten Morgen!“ rief Marie Helene in strahlender Laune und beglückte den Lehrer, der sofort errötete, mit ihrem reizenden Lächeln. „Signore.“ Die Gouvernante grüßte sie mit einem kurzen Neigen des Kopfes. „Madame Arkadjewa.“

Dann sagte sie lachend: „Sie benehmen sich ja alle, als wäre ich noch nie zuvor im Schulzimmer gewesen“, und wandte sich, bevor noch irgendjemand eine Antwort darauf geben konnte, an ihre Tochter. „Liebling, komm her und gib deiner Mama einen Kuss.“

Katja erhob sich gehorsam, eilte auf die Mutter zu und schlang ihre mageren Arme um sie. Marie Helene neigte sich zu ihr hinab und drückte ihr einen Kuss auf die Wange. Dann richtete sie sich wieder auf und rief begeistert: „Wie schön du Latein aufsagen kannst, Liebes! Ist sie nicht eine außergewöhnlich begabte Schülerin, Signore?“

Signor Raffaldi machte eine tiefe Verbeugung. „Katja tut sich in jedem Fach hervor, Hoheit“, erklärte er, immer noch mit hochrotem Kopf.

„Ich bin ja so stolz auf dich“, wandte sich Marie Helene wieder an ihre Tochter.

Katjas Augen hingen hingebungsvoll an der Mutter. „Danke, Mama“, murmelte sie, und bei diesen Worten zeichneten sich zwei kreisrunde hellrote Flecke auf ihren Wangen ab.

„Ich habe eine wundervolle Idee“, fuhr Marie Helene fort. „Möchtest du nicht heute Nachmittag eine Spazierfahrt durch den Hyde Park mit mir machen? Das wäre doch eine feine Sache, nicht wahr?“

Katja sah sie schweigend an und flüsterte schließlich: „Ja.“ Dann warf sie einen ängstlich fragenden Blick auf ihre Gouvernante.

Madame Arkadjewa räusperte sich. „Katja hat nach dem Mittagessen ihre Tanzstunde, Hoheit.“

„Dann richten Sie dem Tanzlehrer aus, dass die Lektion heute ausfällt“, erwiderte Marie Helene gleichgültig. „Und Sie, Madame, werden uns selbstverständlich begleiten.“

Die Gouvernante senkte den Kopf.

„Um drei Uhr dann, mein Liebling“, erklärte Marie Helene ihrer Tochter.

Katja nickte mit einem freudigen Lächeln. „Ich werde pünktlich sein, Mama, das verspreche ich dir.“

Die Fürstin wandte sich rasch um und verließ eilig den Raum. Als sie die Treppe hinabstieg, war ihr Lächeln verschwunden. Immer wieder stieg heftiger Zorn in ihr auf, wenn sie daran dachte, dass sie für einen Augenblick offensichtlich den Verstand verloren hatte, als sie glaubte, ihr letztes Stündlein habe geschlagen.

In der Halle blieb sie vor einem Spiegel stehen, um sich den Ausschnitt ihres Kleides zurechtzuziehen. Dann ordnete sie ihre Locken und probierte erneut ein Lächeln, doch es wirkte seltsam unsicher und beinahe ängstlich. Sie holte tief Luft, um sich Mut zu machen. Nikolaus war nie leicht zu nehmen. Aber gerade das war ja der Grund, weshalb er nach all den Jahren immer noch aufregend geblieben war ... weshalb er für sie immer noch einer der attraktivsten Männer zu sein schien, den sie je kennen gelernt hatte. Doch von Zeit zu Zeit konnte er auch grenzenlos widerwärtig sein!

Die Tür zur Bibliothek stand offen, und Marie Helene konnte ihren Gemahl an seinem Schreibtisch sitzen sehen. Alexander hockte nachlässig auf dessen Rand. Die beiden Männer waren offensichtlich in ein angeregtes Gespräch vertieft. Dann bemerkte Nikolaus die Fürstin und hielt mitten im Wort inne.

Marie Helene lächelte liebenswürdig, obwohl ihr Herz wie wild in der Brust hämmerte. „Kann ich dich einen Augenblick sprechen, Niki?“ fragte sie, ohne Alexanders Anwesenheit zur Kenntnis zu nehmen.

Nikolaus lehnte sich im Sessel zurück und kreuzte die Arme über der Brust. Seine Miene war ausdruckslos. „Bitte. Tritt doch näher“, sagte er und betrachtete Marie Helene mit seinen goldbraunen Augen, ohne dass auch nur eine Wimper dabei gezuckt hätte.

Die Fürstin Swerajowa ging zögernd auf den Schreibtisch zu und streifte Alexander dabei mit einem kurzen Seitenblick. Er gab sich wieder einmal keine Mühe, seine Abneigung ihr gegenüber zu verbergen. Verächtlich wandte er sich zur Seite, nachdem er seine Schwägerin flüchtig ins Auge gefasst hatte, so als sei sie für einen Mann wie ihn gänzlich ohne Interesse. Aber Marie Helene war überzeugt, dass er sie in Wirklichkeit sehr anziehend fand. Alle Männer fanden sie schließlich anziehend.

„Dann werde ich mich jetzt verabschieden“, sagte Alexander, ohne Marie Helene zuvor zu begrüßen. „Bis später dann, Niki.“ Betont lässig schlenderte er zur Tür.

Nikolaus erhob sich langsam und ging um den Tisch herum zu Marie Helene, die sich nicht hingesetzt hatte, um ihrem Gemahl den vollen Anblick ihres nahezu durchsichtigen Gewandes zu gewähren. Wie alle Damen der Gesellschaft, die Wert auf höchste Eleganz legten, trug sie nur ein hauchdünnes Hemdchen darunter. Die aprikosenfarbene Seide umschmeichelte jede Rundung ihres Körpers und noch mehr.

Nachdem Nikolaus die Tür hinter seinem Bruder geschlossen hatte, sah er sich nach Marie Helene um. „Und?“ fragte er ruhig. „Worüber wünschst du mit mir zu reden?“

Sie atmete tief ein, wodurch ihr nahezu unbedeckter Busen noch deutlicher sichtbar wurde. „Nikolaus, du bist ärgerlich, ich weiß. Aber ich hoffe, dass du inzwischen Zeit hattest, um dich zu überzeugen, dass all jene unsinnigen Gerüchte erlogen sind, ja?“

Nikolaus gab keine Antwort und streifte seine Gemahlin nur mit einem unergründlichen Blick.

Marie Helene lächelte unsicher und griff nach seinem Arm. „Glaubst du wirklich, ich hätte mir deinen besten Freund als Liebhaber genommen? Ich würde doch nie so etwas tun ...“

Unwirsch schüttelte Nikolaus ihre Hand ab. „Das klingt nicht sonderlich überzeugend.“

„Wie ungerecht!“ Nun spielte Marie Helene die Beleidigte. „Die Gerüchte sind aus der Luft gegriffen. Warum willst du mir nicht glauben?“

„Bist du deshalb zu mir gekommen? Um mich zu überzeugen, dass du meinen Vetter nicht auf Abwege gelockt hast?“ Nikolaus schüttelte den Kopf. „Bitte, ich bin heute sehr beschäftigt. Gibt es sonst noch etwas?“

Mit aller Kraft kämpfte Marie Helene ihre Empörung nieder. „So verärgert habe ich dich noch nie gesehen.“ Zögernd legte sie ihrem Gemahl erneut die Hand auf den Arm. „Ich mache dir deswegen keine Vorwürfe. Du musstest dir ja diesen schrecklichen Unsinn anhören. Aber weißt du auch, wie es ist, wenn man den Tod vor Augen hat?“

„Bitte, nimm zur Kenntnis, dass deine dramatischen Szenen bei mir keine Wirkung haben, Marie Helene!“

„Ich spiele kein Theater! Es war fürchterlich.“ Dicke Tränen blinkten in Marie Helenes Augen. „Ich bin doch noch so jung, und ich wollte nicht sterben. Ich habe auch nicht gewagt, Gott um Rettung anzuflehen, denn er weiß doch, was für eine Sünderin ich gewesen bin. Niki, du darfst nicht so hartherzig sein. Ich will nicht zum Teufel gejagt werden!" rief sie außer sich.

Nikolaus presste die Kiefer aufeinander. „Dann hättest du dich besser von Sascha fern halten sollen."

„Wie oft muss ich dir noch sagen, dass Sascha nichts als ein guter Freund ist ... und mehr noch dein Freund als meiner." Marie Helene rang die Hände. „Niki, so kann es mit uns nicht weitergehen." Sie schüttelte seinen Arm. „Du sollst wissen, dass ich das Vergangene bereue ... alles!"

Kühl nahm Nikolaus ihre Hand von seinem Arm. „Das tue ich auch. Und deswegen wirst du nach Twer gehen."

„Nein!" schrie Marie Helene verzweifelt. „Du kannst mich nicht fortschicken! Ich hasse das Landleben!"

„Ich habe dir immer gestattet, ein Leben zu leben, wie du es wünschtest. Aber du bist taktlos gewesen, und das kann ich nicht länger dulden." Nikolaus wandte sich um und ging zum Schreibtisch zurück.

In Marie Helenes Kopf wirbelten die Gedanken durcheinander, und sie krampfte die Hände zusammen, bis die Nägel tief in das Fleisch schnitten. „Und was ist mit Katja? Wie willst du dem Kind erklären, was du getan hast?"

„Das ist allein meine Angelegenheit." Nikolaus würdigte sie keines Blickes mehr.

„Ich bin ihre Mutter, und deshalb ist es auch meine Angelegenheit. Vielleicht werde ich ihr alles erklären", sagte Marie Helene vorsichtig.

„Soll das etwa eine Drohung sein?" Mit verächtlicher Miene wandte sich Nikolaus wieder um und verschränkte die Arme vor der Brust.

„Aber nein, beileibe nicht", jammerte Marie Helene. „Niki, ich wäre um ein Haar nicht mehr am Leben und bin jetzt nicht mehr derselbe Mensch! Ich liebe Katja, und ... ich würde dich vermissen!"

Nikolaus straffte sich. „Was willst du eigentlich? Sprich dich endlich aus."

„Ich möchte, dass du mir glaubst." Marie Helene trat zu ihm und drückte flehend die Hand auf seine Brust oberhalb des Westenausschnittes. „Seit ich das Bewusstsein nach der schweren Fehlgeburt wiedererlangt habe, konnte ich kaum an etwas anderes mehr denken als an dich und an meine Tochter." In ihren feucht schimmernden, dunklen Augen lag eine Welt des Schmerzes.

Nikolaus reckte das Kinn empor. „Das hoffe ich ... in deinem Interesse. Und du kannst deine Vergangenheit – und auch deine Zukunft – in Twer weiter beklagen. Jetzt aber entschuldigst du mich bitte." Die Bewegung, mit der er sich erneut abwandte, hatte etwas beeindruckend Endgültiges.

„Sei doch nicht so kalt und grausam!" wimmerte Marie Helene. „Hast du denn vergessen, wie krank ich gewesen bin? Ich verspreche bei allem, was mir heilig ist, dass ich mich in Zukunft besser benehmen werde. Ich verspreche, Katja eine gute Mutter zu sein." Sie eilte durch das Zimmer und versperrte ihrem Gemahl den Weg. „Ich kann dir eine gute Frau sein, wenn du mir nur die Möglichkeit dazu lässt!" Ihr Atemholen klang wie ein Schluchzen.

„Ach, so ist das." Nikolaus lächelte spöttisch. „Du hast endlich begriffen, dass ich dein Verhalten nicht länger dulde, und das hat dir einen gewaltigen Schrecken eingejagt ... so gewaltig, dass du sogar bereit bist, dich mir an den Hals zu werfen. Aber das läuft nicht so, wie du es dir denkst. Ich habe nämlich nicht das geringste Interesse daran, das Bett mit dir zu teilen, Marie Helene."

Marie Helene zitterte am ganzen Körper und starrte ihn wortlos an. Sie brauchte ihre ganze Willenskraft, um sich wieder in die Gewalt zu bekommen. Schließlich murmelte sie mit heiserer Stimme: „Bitte, Niki ...", verzweifelt fuhr sie sich über die trockenen Lippen, „... ich bitte dich. Ich möchte mein Leben neu anfangen."

Gelangweilt schloss Nikolaus die Augen.

„Bitte!" Sie schmiegte sich an ihn. Ihre vollen Brüste streiften seinen Arm. Dann stellte sie sich auf die Zehenspitzen und drückte ihre feuchten Lippen auf seine Wange. „Ich will dich wiederhaben", flüsterte sie. „Wir hatten doch einmal eine so schöne Zeit miteinander."

Zornig packte Nikolaus sie bei den Handgelenken und schob sie mitleidslos von sich weg. „Versuche das nicht noch einmal", sagte er drohend. „Ich bin nicht Sascha." Er umklammerte ihre zarten Gelenke wie mit Eisenfesseln.

„Du tust mir weh", hauchte Marie Helene, schon wieder hoffnungsvoll, und drängte sich erneut an ihn, so eng, dass die vergoldeten Knöpfe seines Uniformrockes sich schmerzhaft in ihre Brüste bohrten. Aber dessen ungeachtet strich sie mit ihrem Körper zärtlich über seinen Unterleib.

Ruckartig ließ Nikolaus ihre Hände los, wandte sich um, nahm ein Kuvert vom Schreibtisch und öffnete es. Er vertiefte sich scheinbar in den Inhalt des Briefes und erklärte dann: „Ich habe heute eine Verabredung."

Aber Marie Helene wollte sich nicht auf diese Weise wegschicken lassen. „Du machst dir etwas vor", sagte sie unbeeindruckt. „Das merke ich daran, wie du mich ansiehst. Du begehrst mich. Begehrst mich immer noch ... nach all den Jahren ... trotz allem, was geschehen ist ..."

Nikolaus jedoch hatte bereits ein weiteres Blatt zur Hand genommen, in dem er eifrig las.

Nun wurde Marie Helene doch von ihrem Zorn übermannt. „Katja wird außer sich sein, wenn du mich fortschickst!" rief sie. „Und was wird sie erst denken, wenn sie erfährt, dass du mich einsperren lässt!"

Gleichgültig hob Nikolaus die Schulter. „Auf Wiedersehen, Marie Helene." Mit großen Schritten ging er zum Bücherschrank und nahm einen ledergebundenen Folianten heraus. Seine Frau schien er nicht mehr wahrzunehmen.

Carolyn hatte den Eindruck, als habe sie in dieser Nacht nicht einen Augenblick geschlafen, denn es war ihr einfach unmöglich gewesen, Swerajows geradezu welterschütternden Kuss im Hyde Park zu vergessen. Gedankenverloren stieg sie die Treppe hinab. Der Laden lag im Dämmerschein. Fahles Morgenlicht fiel durch den Türspalt und die Ritzen in den Fensterläden. Sie fand ihren Vater in der kleinen

Küche hinter der Ladenstube. Er hatte bereits den Teekessel auf das Feuer gestellt und war gerade dabei, einen dicken Laib warmen, knusprigen Brotes in Scheiben zu schneiden. Auf dem Küchentisch lagen drei noch nicht aufgeschlagene Morgenzeitungen.

„Ich habe schon wieder verschlafen. Entschuldige, Papa“, sagte Carolyn schuldbewusst.

Der Vater goss vorsichtig das kochende Wasser über die schwarzbraunen Teeblätter. „Ich mache mir Sorgen um dich“, murmelte er und musterte sie bedrückt.

„Das ist aber wirklich nicht nötig, Papa.“ Carolyn holte Butter und Käse aus einem braunen Steintopf und stellte ein Töpfchen mit dicker Sahne auf den Tisch.

„Was bekümmert dich eigentlich?“ George Browne ließ sich nicht so schnell beruhigen.

„Absolut nichts“, erwiderte Carolyn mit einem etwas gezwungenen Lächeln und setzte sich rasch auf einen der Schemel neben dem Küchentisch.

„Geht es vielleicht um Swerajow?“

Carolyn schwieg.

„Du hast dich geweigert, mir irgendetwas zu erzählen, als du gestern von der Ausfahrt in den Park zurückgekehrt bist“, hielt ihr der Vater vor. „Ich kenne dich besser, als du glaubst, und ich weiß, dass es etwas gibt, das du mir verheimlichen willst.“

„Aber es gab doch wirklich nichts zu erzählen“, erklärte Carolyn matt und dachte dabei, dass es in Wahrheit viel zu viel war, was sie hätte berichten können. So zum Beispiel die Tatsache, dass sie gegen ihren erklärten Willen, gegen ihren gesunden Menschenverstand an einem gefährlichen Zustand verblendeter Leidenschaft litt. Fürst Nikolaus Swerajow war ein selbstverliebter Aristokrat und verkörperte alles, was sie bis jetzt aus voller Überzeugung bekämpft hatte. Aber was noch schlimmer war: Sie schämte sich ihres eigenen törichten Verhaltens und ihres brennenden Verlangens. Zum Teufel mit Swerajow! Seine Anziehungskraft war geradezu quälend und seine Gesellschaft so angenehm. Wie könnte sie ihn nur aus ihrem Gedächtnis verbannen?

Natürlich durfte sie dem Vater nichts davon sagen, denn diese Angelegenheit würde ihn nur bekümmern – und mit Recht. Nein, nein, keinesfalls sollte er etwas Näheres erfahren.

Sie seufzte und stellte dabei fest, dass sie noch nie in ihrem Leben derart durcheinander gewesen war. Geistesabwesend griff sie nach dem Morning Chronicle und durchblätterte ihn flüchtig, während sie den aromatischen Tee in kleinen Schlucken zu sich nahm. George Browne hatte bereits den Herald zur Hand genommen und studierte eingehend den Leitartikel.

Als Carolyn die Seite mit den vermischten Nachrichten aufgeschlagen hatte, wäre sie um ein Haar vom Schemel gerutscht. Sie musste dabei wohl einen entsetzten Laut von sich gegeben haben, denn der Vater hob den Kopf und fragte: „Was ist los? Du siehst aus, als sei dir ein Gespenst begegnet."

Aber Carolyn schüttelte nur abwehrend den Kopf und starrte wortlos auf eine Kolumne, denn sie traute ihren Augen nicht. Sie konnte einfach nicht glauben, was sie hier zu sehen glaubte ... nein, das konnte sie nicht! Der Artikel war überschrieben „Ein öffentliches Rendezvous und anderer Unsinn – oder eine höchst private fürstliche Angelegenheit". Und unterzeichnet war er mit dem Namen Charles Copperville.

Ihr stockte der Atem. Diesen Beitrag hatte sie niemals geschrieben! Irgendjemand hatte sich den Platz ihrer Kolumne und ihren Decknamen angeeignet.

Noch immer wie vom Donner gerührt, begann sie, den Artikel zu lesen.

„Es ist doch zu merkwürdig, dass die Regeln des Anstands und der Etikette der Aufmerksamkeit just jener Personen entgleiten, die sich ihrem Diktat am ehesten zu beugen hätten. Wieder einmal hat es ein ranghoher ausländischer Gast für richtig gehalten, unser Land als Schauplatz für sein Auftreten zu benutzen, so als kümmere er sich absolut nicht um Fragen der Moral! Und wer war der Nutznießer des auf jene hoch gestellte Persönlichkeit gerichteten allgemeinen Interesses? Nun, die entsprechenden Spekulationen darüber haben sich geradezu überschlagen, seit der Fürst gestern Nachmittag in äußerst vertrauter Zweisamkeit in einem öffentlichen Park mit einer jungen Frau von nicht feststellbarer Identität gesehen worden ist. Zahlreiche Zeugen dieses Ereignisses beschreiben sie als blond und liebreizend, aber ansonsten hat sie zuvor niemand irgendwo gesehen. Betätigt sich der Fürst etwa neuerdings als Taschenspieler und zaubert je nach Laune hübsche Blondinen aus seinem Hut? Der allgemeinen Meinung zufolge dürfte die junge Dame nicht zu der führenden Gesellschaftsschicht gehören, was uns zu der unvermeidlichen Frage veranlasst: Wo hat er sie wohl aufgegabelt?"

„Carolyn?" Die Stimme des Vaters drang wie durch einen dichten Nebel zu ihr. „Carolyn, was liest du da? Ist es etwas Besonderes?"

Aber sie hatte überhaupt nicht verstanden, was der Vater von ihr wollte. Sie blinzelte krampfhaft und dachte immer nur das eine: Irgendjemand hat mir meine Kolumne gestohlen ... irgendjemand hat über mich und Swerajow geschrieben ... Aber das ergab alles keinen Sinn.

„Carolyn!"

Sie schreckte empor und raffte hastig die Zeitung zusammen. Dann nickte sie dem Vater lächelnd zu, obwohl ihre Gedanken weiterhin unaufhörlich um die Kolumne kreisten, die unbestreitbar wie eine der ihren klang. Wer nur hatte den Platz in der Zeitung und ihren Namen gestohlen? Wer!

Swerajow sicherlich nicht.

Keinesfalls.

Denn wenn er es gewesen wäre, würde das bedeuten, dass er von ihrer journalistischen Tätigkeit als Charles Copperville wusste. Und das war ganz und gar unmöglich, denn seit den „Verlorenen Töchtern der Nacht" nahm er doch an, dass Brighton und Copperville identisch waren, aber nicht sie, Carolyn Browne, und Copperville!

Sie wusste nicht, was sie davon halten sollte, aber sie musste dem Vater nun endlich eine Antwort geben. „Ach", sagte sie rasch, „mir fiel nur gerade ein, dass ich dem Redakteur für morgen eine neue Kolumne versprochen habe."

„Wirklich? Du hast doch in dieser Woche bereits zwei Artikel abgeliefert."

„Ja, das schon. Aber er möchte so oft wie möglich Beiträge von Copperville erscheinen lassen."

„Das ist ja eine wunderbare Neuigkeit! Du hast mir noch gar nichts davon gesagt. Dann iss nur schnell dein Frühstück auf, Carolyn, und gehe hinauf an dein Schreibpult."

Carolyn umklammerte die Zeitung mit beiden Händen. „Ach, ich bekomme jetzt keinen Bissen hinunter, bis ich nicht meine Gedanken zu Papier gebracht habe. Ich werde später frühstücken." Sie lachte ein wenig zu vergnügt, strich ihrem Vater zärtlich über die Wange und verließ eilends die Küche – mit dem Chronicle in der Hand.

George Browne aber blickte ihr von Sorge erfüllt nach.

Als Carolyn einige Zeit später wieder im Laden stand, hatte sie das Gefühl, nur mit Mühe gerade so noch einmal davongekommen zu sein. Den Chronicle hatte sie in ihrem Zimmer versteckt, und sie baute darauf, dass der Vater in seiner üblichen Zerstreutheit nicht mehr daran denken würde, ihn zu lesen. Des Rätsels Lösung aber hatte sie noch nicht gefunden, und so musste sie wohl als Erstes zu dem Redakteur gehen und sich erkundigen, wer den fraglichen Artikel bei ihm abgegeben hatte. Aller Wahrscheinlichkeit nach war es jedoch nur irgendein Botenjunge gewesen. In diesem Falle würde sie Mr. Taft dringend ersuchen, keine Beiträge mehr anzunehmen, die sie nicht persönlich abgeliefert hatte.

Immer wieder kehrten ihre Überlegungen dabei zu Swerajow zurück. Ein solcher Verdacht war natürlich völlig abwegig, wenn ... ja, wenn der Fürst nur nicht so gerissen wäre.

Er konnte diese Kolumne allerdings nur geschrieben haben, wenn er alles herausgefunden hatte. Dann aber spielte er Katz und Maus mit ihr! Ein Schauer, teils aus Angst, teils aus Erregung, lief Carolyn bei dieser Vorstellung über den Rücken, und sie versuchte, ihre Aufmerksamkeit wieder dem Geschäft zuzuwenden.

Heute hatte der Vater ihr die Aufgabe übertragen, eine genaue Inventur zu machen, aber sie konnte ihre Gedanken einfach nicht darauf konzentrieren. Ob Swerajow wohl vermutete – oder gar wusste –, dass Carolyn, Brighton und Copperville ein und dieselbe Person waren? Das schien in der Tat die einzige Möglichkeit zu sein. Sie fröstelte bei dieser Idee. Warum aber hatte er dann ihrer Maskerade so lange tatenlos zugesehen? Oder konnte vielleicht doch irgendein Dritter den Artikel verfasst haben?

Am liebsten wäre sie sofort zu Swerajow geeilt und hätte ihn auf Ehre und Gewissen befragt. Indes wollte sie andererseits ihre Karten nicht vorzeitig aufdecken, falls es doch eine andere Erklärung für diesen merkwürdigen Artikel gab. Allerdings, auf den Zahn fühlen könnte sie ihm vielleicht ein bisschen. Sie brauchte lediglich einen Vorwand, um ihn aufzusuchen. Nun, dachte sie lächelnd, wie wäre es denn, wenn ich in seinem Hause vorsprechen und ihm noch ein Buch für seine Schwester bringen würde?

Mitten in ihre Überlegungen hinein ertönte die Türglocke. Carolyn fuhr der Schreck in die Glieder, denn sie fürchtete, Swerajow vor sich zu sehen. Zum Glück war es jedoch nur Anthony Davison, der mit seinem gewohnten strahlenden Lächeln den Laden betrat, diesmal allerdings ohne ein Bukett.

Verlegen biss sich Carolyn auf die Unterlippe und hoffte dabei inständig, dass Anthony nicht die heutige Kolumne von Copperville gelesen hatte ... von dem angeblichen Copperville. Aber wie sollte er wohl darauf kommen, dass sie die Frau im vertrauten Beisammensein mit dem Fürsten gewesen war?

„Guten Tag, Miss Browne. Sie sehen heute so reizend aus wie immer", begrüßte Anthony sie mit einer ehrerbietigen Verneigung, und sie seufzte erleichtert auf.

„Guten Morgen, Mr. Davison", erwiderte sie freundlich. „Sie haben doch nicht etwa schon alle Bücher ausgelesen, die Sie in den letzten Tagen bei mir gekauft haben?"

Anthony Davison errötete. „Nein, nein, das zwar nicht, aber ... eh ..." Er schnappte nach Luft und wurde noch röter. „Heute Abend gibt es eine wunderbare Opernaufführung, und ich habe zufällig eine Loge dafür. Würden Sie mir wohl die Freude machen, mich zu begleiten?"

Carolyn unterdrückte ein Kopfschütteln. Was sollte sie davon halten? Erst eine Einladung zu einer Spazierfahrt mit einem leibhaftigen russischen Fürsten und nun eine Einladung für einen Opernbesuch von einem Angehörigen des Adelsstandes! „Es ist alles so merkwürdig“, murmelte sie.

„Wie bitte?“ erkundigte sich Anthony Davison verwirrt.

„Oh, verzeihen Sie bitte.“ Carolyn nahm sich zusammen. „Selbstverständlich würde ich sehr gern heute Abend die Oper besuchen“, versicherte sie wahrheitsgemäß, denn sie war bis jetzt nur ein einziges Mal in der Oper gewesen, nämlich mit dem Vater an ihrem dreizehnten Geburtstag. Das war zwar schon lange her, aber sie konnte sich noch genau daran erinnern, wie gut es ihr dort gefallen hatte.

„Dann werde ich Sie also gegen halb acht Uhr abholen“, erklärte Anthony hochbeglückt.

„Sehr liebenswürdig von Ihnen.“ Während Carolyn noch wenig hoffnungsfreudig überlegte, ob sie in ihrem Schrank wohl ein passendes Kleid finden würde, erklang aufs Neue die Glocke an der Ladentür und ihr Cousin Thomas Owsley betrat die Buchhandlung.

Carolyn runzelte ärgerlich die Stirn und kämpfte ihren abgrundtiefen Widerwillen nieder. Sie hatte Thomas schon über ein Jahr nicht mehr gesehen, aber sein jährlicher Besuch war in diesen Tagen ja eigentlich zu erwarten gewesen, denn in der nächsten Woche wurde der Geburtstag ihrer Großmutter gefeiert. Natürlich war Thomas nicht gekommen, um seine Cousine zu diesem festlichen Ereignis einzuladen. Carolyn war noch nie nach Midlands eingeladen worden, weder vor noch nach dem frühzeitigen Tode ihrer Mutter.

Sie bemühte sich dessen ungeachtet um ein verbindliches Lächeln, während Thomas betont lässig durch den Laden schlenderte. Er war sechs Jahre älter als sie, ein mittelgroßer, stämmiger junger Mann, ziemlich geckenhaft herausgeputzt und auch noch stolz darauf. Jede Modeneuheit machte er bedingungslos mit, und das bewies sich auch wieder an seinem heutigen Aufzug. Er trug einen dunkelweinroten Rock mit Samtaufschlägen, eine Krawatte aus goldfarbenem Seidenfoulard, eine mit Gold- und Silberfäden durchwirkte Weste und enge hellbraune Hosen. Sein Zylinder hatte eine ungewöhnlich breite Krempe und sein Rohrstock einen Knauf aus Perlmutt. Fast an jedem seiner etwas dicklichen Finger steckte ein schwerer Goldring.

„Hallo Carolyn", sagte er mit einem herablassenden Lächeln.

Thomas Owsley, der Sohn von Margarets inzwischen verstorbener älterer Schwester, hatte als einziger männlicher Nachkomme den Titel des Earl of Stafford geerbt. Die beiden Schwestern hatten sich anfangs noch entgegen den Anweisungen von Edith Owsley hin und wieder heimlich mit ihren Kindern getroffen, aber später war Carolyn nur noch sehr selten mit ihrem Cousin zusammengekommen. Schon als Kind hatte sie ihn unausstehlich gefunden, denn er zog sie an den Haaren, warf ihr Sand in die Teetasse und hielt ihr unaufhörlich vor, dass sie in einer Bodenkammer über einem armseligen Buchladen lebte und dass ihr Vater ein Bürgerlicher war. Daran hatte sich bis heute nichts geändert, wenn er jetzt auch ihre Haare in Ruhe ließ.

„Guten Tag, Thomas", erwiderte Carolyn ohne ihre übliche Liebenswürdigkeit und bemerkte dabei Anthonys unverhohlene Neugier. Da sie keinen Wert darauf legte, dass man ihren selbstgefälligen Vetter für einen ihrer Verehrer hielt, wandte sie sich an Anthony Davison und sagte: „Anthony, das ist mein Cousin Thomas Owsley, Lord Stafford. Thomas, das ist der ehrenwerte Anthony Davison."

Thomas machte eine so nachlässige Verbeugung, dass sie mehr einer Beleidigung ähnelte. Schließlich war Anthony nur der Sohn eines Barons und stand im Range unter ihm.

Anthony Davison riss den Mund auf. „Sie sind eine Owsley?"

„Nein, sie ist eine Browne", erwiderte Thomas und wies mit einem spöttischen Lachen auf seine Cousine.

„Unsere Mütter waren Geschwister", setzte Carolyn dem verblüfften Anthony auseinander.

„Aber ... dann ..." stotterte der junge Mann überrascht, „dann sind Sie ja Lady Staffords Enkelin!"

„Allerdings", erwiderte Carolyn kühl.

Nun mischte sich Thomas wieder ein. „Nächste Woche ist ihr Geburtstag, der fünfundsiebzigste. Aus diesem Anlass findet in Midlands ein großes Fest statt", verkündete er protzig.

Carolyn hob gleichgültig die Schulter. „Es ist mir nicht unbekannt, dass unsere Großmutter demnächst fünfundsiebzig Jahre alt wird. Schließlich habe ich ihren Geburtstag noch nie verpasst, nicht wahr?" In ihren Worten lagen Bitterkeit und Schärfe.

„Ich dachte, ich kaufe ihr aus diesem Anlass ein Buch. Hast du auch irgendein Geschenk, das ich ihr mitnehmen soll?" erkundigte sich Thomas gönnerhaft.

„Nein, danke, ich schicke es wie immer mit der Post", erwiderte Carolyn. Sie tat es Jahr für Jahr pünktlich und zuverlässig, obwohl die Großmutter nie ein Wort des Dankes dafür hatte und noch nicht einmal mit ein paar Zeilen den Empfang bestätigte. Doch sie schob diese Gedanken beiseite und wandte sich zuvorkommend an ihren Vetter. „Was für ein Buch möchtest du denn?"

„Ich werde mich umsehen", entgegnete Thomas und begann, in den Regalen herumzukramen.

Carolyn beachtete ihn nicht weiter, denn sie wusste aus Erfahrung, dass er wieder mit großem Brimborium nichts als passend erklären und schließlich nur widerwillig irgendeinen Kauf tätigen würde.

„Ich sehe Sie dann also gegen halb acht", meldete sich jetzt Anthony Davison wieder zu Wort.

„Sie können sich darauf verlassen", versicherte Carolyn und nickte ihm lächelnd zu.

Der junge Mann tippte grüßend an seinen Hut und verließ den Laden. Kaum hatte er die Tür hinter sich geschlossen, fuhr Thomas aufgeregt herum. „Macht er dir etwa den Hof?" fragte er mit ärgerlicher Miene. „Das ist ja unglaublich!"

„Meinetwegen kannst du glauben, was immer du möchtest", erwiderte Carolyn mit äußerlicher Gelassenheit. Im Innern jedoch kochte sie vor Zorn.

Thomas Owsley maß sie mit einem geringschätzigen Blick. „Du bist genau wie dein Vater. Das muss in der Familie liegen."

„Und was willst du damit sagen?" erkundigte sich Carolyn gereizt. „Mein Vater ist ein wunderbarer Mensch."

„Nun, dein Vater hat deine Mutter verführt und ist mit ihr durchgebrannt, weil er dachte, dass er sich auf diese Weise ein

Vermögen verschaffen könnte", erklärte Thomas Owsley aufgebracht.

„Das ist nicht wahr, wie du nur zu genau weißt. Aber ich bin mir zu gut, um auf deine Gemeinheiten einzugehen. Wenn du ein Buch kaufen willst, suche es dir aus und verlasse dann bitte unseren Laden." Carolyn versuchte, ruhig zu bleiben, und ballte nur ihre Hände in den Falten des Rockes zu Fäusten.

„Nun, wenn dir nichts daran liegt, ein Geschäft mit mir zu machen", sagte Thomas wütend, „so lasse ich es eben bleiben." Er drehte sich ruckartig um und verließ mit großen Schritten den Verkaufsraum.

Vergebens bekämpfte Carolyn ihr kindliches Verlangen, dem Vetter hinter seinem Rücken die Zunge herauszustrecken. Aber nachdem sie auf diese Weise ihrem Herzen Luft gemacht hatte, stiegen ihr nun doch die Tränen in die Augen.

Sie hatte nie begreifen können, warum ihre Großmutter einen solchen Hass gegen sie hegte.

13. KAPITEL

Mit wild klopfendem Herzen und schweißnassen Händen wartete Carolyn vor dem Haus, das sich der Fürst Swerajow für seinen Aufenthalt in London gemietet hatte, während sie sich sagte, dass er möglicherweise gar nicht daheim war. Deshalb kreuzte sie zur Abwehr von Missgeschicken aller Art rasch die Finger der rechten Hand, denn in der linken trug sie ein sorgfältig eingewickeltes Buch, und schritt langsam auf die Eingangstür zu.

Falls Nikolaus Swerajow nicht anwesend war, würde man sie vielleicht seiner Gemahlin melden. Dieser Gedanke verursachte ihr Unbehagen, denn ein Zusammentreffen mit jener anderen Frau wäre ihr nicht sehr angenehm. Andererseits plagte sie jedoch die Neugier, und sie hätte gern wenigstens einmal einen Blick auf sie geworfen, nachdem sie schon so viel über sie gehört hatte. Nach kurzem Zögern nahm sie ihren ganzen Mut zusammen und hob den schweren Türklopfer aus glänzendem Messing empor.

Fast unmittelbar danach öffnete ein livrierter Diener die Tür. Carolyn stellte sich als eine Angestellte der Buchhandlung vor, in der seine Exzellenz zu kaufen pflegten, und hatte dabei das Gefühl, geradewegs die Höhle des Löwen betreten zu wollen.

„Ich fürchte, Seine Exzellenz ist gar nicht im Hause“, erwiderte der Lakai sehr entschieden.

Diese Auskunft enttäuschte Carolyn. Aber andererseits war sie auch erleichtert. Sie bat den Diener, das Buch dalassen und dem Fürsten eine kurze Botschaft dazu schreiben zu dürfen, in der Hoffnung, dass dieser sich dann wenigstens persönlich für ihre Aufmerksamkeit bedanken würde.

Während sie in der Halle rasch ein paar Worte auf ein Kärtchen kritzelte, das der Lakai ihr ausgehändigt hatte, erschien plötzlich ein elegant gekleideter, schwarzhaariger junger Mann. Carolyn erkannte in ihm sofort Swerajows jüngeren Bruder, der ihr an dem Abend bei Lord Sheffield vorgestellt worden war. Aber Alexander Swerajow, wie sein Name war, konnte sich an sie natürlich nicht erinnern, denn sein Bruder hatte ihn ja mit einem gewissen Charles Brighton bekannt gemacht.

Doch als der junge Mann ihrer ansichtig wurde, blieb er völlig unerwartet stehen und musterte die Besucherin lange und eindringlich. Er scheint genauso ein kreuzgefährlicher Lebemann zu sein wie sein Bruder, dachte Carolyn ängstlich. Schließlich verzog Alexander die Lippen zu einem breiten Lächeln, das alle seine makellosen weißen Zähne entblößte.

„Guten Tag“, sagte er und verneigte sich etwas herausfordernd, wie es Carolyn vorkam. „Wenn mich nicht alles täuscht, wollen Sie meinem Bruder einen Besuch abstatten.“ Seine Stimme war sanft und weich wie Seide.

Er weiß es. Er weiß, dass ich eine verliebte dumme Weibsperson bin! dachte Carolyn verzweifelt und wurde rot bis zu den Ohren. „Nun ... eh ... eigentlich habe ich ihm nur ein Buch für seine Schwester gebracht“, stammelte sie und hätte sich im selben Augenblick ohrfeigen können. Swerajow hatte ja gar keine Schwester, was seinem Bruder zweifellos nicht unbekannt war!

Alexander hob überrascht die Brauen. „So, so. Nun, treten Sie doch bitte näher“, sagte er liebenswürdig und gab dem Lakaien einen Wink, die Eingangstür zu schließen.

Carolyn stockte der Atem. „Mister Swerajow ... ich meine natürlich der Fürst ... das heißt ...“ Vor Aufregung brachte sie keinen vernünftigen Satz heraus. „Seine Hoheit waren schon mehrfach in unserer Buchhandlung, und zuletzt suchte er ein Geschenk für seine Schwester.“ In Erwartung eines Widerspruches blickte sie Alexander herausfordernd an. „Letzthin kaufte er einen Band Gedichte und einen neuen Roman. Aber heute Morgen fiel mir zufällig ein noch passenderes Buch ein, das ich ihm jetzt bringen wollte.“ Sie hielt das eingewickelte Päckchen hoch. „Es ist der Roman ‚Marmion‘ von Walter Scott. Er ist zwar nicht neu, sondern bereits vor etwa sieben Jahren erschienen, aber nichtsdestoweniger voller aufregender Geschehnisse und sehr lesenswert.“

Wieder lächelte Alexander, langsam und hintergründig. „Wie außerordentlich liebenswürdig es von Ihnen ist, sich den weiten Weg zu machen, um das Buch persönlich bei meinem Bruder abzuliefern. Unsere Schwester wird höchst erfreut sein, Miss ...?" Er sah Carolyn fragend an.

„C...Carolyn Browne", gab sie verlegen Auskunft.

„Möchten Sie nicht eine kleine Erfrischung zu sich nehmen? Wenn es Ihnen nichts ausmacht, einen Augenblick zu warten, können Sie meinem Bruder bestimmt selbst noch das Buch übergeben. Er muss binnen kurzem zurück sein." Alexander ergriff ihren Arm und schob sie quer durch die Halle und in einen kleinen eleganten Salon. „Übrigens hat mir Niki schon von Ihrer ausgezeichneten Buchhandlung erzählt."

„Wirklich?"

Wieder erschien dieses hintergründige Lächeln auf Alexanders Lippen. „Er war sehr beeindruckt von allem, was er dort gesehen hat", erklärte er anzüglich, und seine Augen, die genauso bernsteinfarben waren wie die seines Bruders, blitzten vergnügt.

Carolyn erstarrte. Spielte der Jüngere etwa auch Katz und Maus mit ihr? Seine Bemerkung klang doch so, als wäre Nikolaus Swerajow von ihr beeindruckt gewesen!

Ein Geräusch in der Halle, die man durch die offen stehende Tür überschauen konnte, veranlasste Carolyn aufzublicken. Doch sie konnte nur gerade noch ein weißes Fellbündel erkennen, das vorüberhuschte und dann wieder verschwand. Alexander hatte ihr Interesse bemerkt und lachte leise. „Arkadjewa wird gleich der Schlag treffen."

Carolyn hätte gern gewusst, wer Arkadjewa war, wagte jedoch nicht danach zu fragen, sondern erkundigte sich überrascht: „War das eben ein Kätzchen? Ein Perserkätzchen vielleicht?"

„Ich glaube, ja", erwiderte Alexander.

Erfreut erhob sich Carolyn und ging zu dem zierlichen Rokokosofa, wo das weiße Bündel verschwunden war. Sie beugte sich hinab und lockte: „Miez, Miez, Miez! Nun komm doch." Und dann noch einmal: „Pss, pss, pss. Komm, mein Miezekätzchen."

Plötzlich erschien neben den geschweiften Beinen des Sofas ein kleiner weißer Kopf mit riesengroßen hellblauen Augen. Carolyn wollte gerade die Hände nach dem Tierchen ausstrecken, als hinter ihr ein sonores Räuspern erklang und sich die kleine Katze daraufhin blitzschnell wieder unter dem Sofa versteckte.

Unwillkürlich hielt Carolyn den Atem an, während ihr Herz gleichzeitig zu rasen begann, denn sie ahnte, wer mit diesem Räuspern seine Anwesenheit zur Kenntnis gegeben hatte. Sie richtete sich so rasch auf, dass sie das Gleichgewicht verlor und um ein Haar umgekippt wäre, wenn Nikolaus Swerajow nicht sofort zugegriffen hätte. Als sie dabei in seine leuchtenden goldbraunen Augen blickte, hatte sie das Gefühl, jeden Augenblick ohnmächtig zu werden.

Nikolaus Swerajow lächelte, noch viel unergründlicher als sein Bruder. „Miss Browne. Was für ein unerwartetes Vergnügen!"

Carolyn spürte, wie sie errötete. Ihr Blick hing wie gebannt an dem Fürsten, während sie vergebens nach einem Zeichen von Wissen in seiner Miene forschte. Wenn ihm tatsächlich bekannt war, dass sie sowohl mit Brighton als auch mit Copperville identisch war, so ließ er es sich zumindest nicht anmerken. Aufgeregt fuhr sie sich mit der Zungenspitze über ihre trockenen Lippen. „Ich habe ein Buch für Ihre Schwester gebracht."

„Aha." Swerajow sah sie unverwandt freundlich an, und sein Gesichtsaudruck konnte sowohl als Freude über ein Wiedersehen wie als Belustigung über ihren etwas merkwürdigen Besuch ausgelegt werden. Er schien direkt von einem Ausritt im Hyde Park zu kommen, denn er trug eng anliegende Breeches, hohe Reitstiefel, ein gefälteltes Seidenhemd und einen roten Jagdrock, den er lässig offen gelassen hatte. Selbst an dem Hemd waren die obersten Knöpfe nicht geschlossen, sodass Carolyn die dunkelblonden Haare auf seiner Brust erkennen konnte. Als sie verlegen den Blick abwenden wollte, fiel er stattdessen auf seine festen Oberschenkel, deren kräftige Muskeln von den engen Lederhosen nur noch mehr hervorgehoben wurden.

Bei diesem Anblick musste Carolyn wieder an den Kuss denken und daran, wie sie dabei seinen harten Körper eng an dem ihren gespürt hatte und wie das Gefühl seiner Lippen auf ihrem Mund gewesen war ...

„Von Sir Walter Scott", berichtete in diesem Augenblick Alexander betont ernsthaft. „Ich glaube, der Roman heißt Marmion."

„Wie aufmerksam", murmelte Nikolaus. Seine Stimme hatte einen so aufreizend sinnlichen Klang, dass Carolyn unwillkürlich zu ihm aufsah.

„Ist ... ist Ihr ... Fräulein Schwester zu Hause?" stammelte sie verlegen. „Ich würde mich freuen, sie kennen zu lernen."

„Ich fürchte, das ist zurzeit nicht möglich, denn sie wird aller Wahrscheinlichkeit nach jetzt in St. Petersburg sein", erwiderte Nikolaus lächelnd. „Aber Sie werden ihr sicherlich ein andermal begegnen."

Carolyn hatte das Gefühl, als schwanke der Boden kaum merklich unter ihren Füßen. „Ich nehme nicht an", erwiderte sie verwirrt, „dass ich irgendwann in nächster Zeit die Möglichkeit haben werde, nach Russland zu reisen. Es wäre ja für eine Engländerin auch ein etwas riskantes Unternehmen, nicht wahr?"

„Nun, ich bezweifle, dass irgendein Risiko groß genug wäre, um eine so aufgeklärte Philosophin wie Sie von einem Unternehmen abzuhalten. Und wenn meine politische Mission erfolgreich sein sollte, so wäre ohnehin überhaupt nichts mehr zu befürchten." Nikolaus wies einladend auf das zierliche Sofa. „Aber machen Sie es sich doch bitte bequem. Ich hoffe, Sie haben den ganzen Weg von der Buchhandlung Ihres Vaters bis hierher nicht etwa zu Fuß zurückgelegt."

Carolyn blieb nichts anderes übrig, als sich auf das etwas zerbrechlich wirkende Möbelstück sinken zu lassen. „Nein, nein, ich bin nur zwei Häuserblocks weit gelaufen und habe dann eine Droschke genommen." Ungläubig fragte sie sich bei diesen Worten, ob Swerajow wirklich ihre Kenntnisse und ihren Verstand bewunderte oder ob er lediglich eine etwas spöttische Bemerkung gemacht hatte. Wenn er es ehrlich gemeint hätte, würde sie sich nämlich vor die Notwendigkeit gestellt sehen, ihr Urteil über ihn völlig zu revidieren, und darauf wäre sie ganz und gar nicht vorbereitet.

In diesem Augenblick fing sie einen Blick von Alexander auf, der ihr verschwörerisch zublinzelte. „Ich habe jetzt eine dringende Geschichte zu erledigen", sagte er, erhob sich und verließ mit raschen Schritten den Salon.

„Mein Bruder pflegt nicht besonders wählerisch in seinen Ausdrücken zu sein“, bemerkte Nikolaus, der immer noch nicht Platz genommen hatte.

„Nun, andererseits sucht er sie sich hin und wieder auch sehr sorgfältig aus“, entgegnete Carolyn.

Nikolaus neigte zustimmend den Kopf. „Wie ich sehe, haben Sie seit unserem letzten Beisammensein weder Ihre Schlagfertigkeit verloren noch ihre außergewöhnliche Fähigkeit zu scharfsinnigen Beobachtungen.“

Carolyn hob selbstbewusst den Kopf. „Wollen Sie mir etwa Komplimente machen?“ Es war einfach unerträglich, wie dieser Mann ihre Nerven malträtierte! „Ich habe nämlich keine Ahnung, wie außergewöhnlich meine Fähigkeiten sind, aber ich habe den Eindruck, dass es Ihr Bruder genießt, wenn man ihm Beachtung schenkt.“

„So ist es. Genau wie ich.“

„Ist eine solche Neigung ein weiteres Merkmal der Familie Swerajow?“ erkundigte sich Carolyn herablassend.

Nikolaus nickte lächelnd. „Ganz recht. Ebenso wie unsere leidenschaftliche Natur.“

Carolyns Herzschlag setzte plötzlich aus, und ihre Miene erstarrte.

„Unterhalten wir uns jetzt eigentlich über Schmeicheleien ... oder über die Entflammbarkeit der Herzen?“ fragte Nikolaus scheinbar interessiert.

„Ich glaube, über beides“, erwiderte Carolyn zögernd und spürte dabei, wie ihr ganzes Sein zu diesem Manne hingezogen wurde.

„Es ist wohl in der Tat so“, fuhr Swerajow fort, ohne Carolyns Einwurf Beachtung zu schenken, „dass es den Männern der Swerajows großes Vergnügen bereitet, den Frauen zu schmeicheln, die sie erobern möchten – und sie sind darüber hinaus bekannt für ihre heftige Entflammbarkeit.“

Wieder fragte sich Carolyn vergebens, was er damit wohl hatte zum Ausdruck bringen wollen. „Nun ja“, sagte sie zögernd, „Fürstlichkeiten müssen wohl ihrer Natur entsprechend übermäßig eingebildet sein und ein prätentiöses Auftreten lieben.“

„Da haben Sie vollkommen Recht", pflichtete Nikolaus zu ihrer Überraschung bei. „Aber ich nehme an, dass Sie mich nicht aufgesucht haben, um spezielle familiäre oder aristokratische Charakterzüge mit mir zu diskutieren, nicht wahr, Carolyn?"

Carolyn schluckte aufgeregt. Ihr Name war wie der sanfte Ton einer Laute über seine Lippen gekommen, und der wahre Grund für ihren Besuch war, herauszufinden, ob Swerajow Bescheid über ihre verschiedenen Identitäten wusste.

„Gewiss doch. Ich bin hierher gekommen, um Ihnen ein Buch zu bringen", erklärte sie mit klopfendem Herzen. „Als ich nämlich heute Morgen die Zeitung las, kam mir plötzlich der Gedanke, dass ich Ihnen gestern den Roman ‚Marmion' von Scott hätte empfehlen sollen."

Nikolaus aber griff das Stichwort nicht auf, das sie ihm gegeben hatte, sondern sagte nur unerwartet sanft: „Also haben Sie heute Morgen an mich gedacht." Und dieser Satz war keineswegs als Frage gemeint gewesen.

Schon öffnete Carolyn den Mund zu einer Antwort, als sie verwirrt feststellte, dass sie ja gar nicht wusste, was sie dazu sagen sollte.

„Aber es war ja meine Schwester, an die Sie gedacht haben", fuhr Swerajow mit einem bedauernden Lächeln fort. „An meine Schwester ... und nicht an unseren kleinen Versuch im Park."

Nun verschlug es Carolyn gänzlich die Sprache.

Und auch Nikolaus schwieg.

Krampfhaft rang Carolyn nach Fassung und spürte dabei, wie ihr die Röte in die Wangen stieg. „Euer Exzellenz müssen mich für sehr wenig tugendhaft halten", begann sie verlegen, doch Swerajow winkte sofort ab. „Davon bin ich weit entfernt." Er verschränkte die Hände auf dem Rücken und blickte sie unverwandt mit seinen goldbraunen Augen an.

Carolyn hielt es nicht länger auf ihrem Sitz. Sie sprang auf und fragte mit einer ihr selbst nicht begreiflichen Kühnheit: „Nun, was denken Sie dann von mir?"

„Ich denke, dass Sie außerordentlich intelligent sind, wissbegierig, mit einem raschen Verstand und ohne Lug und Trug", erwiderte

Nikolaus. „Und ich glaube", fügte er nach einer Weile hinzu, „dass Sie nicht lügen könnten, selbst wenn Ihr Leben davon abhinge."

Irgendetwas schnürte Carolyn die Kehle zu. Wollte Swerajow damit auf ihre listigen Täuschungen anspielen, die wahrlich nicht gering zu nennen waren? Oder war er überzeugt von dem, was er sagte, und hatte keine Lösung des Rätsels gefunden? Sie war in sein Haus gekommen, um ihm auf den Zahn zu fühlen, und befand sich plötzlich auf der Verliererseite, denn sie wusste jetzt noch weniger, was sie von ihm halten sollte, als zuvor. Nur dass er wegen ihres ungehörigen Benehmens gestern im Park nicht schlecht von ihr dachte – im Gegenteil! –, das zumindest hatte er zu verstehen gegeben.

Nikolaus war zum Fenster gegangen und drehte sich jetzt unvermittelt um. „Was würden Sie sagen, wenn ich beabsichtigte, Sie nach Hause zu fahren, nachdem Sie Ihren Besuch hier beendet haben?"

Tausend Gedanken schwirrten durch Carolyns Kopf. Durfte sie dieses Angebot annehmen? Vielleicht hatte er jetzt die Absicht, diese Gelegenheit wahrzunehmen, um sie zu verführen? Aber konnte sie denn ablehnen, wenn sie es doch gar nicht wollte? Wenn sie, um ehrlich zu sein, überhaupt nicht wünschte, ihm irgendetwas zu verweigern?

„Katja", sagte Nikolaus auf einmal in einem ungewöhnlich zärtlichen Ton.

Carolyn folgte seinem Blick und bemerkte ein zartes Kind mit erstaunlich heller Haut und ebenholzschwarzem Haar. Das kleine Mädchen stand unschlüssig an der Tür. Es sah viel zu ernst aus für sein Alter und hatte große traurige Augen. Sofort erkannte Carolyn, dass es vor irgendetwas Angst haben musste. Sie sah Swerajow fragend an und stellte überrascht fest, dass er lächelte ... aber ganz anders, als er sie oder sonst irgendjemand bisher angelächelt hatte.

„Komm doch herein, Katja. Es tut mir Leid, aber ich habe dich gar nicht bemerkt. Möchtest du nicht Miss Carolyn Browne begrüßen?"

Mit gesenktem Blick kam das Mädchen langsam näher und machte vor Carolyn einen höflichen Knicks.

„Das ist meine Tochter Katja", sagte Swerajow.

Carolyn streifte ihn mit einem erstaunten Blick, denn dieses wunderschöne Kind ähnelte Nikolaus nicht im Entferntesten.

„Sie sehen so überrascht aus." Er zuckte die Schulter. „Warum verwundert es Sie, dass ich eine Tochter habe?"

„Ich ... ich kann Sie mir nicht so recht als Vater vorstellen", erwiderte Carolyn unsicher und betrachtete Swerajow und das kleine Mädchen zweifelnd. Sicherlich kommt die Kleine nach ihrer Mutter, dachte sie und ärgerte sich plötzlich darüber, dass ihr auf diese Weise der Beweis für die außergewöhnliche Schönheit der Fürstin Swerajowa geliefert wurde. Aber wovor hatte das Kind Angst? Etwa vor dem eigenen Vater? Bei diesem Gedanken lief sie mit wehenden Fahnen zu dem kleinen Mädchen über. Sicherlich muss Swerajow kein schlechter Vater sein, nur weil er ein Fürst ist und ein ziemlich zügelloser Mensch obendrein, sagte sie sich. Aber unerklärlicherweise war sie dennoch bereit, genau das Gegenteil anzunehmen.

„Guten Tag", begrüßte sie das Mädchen freundlich, „du kannst mich Carolyn nennen. Das tun alle meine Freunde."

Die Kleine nickte wortlos.

Nun hockte sich Carolyn nieder und sah das Kind lächelnd an. „Suchst du vielleicht dein Kätzchen?" erkundigte sie sich mit verschwörerischer Miene.

Plötzlich blitzte in Katjas schwermütigen Augen Begeisterung auf. „Haben Sie es gesehen?" fragte sie aufgeregt.

„Ei, freilich. Es ist ganz reizend. Wie heißt es denn?"

„Alexander."

„Du hast es also nach dem Zaren getauft?" Carolyn blieb ganz ernsthaft.

Aber Katja schüttelte den Kopf, und ihr Gesicht war wieder völlig ausdruckslos. „Nein", erwiderte sie, „nach meinem Onkel Alexi."

„Aha. Was für eine Ehre für deinen Onkel!" Carolyn zwinkerte der Kleinen zu. „Ich glaube, Alexander ist unter dem Sofa. Zumindest habe ich ihn dort zuletzt gesehen." Sie wandte sich, wie um Erlaubnis ersuchend, zu Swerajow um, der sie und das Mädchen zu ihrer Verwunderung mit einem so merkwürdig eindringlichen Blick betrachtete, dass sie beinahe erschrak. Doch er setzte sofort sein übliches charmantes Lächeln wieder auf, als er sich beobachtet fühlte.

Verwirrt ließ sich Carolyn auf die Knie nieder, um unter das Sofa blicken zu können. Irgendetwas war ganz offensichtlich nicht in Ordnung, und diese Erkenntnis brachte sie etwas durcheinander. „Dort hinten!" rief sie erfreut. „Ich sehe ihn!"

„Komm, Alexi", lockte das Mädchen. „Komm her zu mir, Alexi."

„Weißt du", sagte Carolyn, „Katzen lieben sanfte, zischende Töne. Versuch's einmal damit: pss, pss, pss!"

Aber Katja blickte sie an, als habe sie den Verstand verloren.

„Das wirkt, glaube es mir", beteuerte Carolyn.

Katja warf ihrem Vater einen fragenden Blick zu, und Carolyn wandte ebenfalls den Kopf zu ihm. Dabei wurde ihr bewusst, dass sie ein nicht gerade würdevolles Bild abgeben musste, so auf allen vieren unter das Sofa spähend, und sie lächelte verlegen.

„Probiere es doch einmal", ermunterte Nikolaus seine Tochter.

„Was geht hier eigentlich vor, wenn ich mir diese Frage erlauben darf?" ertönte plötzlich eine scharfe weibliche Stimme von der Tür her.

In der Erwartung, die Fürstin zu erblicken, richtete sich Carolyn hastig auf. Aber auf der Schwelle stand eine große, magere Frau mittleren Alters mit einem goldgeränderten Kneifer auf dem Nasenrücken, die mit Sicherheit nicht Katjas Mutter sein konnte. Ihre ganze Haltung drückte tiefste Missbilligung aus.

„Exzellenz", rief die Frau entrüstet, „Katja sollte ihre Arithmetikstunde haben, aber als ich mich umdrehte, war sie spurlos verschwunden!"

„Nun gut, Madame Arkadjewa", erwiderte Nikolaus gleichgültig, „Sie sehen doch, dass Katja ihren kleinen Kater sucht."

„Die Katze hat Zeit." Madame Arkadjewa rümpfte die Nase. „Signor Raffaldi ist bereits völlig außer sich."

Carolyn sah von der strengen Frau, die Katjas Lehrerin oder Gouvernante sein musste, zu Swerajow, der einen verärgerten Eindruck machte, und dann zu Katja. Tränen standen in den Augen des

Kindes, aber das konnte niemand bemerken außer Carolyn, da sie immer noch neben der Kleinen auf dem Boden kniete. Bei dieser Entdeckung krampfte sich ihr das Herz zusammen.

Katja begann nun, fieberhaft nach dem Kätzchen zu rufen. „Miez, Miez, Miez!"

Tröstend legte Carolyn ihr die Hand auf die Schulter. „Hab keine Angst", sagte sie liebevoll. „Wir werden Alexander schon finden, und dann bringen wir ihn zurück, wo er hingehört."

Die Kleine warf ihr einen flehenden Blick zu und schob ihren Kopf unter das Sofa. „Miez! Miez!" Sie schien völlig verzweifelt zu sein.

Nun wurde auch Carolyn ärgerlich. Sie verstand zwar nicht, was vor sich ging, aber sie spürte, dass das Kind Kummer hatte, und nicht nur wegen einer unauffindbaren Katze.

„Exzellenz, Katjas Unterricht ist um vier Uhr zu Ende. Sicherlich hat die Suche nach der Katze bis dahin Zeit." Madame Arkadjewas Stimme hatte einen giftigen Klang, und Carolyn wandte sich angewidert ab.

„Die Katze sitzt unter dem Sofa", erwiderte Swerajow unentschlossen. „Auf ein paar Minuten kommt es doch wohl nicht an."

An Stelle einer Antwort stieß die Gouvernante missvergnügt die Luft hörbar aus.

Inzwischen war Carolyn aufgestanden, hatte ihre Röcke glatt gestrichen und versuchte nun, das zierliche Sofa von der Wand abzurücken.

„Nicht doch!" rief Nikolaus ungehalten. „Lassen Sie mich das machen." Noch bevor Carolyn einen weiteren Versuch unternehmen konnte, schob er sie sanft, aber nachdrücklich zur Seite. „Damen rücken keine Möbelstücke durch die Gegend", sagte er mit einem verschmitzten Lächeln.

„Diese Dame tut es aber", versetzte Carolyn von oben herab.

„Nun ja", murmelte Nikolaus, „das sollte mich eigentlich nicht überraschen."

Gemeinsam zogen sie das kostbare Rokokosofa, dessen geschweifte Beine über den glänzenden Fußboden scharrten, zur Seite.

Wie ein Blitz schoss das Kätzchen darunter hervor und flüchtete quer durch das Zimmer.

Katja sah ihren Vater und die Gouvernante angstvoll an, ehe sie sich zu einer Verfolgungsjagd aufmachte. Der kleine Kater sprang auf einen Stuhl und von dort auf ein Tischchen, das mit Vasen, Tellern und anderen Gegenständen aus hauchdünnem Porzellan dekoriert war. Das aufgeregte Tierchen stieß eine Vase um und schob eine Schnupftabaksdose gefährlich nahe an den Rand, aber wunderbarerweise fiel nichts zu Boden. Nun endlich konnte Katja ihr Kätzchen ergreifen. Sie nahm es in die Arme, presste es fest an die Brust und schmiegte ihr Gesicht in das weiße Fell.

Madame Arkadjewa warf einen anklagenden Blick zur Decke, und Nikolaus runzelte missvergnügt die Stirn. Die Gouvernante war ihm wie immer ein Dorn im Auge, und außerdem ging es ihm stets nahe, wenn Katja einen so verstörten Eindruck machte. Aber noch ehe er irgendetwas sagen konnte, war Carolyn zu dem Kind gegangen, strich ihm behutsam über den Rücken und sagte freundlich: „Ich kann mir vorstellen, dass du sehr in Sorge bist, wenn das Kätzchen in einem so großen Haus plötzlich verschwunden ist."

Überrascht hob Katja ein wenig den Kopf. „Es ist doch mein bester Freund", flüsterte sie mit glänzenden Augen.

„Das glaube ich dir gern. Aber Kätzchen sind sehr empfindlich und mögen es nicht, wenn sie sich verirren. Wo fütterst du Alexander denn?"

„Er ... er frisst in der Küche."

„Möchtest du, dass ich dir verrate, wie du es erreichen kannst, dass er immer wieder zu dir zurückkommt, auch wenn er einmal ausgerissen ist?"

Katja nickte eifrig.

„Nun, dann füttere ihn ab morgen in deinem Zimmer. Das wird dann sein Zuhause sein", erklärte sie und kraulte das Tierchen zwischen den Ohren.

„Das würde sie mir nicht erlauben", sagte Katja leise und blickte traurig zu Carolyn empor.

„Ach, ich bin sicher, dass dir dein Vater gestatten wird, Alexander das Futter in deinem Zimmer zu geben, wenn du ihn darum bittest.“ Carolyn schenkte Swerajow ihr liebenswürdigstes Lächeln. „Das ist doch so ein bescheidener Wunsch.“

Nur mit Mühe riss Nikolaus den Blick von Carolyn los. Sie strahlte eine solche Herzensgüte aus und war so voller Mitgefühl! Nie hätte er angenommen, dass ein Verstandesmensch wie sie mit einem derartigen Talent zur Verstellung so einfühlsam mit Kindern umgehen könnte.

Aber Katja brachte ihr Ansuchen nicht über die Lippen.

„Exzellenz?“ sagte Carolyn an ihrer statt bittend.

„Ja, ich habe es gehört“, erwiderte Nikolaus langsam, während ein ebenso abwegiger wie erstaunlicher Gedanke durch seinen Kopf ging. „Natürlich darfst du die Katze in deinem Zimmer füttern, Katja.“ Er war immer noch etwas verwirrt von diesem absonderlichen Einfall.

Katjas Augen strahlten. Und nun lächelte das Kind auch zum ersten Male, seit es den kleinen Salon betreten hatte. Es presste die Katze mit beiden Armen fest an sich.

„Aber das ist doch unmöglich!“ Die Gouvernante ging auf Swerajow zu. „Exzellenz, stellen Sie sich vor: Über das ganze Zimmer wird Katzenfutter verstreut sein. Und dann das Ungeziefer! Ich muss doch darauf dringen ...“

„Wir haben eine ganze Schar Zimmermädchen im Hause“, erwiderte Nikolaus gleichgültig. „Die Katze wird in Katjas Zimmer gefüttert, wenn meine Tochter es sich wünscht.“

Madame Arkadjewas Kopf nahm eine unnatürlich rote Farbe an. Sie schnaufte wütend, sagte aber kein Wort mehr.

„Vielleicht solltest du nun zum Unterricht gehen, Katja“, sagte Nikolaus freundlich.

Katja nickte. „Danke, Papa.“ Dann wandte sie sich an Carolyn und lächelte sie schüchtern an. „Ich danke Ihnen, Miss Browne, dass Sie mir geholfen haben, Alexander zu finden.“

„Das habe ich gern getan.“ Carolyn strich zärtlich über das seidenweiche Fell des kleinen Katers. „Du hast einen sehr hübschen Freund, Katja“, sagte sie bewundernd.

Mit glückstrahlenden Augen blickte Katja zu ihr auf.

„Komtesse Katja!“ Der Befehlston der Gouvernante hätte jedem Sergeanten zur Ehre gereicht.

Das Leuchten in Katjas Augen erlosch. Wortlos folgte sie Madame Arkadjewa, ohne auch nur einen Blick zurückzuwenden. Das Zimmer wirkte schmerzhaft leer und still, nachdem das Kind verschwunden war.

„Was für ein schönes Kind ist die Kleine“, sagte Carolyn so langsam, dass man den Eindruck hatte, sie wolle noch etwas hinzufügen, wagte es aber nicht.

„Ja“, erwiderte Nikolaus und betrachtete sie nachdenklich. Sie steckt voller Überraschungen, stellte er immer noch verwundert fest, voller angenehmer Überraschungen. „Sie waren sehr nett zu Katja. Ich danke Ihnen dafür.“

„Aber da gibt es doch nichts zu danken“, erwiderte Carolyn erstaunt.

„Oh doch, sehr viel.“ Wenn sie nur wüsste, wie sehr mich dieser kleine Zwischenfall berührt hat, dachte Nikolaus.

„Ich verstehe nicht, was Sie damit meinen.“

„Das nehme ich Ihnen nicht übel.“ Nikolaus gab sich einen Ruck. „Es ist spät geworden“, sagte er zögernd. „Darf ich Sie nach Hause bringen?“

Carolyn errötete. „Danke, aber ich nehme eine Droschke.“

„Keinesfalls“, widersprach Nikolaus bestimmt. „Das erlaube ich nicht. Ich lasse Sie mit meiner Kutsche zurückbringen. Sie steht ohnehin noch vor der Haustür.“ Bedauernd hob er die Schultern. „Ich würde es gern selbst übernehmen, aber ich habe eine Verabredung, die ich unbedingt wahrnehmen muss.“ Es war eine Notlüge. Doch er brauchte jetzt Zeit zum Nachdenken. Er musste sehr genau überlegen, wie er seinen Plan am besten in die Tat umsetzen konnte, damit er für alle Gutes versprach.

Vergebens kämpfte Carolyn gegen das Gefühl einer bitteren Enttäuschung an. Dennoch zwang sie sich zu einem verbindlichen Lächeln. „Aber das wäre doch in jeder Beziehung unnötig gewesen.“

Nikolaus erwiderte nichts, sondern sah sie nur schweigend an und wiederholte dabei immer nur den einen Gedanken: Sie wäre die wahrhaft passende Gefährtin für Katja ... die absolut und wahrhaftig passende.

Aber sollte er wirklich sein Leben mit neuen Schwierigkeiten belasten?

14. KAPITEL

„Ich verstehe überhaupt nichts", sagte James Taft, seines Zeichens verantwortlicher Redakteur für die Sparte „Vermischtes" im Morning Chronicle. Er saß in dem von geschäftigen Mitarbeitern wimmelnden Arbeitsraum im Erdgeschoss des Verlagshauses hinter einem der vielen Schreibtische. Ein großer Teil des hallenähnlichen Raumes war angefüllt mit den neuesten Druckmaschinen, die aus Deutschland eingeführt worden waren.

Einer der modernen Dampfdrucker war gerade in Betrieb, und Carolyn konnte trotz der Wichtigkeit ihres Besuches nicht umhin, einen Augenblick lang diese imposante Maschine voller Hochachtung für die geniale Erfindungskunst der Techniker zu beobachten, die es vor einiger Zeit auch zu Stande gebracht hatten, sogar das Papier für die Zeitung maschinell herzustellen.

Nur mit Mühe riss sie sich von dem beeindruckenden Bild los und wandte sich wieder Mr. Taft zu, einem kleinen, stämmigen Mann mit einem schütteren grauen Backenbart. „Also, ich möchte wissen, wer die heutige Kolumne von Copperville bei Ihnen abgegeben hat."

Der Redakteur blinzelte irritiert. „Das ist eine merkwürdige Frage. Es war irgendein junger Bursche. Er sagte, Sie seien sehr beschäftigt und könnten nicht selbst kommen." Kopfschüttelnd lehnte er sich in den schweren Eichenstuhl. „Was ist los damit? Es war doch ein sehr guter Artikel. Soviel ich weiß, hat er den Lesern außerordentlich gut gefallen. Und zudem ist Fürst Swerajow als hoch gestellter Ausländer ein reizvoller Gegenstand. Sie können ruhig noch mehr Kolumnen über ihn verfassen."

Carolyn zwang sich zu einem Lächeln, obwohl die Antwort sie zur Verzweiflung brachte, denn sie hatte absolut keine Lust mehr, etwas über Swerajow zu schreiben – heute nicht und überhaupt nie mehr.

„Ist Ihnen an dem Burschen irgendetwas Ungewöhnliches aufgefallen?" erkundigte sie sich. „Kam er zu Fuß? Oder stand eine Mietdroschke vor der Tür?"

Der Arbeitsraum hatte riesige, bis zum Boden reichende Fenster, deren Läden eigentlich nie geschlossen wurden. Auch jetzt hatte Carolyn einen umfassenden Ausblick auf die belebte Straße. Fußgänger drängten sich auf dem Bürgersteig, und auf dem Fahrweg sah man die unterschiedlichsten Gefährte: elegante Kutschen, Landauer, Einspänner, Postfuhrwerke und schwere Rollwagen.

„Woher soll ich wissen, ob er zu Fuß gekommen ist?" fragte Mr. Taft stirnrunzelnd.

Carolyn seufzte. Ihre Ermittlungen erwiesen sich offensichtlich als ein fruchtloses Unterfangen. „Nun, ich meine: Stand vielleicht eine große schwarz lackierte Kutsche vor dem Haus, von vier Rappen gezogen und mit einem zähnefletschenden roten Wolf auf der Tür?" forschte sie weiter, von innerer Unruhe getrieben. Aber ach, es war ja doch vergebliche Liebesmühe!

„Eine schwarz lackierte Kutsche mit vier Rappen?" Mr. Taft schnaufte verächtlich. „Ich bitte Sie, Carolyn! Irgendein Tagedieb hat den Artikel abgegeben. Und wenn Sie mir nicht sagen wollen, was es damit auf sich hat, muss ich jetzt wieder an meine Arbeit gehen."

„Nun, ich danke Ihnen für Ihre Bemühungen, Mr. Taft. Wir sehen uns dann in den nächsten Tagen wieder." Carolyn erhob sich. „Aber in Zukunft werde ich meine Beiträge nicht wieder einem anderen anvertrauen. Deshalb bitte ich Sie, keine Kolumne mehr entgegenzunehmen, wenn ich sie nicht persönlich übergebe."

Mr. Taft legte die Feder, die er bereits wieder zur Hand genommen hatte, auf den Tisch zurück und musterte Carolyn mit einem scharfen Blick. „Hmm, jetzt geht mir ein Licht auf. Wollen Sie damit vielleicht zum Ausdruck bringen, dass der Artikel nicht von Ihnen stammte?"

„Allerdings!" rief Carolyn aufgebracht.

Carolyn hatte ihr bei weitem elegantestes Kleid aus weißem Musselin mit kleinen meergrünen Blumen angezogen, das unmittelbar unter der Brust von einer grünen Seidenschärpe zusammengehalten wurde. Da es kurzärmelig und ziemlich weit ausgeschnitten war, trug sie dazu einen breiten weißen Kaschmirschal, der ihrer verstorbenen Mutter gehört hatte, ebenso wie die Perlenkette und die dazu passenden Ohrringe. In das kurz gelockte Haar hatte sie ein Seidenband in etwas dunklerer Tönung als die Schärpe geschlungen.

Anthony Davison bedachte Carolyn immer wieder mit bewundernden Blicken, seit er sie in der Buchhandlung abgeholt hatte. Soeben war seine Kutsche an das Ende der Wagenschlange gerollt, die vor dem Opernhaus darauf wartete, zum Aussteigen vorfahren zu können. Seine Begleiterin vertrieb sich währenddessen die Zeit damit, die Besucher der Aufführung zu beobachten, wenn sie in ihrer prächtigen Abendgarderobe ihre eleganten Karossen verließen und auf dem Bürgersteig kurz Halt machten, um Bekannte zu begrüßen, ehe sie die geschwungene Freitreppe zum Eingang emporstiegen. Unwillkürlich zuckte es ihr in den Fingern, und sie wollte schon nach Stift und Notizbuch tasten, als ihr gerade noch rechtzeitig einfiel, dass in dem kleinen grünen Ridikül, ebenfalls ein ehemaliges Besitzstück von Margaret Browne, natürlich kein Platz für ihre journalistische Ausrüstung gewesen war.

„Ist das dort nicht Lord William Darrow?" erkundigte sie sich.

Anthony spähte aus dem Fenster. „Ja, das ist er. Warum fragen Sie?"

„Und wer ist sein Begleiter?" Nach dem ältlichen Darrow war ein weitaus jüngerer Mann ausgestiegen, wohl kaum älter als Carolyn.

„Das ist sein Sohn."

„Aber das ist doch nicht Fred Darrow, Anthony!" Darrows einziger Sohn und Erbe musste mindestens fünfunddreißig Jahre alt sein.

Anthony Davison bekam rote Ohren. „Es ist John Lewis", murmelte er verlegen.

„Ein uneheliches Kind?" Carolyn horchte auf.

Diese Frage war Anthony offensichtlich unangenehm, denn er nickte nur kurz. Doch Carolyn ließ nicht locker und brachte schließlich in Erfahrung, dass Lord Darrow insgesamt drei uneheliche Kinder hatte. Aber das war in den Kreisen der Aristokratie keineswegs ungewöhnlich.

„Jetzt sind wir endlich an der Reihe“, stellte Anthony schließlich erleichtert fest, sodass Carolyn Gewissensbisse bekam, weil sie ihn so in Bedrängnis versetzt hatte, und ihm deshalb großzügig gestattete, ihr beim Aussteigen behilflich zu sein und dabei ihre Taille zu umfassen. Insgeheim verglich sie ihn mit Swerajow. Der Fürst hätte sich wohl über ihre Neugier nur amüsiert und ihr bereitwillig alle Auskünfte gegeben, über die er verfügte. Da gab es für sie keinen Zweifel.

Während sie über die flachen Stufen aus poliertem Granit zum Hauptportal hinaufstiegen, wanderten ihre Gedanken immer wieder zu der heutigen Begegnung mit ihm und seiner kleinen Tochter, und auch das weiße Kätzchen und die strenge, unausstehliche Madame Arkadjewa erschienen erneut vor ihrem geistigen Auge. Am meisten aber bekümmerte sie das merkwürdige, unerklärliche Verhältnis zwischen Vater und Kind, und sie wünschte sich unwillkürlich, Ordnung in ihr offensichtlich etwas durcheinander geratenes Leben bringen zu können.

Das Foyer des Opernhauses mit seinen dicken Säulen aus weißem Marmor war mit lachenden und schwatzenden Besuchern angefüllt, sodass sie sich nur unter Schwierigkeiten ihren Weg durch die Menge bahnen konnten. Anthony ergriff fürsorglich Carolyns Ellenbogen, aber sie mussten nach jedem zweiten Schritt stehen bleiben, um irgendeinen Lord mit seiner Gemahlin zu begrüßen. Anthony stellte ihnen seine Begleiterin vor, und Carolyn fing dabei manch milden verwunderten Blick auf.

Doch sie war viel zu sehr an all den vielen Menschen in ihrer Umgebung interessiert und kümmerte sich deshalb nur wenig um das Verhalten von Anthonys Bekannten. Sie hatte bereits ein gutes Dutzend hoch gestellter Persönlichkeiten erkannt, von denen einige schon einmal Gegenstand ihrer Kolumnen gewesen waren.

In einer Nische erblickte sie Anthonys Vater im angeregten Gespräch mit einem führenden Vertreter der Liberalen und fragte sich, was das wohl zu bedeuten hatte. Dann kreuzte die berüchtigte Lady Hampton ihren Weg, deren sechs Kinder jeweils einen anderen Vater haben sollten, wie der Gesellschaftsklatsch behauptete. Im Augenblick flirtete sie ungeniert mit dem sehr jungen und sehr eleganten Lord Monroe.

Schließlich fiel ihr Blick auf Swerajow ...

Gegen ihren Willen blieb Carolyn unvermittelt stehen, wandte sich um und sah noch einmal hin, um sicherzugehen, dass sie nicht geträumt hatte. Aber er überragte ja seine Umgebung fast um Haupteslänge, und sein wundervolles Profil und die dichten goldbraunen Haare waren eindeutig auszumachen. In dem Gedränge konnte sie jedoch nicht erkennen, mit wem er sich unterhielt, und Anthony zog sie zudem ungeduldig am Arm, sodass ihr nichts anderes übrig blieb, als ihm widerstrebend in den Zuschauerraum zu folgen.

Die Loge teilten sie mit drei weiteren Paaren, und es fand eine höfliche gegenseitige Vorstellung statt, die jedoch keine ungeteilte Aufmerksamkeit fand, da sich jeder mehr für das Publikum im Saal interessierte als für seinen jeweiligen Nebenmann.

„Es wird Ihnen bestimmt gefallen“, flüsterte Anthony seiner Begleiterin zu. „Man sagt, Giuseppe Maione sei unvergleichlich als Don Giovanni.“

Aber Carolyn nickte nur gleichgültig, denn im selben Augenblick betrat Nikolaus Swerajow eine Loge in ihrer Nähe. Er begrüßte die anderen Besucher darin mit einer leichten Verbeugung, bevor er Platz nahm. Im Gegensatz zu allen anderen schenkte er dem Publikum im Saale keinerlei Aufmerksamkeit, und zu Carolyns unsinniger, aber nichtsdestoweniger tiefer Befriedigung war er allein.

„Ach, Swerajow“, bemerkte Anthony beiläufig.

Carolyn schrak zusammen und errötete, denn es wurde ihr bewusst, dass er ihren andauernden Blick bemerkt haben musste. „Ja“, erklärte sie mit einem gezwungenen Lächeln, „durch seine Größe ist er kaum zu übersehen.“

„Kommt er immer noch so oft in Ihre Buchhandlung?“ erkundigte sich Anthony.

„Nein, nein“, entgegnete Carolyn hastig, ohne dass sie sich von Swerajows Anblick losreißen konnte, wenn sie ihn auch jetzt nur heimlich aus den Augenwinkeln betrachtete. Er sah einfach atemberaubend gut aus in seinem eleganten Abendanzug. „Er hat meinen

Vater nur beauftragt, ihm zwei seltene Handschriften zu besorgen", fuhr sie scheinbar uninteressiert fort.

„Aha." Anthonys Antwort klang nicht gerade entzückt.

Plötzlich betrat eine Dame mit einem Aufblitzen von Silber die Loge, die sofort die allgemeine Aufmerksamkeit auf sich zog, und Carolyn starrte wieder unverhohlen hinüber. Swerajow erhob sich und verneigte sich höflich. Die Dame aber küsste ihn auf die Wange, während sie sich in einer auf Wirkung bedachten Haltung vertraulich an ihn schmiegte. Carolyn hatte den Eindruck, als habe sie noch nie im Leben eine so schöne Frau von derart exotischer Sinnlichkeit erblickt. Obwohl sie nicht besonders groß war, wies ihr Körper üppige, wundervoll geformte Rundungen auf. Ihr blauschwarzes Haar und die wie Elfenbein schimmernde Haut ließen sie wie ein kostbares Gemälde wirken. Sie trug eines jener fließenden Kleider aus durchsichtiger silberweißer Seide, das ihre Gestalt umschmeichelte und jede Einzelheit mehr hervorhob als verdeckte, sodass nichts der Fantasie überlassen bleiben musste. Das schwere Kollier aus Saphiren und Diamanten, das ihren Hals schmückte, war von jener Art, die sich nur alte, reich begüterte Adelsfamilien leisten konnten.

Irgendetwas schien Carolyn die Kehle zuzuschnüren, und ein heftiger Schmerz durchzuckte sie, so als habe man ihr ein Messer in die Brust gestoßen. Es war nicht schwer zu erraten, wer diese unvergleichliche Frau sein musste.

„Ist das die Fürstin?" fragte sie dennoch fast atemlos.

„Das weiß ich nicht", erwiderte Anthony mit einer merkwürdig fremd wirkenden Stimme, sodass Carolyn ihn verwundert ansah und bemerkte, dass er nur Augen für Swerajows Begleiterin hatte. Aber er war nicht der Einzige, der Swerajows Gemahlin fasziniert betrachtete. Nahezu jeder Mann im Zuschauerraum schien die Fürstin mit seinen Blicken förmlich zu verschlingen. Als Anthony sich beobachtet fühlte, wurde er rot und wandte den Kopf zur Seite.

„Sie sieht hinreißend aus", murmelte Carolyn. Doch es war wohl mehr als das. Vielleicht zog vor allem die demonstrativ zur Schau gestellte Sinnlichkeit der Fürstin die allgemeine Aufmerksamkeit auf sich. Warum bin ich nur plötzlich derartig verzweifelt, fragte sich

Carolyn bedrückt, so als wäre diese andere Frau meine Rivalin? Ich habe doch noch nie körperliche Schönheit für wichtig oder auch nur bemerkenswert gehalten.

Aber, beim Himmel, Nikolaus Swerajow und seine Gemahlin passten so einzigartig, so vollkommen zueinander! Sie waren beide in unübertrefflichem Maße der Inbegriff höchster Vollkommenheit.

Carolyn beobachtete, wie Marie Helene ihrem Gemahl zunickte und dann seine Loge verließ. Wenig später tauchte sie in einer anderen Loge wieder auf, die sie mit dem Silberglanz ihres Kleides ganz auszufüllen schien. Nun, wenigstens hält sich die Fürstin Swerajowa nicht in der Nähe ihres Mannes auf, dachte Carolyn verächtlich und wandte den Kopf zur Seite. Sie bedauerte plötzlich, Anthonys Einladung in die Oper angenommen zu haben, denn der Abend versprach nicht mehr amüsant und unterhaltsam zu werden.

Als sich schließlich der Vorhang hob, widmete sie auch jetzt ihr Augenmerk nicht den Vorgängen auf der Bühne, sondern wiederum ausschließlich Swerajows Loge, deren Plätze inzwischen alle besetzt waren. Nikolaus hatte seinen Sitz wieder eingenommen, und ganz in seiner Nähe entdeckte sie plötzlich ... Lady Carradine.

In der Pause versammelten sich die Zuschauer wieder im Foyer, um ihre Meinung über die Aufführung oder auch nur den neuesten Klatsch auszutauschen. Die Herren bevorzugten dabei einen Cognac, während einige der Damen nach einem Glas Sherry oder Champagner griffen. Unvorhergesehenerweise befand sich Carolyn plötzlich Auge in Auge mit Anthonys Vater, Lord Davison, einem einflussreichen Mitglied von Lord Castlereaghs Außenministerium, und erinnerte sich sofort daran, dass sie ihn in jener bewussten Nacht in Madame Russells Bordell gesehen hatte.

„Vater, gestattest du mir, dir Miss Carolyn Browne vorzustellen“, sagte Anthony steif.

„Guten Abend, Mylord“, begrüßte Carolyn ihn höflich.

Lord Davison streifte sie mit einem sonderbaren Blick und machte eine leichte Verbeugung. „Sehr erfreut“, murmelte er, während er seinen Sohn missmutig ansah. Ganz offensichtlich gefiel ihm diese Begegnung überhaupt nicht. „Nun, ich sehe dich dann später", wandte er sich an Anthony, und in seiner Stimme lag dabei eine unüberhörbare Drohung. Dann wandte er sich abrupt um und begann ein angeregtes Gespräch mit einigen vornehm gekleideten Herren.

Anthony blickte ihm zorngerötet nach.

„Ich fürchte, Ihr Vater ist von der Wahl Ihrer Begleiterin nicht sehr entzückt", meinte Carolyn unlustig, denn sie ärgerte sich über Lord Davisons Verhalten. Er hatte kein Recht, sie so zu behandeln ... er schon gar nicht.

„Verzeihen Sie bitte! Er wird ganz bestimmt einlenken und seine Meinung ändern, wenn er erfährt, dass Sie Lady Staffords Enkelin sind."

Carolyn wollte ihm gerade entgegenhalten, dass er sich doch bitte nicht bemühen möchte, seinen Vater diesbezüglich aufzuklären, als sie bemerkte, dass Swerajow seinen Blick auf sie gerichtet hatte. Sofort wurde sie rot, und die Worte kamen nicht mehr über ihre Lippen.

„Möchten Sie gern ein Glas Sherry?" erkundigte sich Anthony aufmerksam und verschwand eilfertig, als Carolyn sein Angebot dankbar annahm.

Wieder sah Swerajow zu ihr hinüber, nickte dabei beiläufig zu der Bemerkung einer Dame neben ihm, die Carolyn nicht erkennen konnte, und kam dann zielgerichtet auf sie zu. Carolyn wagte nicht mehr zu atmen. Zumindest ist diese buhlerische Lady Carradine nicht bei ihm, war das Einzige, was sie noch denken konnte.

Vor ihr angelangt, machte der Fürst eine kurze Verbeugung. „Guten Abend, Miss Browne."

„Guten Abend, Exzellenz."

Swerajow ließ seinen Blick über ihr Gesicht gleiten, als wolle er sich an jede Einzelheit erinnern, dann über ihr Dekolletee, ihre Taille, ihre Hüften. Er tat es ganz offenkundig, und Carolyn war sowohl geschmeichelt als auch belustigt darüber. Am liebsten hätte sie ihn gefragt, wie ihm denn ihr Kleid gefalle, aber sie schwieg natürlich, wie es sich gehörte.

„Wieder einmal ein unerwartetes Vergnügen", sagte der Fürst. „Ich hatte nicht vermutet, Sie hier zu treffen." Er lächelte in seiner hinreißenden Art. „Sie scheinen die Angewohnheit zu haben, an den ungewöhnlichsten Orten plötzlich aufzutauchen."

„Oh, das könnte man von Ihnen auch sagen, Exzellenz", erwiderte Carolyn und fragte sich dabei, ob er wohl auf ihren Besuch als Charles Brighton in dem Bordell anspielte. „Gefällt Ihnen Signor Maione?" erkundigte sie sich höflich, während sie zugleich darüber nachdachte, wer wohl derzeit seine Geliebte sein mochte.

Swerajow hob die Schulter. „Ich bin kein Opernliebhaber, sondern ziehe das Sprechtheater bei weitem vor."

Carolyn zögerte einen Augenblick und sagte dann: „Theater ist hier ja eigentlich auch genug."

Das Lächeln des Fürsten vertiefte sich. „Allerdings ... ohne jeden Zweifel."

Nun lächelte auch Carolyn, und es schien für einen kurzen Augenblick, als würden sie sich auf vollkommene Weise verstehen. Es war ein wundervolles Gefühl.

Doch plötzlich verdüsterte sich Swerajows Miene, und sein Blick richtete sich auf irgendjemanden hinter Carolyn. Als sie sich umwandte, entdeckte sie Marie Helene, die sie beide interessiert anstarrte. Aus einem unerklärlichen Grund rann dabei ein eisiger Schauer über ihren Rücken.

„Meine Gemahlin", bemerkte Nikolaus überflüssigerweise.

„Das habe ich schon vermutet", entgegnete Carolyn und wandte der Fürstin, die sie auf eine geradezu entnervende Weise immer noch kalt und irgendwie gehässig musterte, wieder den Rücken zu. „Sie ist bildschön", fuhr sie fort. „Ihre Tochter sieht ihr sehr ähnlich."

„Ja, das ist richtig." Swerajow schien mit den Gedanken anderswo zu sein. „Ich fürchte, ich werde mir die zweite Hälfte der Oper nicht mehr ansehen können. Es wartet heute Abend noch eine Menge Arbeit auf mich."

„Oh, wie bedauerlich", erwiderte Carolyn. „Giuseppe Maione ist wirklich unübertrefflich."

„Sie sind heute Abend unübertrefflich, Carolyn." Der Fürst sah ihr tief in die Augen. „Alles, was Sie tragen, kleidet Sie ausgezeichnet." Dann verbeugte er sich in seiner üblichen hochmütigen Art, machte auf dem Absatz kehrt und verschwand in der Menge.

Überwältigt von diesen unerwarteten Worten, blickte Carolyn ihm regungslos nach, während sie das wilde Klopfen ihres Herzens spürte. Doch dann sagte sie sich ärgerlich, dass sie diese simple Schmeichelei nicht so ernst nehmen durfte und dass sein plötzliches Interesse an ihr und ihre unsinnigen Gefühle für ihn nichts Gutes verheißen konnten.

Als sie sich umdrehte, um nach Anthony Ausschau zu halten, stand plötzlich die Fürstin hinter ihr.

Marie Helene lächelte herablassend. „Mit wem habe ich denn das Vergnügen dieses Zusammentreffens?" fragte sie, und ihre Stimme triefte dabei förmlich vor Leutseligkeit.

Unbegreiflicherweise schien Carolyns Herzschlag auf einmal auszusetzen, um sogleich mit verstärkter Hast wiederzukehren. Sie knickste mit gebührender Höflichkeit. „Carolyn Browne, Hoheit."

Die Fürstin musterte sie verwundert. „Und woher kennen Sie meinen Gemahl?" fragte sie in herrischem Ton.

Carolyn stieg heiße Röte ins Gesicht. „Er ... eh ... mein Vater hat eine Buchhandlung, die auf seltene Handschriften spezialisiert ist, und Seine Exzellenz hat ihn beauftragt, ihm eine Originalkopie von Abälards ‚Sic et non' und die Abschrift eines Traktats von Bartholomew zu beschaffen." Ihre Wangen brannten immer noch, denn sie wurde unversehens von Scham und Schuldgefühl geplagt. Zwar wusste sie schon seit längerem, dass Swerajow verheiratet war. Doch es war schließlich etwas ganz anderes, dieser Frau plötzlich in Person gegenüberzustehen, seitdem sie mit deren Ehemann ein, wenn auch noch so kurzes, leidenschaftliches Erlebnis verband. Sie kann doch aber nichts davon wissen, versuchte Carolyn vergebens, sich zu beruhigen.

Die Fürstin Swerajowa legte den Kopf in den Nacken, wobei sie das kostbare Kollier in seiner ganzen Schönheit sehen ließ, und lachte theatralisch, so als habe Carolyn soeben zur Kenntnis gegeben, dass sie die Angehörige eines Kannibalenstammes war. „Die Tochter eines Buchhändlers? Das ist unglaublich!" Sie schüttelte affektiert den Kopf. „Die Tochter eines Buchhändlers! Ich glaube, Niki hat den Verstand verloren. Ja, sicherlich muss er den Verstand verloren haben. Was denkt er sich nur dabei?“

Carolyn war wie gelähmt von Marie Helenes niederträchtiger Bemerkung und brachte kein Wort über die Lippen. Aber die Fürstin hatte sich ohnehin schon wieder umgedreht und entfernte sich nun leise vor sich hinlachend.

Oh, mein Gott, was habe ich nur getan, dachte Carolyn bedrückt. Und wie sollte es nun weitergehen?

15. KAPITEL

Midlands war ein ausgedehntes, rechteckiges Bauwerk und zu Beginn der Regierungszeit des etwas unzurechnungsfähigen Königs Georg III. errichtet worden. Ausgedehnte, wohl gepflegte Rasenflächen und üppig blühende Gärten umgaben das Haus, und in der Ferne erhoben sich sanfte Hügel, auf denen zahlreiche Schafherden weideten. Die Luft war frisch und klar und der Himmel so blau wie Vergissmeinnicht.

Wie immer so schien auch heute an Edith Owsleys Geburtstag die Sonne. Es war ihr fünfundsiebzigster, und er wurde in Midlands gefeiert, ihrem Lieblingssitz. In den letzten zehn Jahren hatte sie sich nirgendwo so oft und so lange aufgehalten wie hier. Aber heute konnte sie die Schönheit des Ortes auf einmal nicht mehr wiederentdecken. Sie fühlte sich unglücklich und ruhelos und war zutiefst bedrückt.

Die alte Dame saß im Garten hinter dem Haus und schob missmutig die Morgenzeitung beiseite. Nicht einmal der witzige Coppervile, dessen Beiträge sie immer so gerne las, konnte ihr Gemüt heute erheitern. Fröstelnd zog sie den leichten Schal enger um ihre Schultern und dachte resigniert über ihr Leben nach. Wie schnell waren die Jahre doch verflogen. Und was war ihr letztendlich davon geblieben? Eines früheren oder späteren Tages würde sie in die Grube fahren.

Plötzlich stand das Bild ihrer Tochter Margaret vor ihrem inneren Auge, so wie sie sie zum letzten Male vor etwa dreizehn Jahren an einem kalten Wintertag gesehen hatte – blass und zart und mit einer Schönheit, die vom Herzen herrührte. Müde ließ Edith Owsley die Lider sinken. Kein Tag war seitdem vergangen, ohne dass sie mit Bedauern an sie gedacht hatte. Wenn nur Margaret nicht mit diesem Browne auf und davon gegangen wäre ... zum Teufel!

Edith Owsley seufzte leise. Aber sie war eine Kämpfernatur und schaffte es immer wieder, sich über Wasser zu halten, wie altmodisch solche Eigenschaften auch immer sein mochten. Sie hatte Margarets Flucht und ihren viel zu frühen Tod überlebt, ebenso wie das vorzeitige Ableben ihres Ehemannes Seymour vor mehr als dreißig Jahren. Damals hatte sie sich dazu entschlossen, nicht wieder zu heiraten, obwohl sie eine hübsche Frau gewesen war und eine reiche noch dazu, sodass sich viele Bewerber um ihre Hand fanden. Doch Edith hatte sie alle abgewiesen, denn sie genoss ihre wiedergewonnene Freiheit in vollen Zügen, wenn sie auch Seymour zu seinen Lebzeiten niemals wirklich gestattet hatte, ihrer Lebenslust Zügel anzulegen. Zwar war er immer überzeugt gewesen, stets das Richtige zu erkennen und zu tun, aber in Wahrheit war er für ihre Vorschläge leicht zugänglich zu machen und neigte generell zur Gefügigkeit. So war es ihr nicht schwer gefallen, ihn in dem Glauben zu lassen, dass er die Dinge in der Hand hatte. Und schließlich und endlich war sie ihm ehrlich zugetan gewesen, denn er hatte sie vom ersten Augenblick an geliebt und konnte sehr zartfühlend und freundlich sein.

Eigentlich mochte es Edith Owsley nicht besonders, über die Vergangenheit nachzudenken. Aber an ihrem Geburtstag drängte es sie doch immer wieder dazu. Bald würde Thomas eintreffen mit seiner einfältigen Gemahlin und den missratenen Söhnen, um den Tag mit ihr zu begehen, obwohl sie ihm schon vor Jahren gesagt hatte, dass sie es verabscheute, die Tatsache des unaufhaltsamen Altwerdens zu feiern. Gegen ihren Willen musste sie wieder an Margaret denken und diesmal auch an deren Tochter, die inzwischen etwa achtzehn Jahre alt sein musste.

Achtzehn und noch nicht verheiratet. Achtzehn und zu Hause über einem Buchladen, den ihr blödsinniger Vater führte – der Mann, der Margaret zu Grunde gerichtet hatte.

Edith Owsley streckte den Arm aus und nahm das in kostbares Leder gebundene Buch in die Hand, das die besten Essays von Edmund Burke enthielt. Es war Carolyns Geburtstagsgeschenk und pünktlich heute Morgen mit der Post eingetroffen. Margaret musste ihrer Tochter berichtet haben, dass die Großmutter für ihr Leben gern las. Aber keinen läppischen Unsinn, merke dir das, sondern etwas, das zum Nachdenken anregt, Essays und Ähnliches. Im Allgemeinen verleibte sich Edith Owsley bis zu sechs Bücher in der Woche ein, gar nicht zu reden von den Zeitungen, Zeitschriften und Periodica. Burke war einer ihrer Lieblingsschriftsteller.

Carolyn vergisst keinen Geburtstag, dachte sie lächelnd. Aber Margaret hatte ja auch immer daran gedacht.

Als sie in der Ferne eine dunkle Kutsche auf der staubigen Landstraße entdeckte, die möglicherweise in den Weg nach Midlands einbiegen würde, verzog sie missmutig den Mund. Wahrscheinlich waren es Thomas, seine dümmliche Frau Dorothea und die beiden Söhne, die offensichtlich nach dem Vater gerieten. Seufzend erhob sie sich, wodurch die beiden Cockerspaniels, die zu ihren Füßen geschlafen hatten, erwachten und sie sogleich schweifwedelnd umtanzten. Wie aus dem Nichts heraus standen sofort drei Lakaien an ihrer Seite, und auch der Butler erschien, um sich nach ihren Wünschen zu erkundigen. Edith Owsley scheuchte ihn mit einer ungeduldigen Handbewegung weg. „Da du mich nicht zehn Jahre jünger machen kannst, habe ich keine Wünsche, Winslow. Und jetzt muss ich meine Geburtstagsgäste begrüßen." Sie streifte Winslow mit einem vielsagenden Blick. Der Mann war so alt wie sie selbst ... vielleicht sogar noch älter.

Ihr Gang war für eine Frau von fünfundsiebzig noch sehr elastisch, aber das lag ihrer Meinung nach daran, dass sie immer noch täglich bei Wind und Wetter ausritt. Sie umrundete das Haus, ohne es zu betreten, obwohl der Weg dadurch kürzer geworden wäre. Aber sie liebte es auch zu gehen und benutzte kaum einmal einen Stock.

Zu ihrem Missvergnügen beschäftigte sie sich in Gedanken immer noch mit der Vergangenheit, obwohl sie es eigentlich hasste, denn es war wie immer schmerzlich für sie. Jedes Mal suchten sie dieselben Überlegungen heim. Wenn sie doch nur diesen George Browne von ihrer Tochter fern gehalten hätte! Es war einer der wenigen großen Fehlschläge in ihrem Leben.

Als sie die Freitreppe erreicht hatte, stellte sie sich in deren Mitte auf und wartete ungeduldig darauf, dass die schwere dunkelbraune Kutsche endlich vorfahren würde. Schließlich hielt sie dann unmittelbar vor der Hausherrin an, und die Tür wurde sofort aufgerissen. Als Erste stieg die einfältige Dorothea aus, denn Thomas hatte keine

Manieren – hatte noch nie welche gehabt – und dachte natürlich gar nicht daran, seiner Frau dabei behilflich zu sein. Nun ja, er kam eben nach seiner Mutter, die ja auch kein Hirn in ihrem armen Kopf hatte. Georgia erschien nie zur Geburtstagsfeier, denn sie gehörte zu jener Sorte von Frauen, die ständig an irgendeiner Krankheit litten. Aber Edith kannte den wahren Grund ihres Fernbleibens. Georgia hatte Angst vor ihrer Mutter und hielt sich deshalb so fern von ihr wie möglich.

Edith Owsley war das ziemlich gleichgültig. Aber nun musste sie schon wieder an Margaret denken, denn sie war die Einzige in der Familie gewesen, die Verstand hatte ... zumindest bis zu dem unseligen Tag ihres Wegganges.

Als Thomas die ausgeklappten Stufen hinabstieg, schwankte der Wagen unter seinem Gewicht. Offensichtlich hat dieser unmögliche Mensch schon wieder zugenommen, dachte Edith Owsley verächtlich, denn sie hatte absolut nichts übrig für Leute, die sich nicht beherrschen konnten. Sie selbst war noch ebenso schlank wie an ihrem Hochzeitstag, und sie fragte sich unwillkürlich, was Thomas wohl sagen würde, wenn sie ihm mitteilte, wie sie über ihr persönliches Vermögen zu verfügen gedachte.

Bei diesem Gedanken lächelte Edith Owsley befriedigt.

„Großmutter!“ rief Thomas mit strahlender Miene. Dann eilte er auf Edith zu und schlang seine Arme um sie. „Alles Gute zum Fünfundsiebzigsten!“

Stirnrunzelnd wehrte Edith ihn ab. „Musst du mich denn unbedingt an mein Alter erinnern?“

„Oh, entschuldige. Aber du siehst fantastisch aus.“ Er wandte sich um und schob seine Frau nach vorn. „Gib Großmutter einen Kuss, Dottie.“

„Höre auf herumzuscharwenzeln“, sagte Edith gereizt und gestattete dann doch, dass das ängstliche Vögelchen ihre Wangen mit den Lippen streifte. „Und wo sind die Jungen?“ fragte sie, ohne sich weiter um die junge Frau zu kümmern.

Thomas winkte seine beiden Söhne herbei. Da er sehr jung geheiratet hatte, waren sie bereits vier und fünf Jahre alt, zeigten aber dennoch bereits unübersehbare Anzeichen dafür, dass sie eines Tages den Leibesumfang ihres Vaters erreichen würden. „Gratuliert eurer Urgroßmutter zum Geburtstag!“ befahl er.

Henry machte eine wohl einstudierte Verbeugung. „Alles Gute zum Geburtstag, Madam.“

„Alles Gute, Madam“, echote Tom mit einem nicht ganz so geglückten Kratzfuß.

Edith betrachtete ihre Urenkel nachdenklich. Sie blickten verlegen zur Seite, hatten knallrote Köpfe und schwitzten vor Aufregung. Die Finger des Kleineren waren mit Schokolade beschmiert. „Was hast du mit ihnen angestellt?“ erkundigte sich Edith Owsley ärgerlich. „Warum sehen sie mich nicht an und zerren an sich herum? Wieso ist Henry so fett geworden? Was hat Tom in seiner Tasche? Er ist voller Schokolade und Krümel!“

„Hört auf, an euern Sachen zu ziehen“, schimpfte Thomas. „Henry isst immer zu viel von dem Nachtisch. Tom, was hast du in deiner Tasche? Großer Gott! Wirf das verschmierte Zeug weg. Schaut endlich eure Urgroßmutter an, Jungen!“

Die beiden Knaben richteten sich auf und sahen zu Lady Stafford empor. In ihren Augen lag kein Zeichen von Intelligenz oder Charakterstärke. Edith Owsley verzog die Lippen. Sie hatte schon von der Erzieherin, die sie heimlich ausgefragt hatte, gehört, dass die Söhne von Thomas nicht mit besonderer Geisteskraft gesegnet waren. Außerdem waren sie unbeschreiblich faul, verzogen, wild und hochnäsig. Aber selbst bei besserem Betragen zweifelte die Erzieherin daran, dass der Unterricht und die Erziehungsversuche mehr als dürftige Früchte tragen würden. Edith war von diesen Mitteilungen entsetzt gewesen. Die Aussichten für Thomas und seinen Anhang waren äußerst niederschmetternd.

Ja, ja, ich habe vollkommen richtig entschieden, dachte sie. Thomas würde ja doch nur ihr Vermögen, das sie all die Jahre zusammengehalten hatte, vergeuden – und wenn nicht er, dann seine Söhne.

Als alle das Haus betreten hatten, schützte Dorothea zu Ediths Erleichterung Kopfschmerzen vor und verschwand sofort in ihrem Zimmer, während die Jungen trotz der Proteste ihrer Erzieherin mit den Hunden ins Freie liefen. Thomas aber überreichte seiner Großmutter ein sorgfältig eingewickeltes Päckchen. „Darf ich dir jetzt mein Geschenk geben?“ fragte er mit erwartungsvoller Miene.

„Nun, wenn es unbedingt sein muss“, erwiderte Edith und wog das Päckchen in der Hand. „Das scheint ja irgendein Schmuckstück zu sein.“

„Mach es auf, Großmutter. Mach es auf!“

Zögernd wickelte Edith Owsley das Umschlagpapier ab, öffnete das Kästchen und nahm eine wunderschöne zweireihige Kette aus makellosen schwarzen Perlen heraus. Ihre Freude darüber hielt sich allerdings in Grenzen, da sie sich nur zu genau der Tatsache bewusst war, dass sie selbst dieses Kleinod bezahlt hatte, denn Thomas hatte nie auch nur einen einzigen Penny selbst erarbeitet, sondern bezog seinen Unterhalt aus dem Vermögen der Owsleys, das sie seit Jahren verwaltet hatte, denn laut Testament des verstorbenen Earl sollte er erst nach seinem fünfundzwanzigsten Geburtstag selbst darüber verfügen dürfen.

„Danke“, sagte sie schließlich, und dabei fiel ihr zum wiederholten Male am heutigen Tage Carolyn ein, die nie etwas von ihr bekommen hatte und ihr dennoch Jahr für Jahr ein Geschenk zum Geburtstag schickte. „Du bist sehr aufmerksam“, fügte sie hinzu, obwohl sie sicher sein konnte, dass Thomas ihren Spott ohnehin nicht verstand.

„Du weißt ja“, erwiderte Thomas eifrig, „wie sehr ich mich immer bemühe, dir eine Freude zu machen.“

Edith Owsley gab nur einen Laut von sich, der sich genauso verächtlich anhörte, wie ihr zu Mute war.

„Wie geht es dir denn jetzt, Großmutter?“ erkundigte sich Thomas, während sie den kleinsten der drei Salons von Midlands betraten.

„Ich habe mich nie besser gefühlt“, erklärte Edith mit einem zufriedenen Lächeln, denn es war die lautere Wahrheit. Zu Ostern, als ihr Enkel mit seinem Anhang das letzte Mal in Midlands war, hatte sie eine schwere Erkältung geplagt. Aber nun war sie wieder munter wie ein Fisch im Wasser und registrierte befriedigt, dass Thomas vergeblich versuchte, seine Enttäuschung darüber zu verbergen.

„Das ist ja eine wundervolle Nachricht", log er, ohne rot zu werden.

Diesen niederträchtigen Kerl juckt bereits die Hand nach meinem Geld, dachte Edith Owsley.

„Im Übrigen", fuhr er fort, „habe ich mal in der Browneschen Buchhandlung reingeschaut, als ich in London war, um dein Geschenk zu kaufen."

Nur mit Mühe beherrschte Edith Owsley ihre Züge. „Und?" erkundigte sie sich barsch. „Hast du sie gesehen? Deine Cousine meine ich."

Thomas war bestürzt. „Großmutter, habe ich dich etwa aufgeregt? Du machst einen ärgerlichen Eindruck."

„Du regst mich jedes Mal auf, wenn du dieses Haus nur betrittst. Sie hat mir ein Buch geschickt, wie du sicher weißt. Eine einzigartige Sammlung von Essays. Ich habe mich sehr gefreut."

„Aber ich habe dir diese kostbaren Perlen geschenkt, Großmutter!"

„Ja, ja, schon gut. Und was macht Carolyn? Was hat sie gesagt?"

„Sie war ziemlich unverschämt und hat mich sogar hinausgeworfen."

„Wirklich?" Edith Owsley war überzeugt, dass Thomas ihr nichts vormachte. Wahrscheinlich hatte er sich wieder so unbeliebt gemacht, dass Carolyn gar nichts anderes übrig geblieben war, als ihn vor die Tür zu setzen. „Und wie sieht sie aus?" erkundigte sich Edith voller Eifer, den sie vergeblich zu unterdrücken versuchte.

Thomas zog die Mundwinkel herab. „Ich würde sagen, etwas merkwürdig. Sie hat einen eigenartigen Haarschnitt, viel zu kurz. Es sieht aus, als hätte sie selbst mit der Schere hantiert. Und sie scheint auch ziemlich dünn zu sein. Aber vielleicht lag es auch daran, dass sie so ein scheußliches Kleid anhatte – ein rechter Lappen, wenn du mich fragst." Thomas lächelte selbstgefällig. „Ja, so etwa könnte man sie beschreiben."

Aber seine Großmutter kannte ihn zu gut, um seinem Urteil zu trauen. Und so kam ihr plötzlich der Gedanke, selbst einmal nachzusehen, insgeheim natürlich. Schließlich hatte sie Carolyn seit zwölf

Jahren nicht mehr gesehen, und sie selbst war inzwischen alt geworden ... wurde von Tag zu Tag älter. Die Idee, nach London zu fahren, belebte sie wie seit langem nichts mehr.

„Setz dich hin, Thomas“, sagte sie unvermittelt. „Ich habe mit dir zu reden.“

Offensichtlich hocherfreut, zwängte Thomas seine Leibesfülle in einen mit hellblauem Seidenbrokat bezogenen Armstuhl. Edith Owsley aber blieb stehen. Sie stemmte die Hände in ihre schmalen Hüften und erwartete so die Reaktion ihres Enkels auf ihre nächsten Worte. „Ich habe mein Testament geändert“, begann sie ohne Umschweife. „Du wirst natürlich den Familienbesitz erhalten, wenn du fünfundzwanzig wirst. Über mein Privatvermögen aber habe ich indes anderweitig verfügt.“

Thomas wurde kreidebleich.

Carolyn war wieder einmal allein in der Buchhandlung. Seit dem Opernbesuch waren drei Tage vergangen, und sie war die ganze Zeit merkwürdig rastlos gewesen und unkonzentriert, ohne jedoch zu wissen, warum. Jedes Mal, wenn ein Wagen draußen auf der Straße an dem Laden vorüberfuhr oder gar die Türglocke läutete, hob sie voller aufgeregter Erwartung den Kopf, um ihn immer wieder mit schmerzlicher Enttäuschung sinken zu lassen, wenn sich zeigte, dass es nur der Postwagen gewesen war oder ein Landauer voller vergnügter, eleganter Damen, oder wenn irgendein unbedeutender Kunde das Geschäft betrat. Es schien, als habe Swerajow sie völlig vergessen.

Sie selbst aber konnte ihn nicht aus ihrem Gedächtnis vertreiben.

Wie wäre das auch möglich, da sie ihre letzten beiden Begegnungen und alles, was sie dabei über ihn und seine Familie erfahren hatte, über die Maßen beschäftigte. Es schien ihr jetzt offenkundig, dass er ein Mensch voller verborgener Seiten war ... Seiten, die er niemandem enthüllen wollte. Auf keinen Fall war er so oberflächlich, wie sie erwartet hatte. Zwischen ihm und seiner Tochter schien es irgendwelche Probleme zu geben, und es lag auf der Hand, dass er Kummer und Sorgen mit sich herumtrug. Vor allem aber hatte das kleine Mädchen ihr Herz gewonnen. Es war so unnatürlich ruhig, dass eigentlich kein Zweifel an einer tiefen Traurigkeit in seinem Innern bestehen konnte. Aber warum? Immer wieder sagte sich Carolyn, dass das alles sie doch gar nichts anging, und doch konnte sie nicht aufhören, darüber nachzudenken ... über Swerajow nachzudenken.

Und um alles noch viel schlimmer zu machen, musste sie sich eingestehen, dass die Motive für ihr Interesse kaum edel zu nennen waren und vom moralischen Standpunkt aus wohl noch weniger anständig. Sie konnte einfach seine Umarmung nicht vergessen, seine Berührung, seinen Kuss. In den Armen eines notorischen Frauenhelden hatte sie schließlich doch noch die Leidenschaft kennen gelernt!

Aber er war ja ein verheirateter Mann, selbst wenn er und seine Frau seit langem getrennte Wege gingen. Carolyn wünschte, sie hätte seine schöne, aber auch kaltherzige Gemahlin nie kennen lernen müssen. Und da sie Ehebruch unter keinen Umständen tolerieren könnte, sagte sie sich immer wieder, dass es wohl das Beste war, wenn der Fürst sie, Carolyn, und alles, was sie betraf, so schnell wie möglich vergessen würde. Sie selbst jedoch war eine ebenso törichte verliebte Närrin geworden wie die Hälfte aller Damen der Gesellschaft, die hinter ihm her waren.

So saß sie denn, in düstere Gedanken versunken, hinter dem Ladentisch, umgeben von hellem Sonnenschein. Alle Läden waren weit geöffnet und auch die Fenster, soweit es möglich war. Vor ihr lag die kostbar in Leder gebundene Sammlung der besten Essays von Burke, ein gleiches Exemplar, wie sie es kürzlich ihrer Großmutter zum Geburtstag geschickt hatte. Ihr Cousin hätte es wahrhaftig nicht nötig gehabt, sie an diesen Tag zu erinnern.

Wieder ertönte die Türglocke, aber diesmal war es nur der Vater, der von einem Kundenbesuch zurückkehrte. Müde und schwitzend nahm George Browne den Hut ab und wischte sich mit einem Taschentuch über die Stirn. „Ich glaube, wir bekommen in diesem Jahr einen heißen Sommer“, kündigte er an.

Carolyn bemühte sich um ein freundliches Lächeln, antwortete aber nicht.

„Was machst du gerade?“ erkundigte sich der Vater, während er den Rock ablegte und den Spazierstock in eine Ecke stellte. Dann ging er zum Ladentisch und warf einen Blick auf die ausgewählten Essays von Burke. „Ah, ein herrlicher Lesestoff! Aber du hast doch eigentlich schon fast alles von Burke gelesen, mein Liebling, nicht wahr?“

Carolyn nickte. „Das hier habe ich Großmutter zum Geburtstag geschickt.“

„Ach so.“ Der Vater seufzte leise. „Das erklärt allerdings dein unglückliches Gesicht.“

Carolyn klappte das Buch zu und strich zärtlich über den Ledereinband mit den in Gold eingeprägten Buchstaben. „Es wäre schön“, murmelte sie, „wenn sie einmal, wenigstens ein einziges Mal, mein Geschenk anerkennen würde.“

„Ach, sie ist jetzt zu alt, um sich noch zu ändern.“

„Nun, vielleicht sollte ich sagen, es wäre schön, wenn sie mich einmal anerkennen würde.“ Carolyn blickte den Vater an. „Sie muss meine Mutter sehr gehasst haben.“

„Aber nein.“ George Browne schüttelte den Kopf. „Sie hat Margaret sehr lieb gehabt. Jeder hat deine Mutter geliebt wegen ihrer Offenheit und ihrer Herzensgüte. Gehasst hat Edith Owsley nur mich ... bis heute.“ Bei diesen Worten standen zwei tiefe Falten zwischen seinen Brauen.

Carolyn kannte die ganze Geschichte. Der Vater hatte sie ihr oft erzählt. Aber heute bedrückte sie die Erinnerung daran ganz besonders, denn heute war der fünfundsiebzigste Geburtstag ihrer Großmutter. „Das ist so ungerecht“, flüsterte sie.

„Carolyn, du bist kein Kind mehr und weißt, dass es im Leben höchst selten gerecht zugeht. Warum grübelst du auf einmal über diese Angelegenheit nach?“ fragte der Vater besorgt. „Wir brauchen Lady Stafford nicht und haben sie nie gebraucht. Zum Glück entdeckte ich damals, als es uns geschäftlich so schlecht ging, diese wertvolle Handschrift, die ich mit großem Gewinn veräußern konnte, sodass wir unsere finanziellen Sorgen los waren. Nur starb leider deine liebe Mutter.“ Nun schwieg auch er bekümmert.

Aber George Browne riss sich aus seinen trüben Gedanken. „Lass uns lieber von etwas anderem reden, Carolyn. Heute wurde einer der so genannten Ludditen dem Henker überantwortet. Man hat ihn verurteilt, weil er das Verbrechen des Aufruhrs begangen hat, obwohl er wahrhaftig allen Grund dazu gehabt hatte."

„Ich weiß", erwiderte Carolyn düster. Doch sie hatte im Augenblick keine Lust, mit dem Vater über die unmenschlichen Strafen gegen Mitglieder der Arbeitervereinigungen zu sprechen, die wegen nicht mehr als bloßer Proteste oder des Zerstörens von Eigentum verhängt wurden. Hunderte, wenn nicht sogar Tausende hatten bereits daran glauben müssen. Ihre Stimmung sank bei diesem Gedanken noch mehr.

„Wirst du Anthony Davison wieder einmal sehen?" erkundigte sich der Vater jetzt lächelnd. „Er ist ein sehr angenehmer junger Mann und außerdem eine gute Partie."

Carolyn zuckte mit den Schultern. „Anthony ist nur ein guter Freund, Papa. Und du solltest doch am besten wissen, dass ich nicht zu den Frauen gehöre, die auf eine gute Partie aus sind."

„Ach, das habe ich doch nur gesagt, um dich ein wenig aufzuheitern, Kind. Eigentlich müsste er ja froh sein, wenn er dich bekommen würde."

„Wir gehören zwei verschiedenen Welten an", entgegnete Carolyn und dachte dabei mehr an Swerajow als an Anthony Davison. „Und im Übrigen glaube ich nicht, dass sich der Sohn eines Aristokraten so weit herablassen würde, die Tochter eines Buchhändlers zur Frau zu nehmen."

George Browne seufzte zum wiederholten Male. „Carolyn, ich weiß, wie sehr dich die Ablehnung von Seiten deiner Großmutter schmerzt. Du wirst ihre Einstellung jedoch nicht verändern können."

„Aber ich verstehe es einfach nicht und habe es nie verstanden!" rief Carolyn aufgebracht. „Sie ist doch meine Großmutter. Wir sind vom selben Blute. Im nächsten Herbst werde ich neunzehn. Vielleicht ist sie dann schon tot, und wir haben nie miteinander gesprochen. Manchmal habe ich das Gefühl, als mache sie mich verantwortlich für die Entscheidung meiner Mutter. Oder verachtet sie mich, weil ich sie an diese Entscheidung erinnere?"

„Ich fürchte, beide Erklärungen sind zutreffend", sagte der Vater, legte den Arm um sie und drückte sie kurz an sich. „Du kannst die Menschen nicht dazu bringen, etwas zu denken oder zu tun, das sie nicht selbst denken oder tun wollen. Das ist das Leben, Carolyn." Dann wandte er sich um und stieg schwerfällig die Treppe hinauf.

Carolyn blickte ihm nach, bis er hinter dem Podest verschwunden war. Sie wusste, dass der Vater Recht hatte und dass es sinnlos war, über die Großmutter nachzudenken, bis im nächsten Jahr ihr Geburtstag wieder vor der Tür stand. Doch als sie ihre Überlegungen wieder anderen Fragen zuwenden wollte, begann ihr Herz plötzlich wie wild zu klopfen. Sie presste die Hand darauf und schloss für einen Augenblick die Augen. Dann griff sie entschlossen in eine Schublade, holte einen Bogen elfenbeinfarben getöntes Schreibpapier heraus, griff nach der Feder und schrieb: „London, den 13. Juli 1812".

Aber es sollte keine neue Kolumne von David Copperville werden. „Exzellenz", schrieb sie mit zitternden Fingern, „es sind eine ganze Reihe von Tagen vergangen, seit ich das Vergnügen hatte, Ihre Bekanntschaft zu machen. Morgen findet nun eines der letzten großen Ereignisse der Saison statt, das Pferderennen in Newmarket. Wenn Sie Lust haben, daran teilzunehmen, finden Sie mich in Loge 102." Nach kurzem Zögern fügte sie hinzu: „Ich würde mich freuen, Sie wiederzusehen. Ihr sehr ergebener Charles Brighton."

Atemlos ließ sie die Feder sinken. Da sie Swerajow nicht vergessen konnte, wollte sie noch einmal ihre Maskerade zu Hilfe nehmen. Verzweifelt flehte sie alle guten Geister an, ihn nach Newmarket zu schicken ... und fragte sich zugleich voller Unruhe, was dieses nächste Zusammentreffen wohl bringen würde.

Alexander betrat die Bibliothek und fragte erstaunt: „Warum sitzt du denn hier im Dunkeln?"

Langsam hob Nikolaus den Kopf und sah sich um. Es war spät geworden, und der Raum lag im abendlichen Schatten, aber er hatte nicht daran gedacht, die Lampen anzünden zu lassen. „Ich denke nach", erwiderte er kurz. „Was hattest du denn angenommen?"

Mit einem verständnisvollen Lächeln ließ sich der Jüngere auf dem Rand des Schreibtisches nieder. „Nun, vielleicht Grillen fangen."

„Auch das, Bruderherz", gab Nikolaus lachend zu.

„Willst du mir nicht sagen, was dir im Kopf herumspukt? Natürlich außer deiner Tochter und der ach so einmaligen Miss Browne?"

Überrascht sah Nikolaus ihn an. „Bei welchem Zigeuner hast du Gedankenlesen gelernt?"

„Bei gar keinem. Ich habe nur deinen Blick richtig gedeutet, den du ihr neulich zugeworfen hast."

„Wirklich?" Nikolaus hoffte, seine Frage würde gleichgültiger klingen, als ihm zu Mute war.

„Ja, und jetzt bin ich überzeugt, dass mein bedauernswerter Bruder von Amors Pfeilen getroffen wurde", erklärte Alexander mit einem verschmitzten Grinsen.

„Du bist ja verrückt", fuhr Nikolaus auf. „Fast so verrückt wie unser armer verstorbener Vater."

Alexis Lächeln erlosch.

„Verzeih", murmelte Nikolaus reumütig. Das Gerücht, dass Iwan Swerajow nicht Alexanders Vater war, hatte sich jahrelang hartnäckig gehalten, und es schien umso wahrscheinlicher, als die schöne und herrschsüchtige Fürstin zahlreiche Liebhaber gehabt hatte, sowohl vor als auch während ihrer Ehe.

Alexi zuckte gleichmütig mit den Schultern. „Schon gut", sagte er scheinbar beiläufig, aber Nikolaus wusste, dass er mit seinen Worten eine alte Wunde aufgerissen hatte, und verwünschte sich ob seiner Unbedachtsamkeit. „Eigentlich habe ich darüber nachgedacht, ob ich nicht eine Gesellschafterin für Katja einstellen sollte", eröffnete er dem Jüngeren.

„Aber Katja hat doch eine Gouvernante", erwiderte Alexi überrascht.

„Madame Arkadjewa ist weder kinderfreundlich noch besonders an Katja interessiert. Und wenn ich Marie Helene demnächst nach

Twer verbannen werde, braucht Katja einen Menschen, der sich um sie kümmert, einen liebevollen, gescheiten und hilfreichen Menschen. Dieser Mensch soll auch in der Lage sein, meine Stelle einzunehmen, wenn ich eines Tages wieder zur Armee zurückkehren werde ... so eine Art Stellvertreter oder auch Beschützer, wenn du so willst."

Alexander rieb sich die Nasenspitze. „Ich habe den Eindruck", begann er nachdenklich, „dass du schon jemanden dafür im Auge hast." Er lächelte. „Lässt du mich einmal raten, wer jene außergewöhnliche Person sein könnte? Es ist doch eine Frau, nicht wahr?"

„Nun, ich sehe, du weißt bereits alles." Nikolaus hob resigniert die Hände. „Also, ich habe in der Tat erwogen, Miss Browne diese Position anzubieten." Plötzlich wirbelten tausend unsinnige Gedanken bei diesen Worten durch sein Hirn, und sein Puls raste.

Mit einem prustenden Lachen zog Alexi einen Brief aus der Tasche seines Rockes. „Das ist gerade hier abgegeben worden, kurz bevor wir von besagter Dame sprachen. Aber der Absender lautet Charles Brighton." Er zog eine bedeutsame Grimasse.

Nikolaus warf ihm einen wütenden Blick zu, während er das Siegel zerbrach und dann den Brief überflog.

„Nun?" erkundigte sich Alexander, immer noch lachend. „Was will er? Oder soll ich lieber sagen: Was will sie?"

„Er ... das heißt, Carolyn hat mich zum morgigen Pferderennen in Newmarket eingeladen." Nikolaus presste die Zähne so fest aufeinander, dass der Muskel am Kiefer anschwoll.

„Und wirst du hingehen?"

„Wie könnte ich da widerstehen oder gar ablehnen?" Nun lächelte Nikolaus wieder. „Ich glaube, die Zeit ist gekommen, um Mr. Charles Brighton die Maske etwas zu lüften, meinst du nicht auch?"

16. KAPITEL

Carolyn rutschte unruhig auf ihrem Sitz herum und war kaum in der Lage, den herrlichen Pferden auf der Rennstrecke die gebührende Aufmerksamkeit zu schenken. Nahezu gleichzeitig nahm das Feld jetzt das erste Hindernis, eine breite Buchsbaumhecke. Die Veranstaltung hatte bereits vor vierzig Minuten begonnen, aber Swerajow war immer noch nicht erschienen. Vergebens versuchte Carolyn, ihre grenzenlose Enttäuschung zu bekämpfen.

Eigentlich sollte ich erleichtert sein, sagte sie sich immer wieder. Wenn Swerajow auch keinerlei Anzeichen von Misstrauen gegenüber Charles Brighton gezeigt hatte, so war doch nicht gänzlich auszuschließen, dass er durch irgendeinen Zufall herausgefunden hatte, dass sie, Carolyn, in Wirklichkeit Charles Brighton war.

Aber alle diese Überlegungen halfen nichts. Ihre Gemütsruhe war restlos dahin, obwohl ihr das doch gar nicht ähnlich sah. Unaufhörlich dachte sie darüber nach, wie sie ihre blinde Verliebtheit überwinden könnte, denn wohin sollte dieser Unsinn schließlich führen. Er konnte keinem vernünftigen Zweck in ihrem Leben dienen. Schließlich war Swerajow verheiratet, und wenn er auch mit seiner Gemahlin in irgendeiner Form hinsichtlich einer getrennten Lebensführung übereingekommen war, so würde dieser Umstand Carolyn stets davon abhalten, eine Liebesbeziehung mit ihm einzugehen. Aber selbst wenn er noch Junggeselle wäre ... er war ein Fürst und außerdem Ausländer. Das war nichts für eine Carolyn Browne.

Als sie bei dieser Überlegung angelangt war, erschrak sie förmlich vor der Richtung, die ihre Gedanken genommen hatten. Völlig verstört versuchte sie, sich wieder auf das laufende Rennen zu konzentrieren. Soeben überwanden die Spitzenpferde eine hohe Ziegelmauer.

„Ich habe auf Ikarus hundert Pfund auf Sieg gesetzt", ertönte plötzlich hinter ihr eine Stimme. Sie fuhr herum und erblickte Swerajow in dem schmalen Gang hinter den Logen. Er war vorschriftsmäßig gekleidet in einen dunkelblauen Schoßrock und sandfarbene Hosen und beobachtete mit zusammengekniffenen Augen das Feld der Rennpferde.

Carolyn klemmte sich hastig das Einglas ins Auge, erhob sich verlegen und machte eine höfliche Verbeugung. „Exzellenz, ich freue mich sehr, Sie zu sehen."

Swerajow betrat ihre Loge. „Ihre Einladung war eine angenehme Überraschung, mein junger Freund", sagte er mit einem huldvollen Lächeln.

Krampfhaft suchte Carolyn in seinem Gesicht nach einem Hinweis darauf, was er wirklich dachte. Zweifellos wusste er doch, dass Brighton und Copperville identisch waren. Aber sein Lächeln war gleichmütig freundlich und nichts weiter. Sie spürte, wie ihr die Röte in die Wangen stieg, und fragte rasch: „Läuft Ikarus im nächsten Rennen?"

Swerajow reichte ihr das Programm. „Die Wetten stehen sieben zu eins."

Carolyn studierte das Programm, ohne sich für seinen Inhalt zu interessieren. Sie war ja nur auf die Rennbahn gegangen, um Swerajow dorthin zu locken, denn es schien ihr, als liebten die Herren der guten Gesellschaft Pferderennen über alles.

„Ein äußerst interessantes Rennen", sagte Swerajow in diesem Augenblick. „Eben ist die Sechs am Wassergraben gestürzt."

Verwirrt richtete Carolyn ihren Blick wieder auf die Rennstrecke und bemerkte gerade noch, dass ein weiteres Pferd kopfüber zu Boden ging, weil es über das noch im Wasser liegende gestolpert war. Das übrige Feld aber näherte sich jetzt mit donnernden Hufen der Zielgeraden. „Lieben Sie Pferderennen?" erkundigte sie sich liebenswürdig.

Swerajow wandte sich lächelnd um und ließ seinen Blick von ihrem Gesicht zu der seidenen Krawatte und der bunt gemusterten Weste gleiten. „Selbstverständlich", erwiderte er. „Ich habe in Twer einen eigenen Rennstall. Twer ist mein Landsitz. Meine Zucht ist die beste in Russland und in ganz Europa bekannt."

„Wo liegt denn Twer?" fragte Carolyn in der Hoffnung, ihn damit von unangenehmen Fragen abhalten zu können.

„Nun“, Swerajow hob die Schulter, „Twer ist eigentlich ziemlich provinziell. Es ist irgendwie eine Art verkleinerte Ausgabe von St. Petersburg.“ Er lächelte kurz, bevor er fortfuhr: „Vor mehreren hundert Jahren hatte die Stadt allerdings einen sehr schlechten Ruf wegen ihrer Aufsässigkeit und war zudem einer der größten Rivalen von Moskau. Im Laufe der Geschichte ist sie mehrfach erobert worden – unter anderem von den tatarischen Horden, und im Jahre 1763 wurde sie von einer Feuersbrunst fast völlig zerstört. Jetzt jedoch ist sie ein ruhiger und malerischer Ort. Twer liegt übrigens am Ufer der Wolga, einem unserer größten Flüsse. Russland ist überhaupt ein Land der Gegensätze: gewaltige Ströme und blumenübersäte Wiesen, schneebedeckte Berge und sonnenglühende Küsten. An den Ufern der eiskalten Seen ist der Himmel des Nachts so klar, dass Hunderte und Aberhunderte von Sternen zu erblicken sind. In der Stille, die dort herrscht, kann man sich selbst zuhören.“

Wieder lächelte der Fürst, nachdenklich, fast träumerisch, und wandte sich dann erneut der Rennstrecke zu. Inzwischen hatte bereits wieder ein rundes Dutzend Pferde am Start Aufstellung genommen.

Verstohlen musterte Carolyn sein schön geschnittenes Profil. „Ich würde das Land gern einmal kennen lernen“, sagte sie leise.

Nikolaus Swerajow wandte sich langsam um und sah ihr eindringlich in die Augen. „Vielleicht wird es eines Tages möglich sein“, murmelte er.

Bei seinen Worten rieselten erregende Schauer über Carolyns Rücken, und sie hatte plötzlich die merkwürdige Vorahnung, sie werde Russland und die Stadt Twer viel früher zu sehen bekommen, als es im Bereich des Möglichen zu liegen schien. Nur mit Mühe riss sie sich von diesem schönen Traumbild los, wie sie es selbst bei sich nannte.

Aber der Fürst hatte offensichtlich ähnliche Überlegungen angestellt, denn er sagte unvermittelt: „Wenn ich wieder einmal in Twer bin, werde ich Ihnen eine Einladung schicken, Charles.“

Carolyn zuckte zusammen. Hatte diese Anrede nicht eben spöttisch geklungen? Doch Swerajows Miene war unverändert.

„Sie machen heute einen so unruhigen Eindruck, Charles“, sagte er in einem geradezu beängstigend gefühlvollen Ton. „Was ist los mit Ihnen?“

„Nun, ich ... ich dachte, ich hätte Sie möglicherweise beleidigt, und Sie würden deshalb meine Einladung nicht annehmen.“

Swerajow lächelte belustigt. „Und womit sollten Sie mich beleidigt haben, lieber junger Freund?“

Hilflos zerrte Carolyn an ihrem Kragen, der ihr plötzlich zu eng geworden war. „Ich ... ich weiß es nicht. Vielleicht bin ich Ihren Gefühlen zu nahe getreten“, versuchte sie vorsichtig den Dingen auf den Grund zu gehen.

Doch der Fürst warf ihr nur einen kurzen Blick zu, der sie bis ins Mark erschütterte, und reichte ihr dann das Fernglas. „Der Start ist gelungen“, erklärte er befriedigt, während das Feld dem ersten Hindernis zustürmte.

Vergebens versuchte Carolyn, ihre Gedanken auf das Rennen zu konzentrieren. Sie hatte diese lächerliche Maskerade so unendlich satt und wäre viel lieber als Carolyn mit Swerajow beisammen gewesen. Nichtsdestoweniger verfolgte sie pflichteifrig die Vorgänge auf dem Turf. „Welches ist eigentlich Ikarus?“ erkundigte sie sich.

„Zurzeit ist er der Fünfte von hinten.“

Wortlos beobachteten sie, wie ein Pferd nach dem anderen das erste Hindernis nahm und zur Wende galoppierte. Als Nächstes folgte nun eine Hecke. Ikarus lief nach wie vor in der hinteren Hälfte des Feldes.

„Ich denke, er wird nach der Ziegelwand in Front gehen“, erklärte Swerajow seelenruhig. Doch er richtete den Blick dabei nicht auf die Rennstrecke, sondern sah Carolyn an. Seine bernsteinfarbenen Augen wirkten zugleich hell und seltsam verschleiert. Carolyn konnte sich nicht von ihnen losreißen und fragte sich, ob er wohl alle Frauen so ansah. Seine goldschimmernden, wie mit hauchfeinem Rauch bedeckten Augen konnten so unbeschreiblich sinnlich dreinschauen, dass ihre Haut zu kribbeln begann. Aber vielleicht bildete sie sich das nur ein? Vielleicht war er vielmehr im Begriff, ihr ihre hinterhältige Maskierung vorzuhalten? Aber warum zögerte er dann so lange damit?

Jetzt war das Feld an der Ziegelmauer angelangt, und Ikarus hatte sich tatsächlich weiter vorgearbeitet. Alle Pferde nahmen das Hindernis mehr oder weniger elegant.

„Los, weiter so“, forderte Swerajow mit Nachdruck.

Carolyn hielt das Glas wieder an die Augen und sah, dass der Jockey Ikarus nun mit der Peitsche antrieb. Das Pferd führte die Mitte des Feldes an, das jetzt eine Buchsbaumhecke zu überspringen hatte. Alle kamen heil auf der anderen Seite an, und Nikolaus lächelte zufrieden.

Mit wachsender Verwunderung verfolgte Carolyn das weitere Vordringen von Ikarus, der nach dem letzten Wassergraben nunmehr Nase an Nase mit dem bisher führenden Grauschimmel lag.

Swerajow hatte sich erhoben, und auch alle anderen Zuschauer in den Logen waren aufgesprungen, als sich das Feld der Zielgeraden näherte. Mit klopfendem Herzen neigte sich Carolyn über die Brüstung. „Los! Los!“ schrie sie unwillkürlich.

Nur noch zwei Pferde machten den Sieg unter sich aus: Ikarus und der Grauschimmel. Lang gestreckt jagten sie dahin, bis schließlich eine Nase vorn lag ... die dunkle! Ikarus war vorn! Erst eine Halslänge, dann eine Pferdelänge, dann zwei Pferdelängen. Und mit diesem Vorsprung passierte Ikarus die Ziellinie, gefolgt von dem Grauschimmel, und erst deutlich später traf auch das übrige Feld im Ziel ein.

Carolyn presste die Hand auf das Herz und starrte Swerajow ungläubig an. „Unfassbar!“ murmelte sie. „Woher wussten Sie, dass er gewinnen würde?“

Aber Swerajow blickte sie nur lächelnd an. Dann legte er unversehens den Arm um ihre Schulter und drückte sie fest an sich. Im ersten Augenblick vergaß Carolyn vor freudiger Überraschung, dass sie ja für einen jungen Mann gehalten wurde, und wartete sehnsüchtig darauf, dass Swerajow sie küssen würde. Doch dann kam ihr die unmögliche Situation zu Bewusstsein, und sie schluckte verlegen.

Nichtsdestoweniger brannte ihr Körper vor heftigem Verlangen, als Nikolaus den Arm wieder sinken ließ. Ihr Atem stockte, als er sich lächelnd zu ihr herabneigte. Aber er sagte nur amüsiert: „Weil Ikarus aus meiner eigenen Zucht stammt."

Das kleine Landgasthaus befand sich auf halbem Wege zwischen Newmarket und London. Carolyn hatte keine Einwendungen vorgebracht, als Swerajow auf den Gedanken gekommen war, dort anzuhalten und das Dinner einzunehmen. Schließlich war es bereits Abendbrotzeit. Hunger hatte sie zwar nicht, aber auch keine Lust, ihr Beisammensein schon so bald zu beenden. Der Fürst nannte sie nach wie vor Charles und hatte darauf bestanden, dass ihnen das Essen in einem Privatzimmer serviert wurde.

Müde und glücklich beobachtete Carolyn die knisternden Scheite in dem Kamin, während Swerajow ein so reichhaltiges Dinner bestellte, das zwei Gäste allein es unmöglich bewältigen konnten. Er ließ auch zwei Flaschen eines alten schweren Burgunders kommen, was Carolyn zu einem zweifelnden Blick veranlasste. Der Wirt kümmerte sich persönlich um die vornehmen Besucher. Schließlich konnte niemand die fürstliche Kutsche als etwas anderes ansehen als das, was sie in der Tat war: das Gefährt eines bedeutenden, mächtigen und reichen Edelmannes. Im Übrigen hatte Carolyn, bevor sie das separat gelegene Zimmer betrat, zufällig mit angehört, wie einer der Diener Swerajows mit offensichtlich französischem Akzent der Wirtin irgendetwas zuflüsterte. Wahrscheinlich informierte er sie genauer über die Persönlichkeit, die ihr Gasthaus an diesem Abend beehrte.

Ein rotwangiges Serviermädchen zündete die Kerzen in den silbernen Leuchtern auf dem Tisch an und musterte dabei verstohlen den attraktiven Fremden, der sich lässig in einem der Armstühle niedergelassen hatte und seinen jungen Begleiter dabei lächelnd ansah. Er schien so gelöst, wie Carolyn ihn noch nie erlebt hatte ... aber schließlich war sie ja auch noch nie mit ihm in so vertraulicher Weise allein gewesen. Außerdem machte er einen sehr zufriedenen Eindruck, denn er hatte ja heute durch den Sieg von Ikarus einige tausend Pfund Wetteinnahmen gehabt. Zweifellos war er ein Experte, was Rennwetten anbelangte. Carolyn selbst hatte nur zögernd ein paar unbedeutende Einsätze gewagt, denn sie hatte doch wahrhaftig kein Geld zu verschenken.

Dennoch hatte sie zu ihrer größten Überraschung gewonnen – ganze fünfzig Pfund. Allerdings war sie bei der Auswahl ihrer Wetten Swerajows Ratschlägen gefolgt.

„Darf ich den Wein einschenken, Euer Gnaden?" erkundigte sich der Wirt unterwürfig.

Der Fürst neigte kaum merklich den Kopf. „Bitte."

Der dunkelrote Wein rann wie Öl in die beiden geschliffenen Kelche. Dann zog sich der Gastwirt unter zahlreichen Verbeugungen zurück und schloss die Tür sorgfältig hinter sich.

Swerajow hob das Glas, hielt es prüfend gegen das Licht und nickte Carolyn dann zu. „Auf einen sehr unterhaltsamen Nachmittag."

Carolyn nahm den zarten Kelch in die Hand und hielt ihn grüßend empor. „Auf meine fünfzig Pfund und auf Ihre Tausende."

Auf Swerajows Lippen vertiefte sich das frohe Lächeln, und Carolyn fühlte sich sinnloserweise ausnehmend glücklich über die Tatsache, dass sie ihn so offensichtlich heiter gestimmt hatte. Sie nippte wie er an dem wunderbaren Wein und nahm sogleich noch einen kräftigen Schluck, da er herrlich schmeckte. „Ein köstliches Getränk", sagte sie begeistert, als sie das Glas auf den Tisch zurückstellte.

„Nun ja, es ist ein besonders guter Burgunder", erwiderte Swerajow. „Eigentlich bevorzuge ich Bordeaux. Aber in diesen Kriegszeiten kann man eben nicht alles bekommen, was man gern hätte."

Erneut setzte Carolyn das Glas an die Lippen. „Darf ich fragen, wieso wir hier überhaupt französischen Wein trinken können, Exzellenz? Dieser hier ist doch gewiss geschmuggelt."

Nikolaus lachte amüsiert. „Glauben Sie wirklich, dass die Engländer keinen französischen Wein mehr trinken, nur weil es ihnen die Regierung verbietet? Haben denn etwa die englischen Damen aufgehört, französische Mode zu tragen?"

„Aber wir unterstützen doch auf diese Weise die Schmuggler", warf Carolyn ein. „Und außerdem füllen wir damit auch noch Napoleons Kriegskasse."

„Irgendjemand gelangt immer durch einen Krieg zu Reichtum, Charles“, erklärte der Fürst unbekümmert. „Zudem können Sie sicher sein, dass sich auch in Frankreich englische Waren anfinden, so wie überall auf dem Kontinent, wo Napoleon die Herrschaft in Händen hat.“

Erleichtert registrierte Carolyn, dass ihr falscher Name ohne Stocken über Swerajows Lippen gekommen war. Offensichtlich hatte er keineswegs die Absicht, all jene beunruhigenden Gedanken und Gefühle in ihr zu wecken, die sie so verwirrten. Aber vielleicht lag das auch an dem Wein? Er lief ihr so warm und erregend die Kehle hinab.

„Ein Goldstück für Ihre Gedanken“, sagte Nikolaus plötzlich. „Sie sind auf einmal so ruhig geworden.“

„Ich habe nur noch einmal darüber nachgedacht, wie erfreulich dieser Tag auch für mich gewesen ist“, erwiderte Carolyn und blickte zögernd in seine leuchtenden Augen.

„Nun, dann wollen wir auf unsere neue Freundschaft trinken!“ Auffordernd hob er sein Glas und wartete, bis Carolyn es ihm gleichtat. „Auf dass wir gute Freunde werden.“

„Auf dass wir gute Freunde werden“, wiederholte Carolyn, und ihr Herzschlag dröhnte ihr in den Ohren, während sie rasch einen beträchtlichen Schluck von dem Wein nahm. Sie wusste, dass sie eigentlich vorsichtig sein sollte, aber der schwere Burgunder machte ihren Kopf so wundervoll leicht, und außerdem war sie an das Weintrinken gewöhnt, denn sie tranken daheim des Öfteren ein oder zwei Glas Landwein zum Abendbrot. Allerdings war es etwas anderes, mit dem Vater bei Tische zu sitzen als mit Fürst Nikolaus Swerajow. Plötzlich hatte sie das unheimliche Gefühl, als begebe sie sich sehenden Auges in Gefahr. Und dennoch brachte sie es nicht übers Herz, ein Ende zu machen, sondern lächelte Nikolaus unverhohlen an.

Überrascht musterte Swerajow seinen Begleiter. Dann erhob er sich unvermittelt, warf den dunkelblauen Schoßrock ab und lockerte die Krawatte. Seine Weste aus in sich gemustertem Brokat und die perfekt geschnittene Hose saßen so hauteng an seinem Körper, dass Carolyns Fantasie nur wenig gefordert wurde. Schließlich kam er um den Tisch herum und trat neben ihren Stuhl. Seine Hüfte streifte ihren Arm. Erwartungsvoll hielt Carolyn den Atem an, aber Swerajow griff nur nach der Weinflasche und füllte ihr Glas wieder, bevor er zu seinem Stuhl zurückging.

„Haben Sie in letzter Zeit etwas Interessantes gelesen, Charles?" erkundigte er sich, während er lässig mit dem langstieligen Kelch spielte.

Carolyn erstarrte. Sie hatte es ja kommen sehen! Alle Tage schon. Und jetzt ... Ratlos stürzte sie das halbe Glas auf einen Zug hinunter. „Zu...zufällig lese ich wirklich sehr gern", erwiderte sie hastig. „Im Augenblick habe ich mir wieder einmal die Essays von Burke vorgenommen."

„Burke?" Swerajow hob verwundert die Brauen. „Sicherlich kenne ich Sie noch nicht gut genug. Aber ich bin dennoch überrascht, dass Sie Edmund Burke lesen, der doch so konservativ in seinen Ansichten ist."

„Nun, ich beschäftige mich mit sehr vielen unterschiedlichen Autoren." In ihrer Verwirrung griff Carolyn erneut nach dem Glas. „Kennen Sie denn Burke so genau?"

„Aber selbstverständlich. Ich lese auch gern." Während Nikolaus vorsichtig an dem Wein nippte, warf er Carolyn einen Blick über den Rand des Glases zu. „Sagten Sie nicht neulich, dass Sie Gefallen an der Times haben?"

Carolyn schluckte aufgeregt. „Nun, ich sagte, dass ich daran interessiert bin zu erfahren, was die Gegenseite denkt."

„Aha. So, so. Dann bevorzugen Sie sicherlich ein so liberales Blatt wie den Chronicle." Swerajow war die Liebenswürdigkeit in Person, aber Carolyn kam sich vor wie eine arme winzige Maus, die von einer goldblonden Katze verfolgt wurde.

„Manch...manchmal", stotterte sie.

„Ich habe mich schon verschiedentlich gefragt, warum mein Name in letzter Zeit dort so oft in den Artikeln von Copperville erscheint", bemerkte der Fürst beiläufig.

Mühsam rang sich Carolyn ein Lächeln ab. „Sie sind eben eine Persönlichkeit, die die Aufmerksamkeit auf sich zieht, Exzellenz."

Swerajow lachte. „Ich fühle mich außerordentlich geschmeichelt, dass Sie so von mir denken." Sein Blick strich wachsam über ihr Gesicht.

Carolyn stockte der Atem. Wieder lag jener rauchige Schleier über seinen Augen. Offensichtlich waren seine Gedanken genauso unerlaubt wie die ihren. Und er schien wirklich alles zu wissen. Aber warum sagte er denn dann nichts?

„Eigentlich habe ich die Beiträge von Copperville immer mit Vergnügen gelesen, trotz seiner grenzenlosen Naivität – das heißt, bis vor kurzem. Und Sie?" fuhr Swerajow fort.

„Sie halten ihn für naiv?" Carolyn richtete sich stocksteif empor. Um nichts in der Welt würde sie seine verflixten Fragen beantworten!

„Sie etwa nicht? Aber vielleicht teilen Sie sogar seinen glühenden Idealismus?" Der Fürst lächelte verständnisvoll. „Nun ja, Sie müssen ja etwa in demselben Alter sein."

„Ich habe keine Ahnung, ob wir gleichaltrig sind. Und warum halten Sie ihn für naiv?"

„Weil er die Gesellschaft umgestalten will, oder irre ich mich da?"

„Zumindest scheint er ihre Schandmale und Ausschweifungen an den Pranger stellen zu wollen", erwiderte Carolyn vorsichtig.

„Aber damit unterstellt er doch, dass die Gesellschaft rein und edel sein könnte, ohne Schandflecke, ohne Exzesse. Er will sie zu Gunsten der arbeitenden Menschen reformieren."

Carolyn holte tief Luft. „Und was ist daran so falsch?"

„Finden Sie denn die Anarchie, die vor etwa zwanzig Jahren in Frankreich geherrscht hat, so viel besser?" versetzte Swerajow. „Möchten Sie, dass der Mob die Aristokraten hinrichten lässt, nur weil sie keine Schwielen an den Händen haben? Dass sie einzig wegen des so genannten blauen Blutes in ihren Adern auf dem Schafott enden?" Sein Blick schien Carolyn durchbohren zu wollen.

„Natürlich nicht. Die Anarchie in Frankreich war ja auch das Ergebnis einer Revolution und nicht das Ergebnis von Reformen."

„Sie begann aber als Reform."

„So verteidigen Sie also den gegenwärtigen Zustand? Sagen Sie mir doch, Exzellenz, wie viele Leibeigene gehören zu Ihren Ländereien?" Unerschrocken gab Carolyn seinen Blick zurück.

„Ah, endlich. Ich habe mich schon die ganze Zeit gefragt, wann Ihre Attacke gegen die Gesellschaft im Allgemeinen in einen ganz persönlichen Angriff übergehen wird – in einen Angriff gegen mich." Swerajow hob ihr grüßend das Glas entgegen. „Nun, es sind Hunderte oder sogar Tausende."

„Und leiden sie Hunger? Krepieren sie im Alter von höchstens fünfundzwanzig?" Jetzt kannte Carolyn keine Rücksicht mehr. Sie wollte es wissen – alles.

„Meine Leibeigenen sind gut genährt, und ihre Hütten sind solide gebaut. Ich wage zudem zu behaupten, dass sich ihr Durchschnittsalter auf etwa fünfzig Jahre beläuft", erwiderte Swerajow kühl.

„Ich bitte um Verzeihung für meinen ungehörigen Angriff", sagte Carolyn verlegen. „Schließlich habe ich Sie ja zu dem heutigen Pferderennen eingeladen."

„Aber ihr Engländer verurteilt die Sitten und Bräuche in meinem Lande, ohne es je kennen gelernt zu haben."

„Ich verurteile lediglich die Tatsache, dass Ihre herrschende Klasse mitten im Winter Bälle veranstaltet, während die Leibeigenen in ihren dürftigen Hütten der eisigen Kälte ausgesetzt sind. Und ich verurteile weiterhin die Tatsache, dass auch hier in England die Aristokratie sich den Teufel um die Nöte und Sorgen des gemeinen Mannes schert. Wissen Sie nicht, dass sie dieser Krieg überhaupt nicht interessiert, und wenn er auch niemals ein Ende finden würde?"

„Das liegt daran, dass hier in England die obere Klasse so reich ist, dass sie die Auswirkungen des Krieges nicht spürt. Sie erwarten zu viel von der Menschheit, mein junger Freund."

„Ohne Erwartungen, ohne Forderungen kann es auch keinen Fortschritt geben. Ohne Träume gibt es keine Hoffnung."

Swerajow lachte leise. „Sie sind ein hoffnungsloser Romantiker, Charles."

„Jawohl, und ich bin stolz darauf."

„Ich könnte mir vorstellen, dass dieser Copperville Ihre Gedanken teilt“, sagte Swerajow mit einem hintergründigen Lächeln.

Einen Augenblick schwieg Carolyn. Dann gab sie sich einen Ruck. „Warum kommen Sie nicht endlich heraus mit der Sprache, Exzellenz, und sagen, was Ihnen am Herzen liegt?“

Mechanisch drehte der Fürst den Stiel des Weinkelches zwischen den Fingern. „Was, glauben Sie denn, möchte ich gern sagen?“ erkundigte er sich liebenswürdig.

Am liebsten hätte Carolyn ihm die Wahrheit ins Gesicht geschleudert, aber sie konnte sich gerade noch zurückhalten. Zum Glück wurde in diesem Augenblick die Tür geöffnet, und zwei Serviermädchen mit großen Platten in den Händen traten ein, gefolgt von dem Wirt, der sich über die Ehre, die seinem Hause widerfahren war, offensichtlich noch nicht wieder beruhigt hatte.

„Euer Gnaden, wir haben ein Festmahl zubereitet, das eines Königs würdig wäre ... oder sollte ich lieber sagen, eines Fürsten?“ Der Mann strahlte über das ganze Gesicht und hob mit einer großartigen Geste die Deckel von den Schüsseln und Tellern. Dann leerte er die Rotweinflasche in Swerajows Glas. Carolyn sah gedankenverloren auf die wie Rubine funkelnde Flüssigkeit. Als sie den Kopf wieder hob, begegnete sie Swerajows eindringlichem Blick, und ihr Herz schien plötzlich aus den Fugen zu geraten.

„Hoppla!“ Carolyn kicherte albern, als sie beim Aufstehen das Gleichgewicht verlor und mit der Hüfte gegen die Tischkante stieß. Sofort war Swerajow zu ihr geeilt und legte seinen Arm fest um ihre Taille.

„Ich glaube, es gab etwas zu viel zu trinken“, sagte Carolyn und stellte befriedigt fest, dass sie klar und deutlich gesprochen hatte. „Der Wein ist mir in den Kopf gestiegen.“

„Sie haben offensichtlich keine sehr widerstandsfähige Konstitution ... beinahe wie eine Frau“, stellte Swerajow fest, während er sie zur Tür geleitete.

Eine Konstitution wie eine Frau? Aber ich bin doch eine Frau, dachte Carolyn. Nein, natürlich nicht. Ich bin Brighton. Oder Copperville? Plötzlich konnte sie sich nicht mehr daran erinnern. „Ex...Exzellenz ...“, begann sie unsicher.

„Meine Freunde nennen mich Niki“, erklärte Nikolaus. „Sagen Sie doch auch Niki zu mir.“

„N...Niki“, probierte Carolyn, „ich sehe Ihre Kutsche.“

„Sie ist ja auch schwer zu übersehen“, erwiderte er und drückte den Arm noch fester um sie.

Mit einem glücklichen Seufzer lehnte sich Carolyn an ihn. Wie sie das Gefühl seines Körpers liebte! Wie gerne hätte sie ihn berührt ... so kühn wie die dunkelhaarige Victoria bei Madame Russell.

„Ist Ihnen heiß?“ erkundigte sich Swerajow besorgt. „Ihr Monokel ist beschlagen. Oder fühlen Sie sich nicht wohl?“

„Nein, nein“, murmelte Carolyn, „ich bin nur erschrocken.“

„Sie müssen vor Ihren Wünschen nicht erschrecken.“ Swerajows Lippen berührten fast ihr Ohr bei diesen Worten. „Sie sind ganz natürlich und ... völlig in Ordnung ... Charles.“

„Aber ich ...“ Sie unterbrach sich verunsichert, denn sie wusste nicht mehr, was sie jetzt tun sollte. „Ich bin doch gar nicht ...“

„Ich weiß“, erwiderte der Fürst gelassen und hob sie in die Kutsche. Als er neben ihr Platz genommen hatte, schloss einer der Lakaien die Tür. Es klang sehr endgültig.

Carolyn wagte kaum zu atmen. Sie starrte Swerajow reglos an, während ihr Herz wie wild in ihrer Brust schlug, und sie bewegte sich auch nicht, als er sich zu ihr neigte und ihr Kinn umfasste.

„Ich habe Sie in dieser kurzen Zeit sehr lieb gewonnen“, sagte er mit seiner weichen, klangvollen Stimme.

Carolyn öffnete den Mund, aber sie konnte nichts sagen, sie konnte auch nicht mehr nachdenken und flüsterte schließlich kaum hörbar: „Niki.“

„Und wie finden Sie mich?“ erkundigte sich Swerajow lächelnd.

„Ich ...“, sie schluckte aufgeregt, „ich habe Sie auch lieb gewonnen.“ Verzweifelt kaute sie auf ihrer Unterlippe.

Aber plötzlich schlossen sich seine Finger noch fester um ihr Kinn, und ehe sie noch Einspruch erheben konnte, lagen seine Lippen auf ihrem Mund, hart, heiß und hungrig.

17. KAPITEL

Carolyn vergaß alles um sich herum. Sie wusste nicht mehr, wer sie war und wo sie sich befand. Swerajows Kuss war wie eine berauschende Inbesitznahme. Hingerissen umklammerte sie seine breiten Schultern, als er ihre Lippen mit der Zunge öffnete. Das ist der Himmel – das ist der Himmel, dachte sie immer wieder, und dann: Niki ... Niki.

Plötzlich hielt er inne und murmelte: „Ich konnte der Versuchung nicht mehr widerstehen."

Verzweifelt versuchte Carolyn, ihre Gedanken zu ordnen. Ihr Körper brannte wie im Fieber und fühlte sich doch so wohl dabei. Der Versuchung nicht widerstehen? Ja, sie hatte es auch nicht gekonnt. Aber er war doch verheiratet ... und ein Ausländer ... und ein Fürst ... und sie nur die einfache Carolyn Browne. Sie zuckte zusammen. Er wusste es also. Aber wieso ... Ratlos starrte sie in seine goldschimmernden Augen, die ihr viel zu ruhig erschienen.

„Es gab wirklich zu viel Wein heute Abend, Charles", sagte er.

„Aber ..."

Swerajow verzog die Lippen zu einem Lächeln, das nicht zu dem Leuchten seiner Augen passte. „Möchten Sie vielleicht ein Geständnis ablegen?" fragte er merkwürdig sanft und schob seinen Arm stützend unter ihren Nacken.

„Ich ..." Carolyn zögerte.

„Ja, Charles?" Jetzt tanzten Fünkchen in seinen Augen.

In diesem Augenblick wurde sie von der Gewalt ihres Gefühls mitgerissen, und sie spürte: Das eben war der Blitzschlag! Cupidos Pfeil hatte mitten ins Ziel getroffen. Sie blickte in seine goldbraunen Augen, in sein wundervolles Gesicht und ließ sich in die kraftvolle Sinnlichkeit versinken, die von ihm ausging. Oh, du lieber Gott, dachte sie verstört, ich liebe ihn ja.

Zärtlich strich Nikolaus über ihre glühende Wange. „Sie sehen mich so entsetzt an ... als wäre ich ein Geist."

Langsam schüttelte Carolyn den Kopf. „Wie lange ... wie lange wissen Sie es schon?"

„Was soll ich schon wie lange wissen?" erkundigte sich Swerajow mit übertriebener Unschuldsmiene.

„Nun, seit wann kennen Sie die Wahrheit über mich?" Carolyns Stimme war dunkel und heiser.

Er lachte leise. „Vom ersten Augenblick an."

„Vom ersten Augenblick an?" wiederholte sie ungläubig. „Nein, nein, Sie übertreiben bestimmt."

„Carolyn", erklärte Nikolaus lächelnd, „Sie sind so durch und durch Frau. Diese absurde Maskerade war ... war eben völlig abwegig. Ich habe schon gemerkt, dass Sie eine Frau sind, als Sie sich im Gebüsch vor meinem Haus versteckt hatten."

„Oh." Carolyn schluckte aufgeregt und richtete sich dann mühsam auf. „Sie wussten, dass ich eine Frau bin, und sind trotzdem mit mir in das Bordell gegangen!" sagte sie fassungslos.

Bei ihren Worten besaß Nikolaus die Liebenswürdigkeit, rot zu werden. Doch er senkte den Blick nicht, im Gegenteil. Er zuckte mit keiner Wimper, während er Carolyn in die Augen sah. „Allerdings. Ich nahm aber an, Sie würden Hals über Kopf davonlaufen, bevor irgendetwas Bemerkenswertes geschah."

„Und ... und ich hätte es auch fast getan."

Ein ganz klein wenig kniff Swerajow nun doch die Augen zusammen. „Zum Glück bin ich noch rechtzeitig zur Besinnung gekommen", murmelte er. Dann herrschte Stille, fast greifbare, lastende Stille.

Carolyn biss sich auf die Unterlippe. Was hätte er wohl getan, wenn ich geblieben wäre? fragte sie sich und sah auf seinen so hochmütigen und so sinnlichen Mund. Mit beiden Händen klammerte sie sich an dem Samtpolster fest und wünschte verzweifelt, nicht so viel getrunken zu haben.

„Und was wissen Sie sonst noch?" flüsterte sie und zitterte dabei am ganzen Körper.

Der Fürst neigte sich zu ihr. „Was soll ich Ihnen noch mitteilen? Sagen Sie mir Ihre Wünsche." Wieder war sein Mund ganz nahe an ihren Lippen, und in seinen Augen brannte ein goldenes Feuer.

„Sie sollten nicht länger mit mir spielen", erwiderte Carolyn leise.

Swerajows Lächeln erlosch. „Haben Sie den Eindruck, dass ich mit Ihnen spiele?“ fragte er ruhig und liebkoste ihren Mund mit seinen Lippen.

Wieder schien Carolyns Herz vor Liebe überzuquellen. „Nein“, hauchte sie. Liebe war kein Spiel. Oh nein. Allmächtiger im Himmel, sie war verloren.

„Das hatte ich auch nicht gedacht“, murmelte Nikolaus und nahm wieder ihren Mund in Besitz, fest und zärtlich und fordernd.

Carolyn schlang die Arme um seine Schulter, drängte sich enger an ihn, und er drückte sie wieder in das weiche Polster zurück. Der Kuss nahm kein Ende, wurde immer heißer, immer leidenschaftlicher.

„Carolyn.“

Sie spürte das Befehlende in seinem Ton und zugleich die Frage und schüttelte den Kopf. „Bitte, nicht.“

„Was nicht?“ Zwischen seinen Brauen standen plötzlich zwei scharfe Falten.

„Bitten Sie mich nicht um eine so ... so grundlegende Entscheidung, wenn ich betrunken bin wie ein Straßenbursche.“

Überrascht hob Nikolaus den Kopf. „Können Sie ebenso gut Gedanken lesen wie ... Artikel schreiben?“

Aber Carolyn war nicht mehr in der Lage, sich zu wundern. Nur was er wollte – und was auch sie wollte – war eindeutig und gleichermaßen undenkbar. Ein Liebesverhältnis mit ihm konnte es nicht geben.

„Ich fahre Sie jetzt nach Hause“, sagte Swerajow in diesem Augenblick müde.

Carolyn nickte gegen ihren Willen, denn sie konnte den Blick nicht von ihm losreißen, und ihr Herz schien ein einziger brennender Schmerz zu sein. Erst als der Fürst gegen die Decke klopfte, kam ihr zu Bewusstsein, dass die Kutsche sich bis jetzt noch nicht von der Stelle bewegt hatte. „Nach London zu Brownes Buchhandlung!“ befahl er. Dann wandte er sich wieder Carolyn zu. „Wir reden morgen weiter darüber.“

Sie erwiderte nichts, sondern beobachtete nur schweigend, wie er sich erhob und auf der gegenüberliegenden Bank Platz nahm. Ihr

Puls jagte, tief in ihrem Innern brannte ein quälendes Feuer, und ihre Gedanken wirbelten bunt durcheinander. Das Glücksgefühl hatte einem heulenden Elend Platz gemacht. Und plötzlich fiel ihr auch noch Marie Helene ein.

„Schlafen Sie ein bisschen", sagte Nikolaus mit einer sanften Stimme, die im krassen Gegensatz zu seinem steinernen Blick stand. „Alles wird gut werden."

Im Zusammenwirken mit den vielen Gläsern Rotwein, die Carolyn geleert hatte, übten diese Worte eine fast hypnotische Wirkung auf sie aus. Sie schloss bei dem Gedanken, nicht mehr nachdenken zu müssen, bis sie London erreicht hatten, erleichtert die Augen. Und doch nahm sie einen bohrenden Zweifel mit hinüber in den Schlaf. Es sollte alles gut werden? Aber wie wäre das möglich?

Nur mit Mühe gelang es Nikolaus, an die Tür der Buchhandlung zu klopfen, denn er hielt die schlafende Carolyn in den Armen. Es erschien jedoch niemand, um zu öffnen, obwohl irgendwo in einem entfernter liegenden Zimmer Licht zu brennen schien.

Schließlich gelang es ihm, die Klinke versuchsweise herabzudrücken. Zu seiner Überraschung war die Tür tatsächlich unverschlossen, und das mitten in der Nacht.

Kaum hatte er den Laden betreten, als er laute männliche Stimmen vernahm. George Browne war also nicht allein. Aber warum war er so aufgebracht? Und wen empfing er zu so später Stunde?

Einen Augenblick verharrte Swerajow unschlüssig in dem dunklen Raum, während Carolyn, den Kopf an seine Schulter geschmiegt, friedlich weiterschlief.

„Aber ich bin doch zufrieden mit Ihnen, Browne, außerordentlich zufrieden. Ihre nächste Reise geht nach Calais", hörte er jetzt den unbekannten Besucher ganz deutlich reden.

„Ich habe genug davon", rief George Browne fast flehend. „Ich kann schon keine Nacht mehr schlafen vor Angst, dass mein doppeltes Spiel entdeckt werden könnte!"

„Nun, daran hätten Sie vor acht Jahren denken sollen", erwiderte kühl der andere, dessen Stimme Nikolaus plötzlich irgendwie bekannt vorkam. „Oder wollen Sie etwa auf diese Weise mehr Geld aus mir herauspressen?“

„Carolyn wird misstrauisch werden. Ich verreise doch jetzt schon fast jeden Monat.“ Einen Augenblick lang herrschte Stille. „Ich will nicht hängen, bitte. Mylord! Ich habe wirklich genug!“

„Sie stecken schon viel zu tief darin, mein Freund, um noch zurück zu können. Außerdem kann ich es auch gar nicht zulassen, denn Sie sind viel zu wertvoll für uns. Also, sorgen Sie dafür, dass dieses kostbare ... eh ... Manuskript sicher zu unserm Kontaktmann nach Calais gelangt. Es ist dringend, mein Lieber, sehr dringend.“

Nun hatte Nikolaus genug gehört. Er machte lautlos kehrt und verließ eilends wieder den Laden. Zutiefst beunruhigt sagte er sich, dass der ehrbare Buchhändler Browne offensichtlich ein Geheimkurier war und, wenn er richtig verstanden hatte, zu allem Überfluss ein Vaterlandsverräter! Aber er war sich auch ziemlich sicher, den unbekannten Besucher erkannt zu haben, einen sehr ehrenwerten Peer von England.

Er rückte Carolyn in seinen Armen zurecht, klopfte mit der Faust gegen die Ladentür und rief laut Brownes Namen. In der Buchhandlung erklangen eilige Schritte. Dann wurde die Tür aufgerissen.

„Großer Gott!“ schrie George Browne. „Ist sie krank?“

Ohne ihm eine Antwort zu geben, überschritt Swerajow die Schwelle, denn er hatte sich von der unliebsamen Überraschung immer noch nicht erholt. „Sie ist nicht krank“, erwiderte er schließlich kurz, während er auf die Stufen zum oberen Stockwerk zuschritt, „sondern hat nur ein bisschen zu viel Wein getrunken.“ Es war kaum zu überhören, wie verärgert er war.

„Zu viel Wein getrunken! Herr, was haben Sie mit ihr angestellt?“ George Browne schien außer sich zu sein.

„Verehrter Mr. Browne“, erwiderte Nikolaus hochmütig von der Treppe herab, „ich habe nur eine Einladung Ihrer Tochter angenommen und sie keineswegs gezwungen, sich einen Rausch anzutrinken.“ Dann öffnete er mit der Schulter die Tür zu Carolyns Zimmer, an der er inzwischen angelangt war, und legte seine Last vorsichtig auf das Bett.

Der Vater war ihm mit zornroten Wangen gefolgt. „Wenn Sie sie angerührt haben ...“ keuchte er.

„Und?“ fragte Swerajow über die Schulter. „Wollen Sie sich dann mit mir beim Morgengrauen duellieren?“

George Browne wurde blass und kroch ängstlich in sich zusammen, während Nikolaus das Zimmer wieder verließ. „Haben Sie eigentlich Kenntnis von den Eskapaden Ihrer Tochter?“ erkundigte er sich im Vorbeigehen.

„Ich weiß nicht, wovon Sie reden.“

„Wirklich nicht?“

„Carolyn hat ihren eigenen Kopf, Exzellenz. Was ist denn eigentlich geschehen?“

„Ich darf mich wiederholen: nichts. Aber es wäre wahrscheinlich besser gewesen, wenn Sie von dem eisernen Willen Ihrer Tochter nicht so eingenommen gewesen wären – und von ihrer spitzen Feder.“

„Aha, ich verstehe!“ rief George Browne aufgebracht. „Sie sind es also gewesen! Sie haben die letzte Kolumne geschrieben, nicht wahr? Und aus Rache haben Sie Carolyn nun verführt.“

„Wenn Sie glauben, ich würde eine unberührte junge Frau aus Rache für eine gelungene Satire verführen, so gebe ich mir keine weitere Mühe, Sie vom Gegenteil zu überzeugen.“ Nikolaus lächelte böse und drängte an George Browne vorüber zur Treppe. An der Ladentür hielt er an und drehte sich noch einmal um. „Oder fürchten Sie, dass sie mir zu etwas anderem dienen soll?“ Wieder lächelte er bissig. „Dann gute Nacht also, mein Freund. Oder sollte ich lieber auf gut Französisch sagen bonne nuit?“

„Du kannst unmöglich hingehen.“ George Browne hielt der noch etwas verschlafen wirkenden Carolyn einen geöffneten Brief hin. Hinter ihm auf dem Herd begann das Wasser im Kessel zu kochen.

Seine Tochter starrte ihn fassungslos an. „Du hast meine Post geöffnet?“ Rasch überflog sie den goldgeränderten Bogen, der eine Einladung zum Tee bei Fürst Swerajow enthielt.

Der Vater errötete ärgerlich. „Er hat dich gestern Abend nach Hause gebracht, denn du warst von dem überreichlichen Weingenuss eingeschlafen", erwiderte er vorwurfsvoll.

Nun wurde auch Carolyn rot, denn sie hatte am Abend zuvor in der Tat zu viel getrunken. Und trotzdem konnte sie sich heute Morgen an alles in voller Klarheit erinnern, einschließlich der unglaublichen Tatsache, dass Swerajow sie weit mehr als nur anziehend fand.

„Ja", sagte sie seufzend, „es war wohl wirklich etwas zu viel, und ich muss mich dafür entschuldigen."

Doch der Vater runzelte nur mürrisch die Stirn. „Ist das alles, was du dazu zu sagen hast? Dass es dir Leid tut, einen über den Durst getrunken zu haben? Und wie erklärst du die Tatsache, dass der Kerl dich auf seinen Armen bis in dein Bett getragen hat?"

„Hat er das wirklich getan?" Plötzlich war Carolyn von einer unsinnigen Freude erfüllt.

„Ja, das hat er." Der Vater ging zum Herd und schob den leise summenden Kessel zur Seite. „Und du weißt ebenso gut wie ich, dass Swerajow ein Casanova ist, zum Teufel noch einmal! Du hast sein Verhalten selbst in deinen Artikeln angeprangert. Bist du denn wirklich so versessen darauf, benutzt und dann weggeworfen zu werden wie ein schmutziges Hemd?"

„Das war eine sehr hässliche Bemerkung", entgegnete Carolyn kurz.

„Die Wahrheit ist eben manchmal hässlich."

Carolyn blickte nachdenklich vor sich hin. Sie wusste, dass der Vater Recht hatte, und dieses Wissen war es ja, was ihr Herz buchstäblich krank machte. Andererseits führte Swerajow schon seit Jahren keine wirkliche Ehe mehr, sodass ihm in dieser Hinsicht alle Möglichkeiten offen standen, Möglichkeiten, die für sie jedoch nicht in Frage kamen. Offensichtlich hat der Wein gestern doch meinen Verstand getrübt, dachte sie kopfschüttelnd.

„Sage nur nicht, dass du anderer Meinung bist", nahm der Vater das Gespräch wieder auf.

„Nein, nein, Papa, ich weiß, dass du dir mit Recht Sorgen machst. Aber Swerajow ist ein so unterhaltsamer Gesellschafter. Er ist außergewöhnlich intelligent, und ich habe unser Beisammensein immer sehr genossen."

George Browne starrte sie an, als habe er eine Fremde vor sich. „Willst du mich zum Narren halten?" fragte er barsch.

Nun konnte auch Carolyn nicht mehr ruhig bleiben. Sie stemmte die Hände in die Hüften und rief zornig: „Ich bin heute nicht in Stimmung für eine solche Unterhaltung, Papa! Seit wann willst du mir befehlen, was ich tun und lassen soll? Wen ich sehen darf und wen nicht? Bis jetzt hast du doch meinem Urteilsvermögen immer voll und ganz vertraut."

Müde ließ der Vater den Kopf sinken. „Ich will doch nur nicht, dass man dir wehtut", murmelte er.

Ungeduldig schlug Carolyn die Hände zusammen. „Ich bin erwachsen und habe das Recht, meine eigene Wahl zu treffen und meine eigenen Fehler zu machen."

„So willst du ihn also tatsächlich wiedersehen?" fragte der Vater entgeistert.

Plötzlich erinnerte sich Carolyn Swerajows letzter Bemerkung, dass man am anderen Tag weiter darüber reden wollte. Aber in noch stärkerem Maße kam sein hinreißender Kuss wieder in ihr Gedächtnis. „Wir haben noch etwas Geschäftliches miteinander zu besprechen", sagte sie unsicher, denn sie wusste, dass es nur die halbe Wahrheit war.

„Ich bitte dich, Carolyn ... ich bitte dich inständig: Halte dich fern von Swerajow!"

Ratlos sah Carolyn in die angstvollen Augen ihres Vaters. „Du sagst mir doch nicht alles. Warum?"

„Nun, er ...", begann George Browne zögernd, „er hat eine Bemerkung über Copperville gemacht, und ich fürchte, dass er dich verführen will aus Rache ... wegen deiner Kolumnen."

Irgendwie brachte es Carolyn fertig zu lächeln. Doch ihr Herz klopfte zum Zerspringen. „Das ist völlig abwegig, Papa", erwiderte sie mit dem krampfhaften Bemühen, unbekümmert zu erscheinen. Aber es war doch so einleuchtend, was der Vater da gesagt hatte. Welchen anderen Grund sollte Swerajow haben, mit ihr schönzutun?

Er konnte doch die wundervollsten und klügsten und raffiniertesten Frauen der Welt haben ... alle! Ihr Innerstes wehrte sich heftig gegen diese Einsicht. Aber sie wusste nun, woran sie war.

„Du lehnst seine Einladung doch ab, nicht wahr?“ erkundigte sich der Vater eindringlich.

„Aber gewiss, Papa“, erwiderte sie, obwohl das eine Lüge war. Dann drehte sie sich rasch um und verließ die Küche. Sie konnte nicht mehr länger in der Nähe des Vaters bleiben.

Carolyn wurde in die Eingangshalle geführt. Dort stand, wie aus dem Boden gewachsen, ein Butler vor ihr, der sie höflich aufforderte, ihm zu folgen.

Gedankenversunken trottete sie hinter ihm her. Den ganzen Tag hatte sie sich nicht nur mit ihrem letzten Beisammensein mit dem Fürsten beschäftigt, sondern auch mit den Befürchtungen des Vaters. Aller Wahrscheinlichkeit nach war er mit seinen Vermutungen auf der richtigen Fährte, denn sie waren die einzig passende Erklärung für sein merkwürdiges Interesse an ihr. Liebe oder auch nur Zuneigung konnte es ja keinesfalls sein, selbst wenn ihr immer wieder das Leuchten in seinen Augen, die Leidenschaft in seinem Kuss und seine unerwartet zärtlichen Liebkosungen ins Gedächtnis zurückkehrten.

„Madame.“ Der Butler deutete mit einer auffordernden Geste auf eine weit offene Flügeltür.

Im selben Atemzug trafen sich Carolyns und Swerajows Blicke und ließen sekundenlang nicht voneinander los. Nikolaus lächelte nicht, und für kurze Zeit setzte ihr Herzschlag aus, bis er wieder zu seinem normalen Gleichmaß zurückkehrte. Aber es war auch ihr nicht möglich zu lächeln, als sie den kleinen Salon betrat, in dem ihr seine Tochter zum ersten Male begegnet war. Jetzt saß Katja auf dem zierlichen Rokokosofa neben ihrem Onkel Alexi. Zwischen ihnen lag der kleine weiße Kater und genoss die beiderseitige Zuwendung. Sein behagliches Schnurren war das einzige Geräusch in dem Raum.

Swerajow erhob sich langsam und ging Carolyn entgegen, die sich in diesem Augenblick inständig wünschte, eine bessere Schauspielerin zu sein und ihre Gefühle vor den anderen verbergen zu können. Wahrscheinlich stand ihr das ganze Ausmaß ihrer Verwirrung und Befürchtungen auf der Stirn geschrieben. „Guten Tag, Exzellenz", sagte sie mit belegter Stimme. Wenn er doch nur nicht wieder so wundervoll aussehen würde!

„Ich danke Ihnen für Ihr Kommen", erwiderte Nikolaus, nahm ihre Hand, drückte sie kurz und zog sie dann an seine Lippen. Jetzt erst bemerkte Carolyn, dass seine Augen nicht hart oder kalt waren, wie sie vermutet hatte, als sie sein Lächeln vermisste, und sie fragte sich, ob er wohl auch an den gestrigen Abend dachte.

„Komm her, Katja." Swerajow hatte sich umgedreht und winkte seine Tochter herbei.

Das Kind kam gehorsam näher und knickste höflich. „Ich danke Ihnen für Ihr Kommen, Miss Browne", wiederholte es wörtlich die Begrüßung ihres Vaters.

Lächelnd neigte sich Carolyn zu Katja herab und vergaß für einen Augenblick all ihre Ängste. „Ich hatte dir doch gesagt, dass du mich Carolyn nennen kannst, so wie alle meine Freunde. Und wie geht es deinem kleinen Freund heute? Hast du meinen Ratschlag befolgt?"

Katja nickte eifrig. „Alexander wird jetzt in meinem Zimmer gefüttert. Madame Arkadjewa sieht das zwar nicht gern. Aber gestern war er verschwunden, und ich dachte schon, er wäre weggelaufen. Nach ein paar Stunden saß er jedoch wieder da." Sie lächelte glücklich.

„Siehst du." Auch Carolyn fühlte sich auf einmal so froh und leicht. „Aber er ist auch zurückgekommen, weil er dich lieb hat und weiß, dass du seine Herrin bist."

Angestrengt dachte die Kleine über Carolyns Worte nach und nickte dann erneut.

Als Carolyn sich wieder aufrichtete, bemerkte sie, dass die beiden Brüder beieinander standen und sie aufmerksam betrachteten. Ihr froher Mut erlosch. Was sollte das bedeuten? War sie vielleicht ein exotisches Insekt? Oder gar irgendein Ungetüm?

Doch in diesem Moment kam Alexi auf sie zu, machte eine tiefe Verbeugung und blinzelte ihr gleichzeitig verschmitzt zu. „Ich bin über die Maßen erfreut, Sie wiederzusehen, Miss Browne. Hoffentlich sind Sie gekommen, um mein gebrochenes Herz zu pflegen."

Nur mit Mühe unterdrückte Carolyn ein Lachen. „Ich danke Ihnen. Auch mir ist es ein Vergnügen. Aber ich wusste nicht, dass Sie an gebrochenem Herzen leiden. Das tut mir aufrichtig Leid."

Alexanders Lächeln vertiefte sich. „Wenn Sie wüssten, wie ich darunter leide!" Er legte kurz den Arm um ihre Schulter. „Kommen Sie, setzen Sie sich neben mich und geben Sie mir Hinweise für den richtigen Umgang mit dem schönen Geschlecht. Ich scheine es einfach nicht zu begreifen und bin wohl dazu verdammt, immer wieder dieselben Fehler zu machen."

Nun musste Carolyn doch lachen, obwohl sie merkte, dass Swerajow die unverhüllten Tändeleien seines Bruders zu missbilligen schien. „Ich wünschte, ich könnte Ihnen helfen", erwiderte sie. „Leider bin ich zu unerfahren, was Liebesromanzen anbelangt."

„Wirklich? Aber warum denn?" Er schob Carolyn einen mit ungeblümtem Damast bezogenen Armstuhl hin und warf seinem Bruder dabei einen vielsagenden Seitenblick zu. Katja setzte sich mit dem Kater auf dem Arm auf einen Hocker neben sie, nur Swerajow ging noch immer im Zimmer hin und her.

„Ich glaube, ich bin einfach noch nicht auf den Gedanken gekommen, mich mit dieser Frage zu befassen, da ich viel zu viel andere Probleme im Kopf habe", erklärte Carolyn belustigt.

„Das klingt ja wie der pure Blaustrumpf!" Alexi hob die Hände empor. „Niki hat mir schon berichtet, wie ungeheuer intelligent Sie sind und wie fabelhaft belesen. Ich war sehr beeindruckt."

Eine leichte Röte legte sich auf Carolyns Wangen, und sie fragte sich, ob Swerajow zu seinem Bruder tatsächlich in so hochtönenden Worten über sie gesprochen hatte. „Nun, ich lese eben gern. Was Wunder, da ich doch die Tochter eines Buchhändlers bin."

„Ihr Vater hat einen Buchladen?" erkundigte sich Katja plötzlich interessiert.

Die beiden Männer drehten sich überrascht um und sahen sie an, als sei eine solche Frage außerordentlich ungehörig. Aber Carolyn tätschelte ihre Hand und erwiderte: „Ja, das hat er. Und ich helfe ihm oft beim Verkaufen. Der Buchladen ist einer meiner liebsten Orte auf der ganzen Welt. Liest du auch gern?"

Katja nickte mit strahlenden Augen.

„Und was ist deine Lieblingsgeschichte?"

Einen Augenblick überlegte die Kleine und sagte dann: „Die Geschichte von Peter dem Großen."

„Aber Kind", Carolyn sah sie verwundert an, „ich meinte doch deine Lieblingserzählung. Oder liebst du die Weltgeschichte so sehr, dass du den Bericht über Peter den Großen einem Märchenbuch vorziehst?"

Verlegen zuckte Katja die Schulter. „Ich weiß nicht." Offensichtlich hatte sie noch nie ein Märchenbuch in der Hand gehabt.

Carolyn sah zu Nikolaus empor, der immer noch nicht in der Runde Platz genommen hatte. „Kann ich ihr nicht ein paar Bücher mit Erzählungen für Kinder mitbringen? Es gibt da sehr hübsche Sachen."

„Aber gewiss", erwiderte Nikolaus seltsam mechanisch.

„Madame Arkadjewa wird das jedoch nicht gern sehen." Alexanders Miene strahlte vor Schadenfreude.

„Und warum nicht?" fragte Carolyn ärgerlich. Die strenge Dame hatte ihr vom ersten Augenblick an missfallen.

„Ich glaube, Katjas Unterrichtsplan ist ziemlich unerbittlich."

„Gegen eine gut strukturierte Erziehung ist an und für sich nichts einzuwenden, und ich denke, jeder – auch Kinder – sollten Bücher über die unterschiedlichsten Angelegenheiten lesen. Aber auch Märchen sind für Kinder hin und wieder sehr angebracht. Ich muss kein Gelehrter sein, um das zu wissen. Kinder haben eine bedeutend höhere Einbildungskraft als Erwachsene. Es ist ein Segen, wenn sie ermutigt und kultiviert wird und nicht unterdrückt oder gar erstickt." Nach dieser langen Erklärung atmete Carolyn rascher.

Erneut starrten die Brüder sie an wie ein Fabeltier mit goldenen Hörnern oder zwei Köpfen.

„Es tut mir Leid, dass ich mich so ereifert habe", sagte Carolyn und bekam dabei einen roten Kopf. „Entschuldigen Sie bitte. Aber ich finde es immer so ungerecht, dass man Mädchen und Frauen nicht gestattet, ihren Geist zu schulen."

Swerajow gab wiederum keine Antwort, Alexi hingegen lächelte ihr aufmunternd zu. „Mein Bruder scheint erstaunlicherweise die Sprache verloren zu haben. Aber Sie müssen sich wirklich nicht entschuldigen. Sie sind so erfrischend in diesem Hause, meine Liebe."

„Ja, wirklich sehr erfrischend." Eine weibliche Stimme veranlasste jeden der Anwesenden, sich ruckartig nach der Tür umzuwenden. Auf der Schwelle stand Marie Helene. Sie trug ein blassrosa Kleid mit kurzen Ärmeln und einem tiefen Ausschnitt. Um den Hals hatte sie eine Schnur schimmernder Perlen geschlungen. Ihr tiefschwarzes Haar berührte die fast nackten Schultern. Lächelnd ging sie auf die Gruppe zu und richtete dann mit übertriebener Liebenswürdigkeit das Wort an Carolyn. „Was für ein kurioser Einfall! Einen Geist kultivieren, als wäre er ein Garten."

Carolyn hatte sich unwillkürlich erhoben und kämpfte mit aller Kraft um ihre Fassung, als sie so unversehens erneut Swerajows Gemahlin gegenüberstand. Ein Gewirr von Gefühlen überflutete sie, einschließlich das der Eifersucht, wie sie voller Widerwillen feststellte, und zu allem Überfluss auch noch Schuldbewusstsein. Gestern Abend hatte sie in den Armen ihres Ehemannes gelegen, obwohl sie es wahrhaftig hätte besser wissen müssen. Doch nun war es für die Reue zu spät.

Aber Marie Helene hatte sich sogleich wieder von ihr abgewandt und sich an Nikolaus geschmiegt wie eine überaus verliebte Jungvermählte. „Niki, Liebling." Hingebungsvoll küsste sie seine Wange. Dann streifte sie Alexi mit einem gleichgültigen Blick und rief ihrer Tochter zu: „Komm her, Kleines, und gib deiner Mama einen Kuss."

Gehorsam wie ein Rekrut stand Katja so eilig auf, dass der kleine Kater von ihrem Schoß rutschte und davonlief. Als sie vor ihrer Mutter stand, neigte diese sich huldvoll zu ihr, und die Kleine presste die Lippen auf ihre Wange. Doch bevor sie zu ihrem Stuhl zurückkehren konnte, hielt Marie Helene sie an der Schulter fest. Dann richtete sie ihre schwarzen Zigeuneraugen abermals auf Carolyn und sagte mit süßer Stimme und einem unübersehbar falschen Lächeln: „Ich hatte keine Ahnung, dass Sie mit Niki ... gut bekannt sind."

Nun fand Swerajow endlich die Sprache wieder und machte mit vollkommen ausdrucksloser Miene eine vage Handbewegung. „Miss Carolyn Browne, darf ich Sie meiner Gemahlin vorstellen." Sein kühler Blick streifte Marie Helene. „Du bist von deinen Einkäufen heute ungewöhnlich früh zurück, wie mir scheint. Oder hast du in der Stadt zu Mittag gegessen?"

„Von beidem ein bisschen." Marie Helene lachte betont heiter. „Und nun bin ich froh, rechtzeitig zum Tee daheim zu sein." Wieder betrachtete sie Carolyn herablassend. „Ich glaube, wir haben uns bereits kennen gelernt, Miss Browne, nicht wahr? Lassen Sie mich nachdenken. Aha, jetzt weiß ich es wieder. Ihr Vater ist Buchhändler, wenn ich mich nicht irre." Der Ton ihrer Stimme war ebenso unschuldsvoll wie ihr Gesichtsausdruck.

Carolyn presste die Zähne aufeinander. Um keinen Preis durfte sie die Beherrschung verlieren. „Ihre Erinnerung trügt Sie nicht, Hoheit. Die Buchhandlung meines Vaters ist eine der besten in London, wenn nicht in ganz England."

„Wie stolz Sie darauf sind", erwiderte die Fürstin mit einem spöttischen Lächeln. „Und Sie sind wohl ein Experte für Kindererziehung? Vermutlich sind Sie eine Gouvernante? Oder eine Hauslehrerin?"

„Ich muss Sie leider enttäuschen, denn ich bin weder eine Gouvernante noch eine Hauslehrerin und sehe mich auch nicht als Experte für die Unterrichtung von Kindern an", entgegnete Carolyn so höflich wie möglich.

„Oh, das finde ich aber merkwürdig. Ich habe nämlich zufällig Ihre überaus engagierten Ausführungen über die Bücher, die Kinder lesen sollten, mit angehört. Deshalb habe ich angenommen, dass Sie sich mit dieser Frage schon näher beschäftigt haben." Marie Helenes Lächeln schien auf ihrem Gesicht eingemeißelt zu sein.

„Die Probleme der Kindererziehung interessieren mich in eben demselben Maße wie zahlreiche andere Angelegenheiten, mit denen ich mich gern befasse. Ich habe viel darüber gelesen und bin deshalb auch gut informiert. Ganz besonders interessieren mich aber die Fragen der Bildungsmöglichkeiten für Frauen."

Unvermittelt trat jetzt Swerajow zwischen die beiden. „Beabsichtigst du, den Tee mit uns zu nehmen?" wandte er sich an Marie Helene.

„Wie könnte ich eine so reizende Einladung ablehnen", erwiderte diese anzüglich und strich mechanisch über Katjas Haar. „Komm, Kleines, setze dich zu Mama." Sie zog das Mädchen neben sich auf das kleine Sofa.

Für Carolyn war die Freude an der Teestunde dahin. Ihre Nerven waren zum Zerreißen gespannt, und auch ein Lächeln gelang ihr nicht mehr. Als sie den Kopf hob, blickte sie in Alexanders Augen, die offene Sympathie ausstrahlten. Er nickte ihr aufmunternd zu, doch Carolyn fühlte sich dadurch auch nicht viel besser.

Inzwischen hatte Swerajow einen breiten, mit farbenfroher Kreuzstichstickerei bedeckten Klingelzug betätigt, und fast unmittelbar darauf schoben zwei livrierte Diener einen Teewagen herein, auf dem silberne Körbchen mit Gebäck, kleinen Blätterteigpasteten und runden dick bezuckerten Törtchen standen. Nun endlich nahm auch er auf einem Stuhl dem Sofa gegenüber Platz.

Mit zärtlicher Geste legte Marie Helene den Arm um ihre Tochter, die kein Wort mehr gesagt hatte, seit ihre Mutter in den Salon gekommen war. „Ach, jetzt fällt mir ein, dass ich Sie neulich in der Oper gesehen habe. Nicht wahr, Miss Browne?" begann sie von neuem eine Unterhaltung.

„In der Tat." Unter dem zwar nach wie vor nicht unfreundlichen, aber dennoch sehr eindringlichen Blick der Fürstin kam sich Carolyn sehr jung, viel zu dünn und völlig unattraktiv vor.

„Und dieser reizende junge Mann, der Sie begleitete", fuhr Marie Helene fort, „wie hieß er doch gleich? Ich kann mich im Augenblick nicht an seinen Namen erinnern."

„Anthony Davison, Hoheit."

„Etwa ein Verwandter von Lord Stuart Davison, dem Staatssekretär im Außenministerium?" Die Fürstin beobachtete gelangweilt, wie die Diener die Teetassen füllten.

„Er ist sein jüngster Sohn", erwiderte Carolyn und warf Nikolaus, der sehr verärgert wirkte, einen etwas ratlosen Blick zu.

„Sie sorgen ja sehr gut für sich, Miss Browne", bemerkte Marie Helene boshaft. „Mein Gott, was für ein Fang wäre das für Sie, wenn Sie Erfolg hätten!"

„Wir sind Freunde", versetzte Carolyn kühl. „Und ich beabsichtige keineswegs, irgendjemanden zu fangen."

„Ach was, jede Frau will sich einen gut aussehenden, reichen Gemahl ködern", kicherte die Fürstin.

Obwohl Carolyn vor Zorn über diese Bemerkung förmlich kochte, gelang ihr endlich ein nichts sagendes Lächeln, denn sie spürte auf einmal keine Gewissensbisse mehr wegen ihres gestrigen Benehmens.

„Seit wann verfügst du über derart erstaunliche Kenntnisse in Bezug auf die britischen Regierungsinstitutionen?" erkundigte sich Swerajow jetzt süffisant.

Marie Helene, die unaufhörlich Katjas Haar gestreichelt hatte, bedachte ihren Gemahl mit einem Lächeln, das alle Männerherzen der Welt zum Dahinschmelzen gebracht hätte. „Liebling, du hast hier einen äußerst wichtigen Auftrag, und es ist meine Pflicht, dich dabei zu unterstützen, soweit es in meinen Möglichkeiten liegt." Unvermittelt verschwand das Lächeln, und ihr Blick wurde ernst und dunkel. „Du weißt doch, wie sehr ich mir wünsche, dir helfen zu können, Niki."

Angesichts dieser kleinen Szene fühlte sich Carolyn sehr unglücklich. Swerajow hatte ihr zwar gesagt, dass er und seine Frau getrennte Wege gingen, doch es hatte überhaupt nicht den Anschein, zumindest keinesfalls, was die Fürstin anbetraf. Hatte er etwa bewusst gelogen?

Völlig unerwartet wandte sich Marie Helene jetzt wieder an Carolyn. „Ich hatte gerade eine schwere Fehlgeburt. Danach habe ich viel nachgedacht und manches bereut", sagte sie mit einem tiefen Seufzer.

„Wie bedauerlich." Verlegen spielte Carolyn mit dem winzigen Teelöffel. Am liebsten wäre sie davongelaufen.

„Wie befriedigend und angenehm ist es doch, Reue zu empfinden", sagte Alexi und streckte die Beine weit von sich, „und wie schwer, die erforderlichen Konsequenzen daraus zu ziehen."

Wortlos ließ die Fürstin einen gehässigen Blick über den jungen Mann gleiten.

„Katja." Nikolaus bemühte sich, seinen Unmut zu verbergen. „Warum nimmst du dir nicht ein Törtchen und reichst dann Miss Browne die Kuchenplatte?" Freundlich nickte er seiner Tochter zu, während Carolyn immer noch peinlich berührt auf ihre Finger starrte. Die Situation war aber auch unmöglich. Die wunderschöne Marie Helene bereute ihr Verhalten in der Vergangenheit und würde dadurch zweifellos Swerajows Herz zurückgewinnen. Und das war auch ganz richtig so. Schließlich war sie immer noch seine Frau und die Mutter seines Kindes. Sie selbst aber war und blieb ein Eindringling. Krampfhaft schluckte sie die aufsteigenden Tränen hinunter. Andererseits ist es aber auch gut, dass ich auf diese Weise endlich einmal mit der Wahrheit über Swerajows Leben konfrontiert werde, dachte sie niedergeschlagen.

Plötzlich erhob sich Alexander. „Ich fürchte, ich kann nicht länger bleiben", sagte er, während er eine abschiednehmende Verbeugung vor Carolyn machte. „Meine Pflichten rufen. Ihre Gesellschaft war mir wie immer ein Vergnügen, Miss Browne." Dann küsste er Katja auf die Wange. „Bis später, Katjuscha." Seiner Schwägerin widmete er nicht einmal einen Blick.

Erleichtert nickte Carolyn ihm zu, denn sie hatte das Gefühl, wenigstens einen Freund in diesem Hause gefunden zu haben.

Als der junge Mann den Salon verlassen hatte, schüttelte die Fürstin missmutig den Kopf. „Er ist ein richtiger Flegel", murmelte sie und wandte sich dann wieder an Carolyn. „Sie wollten also heute meinen Mann besuchen?" erkundigte sie sich voller falscher Herzlichkeit.

„Genau genommen habe ich sie eingeladen", sagte Swerajow.

„Wie reizend von dir! Sie müssen ja sehr unterhaltsam sein, dass sich ein Mann wie mein Gemahl für Sie interessiert."

„Miss Brownes Leidenschaft gilt ausschließlich den Büchern und all den darin angesprochenen Fragen", fuhr Swerajow in energischem Ton dazwischen, in dem doch ein merkwürdig zärtlicher Klang mitschwang.

„Aha." Marie Helene betrachtete Nikolaus und Carolyn mit gespieltem Interesse. „Also ist Miss Browne ein Experte in Bezug auf Bücher, und du bist ein Experte in Bezug auf sie?" fragte sie mit kindlich hoher, süßer Stimme.

„Ich bezweifle, dass sich irgendein Mann als Experte in Bezug auf Miss Browne bezeichnen kann."

Carolyn errötete vor Freude über diese Worte, aber die Fürstin ließ nicht locker. „Demnach hat Niki Sie zum Tee eingeladen, um mit Ihnen über Bücher zu reden?" Mit der linken Hand holte sie ein Gebäckstück aus dem Silberkorb. Am Ringfinger funkelte ein riesiger gelber Diamant.

„Ich habe Miss Browne eingeladen, um Katja damit eine Freude zu machen." Nikolaus nickte seiner Tochter zärtlich zu.

„Wieso das?" Marie Helene hob indigniert die Brauen. „Woher kennen Sie meine Tochter? Ich verstehe das nicht."

„Miss Browne hat uns neulich freundlicherweise geholfen, Katjas Katze zu suchen."

In diesem Augenblick bemerkte Carolyn, wie die Fürstin ihren Gemahl hasserfüllt anstarrte, aber nur einen Atemzug lang, dann lag das engelsgleiche Lächeln wieder auf den Lippen. Es ging so schnell, dass man es für eine Täuschung hätte halten können. Wieder wollte Carolyn am liebsten die Flucht ergreifen. Nur fort aus diesem Raum, aus diesem Haus, von dieser unerfreulichen Familie. Wie töricht sie gewesen war.

„Die Katze gesucht? Wie reizend. Wie außerordentlich liebenswürdig." Die Fürstin drückte ihre Tochter an sich. „Katja, Liebling, weißt du eigentlich, dass du mir den kleinen Kater noch gar nicht gezeigt hast?"

Das Mädchen blickte sie mit großen Augen an. „Du hast mich noch nicht danach gefragt", erwiderte es leise.

„Dann frage ich dich jetzt", sagte Marie Helene vergnügt. „Gleich nach dem Tee sehe ich mir deine Katze an. Vielleicht sollten wir noch einmal ausfahren und ein hübsches Halsband für sie kaufen.“ Unvermittelt wandte sie sich erneut an Carolyn. „Aber Sie trinken ja Ihren Tee gar nicht. Ist etwas nicht in Ordnung?“

Hastig ergriff Carolyn diese Gelegenheit. „Ich habe Kopfschmerzen“, erklärte sie. „Bitte entschuldigen Sie mich, ich werde jetzt doch lieber nach Hause gehen.“ Sie erhob sich, aber Nikolaus sprang im selben Augenblick ebenfalls auf.

„Ich würde Sie vorher gern unter vier Augen sprechen.“

Entsetzt sah sie ihn an. Wie konnte er jetzt, vor seiner Frau, so etwas verlangen? Wollte er etwa über den gestrigen Abend reden? Sie begann zu zittern.

„Könnten wir, was auch immer, nicht ein andermal erörtern?“

„Das geht nicht.“ Swerajows Ton duldete keinen Widerspruch.

Nun stand auch die Fürstin auf. „Ich hoffe, wir haben wieder einmal das Vergnügen Ihres Besuches“, sagte sie lächelnd.

Carolyn nickte nur wortlos. „Grüße Alexander von mir“, flüsterte sie Katja zu. „Und gelegentlich werde ich dir ein paar Bücher mit hübschen Geschichten schicken.“

„Danke, Miss Browne. Vielleicht kommen Sie auch wieder zum Tee, wenn Papa es erlaubt?“

Nie wieder, dachte Carolyn und murmelte: „Vielleicht“, während sie das kleine Mädchen ungeachtet der Gegenwart ihrer Mutter impulsiv an sich zog.

„Würden Sie so liebenswürdig sein, mir in die Bibliothek zu folgen?“ Swerajow wies auf eine schwere Eichentür.

Carolyn spürte fast körperlich die Blicke der Fürstin auf ihrem Rücken, bis sie endlich die Schwelle überschritten hatte. Hinter ihr schloss Nikolaus energisch die Tür. Der Raum war bis unter die Decke mit Büchern angefüllt. Ein wuchtiger Kamin aus braunrotem Marmor wirkte merkwürdig unpassend in dieser Umgebung. Sie lehnte sich an seinen Sims und starrte in den leeren Hohlraum. Langsam kam Nikolaus zu ihr.

„Wie geht es Ihnen?“ fragte er besorgt.

„Gut“, erwiderte Carolyn kurz, ohne ihn anzusehen.

„Das ist nicht wahr. Sie sind aufgebracht. Bitte, sehen Sie mich an, Carolyn.“

Bei dieser Anrede zuckte sie zusammen. Zögernd hob sie den Kopf und erschrak vor der Eindringlichkeit seines Blickes.

„Gestern ...", murmelte sie, „... es war ein Fehler."

„Wirklich?" Swerajows Stimme war so weich wie der Sommerwind in Cornwall.

„Ja." Es sollte entschlossen klingen, misslang jedoch kläglich.

Nikolaus biss sich auf die Lippe. „Vielleicht war es ein Fehler. Aber nicht aus dem Grund, den Sie annehmen."

„Können Sie Gedanken lesen?"

Er lächelte. „Ihre schon."

Sie sahen sich an. Seine goldbraunen Augen verzauberten Carolyn. Und wieder war da diese Kraft, die sie unerbittlich zu ihm zog.

„Sie sind erregt", sagte Nikolaus ruhig, „weil Sie sich von Marie Helenes dramatischem Talent beeindrucken ließen."

Irgendetwas schnürte Carolyn die Kehle zu. „Sie ist Ihre Frau, die Mutter Ihrer Tochter. Sie ist schön wie ein Engel, und sie liebt Sie", flüsterte sie atemlos.

Nikolaus schwieg eine lange Zeit. Dann sagte er sachlich: „Ich bitte Sie, die Dinge so zu sehen, wie sie wirklich sind. Meine Frau liebt nichts und niemanden außer sich selbst."

„Ich weiß nicht, was Sie ihr vorzuwerfen haben. Aber ich als Unbeteiligte erkenne sehr genau, dass sie Ihre Zuneigung zurückgewinnen will." Ängstlich forschte sie in seiner Miene nach irgendeinem Anzeichen von Gefühl, doch sie blieb ernst, fast streng.

„Sie hat mein Herz nie besessen, also kann sie es auch nicht zurückgewinnen." Impulsiv umfasste er ihr Kinn, ließ die Hand aber sofort wieder sinken. „Eine eitle, seelenlose, oberflächliche Frau kann keine Liebe in mir wecken", sagte er kalt.

Ein Schwindel erfasste Carolyn. Du darfst das nicht wörtlich nehmen, sagte sie sich. Auf keinen Fall darfst du das.

„Haben Sie eigentlich den Volkswirtschaftler Adam Smith gelesen?" erkundigte sich Swerajow plötzlich.

Verwundert sah sie ihn an. „Selbstverständlich."

„Dann verstehen Sie mich, wenn ich sage, dass Sie Ihren Wert zu niedrig einschätzen", erklärte er lächelnd.

Sie brachte kein Wort über die Lippen. Nur ihr Herz schlug heftig bis in den Hals. Es war so einfach, einen Fehler zuzugeben, doch wie sollte sie ihr Gefühl dazu bringen, diesen Fehler einzusehen? Sie fühlte sich sterbenskrank.

„Aber ich habe Sie nicht hierher gebeten, um über das Benehmen meiner Frau zu sprechen.“ Nikolaus machte auf einmal einen sehr förmlichen Eindruck. „Ich möchte Ihnen vielmehr einen Vorschlag machen ... einen geschäftlichen Vorschlag.“

Überrascht hob Carolyn den Kopf. Diese Wendung des Gesprächs hatte sie nicht erwartet. „Einen geschäftlichen Vorschlag? Das verstehe ich nicht.“ Was hatten Geschäfte mit ihrer Leidenschaft zu tun?

„Sie werden es gleich begreifen.“ Swerajow begann nervös hin und her zu gehen. „Sie sind die richtige Gesellschaft für Katja“, sagte er plötzlich in einem fast barschen Ton. „Deshalb biete ich Ihnen eine Stellung in meinem Hause an, als ihre Gefährtin und als ihr Aufpasser, wenn Sie so möchten.“

Carolyn starrte ihn fassungslos an.

18. KAPITEL

„Sie sehen überrascht aus", sagte Swerajow lächelnd. „Ich bin auch überrascht." Carolyn wandte sich um und ging zu einem der reich verzierten Stühle neben den Bücherregalen. Während sie die Finger über das weiche Holz gleiten ließ, versuchte sie, Klarheit zu erlangen. Dieses Angebot hatte sie, weiß der Himmel, nicht im Traume erwartet. Und warum lehnte sie es eigentlich nicht sofort ab? War es Katjas Bild, das Bild eines einsamen, schüchternen Kindes, das sie davon abhielt? Langsam hob sie den Kopf und sah Nikolaus an. „Das ist ein sehr kompliziertes Problem", fügte sie leise hinzu.

„Es ist nur kompliziert, wenn Sie es dazu machen", entgegnete Swerajow unumwunden.

Verzweifelt versuchte Carolyn, ihre widersprüchlichen Gefühle zu analysieren. Sicher war, dass sie diesen Mann unsagbar anziehend fand, dass sie ihn bewunderte, dass sie Zuneigung zu ihm verspürte und ... dass sie auf seine Frau maßlos eifersüchtig war. Ja, nun hatte sie es zugegeben. Das war der springende Punkt. Obwohl es auf der Hand lag, dass eine Buchhändlerstochter für ihn absolut nicht in Frage kam, träumte ein romantischer Teil ihres Verstandes von einem märchenhaften Ende wie bei Aschenputtel. Sie schüttelte den Kopf. Es wäre eine unerträgliche Situation – sie beide unter einem Dach.

Swerajows Lächeln vertiefte sich, und um die Augenwinkel bildeten sich dabei aufregend liebenswerte Fältchen. „Sagen Sie ja", bat er. „Ich werde Sie auch gut bezahlen. Sie brauchen mir nur die gewünschte Summe zu nennen."

Carolyn erstarrte. Vater und sie selbst konnten gewiss ein zusätzliches Einkommen brauchen, denn das Buchgeschäft war nicht sehr einträglich. Aber das durfte sie nicht dazu verleiten zuzusagen. „Exzellenz, ich liebe Bücher", erklärte sie ruhig. „Und ich liebe die Arbeit in der Buchhandlung meines Vaters."

Eigentlich hätte sie ihn lieber gefragt, was er über den vergangenen Abend dachte, und wie es morgen und übermorgen und überhaupt mit ihnen weitergehen sollte.

„Das weiß ich, Carolyn. Deshalb sind Sie ja wie geschaffen für Katja."

Bei dem Klang ihres Namens, der so leicht über Swerajows Lippen kam, wurde Carolyn wieder misstrauisch. Wollte er sie vielleicht nur aus diesem Grunde verführen?

„Und was würde Ihre Gemahlin dazu sagen?"

Nikolaus machte eine wegwerfende Geste. „Die Fürstin kümmert sich nicht um den Haushalt. Und im Übrigen kehrt sie in etwa einer Woche nach Russland zurück, sobald der Arzt sie für kräftig genug hält, die Seereise bis nach St. Petersburg durchzustehen. Danach wird sie ihren Wohnsitz in Twer nehmen, für immer. Katja bleibt hier bei mir, bis meine Mission in England beendet ist. Dann bringe ich sie in mein Palais nach St. Petersburg, während ich selbstverständlich mein Kommando unter Marschall Kutusow wieder übernehme."

Mühsam versuchte Carolyn, sich einen Reim auf das eben Gehörte zu machen.

„Twer ist doch Ihr Landsitz, nicht wahr?" erkundigte sie sich unsicher. „Warum wohnt Katja nicht auch dort bei ihrer Mutter?" Vergebens forschte sie in Swerajows unergründlicher Miene nach einer Erklärung.

„Ich habe persönliche Gründe dafür. Allerdings muss ich einräumen, dass Marie Helene nicht freiwillig nach Twer geht – sondern auf meine ausdrückliche Anweisung."

Carolyn starrte ihn ratlos an. Swerajow verbannte also seine Gemahlin aufs Land? Sicherlich war das nichts Ungewöhnliches. Unerwünschte Ehefrauen wurden oft auf diese Weise aus dem Weg geräumt. Aber was sollte das alles bedeuten? Obwohl ihr Marie Helene keineswegs sympathisch war, konnte sie nicht umhin, Swerajows arrogantes, diktatorisches Benehmen zu missbilligen. Frauen durften nicht einfach beiseite geschafft werden wie ein unnützer Gegenstand!

Trotz dieser Überlegungen kristallisierte sich aus dem Durcheinander in ihrem Kopf schließlich nur ein einziger Gedanke heraus: Die Fürstin reiste in einer Woche ab, nach Twer. Swerajow und Katja blieben in London, bis der Vertrag unterzeichnet war oder die Bemühungen aufgegeben wurden. Wenn sie sein Angebot annahm, würde sie ihn täglich sehen und später vielleicht sogar mit Katja nach Russland reisen, um bei ihr zu bleiben, wenn ihr Vater wieder zur Armee ging. Diese Aussichten waren so aufregend und so verlockend. Noch nie war sie im Ausland gewesen!

Es kostete Carolyn große Anstrengung, die Beherrschung wiederzuerlangen, und kaum dass es ihr gelungen war, kehrten die Bedenken zurück. Vor allem die unerfreuliche Situation der Fürstin beunruhigte sie. Wenn sie nur etwas Näheres wüsste. Sicherlich hatte Swerajows Entscheidung mit ihr selbst nichts zu tun. Einen so wichtigen Platz nahm sie in seinem Leben ganz bestimmt nicht ein. Deshalb konnte es ihr ja auch gleichgültig sein, ob seine Gemahlin über kurz oder lang England wieder verlassen würde. Aber war eine solche Einstellung nicht falsch – und auch gefährlich?

Nein, nein, sie durfte dieses Angebot nicht annehmen, obwohl Katja zweifellos dringend einen Menschen wie sie brauchte und sie dem Kind gern geholfen hätte. Oder lockte sie diese Aufgabe nur deshalb, weil sie sich auf geradezu verwerfliche Weise zu dem Vater des Mädchens hingezogen fühlte?

„Katja braucht Sie“, drängte Swerajow jetzt wieder. „Sie sind gescheit und mutig, gut erzogen, redegewandt und willensstark – und vor allem liebevoll und fürsorglich. Ich glaube, Katja hat Sie auch schon ins Herz geschlossen.“

Nun nahm Carolyn ihre ganze Beherztheit zusammen und wählte sorgfältig die Worte aus für das, was sie ihm sagen wollte. „Exzellenz“, begann sie mit ernster Miene, „halten Sie Ihren Vorschlag wirklich für eine so gute Idee in Anbetracht dessen, was neulich im Park und gestern Abend in der Kutsche vorgefallen ist?“

Swerajows Lächeln verschwand, und seine goldbraunen Augen wurden kalt. „Allerdings. Ich habe ausgiebig darüber nachgedacht und bin immer wieder zu dem Ergebnis gekommen, dass Katja Sie braucht.“

Ratlos ließ sich Carolyn in den nächstbesten Stuhl sinken. „Wer wird sich andernfalls um das Kind kümmern, wenn Sie nach Russland zurückkehren?“ fragte sie besorgt.

„Madame Arkadjewa."

Diese Aussicht missfiel ihr sehr. Doch noch größeres Unbehagen erregte in ihr der Gedanke, mit Swerajow unter einem Dach leben zu müssen.

„Ich glaube nicht, dass Ihre Gemahlin damit einverstanden wäre", murmelte sie.

„Zweifellos nicht. Aber das ist doch nicht Ihr wahrer Grund, nicht wahr? Und ich glaube auch nicht, dass Sie sich davor fürchten, in einem fremden Land zu leben."

„Nein, gewiss nicht." Carolyn errötete und schloss die Augen. Im Gegenteil, dachte sie. Es musste wundervoll sein, in einem prachtvollen Palais zu leben, mit kostbaren Möbeln und einer Heerschar von Dienern. Und Swerajow würde immer wieder einmal nach Hause kommen, in seiner hinreißenden Uniform strahlend vor der Tür stehen.

„Zweifeln Sie etwa daran, dass ich in der Lage bin, mich korrekt zu betragen, wenn ich die Absicht dazu habe?" unterbrach Nikolaus ihren Tagtraum.

Carolyn zuckte zusammen. „Wollen Sie abstreiten, dass wir einen gewissen ungebührlichen Reiz aufeinander ausüben?" sagte sie mit einer Mischung aus Hilflosigkeit und Vorwurf.

„Ich bitte Sie nicht in mein Haus, um ungebührliche – wie Sie es zu nennen belieben – Beziehungen zu Ihnen aufzunehmen", erwiderte Swerajow unerwartet scharf, „sondern weil Katja eine Gefährtin braucht. Warum weigern Sie sich also?"

„Ich kann Ihnen zwei gute Gründe dafür nennen: Ihre Frau und Ihre Tochter."

Swerajows Lippen wurden schmal. „Habe ich Ihnen nicht bereits erklärt, dass wir uns entfremdet haben – die Fürstin und ich?" Nun gab er sich keine Mühe mehr, seine Verärgerung zu verbergen. „Ich liebe es nicht, mich wiederholen zu müssen, und noch viel weniger, mich zu verteidigen."

Carolyn biss sich auf die Unterlippe.

„Habe ich Ihnen etwa vorgeschlagen, in mein Haus zu kommen, um meine Mätresse zu werden?" Immer mehr redete sich Nikolaus in Zorn. „Wir sprechen über eine Stellung als Gesellschafterin meiner Tochter und über nichts anderes."

Noch nie zuvor hatte Carolyn ihn derart aufgebracht gesehen. Mit zitternden Händen strich sie über ihren Rock.

Swerajows Worte hatten sie mitten ins Herz getroffen, denn sie begriff nun, dass es zwischen ihnen nichts mehr geben würde ... nichts. Das hatte er ja klar genug zum Ausdruck gebracht und damit zugleich die Art seiner Gefühle für sie deutlich gemacht. Enttäuschung und Kummer brannten schmerzhaft in ihrem Innern, obwohl sie sich immer wieder sagte, dass es ja so und nicht anders sein musste.

„Ich brauche Zeit, um darüber nachzudenken", murmelte sie.

„Diese Antwort habe ich erwartet. Aber vergessen Sie dabei bitte nicht, dass Katja Sie braucht." Mit zwei langen Schritten war Swerajow bei ihr und ergriff ihren Arm.

Ich darf nicht, ich darf nicht, dachte sie mechanisch. Aber seine Nähe, das Gefühl seiner Hand an ihrem Ellenbogen entzündeten erneut ein Verlangen in ihr, dem sie um keinen Preis nachgeben durfte.

„Ich kann nicht", flüsterte sie.

„Carolyn, versuchen Sie es doch wenigstens für eine gewisse Zeit hier in London. Danach haben Sie die Möglichkeit zu entscheiden, ob Sie gegebenenfalls mit nach Russland kommen möchten." Nikolaus sah sie eindringlich an.

Carolyn senkte schweigend den Kopf. Eine Vorahnung sagte ihr mit unumstößlicher Gewissheit, dass es der größte Fehler sein würde, den sie je begehen könnte, ihr Leben mit dem Swerajows zu verknüpfen.

Aber Nikolaus ließ nicht locker. „Wenn Sie wünschen, können Sie es lediglich als eine zeitweilige Position betrachten – bis Sie sich Ihrer Entscheidung sicher sind."

Langsam sah sie zu ihm auf, blickte in seine goldbraunen Augen, spürte ihr Herz heftiger schlagen und murmelte: „Nun gut, ich nehme den Vorschlag an ... für eine gewisse Zeit." Das konnte doch nicht von Übel sein!

Swerajows Miene erhellte sich, und ein leichtes Lächeln spielte um seine Lippen.

Marie Helene hatte ihre Pläne für den Abend geändert. Eingehend betrachtete sie sich in dem großen Standspiegel in ihrem Ankleidezimmer und stellte befriedigt fest, dass sie noch nie so gut ausgesehen hatte. Zwar hatte sie schon immer eine tadellose Figur gehabt, aber ihre kürzliche flüchtige Bekanntschaft mit Gevatter Tod hatte eine weitere Spanne von ihrer Taille genommen, sodass ihr voller Busen und die wundervolle Rundung der Hüften noch mehr betont wurden. Das Kleid aus hauchdünner elfenbeinfarbener Seide umschmeichelte jede Linie. Es war einfach nicht vorstellbar, dass Nikolaus von ihrem Anblick unberührt bleiben würde.

Wieder stieg beißender Zorn in ihr empor. Ein Glück nur, dass sie diesen schwachsinnigen Vorschlag in der Bibliothek durch die angelehnte Tür zum Nebenzimmer mit angehört hatte. Ihr Verdacht, dass Nikolaus ein Auge auf diese magere bürgerliche Person geworfen hatte, war damit bestätigt worden. Was mochte eigentlich zwischen diesen beiden vorgegangen sein? Und wie kam er dazu, einer Fremden mitzuteilen, dass er beabsichtigte, seine Gemahlin nach Twer zu verbannen!

Zorn und Angst kämpften in ihrem Innern, während sie die Stufen zur Eingangshalle hinabschritt. Es war einfach unglaublich, dass Nikolaus dieses Mädchen der schönsten Frau der Welt vorzog, die er jederzeit haben konnte. Mehr als fünf Jahre hatte er seine angetraute Gemahlin nicht mehr angerührt!

Für einen Augenblick blieb sie auf dem Treppenabsatz stehen, um ihren Ausschnitt zu ordnen. Sie würde es nicht zulassen, dass die Buchhändlerstochter in ihr Haus kam. Sollte Nikolaus weiterhin seine Affären haben, mit wem er immer wollte ... aber nicht mit diesem übergebildeten, eigenwilligen Weibsstück.

Oh nein, das kam nicht in Frage, wenngleich es einfach undenkbar war, dass von einer Carolyn Browne eine ernsthafte Gefahr für sie ausgehen sollte.

Nichtsdestoweniger konnte sie ihre Beunruhigung nicht vertreiben. Vielleicht lag es daran, dass Nikis Liebesverhältnisse bis jetzt stets kurz und unpersönlich geblieben waren und er eigentlich immer nur einen gelangweilten Eindruck in der Gesellschaft von Frauen gemacht hatte, selbst wenn es sich um seine jeweilige Geliebte gehandelt hatte. Vorhin in der Bibliothek hingegen schien er die Unterhaltung mit Miss Browne überhaupt nicht langweilig gefunden zu haben.

Nun, wenn sie auch nicht genau wusste, was eigentlich vorging, so würde sie dennoch allem einen Riegel vorschieben. Diese Person durfte keinesfalls mit nach Russland kommen!

Als sie die Tür zum Blauen Salon öffnete, erblickte sie Nikolaus und Katja, die lächelnd zusahen, wie der kleine Kater sich mit einem bunten Ball vergnügte.

„Hallo, ihr beiden", sagte sie betont fröhlich, ging zu ihrer Tochter und legte ihr den Arm um die Schulter. „Hast du deinem Vater schon das schöne Halsband für deine Katze gezeigt?"

Nikolaus streckte die Beine aus und lehnte sich lässig in die Sofaecke zurück. Sein Blick jedoch, mit dem er Marie Helene musterte, war alles andere als gleichgültig. Das gab ihr das befriedigende Gefühl, mit ihren Maßnahmen auf dem richtigen Weg zu sein. Schließlich war er ein Mann und für weibliche Schönheit nicht unempfänglich, wenn er es auch im Augenblick nicht offen zugeben wollte.

„Erscheint dir wirklich ein mit Opalen und Amethysten besetztes Halsband für die Katze eines Kindes besonders passend?" erkundigte sich Nikolaus spöttisch.

„Du hast bis jetzt noch nie etwas an meinen Geschenken auszusetzen gehabt", erwiderte Marie Helene beleidigt. Aber Nikolaus beachtete sie gar nicht mehr.

„Wollen wir Alexander jetzt in dein Zimmer bringen, damit wir essen können?" wandte er sich an Katja.

„Gewiss, Papa." Das Mädchen erhob sich rasch, nahm den Kater auf den Arm und verließ auf ein Nicken des Vaters den Salon.

„An deinem Geschenk habe ich nichts auszusetzen", sagte Nikolaus beiläufig, als Katja den Raum verlassen hatte, und stand ebenfalls auf. Aber noch ehe er einen Schritt tun konnte, war Marie Helene bereits neben ihm und vertrat ihm den Weg.

„Es tut mir Leid, wenn das Halsband etwas zu extravagant ausgefallen ist. Sei nicht böse, Niki. Katja und ich hatten so viel Spaß bei unseren Einkäufen."

„Wirklich?“ Erstaunt hob Nikolaus die Brauen. „Nun, hoffentlich hast du Recht.“ Als er erneut Anstalten machte wegzugehen, hielt Marie Helene ihn am Arm fest.

„Und du? Hattest du auch einen schönen Nachmittag?“ Sie schnurrte fast wie Katjas Kater.

„Seit wann interessierst du dich für meine Nachmittage oder Morgen oder Abende – wie auch immer?“ Er streifte sie mit einem geringschätzigen Blick.

Doch Marie Helene ließ sich nicht so schnell entmutigen. „Ich hoffe, deine kleine Bücherfreundin ist gut nach Hause gekommen“, fuhr sie mit aller ihr zu Gebote stehenden Liebenswürdigkeit fort.

„Ja, ich habe Miss Browne nach Hause fahren lassen.“

„Wo hast du nur deinen ausgezeichneten Geschmack gelassen, Liebling? Sie ist doch deiner Aufmerksamkeiten kaum würdig.“

„Deine boshafte Natur scheint wieder einmal zum Vorschein zu kommen. Aber ich habe keine Lust, mit dir über Miss Browne zu reden. Nimm zur Kenntnis, dass ich ihr eine Stellung als Gesellschafterin unserer Tochter angeboten habe.“

Marie Helene bemühte sich, überrascht zu erscheinen. „Wie bitte? Das kommt überhaupt nicht in Frage. Ich wünsche keine bürgerliche Gesellschaft für meine Tochter, und als Gouvernante hat sie Madame Arkadjewa.“

„Verehrte Gemahlin.“ Nikolaus’ Stimme war so eisig wie sein Blick. „Ich hatte dich weder um deine Meinung noch um deinen Rat gefragt. Das ist mein Haus, in dem mein Wort gilt. Ich habe Miss Browne engagiert, und damit gut.“

Marie Helene traute ihren Ohren nicht. All die Jahre hatte sie mit Erfolg ihre Stellung als Katjas Mutter dazu benutzt, ihren Willen in Bezug auf die Tochter durchzusetzen, und sie dachte auch jetzt nicht daran, irgendetwas an dem Arrangement in ihrem Haushalt, das ihr so gute Dienste leistete, verändern zu lassen.

„Gegen meinen Willen?“ rief sie empört.

„Ja, auch gegen deinen Willen.“

„An dem jetzigen Zustand ist doch überhaupt nichts auszusetzen!“

„Ich möchte aber nicht, dass Madame Arkadjewa Katja betreut, wenn du in Twer bist", erwiderte Nikolaus kühl.

Sofort änderte Marie Helene ihre Taktik. „Niki", flehte sie, „was soll ich nur tun, um dein Herz zu erweichen. Du weißt doch, dass ich das Landleben hasse."

Mit einem Schulterzucken wandte sich Nikolaus um und ging zum Fenster.

„Wir waren so vergnügt zusammen. Frag doch Katja", stieß Marie Helene hastig heraus, obwohl es eine faustdicke Lüge war. In Wirklichkeit waren ihr die zwei Stunden ihres Zusammenseins furchtbar auf die Nerven gegangen. Katja hatte nur etwas gesagt, wenn sie angesprochen wurde, und einmal sogar beinahe angefangen zu weinen. Alles nur wegen dieser verdammten Katze!

„Und außerdem", fuhr sie erleichtert fort, da ihr soeben eine Einladung eingefallen war, die sie eigentlich gar nicht hatte annehmen wollen, „außerdem nehme ich sie morgen mit zum Tee zur Herzogin von Hartford. Das wird ihr bestimmt gut gefallen."

„Meinst du?" Wieder hob Nikolaus gleichgültig die Schultern. „Nun, von mir aus kannst du jede Minute mit Katja verbringen, bis du nach Twer fährst. Daran jedoch ändert sich nichts. Meine Entscheidung ist endgültig."

Marie Helene starrte ihn hasserfüllt an. „Ich werde an den Zaren schreiben. Und auch an meinen Vater", fauchte sie wie eine gereizte Tigerin.

„Solange du keine Befreiungsarmee in Marsch setzt", erwiderte Nikolaus mit einem spöttischen Lächeln, „wirst du trotzdem in Twer bleiben."

Ratlos betrachtete Marie Helene seine harte, entschlossene Miene und brach dann in Tränen aus. „Niki, warum streiten wir uns nur?" flüsterte sie, lief zu ihm hinüber, ergriff seine Hände und drückte sie an ihre Brust. „Ich bitte dich doch so inständig um Verzeihung."

Angewidert schob Nikolaus sie von sich. „Hebe dir deine Szenen bitte für andere auf."

„Aber ich will mich doch wirklich ändern. Ich denke immer über dich nach." Ihre Stimme war heiser geworden vom Weinen. „Ich vermisse dich ... wirklich."

„Ach, höre doch auf", erwiderte Nikolaus müde. „Selbst wenn du jetzt die Wahrheit sagst, ist es zu spät dafür. Du trägst zwar noch meinen Namen, aber unsere Ehe besteht seit sechs Jahren nicht mehr. Daran ist nichts zu ändern."

Noch nie in ihrem Leben war Marie Helene derart unerbittlich abgewiesen worden, und sie konnte es einfach nicht glauben. Nikolaus log – er musste lügen mit dem, was er sagte! „Ist es wegen der kleinen Buchhändlerstochter?" erkundigte sie sich atemlos. „Du bist verliebt in sie, nicht wahr? Deshalb willst du sie ins Haus holen und auch mit nach Russland nehmen, wenn du zurückfährst."

Nikolaus schüttelte den Kopf. „Nur ein Mensch wie du kann auf einen solchen Gedanken kommen."

„Ich glaube dir nicht", stieß Marie Helene zitternd hervor und ballte die Hände zu Fäusten. „Ich glaube dir nicht."

„Wie du willst. Ich fahre jetzt nach Whitehall. Guten Tag." Mit energischen Schritten verließ Nikolaus den Salon und ließ Marie Helene allein zurück. Sie stand mitten im Raum in ihrem verwirrend durchsichtigen Seidenkleid – sinnlos und verlassen.

Nein! Wieder änderte sie innerhalb eines Atemzuges ihre Pläne. Nikolaus durfte sie nicht ungestraft derartig behandeln. Oh nein! Sie musste jetzt nachdenken, ernsthaft und lange nachdenken.

Eines jedoch war ihr jetzt schon klar. Diese Bürgerliche durfte nicht in ihr Haus kommen. Und sie würde der Buchhändlerstochter auch nicht erlauben, ihr Niki wegzunehmen. Dieser Gedanke war zwar äußerst lächerlich, aber seit sie die beiden zusammen gesehen hatte, spürte sie mit jeder Faser ihres Seins, dass diese Person eine Gefahr darstellte. Deshalb musste sie ihr Möglichstes tun, um Miss Carolyn Browne von dem Leben der Familie Swerajow fern zu halten.

ZWEITER TEIL
Die Gefährtin

19. KAPITEL

Der Vater saß bei einer Tasse Tee auf einem der harten Holzstühle neben dem schmalen Tisch und las die Zeitung, als Carolyn am anderen Morgen die Küche betrat. Sie hatte in der Nacht kaum ein Auge zugetan, sondern unaufhörlich darüber nachgedacht, wie sie sich entscheiden sollte. Obwohl sie sich immer wieder sagte, dass sie doch weiter nichts als die Gesellschafterin eines Kindes sein sollte, war ihr klar, dass sie damit ein außerordentlich gefahrvolles Territorium betrat. Außerdem machte sie sich Sorgen wegen des Vaters, denn sie wusste nur zu genau, wie er auf ihre Mitteilung reagieren würde.

Bei ihrem Eintritt hob er nur schweigend den Kopf, nachdem er schon gestern Abend, als sie von der Teestunde im Hause Swerajow zurückgekehrt war, kein einziges Wort an sie gerichtet hatte. Deutlicher hätte er sein Missfallen nicht ausdrücken können, und Carolyn war gleichermaßen ärgerlich wie verletzt gewesen.

Dessen ungeachtet zwang sie sich zu einem freundlichen Lächeln. „Guten Morgen, Papa." Sie beugte sich zu ihm hinab und küsste ihm die Wange. Dann goss sie sich eine Tasse Tee ein, zögerte einen Augenblick und nahm schließlich dem Vater gegenüber Platz.

„Papa, ich muss mit dir sprechen."

George Browne äugte über den Zeitungsrand. „Was hast du denn auf dem Herzen?"

Verlegen strich sich Carolyn die Locken aus der Stirn. „Gestern hat mir der Fürst Swerajow eine Stellung angeboten, und ... und ich habe sie angenommen."

„Was hat er?" George Browne starrte seine Tochter entgeistert an. „Eine Stellung angeboten? Ja, bist du denn von allen guten Geistern verlassen? Das ist doch nur ein übler Trick!"

„Nein, Papa, das ist es nicht!" Erregt sprang Carolyn auf. „Er hat ein sehr liebenswertes Kind, um das sich niemand richtig kümmert –

ein Mädchen –, es heißt Katja, und ich ... ich bin jetzt eine Art Gesellschafterin und Spielgefährtin und Lehrerin für sie ... eben ihre Gefährtin."

Nun erhob sich auch George Browne. „Ich kann nicht glauben, was ich da höre", sagte er mit verbissener Miene. „Du ... als Gesellschafterin eines Kindes?"

„Er bezahlt mir, was immer ich fordere", versuchte Carolyn, den Vater umzustimmen. „Ich hatte ein bescheidenes Gehalt verlangt, aber er gibt mir das Vierfache davon! Im Voraus!"

Doch George Browne runzelte nur die Stirn. „Wir brauchen das Geld nicht so nötig. Und wer soll sich um den Laden kümmern, wenn ich verreisen muss? In Kürze muss ich wieder nach Frankreich hinüberfahren."

„Vielleicht können wir von Fall zu Fall eine Aushilfe nehmen", schlug Carolyn vor.

„Hast du wirklich schon deine Zusage gegeben? Ohne mich zu fragen? Aber du wusstest ja, dass ich niemals meine Einwilligung dazu geben würde."

Carolyn nickte bedrückt. „Es tut mir so Leid, Papa."

„Und was wirst du tun, wenn er sich dir ... nähert?" Der Vater schlug mit der flachen Hand auf den Tisch. „Wenn das Kind einmal nicht anwesend ist?"

Heiße Röte stieg in ihre Wangen. „Er hat mich nicht aufgefordert, in sein Haus zu kommen, um seinen Vorteil daraus zu ziehen", erwiderte sie in Erinnerung an Swerajows Worte.

„Oh ja! Oh ja! Er hat keinesfalls die Absicht, dich zu verführen."

„Du irrst dich wirklich, Papa!" rief Carolyn außer sich.

Müde ließ sich der Vater wieder auf den Stuhl sinken. „Du bist so unschuldig, Kind, so leichtgläubig", murmelte er. „Du gehörst nicht zu diesen Leuten."

Obwohl ihr eine innere Stimme sagte, dass die Befürchtungen des Vaters keineswegs unbegründet waren, erwiderte Carolyn mit aller Überzeugungskraft, derer sie fähig war: „Fürst Swerajow ist ein Ehrenmann, Papa." Nur sie selbst spürte den Hauch von Verzweiflung, der in diesen Worten lag. Aber sie musste der Wirklichkeit ins

Auge sehen. Von heute an war sie für eine gewisse Zeit die Gesellschafterin seiner Tochter, und irgendeine anders geartete Beziehung war von Anfang an nicht in Frage gekommen.

„Du hast dich in ihn verliebt, nicht wahr?“ erkundigte sich der Vater resigniert.

Carolyn schwieg. Sie wusste, dass sie auf diese Frage keine Antwort geben musste.

„Kannst du wirklich ehrlichen Herzens abstreiten, dass du eine Zuneigung zu ihm gefasst hast?“

„Nein, das kann ich nicht.“ Beschämt wandte Carolyn sich ab. „Aber ich weiß, dass es falsch ist ... und hoffnungslos.“

Wortlos beobachtete George Browne, wie sie sich erhob und ihr Umschlagtuch über die Schultern legte.

„Ich gehe jetzt, Papa. Meine Sachen hole ich dann später.“ An der Tür zögerte sie einen Augenblick. „Bitte, mache dir keine Sorgen. Ich bleibe doch in derselben Stadt.“ Auf keinen Fall durfte sie ihm jetzt sagen, dass sie die Familie vielleicht sogar nach Russland begleiten würde.

„Allmächtiger“, war alles, was der Vater erwiderte.

George Browne vergrub den Kopf in den Händen. Die Sorge um seine Tochter quälte ihn, und er hatte die bedrückende Vorahnung, dass er sie für immer verlieren sollte. Noch nie hatten sie eine derart einschneidende Meinungsverschiedenheit gehabt. Aber das war bei weitem nicht das Schlimmste. Es war ihm klar, dass Carolyn ausgenutzt werden sollte und dass sie zutiefst verletzt werden würde – ebenso sicher, wie er wusste, dass er selbst am Rande eines Abgrundes stand und es keiner großen Mühe bedurfte, ihn hinabzustürzen. Irgendjemand würde es tun. Nein, nicht irgendjemand, sondern ... Swerajow.

Ein Schluchzen erschütterte ihn. Bitte, Carolyn, bitte, dachte er verzweifelt.

Obwohl es bereits neun Uhr war, brachte er es nicht über sich, den Laden zu öffnen. In seinen Schläfen begann es zu hämmern, und der Kopf schmerzte ihn wie so oft in letzter Zeit.

Plötzlich hörte er, wie jemand an die verschlossene Tür klopfte, offensichtlich mit einem Stock. Seufzend erhob er sich. Er konnte es sich einfach nicht leisten, sich ein Geschäft entgehen zu lassen. Mühsam wie ein Greis stieg er die Treppe hinab.

Das Klopfen wurde lauter und energischer. „Schon gut!“ rief er quer durch den Laden. „Ich komme ja schon! Wo brennt es denn?“

„Ist denn niemand zu Hause?“ erklang von draußen eine etwas heisere weibliche Stimme. „Öffnen Sie, sage ich! Öffnen Sie augenblicklich!“ Dem Klang nach zu urteilen, musste es eine ältere Person sein.

Verwundert schob George Browne den Riegel zurück, machte die Tür weit auf und stand vor einer vornehmen alten Dame in einem schlichten, aber dennoch sehr eleganten marineblauen Kleid. Irgendetwas an ihr kam ihm bekannt vor, und es schien ihm, als habe er sie schon einmal gesehen. Suchend blickte er zum Straßenrand, an dem eine dunkelgrüne Kutsche wartete. Beim Anblick des Wappens auf der Tür drohte sein Herzschlag auszusetzen. Es war das in Blau und Silber gehaltene Wappen der Staffords.

„Das hat aber ziemlich lange gedauert, Browne“, stellte Edith Owsley missvergnügt fest. Ohne ein Grußwort betrat sie die Buchhandlung aufrechten Ganges.

Beißender Ärger stieg in George Browne empor – all der Groll und die Verbitterung, die sich in den vergangenen Jahren angestaut hatten. „Nun, Sie sind eben nicht gerade willkommen hier, Mylady“, erwiderte er mürrisch.

Edith Owsley aber beachtete ihn nicht, sondern ließ den Blick durch den Laden wandern. „Also hier haben Sie mit Margaret gelebt“, sagte sie schließlich. „Hier verkaufen Sie Ihre Bücher.“

„Ich erlaube Ihnen nicht, über meine Frau zu reden.“

Nun sah Edith Owsley ihn endlich an. „Sie war weitaus länger meine Tochter als Ihre Frau“, sagte sie mit einer Mischung aus Hochmut und Traurigkeit.

„Verlassen Sie mein Haus!“

„Nicht, bevor ich sie gesehen habe.“

George Browne fuhr zusammen. „Wen?“ Großer Gott, diese dunkle Ahnung! Konnte es eigentlich noch schlimmer kommen?

„Wen schon. Carolyn, meine Enkelin."

Ratlos starrte er die alte Dame an. Am liebsten hätte er ihr geantwortet, sie solle zur Hölle gehen, wo sie eines Tages ja doch ankommen würde. Er konnte nicht begreifen, warum sie plötzlich nach all den vielen Jahren ihre Enkelin sehen wollte. Zum Teufel, er wollte nicht an ihr vieles Geld denken, aber dann fiel ihm Carolyns Zukunft ein. Wer würde für sie sorgen, wenn er einmal nicht mehr da war? Er war sich nicht sicher, ob sie überhaupt jemals heiraten würde. Trotz seiner besseren Einsicht konnte er sich des Gedankens nicht erwehren, dass all ihre Schwierigkeiten aus der Welt geschafft werden könnten, wenn Lady Stafford auf einmal Interesse an ihrer Enkelin finden würde. Vor allem würde Carolyn dann nicht für Swerajow arbeiten müssen. Und er selbst musste nie, nie wieder hinüber aufs Festland fahren!

Zögernd fuhr sich George Browne mit der Zungenspitze über die Lippen. „Sie ist nicht zu Hause", sagte er schulterzuckend.

Lady Stafford richtete den Blick ihrer grünen, vom Alter getrübten Augen mit einer solchen Schärfe auf ihren Schwiegersohn, als wolle sie ihn damit durchbohren. „Und wo ist sie?"

„In dem Haus, in dem sie eine Anstellung hat."

Die alte Dame richtete sich auf. „Man hat mir zu verstehen gegeben, dass sie hier in diesem Laden Bücher verkauft."

„So war es auch ... bis vor kurzem." George Browne begann zu schwitzen. „Jetzt ist sie aber die Gesellschafterin der Tochter des Fürsten Swerajow."

„Gesellschafterin?" Edith Owsley hob die Brauen. „Sind Sie so arm, dass sie es nötig hat, sich als Gouvernante zu verdingen?"

„Es war ihr Wunsch", erwiderte George Browne ärgerlich. „Carolyn hat immer nach ihrem eigenen Willen gehandelt, und diese Stellung interessierte sie aus den verschiedensten Gründen."

„Und was sind das für Gründe?" Die alte Dame war es gewohnt, ihre Fragen unmissverständlich zu stellen.

„Nun, es war für sie wohl zugleich eine günstige Gelegenheit und eine Herausforderung."

„Das müssen Sie mir schon etwas näher erklären."

Da er sich nun schon so weit in ein Gespräch mit Lady Stafford eingelassen hatte, blieb George Browne nichts anderes übrig, als auch dieser Aufforderung nachzukommen. „Carolyn glaubt, dass die Ausbildung und Erziehung von Mädchen verbessert werden muss", sagte er widerstrebend.

Einen Augenblick lang starrte ihn die verwitwete Countess of Stafford sprachlos an. Dann brach sie in schallendes Gelächter aus. „Wirklich? Wie ungewöhnlich." Sie zog ihre Handschuhe aus feinem Kalbsleder glatt und fasste den Stock fester. „Nun, dann guten Tag, Browne."

Noch ehe ihr Schwiegersohn irgendetwas erwidern konnte, war sie an ihm vorüber und zur Tür hinausgegangen.

Im Hause des Fürsten Swerajow wurde Carolyn sofort in ihr Zimmer geführt, das in derselben Etage lag wie das Kinderzimmer, die Schulstube und die Schlafräume des Hauslehrers und der Gouvernante. Sie war überrascht von der Größe und Eleganz des Zimmers, das mit dem kleinen persischen Teppich, den Vorhängen aus farbenfreudigem Kattun, einem geräumigen Schrank und einer geschnitzten Truhe ihr eigenes Dachkämmerchen noch ärmlicher erscheinen ließ.

Bekümmert dachte sie an ihren Vater und hoffte dabei, dass er nicht ganz so unglücklich sein würde, wie er vor kurzem noch den Anschein erweckt hatte.

„Seine Exzellenz hat befohlen, dass ich mich darum bemühen soll, wenn Sie noch irgendwelche Wünsche haben", erklärte der Butler mit ausdrucksloser Miene.

„Danke", erwiderte Carolyn lächelnd, „aber ich glaube, es ist alles Nötige vorhanden. Hat Katja jetzt Unterricht?"

Der Butler bejahte und hatte kaum den Raum verlassen, als die kleine weiße Katze durch die halb offene Tür schlich und dann mit einem Satz auf einen der hübschen rosa und weiß gemusterten Stühle sprang. Dort legte sie sich nieder und begann, gemächlich ihre Pfoten zu lecken.

„Willst du mich vielleicht begrüßen, Alexander?" fragte Carolyn lachend und nahm den blauäugigen Kater auf den Arm. „Komm, wir suchen deine Herrin.“ Mit dem Ellenbogen drückte sie die Tür weiter auf und trat auf den Korridor hinaus. Aus einem der Zimmer drangen Stimmen, und so musste es wohl der Klassenraum sein. Zögernd ging Carolyn darauf zu und blieb auf der Schwelle der halb geöffneten Tür stehen.

Katja saß mit gebeugtem Kopf an einem kleinen Tisch, vor sich ein aufgeschlagenes Buch, in der Hand einen Federkiel. Ihr gegenüber hatte ein kleiner Mann mit schwarz gelocktem Haar und dunkel getönter Haut Platz genommen und dozierte mit lauter Stimme über das Leben Peter des Großen. Neben ihm lehnte mit steifem Rücken Madame Arkadjewa in einem hohen Lehnstuhl, den Zwicker auf der langen, spitzen Nase. Alle drei blickten im selben Augenblick auf Carolyn.

„Guten Tag“, sagte diese fröhlich und trat ein. „Ich bitte um Entschuldigung, wenn ich Sie unterbrochen habe.“

Die beiden Erwachsenen nickten steif, während Katja nur wortlos auf das Kätzchen starrte.

„Alexander kam in mein Zimmer“, berichtete Carolyn. „Er wollte mich wohl begrüßen. Und wie geht es dir heute, Katja?“

„Danke, gut, Miss Browne“, erwiderte das Mädchen und warf der Gouvernante dabei einen ängstlichen Blick zu.

Carolyn ließ den Kater zu Boden springen. Er lief sofort zu Katja, die sich jedoch nicht rührte und auch keine Anstalten machte, ihn zu sich auf den Schoß zu holen.

Nun erhob sich die Gouvernante mit verdrossener Miene. „Katja ist gerade mitten in ihrer Geschichtslektion, Miss Browne.“

„Oh, das tut mir außerordentlich Leid“, erwiderte Carolyn ernsthaft. „Ich komme dann später wieder. Wann ist denn der Unterricht vorbei?“

Während Madame Arkadjewa von dieser Antwort sehr befriedigt zu sein schien, erhob sich Signor Raffaldi hastig und vertrat Carolyn den Weg. „Darf ich Sie bei uns willkommen heißen, Miss Browne? Seine Exzellenz hat uns bereits von Ihrem Kommen unterrichtet.“ Er lächelte gewinnend. „Da die Komtesse eine hervorragende Schülerin ist, dürfte eine kleine Unterbrechung nichts schaden. Mein Name ist Raffaldi. Ich bin Katjas Hauslehrer.“

„Ich danke Ihnen." Carolyn übersah die Gouvernante, die sich keine Mühe gab, ihr Missvergnügen zu verbergen, und wandte sich an das kleine Mädchen. „Katja, dein Vater hat mich gebeten, deine Freundin und Gefährtin zu sein, und ich habe zugesagt. Hoffentlich ist es dir recht."

Katja blickte schüchtern zu ihr empor. Doch noch ehe sie etwas sagen konnte, stellte sich die Gouvernante vor sie. „Sie wollen doch wohl nicht ein Kind um seine Meinung fragen!" sagte sie erbost.

Carolyn straffte sich. „Gewiss doch."

„Das ist hier bei uns aber nicht üblich, Miss Browne."

„Ich hingegen pflege so zu verfahren", versetzte Carolyn ruhig.

„Ein Kind hat kein Recht auf eine eigene Meinung!"

„Jeder Mensch, ob Mann, Frau oder Kind, ob Freier oder Sklave, hat das Recht, zu denken und sich eine Meinung zu bilden!" Nun wurde auch Carolyn wütend.

Raffaldi verbiss sich ein Lächeln, während Katja sie mit großen Augen anstarrte.

„Kennt der Fürst eigentlich Ihre merkwürdigen Ansichten?" rief die Gouvernante aufgebracht.

„Da bin ich mir sicher", entgegnete Carolyn, schon wieder lächelnd, und wandte der erregten Dame den Rücken zu. „Also, Katja, ist es dir recht, dass ich dir in Zukunft Gesellschaft leiste?"

Wortlos nickte das Kind.

„Gut. Das freut mich." Carolyn strich ihr über das Haar. „Sobald ich deinen Stundenplan gesehen und herausgefunden habe, wie viel Zeit für uns beide bleibt, mache ich ein Programm für unsere gemeinsamen Unternehmungen."

Katja schwieg, aber Madame Arkadjewa mischte sich jetzt wieder ein. „Für Ihre Unternehmungen?"

„Gewiss." Carolyn lächelte liebenswürdig. „Ich habe mit Katja viel vor. Da sie London noch nicht kennt, denke ich als Erstes an eine Entdeckungsfahrt durch die Stadt. Und außerdem werden wir natürlich ein paar Märchenbücher für sie aussuchen."

„Märchen!" Die Gouvernante legte ihren ganzen Abscheu in dieses eine Wort.

„Ja, Märchen.“ Aus dem Augenwinkel heraus konnte Carolyn sehen, wie Signor Raffaldi sich bemühte, das Lachen zu unterdrücken. Da habe ich offensichtlich einen Verbündeten in der Kinderstube, dachte sie erleichtert.

„Nun, wenn Ihre Absichten dergestalt sind“, sagte Madame Arkadjewa mit einem triumphierenden Lächeln, „werden Sie wenig Möglichkeiten dazu haben. Katjas Unterricht dauert täglich von morgens bis zur Teestunde.“ Sie reckte spöttisch das Kinn empor.

„Dann sollte ich wohl als Erstes mit Seiner Exzellenz darüber reden, dass Katjas Tagesablauf vollkommen umgestaltet werden muss.“

Fürst Swerajow hatte jedoch bereits das Haus verlassen, und Carolyn bekämpfte tapfer die aufsteigende Enttäuschung über diese Tatsache. Schließlich war sie nicht hierher gekommen, um ihm ständig nachzutrauern. Nun musste sie also bis zum Mittagessen warten, um wieder mit Katja zusammen sein zu können.

Als sie zur Essenszeit das Kinderzimmer betrat, fand sie Katja und ihre Gouvernante schweigend bei Tische vor. Lächelnd zog sie sich einen weiteren Stuhl heran, nahm neben dem Mädchen Platz und sagte mit strahlender Miene: „Ich darf doch auch hier essen, nicht wahr? Der Butler wird sogleich noch ein Gedeck für mich bringen lassen.“

Nach einem kurzen Seitenblick auf Madame Arkadjewa lächelte Katja scheu. Es war ihr deutlich anzusehen, dass sie zu gern etwas gefragt hätte.

„Was hast du, Katja?“ erkundigte sich Carolyn freundlich. „Sag es mir ruhig.“

„Können wir uns wirklich London ansehen?“ stieß die Kleine atemlos hervor.

„Ich sage nichts, was ich nicht auch so meine“, erwiderte Carolyn.

Mit einem ärgerlichen Schnaufen erhob sich die Gouvernante. „Ich habe den Appetit verloren“, sagte sie, ging zum Fenster und starrte mit vor der Brust verschränkten Armen in den Garten hinunter.

Carolyn seufzte leise. „Ich muss nur noch deinen neuen Tagesablauf mit deinem Vater besprechen. Aber ich bin sicher, dass er nichts dagegen haben wird."

Mit ungläubigem Staunen musterte Katja ihre neue Gefährtin. Ihr Lächeln war bereits wieder erloschen.

„Nun", fuhr Carolyn munter fort, „und jetzt sage mir: Was ist schwarz und weiß und viereckig?"

Die Kleine biss sich auf die Unterlippe. „Wie bitte?"

„Das ist ein Rätsel. Kannst du es lösen?"

Katja strahlte vor Freude. „Schwarz und weiß und viereckig?" wiederholte sie.

Lächelnd nickte Carolyn.

„Es ist doch kein Tier, nicht wahr?"

„Nein, ein Gegenstand. Manche Menschen nehmen ihn Tag für Tag zur Hand."

Katja runzelte die Stirn und dachte angestrengt nach, während sich vom Fenster her die Gouvernante vernehmen ließ: „Das ist purer Unsinn. Ich begreife nicht, warum der Fürst Sie engagiert hat."

Am liebsten hätte Carolyn geantwortet, dass eben ihr Mangel an Fantasie und Einfallsreichtum der Grund gewesen ist, aber sie zog es dann doch vor, vielsagend zu lächeln und zu schweigen.

„Nun, gibst du auf?" fragte sie.

Mit großen Augen nickte Katja.

„Es ist eine Zeitung!" rief Carolyn lachend.

Plötzlich begann auch Katja zu lachen, fröhlich und unbekümmert. Es war ein wundervoller Augenblick, und Carolyn war überaus zufrieden mit diesem ersten Erfolg.

„Was geht hier eigentlich vor?" ertönte in diesem Augenblick eine weibliche Stimme von der Tür her.

Obwohl Carolyn ihr den Rücken zuwandte, wusste sie sofort, dass die Fürstin Swerajowa eingetreten sein musste, denn diese merkwürdig sinnliche, beinahe schwüle Klangfarbe hätte sie unter Hunderten erkannt. Unwillkürlich reckte sie die Schultern und versuchte zugleich, ihre Abneigung gegen diese Frau zu bekämpfen.

„Guten Tag, Mama", sagte Katja schüchtern.

Ärgerlich musterte Marie Helene den Raum und die darin Anwesenden. „Ich wiederhole: Was geht hier vor während Katjas Unterricht?“ Mit spitzem Finger wies sie auf den Tisch und zugleich auf Carolyn.

Nun sah sich Madame Arkadjewa wieder zum Eingreifen gemüßigt. „Katjas neue Gesellschafterin hat Ihrer Tochter ein Rätsel aufgegeben, Hoheit“, sagte sie spöttisch.

„Ein Rätsel?“ Die Fürstin ging zum Tisch und blickte voller Verachtung auf Carolyn herab. „Sie haben also vor, meine Tochter mit kindischen Späßen zu unterhalten?“

Voller Unruhe, aber dennoch gewillt, ihren Standpunkt zu verteidigen, erhob sich Carolyn. „An einem Rätsel ist doch nichts auszusetzen“, begann sie. „Im Gegenteil, es ...“

„Selbstverständlich ist etwas daran auszusetzen!“ schrie Marie Helene erbost.

Bis in den letzten Winkel ihres Herzens spürte Carolyn, dass diese Frau sie hasste – und wohl aus gutem Grunde. Wahrscheinlich hatte sie bemerkt, wie sehr sich diese neue Hausgenossin zu ihrem Mann hingezogen fühlte. Wieder wurde sie von Gewissensbissen gequält, obwohl doch eigentlich nichts zwischen ihr und dem Fürsten vorgefallen war und wohl auch nie etwas Ehrenrühriges geschehen würde. Sie nahm ihren Mut zusammen und wählte die Worte ihrer Antwort sorgfältig aus. „Lachen ist ein wichtiger Teil der kindlichen Erfahrungen, Hoheit. Und ich glaube, für Ihre Tochter ist es ganz besonders wichtig.“

„Meine Tochter ist sehr intelligent ... viel zu intelligent, um sich mit einem solchen Unsinn zu beschäftigen.“ Marie Helenes Augen blitzten zornig. Aber plötzlich wandte sie sich zu Katja um und lächelte betont zärtlich. Der Kontrast zwischen dem aufgebrachten Blick und dem strahlenden Lächeln war direkt unheimlich.

„Katja, Schätzchen, habe ich Recht ?“

Das Kind nickte mit zusammengepressten Lippen.

Obwohl die Fürstin gut eine Handbreit kleiner war als Carolyn, gelang es ihr dennoch, hochmütig auf sie herabzublicken. „Sie sind die Letzte, die mir zu sagen hat, was gut für meine Tochter ist, merken Sie sich das!“

Carolyn zuckte zusammen. „Ich bitte um Entschuldigung, wenn ich meine Befugnisse überschritten habe“, begann sie nichtsdestoweniger ruhig und beherrscht, „aber ich bin hier angestellt, um Ihrer Tochter Pflege angedeihen zu lassen, auf geistigem und emotionalem Gebiet ...“

„Meiner Tochter Pflege angedeihen zu lassen!“ Marie Helenes Stimme triefte vor Hohn. „Katja ist keine Gartenpflanze, Miss Browne. Im Übrigen wünsche ich Ihre Gegenwart nicht und werde alles in meinen Kräften Stehende tun, um Ihre Entlassung durchzusetzen.“

Einen Augenblick lang herrschte drückende Stille im Zimmer. Selbst die Gouvernante war angesichts dieser unverhüllten Drohung blass geworden.

Großer Gott, das ist ja noch schlimmer, als ich befürchtet habe, dachte Carolyn entsetzt. Wie sollte sie unter diesen Umständen hier bleiben? Wenn die Fürstin ihr derart unverhohlen den Kampf angesagt hatte? „Hoheit“, sagte sie langsam, „ich bin doch nur hier, um Ihrer Tochter eine verständnisvolle Gefährtin zu sein ... ich will ihr ja nur helfen ...“

„Ich weiß genau, warum Sie hier sind“, fuhr Marie Helene in schneidendem Ton dazwischen. „Das hat nichts, aber auch gar nichts mit meiner Tochter zu tun.“ Sie lächelte böse und ergriff Katjas Hand. „Komm, Liebling, wir haben uns gestern so gut miteinander unterhalten, dass ich heute wieder mit dir ausfahren möchte. Dein Unterricht kann warten.“

Katja erhob sich unschlüssig. Es war ihr anzumerken, dass sie nicht recht wusste, was ihr von den verschiedenen Möglichkeiten lieber wäre: hier bleiben und mit Carolyn reden, oder Unterricht haben oder mit der Mutter ausfahren ...?

Sofort legte sich Carolyn ins Mittel. „Hoheit“, sagte sie rasch, „vielleicht könnten Sie ein andermal mit Katja ausfahren. Sie war doch gerade dabei ...“

„Ich habe Ihnen schon einmal gesagt, dass ich von Ihnen keine Ratschläge in Bezug auf meine Tochter wünsche.“ Marie Helene zog das Kind mit sich zur Tür. „Madame, Katja wird zum Tee zurück sein." Auf der Schwelle wandte sich Katja noch einmal um, und es schien Carolyn, als bitte sie wortlos um Hilfe. Aber vielleicht hatte sie sich auch geirrt.

Noch immer bebte sie am ganzen Körper vor Aufregung über diesen unerfreulichen und sinnlosen Auftritt.

„Nun", erkundigte sich Madame Arkadjewa jetzt mit einem boshaften Lächeln, „sind Sie zufrieden über das Durcheinander, das Sie angerichtet haben?" Hocherhobenen Hauptes rauschte sie aus dem Zimmer.

Carolyn blieb allein zurück, und das Herz tat ihr weh – aber nicht ihretwegen, sondern um Katjas willen.

Nikolaus stand in seinem schwarzen Schoßrock, den blassgrauen Hosen und einem weißen Seidenhemd vor dem Spiegel in der Bibliothek und richtete sich die Krawatte. „Sie wollten mich sprechen?" fragte er und nickte Carolyns Spiegelbild auffordernd zu.

Dennoch blieb sie zögernd auf der Schwelle stehen. Offensichtlich war sie nicht nur überrascht, sondern auch peinlich berührt von der Tatsache, dass er hier unten in der Bibliothek seine Toilette beendete und nicht oben in seinem Ankleidezimmer. Aber im ersten Stock lief die Fürstin in überaus gereizter Stimmung durch die Räume, und er hatte keine Lust, sich ihre Klagen anzuhören, zumal er sich den Grund dafür denken konnte. Deshalb hatte er es vorgezogen, seine Garderobe für einen abendlichen Empfang in gebührender Entfernung von Marie Helene zu vervollständigen. Als er keine Antwort erhielt, wandte er sich verwundert um und fragte sich dabei zum wiederholten Male, ob es nicht doch ein Fehler gewesen war, Carolyn als Gefährtin für Katja einzustellen.

Ihre Blicke trafen sich.

„Treten Sie doch ein, und schließen Sie die Tür, wenn Sie möchten. Sie sehen erregt aus, Miss Browne", stellte Nikolaus sachlich fest. Es hätte ihn auch überrascht, wenn sie am ersten Tag ihres Hierseins keine Anzeichen eines inneren Aufruhrs zu Tage gelegt hätte.

Langsam trat Carolyn näher. „Ich bin auch erregt", erwiderte sie so beherrscht wie möglich.

„Was ist denn geschehen?“ Nikolaus bemühte sich, ruhig zu erscheinen, obwohl er gegen die schlimmsten Befürchtungen anzukämpfen hatte.

Carolyn presste die Hände zusammen. „Ich sehe mich über Gebühr mit Widerständen konfrontiert, sowohl von der Gouvernante als auch von der Fürstin.“

Nikolaus hatte einen solchen Auftritt erwartet und nickte schweigend. Höflich forderte er Carolyn auf, Platz zu nehmen, und setzte sich dann ihr gegenüber in einen der bequemen Armstühle. Geistesabwesend registrierte er, dass ihre schlanken Hände jetzt völlig reglos in ihrem Schoß lagen. „Ich werde mich sofort mit Madame Arkadjewa auseinander setzen.“ Er räusperte sich energisch. „Und auch mit meiner Frau.“

Carolyn errötete. „Ich möchte nicht der Anlass für Zwistigkeiten zwischen Ihnen und der Fürstin sein.“

Er schüttelte mit abweisender Miene den Kopf. „Ich habe nicht die Absicht, Ihnen darauf eine Antwort zu geben, und noch viel weniger, über meine Ehe zu sprechen.“

„Sie ... ich ... ich bitte um Entschuldigung. Ihre Tochter liegt mir sehr am Herzen, Exzellenz. Aber ich bezweifle, dass ich ihr unter den obwaltenden Umständen von Nutzen sein kann.“

Die obwaltenden Umstände. Genau daran dachte er immer wieder. Die Vorstellung, dass sie heute Abend in ihr Zimmer gehen und die Nacht hier im Hause verbringen würde, beschäftigte ihn entgegen seinen Bemühungen viel zu viel. Es war doch nicht so einfach, wie er es sich vorgestellt hatte. Den ganzen Tag hatte er sinnloserweise darauf gewartet, einen Blick von ihr zu erhaschen, ein Wort, ein Lächeln.

„Sie können doch nicht bei den ersten Schwierigkeiten aufgeben, Carolyn. Ich traue Ihnen offensichtlich mehr zu als Sie sich selbst. Sie sind eine starke und mutige Frau.“

Bei diesem unverhüllten Lob verstärkte sich die Röte auf Carolyns Wangen. „Ich habe im ersten Augenblick tatsächlich daran gedacht aufzugeben. Aber um Katjas willen werde ich bleiben ... zumindest bis sie nach Russland zurückgeht.“

Erleichtert atmete Nikolaus auf. „Ich habe heute mit dem Arzt gesprochen. Er meint, meine Frau sei in etwa einer Woche so weit wiederhergestellt, dass sie die Heimreise antreten kann. Ich werde noch heute die notwendigen Vorbereitungen dafür treffen."

Er hatte es sich bis jetzt untersagt, über diese Aussicht nachzudenken. Aber dennoch kreisten seine Gedanken immer wieder um die Frage, wie es weitergehen sollte, wenn Marie Helene abgereist war und Carolyn in seinem Hause blieb. Er kannte genug Männer, die ein Verhältnis mit der Gouvernante ihrer Kinder hatten, und fand nichts Ungewöhnliches daran. Aber er wusste, dass er Carolyn unglücklich machen würde, wenn er sie in eine solche Lage brachte.

„Sie machen heute einen so nachdenklichen Eindruck", unterbrach Carolyn plötzlich seine Überlegungen. „Gibt es irgendwelche Ungelegenheiten?"

„Aber nein, ich habe nur viel im Kopf", entgegnete er mit einem abwehrenden Lächeln. Plötzlich stand ein Bild vor seinen Augen, das er immer zu verdrängen gesucht hatte: er und sie in zärtlicher Umarmung. Zornig über seine abwegigen Fantasien wiederholte er schroff: „Nein. Sagen Sie mir lieber, wie ich Ihnen bei Ihrem Umgang mit meiner Tochter helfen kann." Bewusst lenkte er das Gespräch wieder auf das eigentliche Thema.

Verlegen rieb Carolyn die Handflächen aneinander. „Ich denke, wir sollten einmal über Katjas Tagesablauf und über ihren Stundenplan sprechen."

„Ist damit irgendetwas nicht in Ordnung?"

„Allerdings. Es sind hier meiner Meinung nach Änderungen erforderlich." Nach einem kurzen Zögern fügte sie hinzu: „Eigentlich möchte ich ihn völlig umstellen ... und auch ihren Unterrichtsplan."

„Oh, wirklich?" Überrascht hob Nikolaus den Kopf.

„Ja." Carolyn nickte eifrig. „Ihre Unterrichtsfächer sollten erweitert und ergänzt werden. Ich verstehe, dass aus Ihrer Sicht die russische Geschichte und die gesellschaftlichen Zustände in Russland besonders wichtig sind. Aber was halten Sie zum Beispiel von dem Studium fremder Kulturen?"

„Fremder Kulturen?" Zögernd hob er die Schulter.

„Ja." Carolyn sprang auf. „Ich halte es unbedingt für notwendig und würde gern mit Ägypten beginnen, denn das Land ist doch seit Napoleons verunglücktem Feldzug dorthin in den Jahren 1798 und 1799 wieder von besonderem Interesse. Und wie ist Ihre Meinung dazu?"

„Ihr Vorschlag findet meinen ungeteilten Beifall."

„Wirklich?"

„Wirklich!" Lachend stand Nikolaus auf. Er fühlte sich unsagbar erleichtert, denn offensichtlich hatte Carolyn wirklich nicht die Absicht, ihre neue Aufgabe schon wieder im Stich zu lassen. Und trotz aller Schwierigkeiten und Erschwernisse, die Marie Helenes Abreise mit sich bringen würde, wünschte er Carolyns Anwesenheit in seinem Hause und war überzeugt, dass dieser Entschluss seine Richtigkeit hatte.

„Ich räume Ihnen uneingeschränkte Vollmachten in Bezug auf meine Tochter ein", erklärte er mit Nachdruck. „Habe ich Ihnen das nicht schon gesagt, als ich Ihnen meinen Vorschlag unterbreitete? Sie sind für Katjas Betreuung allein zuständig, und das schließt auch die Entscheidung über ihren Unterricht ein. Signor Raffaldi und Madame Arkadjewa haben Ihnen darüber Bericht zu erstatten."

Carolyn hielt den Atem an. „Sind Sie sicher, dass Sie so entscheiden wollen?" rief sie fassungslos.

Nikolaus schmunzelte. „Ich dachte schon, Sie wollten fragen: Sind Sie verrückt geworden? Aber Sie können ganz beruhigt sein: Ich weiß genau, was ich tue. Und wenn Madame Arkadjewa ihre neue Situation nicht gefällt, kann sie gehen. Sie ist ohne Schwierigkeiten zu ersetzen. Es gibt hier und auch daheim in Russland viele ihresgleichen."

„Also gut, ich bin einverstanden."

„Signor Raffaldi wird nichts einzuwenden haben. Er ist sehr umgänglich. So, nun wissen Sie, welche Befugnisse Sie haben. Entwerfen Sie ein neues Unterrichtsprogramm und damit zugleich einen neuen Stundenplan und legen Sie mir dann beides vor. Ich werde gegebenenfalls meine Änderungswünsche vorbringen. Aber ich bin zuversichtlich, dass kaum etwas daran auszusetzen sein wird." Lächelnd betrachtete er ihren immer noch verwirrten Gesichtsausdruck. Vor Aufregung strahlten ihre Augen, und für einen Augenblick versank er in ihrer Tiefe – zu lange, um noch rechtzeitig seine Worte zurückzuhalten. „Sie haben ganz ungewöhnlich ausdrucksvolle Augen“, murmelte er. „Aber ich glaube, das haben Ihnen schon viele Menschen gesagt.“

Carolyn erstarrte, und nur ihre Brust hob und senkte sich heftig unter dem einfachen geblümten Tageskleid. „Nein“, erwiderte sie mit einer Stimme, die ihr fremd vorkam, „nein, ich habe noch nie zuvor ein solches Kompliment gehört.“

„Nun, dann waren die Männer, die das Vergnügen Ihrer Gesellschaft hatten, einfältige Tröpfe.“ Unvermittelt wandte sich Nikolaus um, zornig über sich selbst, über seine erneute Verletzung aller guten Vorsätze. Er hatte sich doch so fest vorgenommen, sein Interesse an Miss Browne strikt in Grenzen zu halten, wenn sie unter seinem Dache wohnte. Es gab schließlich genug Frauen in London, mit denen er sich die Zeit vertreiben konnte – es musste nicht ausgerechnet die Gesellschafterin seiner Tochter sein, zumindest nicht unter den gegebenen Umständen.

Ohne einen Blick auf Carolyn zu werfen, ging er zu seinem Schreibtisch und begann, scheinbar aufmerksam, die dort liegenden Papiere durchzusehen.

„Gibt es sonst noch etwas?“ fragte er beiläufig.

Als er keine Antwort erhielt, hob er erstaunt den Kopf. Der Raum war leer.

Lautlos stieß er einen Fluch aus.

Carolyns Stimmung hatte sich deutlich gebessert, seit sie sich in Gedanken mit Katjas neuem Unterrichtsprogramm befasste. Gleich heute Abend wollte sie es ausarbeiten und auch einen neuen Stundenplan aufstellen.

Da sich in ihrem Zimmer kein Schreibtisch befand, entschloss sie sich, zu diesem Zweck in den Klassenraum zu gehen. Doch als sie die Tür öffnete, erblickte sie Madame Arkadjewa, offensichtlich Briefe schreibend, an einem der Tische.

Die Gouvernante hielt in ihrer Tätigkeit inne und sah den Störenfried missvergnügt an. Carolyn erwiderte ihren Blick nicht minder verärgert. Natürlich war es ganz und gar ausgeschlossen, in Gegenwart von Madame Arkadjewa ihre Pläne auszuarbeiten. Wahrscheinlich wusste sie noch nicht einmal, dass ihre Erziehungsvollmachten weitestgehend beschnitten worden waren, und Carolyn hatte keine Lust, die Krise, die eine solche Entscheidung zweifellos auslösen würde, gleich am ersten Abend zu bewältigen.

„Ich wollte eigentlich zur Bibliothek", sagte sie lächelnd, „und mir etwas zum Lesen aussuchen. Wahrscheinlich habe ich mich im Stockwerk geirrt. Gute Nacht, Madame."

Die Gouvernante antwortete kaum.

Rasch eilte Carolyn, das Notizbuch in der Hand, die Treppe hinab. Warum sollte sie schließlich nicht in die Bibliothek gehen und dort arbeiten? Sowohl Swerajow als auch die Fürstin verbrachten den Abend außer Haus, und sie wusste aus erster Hand, wie lange sich die Abendgesellschaften der Aristokraten hinzogen. Niemand würde etwas dagegen haben, wenn sie sich während dieser Zeit in der Bibliothek aufhielt ... der Hausherr sicherlich am allerwenigsten.

Das Erdgeschoss war dunkel und wirkte wie ausgestorben. Keine Menschenseele ließ sich sehen, als Carolyn durch den Korridor in die Bibliothek huschte, in der ebenfalls kein Licht brannte. Vorsichtig ertastete sie sich ihren Weg zu Swerajows mächtigem Schreibtisch aus dunkelgrünem Eichenholz und zündete dort die Kerzen eines mehrarmigen Leuchters an. Dann setzte sie sich in seinen bequemen Armstuhl, öffnete das Notizbuch und ließ ihren Ideen freien Lauf, ohne noch einen weiteren Gedanken daran zu verschwenden, dass sie in die ureigenste Sphäre des Fürsten eingedrungen war.

Als Erstes würde sie den Umfang einiger spezieller Unterrichtsfächer in Katjas Stundenplan verringern, wie zum Beispiel die Tanzstunde oder die Aquarellmalerei, und dafür andere nützlichere Studien aufnehmen, und natürlich mussten auch ein paar neue erlebnisreiche Themen hinzukommen. Wie wunderbar war es doch, dass ihr die Möglichkeit gegeben war, den Geist eines aufgeweckten kleinen Mädchens zu formen, ohne Rücksicht auf die Regeln einer konventionellen Erziehung nehmen zu müssen, die ohnehin nur dazu diente, willfährige Ehefrauen heranzubilden.

In ihrer Begeisterung merkte sie nicht, wie die Stunden verflogen, bis sie plötzlich Stimmen aus der Eingangshalle hörte – eine männliche und eine weibliche. Erschrocken fuhr sie von ihrer Arbeit auf. Da sie die Tür offen gelassen hatte, konnte sie unschwer erkennen, dass Swerajow und die Fürstin zurückgekehrt waren. Eine Last legte sich auf ihr Herz. Die beiden waren also zusammen irgendwohin gegangen? Aber warum sollten sie es schließlich nicht tun? Sie waren ja immer noch verheiratet, und Ehepaare wurden nun einmal gemeinsam eingeladen.

Doch nun wurden die Stimmen lauter – näherten sich offensichtlich der Bibliothek. Swerajows ärgerliche Worte ertönten bereits in unmittelbarer Nähe.

„Ist das etwa der Grund dafür, dass du dich entschlossen hast, das Gartenfest zusammen mit mir zu verlassen?"

„Darf ich denn nicht mit meinem Ehemann nach Hause fahren?" erkundigte sich Marie Helene in ihrem üblichen leicht heiseren Tonfall.

Verwirrt sprang Carolyn auf und löschte, ohne über den Sinn ihres Tuns nachzudenken, die Kerzen auf dem Schreibtisch. Im selben Augenblick hörte sie, wie Swerajow erwiderte: „Du fährst schon seit Jahren nicht mehr mit mir nach Hause, meine Liebe. Aber ich habe wirklich gar keine Lust, heute Abend mit dir noch irgendeine Diskussion zu führen." Bei den letzten Worten erschien er auf der Schwelle der Bibliothek, während Carolyn nur einen Herzschlag zuvor bereits unter den Schreibtisch gekrochen war und sich zitternd in die dunkelste Ecke drückte.

„Aber ich bin in Stimmung für Diskussionen." Marie Helene war Nikolaus offensichtlich gefolgt und musste sich in unmittelbarer Nähe befinden.

Plötzlich wurde es hell in dem Raum, denn der Fürst hatte die Kerzen wieder angezündet. Seine Lackschuhe erschienen in Carolyns Blickfeld, in dem nun auch ein Stück von Marie Helenes Ballrobe erschien, dunkelrot, mit schwarzer Spitze besetzt. Verzweifelt zog Carolyn die Knie enger an den Körper und hätte allerlei dafür gegeben, wenn sie sich bemerkbar gemacht hätte, anstatt sich zu verstecken und ein Gespräch zwischen den Eheleuten mit anzuhören. Wenn man sie jetzt entdeckte, würde man ihr natürlich unterstellen, dass sie die beiden hatte belauschen wollen. In diesem Augenblick fiel ihr auch noch ein, dass sie ihre Notizen auf dem Tisch hatte liegen lassen, und ihr Herz blieb bei dieser Entdeckung buchstäblich stehen.

„Ich möchte nämlich mit dir über diese Plebejerin sprechen – diese Buchhändlerstochter", erklärte die Fürstin in nörgelndem Ton.

„Aber ich wünsche nicht, über Miss Browne zu reden."

„Hast du sie schon mit ins Bett genommen, Niki?"

Einen Augenblick lang herrschte vollkommene Stille, während Carolyn den Atem anhielt.

„Marie Helene, nimm zur Kenntnis", sagte Nikolaus schließlich kühl, „dass meine Privatangelegenheiten genau das sind, was der Name besagt, nämlich ausschließlich meine Sache."

Carolyn konnte nicht begreifen, warum er eine solche Möglichkeit nicht weit von sich wies.

„Was findest du nur an ihr?" rief Marie Helene außer sich.

„Sie ist die beste Gesellschaft für Katja, die ich finden konnte", erwiderte Swerajow gleichgültig. „Aber warum gehst du nicht endlich zu Bett?"

Raschelnd glitt der seidene Saum von Marie Helenes Robe über die Lackschuhe des Fürsten.

„Ich kann sie nicht ausstehen und auch ihre merkwürdigen Ideen nicht!" Die Stimme der Fürstin wurde schrill. „Und es ist ganz und gar ungehörig, dass du neuerdings deine augenblickliche ‚affaire de cœur' sogar in dieses Haus bringst!"

„Ich habe nicht die Absicht, auf deine Anschuldigungen zu antworten. Miss Browne bleibt hier. Ihre Gegenwart ist gut für Katja, und ich hoffe, dass dir so viel mütterlicher Instinkt geblieben ist, dass du darin mit mir übereinstimmst." Swerajows Ton war hart und verächtlich.

„Ich lasse mich von dir nicht verunglimpfen!" schrie die Fürstin wütend. „Ich bin Katjas Mutter, allerdings! Und als solche habe ich auch Rechte."

„Du scheinst entschlossen zu sein, alles dir Mögliche zu tun, um mich dazu zu veranlassen, dir eben diese Rechte zu entziehen", erwiderte Nikolaus kalt.

„Ich bin ihre Mutter", wiederholte Marie Helene störrisch. „Und ich will nichts mehr von diesem gemeinen Klatsch über mich und Sascha hören, Niki!"

„Wenn du dich früher etwas ehrenhafter benommen hättest, wäre ich jetzt wahrscheinlich bereit, das Geschwätz zu vergessen." Nikolaus konnte offensichtlich genauso starrsinnig sein. „Jetzt aber kannst du das Blaue vom Himmel herunterlügen und immer wieder behaupten, dass Sascha nicht der Vater des Kindes war, das du vor kurzem verloren hast – ich werde es nicht glauben. Und daran wird sich nichts ändern."

In seinen Worten schwang so viel Bitterkeit mit, dass Carolyn spürte, wie tief ihn dieser Fehltritt verletzt hatte.

„Warum hörst du nicht damit auf, mir immer wieder meine Vergangenheit vorzuwerfen!" schluchzte die Fürstin. „Es tut mir Leid, so Leid ... und ich bin so voller Kummer darüber." Plötzlich wurde sie wieder ruhig und senkte die Stimme zu einem dramatischen Flüstern. „Ich schwöre – hörst du: Ich schwöre –, dass ich die Vergangenheit bereue. Aber du wirst mir nie verzeihen, nicht wahr?" Jetzt lag auch in ihrem Ton viel Bitternis.

Nach einem langen drückenden Schweigen sagte Nikolaus: „Wie kann ich dir verzeihen, dass du mir den einzigen Menschen genommen hast, an dem mein Herz hängt."

Marie Helene seufzte. „Es kann niemand mit absoluter Sicherheit sagen, dass Katja nicht deine Tochter ist."

Nun lachte Swerajow, unfroh und spöttisch. „Wo es doch so überaus wahrscheinlich ist?"

Carolyn erstarrte. Das hätte sie keinesfalls mit anhören dürfen – das nicht!

Von der Fürstin war nun kein Laut mehr zu vernehmen, und auch Nikolaus sagte nichts mehr. Carolyn aber zitterte in ihrem Versteck vor Angst, einer der beiden könnte ihren keuchenden Atem vernehmen.

„Ach, zum Teufel mit dir!“ Es war wie der Ausbruch eines Vulkans. Mit schnellen Schritten verließ Marie Helene den Raum und schlug die Tür schmetternd ins Schloss.

Als ihre Tritte in der Halle verklungen waren, ertönte Swerajows Stimme erneut.

„Sie können jetzt unter dem Tisch hervorkommen, Miss Browne“, sagte er kühl.

20. KAPITEL

Carolyn flehte alle guten Geister an, sie möge sich verhört oder besser noch geträumt haben.

„Nun, Miss Browne?"

Jetzt blieb ihr wirklich nichts anderes mehr übrig, als schamrot unter dem Schreibtisch hervorzukriechen. Sie kam sich vor wie ein Kind, das dabei ertappt wurde, wie es den Finger in den Honigtopf steckte. Aber als sie plötzlich die schwarzen Lackschuhe vor der Nase hatte, merkte sie, dass dieser Vergleich bei weitem nicht ausreichte. Entsetzt schrak sie zusammen, stieß mit dem Kopf gegen die Tischplatte und wimmerte leise. Langsam krabbelte sie nach vorn und blickte dann ängstlich empor, mitten in Swerajows ausdruckslose Augen.

Sie nahm all ihren Mut zusammen und kehrte zu der normalen aufrechten Haltung eines menschlichen Lebewesens zurück. Dabei fiel ihr ein, dass der Fürst durchaus das Recht hätte, sie auf der Stelle wieder zu entlassen, und auf einmal wünschte sie, um keinen Preis ihren neuen Posten aufgeben zu müssen. Im Gegenteil. Nun gerade durfte und wollte sie dieses Haus nicht verlassen ... aus vielerlei Gründen.

„Ist es eine Angewohnheit von Ihnen, überall herumzuspionieren, Miss Browne?"

Diese Formulierung traf Carolyn bis ins Mark. „Nein, nein, überhaupt nicht. Es tut mir unsagbar Leid."

„Dann scheinen Sie sich eben gewohnheitsmäßig irgendwo zu verstecken", schlussfolgerte der Fürst mit frostiger Miene.

Voller Bangen versuchte Carolyn, den Grad seiner Verärgerung einzuschätzen. „Wi...wirklich", stotterte sie, „ich weiß selbst nicht, wie ich auf die Idee gekommen bin, unter den Tisch zu kriechen, als ich Ihre Stimmen in der Eingangshalle hörte."

„Im Allgemeinen verstecken sich die Leute nur, wenn sie nichts Gutes im Schilde führen", erwiderte Swerajow gleichmütig.

Verzweifelt suchte Carolyn nach einer Rechtfertigung. „Ich habe Katjas neues Unterrichtsprogramm ausgearbeitet", erklärte sie hastig. „Eigentlich wollte ich es im Schulzimmer tun, aber dort saß bereits die Gouvernante und schrieb Briefe. Und da ich es nicht für besonders passend hielt, den Stundenplan in ihrer Gegenwart zu überarbeiten, bin ich hierher gegangen."

Der Fürst nahm die Notizen vom Schreibtisch und las sie durch. „Sie haben lediglich zwei Wochenstunden für die Aquarellmalerei und den Tanzunterricht bewilligt", sagte er stirnrunzelnd. „Je eine Stunde am Dienstag und am Donnerstag."

Erleichtert nahm Carolyn zur Kenntnis, dass sich das Gespräch jetzt auf einem etwas unverfänglicheren Gebiet bewegte. „So ist es, Exzellenz. Ich glaube nämlich, dass man solchen Fächern in der Erziehung von Mädchen zu viel Bedeutung beimisst. Malen sollte eigentlich eine erholsame Freizeitbeschäftigung sein, und Tanzen gehört zu den gesellschaftlichen Verpflichtungen für junge Mädchen wie Katja. Aber beides ist nicht besonders geeignet, um ihren Geist zu schulen."

Der Fürst sah sie eine Zeit lang schweigend an. Dann las er vor: „Astronomie? Meine Tochter soll den Lauf der Sterne studieren?" Wieder streifte er Carolyn mit einem fragenden Blick. „Und was ist das hier? Systematik? Dramatische Dichtkunst?"

„Ich möchte Katja den Blick für die Welt öffnen, Exzellenz", erwiderte Carolyn, nun schon etwas nervös. „Es gibt für ein aufgewecktes Kind so viele interessante Dinge zu lernen."

„Wie zum Beispiel Anthropologie, nicht wahr?"

Vergeblich suchte Carolyn in Swerajows Miene nach einem Zeichen für seine augenblickliche Sinneshaltung. „Ja, auch", erwiderte sie unsicher. „So wie die Anthropologie die Grundlage ist für das Studium der Menschheitsentwicklung und der fremden Kulturen, so ist die Systematik die Grundlage für das Verständnis der verschiedenen Klassifikationen. Beides vermittelt einen weiteren Horizont. Und was die Astronomie anbelangt, so haben schon die alten Ägypter und die Griechen sich mit den Vorgängen am Himmel beschäftigt ... das wissen Sie doch sicher?" Unwillkürlich musste Carolyn bei dieser Frage lächeln, obwohl sie immer noch vor Angst schwitzte.

„Sie meinen Claudius Ptolemäus?" sagte Swerajow beiläufig.

Wieder wurde Carolyn blutrot. „Ja ... ja, natürlich. Nun ja, ich möchte, dass Katja auch einen breiteren Einblick in die Natur bekommt, und die Astronomie ist ja eine seriöse Wissenschaft. Aber das ist Ihnen zweifellos bekannt. Ein wissenschaftliches Herangehen an die unterschiedlichen Probleme wird Katja dazu befähigen, logisch, analytisch und exakt zu denken – und natürlich auch systematisch", fügte sie mit einem um Verständnis bittenden Lächeln hinzu.

„Ich frage mich, warum Sie nicht selbst Wissenschaftlerin geworden sind, anstatt Bücher zu verkaufen", bemerkte der Fürst zu Carolyns ungläubiger Überraschung. „Aber was soll das Fach Dramatik? Glauben Sie, dass das Studium der Theaterkunst Katja gleichermaßen dazu befähigt, wissenschaftlich zu denken?"

Der unerwartet warme Glanz in seinen goldbraunen Augen verwirrte sie. „Haben Sie ... haben Sie denn keine Freude an der Kunst?" fragte sie hilflos.

Er hob die Brauen. „Wie kommen Sie darauf?"

„Nun", erwiderte Carolyn eifrig, „die Befähigung zum wissenschaftlichen Denken ist doch nur die eine Hälfte der Erziehungsaufgabe."

„Jetzt scheue ich fast davor zurück, Sie nach der anderen Hälfte zu fragen."

„Die andere Hälfte ist die Entwicklung der Gefühle. Die Kreativität der Kinder muss geweckt werden, ihre Fantasie und auch ihr Mut bei der Entdeckung neuer Ideen", erläuterte Carolyn begeistert.

Der Fürst musterte sie schweigend und sagte dann: „Nun, dann sind Sie offenkundig die geeignetste Person für die Überarbeitung von Katjas Ausbildungsprogramm."

„Ich sehe das als ein Kompliment an", erwiderte sie errötend.

„Das war es auch."

Einen Augenblick lang fühlte sich Carolyn geschmeichelt und musste sich bemühen, zu ihrer vorherigen sachlichen Ausdrucksweise zurückzufinden. „Wir werden zusammen Theatervorstellungen besuchen und uns anschließend über die Aussage des Stückes unterhalten. Katja könnte ihre Meinung auch in Form eines kurzen Aufsatzes darlegen. Vielleicht werden wir auch zusammen ein kleines

Weihnachtsspiel schreiben. Haben Sie übrigens bemerkt, dass ich das Zeitunglesen in das Programm aufgenommen habe?"

„Zeitunglesen? Nein, das habe ich noch nicht gesehen." Der Fürst wiegte zweifelnd den Kopf.

„Ich bin der Überzeugung, dass Zeitunglesen nicht nur den Blick für die Geschehnisse der Gegenwart schärft, sondern auch die Fähigkeit erweitert, sich in der unterschiedlichsten Weise auszudrücken." Sie forschte angestrengt in der Miene des Hausherrn. „Sie mögen das nicht", sagte sie schließlich zögernd. „Es ist Ihnen zu liberal, nicht wahr?"

„Der Ausdruck liberal umschreibt kaum präzise den Charakter Ihres Unterrichtsprogramms, Miss Browne."

„So bin ich also entlassen?"

„Keineswegs. Ihre Ideen sind etwas ungewöhnlich. Aber ich widerspreche den Änderungen nicht, die Sie in Katjas Erziehung vornehmen wollen, solange auch den klassischen Unterrichtsfächern Genüge getan wird." Er klappte das Notizbuch energisch zu. „So bestehe ich zum Beispiel darauf, dass sie Latein lernt."

Erleichtert atmete Carolyn auf. „Da bin ich vollkommen einer Meinung mit Ihnen, Exzellenz, denn es gibt herrliche Abhandlungen und Gedichte in dieser Sprache zu lesen, wenn Katja sie erst einmal fließend beherrscht." Erneut war ihre Begeisterung bei dieser Vorstellung nicht zu übersehen.

„Vielleicht wird meine Tochter sogar mit elf Jahren ‚Sic et non' lesen", bemerkte der Fürst lächelnd.

Eine Zeit lang blickten sich die beiden wortlos in die Augen, bis sich Swerajows Miene unversehens verdüsterte. Ein Schatten legte sich über seine eben noch so strahlenden Augen, und Carolyn ahnte, dass er sich an die vorhergegangene Auseinandersetzung mit seiner Frau erinnerte. Großer Gott, konnte es denn wahr sein? Katja war nicht sein Kind? Aber er hatte doch immer von ihr als von seiner Tochter gesprochen!

Mit ausdrucksloser Miene gab der Fürst ihr die Notizen zurück und ging dann zu einem kleinen Tisch, um sich ein Glas Wodka einzuschenken. Zum ersten Male bemerkte Carolyn jetzt, wie gut er in dem eleganten Abendanzug aussah. Aber schließlich hatte er eine Figur, an der sich alles wundervoll ausnehmen würde – selbst eine römische Toga. Rasch wandte sie den Blick ab. Ich bin Katjas Erzieherin, sagte sie sich, und deshalb habe ich mich einzig und allein um sie zu kümmern. Im selben Augenblick fragte sie sich jedoch, wen sie mit dieser Feststellung eigentlich zum Narren halten wollte.

„Möchten Sie ein Glas mit mir trinken?" erkundigte sich der Fürst höflich.

Überrascht hob Carolyn den Kopf. Sie musste ein solches Angebot natürlich ablehnen!

„Ja, gern", hörte sie sich dessen ungeachtet sagen. Wieder einmal hatte ihr unberechenbares Gefühl den Sieg über die Vernunft davongetragen.

Swerajow füllte ein zweites Glas und brachte es zu ihr hinüber.

„Was Sie heute Abend hier in diesem Raum gehört haben, darf niemand erfahren", sagte er mit erzwungener Ruhe.

Carolyn nickte mit gesenktem Kopf. Am liebsten hätte sie ihn gefragt, ob es denn wirklich wahr sei, dass ... Aber das wäre ganz und gar ungehörig gewesen, und im Übrigen ließ sich aus seinen Worten ohnehin die Richtigkeit schlussfolgern. „Ich bitte nochmals um Entschuldigung, Exzellenz, dass ich eine so persönliche Unterhaltung zwischen Ihnen und der Fürstin mit angehört habe", murmelte sie verlegen.

Wortlos nippte Swerajow an dem wasserklaren Getränk.

„Ich denke, ich sollte jetzt zu Bett gehen." Hastig stürzte Carolyn den Inhalt des Glases hinunter und stellte es dann mit einem leisen Klirren auf dem kleinen Tisch ab.

Bei diesem Geräusch schien der Fürst aus seinem Grübeln emporzuschrecken. „Nein, bleiben Sie noch", sagte er mit rauer Stimme.

Verwirrt und ängstlich sah sie ihn an.

„Es ist die Wahrheit." Gedankenverloren schwenkte er den Rest des Wodkas im Glas und schien dabei irgendeinen entfernten Gegenstand ins Auge zu fassen ... oder eine vergangene Zeit.

„Aber Sie lieben sie doch", flüsterte Carolyn.

„Ich liebe sie seit ihrem ersten Atemzug", erwiderte Swerajow lächelnd. „Sie war das Schönste, was ich je gesehen habe – so winzig, so kostbar, so einmalig."

Beklommen presste sie die Hand fest auf ihr wild klopfendes Herz.

„Als ich erfuhr, dass sie nicht meine Tochter ist", er spülte den Rest Wodka hinunter und setzte das Glas hart auf den Tisch zurück, „war es schon zu spät." Zu spät, um seine Liebe zurückzunehmen. Aber das musste er nicht auch noch sagen.

„Das kann ich verstehen", flüsterte Carolyn, doch der Fürst schien es nicht gehört zu haben.

„Ich habe damals Mutter und Kind auf meinen Landsitz in Twer verbannt. Was hätte ich sonst tun sollen? Aber ich habe selbst am meisten darunter gelitten, denn ich vermisste Katja viel zu sehr. Und warum sollte das unschuldige Kind für die Sünden der Mutter büßen? Nach ein paar Monaten gestattete ich beiden, nach Hause zurückzukehren." Zum ersten Male sah er jetzt Carolyn an. „Niemand weiß davon – bis heute."

Wieder nickte sie und wäre so gern zu ihm gegangen, hätte seine Hände gedrückt. Trotz aller Unschicklichkeit wäre es aus ehrlichem Mitgefühl gekommen. „Katja braucht Sie dringend, Exzellenz", sagte sie stattdessen.

„Ich weiß." Sein Blick wurde durchdringend. „Und Sie? Brauchen Sie mich auch?"

Unzählige wilde Herzschläge lang sahen sie sich in die Augen. Plötzlich wurde sich Carolyn der späten Stunde bewusst, des schlafenden Hauses, ihres Alleinseins in dieser lautlosen Nacht, und die Erinnerung an ihre Heimfahrt von dem Pferderennen in Newmarket drohte sie zu überwältigen. Krampfhaft presste sie die Fingernägel in die Handflächen und lächelte mühsam.

„Ich bin Katjas Gefährtin", sagte sie leise, „ihre Erzieherin. Ich dachte, wir ... wir hätten uns darüber verständigt."

„Glauben Sie, ich hätte das vergessen? Auch nur einen einzigen Augenblick?" Swerajow füllte sein Glas erneut, hob es empor und starrte hinein.

Verzweifelt fragte sich Carolyn, warum sie es nicht endlich fertig brachte, ihn zu verlassen ... einfach hinauszugehen und ...

„Warum haben Sie sich nun wirklich unter dem Tisch versteckt?" unterbrach Swerajow ihre Selbstvorwürfe.

„Ich weiß es nicht. Es war eine unüberlegte Reaktion."

Unvermittelt entspannte sich seine Miene. „Nur Sie allein kommen auf den Gedanken, unter den Tisch zu kriechen." Kopfschüttelnd trat er neben sie und umfing ihr Kinn mit seiner warmen, festen Hand. „Nur Sie allein wollen meine Tochter mit solcher Begeisterung in Astronomie und Völkerkunde unterrichten."

Unter seiner zärtlichen Berührung verwirrten sich Carolyns Gedanken. Ihre Knie begannen zu zittern.

„Ich habe Philosophie zu erwähnen vergessen, Exzellenz."

„Nikolaus", verbesserte Swerajow ruhig.

Gleich falle ich in Ohnmacht, dachte Carolyn verzweifelt. So viel aufregendes Glück hält kein Mensch aus. Und heute Abend würde sie ihm nichts verweigern können ... keinen Kuss ... keine Zärtlichkeit ...

„Ich muss jetzt gehen", sagte sie mit letzter Kraft.

„Warum sind Sie nur so verführerisch?" murmelte Nikolaus, ohne seine Hand zurückzuziehen.

„Ich ..." Sie räusperte sich, denn ihre Kehle war wie ausgedörrt. „Ich habe gar nicht die Absicht, verführerisch zu sein."

„Ich weiß", erwiderte er. „Frauen, die das versuchen, haben ohnehin nie Erfolg bei mir." Langsam ließ er die Hand sinken, und nur sein Blick ruhte jetzt noch auf ihr.

Carolyn hatte verstanden.

„In Zukunft", fuhr er in sachlichem Ton fort, „informieren Sie mich bitte, wenn Sie die Absicht haben, in der Bibliothek zu arbeiten."

Merkwürdigerweise bewegten sich ihre Füße nicht, obwohl sie doch das Zimmer verlassen wollte, da sie begriffen hatte, was er ihr damit sagen wollte. In Zukunft würde er sich nicht mehr davon aus der Ruhe bringen lassen, wenn sie unangemeldet in seinen Räumen auftauchte. Es war vollkommen in Ordnung so, aber dennoch eine ernüchternde Erkenntnis, wenngleich sie sich all das schon vorher gesagt hatte. Sie hatte schließlich gewusst, dass die Versuchung immer und überall vor ihren Augen stehen würde – verführerisch, glänzend, bezaubernd – in Gestalt eines märchenhaften russischen Fürsten. Und sie hatte auch gewusst, dass eine Fürstin Swerajowa im Hause sein würde ...

„Vielleicht", sagte sie zögernd, „vielleicht könnte man einen kleinen Schreibtisch in mein Zimmer stellen?"

„Eine ausgezeichnete Idee." Sehr erfreut klang diese Antwort allerdings nicht.

„Also dann, gute Nacht."

Grüßend hob Swerajow sein Glas.

Aber noch immer hielt Carolyn etwas zurück. Sie musste ihm sagen, wie sie mit ihm fühlte. „Es tut mir Leid wegen heute Abend", murmelte sie. „Sehr Leid ... Nikolaus."

Noch einmal trafen sich ihre Blicke. Jetzt jedoch lag kein Verlangen mehr darin, nur das gemeinsame Wissen um die Tragödie des Fehltritts der Fürstin.

Nikolaus straffte sich. „Gute Nacht."

Hastig wandte sich Carolyn um und konnte im Nachhinein nicht mehr sagen, wie sie eigentlich zur Tür hinausgekommen war. Nur an das Gefühl seines Blickes auf ihrem Rücken konnte sie sich noch erinnern. Als sie die Treppe hinaufging, fragte sie sich, was wohl geschehen wäre, wenn sie sich nicht im letzten Augenblick doch noch verabschiedet hätte. Sofort aber schalt sie sich wegen ihrer Unaufrichtigkeit, denn sie brauchte nicht danach zu fragen. Sie wusste es nur zu genau.

„Du bist ja heute so verdrießlich, Niki", sagte Alexander lachend.

Nikolaus jedoch schenkte seinem Bruder keinerlei Beachtung. Sein Frühstück stand unberührt vor ihm auf dem Tisch, und er versuchte seit geraumer Zeit vergeblich, die Times zu lesen. Die vergangene Nacht hatte ihn sehr mitgenommen.

„Kein Gutenmorgengruß!" Alexi schnalzte missbilligend mit der Zunge. „Und gestern Abend auf dem Ball hast du jeden nur finster angestarrt – sogar die unsagbar schöne rothaarige Lady Darnley", fügte er mit einem vielsagenden Lächeln hinzu.

„Ich habe nicht die geringste Ahnung, von wem du sprichst." Ärgerlich raschelte Nikolaus mit den Zeitungsseiten.

„Übrigens war ich gerade oben im Kinderzimmer", bemerkte der Jüngere beiläufig, während er sich ein knuspriges Hörnchen aus dem silbernen Korb nahm.

Schweigend legte Nikolaus die Zeitung zur Seite.

„Habe ich mir doch gedacht, dass ich damit dein Interesse wecken würde." Alexi grinste triumphierend. „Großer Gott, was hast du nur angerichtet!"

„Möchtest du dich nicht bitte etwas näher erklären?" Zwischen Nikis Brauen standen zwei scharfe Falten.

„Im Klassenzimmer herrschte das reine Chaos. Madame Arkadjewa stand kurz vor einem Nervenzusammenbruch, während sich Miss Browne mit Katja über das Theater unterhielt. Ich glaube, sie hat die Absicht, heute Abend mit deiner Tochter eine Vorstellung zu besuchen."

„Wirklich?" erkundigte sich Nikolaus lächelnd. „Ich war ja von Anfang an davon überzeugt, dass sie gut für Katja ist."

„Zweifellos. Aber sie ist wahrscheinlich ebenso gut für dich, teurer Bruder. Du scheinst sehr von ihr eingenommen zu sein."

Wütend griff Nikolaus wieder nach der Zeitung und hielt sie sich vor das Gesicht. „Ich weiß nicht, was du eigentlich von mir willst", sagte er mürrisch.

„Du lieber Himmel!" Alexi seufzte gekonnt. „Du willst die junge Dame gern in dein Bett holen – das sieht doch ein Blinder. Aber es geht nicht, weil du sie in deinem Haushalt angestellt hast. Niki, sobald du Marie Helene nach Russland zurückgeschickt hast, kannst du mit der Kleinen schäkern, wann und wo immer du willst."

Merkwürdigerweise ärgerte es Nikolaus, dass sich der jüngere Bruder überhaupt nichts aus Carolyn zu machen schien.

„Miss Browne ist kein Flittchen wie die rothaarige Faye Darnley."

„Oho, also hast du sie doch bemerkt!"

„Bemerkt schon, aber Frauen ihrer Art langweilen mich nur“, erwiderte Nikolaus. „Sie hat auch nicht im Geringsten etwas Anziehendes für mich.“

„Ich verstehe. Und was willst du also hinsichtlich deiner neuen Hausgenossin unternehmen?“

Nikolaus presste die Lippen aufeinander. Was er tun sollte, wusste er nicht – nur, was er nicht tun würde, darüber war er sich im Klaren, nämlich ein Verhältnis mit ihr zu beginnen, und wenn er noch so oft und so eingehend darüber nachdachte.

„Ich gestatte ihr, den Geist meiner Tochter mit Astronomie, Völkerkunde, Dramatik und Latein zu schulen“, erwiderte er trocken.

„Wie bitte?“

Noch ehe Nikolaus seine Antwort wiederholen konnte, betrat der Butler den Raum.

„Euer Exzellenz, ein Mr. Browne wünscht Sie zu sprechen.“

Jählings ließ Nikolaus die Zeitung sinken und sah Alexander an. Die Brüder verständigten sich ohne Worte, und Nikolaus legte sich der Gedanke, wie Carolyn wohl die Mitteilung über das hochverräterische Treiben ihres Vaters aufnehmen würde, wie ein Alb auf die Brust. Er würde alles tun, was in seiner Macht lag, um ihr diesen Schmerz zu ersparen.

„Bitten Sie ihn, in der Bibliothek auf mich zu warten, Whitehead.“

„Sehr wohl, Exzellenz. Außerdem ist auch noch ein Kurier für Sie eingetroffen.“ Der Butler überreichte dem Fürsten einen großen versiegelten Umschlag. Beide Brüder erkannten sofort das Wappen des Zaren und erhoben sich bestürzt.

„Wo ist der Kurier jetzt?“ erkundigte sich Nikolaus, während er den Umschlag öffnete.

„Er nimmt in der Küche einen Imbiss zu sich, Exzellenz.“

„Gut. Er soll warten. Ich habe ihm ebenfalls eine Nachricht mitzugeben.“

Mit einer tiefen Verbeugung verließ der Butler den Raum.

Sorgfältig schloss Nikolaus die Tür hinter ihm.

„Nun, was schreibt dir Alexander?“ Alexi war sichtlich beunruhigt.

Vorsichtig entnahm der Bruder dem Umschlag ein einziges mit ebenmäßiger Schönschrift bedecktes Blatt und überflog es hastig.

„Zum Teufel!“ stieß er zwischen den Zähnen hervor.

„So sag schon, was geschehen ist!“ rief Alexi.

„Marschall Davout hat Minsk eingenommen.“ Nun fluchte auch Alexander.

Als Nikolaus das Speisezimmer verließ, war seine Miene beherrscht und ausdruckslos. Noch war der Fall der Stadt Minsk in England nicht bekannt geworden, und es blieben ihm allenfalls ein paar Tage, um die Bemühungen für eine Allianz mit dem englischen König mit aller Kraft voranzutreiben. Wenn die Briten erst erfahren hatten, dass der russische Zar offensichtlich endgültig vom Glück verlassen worden war, würden seine Chancen weiter sinken. Sorgenvoll fragte er sich, ob Napoleon wohl jetzt seinen Feldzug nach Norden auf St. Petersburg richten oder weiter nach Moskau marschieren würde. Wenn er doch endlich nach Russland zurückkehren und sein Kommando in der Armee wieder übernehmen dürfte!

Seine düsteren Gedanken wurden jedoch von George Browne unterbrochen, der sich mit einem scharrenden Geräusch erhob, als der Fürst die Bibliothek betrat.

„Guten Morgen, Mr. Browne“, sagte Nikolaus lächelnd und schloss die Tür hinter sich. „Welch ein Vergnügen.“

„Welch eine Schande“, erwiderte der Besucher, ohne seinen Gruß zu erwidern.

„Habe ich Sie recht verstanden?“

„Nur zu gut. Ich kann mir vorstellen, wie Sie meine Tochter überredet haben, die Anstellung in Ihrem Hause anzunehmen.“

„Ihre Fantasiebilder interessieren mich nicht sonderlich“, erwiderte Nikolaus kühl. „Aber ich kann Ihnen versichern, dass Ihre Tochter eine ausgezeichnete Erzieherin ist.“

George Browne starrte ihn zornig an. „Haben Sie mein Kind zu Grunde gerichtet?“

„Ihre Frage ist eine Beleidigung für mich, aber ich werde Ihnen dennoch antworten. Nein, das habe ich nicht getan." Nur mühsam wahrte Nikolaus die Beherrschung. „Möchten Sie Carolyn sehen, um beruhigt zu sein?"

„Was muss ich tun, damit Sie diesen unmöglichen Zustand beenden?" Carolyns Vater ballte die Hände zu Fäusten.

Der Fürst hob die Brauen. „Was bieten Sie mir denn an?" erkundigte er sich mit höflichem Interesse.

„Ich will nicht, dass ihr ein Leid zugefügt wird!"

„Das möchte ich auch nicht. Aber Sie wenden sich da wohl an die falsche Adresse", erwiderte Nikolaus. „Planen Sie wieder eine Reise auf das Festland hinüber?"

„Morgen breche ich auf", erklärte der Vater unwirsch.

„Und vermutlich mit Stuart Davisons Segen, oder nicht?"

George Browne schrak zusammen. „Was wissen Sie davon?"

Also war es wirklich Lord Davison gewesen, dessen Stimme ich neulich nachts in der Buchhandlung gehört habe, dachte Nikolaus befriedigt. „Ein genügendes Maß. Und wo genau soll die Reise hingehen?"

Einen Augenblick lang war George Browne ratlos. Dann erwiderte er zögernd: „Nach Stockholm." Schweden hatte Napoleon bis jetzt noch nicht in der Tasche. „Dort soll ich möglicherweise eine Kopie von Abälard bekommen", fuhr er fort. „Ich kann sie von dort aus gleich nach Russland schicken, wenn Ihnen das angenehmer wäre."

„Und als Gegenleistung soll ich Ihre Tochter wieder entlassen?" Trotz seines wachsenden Ärgers behielt Nikolaus sein verbindliches Lächeln bei.

Schweigend nickte der Vater und wischte sich dann mit einem Taschentuch über die Stirn.

„Diese Kopie ist selten und kostbar, wie ich annehme?"

„Gewiss."

Nikolaus lehnte sich mit der Hüfte an den Schreibtisch. Seine Augen waren hart, als er erklärte: „Ich habe keineswegs die Absicht, das Arbeitsverhältnis Ihrer Tochter aufzukündigen – nicht für alle Kopien der Welt."

George Browne schüttelte außer sich die Fäuste.

„Und ich habe auch nicht die Absicht, mit Ihnen über Dinge zu reden, die Sie nicht begreifen." Angesichts der Tatsache, dass ein skrupelloser Landesverräter ihn zur Rede zu stellen wagte, stieg die kalte Wut in Nikolaus empor. „Lassen Sie sich nicht auf ein Spiel ein, dem Sie geistig nicht gewachsen sind, Browne. Sie können dabei nur verlieren."

„Zum Teufel mit Ihnen!"

„Ich fürchte, dort gehören Sie eher hin." Nikolaus nahm eine Schreibfeder zur Hand. „Die Kopie von Abälard schicken Sie an meine Verwandten in Kiew. Ich schreibe Ihnen die genaue Adresse auf."

„Sind Sie verrückt geworden?" schrie George Browne. „Das kommt überhaupt nicht in Frage."

Lächelnd hob Nikolaus den Kopf. „Wenn Sie es nicht tun", erklärte er unbarmherzig, „werde ich nicht nur Ihre Tochter, sondern auch die britischen Behörden von Ihrer ... Tätigkeit informieren." Ungerührt notierte er die Anschrift eines Mitarbeiters auf der Rückseite seiner Visitenkarte und reichte sie dann George Browne, der das Kärtchen wie betäubt anstarrte. Anschließend ging er zur Tür und befahl dem Butler, Miss Browne in die Bibliothek zu bitten.

„Nehmen Sie doch bitte Platz", forderte er Carolyns Vater liebenswürdig auf, aber dieser rührte sich nicht von der Stelle.

Nachdenklich ging Nikolaus zum Schreibtisch zurück. Natürlich würde er weder Carolyn die Augen über die Machenschaften ihres Vaters öffnen noch den Mann der englischen Gerichtsbarkeit überantworten. Aber was Lord Davison für wichtig genug hielt, um nach Frankreich berichtet zu werden, war für ihn selbst gleichermaßen von Bedeutung, und er musste irgendwie Zugang dazu erlangen.

Als sich rasche Schritte näherten, wandte er sich um und erblickte Carolyn auf der Schwelle. Sie trug ein einfaches blassblaues Kleid, und ihre blonden Locken umrahmten ungebändigt ihr liebliches Gesicht. Die unbeschreiblich grünen, klugen Augen waren erwartungsvoll auf ihn gerichtet. Sein Herz schlug schneller. Was für ein Narr war doch dieser George Browne!

„Papa!“ rief Carolyn erstaunt und eilte dann auf den Vater zu. Für einen Moment lagen sich die beiden in den Armen. Aber für einen einfühlsamen Beobachter wie Nikolaus war deutlich zu erkennen, dass eine Spannung zwischen ihnen bestand, die er zuvor nie bemerkt hatte. „Was tust du hier, Papa?“

„Meine Pläne haben sich geändert. Ich mache mich morgen schon auf die Reise und wollte dir Lebewohl sagen.“ Bei diesen Worten warf er einen raschen Seitenblick auf den Fürsten.

Carolyn errötete flüchtig. „Wie lieb von dir. Denke dir, ich habe Katjas Unterrichtsprogramm bereits völlig umgestellt. Es war doch schon immer mein Traum, einmal so etwas tun zu können. Es ist eine herrliche Aufgabe, sie zu unterrichten!“ rief sie begeistert. „Und ich wäre sehr glücklich, wenn du dich mit mir freuen würdest“, fügte sie leise hinzu.

„Nun, dann brauche ich dich wohl nicht mehr zu fragen, ob du dich im Hause des Fürsten Swerajow wohl fühlst“, erwiderte der Vater hoffnungslos.

Carolyns strahlendes Lächeln erlosch. „Ja, ich bin sehr zufrieden hier. Hast du denn jemanden gefunden, der den Laden führt, während du fort bist?“

Der Vater nickte wortlos und holte dann einen versiegelten Brief aus seiner Rocktasche. „Das hat mir Anthony Davison heute Morgen für dich gegeben. Er war sehr enttäuscht, dich nicht anzutreffen, aber ich habe ihm nicht gesagt, dass du eine andere Arbeit angenommen hast, denn ich hielt das nicht für besonders sinnvoll.“

Hastig riss Carolyn den Umschlag auf. „Oh“, sagte sie freudig überrascht, „er lädt mich in drei Tagen zu einem Ball im Hause seines Vaters ein!“

„Dann musst du auch hingehen“, sagte George Browne entschieden und sah zu Nikolaus hinüber, dessen spöttisches Lächeln seine Eifersucht deutlicher verriet als jeder sehnsüchtige Blick.

„Aber das geht doch nicht!“ Ratlos hob Carolyn die Schulter. „Ich habe gar kein Ballkleid, und außerdem muss ich hier im Hause meinen Pflichten nachkommen.“ Fragend schaute sie vom Vater zu Swerajow.

Missmutig wandte sich Nikolaus ab. Dieser junge Davison machte Carolyn den Hof. Allerdings schien er durchaus ehrenhafte Absichten zu haben, so weit war sich Nikolaus seiner Urteilsfähigkeit sicher. Unbeherrscht fuhr er sich mit den Fingern durch sein dichtes Haar. Ach, hol's doch der Teufel!

„Selbstverständlich werden Sie hingehen", sagte er kühl.

Carolyn blickte unschlüssig auf die Einladung in ihrer Hand und kam dann langsam auf ihn zu. „Das ist sehr großzügig von Ihnen", murmelte sie, und Nikolaus fragte sich, ob sie wohl dabei an ihr vertrautes Beisammensein in der vergangenen Nacht dachte.

„Die Abendstunden gehören Ihnen, Carolyn. Es bedarf keineswegs meiner Erlaubnis, wenn Sie in dieser Zeit an irgendeiner Veranstaltung teilnehmen oder einer Einladung nachkommen wollen. Katja wird dadurch auf gar keinen Fall benachteiligt. Außerdem", fügte er, wieder etwas freundlicher, hinzu, „werden Sie sie sicher durch irgendein besonderes Vorhaben dafür entschädigen."

Doch Carolyn zögerte immer noch. „Sicherlich, meine Tätigkeit bei Ihnen würde nicht darunter leiden. Aber vielleicht werden Sie und Ihre Gemahlin auch eine Einladung zu dem Ball erhalten. Wenn Sie dann dort die Gesellschafterin Ihrer Tochter antreffen, wäre es doch sehr peinlich für Sie."

Nikolaus zuckte gleichmütig die Schulter. „Es ist durchaus möglich, dass ich auch anwesend sein werde. Aber ich habe mich noch nie um Brauch und Sitte gekümmert. Und hinsichtlich meiner Frau müssen Sie sich auch keine Gedanken machen. Die Entscheidung liegt ganz bei Ihnen."

Ein paar Atemzüge lang blickte Carolyn ihn verwirrt über seine nachdrückliche Ermutigung unsicher an. Dann wandte sie sich an ihren Vater. „Komm", sagte sie fröhlich, „ich bringe dich noch zur Tür, bevor ich zu meiner Schülerin zurückkehre. Denk dir, sie war restlos begeistert, als sie erfuhr, dass sich die Erde um die Sonne dreht." Lachend schob sie ihren Arm unter den des Vaters. „Sie hat mir unzählige Fragen dazu gestellt."

An der Tür blieb George Browne stehen. „Leben Sie wohl, Exzellenz."

„Leben Sie wohl, Mr. Browne", erwiderte Nikolaus höflich. „Ich freue mich darauf, einen Bericht über Ihre Reise zu hören ... und natürlich auch, die Kopie des Traktats von Abälard zu erhalten."

George Browne verneigte sich steif und verließ mit schleppenden Schritten die Bibliothek.

21. KAPITEL

Carolyn war unbeschreiblich aufgeregt, denn sie hatte noch nie zuvor an einem richtigen Ball teilgenommen, nicht einmal als Charles Brighton. Etwas verschüchtert stand sie neben Anthony Davison in dem riesigen, von unzähligen Kerzen erleuchteten Raum. Es mussten bereits nahezu hundert Gäste in dem Saal versammelt sein. Auf einer Empore spielte ein Streichorchester einschmeichelnde Weisen, aber noch hatte sich keines der Paare dazu entschlossen, das glänzende Parkett zu betreten. Es herrschte eine festlich fröhliche Atmosphäre.

„Irgendwie kann ich die Hedonisten verstehen, die den Genuss als höchstes Glück ansehen", murmelte Carolyn, mehr zu sich selbst. Inmitten der Musik, der üppig gefüllten Büfetts und der vergnügten Menschen war es in der Tat fast unmöglich, an den Krieg zu denken, an Armut, Leid und Ungerechtigkeit, die doch überall auf der Welt zu finden waren. Seufzend gestand sie sich ein, dass sie sich zu allem Überfluss auch noch sehr schön vorkam in der hellgelben Organdyrobe und mit der Perlenkette ihrer Mutter um den Hals. Und schließlich und endlich würde mit ziemlicher Sicherheit irgendwann im Verlauf des Abends Swerajow ihren Weg kreuzen.

„Was sagten Sie gerade?"

„Oh, ich ..." Carolyn errötete. „Ich fühle mich heute Abend so ... so anders."

Anthony lächelte sie glücklich an. „Sie sehen heute auch unbeschreiblich schön aus, Miss Browne", sagte er in ernstem Ton.

„Ach, ich glaube kaum, dass man mich schön nennen kann", widersprach Carolyn.

„Doch, Sie sind sehr schön", entgegnete Anthony. „Das habe ich schon immer gewusst."

Verlegen blickte Carolyn zur Seite und entdeckte dabei inmitten der Schar der Gäste die Fürstin Swerajowa. Plötzlich war ihr die Kehle wie zugeschnürt. Natürlich hatte sie damit rechnen müssen, dass Swerajows Gemahlin auch eine Einladung erhalten würde, und so war sie über deren Anwesenheit eigentlich nicht überrascht. Was sie viel mehr betroffen machte, war ihr Aussehen. Das dichte blauschwarze Haar umrahmte ihr klassisch schönes Gesicht. Ein Hauch goldschimmernden Flors umgab ihren unvergleichlichen Körper, der von dem durchsichtigen Stoff mehr hervorgehoben als bedeckt wurde, und die elfenbeinfarbene Haut, die sie darüber hinaus bereitwillig zur Schau stellte, war seidig und makellos. Sie war eine unbeschreiblich begehrenswerte Frau, und Carolyn fand sich plötzlich überhaupt nicht mehr schön. Bei aller Entfremdung zwischen den Eheleuten, von der sie erst vor kurzem unfreiwillig Zeuge geworden war, schien es einfach undenkbar, dass Nikolaus ihren Reizen gegenüber unempfänglich bleiben könnte.

Aber auch Marie Helene, die am Arm eines hübschen jungen Mannes durch den Saal schlenderte, hatte inzwischen Carolyn erblickt. Ihr bezauberndes Lächeln erlosch, und ihre dunklen Augen wurden hart und kalt.

Carolyn räusperte sich unruhig und bemerkte im selben Augenblick, dass Anthony Davison ebenfalls die Fürstin voller Bewunderung betrachtete. Verlegen wandte er sich an seine Begleiterin. „Soll ich einen Fruchtlikör für uns besorgen?"

„Das ist eine großartige Idee", erwiderte Carolyn sarkastisch.

Doch anstatt sich in Bewegung zu setzen, wies Anthony aufgeregt mit dem Kopf in eine andere Richtung. „Ist das dort nicht Ihre Großmutter, Miss Browne?"

Als Carolyn ungläubig seinem Blick folgte, schrak sie beim Anblick einer kleinen weißhaarigen Dame in einer Robe aus dunkelblauer Tobinseide von schlichter Eleganz entsetzt zusammen. In der Tat stand in nur geringer Entfernung von ihr Lady Stafford in angeregtem Gespräch mit einigen jüngeren Paaren.

Obwohl Carolyn ihre Großmutter seit ihrer Kinderzeit nicht mehr gesehen hatte, erkannte sie Edith Owsley sofort, denn der Tag, an dem sie und ihre verstorbene Mutter in Midlands nicht einmal in ein Empfangszimmer eingelassen worden waren, würde ihr wohl auf ewig im Gedächtnis bleiben. In Erinnerung an diesen grauen Wintertag lief ein Frösteln über ihren Körper, während gleichzeitig ihr Herz angstvoll zu hämmern begann.

„Natürlich, das ist Lady Stafford", rief Anthony. „Ich habe sie zwar ein paar Jahre nicht mehr gesehen, aber ich bin mir dessen ganz sicher."

Carolyn antwortete nicht, sondern beobachtete schweigend, wie ihre Großmutter mit sichtlichem Missfallen den Ausführungen einer jüngeren Dame zuhörte. Als diese geendet hatte, fing sie sofort an, voller Leidenschaft auf ihre Gesprächspartnerin einzureden. Offensichtlich drehte sich die Unterhaltung um ein Thema, das der alten Dame sehr am Herzen lag.

Diese so unerwartete Begegnung brachte Carolyn völlig aus der Fassung, und sie war für einen Augenblick nicht mehr in der Lage, einen klaren Gedanken zu fassen. Immer wieder sagte sie sich, dass sie ihre Großmutter hasste, seit diese die Mutter im wahrsten Sinne des Wortes davongejagt hatte, als sie doch so dringend der Hilfe bedurfte. Und die Großmutter hasste sie ebenso.

„Wollen wir hinübergehen und sie begrüßen?" fragte Anthony.

Gerade als Carolyn seinen Vorschlag ablehnen wollte, sah Lady Stafford in ihre Richtung, und man konnte es an ihrem jählings veränderten Gesichtsausdruck ablesen, dass sie die Enkelin erkannt hatte. Das ist ja auch kein Wunder, sagte sich Carolyn. Schließlich hatte ihr der Vater oft genug versichert, dass sie ihrer Mutter von Jahr zu Jahr ähnlicher geworden war. Unvermittelt drehte sie Lady Stafford den Rücken zu und sagte mit gedämpfter Stimme: „Ich habe gar keine Lust, mit meiner Großmutter zu reden, Anthony. Könnten Sie jetzt nicht lieber den Fruchtlikör holen, von dem Sie gesprochen haben?"

Anthony Davison streifte sie mit einem erstaunten Blick. „Aber selbstverständlich." Er legte ihre Hand auf seinen Unterarm und geleitete sie ritterlich durch die Menge. „Fehlt Ihnen etwas?" erkundigte er sich besorgt.

Carolyn spürte ohne hinzusehen, dass die Großmutter ihr nachschaute, und wünschte auf einmal, nie hierher gekommen zu sein. Doch dann sagte sie sich, dass sie ganz und gar keinen Grund hatte, sich von Lady Staffords Anwesenheit einschüchtern zu lassen und lieber das Erlebnis dieses Balles genießen sollte.

„Nein, nein, Anthony, mir geht es großartig."

Sie waren an einer der dicken marmornen Säulen angelangt, neben der das Porträt eines stutzerhaft aufgeputzten Davisonschen Ahnherren hing, und Anthony bat Carolyn, hier auf ihn zu warten.

„Ich bin sofort zurück", versicherte er mit nach wie vor besorgter Miene.

Carolyn nickte ihm lächelnd zu und lehnte sich dann Halt suchend an den kühlen Marmor. Was sollte sie nur tun, wenn die Großmutter sie ansprach? Höflich bleiben, auf alle Fälle höflich bleiben, hämmerte sie sich ein. Aber es würde unsagbar schwer werden.

„Ich kann es einfach nicht glauben", ertönte plötzlich eine weibliche Stimme neben ihr.

Ärgerlich wandte sich Carolyn um. Das war das Letzte, was sie sich jetzt gewünscht hätte. Doch sie wusste, dass sie ihren Unmut zügeln musste. Sie sah die Fürstin ruhig an und sagte höflich: „Guten Abend, Hoheit."

„Was haben Sie hier eigentlich zu suchen?" Marie Helenes Augen blitzten hasserfüllt.

Bestürzt biss sich Carolyn auf die Unterlippe, erwiderte dann aber kühl: „Ich bin eingeladen worden ... genau wie Sie."

Die Fürstin holte so tief Atem, dass ihre wohl geformten Brüste aus dem tiefen Ausschnitt zu gleiten drohten. „Eingeladen? Wer würde Sie denn schon einladen! Doch nicht etwa Niki?"

Am liebsten hätte Carolyn diese Frage bejaht. Aber sie entschloss sich zu einer diplomatisch vieldeutigen Antwort. „Geht Sie das wirklich etwas an?"

„Sie stehen schließlich bei mir in Diensten."

„Ich bin nicht von Ihnen, sondern von Seiner Hoheit eingestellt worden."

„Allerdings. Und ich vermute, dass er Sie gut bezahlt ... für alles, was Sie tun", entgegnete Marie Helene höhnisch.

Nur mit Mühe konnte Carolyn ihre Fassung bewahren.

„Wenn Ihnen mein Lohn zu hoch erscheint, sollten Sie lieber mit Seiner Hoheit darüber sprechen."

„Das werde ich auch tun! Weiß Niki denn, dass Sie hier sind?"

Einen Herzschlag lang zögerte Carolyn und überlegte dabei, ob sie der Fürstin sagen sollte, dass er sie sogar dazu ermutigt hatte. Doch dann sagte sie höflich: „Gewiss, denn er muss ja schließlich Bescheid wissen, wenn ich eine Einladung erhalte."

„Aha!" rief die Fürstin und zitterte vor unterdrücktem Zorn. „Er hat ganz offensichtlich den Verstand verloren. Wenn ich nur wüsste, wie Sie es fertig gebracht haben, ihn derart zu umgarnen!" Sie musterte Carolyn geringschätzig, so als wollte sie sagen, dass eine so unbedeutende Person Nikolaus doch unmöglich interessieren konnte.

„Ich habe Ihren Gemahl nicht umgarnt", erwiderte Carolyn. „Ich bezweifle zudem, dass er sich überhaupt umgarnen lässt. Dazu ist er viel zu selbstbewusst."

„Ach, Sie sind wohl auch ein sachverständiger Kenner, was Niki anbetrifft ... und nicht nur für die Erziehung meiner Tochter?"

Carolyn hob die Schulter. „Glauben Sie, was Sie wollen."

Marie Helene starrte sie feindselig an. „Das ist unerträglich", sagte sie schließlich. „Nicht nur, dass Sie sich in meinem Hause eingenistet haben, sondern nun tauchen Sie auch hier noch auf. Das kann so nicht weitergehen. Ihre Tage sind gezählt, meine Teuerste."

Ein eisiger Schauer rann über Carolyns Rücken. „Soll das eine Drohung sein?"

Lachend warf die Fürstin ihren wohl frisierten Kopf in den Nacken. „So ist es. Ich drohe Ihnen, mein Kind. Wenn Sie nicht freiwillig gehen, werde ich Ihre Entlassung auf irgendeinem Wege durchsetzen, verlassen Sie sich darauf."

Eine plötzliche Angst schnürte Carolyn die Kehle zu, denn sie zweifelte nicht daran, dass Marie Helene ohne Skrupel ihren Willen durchzusetzen versuchen würde. Dennoch erwiderte sie ruhig: „Ich habe Ihre Tochter ins Herz geschlossen und werde sie trotz Ihrer Drohungen nicht im Stich lassen."

„Sie haben meine Tochter ins Herz geschlossen?" zischte die Fürstin außer sich. „Es ist meine Tochter ... meine! Und ich werde es nicht zulassen, dass Sie Ihr Gift in ihre Seele träufeln."

„Hoheit, wieso sollte ich Katja Gift einträufeln wollen?" sagte Carolyn entsetzt.

„Ach, lügen Sie doch nicht so unverschämt. Ich weiß genau, was Sie für Absichten haben. Halten Sie mich für einfältig? Sie wollen meinen Mann, mein Kind und mein Haus. Sie glauben, Sie könnten in Kürze meinen Platz einnehmen. Aber da irren Sie sich gewaltig. Niki wird sich nie von mir scheiden lassen, um Sie zu heiraten." In Marie Helenes Lächeln lag Triumph und zugleich auch Bitterkeit. „Sie sind doch ein Niemand! Ein Nichts!"

Sprachlos starrte Carolyn sie an. Doch plötzlich verwandelte sich die Miene der Fürstin, und ein strahlendes Lächeln verschönte ihr Gesicht. „Guten Abend, Sir", sagte sie liebenswürdig. „Hatten wir eigentlich schon das Vergnügen ...?"

Mit zwei gefüllten Likörgläsern in der Hand war Anthony neben Carolyn getreten. Auf seinen Wangen zeichneten sich zwei kreisrunde rote Flecke ab. „Anthony Davison, zu Ihren Diensten", sagte er mit einer tiefen Verneigung. „Es ist mir eine große Ehre, Hoheit."

Mit einer in ihrer Eleganz und Sinnlichkeit perfekten Geste reichte die Fürstin Anthony ihre schlanke Hand, über die sich der junge Mann voller Ehrfurcht neigte.

„Sie sind ein Sohn von Lord Davison?" erkundigte sich Marie Helene mit einem verheißungsvollen Blick.

„Der jüngste – leider." Nur mühsam riss Anthony den Blick von dem einladenden Dekolletee der Fürstin los und starrte stattdessen hingerissen in ihr reizendes Gesicht.

„Ich habe Ihren Vater kürzlich in der Oper getroffen. Die Ähnlichkeit mit ihm ist unübersehbar. Es hat mich gefreut, Sie kennen zu lernen. Vielleicht möchten Sie später gern einmal mit mir tanzen?"

Anthony öffnete vergebens den Mund, denn er brachte kein Wort über die Lippen, und so musste er sich damit begnügen, leidenschaftlich zu nicken.

Carolyn errötete. Es gehörte wahrhaftig nicht viel Einbildungskraft dazu, um zu merken, was die Fürstin vorhatte, nämlich hier vor ihren Augen ihrem Begleiter den Kopf zu verdrehen und damit zu beweisen, dass sie ihr als Frau auch nicht im Entferntesten das Wasser reichen konnte.

„Nun gut, dann werde ich den letzten Tanz für Sie reservieren." Marie Helene strich mit den Fingerspitzen über Anthonys Arm, bevor sie davonging, ohne Carolyn noch eines Blickes zu würdigen. Ihr schimmerndes Gewand floss wie geschmolzenes Gold um ihre Hüften.

Carolyn blickte trübselig in ihr Glas. Vor kurzem noch hatte sie sich für schön gehalten, und jetzt kam sie sich auf einmal wie ein hässliches Entlein vor.

„Also gut", sagte Anthony in diesem Augenblick ein bisschen zu forsch, „wollen wir uns jetzt irgendwo ein ruhiges Plätzchen suchen?"

Resigniert nickte Carolyn und zwang sich zu einem Lächeln.

Swerajow erschien erst zu vorgerückter Stunde auf dem Ball, hatte aber dennoch innerhalb weniger Minuten herausgefunden, dass sich Lord Davison mit Castlereagh sowie einem weiteren Mitglied des Außenministeriums und mit dem schwedischen Botschafter in die Bibliothek zurückgezogen hatte. Zwischen Schweden und Russland war erst kürzlich eine lose Vereinbarung zu Stande gekommen, die eigentlich nichts zusicherte und deshalb auch niemanden zufrieden stellte, und Nikolaus hätte deshalb zu gern gewusst, was die betreffenden Herren in ihrer Abgeschiedenheit zu besprechen hatten.

„Wie lange sind sie denn schon dort drin?" erkundigte er sich bei seinem Bruder, der ihm diese Neuigkeit mitgeteilt hatte.

„Etwa eine halbe Stunde. Warum kommst du denn so spät?"

„Ich hatte noch dringende Korrespondenz zu erledigen", berichtete Nikolaus, während er mit Alexander auf der Schwelle zum Ballsaal die Schar der Gäste überblickte. Es mussten sich kaum weniger als hundert elegant gekleidete Paare auf dem Tanzparkett befinden, aber von Carolyn war keine Spur zu entdecken. Enttäuscht ließ er den Blick über die an den Rändern aufgestellten Sessel gleiten.

„Sie ist mit dem jungen Davison hier", bemerkte Alexi beiläufig, denn der etwas ratlose Gesichtsausdruck des Bruders war ihm nicht entgangen.

„Nun, das ließe sich leicht ändern", murmelte dieser, mehr zu sich selbst.

„Ist George Browne abgereist?"

„Ja, und mit Begleitung – natürlich von ihm unbemerkt."

Alexi schüttelte den Kopf. „Bist du sicher, dass du ihn nicht nur verfolgen lässt, damit er seine neuen Verpflichtungen auch wirklich erfüllen kann?"

„Ich habe keine Ahnung, wovon du redest", entgegnete Nikolaus ärgerlich.

„Wie gut du dich verstellen kannst, wenn es dir nötig erscheint!" lachte Alexander. „Ich habe das absolut sichere Gefühl, dass seine Begleiter die Aufgabe haben, ihn unter allen Umständen zu beschützen."

„Ach was, du bist ja verrückt!"

In diesem Augenblick zupfte Alexi den Bruder am Ärmel. „Dort kommt sie."

Aber Nikolaus hatte Carolyn bereits entdeckt. Sie stand unmittelbar neben dem gegenüberliegenden Eingang zum Saal und war allein.

„Bis später", sagte er hastig und verschwand in der Menge.

„Möchten Sie gern tanzen?" erkundigte sich Anthony höflich.

Carolyn neigte mit einem etwas befangenen Lächeln den Kopf zur Seite. „Wären Sie sehr enttäuscht, wenn ich es verneinen würde?"

„Aber nein." Anthony nickte ihr freundlich zu. „Ich bin auch kein begeisterter Tänzer. Soll ich uns stattdessen einen Imbiss besorgen?"

„Das wäre großartig."

Erleichtert sah Carolyn ihm nach und nippte dann an ihrem Champagnerglas. Sie war sehr froh, nicht auf das Tanzparkett zu müssen, denn sie hätte sich dort nur abgrundtief blamiert, da sie keine Tanzstunden gehabt hatte. Immer wieder musste sie an Swerajow denken, und sie fragte sich, warum er bis jetzt noch nicht erschienen war. Vergebens versuchte sie, ihre Enttäuschung darüber zu bekämpfen und vor sich selbst Gleichgültigkeit zu heucheln.

Außerdem beschäftigte sie der Auftritt mit der Fürstin. Marie Helene war zweifellos ein äußerst problematischer Charakter – gelinde gesagt – und als solcher eine echte Gefahr. Anfangs hatte sie sich von ihrer hinreißenden Erscheinung und ihrem wirkungsvollen Auftreten beeindrucken lassen, oder auch von ihrem Theater, wie Nikolaus es nannte. Aber inzwischen hatte sie erkannt, dass ihr göttinnengleiches Äußeres nur Fassade war. Die Tatsache, dass sie ihren Gemahl derart schamlos zum Hahnrei gemacht hatte, war eine weitere verwirrende Erfahrung für Carolyn gewesen. Oder fühlte sie sich vielleicht nur an Swerajows Stelle verletzt und beleidigt? Nun, wie auch immer, die Fürstin Swerajowa war seine Frau, und nichts auf der Welt würde das jemals ändern können.

Wie auf ein Stichwort hin trat in diesem Augenblick Nikolaus doch noch in Erscheinung. Sie sah ihn an der gegenüberliegenden Seite auf der obersten von ein paar flachen Stufen innehalten und umklammerte unwillkürlich den schlanken Stiel ihres Glases. Ihr Herz raste bei seinem wundervollen Anblick. Um Haupteslänge überragte er alle anderen Männer, und seine Haltung war einfach königlich. Niemand könnte seine edle Abstammung verkennen, dachte Carolyn hingerissen und schalt sich doch sofort wegen ihrer törichten Bewunderung, die sich nun sogar von seiner adligen Herkunft beeindrucken ließ.

Swerajow schien in der Schar der Tanzenden irgendjemanden zu suchen, denn er musterte eindringlich jedes Pärchen. Aber er wird wohl kaum nach mir Ausschau halten, sagte sich Carolyn. Außerdem bin ich viel zu klein, als dass er mich quer über den ganzen Saal hinweg ausfindig machen könnte. Einen Herzschlag lang überlegte sie, ob sie zu ihm hinübergehen und ihn begrüßen sollte. Doch dann siegte ihre Vernunft, und sie sagte sich, dass sie schließlich mit Anthony Davison hier war und es überhaupt keine Veranlassung gab, sich bemerkbar zu machen.

Doch plötzlich geschah das Unfassbare. Über die ganze Breite des riesigen Raumes hinweg trafen sich ihre Blicke ... und Nikolaus lächelte. Ja, er lächelte. Das Blitzen seiner weißen Zähne in dem leicht gebräunten Antlitz war unübersehbar. Und nun stieg er rasch die wenigen Stufen zur Tanzfläche hinab und verschwand unvermittelt in dem Gedränge.

Wie erstarrt blieb Carolyn erwartungsvoll stehen, denn sie zweifelte nicht daran, dass er auf dem Wege zu ihr war. Und richtig – bald darauf kam er rasch auf sie zu.

„Nun, amüsieren Sie sich gut, Carolyn?“ fragte er mit einer leichten Verbeugung.

„Oh“, versetzte Carolyn lächelnd, „jetzt haben Sie mich aber wirklich überrumpelt.“

„Beim Militär nennt man das einen Handstreich.“ In Swerajows goldbraunen Augen tanzten lustige Fünkchen.

Etwas verwirrt über diese scherzhafte Bemerkung neigte Carolyn grüßend den Kopf. „Guten Abend, Exzellenz. Sind Sie etwa in Gedanken auf dem Schlachtfeld?“

Swerajows Miene verdüsterte sich, als er erwiderte: „Wenn ich ehrlich sein soll: ja.“

Erschrocken legte Carolyn die Hand auf ihr Herz. „Um Himmels willen, was ist denn geschehen?“

„Leider bin ich nicht befugt, die Nachricht an Unbeteiligte weiterzugeben.“

„Also ist es eine ungünstige Neuigkeit?“

„Zerbrechen Sie sich nicht Ihren hübschen Kopf“, sagte Nikolaus freundlich. „Wir sind ja schließlich nicht hier, um über den Krieg zu reden, sondern um uns zu amüsieren.“

„Gewiss.“ Sie senkte unsicher den Blick. „Ich bin ja glücklich, an einem solchen Ereignis teilnehmen zu können.“

„Vielleicht ist Anthony Davison noch glücklicher.“

Überrascht sah sie wieder zu ihm empor. „Aber nein, für mich ist es ein großer Glücksfall.“

„Nun“, erwiderte Nikolaus lachend, „wie immer hat auch hier die Angelegenheit zwei Seiten. Auf alle Fälle kann Copperville heute Abend reichlich Stoff für eine neue Kolumne sammeln. Meinen Sie nicht auch?“

Carolyn warf ihm einen verschmitzten Blick zu. „Zweifellos. Wissen Sie zum Beispiel, dass einige hochrangige Diplomaten, an ihrer Spitze unser verehrter Lord Castlereagh, seit einer halben Stunde in der Bibliothek miteinander konferieren?"

„Nein? Tatsächlich?" tat er überrascht.

„Und Lady Carradine ist auch hier. Ich glaube, ihr gebrochenes Herz ist sehr schnell wieder geheilt."

Nun war es an Nikolaus, vieldeutig zu lächeln. „Und wer begleitet sie?" erkundigte er sich gut gelaunt.

„Sein Name ist William O'Connell. Einen Titel hat er nicht, aber er ist der zweite Sohn eines Earl. Und er ist ebenso groß und blond wie Sie", fügte Carolyn vergnügt hinzu.

„Sie könnten ja auch über den jungen Davison und seine neueste Dame des Herzens schreiben", schlug Nikolaus vor. „Wo ist denn der junge Mann übrigens?"

„Er wollte nur einen Imbiss holen. Aber Sie übertreiben meine Beziehung zu ihm wirklich maßlos."

Nikolaus antwortete nicht, sondern lächelte nur hintergründig.

In diesem Augenblick kam Carolyn ein Gedanke. Sie nahm ihren ganzen Mut zusammen, sah Swerajow nachdenklich an und stellte dann sachlich fest: „Den Artikel über die fürstliche Privataffäre haben Sie geschrieben, nicht wahr?"

Er machte ein überaus erstauntes Gesicht und fragte mit Unschuldsmiene: „Wovon reden Sie eigentlich?"

„Sie wollten, dass ich einmal selbst merke, wie man sich fühlt, wenn man in der Zeitung bloßgestellt wird. Habe ich Recht?"

„Und? Wie fühlt man sich?"

„Nicht sehr gut", räumte Carolyn errötend ein und bemerkte zu ihrer Verwirrung, dass Swerajow offensichtlich ihre Antwort überhaupt nicht gehört hatte, denn er war ernst geworden und hatte den Blick auf den Ausschnitt ihres Ballkleides gerichtet. Sie erschrak vor dem Ausdruck leidenschaftlichen Begehrens, der in seinen Augen lag, und murmelte verlegen: „Nun, das macht aber nichts."

Das hast du dir nur eingebildet, sagte sie sich mit Nachdruck. Dennoch suchte sie vergebens in ihrem Kopf nach irgendeiner geistreichen Bemerkung, die das Gespräch in andere Bahnen lenken konnte. Doch dann fiel ihr Blick plötzlich auf Lady Stafford.

Edith Owsley befand sich direkt hinter Swerajow und kam nun zielgerichtet auf Carolyn zu, die kreidebleich geworden war und nur mechanisch wahrnahm, dass Nikolaus verwundert von einer der Frauen zur anderen blickte.

„Wir sind uns noch nicht vorgestellt worden", sagte die alte Dame hoheitsvoll.

„Aber ..." Carolyn räusperte sich krampfhaft, „aber wir sind uns schon begegnet. Oder erinnern Sie sich nicht an einen kalten Wintertag vor beinahe dreizehn Jahren, Mylady?" Vor Aufregung nahm ihre Stimme einen viel zu hohen Ton an.

„Auch damals hat uns Margaret nicht offiziell miteinander bekannt gemacht", erwiderte Edith Owsley. „Ich hatte nicht erwartet, dich hier zu finden. Du kannst Lady Stafford zu mir sagen oder Großmutter – wie du möchtest."

Abwehrend reckte Carolyn die Schultern. „Vielleicht möchte ich Sie überhaupt nicht anreden, Mylady."

Edith Owsley bekam große Augen. „Anscheinend bist du grenzenlos unverschämt. Aber zumindest hast du mehr Rückgrat als dieser schwachköpfige Thomas", fügte sie zu Carolyns Entsetzen hinzu.

Nun mischte sich Nikolaus in die Unterhaltung. „Gestatten Sie, auch ich hatte noch nicht das Vergnügen", sagte er höflich und machte eine förmliche Verbeugung. „Fürst Nikolaus Iwanowitsch Swerajow."

„Und ich bin die verwitwete Countess of Stafford." Edith Owsley kniff die Augen zusammen und lächelte kaum merklich. „Ich weiß, wer Sie sind. Jeder hier weiß es. Haben Sie die Kleine hierher mitgenommen?"

„Nein, ich nicht. Ist das hier ein Familientreffen?" erkundigte er sich mit unverminderter Höflichkeit.

„Man könnte es so nennen", bemerkte die alte Dame trocken. „Du siehst deiner Mutter sehr ähnlich, Carolyn."

„Haben Sie mein Geburtstagsgeschenk erhalten?" Nur mit Mühe bewahrte Carolyn den gehörigen Ton.

Lady Stafford nickte wohlwollend und machte einen fast erfreuten Eindruck dabei. „Burke ist einer meiner Lieblingsschriftsteller. Ich habe es sehr genossen, ihn wieder einmal zu lesen."

Gegen ihren Willen errötete Carolyn vor Freude über diese anerkennende Antwort, mochte die Großmutter auch über sie denken, was sie wollte.

„Also, mit wem bist du hier?" forschte die alte Dame weiter. „Doch nicht etwa mit deinem Vater?"

„Ich bin in Begleitung von Anthony Davison", erwiderte Carolyn steif.

„Von dem jungen Davison!" rief die Großmutter überrascht. „Du sorgst ja gut für dich. Er ist ein guter Kerl, wenn er auch ziemlich unvermögend ist."

„Er ist nur ein guter Freund", wehrte Carolyn ab.

„Hmm, hmm. Und der Fürst?" Edith Owsley wies mit dem Kopf auf Swerajow. „Wie passt er in diese Gleichung? Ich dachte, du wärest die Gesellschafterin seiner Tochter."

Verzweifelt suchte Carolyn nach einer Antwort. Woher wusste die Großmutter das alles nur?

Zum Glück sprang Nikolaus wieder in die Bresche. „Miss Browne ist in der Tat die Gesellschafterin meiner Tochter, und zwar eine ausgezeichnete. Aber das schließt doch ihre Teilnahme an diesem Ball nicht aus."

„So, wirklich?" Herausfordernd blickte die alte Dame von einem zum anderen.

Carolyn presste die Fingernägel in die Handflächen. Was, um alles in der Welt, führte die Großmutter im Schilde?

„Miss Browne ist eine der gebildetsten Frauen, die ich je kennen gelernt habe", fuhr Swerajow unbeeindruckt fort. „Mit ihrer ausgeprägten Eigenart und ihrer Willenskraft ist sie die ideale Gefährtin für meine Tochter."

Wieder musterte Lady Stafford die beiden eindringlich. „Das ist erstaunlich", sagte sie schließlich. „Eine äußerst erstaunliche Wendung der Dinge." Nach ihrer Miene zu schließen, schien sie diese Wendung aber nicht für unerfreulich zu halten. „Und woher hast du diese ausgezeichnete Bildung, wenn ich fragen darf?"

„Von meinem Vater", erwiderte Carolyn stolz. „Und aus Büchern. Aus vielen, vielen Büchern."

Verblüfft starrte die Großmutter sie an. „Dann war dieser George Browne doch zu etwas gut", murmelte sie zu guter Letzt.

Wütend wollte Carolyn auf sie zugehen, doch Swerajow hielt sie mit eisernem Griff zurück. Der alten Dame war sein Eingreifen nicht entgangen. „Walten Sie als Schutzengel für die Gesellschafterin Ihrer Tochter, Exzellenz?" erkundigte sie sich mit einem spöttischen Lächeln.

„Im gewissen Sinne", erwiderte Nikolaus ruhig. „Miss Browne ist meine Angestellte. Sie gehört zu meinem Haushalt. Unter diesen Umständen betrachte ich meine diesbezüglichen Verpflichtungen als sehr weit gehend."

Edith Owsley nickte. „Gut, dass Sie mich beizeiten gewarnt haben", sagte sie mit ernster Stimme und lächelte doch hinterlistig dabei.

„Fürst Swerajow ist Diplomat", fühlte sich Carolyn zu erklären veranlasst.

„Das will ich hoffen. Was macht Ihr Zar jetzt eigentlich? Werden Sie etwa diesen Krieg verlieren? Und was geht momentan in Russland vor?"

Nikolaus lachte. „Ich kann Ihnen leider keine militärischen Geheimnisse verraten, Lady Stafford."

Die alte Dame schnaufte verächtlich. „Stehen wir denn immer noch in einer Art Krieg miteinander?"

„Soweit ich weiß, ja." Wieder musste Swerajow über die offenherzige Art Edith Owsleys lachen.

Die alte Dame machte eine verabschiedende Geste in seine Richtung und wandte sich dann noch einmal an Carolyn. „Ich fürchte, meine Begleiter vermissen mich schon", sagte sie. „Was liest du noch außer Burke?"

„Alles, Lady Stafford."

„Und wer ist dir am liebsten?"

Carolyn reckte das Kinn hochmütig empor. „Bentham."

„Also bist du liberal eingestellt?"

„Leidenschaftlich!"

„Aber Burke ist ganz und gar konservativ."

„Ich weiß. Doch nur kleine Geister befassen sich ausschließlich mit dem eigenen Standpunkt."

„Das war ja alles außerordentlich bemerkenswert", murmelte die Countess nachdenklich und wandte sich zum Gehen.

„Dann habe ich Sie also gut unterhalten", erwiderte Carolyn herablassend. „Das freut mich."

„Sollte ich tatsächlich etwas von Unterhaltung erwähnt haben?" Edith Owsley verhielt den Schritt. „Kein Wort habe ich davon gesagt, mein Kind. Aber du bist anders, als ich erwartet habe – völlig anders." Mit diesen Worten entfernte sie sich endgültig.

Wortlos blickte Carolyn ihr nach und kämpfte dabei mit den Tränen. Verlegen wischte sie sich mit ihrem spitzenbesetzten Taschentuch über die Augen.

„Nun, nun", sagte Swerajow und nickte ihr aufmunternd zu. „Wollen wir nicht tanzen?" fragte er dann plötzlich.

Carolyn zuckte zusammen und starrte ihn ungläubig an.

„Vielleicht sollten Sie als Erstes Ihr Glas dort drüben abstellen, sonst zerdrücken Sie es noch." Lachend nahm Nikolaus ihren Arm.

„Aber ich ... ich ... ich kann gar nicht tanzen, Exzellenz."

„Nikolaus", verbesserte er ruhig. „Wir sind doch jetzt gewissermaßen allein, Carolyn."

„Nikolaus", flüsterte Carolyn.

„Und warum glauben Sie, nicht tanzen zu können? Weil Sie nicht wissen, wie man das macht?"

„Oh, theoretisch weiß ich schon Bescheid. Ich habe einiges darüber gelesen."

Wieder lachte Nikolaus fröhlich. „Nun, dann wird es ja Zeit, dass Sie es auch in der Praxis ausprobieren."

Errötend nickte Carolyn, obwohl sie eigentlich noch ziemlich niedergeschlagen und bedrückt war.

„Ich nehme an, Sie möchten mit mir nicht über ihre merkwürdige Anverwandte sprechen?"

„Es gibt darüber auch gar nichts zu berichten." Hastig trocknete Carolyn noch einmal die Augen. „Meine Mutter war ihre Tochter und mein Vater der Hauslehrer der Familie. Sie verliebten sich ineinander und liefen zusammen fort. Das hat Lady Stafford meiner Mutter, die vor vielen Jahren gestorben ist, nie verziehen. Und sie hat mich bis heute auch nicht als ihre Enkelin anerkannt – das ist alles." Sie schluckte krampfhaft und presste die Lippen aufeinander, denn sie spürte schon wieder die aufsteigenden Tränen.

„Ich hatte aber den Eindruck, dass die alte Dame für Sie etwas übrig hat", erklärte Swerajow, doch Carolyn schüttelte heftig den Kopf.

„Im Gegenteil. Sie hasst mich ... und ich hasse sie auch."

Einen Augenblick lang sah Swerajow sie schweigend an. Dann sagte er: „Vielleicht sollten wir lieber einen Spaziergang im Park machen. Ich brauche frische Luft, und bei Ihnen scheint es dasselbe zu sein. Aber zuerst hole ich uns noch etwas zu trinken."

Überrascht hob Carolyn den Kopf, denn sie hätte um nichts in der Welt angenommen, dass der Fürst so mitfühlend und verständnisvoll sein könnte. Langsam trat die Begegnung mit der Großmutter in den Hintergrund, und sie stellte sich vor, wie herrlich es wäre, in seinen Armen Trost zu finden und von seinen Küssen beruhigt zu werden. Sicherlich würde sie dann die grässliche Lady Stafford völlig vergessen – die sich ja noch nicht einmal für die Essays von Burke bedankt hatte!

Doch dann kehrte sehr schnell ihre Vernunft wieder zurück, und sie sagte sich, dass ein Zusammenstoß mit Edith Owsley, und wenn er noch so unerfreulich gewesen war, keine Entschuldigung dafür wäre, sich dem Fürsten an den Hals zu werfen ... und auch keine Rechtfertigung.

Mitten in ihre Gedanken hinein hörte sie, wie Swerajow leise seufzte. „Ihr glücklicher Begleiter kehrt zurück – zu meinem Unglück. Guten Abend, Davison."

Anthony balancierte zwei Teller in den Händen und lächelte verlegen. „Guten Abend, Exzellenz. Ich freue mich, Sie wiederzusehen. Verzeihen Sie bitte, dass ich Sie nicht gebührend begrüßen kann."

„Ich verzeihe Ihnen." Unvermittelt nahm Nikolaus das Glas aus Carolyns starren Fingern. „Ich glaube, meine Vorschläge waren in jeder Beziehung nicht die besten Einfälle. Wie auch immer, ich werde

Ihnen zumindest das Glas wieder füllen." Mit einer kurzen Verbeugung war er verschwunden, während Carolyn ihm noch ein paar Herzschläge lang wie betäubt nachstarrte.

22. KAPITEL

„Ich danke Ihnen für den wundervollen Abend, Anthony", sagte Carolyn, während sie die Tür zu der Buchhandlung aufschloss.

Anthony Davison stand am Fuße der drei flachen Stufen, die zu dem Eingang emporführten, und sah sie besorgt an. „Fühlen Sie sich denn auch wirklich wohl?"

„Gewiss doch." Carolyn lächelte mühsam, obwohl sie sich immer noch elend fühlte. Sie war in den letzten Stunden keine besonders gute Gesellschaft für den armen Anthony gewesen. Unlustig hatte sie an den Kanapees geknabbert, nur mit halbem Ohr auf seine Bemerkungen gehört und stattdessen unentwegt die Schar der Gäste abgesucht. Aber Swerajow hatte sich offenbar in Luft aufgelöst, nachdem er noch einmal mit einem gefüllten Champagnerglas zu ihr zurückgekehrt war. Und dann hatte sie auch noch bemerkt, wie ihre Großmutter schon frühzeitig mit ihren Freunden aufgebrochen war und ihre Gegenwart dabei ebenso wenig zur Kenntnis genommen hatte wie bis zum heutigen Tage ihre ganze Existenz. „Ich habe nur ein bisschen Kopfschmerzen, und es tut mir Leid, dass ich keine amüsante Begleiterin für Sie gewesen bin."

„Wie können Sie so etwas sagen? Ihre Begleitung ist für mich immer eine besondere Freude, und ich danke Ihnen aufrichtig dafür." Anthony war auf einmal sehr ernst geworden. „Darf ich morgen vorbeikommen und mich nach Ihrem Befinden erkundigen?"

Carolyn zögerte mit einer Antwort. Anthony wusste ja nicht, dass sie eine Stellung bei dem Fürsten Swerajow angenommen hatte, obwohl das nicht der eigentliche Grund gewesen war, dass sie heute Abend nicht in sein Haus, sondern in die Buchhandlung zurückgekehrt war. Andererseits aber hatte sie kein Talent zum Lügen und hielt auch generell nichts davon. So sagte sie denn etwas verlegen: „Ich werde morgen nicht hier sein, Anthony, obwohl mein Vater verreist ist. Er hat jemanden angestellt, der sich vorübergehend um das Geschäft kümmert."

Überrascht und ungläubig sah Anthony sie an.

„Ich habe nämlich eine Stellung angenommen", fügte Carolyn errötend hinzu. „Allerdings auch nur für eine gewisse Zeit."

„Wirklich? Aber Sie lieben die Bücher doch so." Anthony schien die Welt nicht mehr zu begreifen.

„Ich bin als eine Art Erzieherin für Swerajows Tochter tätig", erwiderte Carolyn und fuhr hastig fort: „Er hat nämlich eine Tochter, ein reizendes Kind von sechs Jahren. Ich habe völlig freie Hand in Bezug auf ihren Unterricht, und das ist eine großartige Gelegenheit, meine diesbezüglichen Vorstellungen zu realisieren."

Entsetzt und missbilligend sah Anthony sie an.

Nun fühlte sich Carolyn noch unbehaglicher als zuvor. Seufzend legte sie ihm die Hand auf den Arm. „Es ist eine ziemlich verzwickte Situation", sagte sie leise. „Die Kleine ist sehr einsam. Sie braucht mich."

Anthony schwieg. Nach einer Weile murmelte er: „Ich verstehe. Sie wollen offensichtlich ein bedauernswertes Fürstenkind erretten." Er schien sehr unglücklich zu sein und verabschiedete sich mit einer wortlosen Verbeugung.

Carolyn schloss die Tür und schob den schweren Riegel vor. Sie war verwirrt und bestürzt, denn ihr Leben war innerhalb kurzer Zeit so schwierig und problematisch geworden. Swerajows Anziehungskraft wurde von Tag zu Tag stärker und wuchs sich zu einer wahren Heimsuchung aus. Alle ihre Gedanken kreisten ständig um ihn. Wie konnte sie unter diesen Umständen weiterhin als Katjas Erzieherin wirken? Noch dazu, da der Fürst die Beziehungen zu seiner Frau ganz augenscheinlich abgebrochen hatte?

Doch am meisten hatte die Begegnung mit der Großmutter sie aus der Fassung gebracht. Warum hatte Lady Stafford nach all den Jahren plötzlich ihre Bekanntschaft gesucht? Um sich auf ihre Kosten zu amüsieren? Wie anders sollte sie ihre Bemerkungen und ihre vielsagenden Blicke interpretieren?

Während Carolyn in ihrem Zimmer das Ballkleid ablegte und in ihr Nachtgewand schlüpfte, kam ihr Edith Owsleys Bemerkung, dass Thomas ein Schwachkopf sei, wieder ins Gedächtnis, und sie musste wider Willen lächeln. Mochte die alte Dame auch eine Hexe sein – eine Närrin war sie gewiss nicht.

Mit schwerem Herzen zündete sie eine Kerze an. Im Hause war es totenstill, aber an Schlafen war dennoch nicht zu denken, denn nun hämmerte tatsächlich ein dumpfer Schmerz in ihren Schläfen. Seufzend legte sie sich einen großen Schal um die Schulter und ging in die Küche, um sich einen Tee zuzubereiten. Ein guter Tee hatte bisher noch immer Wunder gewirkt. Und außerdem war eine neue Kolumne von Copperville fällig. Vielleicht würde sie diesmal über die verwitwete Countess of Stafford schreiben. Ja, warum eigentlich nicht?

„Sie ist nicht im Hause", sagte Jacques, während er den seidenen Schal des Hausherrn sorgfältig zusammenlegte.

Nikolaus war gerade dabei, im Ankleidezimmer seinen eleganten schwarzen Rock aufzuknöpfen, und drehte sich überrascht um. „Aber sie hat doch schon vor mir den Ball verlassen."

Der Kammerdiener warf ihm einen vielsagenden Blick zu. „Vielleicht hat sie mit ihrem Begleiter noch einen kleinen Bummel gemacht."

Ärgerlich wandte sich Nikolaus wieder seinem Spiegelbild zu. Schon seit langem fragte er nicht mehr danach, ob und wann Marie Helene nach Hause gekommen war, aber bei Carolyn war das etwas anderes. Er hatte genau gesehen, wie sie mit Anthony Davison das Haus durch den Haupteingang verlassen hatte und nicht etwa durch eine der Seitentüren, die in den dunklen Park hinausführten. Warum also war sie noch nicht daheim?

„Soll ich noch etwas zu trinken bringen?" erkundigte sich Jacques, bereits an der Tür.

„Nein." Kurz entschlossen knöpfte Nikolaus den Rock wieder zu. Was sollte Carolyns Abwesenheit bedeuten? Hatte sie es sich anders überlegt? Oder gab es irgendeinen besonderen Grund dafür? Vielleicht war sie in die Buchhandlung zurückgekehrt, weil die Ereignisse des Abends sie zu sehr aufgeregt hatten? Oder war sie mit Davison auf und davon? Nun, mein Lieber, ermahnte er sich spöttisch, das wäre dann allerdings nicht deine Angelegenheit. Er nahm den dunkelgrauen Zylinder vom Haken und trat auf den Korridor hinaus.

„Wollen Sie noch einmal ausgehen, Exzellenz?“ Aufgeregt folgte ihm der Kammerdiener, aber Nikolaus blickte nur flüchtig über die Schulter.

„Es scheint wohl so, mon ami.“

Kopfschüttelnd blickte Jacques dem Davoneilenden nach. „Na ja“, murmelte er dann, mehr zu sich selbst, „das war ja wohl längst überfällig.“

Ein Ball und die Wiederbelebung längst vergangener Ereignisse oder ein ungewöhnliches Familientreffen. Wenigstens fünfhundert Damen und Herren der Crème de la crème der Londoner Gesellschaft trafen sich gestern Abend auf dem Ball von Lord D. Mit Sicherheit verschwendete keiner von ihnen einen Gedanken an die blutigen Schlachten, die zurzeit auf dem Kontinent toben, weder der Primregent mit seinen Busenfreunden noch die zahlreich vertretenen Mitglieder der Regierung Lord Liverpools oder gar unser wohl bekannter ausländischer Fürst nebst einem besonders gerissenen Botschafter. Was mochten die Herren wohl hinter den fest verschlossenen Türen der Bibliothek zu besprechen gehabt haben?

Die interessanteste Begebenheit des Abends jedoch war eine sehr merkwürdige und schicksalsschwere Episode. Eine gewisse verwitwete Countess of S. hatte endlich wieder einmal ihren Wohnsitz in M. in der Grafschaft Essex verlassen, wo sie die vergangenen Jahre in äußerster Abgeschiedenheit verbracht (oder über ihre Fehler nachgedacht?) hatte, und sich unter die illustren Gäste des großen gesellschaftlichen Ereignisses gemischt. Oh, ihr großen Götter Griechenlands! Das mochte die alte Dame gedacht haben, als sie sich plötzlich nicht ihren brillantgeschmückten Freunden gegenübersah, sondern einer lange verloren geglaubten Verwandten. Es war niemand anderes als ihre Enkeltochter, die sie vom Tage ihrer Geburt an verstoßen hatte wegen des Verbrechens, einen nicht adeligen Vater gehabt zu haben – ja, einen Plebejer und Buchhändler noch dazu! Wurden sofort die Degen blankgezogen? Floss das Blut in Strömen? Nun, zumindest wurden scharfe Worte gewechselt, denn die große alte Dame ist konservativ bis auf die Knochen, während ihre Enkelin sich als überzeugte Anhängerin von Bentham erwies. Arme Lady S.! Auf diese Weise wurde die alte Geschichte vor aller Augen wieder belebt. Und der lebende Beweis eines verruchten Verbrechens wagte sich in die Öffentlichkeit der Gesellschaft! Ob die alte Dame wohl diesen überaus peinlichen Zwischenfall überleben wird? Der Verfasser wagt eine Prognose, und diese lautet: nein.

Ein lautes Klopfen an der Ladentür ließ Carolyn angstvoll emporschrecken. Gerade hatte sie die Feder zur Seite gelegt, nachdem sie durch eine schwungvolle Linie das Ende des Artikels angezeigt hatte.

Es musste schon weit nach Mitternacht sein. Wer sollte um diese Zeit noch Einlass fordern? Vielleicht hatte sie sich auch verhört. Es konnte doch niemand dort draußen vor dem Laden stehen. Mit klopfendem Herzen blieb sie regungslos sitzen.

Doch dann begann das Klopfen von neuem. Hastig rückte Carolyn die fast heruntergebrannte Kerze in den Schatten der Teekanne. Was sollte sie nur tun? Sicherlich würde ein Eindringling mit bösen Absichten nicht derart auffällig an die Tür klopfen. Möglicherweise war beim Nachbarn irgendjemand krank geworden, und er brauchte Hilfe? Sollte sie Antwort geben oder sich lieber oben in ihrem Zimmerchen verstecken?

„Carolyn!"

Es war ihr, als habe sie ihren Namen gehört. Aber der Ruf war nicht deutlich genug zu verstehen gewesen. Vorsichtig lugte sie durch die einen Spaltbreit geöffnete Küchentür in den dunklen Laden. Die Straße lag schwarz und menschenleer da, und auch die Umrisse der Eingangstür konnte sie kaum erkennen.

Plötzlich fluchte dort jemand. Es klang fremdartig. Vielleicht russisch?

Ungläubig schlich Carolyn näher heran. Es hatte sich wahrhaftig wie Swerajows Stimme angehört und wie irgendein russischer Ausdruck. Aber das war doch unmöglich – nicht wahr? In diesem Augenblick fuhr draußen eine Kutsche vorüber, und in dem Licht ihrer Laternen zeichnete sich die hohe Gestalt des Fürsten deutlich ab. Es war wirklich und wahrhaftig Swerajow. Überwältigt von dieser Erkenntnis, blieb Carolyn wie angewurzelt stehen.

„Carolyn!“ Jetzt hämmerte Nikolaus zornig mit der Faust gegen die Tür, und bei diesem Ton kehrte wieder Leben in Carolyn zurück. Sie eilte zur Tür, schob den Riegel zurück und öffnete. Natürlich hatte sie nicht die Absicht, den unzeitigen Besucher einzulassen, keinesfalls! Aber Swerajow warf ihr nur einen ausdruckslosen Blick zu und überschritt wie selbstverständlich die Schwelle.

„Ist etwas geschehen?“ erkundigte sich Carolyn besorgt, während sie die Tür sorgfältig wieder schloss. Was wäre ihr jetzt auch anderes übrig geblieben? Bangigkeit erfüllte sie. Doch diese hatte wenig zu tun mit ihrer nächsten Frage: „Katja ist doch nicht etwa krank geworden?“

Einen Augenblick lang sah er sie schweigend an und erwiderte dann: „Mit Katja ist alles in Ordnung.“

Plötzlich wurde Carolyn bewusst, dass sie nur einen leichten Schal über ihrem Nachtgewand trug, und sie hielt ihn errötend mit der Hand am Hals zusammen. „Und warum kommen Sie dann mitten in der Nacht hierher?“ fragte sie unsicher.

Nikolaus lächelte flüchtig. „Sie haben den Ball so unvermittelt verlassen“, sagte er gleichmütig. „Warum sind Sie noch wach? Was tun Sie denn mitten in der Nacht?“

„Ich hatte noch zu arbeiten.“

„Copperville?“ Jetzt blitzten seine Augen fast übermütig.

„Ja.“

„Eigentlich müssten Sie um diese Zeit schlafen.“

Unter seinem eindringlichen Blick begann Carolyns Herz heftig zu schlagen, aber sie wich ihm dennoch nicht aus. „Ich hatte Kopfschmerzen.“

„Es sollte ja auch kein Vorwurf sein.“

Ratlos strich sich Carolyn über die Stirn, denn ihr war jetzt erst zu Bewusstsein gekommen, dass der Vater ja auf Reisen und sie demzufolge mit Swerajow allein im Hause war. Sie straffte sich. „Möchten Sie mir nicht sagen, warum Sie zu nachtschlafender Zeit hier erscheinen?“

Nikolaus schob die Hände in die Taschen seines Rockes. „Möchten Sie die Wahrheit wissen?“

„Ich weiß es nicht." Carolyns Antwort klang nicht sehr ermutigend.

Wieder huschte ein flüchtiges Lächeln über Swerajows Lippen. „Ich dachte mir, dass Sie vielleicht in Ihre Wohnung gegangen sind. Aber ich hatte auch die Möglichkeit in Betracht gezogen, dass Sie mit Anthony Davison über alle Berge sind."

„Also gut, nun wissen Sie Bescheid", erwiderte Carolyn mit einer Gleichgültigkeit, die ganz und gar nicht ihrem derzeitigen Zustand entsprach. „Und es ist wirklich schon sehr spät ...", fuhr sie fort und schlug die Hände zusammen.

„Warum sind Sie heute Abend hierher gegangen, Carolyn?" Eindringlich blickte Nikolaus sie an.

„Ich musste nachdenken." Sie wandte sich ab und fragte sich dabei, was er wohl sagen würde, wenn er wüsste, wie oft er selbst der Gegenstand dieses Nachdenkens war.

Aber Swerajow schwieg, und so nahm sie an, er habe sich mit dieser Antwort zufrieden gegeben. Doch plötzlich sagte er: „Ich habe seit Stunden nichts mehr gegessen."

Verblüfft drehte sich Carolyn zu ihm um. „Ich wollte mir auch gerade einen kleinen Imbiss machen, da ich auf dem Ball kaum einen Bissen heruntergebracht habe."

„Nun, dann könnten wir vielleicht zusammen ein spätes Abendbrot oder auch ein zeitiges Frühstück einnehmen", erwiderte Nikolaus lächelnd.

Wieder sagte sich Carolyn, dass sie dieses Ansinnen unbedingt ablehnen musste. Aber gegen ihren Willen durchforschte sie dennoch in Gedanken bereits die Vorräte in der kleinen Küche und murmelte dann: „Vielleicht könnte ich etwas Brot und Käse zurechtmachen. Würde das ausreichen?"

„Nur wenn Sie auch etwas Wein dazu anbieten könnten. Was meinen Sie?"

Einen Augenblick lang sahen sich die beiden schweigend in die Augen. Dann ging Carolyn in die Küche, schürte das Feuer im Herd und stellte den Teekessel darauf. Zu ihrem Ärger merkte sie, dass ihre Hände dabei zitterten.

„Nun", wandte sie sich an Swerajow, der ihr gefolgt war, „Sie könnten sich ja inzwischen in der Speisekammer umsehen. Aber ich fürchte, wir haben weder Burgunder noch Bordeaux."

„Ich wäre auch schon mit einer einfacheren Marke zufrieden", erwiderte er lachend. „Hoffentlich finde ich wenigstens keinen geschmuggelten Wein!"

„Eine solche Ungesetzlichkeit würde ich nicht ertragen." Carolyn sah Nikolaus an und dachte dabei: Auch eine verhängnisvolle Änderung unserer Beziehungen würde ich wohl nicht durchstehen.

„Sie wirken so beunruhigt", entgegnete er ruhig. „Beinahe erschrocken."

Mit unsicheren Händen öffnete sie den Brotkasten. „Sie sind doch mein Dienstherr", murmelte sie.

„Heute Nacht sollten wir einfach nur Freunde sein." Nikolaus legte besänftigend seine kräftigen Finger um ihre Handgelenke.

Aber Carolyn wandte sich ab. „In der Speisekammer wird bestimmt noch etwas Wein sein", sagte sie abwehrend.

„Wie Sie wünschen." Er ging in die nebenan gelegene Kammer und kehrte mit einer Flasche Portwein zurück. „Sie ist noch halb voll."

Carolyn, die gerade ein Stück Stiltonkäse aufschnitt, hob den Kopf. „Oh, das ist Vaters Lieblingsmarke. Die muss ich ihm ersetzen."

„Ich werde ihm eine ganze Kiste davon kaufen", erwiderte Swerajow vergnügt.

Nun ja, er ist ein Fürst, und ich bin nur eine mittellose Bürgerin und außerdem auch noch seine Angestellte, dachte Carolyn resigniert, während sie zwei Gläser aus dem Schrank holte. Wie kann ich eine derart vertrauliche Situation nur zulassen? Habe ich denn völlig den Verstand verloren? Dabei kann doch nichts Gutes herauskommen! Großer Gott, ich glaube, ich liebe ihn wirklich!

Sie stellte Teller auf den Tisch und legte die Messer daneben, während Nikolaus Brot und Käse dazustellte und dann den Wein in die Gläser schenkte. „Ich habe noch nie gehört, dass Fürsten den Tisch decken ... und noch viel weniger, dass sie in der Küche zu Abend essen", murmelte Carolyn.

„Nun, dieser Fürst hat noch unter ganz anderen Umständen sein Abendbrot eingenommen, zum Beispiel in einem Biwak in Regen und Schlamm, die blutdurstigen Türkenscharen vor Augen." Er zog einen Stuhl heran und setzte sich. „Andererseits muss ich einräumen, dass ich in der Tat noch nie in einer Küche gespeist habe – und noch viel weniger mit einer Dame in einem Baumwollnachtgewand."

Carolyn wurde blutrot. An ihren ungehörigen Aufzug hatte sie gar nicht mehr gedacht. „Ich ziehe mich sofort um."

„Das ist nicht nötig. Sie sind durchaus anständig bekleidet." Seine Augen blitzten übermütig. „Allerdings habe ich bis jetzt Spitzennegligees bevorzugt." Lachend sah er sich um und entdeckte den mit der neuesten Kolumne eng beschriebenen Bogen. „Was ist denn das?" Er zog ihn zu sich heran und deckte dabei eine Zeichnung auf, die Carolyn angefertigt hatte, bevor sie an das Artikelschreiben gegangen war. Ganz unverkennbar handelte es sich um eine sehr gelungene Karikatur Swerajows. Er stand in Galauniform auf den Stufen des Ballsaales, den Zierdegen an der Seite und die Brust mit unzähligen Medaillen bedeckt. Nicht nur die liebevoll ausgeführte Uniform verriet die Bewunderung der Zeichnerin, sondern auch das bemerkenswert gelungene Gesicht mit einem Ausdruck gemischt aus Arroganz, Langeweile und spöttischem Amüsement.

Zweifelnd wiegte Nikolaus den Kopf. „Mache ich wirklich so ein Gesicht?" fragte er ungläubig.

„Heute Abend schon", erwiderte Carolyn und fügte hinzu: „Zumindest in diesem Augenblick."

„Soll dieses Bild etwa veröffentlicht werden?" Um die Figur herum war die Schar der Tanzenden nur flüchtig skizziert.

„Nein."

Überrascht sah Nikolaus sie an. „Nun, dann fühle ich mich dadurch ungemein geschmeichelt."

Carolyn wusste nicht, was sie antworten sollte. Die intime Atmosphäre in der kleinen halbdunklen Küche, ihre unpassende Bekleidung, seine Nähe ... alles das verwirrte sie und verstärkte zugleich ihr uneingestandenes Verlangen.

„Sie sind eben ein ungewöhnliches Objekt“, sagte sie schließlich leise.

„Ist das der einzige Grund?“ Sein Blick schien bis in ihr Inneres dringen zu wollen.

Wortlos umklammerte Carolyn die Tischkante. Sie wusste, dass sie ihm nicht zu antworten brauchte.

Als Nikolaus nach kurzem Schweigen den Bogen mit dem Artikel wieder zur Hand nahm, begann sie hastig, das Brot aufzuschneiden. Eigentlich mochte sie es nicht, wenn jemand die Kolumne vor ihrer Veröffentlichung las. Doch jetzt sagte sie mit gesenktem Kopf: „Sie können es lesen, wenn Sie wollen.“

„Danke, gern.“

Unruhig beobachtete sie, wie er Zeile für Zeile eingehend studierte. Es ist ein Fehler gewesen, dachte sie immer wieder, ein großer Fehler. Alle Hindernisse, die sich vor ihr auftürmten, hatten ihre Gefühle für ihn nicht zurückdrängen können. Im Gegenteil. Sie waren wider alle Vernunft ständig stärker geworden. Sie hätte nicht Katjas Erzieherin werden und auch nicht auf den Ball gehen dürfen. Aber vor allem hätte sie Swerajow heute Abend nicht einlassen sollen ...

„Ein interessantes Thema“, sagte in diesem Augenblick Nikolaus mitten in ihre Gedanken hinein.

„Mehr ... mehr haben Sie dazu nicht zu sagen?“

Unbekümmert nahm er ein Stück von dem Käse und kaute genießerisch. „Hm, ausgezeichnet.“ Dann griff er nach dem Weinglas. „Sie möchten nicht gern darüber reden, nicht wahr?“

„Es gibt doch nicht viel zu berichten. Die beiden liefen zusammen fort, und das hat Großmutter meiner Mutter nie verziehen, ebenso wie sie nicht aufgehört hat, meinen Vater deshalb zu hassen.“ Carolyn starrte mit tränenlosen Augen vor sich auf den Tisch. „Als bei uns zu Hause bittere Not herrschte, hat sie sich geweigert, Hilfe zu leisten. Aus diesem Grunde musste meine Mutter auch so früh sterben.“ Bei den letzten Worten erschrak sie. Bis jetzt hatte sie einen solchen Gedanken nicht einmal vor sich selbst geäußert, geschweige denn einem Dritten gegenüber. „Ich weiß gar nicht, warum ich Ihnen das erzähle“, sagte sie mit einem gequälten Lächeln. „Sie müssen sich sehr langweilen.“

„Sie langweilen mich nie. Aber haben Sie nicht schon einmal darüber nachgedacht, ob Ihre Großmutter vielleicht den Gang der Dinge inzwischen doch bedauert?“

„Das glaube ich nicht. Schließlich hat sie all die Jahre so getan, als existiere ich überhaupt nicht. Wie können Sie nur auf einen solchen Gedanken kommen?“

„Weil ich den Charakter eines Menschen gut einschätzen kann“, erwiderte Swerajow ruhig, „und gesehen habe, mit welcher Anteilnahme sie Ihnen zugehört hat.“ Lächelnd legte er seine Hand über die ihre. „Sie können sicher sein, dass sie Ihnen gegenüber keinen Hass empfindet. Das mag für Ihren Vater gelten. Sie aber sind ihr eigen Fleisch und Blut. Vertrauen Sie mir.“

Carolyn blickte in seine warmen goldbraunen Augen, auf seinen schön gezeichneten sinnlichen Mund und von dort auf seine kräftige gebräunte Hand, aufgewühlt von tausend Gedanken und Gefühlen, die sie so schnell nicht ordnen konnte. „Vertrauen ... ich weiß nicht, ob das richtig wäre ...“

„Wahrscheinlich meinen Sie damit etwas anderes“, erwiderte er kurz und zog die Hand zurück.

„Verzeihen Sie“, flüsterte Carolyn und schüttelte hilflos den Kopf. Die Stille in dem kleinen Haus bedrückte sie auf einmal. „Ich bin müde und sollte zu Bett gehen.“ Zögernd wollte sie sich erheben, doch sofort ergriff Nikolaus wieder ihre Hand, um sie zurückzuhalten. Einen Augenblick lang blickte er schweigend in ihre Augen. Dann hob er die Hand empor und presste hart und ungestüm die Lippen darauf.

Ich habe ja gewusst, dass es so weit kommen würde, dachte Carolyn benommen, während die kleine Küche sachte zu schwanken schien.

„Ich hätte heute Abend nicht hierher kommen dürfen“, murmelte Nikolaus und erhob sich, ohne ihre Hand loszulassen.

„Aber Sie haben es getan.“

„Ja.“ Er starrte sie an, ohne eine Erklärung abzugeben.

„Wir sollten uns dann also gute Nacht sagen." Mühsam schluckte sie die aufsteigenden Tränen hinunter.

„Weinen Sie doch nicht. Dafür gibt es doch gar keinen Grund."

Für ihn sicherlich nicht, dachte Carolyn, denn er liebt mich ja nicht. Sie entzog ihm die Hand und wischte mit den Fingerspitzen über die Augenlider. „Sie müssen mich für sehr kindisch halten."

„Keineswegs. Werden Sie morgen wieder zu Katja kommen?"

„Ja."

„Und was ist mit Anthony Davison?"

„Was soll mit ihm sein?"

„Nun, er bemüht sich doch offensichtlich um Sie."

„Ach nein, das glaube ich nicht."

Swerajow straffte sich und sah sie mit ernster Miene an. „Ich teile die Meinung Ihrer Großmutter über Anthony Davison. Er ist ein grundsolider junger Mann, und seine Absichten sind ehrenhaft und legitim. Ich glaube, er liebt Sie aufrichtig und wird sich Ihnen wohl über kurz oder lang erklären."

Ungläubig schüttelte Carolyn den Kopf. „Da irren Sie sich bestimmt. Warum sagen Sie mir so etwas?"

„Weil ich mich dazu verpflichtet fühle. Sie sollten seine Werbung sehr ernsthaft in Betracht ziehen."

Diese Antwort befremdete Carolyn außerordentlich. Wollte Swerajow sie wirklich dazu ermutigen, Anthony Davison zu heiraten? Enttäuscht und niedergeschlagen erwiderte sie heftiger, als sie beabsichtigt hatte: „Aber ich liebe ihn überhaupt nicht."

„Ach ja, Sie sind ja eine Romantikerin und sogar stolz darauf." Swerajows Stimme klang auf einmal ganz weich und warm. „Carolyn, könnten Sie wirklich nicht einen jungen Mann heiraten, der es gut mit Ihnen meint, auch wenn Sie ihn nicht lieben?"

Trotzig schob Carolyn die Lippen vor. „Nein, das könnte ich nicht." Im Geist sah sie sich vor einem Traualtar stehen – aber nicht in einer malerischen gotischen Kirche mit Anthony, sondern in einer imposanten goldstrotzenden Kathedrale mit Swerajow. Oh, Allmächtiger!

Unvermittelt streckte Nikolaus die Arme aus. Noch ehe Carolyn begriffen hatte, was geschah, lag sie an seiner Brust und spürte seine Lippen weich und zart auf ihrem Mund ... und sie stöhnte vor Glück.

Dann wurden seine Lippen plötzlich hart und fordernd, nahmen ihren Mund ganz und gar in Besitz. Die goldgefassten Knöpfe seines Frackrocks pressten sich schmerzhaft in ihren Körper, doch sie wehrte sich nicht, schmiegte sich stattdessen nur noch fester an ihn und erwiderte seinen Kuss mit all dem Verlangen, das vom ersten Tag ihrer Begegnung in ihr gewachsen war, und mit all der leidvollen Liebe ihres heißen Herzens.

Es wurde ein endloser Kuss in der halbdunklen Küche, beim flackernden Licht einer einsamen Kerze in der lautlosen Finsternis der Nacht.

Es war Nikolaus, der schließlich dieser leidenschaftlichen Aufwallung ihrer Gefühle ein Ende setzte. Verzweifelt barg Carolyn den Kopf an seiner Brust. Was sollte nun werden? Würde er davongehen, als wäre nichts geschehen? Würde sie morgen zu Katja zurückkehren, als hätte es dieses übermächtige Zueinanderdrängen überhaupt nicht gegeben? Seine Arme hielten sie umfangen, fest und besitzergreifend, stark und unnachgiebig – so wie er als Mann eben war. Und sie klammerte sich ebenso unlösbar an ihn, als wollte sie ihn nie mehr lassen. Aber in Wirklichkeit würde diese Nähe, dieses Einssein, nur einen kurzen Augenblick dauern, den sie mit ganzer Seele in sich aufnehmen und für immer darin bewahren musste.

„Ich muss jetzt gehen", sagte Nikolaus leise, „denn ich bin nicht hergekommen, um etwas zu tun, das mir nicht zusteht ... und wenn ich es noch so gern möchte."

„Ja", erwiderte Carolyn, „Sie müssen gehen." Er ist doch verheiratet ... verheiratet ... dachte sie unaufhörlich. Und auf einmal hasste sie Marie Helene.

Mit einem Blick, der so überwältigend männlich war und in dem ein Verlangen brannte, das sie beide mit ganzer Kraft bekämpfen wollten, streifte er noch einmal ihr liebliches Gesicht, wandte sich dann rasch um und verließ mit eiligen Schritten die Küche, den Laden, das Haus.

Carolyn sank auf den Stuhl, legte die Stirn auf den harten Küchentisch und weinte bitterlich.

23. KAPITEL

Obwohl Carolyn in der Nacht kaum ein Auge zugetan hatte, erschien sie pünktlich um acht Uhr im Hause Swerajows, um mit Katja zu frühstücken. Als sie das sonnendurchflutete kleine Esszimmer betrat, blickte das Mädchen ihr strahlend entgegen, während Madame Arkadjewa nur kurz von ihrem mit kaltem Braten und Würstchen gefüllten Teller aufsah und nach einem leichten Nicken mit dem Essen fortfuhr. Signor Raffaldi pflegte allein zu frühstücken.

„Guten Morgen", sagte Carolyn fröhlich, obwohl ihr ganz und gar nicht fröhlich zu Mute war, denn sie hatte die ganze Nacht grübelnd wach gelegen und sich immer wieder gesagt, dass sie um keinen Preis ihren Gefühlen für einen absolut unerreichbaren Mann nachgeben durfte. Und wie kam sie eigentlich dazu, eine andere Frau zu hassen, nur weil sie mit diesem Mann ehelich verbunden war? Wie konnte sie plötzlich eine so niedrige Geisteshaltung einnehmen?

Wenn sie wirklich weiterhin Katjas Gefährtin bleiben wollte, musste sie ihre Liebe mit eiserner Hand unterdrücken, denn sie war unrecht, unstatthaft und schlecht. Und nie wieder durfte sie mit Nikolaus so vertraulich beisammen sein. Niemals. Unter keinen Umständen.

„Guten Morgen, Miss Browne." Katja lächelte immer noch erfreut. „Ist es nicht ein wundervoller Tag heute?"

„Gewiss. Genau das richtige Wetter, um am Nachmittag in ein Museum zu gehen."

Auf dieses Stichwort hin merkte Madame Arkadjewa auf. „In ein Museum?" fragte sie spitz.

„Haben Sie meinen neuen Unterrichtsplan nicht gelesen?" erkundigte sich Carolyn liebenswürdig.

„Allerdings, und ich finde ihn unmöglich", entgegnete die Gouvernante missmutig. „Noch nie habe ich erlebt, dass man einem kleinen Mädchen Kenntnisse in Astronomie und Philosophie vermitteln wollte. Wie soll es damit auf ein Leben als Fürstin und Ehefrau vorbereitet werden?"

„Nun, ich halte das für eine ganz ausgezeichnete Vorbereitung. Und wenn Sie den neuen Plan gelesen haben, werden Sie darin ja auch zweimal wöchentlich einen Studienausflug gefunden haben."

„Einen Studienausflug!" bemerkte die Gouvernante spöttisch und warf einen anklagenden Blick zur Zimmerdecke.

Doch Carolyn ließ sich nicht beeindrucken, sondern wandte sich wieder an Katja. „Wir gehen in ein Museum mit einer herrlichen Ausstellung über das alte Ägypten. Kennst du einen berühmten Ägypter?"

Katja runzelte angestrengt die Stirn und sagte dann zögernd: „Ptolemäus?"

„Richtig!" rief Carolyn. „Und vorher erzähle ich dir noch etwas über die Pharaonen."

„Was ist das: Pharaonen?"

„Das waren die Herrscher über das alte Ägypten, die angeblich vom Sonnengott abstammten", erläuterte Carolyn dem Kind voller Eifer.

„Ich würde auch ganz gern etwas über die Pharaonen hören."

Bei diesen Worten fuhr Carolyn herum und erblickte Swerajow, beeindruckend wie immer, im Türrahmen. Er wirkte etwas müde, so als habe auch er in dieser Nacht keine rechte Ruhe gefunden. Aber wohl kaum um meinetwillen, dachte sie resigniert.

„Guten Morgen." Der Fürst richtete den Gruß an alle Anwesenden, seine Augen jedoch sagten deutlich, dass er allein für Carolyn bestimmt war.

„Guten Morgen, Papa", erwiderte Katja mit einem scheuen Lächeln. Er ging zu ihr hinüber und küsste sie auf die Stirn. Dann nickte er Madame Arkadjewa zu, die jetzt stocksteif wie ein Rekrut am Tische saß, und sah zu guter Letzt Carolyn an.

„Guten Morgen, Miss Browne", wiederholte er ruhig.

Carolyn räusperte sich. „Guten Morgen."

„Haben Sie etwas dagegen, wenn ich mich zu Ihnen geselle?"

Wieder schien er sich mit seinen Worten an alle zu wenden, während er nach wie vor ausschließlich Carolyn anblickte. „Das große Speisezimmer ist ausgesprochen ungemütlich."

Überrascht hob Katja den Kopf, und auch die Gouvernante schien ihre sonst an den Tag gelegte Gleichgültigkeit plötzlich abgestreift zu haben. Da jedoch keiner von beiden etwas erwiderte, fühlte sich Carolyn schließlich dazu bemüßigt.

„Aber bitte, gern", murmelte sie.

Während Nikolaus sich einen Stuhl heranzog, fragte er lächelnd: „Dieser Museumsbesuch heute – ist er ein Teil Ihres Unterrichtsprogramms in Völkerkunde?"

„Gewiss, Exzellenz. Ägypten ist das am besten geeignete Land, um mit dem Studium fremder Kulturen zu beginnen." Verwirrt bemerkte Carolyn, dass Swerajows Augen nach wie vor auf sie gerichtet waren, und sie wandte ihre Aufmerksamkeit rasch wieder Katja zu, deren Miene plötzlich ängstliche Zweifel auszudrücken schienen. „Was hast du, Kind?" erkundigte sie sich freundlich.

„Vielleicht erlaubt Papa nicht, dass wir in das Museum gehen", flüsterte die Kleine bedrückt.

„Aber keineswegs! Es ist eine großartige Idee." Der Fürst machte heute einen ungewöhnlich aufgeräumten Eindruck. „Wenn ich Zeit hätte, würde ich am liebsten mitkommen,"

Um ein Haar hätte Carolyn ihn mit weit aufgerissenem Mund angestarrt, so überrascht war sie von seinen Worten. Verlegen schob sie ihren Teller zur Seite.

„Warum essen Sie denn nicht? Sie können doch unmöglich schon satt sein." Nikolaus schnippte mit den Fingern. „Die Käseplatte für Miss Browne!"

Einer der Lakaien eilte zu der Anrichte.

„Danke, Exzellenz", murmelte Carolyn mit blutroten Wangen.

„Und nun warten Sie bitte nicht, bis ich mich bedient habe. Meine Devise ist auch hier ‚Ladies first'", fuhr Nikolaus mit einem höflichen Neigen des Kopfes fort.

Schweigend nahm Carolyn die Gabel wieder zur Hand. Ihre Finger zitterten dabei leicht, und als sie sich erschrocken umsah, bemerkte sie, dass Katja und die Gouvernante sie eindringlich betrachteten – die eine mit wachsendem Erstaunen, die andere mit unverhohlener Neugier. Großer Gott, dachte sie entsetzt, sie werden glauben, dass irgendetwas zwischen uns im Gange ist. Aber schon beim nächsten Atemzug sagte sie sich, dass ein solcher Gedanke der Wahrheit ja schließlich sehr nahe kam.

Nach einem sehr anregenden und unterhaltsamen Museumsbesuch, dem sich Signor Raffaldi im letzten Augenblick noch angeschlossen hatte, traten die drei wieder auf die Straße hinaus und hielten Ausschau nach dem offenen Zweispänner, den sie heute in Anbetracht des schönen Wetters an Stelle der schweren schwarz lackierten Kutsche genommen hatten. Der Landauer war im Augenblick durch einen von zwei schweren schottischen Lastpferden gezogenen Rollkarren blockiert, der offensichtlich wenden wollte und dadurch die ganze Straße versperrte.

Der lebhafte Verkehr staute sich, und die wartenden Kutscher schimpften aus voller Kehle.

„Ein höchst ungeschickter Fahrer“, sagte Raffaldi ärgerlich.

„Wir haben doch Zeit“, erwiderte Carolyn. „Es wird ja nicht lange dauern.“

Zahlreiche Fußgänger strömten an ihnen vorüber, viele von ihnen gut gekleidete Besucher des berühmten Museums. Dazwischen stießen zwei Jungen einen Ball mit den Füßen vor sich her. Lächelnd beobachtete Carolyn das Treiben um sich herum, während sie Katjas Hand fester fasste. Plötzlich drängte sich ein junger Bursche durch die Menge, der irgendwie nicht in die fröhliche Menge zu passen schien. Während sie ihn noch misstrauisch musterte, schob er Katja bereits so rücksichtslos zur Seite, dass Raffaldi sie im letzten Augenblick gerade noch auffangen konnte. Im selben Augenblick erhielt Carolyn einen heftigen Stoß in den Rücken, der sie mit übermächtiger Gewalt mitten auf die Straße schleuderte, wo sie schmerzhaft auf das holprige Pflaster aufschlug.

„Miss Browne!“ schrie Signor Raffaldi entsetzt. „Miss Browne, der Rollwagen!“

Schnell rollte sich Carolyn auf Händen und Knien zur Seite, während ihr bereits das Donnern der schweren Hufe und das Rattern der eisenbeschlagenen Räder in den Ohren hallte.

Von irgendwoher schrie ein Kind, schrill und hoch. Auch aus der Schar der Passanten erschallten angstvolle Rufe. Aber der Kutscher hatte den Zwischenfall nicht wahrgenommen und konnte von seinem Sitz aus die Verunglückte auch nicht sehen.

Carolyn wurde schwarz vor Augen. Schmerzen und Todesangst nahmen ihr den Atem, während die riesigen Räder und die stampfenden Pferdehufe nur eine Spanne von ihr entfernt wie ein Albtraum an ihr vorüberglitten. Zitternd presste sie ihr Gesicht in den Staub der Straße.

Da war auch schon Raffaldi an ihrer Seite, und Katja kniete weinend neben ihr. „Miss Browne! Miss Browne!“ schluchzte das Kind. „Sie dürfen nicht tot sein! Bitte, bitte nicht!“

Schweißgebadet hob Carolyn den Kopf. Großer Gott, dachte sie fassungslos, um Haaresbreite wäre ich eben überfahren worden. Langsam richtete sie sich auf und tastete über ihren Körper.

„Ich bin nicht tot, Katja, Liebling.“

Inzwischen hatten sich zahlreiche Fußgänger in einem Halbkreis um sie versammelt und besprachen aufgeregt das Geschehnis. „Haben Sie es nicht gesehen?“ rief irgendjemand entrüstet. „Man hat sie gestoßen!“

„Großer Gott! Sind Sie verletzt, Miss Browne?“ Raffaldi beugte sich besorgt über Carolyn.

„Nein, nein, nur meine Knie schmerzen – und die ganze Seite tut weh.“ Hilflos fragte sich Carolyn immer wieder, wie sie eigentlich zu Fall gekommen war. Plötzlich tauchte schemenhaft das Bild eines jungen Burschen vor ihr auf. Hatte er womöglich etwas damit zu tun gehabt?

„Sie bluten ja!“ Entsetzt wies Katja auf das Gesicht ihrer Begleiterin. „Sie sind überall zerkratzt!“

Carolyn strich mit den Fingerspitzen über ihre Wangen und entdeckte Staub und Blut an ihnen.

„Wir sollten einen Arzt holen“, drängte Raffaldi ängstlich.

„Schon gut, schon gut“, murmelte Carolyn, während sie mühsam wieder auf die Füße kam. Noch immer begriff sie nicht, was eigentlich geschehen war, bis sie merkte, dass ihr Handbeutel verschwunden war.

„Man hat sie gestoßen!" Der aufregte Ruf hallte in ihren Ohren wider. Sollte sie wirklich gestoßen worden sein? Aber warum? Wer sollte sie auf die Straße vor einen heranrollenden Lastkarren stoßen? Nur wegen eines Ridiküls, das kaum etwas Wertvolles enthielt? Ihr Blick fiel auf Katja, die immer noch leise schluchzte.

„Es ist alles in Ordnung." Stöhnend vor Schmerz neigte sie sich zu der Kleinen hinab. „Es war nur ein Unfall, der, Gott sei Dank, glücklich ausgegangen ist."

Zweifelnd sah Raffaldi sie an.

Suchend blickte Nikolaus in den Unterrichtsraum, der um diese Tageszeit – die Teestunde war bereits vorüber – natürlich leer war. Dafür erklangen Stimmen aus Katjas Zimmer. Der energische Ton von Madame Arkadjewa schallte deutlich herüber, und Nikolaus ging ihm nach, bis er vor der Tür des Kinderzimmers stand, die er nach einem kurzen Anklopfen rasch öffnete. Schon beim ersten Blick stellte er enttäuscht fest, dass Carolyn nicht anwesend war.

„Guten Tag." Er nickte der Gouvernante zu und wandte sich dann an seine Tochter. „Nun, wie war euer Ausflug? Sicher kannst du mir jetzt etwas über die Pharaonen erzählen, nicht wahr? Oder über die Pyramiden?" Da Katja nicht antwortete, wurde er unruhig. „Warst du denn nicht im Museum?"

„Doch", murmelte das Kind.

„Und? Was habt ihr dort gesehen?"

„Wir ... wir ... eine Mumie."

Besorgt blickte Nikolaus die Kleine an. „Irgendetwas stimmt hier nicht. Was ist los, Katja?"

Aber Katja schüttelte nur stumm den Kopf, und ihre Augen füllten sich mit Tränen. Erschrocken sah er sich nach der Gouvernante um, die sich im Hintergrund zu schaffen gemacht hatte.

„Madame, können Sie mir vielleicht Auskunft geben?"

Die Gouvernante hob ihre knochigen Schultern. „Offensichtlich gab es ... eh ... Schwierigkeiten auf diesem ... eh ... Ausflug."

„Vielleicht drücken Sie sich etwas deutlicher aus!" fuhr Nikolaus sie zornig an.

„Nun, soviel ich weiß, hatte die neue Gesellschafterin Ihrer Tochter ein Missgeschick", entgegnete Madame Arkadjewa mit unverhüllter Schadenfreude.

„Ein Missgeschick? Wo ist Miss Browne?"

„Vermutlich in ihrem Zimmer." Die Gouvernante schniefte verächtlich und fügte halblaut, aber dennoch deutlich hörbar, hinzu: „Mit einem kleinen Kind ein Museum besuchen! Das konnte ja nicht gut gehen."

Mit wenigen Schritten war Nikolaus an Carolyns Zimmertür und klopfte zögernd an, ohne eine Antwort zu erhalten. „Miss Browne?" rief er erregt. „Sind Sie da?" Als auch ein zweites Klopfen ohne Resonanz blieb, öffnete er kurzerhand die Tür. Der Raum war leer. Einen Augenblick lang stand er ratlos auf der Schwelle und überlegte, wo Carolyn wohl so kurz nach ihrer Rückkehr hingegangen sein mochte. Schließlich kam er auf den Gedanken, dass sie vielleicht in der Bibliothek nach Büchern über die Exponate im Museum suchte, und er machte sich eilig auf den Weg dorthin.

Als er die Eingangshalle durchquerte, erblickte er Signor Raffaldi, der dem Kutscher aufgeregt Fragen zu stellen schien, und neben ihm stand Carolyn, die sich beim Klang seiner Schritte umwandte. Ihr Gesicht war zerkratzt und blutbeschmiert und der Ärmel ihres Kleides zerrissen.

„Großer Gott!" rief Nikolaus entsetzt. „Was ist geschehen?"

Verstört sah Carolyn ihn an. „Machen Sie sich bitte keine Sorgen, Exzellenz. Katja ist nichts passiert."

„Das weiß ich", entgegnete er aufgebracht. „Aber was, zum Teufel, ist Ihnen zugestoßen? Ich will es augenblicklich wissen!"

„Nichts – ich bin nur hingefallen." Sie griff sich hilflos an die Kehle. „Ein Taschendieb ... er hat mir das Ridikül gestohlen." Verlegen senkte sie den Blick.

„Und weiter?"

„Weiter nichts." Mühsam gelang es ihr zu lächeln.

„Das stimmt doch nicht, Carolyn." Nikolaus umfasste ihr Kinn und zwang sie, ihn anzusehen. „Es gab noch etwas." Als Carolyn jedoch wiederum nur schweigend den Kopf schüttelte, wandte er sich fragend zu Signor Raffaldi um. Allein der Hauslehrer blickte rasch zur Seite und täuschte Gleichgültigkeit vor.

Nun wurde Nikolaus energischer. „Sie kommen jetzt mit, Carolyn – in die Bibliothek. Ich gehe voran." Entschlossen öffnete er die geschnitzte Eichentür und machte eine einladende Geste.

Zögernd folgte Carolyn seiner Aufforderung. Der Raum lag in gedämpftem Licht, denn die Vorhänge waren wegen der hellen Sommersonne, die die kostbaren Bücher ausgebleicht hätte, geschlossen worden. Swerajow ging zu einem kleinen Schrank, entnahm ihm eine Flasche Wodka und füllte ein Wasserglas damit zur Hälfte.

„Ich brauche keine Stärkung", sagte Carolyn ruhig, aber Nikolaus nahm ihren Widerspruch überhaupt nicht zur Kenntnis, sondern tauchte sein spitzenbesetztes Taschentuch in die klare Flüssigkeit.

„Es wird etwas brennen", erklärte er beiläufig. „Doch es verhindert eine Infektion ebenso wie die Bildung von Narben." Vorsichtig betupfte er die Kratzer auf ihrer Wange und stellte dabei bewundernd fest, dass Carolyn im Gegensatz zu all den Frauen, die er bis jetzt kennen gelernt hatte, weder jammerte noch lamentierte, ja nicht einmal leise stöhnte, obwohl er jede Verletzung mehrmals behandelte, auch die kleine Wunde an der Schulter.

„Ist das alles?" erkundigte er sich schließlich.

„Ja", flüsterte Carolyn.

„So, und nun sagen Sie mir endlich, was wirklich passiert ist."

Sie zuckte ratlos mit den Schultern. „Ich habe doch schon alles berichtet. Es war ein junger Bursche. Aber er wollte mir wohl nicht absichtlich Schaden zufügen."

Ärgerlich schüttelte Nikolaus den Kopf. „Sie können mir nichts vormachen. Dazu kenne ich Sie inzwischen zu gut."

„Nun ja", zögernd blickte sie zu ihm auf, „vielleicht bin ich auch gestoßen worden."

„Gestoßen?" Er hob die Brauen. „Gestoßen oder gefallen?"

„Ich weiß es nicht."

„Hat der Taschendieb Sie gestoßen?"

„Das ist möglich."

Misstrauisch musterte er ihr bleiches Gesicht. „Nun, ich bin froh, dass nichts Schlimmeres passiert ist. Aber Sie machen immer noch einen sehr verstörten Eindruck."

Verlegen wandte sich Carolyn ab. „Es war ja auch ein fürchterlicher Augenblick, als der schwere Rollwagen mich um ein Haar überfahren hätte", flüsterte sie. „Und ich ... ich bin offensichtlich nicht einmal in der Lage, einen Spaziergang mit Katja zu machen ..."

„Sie wären beinahe überfahren worden?" rief Nikolaus außer sich.

„Ja."

Lange Zeit sah er sie schweigend an. Schließlich strich er sacht über ihre Wange und murmelte: „Großer Gott." Plötzlich stieg die Erinnerung an die kleine Küche hinter dem Buchladen wieder in ihm auf. Was war seit gestern Abend alles geschehen, und was konnte noch geschehen! Es schien immer schwieriger zu werden, die Gefühle im Zaum zu halten.

„Es ist nicht Ihre Schuld", sagte er mit rauer Stimme. „Und das nächste Mal gebe ich Ihnen zwei kräftige Kosaken als Beschützer mit."

„Die meisten Leute können aber ohne Beschützer in ein Museum gehen, Exzellenz", flüsterte Carolyn.

Wieder musste Nikolaus an die vergangene Nacht denken und daran, wie reizend sie in dem Baumwollnachtgewand ausgesehen hatte und wie wunderbar es gewesen war, sie im Arm zu halten.

„Nikolaus", verbesserte er leise.

Aber Carolyn erwiderte nichts.

„Carolyn", fuhr er zögernd fort, „ich muss etwas mit Ihnen besprechen." Sein Auftrag in England war just am heutigen Tage erledigt worden. Am Nachmittag hatte er einen Vertrag mit der englischen Regierung unterzeichnet, und in naher Zukunft würde nicht nur Marie Helene die Heimreise antreten, sondern auch Katja ... und er selbst.

„Ja?" Carolyn hob widerstrebend den Kopf. „Was gibt es?"

„Wir haben heute ein Abkommen abgeschlossen."

Bestürzt blickte Carolyn ihn an.

„Ich habe schon einen Sonderkurier mit dieser guten Nachricht nach St. Petersburg geschickt", fügte Nikolaus mit einer fast entschuldigenden Miene hinzu. Doch noch ehe er fragen konnte, ob Carolyn sich inzwischen entschlossen hatte, Katja nach Russland zu begleiten, betrat Marie Helene die Bibliothek.

„Ich hoffe, ich störe nicht allzu sehr", sagte sie mit einem spröden Lächeln.

„Wenn ich nicht gestört zu werden wünschte", entgegnete Nikolaus kurz, „hätte ich die Tür abgeschlossen."

Die Fürstin wandte sich von ihm ab und musterte Carolyn. „Du lieber Himmel!" rief sie. „Was ist denn mit Ihnen passiert, Miss Browne?"

Sichtlich verunsichert hob Carolyn die Schultern. „Ich ... es war ein Unfall."

„Tatsächlich? Was denn für ein Unfall?" erkundigte sich Marie Helene mit zu offensichtlich gespielter Anteilnahme.

„Nur ein Zusammenstoß mit einem Taschendieb, Hoheit. Und jetzt darf ich mich wohl entschuldigen. Ich bin müde."

„Aber Sie müssen uns doch erst die Einzelheiten berichten. Es war gewiss sehr aufregend. Sind Sie ernsthaft verletzt?"

„Genug jetzt, Marie Helene." Nikolaus konnte seinen Ärger nicht länger unterdrücken. „Wenn du kein aufrichtiges Mitgefühl für Miss Browne aufbringen kannst, solltest du uns lieber verlassen."

„Aber ich bin doch schrecklich besorgt über Miss Brownes Unfall!" Die Fürstin schlug die Hände zusammen. „Und ich bin nur deshalb hergekommen, um mich nach ihrem Befinden zu erkundigen, denn im Hause wird schon von nichts anderem mehr geredet. Außerdem habe ich gehört, dass heute ein Abkommen unterzeichnet wurde. Stimmt das, Niki?"

Einen Herzschlag lang blickten sich Swerajow und Carolyn bedeutungsvoll an, und Nikolaus spürte dabei aufs Neue, dass seine Zuneigung nicht mehr nur der wunderbaren Gesellschafterin für Katja galt, sondern vor allem dem Menschen Carolyn Browne.

„Niki!" Ärgerlich zupfte Marie Helene an seinem Ärmel. „Ich habe dich gefragt, ob es wahr ist, dass ein Vertrag geschlossen wurde. Warst du deshalb den ganzen Tag außer Haus?"

Widerstrebend wandte er sich wieder der Fürstin zu. „Ja, es ist wahr. Ich habe ihn heute im Auftrag des Zaren unterzeichnet, und für England hat der Prinzregent die Unterschrift geleistet. Unsere Länder sind jetzt Verbündete.“

„Das ist ja herrlich!“ Marie Helenes Freude war unübersehbar. „Nicht wahr, es ist doch herrlich? Nun können wir zusammen nach Hause fahren, Niki!“ Ihre Augen glänzten vor Erwartung. „Wann werden wir abreisen?“

„So bald wie möglich“, erwiderte Nikolaus zögernd, da er wieder einen eindringlichen Blick mit Carolyn zu tauschen versuchte.

Mit einer theatralischen Geste presste sich die Fürstin die Hand auf ihr Herz. „Ich bin so unsagbar glücklich, denn ich habe mein Heimatland furchtbar vermisst“, sagte sie mit dem unvergleichlichen Zittern in der Stimme, das nur sie beherrschte.

Carolyn aber sah Nikolaus zornig an. Ihre Wangen hatten sich auf einmal wieder gerötet. Ruckartig wandte sie sich um und verließ eilends den Raum.

„Carolyn!“ rief Swerajow ihr nach.

„Lass sie doch.“ Schmeichelnd strich Marie Helene über seinen Arm. „Lass sie gehen. Sie ist nichts für dich, Niki, und das weißt du auch.“

Aber Nikolaus streifte sie nur schweigend mit einem kühlen Blick.

„Bitte, nehmen Sie doch Platz, Signor Raffaldi.“ Höflich wies Nikolaus auf einen der schweren lederbezogenen Sessel und musterte den Hauslehrer dabei eindringlich.

Mit einer devoten Verneigung setzte sich Signor Raffaldi befangen auf den Rand des Sessels. Trotz seiner leicht oliv getönten Haut wirkte er seltsam bleich.

„Ich bin sehr besorgt über das heutige Vorkommnis“, begann Swerajow, der mit dem Rücken gegen die Schreibtischkante gelehnt vor ihm stehen geblieben war.

„Es geht mir unsagbar nahe, Exzellenz“, versicherte der Hauslehrer. „Ich mache mir große Vorwürfe und verspreche, dass nie wieder ein Spitzbube in die Nähe der Komtesse gelangen wird.“

Nikolaus schüttelte den Kopf. „Weder Sie noch Miss Browne hätten verhindern können, dass sich ein Taschendieb ausgerechnet Ihre kleine Gruppe zum Ziel nahm. Das ist im Übrigen auch nicht der Grund für meine Beunruhigung. Ich möchte vielmehr von Ihnen einen ganz genauen Bericht über den Vorfall erhalten. Die Auskünfte, die ich von Miss Browne darüber bekommen habe, sind leider nur allzu dürftig."

Raffaldi nickte eifrig. „Nun, der Taschendieb war ein halbwüchsiger Bursche, vielleicht vierzehn Jahre alt."

„Und was weiter?"

„Oh, es war fürchterlich, Exzellenz." Auf der Stirn des Hauslehrers erschienen kleine Schweißperlen. „Als der Dieb mit dem Ridikül weggelaufen war, stand auf einmal ein Mann hinter Miss Browne. Er war zwar wie ein Herr gekleidet, machte aber dennoch keinen entsprechenden Eindruck. Zuerst dachte ich, er wollte Miss Browne helfen. Aber stattdessen gab er ihr einen Stoß, Exzellenz! Einen so heftigen Stoß, dass sie nicht nur hinfiel, sondern auf die Straße und direkt vor den heranrollenden Wagen stürzte."

Entsetzt starrte Nikolaus ihn an. „Ein Mann hat sie gestoßen? Nicht der Taschendieb?"

„Nein, Exzellenz. Ich habe es genau gesehen. Es war ein gut angezogener Mann."

„Aber er hat sie vielleicht nur versehentlich angestoßen?"

„Nein, nein!" rief Raffaldi aufgebracht. „Keinesfalls versehentlich. Es war Absicht!"

Nur mit Mühe konnte Nikolaus seine Bestürzung verbergen. Wer, um alles in der Welt, hatte ein Interesse daran, Carolyn auf die Straße vor einen schweren Rollwagen zu stoßen? Sollte damit ein Unfall vorgetäuscht werden, oder steckte gar eine noch schrecklichere Absicht dahinter?

Plötzlich kam ihm wieder die Tatsache in Erinnerung, dass Carolyns Vater ja in Landesverrat und Spionage verwickelt war. Ob man ihn vielleicht mit der Gefährdung seiner Tochter erpressen wollte? Aber auch Marie Helene erschien ihm in diesem Zusammenhang irgendwie verdächtig. Sie war eitel und gewissenlos und hatte seine

Zuneigung für Carolyn gespürt. Aber würde sie tatsächlich so weit gehen? Eine solche Möglichkeit erschien ihm unwahrscheinlich, obwohl er sie nicht völlig von der Hand weisen konnte. Wenn es aber Marie Helene gewesen sein sollte, dann war Twer noch viel zu gut für sie. Dann würde er sie bis nach Sibirien verbannen!

„Gott sei gelobt, dass Miss Browne nicht ernsthaft verletzt wurde oder gar ihr Leben lassen musste!" Der Italiener blickte hingebungsvoll gen Himmel.

„Ja, Gott sei Dank", pflichtete Nikolaus bei.

Carolyn lag im Nachthemd und mit einem leichten Negligee bekleidet auf dem Bett und starrte schlaflos zur Decke empor. Sie fühlte sich unsagbar niedergeschlagen und verzweifelt und hatte schließlich auch die Tränen nicht länger zurückhalten können. Der Vertrag war also unterzeichnet, und Nikolaus wollte so bald wie möglich England wieder verlassen. Er würde nach Russland zurückkehren, und sie würde ihn nie mehr wiedersehen!

Es sei denn, sie schlösse sich der Familie an ...

Hoffnungslos ließ sie die Lider sinken und legte den Arm über ihre Stirn. Aber nun tauchten plötzlich fürchterliche Bilder vor ihr auf von blutigen Schlachtfeldern, von Pulverrauch verdunkelt. Säbel rasselten, Musketenschüsse knallten, Geschütze donnerten. Nikolaus musste ja dann umgehend zur Armee zurückkehren. Und wenn er nun im Kampf getötet würde?

Schluchzend presste sie das Kissen an die Brust. Sie wünschte sich so sehnsüchtig, Nikolaus nach Russland zu begleiten, dass ihr dabei Katjas Belange überhaupt nicht mehr in den Sinn kamen. Ich liebe ihn, dachte sie immer wieder – ich liebe ihn, obwohl er das genaue Gegenteil ist von dem Mann, den ich mir immer vorgestellt habe. Er repräsentiert eine Klasse, deren Stellung auf Privilegien begründet ist und nicht auf persönlichen Verdiensten, nicht auf demokratischen Verhältnissen, sondern auf dem diktatorischen Regime einer absolutistischen Monarchie. Aber er war ja in Wirklichkeit kein übersättigter, egozentrischer Aristokrat, sondern ein liebevoller Vater, ein tatkräftiger Heerführer, Patriot und Edelmann. Ehre und

Pflichtbewusstsein waren die Grundsätze all seines Handels, und vom ersten Tage an hatte er sich immer wieder als Gentleman erwiesen. Warum sollte sie ihn also nicht lieben dürfen?

Indes er war ja verheiratet und ging nun bald nach Russland zurück. Es wäre Wahnsinn, ihn dorthin zu begleiten. Absoluter Wahnsinn! Dort in der Fremde würde sie es noch schwerer ertragen können, ständig in seiner Nähe und doch nichts anderes als Katjas Gesellschafterin zu sein. Nein, nein, jetzt galt es, stark zu sein. Sie würde die letzten Tage noch mit seiner Tochter verbringen und dann in die Buchhandlung zurückkehren und irgendwann vergessen, dass es je einen Fürsten Nikolaus Iwanowitsch Swerajow gegeben hatte.

Die einsame Kerze auf dem Nachttisch war längst heruntergebrannt, und das kleine Zimmer lag in tiefem Dunkel. Aber Carolyn störte die Finsternis nicht. Sie sah im Geist Swerajows Miene vor sich, während Marie Helene von der baldigen Heimkehr plapperte. Es war ihr vorgekommen, als habe er dabei nicht sehr glücklich ausgesehen. Oder war es nur Einbildung gewesen? Nein, nein, sein Ausdruck war ausgesprochen grimmig gewesen.

Wenn sie doch nur noch einmal mit ihm sprechen könnte!

Sie richtete sich auf und umschlang ihre Knie. Wahrscheinlich war Nikolaus zu dieser Stunde allein unten in der Bibliothek, las oder schrieb. Die Fürstin war wie immer am Abend ausgegangen. Aber nichtsdestoweniger wäre es ein großer Fehler, jetzt zu ihm hinunterzugehen.

Carolyn versuchte, sich seine Abreise vorzustellen und die Zeit, die danach folgte. Sie würde mit gebrochenem Herzen hier in London zurückbleiben. Man sagte zwar, dass die Zeit alle Wunden heilte – aber galt das auch für Liebeskummer?

Plötzlich fiel ihr ein, dass sie ihm ja noch keine Antwort gegeben hatte – ihm noch nicht klar und deutlich gesagt hatte, dass sie nicht mit ihm nach Russland gehen würde. Hastig sprang sie mit beiden Beinen zugleich aus dem Bett und zog das Negligee enger um sich. Dann schlich sie den Korridor entlang und auf Zehenspitzen in das Erdgeschoss hinab. Dabei schien jede der hölzernen Stufen laut und vernehmlich zu knarren.

Die Tür zur Bibliothek war halb geöffnet, und Carolyn konnte von weitem das Feuer im Kamin erkennen. Vorsichtig huschte sie näher heran – nahe genug, um ins Zimmer spähen zu können.

Nikolaus hatte sich auf dem niedrigen Diwan ausgestreckt und starrte nachdenklich in die zuckenden Flammen. Einen Augenblick lang schien es Carolyn, als setze ihr Herzschlag aus. Sie drückte die Hände auf die Brust, schloss die Augen und nahm dann all ihren Mut zusammen.

„Nikolaus", rief sie leise.

Er fuhr empor wie aus einem Traum und erhob sich augenblicklich. Schweigend sahen sie sich an, bis Carolyn unsicher sagte: „Ich weiß, dass es schon spät ist. Aber ich wollte gern noch mit Ihnen sprechen."

„Offensichtlich können Sie auch noch Gedanken lesen, Carolyn", erwiderte Nikolaus mit rauer Stimme. „Ich habe Sie mir nämlich soeben hergewünscht."

Carolyn schluckte verzweifelt, denn das waren nicht die Worte, die sie hören wollte. Sie machten ihr alles, was sie ihm zu sagen hatte, noch viel schwerer.

Swerajow war unterdessen zur Tür gegangen und hatte sie leise, aber nachdrücklich geschlossen. Dann wandte er sich mit beherrschter Miene wieder an Carolyn. „Ich muss mich für das Benehmen meiner Frau entschuldigen", sagte er ruhig, „und auch dafür, dass Sie auf diese nicht sehr angenehme Weise von dem Abschluss des Vertrages erfahren haben."

„Nun ja, ich war ein wenig bestürzt", räumte Carolyn ein.

„Das habe ich Ihnen angesehen."

„Und wann werden Sie nun abreisen?"

Nachdenklich betrachtete Nikolaus ihr verletztes Gesicht. „Ich hoffe, in etwa einer Woche. Marschall Davout hat Minsk eingenommen, und ich muss auf dem schnellsten Wege zur Armee zurückkehren. Es ist meine Pflicht, und mir bleibt keine andere Wahl."

„Also in etwa einer Woche", wiederholte Carolyn tonlos und verbarg ihre zitternden Hände in den Falten des Negligees.

„Werden Sie uns begleiten?"

Sie schüttelte langsam den Kopf. „Ich kann nicht."

„Aber ich möchte, dass Sie mitkommen." Seine Stimme klang merkwürdig angestrengt.

Carolyn presste die Zähne aufeinander und suchte verzweifelt nach überzeugenden Worten. „Ich gehöre hierher. Hier ist mein Vater, und hier lebe ich." Herr im Himmel, dachte sie dabei, lass ihn bitte nicht versuchen, mich zu überreden.

Das Kaminfeuer warf flackernde Lichter über Swerajows schönes Gesicht mit den hohen Wangenknochen. „Aber Katja braucht Sie doch auch", unternahm er einen neuen Versuch. „Sie könnten es für eine bestimmte Zeit ausprobieren – sagen wir, für sechs Monate –, und wenn Sie sich dann immer noch nicht wohl fühlen, werde ich mich nicht mehr bemühen, Sie zu halten. Das verspreche ich."

Das klang verlockend ... schrecklich verlockend. Am liebsten hätte Carolyn das Schweigen über ihre Gefühle – ihre beiderseitigen Gefühle – und über ihr Verlangen gebrochen und dann glückselig zugestimmt, ohne an Marie Helene zu denken. Aber sie beherrschte sich mit letzter Kraft, schüttelte den Kopf und murmelte: „Nein."

„Aber es ist wirklich nicht gefährlich", versicherte Nikolaus. „Ich würde Sie nie irgendeinem Risiko aussetzen. Mein Haushalt verbleibt in St. Petersburg. Und wenn Napoleon wider Erwarten nicht nach Moskau marschiert, sondern stattdessen nach Norden schwenkt, ist ausreichend Zeit, um Sie alle in Sicherheit zu bringen."

„Nein", erwiderte Carolyn mit starrer Miene.

„Ist das Ihr letztes Wort?"

Schweigend nickte sie, und ihre Augen füllten sich dabei mit Tränen.

„Weinen Sie doch bitte nicht", flüsterte Nikolaus und legte die Hand um ihren Nacken, unmittelbar unter den winzigen Löckchen am Haaransatz. „Ich kann es nicht ertragen. Warum weinen Sie denn?"

„Weil ich so töricht bin", murmelte Carolyn mit tränenerstickter Stimme.

„Sie sind nicht töricht, Carolyn ... niemals." Er holte tief Atem. „Dann ist das also der Abschied?" Obwohl es eine Feststellung sein sollte, klang es doch wie eine Frage.

Carolyn brachte kein Wort mehr über die Lippen, und es blieb ihr nichts anderes übrig, als wiederum nur zu nicken. In einer Woche dann die endgültige Trennung, dachte sie, und ihr Herz schmerzte qualvoll bei dieser Vorstellung.

Einen Herzschlag lang blickte Nikolaus sie unentschlossen an. Dann streckte er die Arme aus und zog sie an seine Brust. Als Carolyn seine Lippen auf ihrem Mund verspürte, waren alle Entscheidungen und Widerstände vergessen. Sie drängte sich an ihn, umklammerte ihn, öffnete sich ihm und betete, er möge eines Tages zurückkehren ... es möge ihr gelingen, ihn zu vergessen ... es möge ihr gelingen, ihn niemals zu vergessen ...

Nur widerstrebend löste Nikolaus sich aus diesem Kuss. „Ich bin kein guter Schauspieler", sagte er, und zwischen seinen Brauen standen bei diesen Worten zwei scharfe Kerben. „Ich will dich, Carolyn."

Wie im Traum legte Carolyn die Stirn auf die kühle Seide seiner Weste und flüsterte: „Ich will dich auch."

Mit einem unterdrückten Freudenruf nahm er sie auf seine Arme und legte sie auf den weichen persischen Teppich vor dem Kamin. Sie schloss die Augen und fragte sich, ob sie von der Gewalt ausbrechender Gefühle wohl das Bewusstsein verlieren würde. Nie hatte sie sich vorstellen können, dass Liebe gepaart mit körperlichem Verlangen so unbändig, so erschreckend übermächtig sein konnte. Ein Schluchzen stieg in ihrer Kehle empor. Dieser eine, einzige Augenblick der Liebe wurde ihr geschenkt ... ein Augenblick, der sich nie mehr wiederholen würde. Danach war es für immer vorbei.

Sie blickten sich schweigend an, und in ihren Augen lag dabei alles, was sie fühlten, ersehnten, zu nehmen und zu geben bereit waren. Dann neigte sich Nikolaus wieder über ihre heißen Lippen. Hingerissen umschlang Carolyn seine breiten Schultern, tastete über seine festen, kräftigen Arme, während er mit den Lippen ihren Hals liebkoste. Ein wildes Verlangen, sich mit ihm zu vereinigen, erfasste sie, ließ sie aufstöhnen, aufbäumen. Nie in ihrem Leben hatte sie sich etwas heißer gewünscht. Als Nikolaus ihre Brüste umfing, warf sie den Kopf wie im Rausch hin und her.

„Oh, Nikolaus“, keuchte sie, „ich glaube, ich sterbe vor Glück.“

„Nein, du stirbst nicht. Du wirst dieses Glück noch oft erleben. Und ich werde dir auch nicht wehtun, das verspreche ich dir.“ Während Nikolaus beruhigend auf sie einredete, schob er das Negligee und das dünne Batistnachthemd von ihren Schultern und strich zärtlich über die hoch aufgerichteten rosigen Spitzen ihrer Brüste.

Carolyn rang nach Atem. Vergebens versuchte sie, diese unbekannten, mitreißenden Empfindungen in Worte zu fassen.

Aber ihr Entgegendrängen war Antwort genug. Sie schloss die Augen, ließ sich versinken in der Zärtlichkeit. Als sie plötzlich seine Hand auf ihrem Leib spürte und merkte, wie sie sich zwischen ihre Schenkel schob, erstarrte sie einen Herzschlag lang unter dieser aufreizenden Berührung. Dann schrie sie auf, zog mit zitternden Händen sein Hemd auseinander, tastete über seinen harten, flachen Bauch und merkte, wie auch er erstarrte. Wie sie ihn begehrte! Wie sie jede Spanne seines Körpers erforschen wollte!

Mit einem kurzen Ruck richtete Nikolaus sich auf und zog das Hemd über den Kopf. Wie gebannt betrachtete Carolyn die lohbraunen Locken, die seine herrlich männliche Brust bedeckten. Dann ließ sie den Blick tiefer wandern, wo ... Stöhnend presste sie die Lippen aufeinander, denn sie ahnte, was die Umrisse bedeuteten, die die engen Pantalons nicht zu verbergen vermochten.

Er war ihrem Blick gefolgt. „Ich bin sehr erregt“, sagte er leise und sah sie dabei eindringlich an.

Sie lächelte verträumt. „Du bist sehr schön.“

„Du auch, Duschenka.“ Zärtlich umfing er mit den Lippen die harten Krönchen ihrer Brüste, und wieder stöhnte Carolyn, schrie hilflos auf unter der Sturzsee der Empfindungen.

Als Nikolaus sich erhoben hatte, öffnete sie tief atmend die Augen. Er stand vor ihr und öffnete langsam die Hose. Ihr Mund wurde trocken. Sie sagte sich, dass sie jetzt nicht hinsehen durfte, aber sie konnte den Blick nicht abwenden. Noch nie hatte sie sich so als Frau gefühlt wie in diesem Augenblick.

Dann war Nikolaus wieder bei ihr, kniete sich über sie. Er lächelte nicht mehr, sondern machte einen merkwürdig angestrengten Eindruck. Langsam, fast zärtlich zog er das Nachthemd über ihren Kopf und warf es achtlos zur Seite. Als er dann den Blick über ihren unbedeckten Körper wandern ließ, lag wieder ein Lächeln auf seinen Lippen. Sacht streichelte er das blond gelockte V oberhalb ihrer Schenkel.

Erwartung und Verlangen brannten wie Feuer in Carolyn. Sie hätte sich an ihn drängen mögen, doch der Ansturm der Gefühle hatte sie willenlos gemacht, unfähig sich zu rühren.

Vorsichtig schob Nikolaus seine Hand zwischen ihre Schenkel, suchte, rieb und tastete weiter, bis er sein Ziel gefunden hatte und Carolyn erneut aufstöhnte.

„Du bist so schön, Carolyn." Er neigte sich nieder und liebkoste die harten Spitzen ihrer Brüste mit seinen Lippen, während sein Knie ihre Schenkel auseinander drückte. Dann legte er die Arme um sie und ließ sich Spanne für Spanne weiter herab. Sie spürte etwas Heißes, Hartes, unsagbar Erregendes, aber ehe sie noch die Erkenntnis dessen, was es wohl sein mochte, in ihren Gedanken formulieren konnte, war er schon in sie eingedrungen.

Überwältigt von der Lust der Vereinigung mit dem geliebten Mann, hielt Carolyn den Atem an. Einen Herzschlag lang sahen sie sich in die Augen – Nikolaus wirkte ernst und entschlossen, wie die kühnen Eroberer aus der asiatischen Steppe –, bis er plötzlich den Kopf sinken ließ und ihren Körper mit Küssen bedeckte. Sein dichtes lockiges Haar streichelte ihre Haut. Und dann begann er, sich kraftvoll und rhythmisch zu bewegen.

Carolyn umklammerte ihn. Ich liebe ihn, ich liebe ihn, ich liebe ihn ... Es war das Paradies, die Ewigkeit, die Vollendung. „Nikolaus!" War ich das, die da gerufen hat? fragte sie sich verwundert.

Die Erfüllung ihres Verlangens bescherte ihr Gefühle, die sie nie für möglich gehalten hätte. Bis zu den Sternen schien sie zu fliegen, in der Unendlichkeit zu schweben ... bis sie Nikis Gegenwart wieder gewahr wurde und langsam zur Erde herabsank.

Lange lagen sie schweigend nebeneinander. Nur ihr Atem ging noch hastig und schwer zugleich. Carolyn wusste nicht, was herrlicher war: das Einswerden oder diese erfüllte Ruhe danach. Immer noch war sie wie betäubt. Schließlich rollte sich Nikolaus zur Seite, und diese Bewegung riss Carolyn aus ihren Träumen. Die Gegenwart stand wieder vor ihr und die schreckliche graue Zukunft. Eine Zukunft ohne ihn. Müde legte sie den Arm über die Augen.

„Du bereust es doch nicht, nicht wahr?" fragte Nikolaus mit rauer Stimme. Langsam richtete er sich auf, setzte sich und zog sie dann zu sich empor. „Du bist unglücklich jetzt. Ich habe dich verletzt", murmelte er.

Wortlos griff Carolyn nach ihrem Nachthemd und streifte es sich über den Kopf. „Ich weiß nicht, ob ich unglücklich bin", erwiderte sie, während sie gegen die plötzlich aufsteigenden Schuldgefühle ankämpfte. „Ich weiß nur, dass es sehr schwer ist, erwachsen zu sein."

Nikolaus erhob sich und zog die Hosen an. „Wenn es Marie Helene betrifft ... ich habe seit mehr als fünf Jahren nicht mehr mit ihr geschlafen und werde es auch nie wieder tun. Ich ertrage ihre Gegenwart in meinem Leben nur um Katjas willen."

Überrascht sah Carolyn zu ihm auf. „Das habe ich nicht geahnt."

„Ich habe dir doch mehr als einmal versichert, dass wir uns völlig entfremdet haben."

„Aber dass du so überhaupt keine ... keine Beziehungen mehr zu ihr hast ..."

„Wie könnte ich es nach all dem, was sie getan hat?" Er blickte sie nachdenklich an. „Aber ändert das denn irgendetwas?"

Sie biss sich auf die Lippe. „Es schafft das Unrecht nicht aus der Welt, das wir begangen haben."

„Das Leben ist eben nicht gerecht." Er hob ärgerlich die Schultern. „Und es ist auch nicht leicht und einfach." Mit raschen Bewegungen schloss er die Perlmuttknöpfe an seinem Hemd. „Ich habe das aber auch nie erwartet."

Carolyn schwieg, kämpfte mit ihren widerstreitenden Gefühlen. Sei keine Närrin, sagte sie sich. Zerstöre es jetzt nicht, sondern sei dankbar für die Krümchen Glück, die für dich übrig sind.

„Soll ich bei Katja bleiben, bis ihr abreist?" fragte sie schließlich.

Statt einer Antwort kam Nikolaus zu ihr, zog sie rasch empor und drückte sie hart und fest an seine Brust.

„Was würdest du sagen", murmelte er in ihr Haar, „wenn ich mir immer noch wünschte, dass du uns begleitest?"

Verzweifelt rückte sie von ihm ab. „Das ist ganz und gar unmöglich." Es war nie unmöglicher gewesen als jetzt, auch wenn sie ihn nun noch mehr vermissen würde.

„Ich habe gewusst, dass du das sagen würdest." Seine sonst so leuchtenden goldbraunen Augen hatten sich verdunkelt. „Du bist eben viel anständiger als ich und erwartest offensichtlich, dass ich wie ein Mönch leben soll."

Carolyn wandte sich ab. „Das habe ich nicht gesagt."

„Und wenn ich dich nun bitte, als meine Geliebte mit nach Petersburg zu kommen und nicht als Katjas Erzieherin?"

Fassungslos fuhr sie herum und starrte ihn an.

Er hatte die Brauen zusammengeschoben und wirkte wieder düster und fremd. „Es ist keineswegs eine Beleidigung. Das machen alle Männer meines Standes in einer solchen Lage. Wenn du mich darum bittest, lasse ich dir in St. Petersburg ein Palais bauen."

„Nein." Carolyn schluckte die Tränen hinunter und schüttelte heftig den Kopf. „Nein." Und fügte dann mit zitternder Stimme hinzu: „Wie vielen Geliebten hast du bis jetzt schon ein Palais gebaut, Nikolaus?"

„Keiner."

Wieder wandte sie sich ab und schlang wie frierend die Arme um den Körper.

„Ich sehe schon, dass nicht einmal dieser Vorschlag dich trösten kann."

Carolyn schloss die Augen. Der einzige Trost wäre, dachte sie verzweifelt, wenn ich aufhören könnte, dich zu lieben.

„Wirst du morgen noch hier sein?" erkundigte sich Nikolaus mit rauer Stimme.

Sie drehte sich um und sah ihm fest in die Augen. „Ich werde morgen früh das Haus verlassen."

Wortlos presste er die Kiefer aufeinander.

„Ich kann nicht länger hier bleiben. Es wäre schrecklich", stammelte sie unter Tränen. „Katja werde ich sagen, dass mein Vater krank geworden ist, und ich verspreche ihr, oft zu schreiben." Mit einer kindlichen Handbewegung wischte sie die Tränen mit dem Handrücken ab.

„Und wirst du mir auch schreiben?"

„Wenn du möchtest. Gute Nacht, Nikolaus." Sie holte tief Atem, wandte sich dann rasch um und eilte blindlings zur Tür.

„Warte!" rief Nikolaus und folgte ihr rasch. „Gehe nicht auf diese Weise von mir fort. Du kannst doch diese eine Woche noch hier sein, und wir können dann gemeinsam weiter nachdenken."

„Leb wohl, Nikolaus." Carolyn sah ihn nicht an und umklammerte die glänzende Türklinke wie eine Ertrinkende. Nun liefen ihr die Tränen unaufhörlich über die Wangen. „Du ... du bist ... ein ganz ... außergewöhnlicher Mann." Sie riss die Tür auf und eilte davon.

„Carolyn!"

Auf bloßen Füßen rannte sie wie gehetzt durch die Halle.

Jetzt folgte Nikolaus ihr nicht mehr.

DRITTER TEIL
Die Glut

24. KAPITEL

LONDON, DEN 8. AUGUST 1812

Es wurde ein glücklicher Tag, obwohl er keineswegs entsprechend begonnen hatte. Carolyn saß hinter dem Ladentisch der Buchhandlung und starrte auf die gegenüberliegende Wand mit den hohen Regalen. Seit Mittag regnete es, was nur vom Himmel herunterwollte, und dieses Wetter passte genau zu ihrer Stimmung. Den ganzen Tag hatte nicht ein Kunde das Geschäft betreten, und sie hatte natürlich auch kein einziges Buch verkauft. Der Vater war wieder einmal unterwegs, und mittlerweile wurde es Zeit, den Laden zu schließen.

Müde rieb sie sich die Augen und sah plötzlich wieder die Schreckensbilder einer blutigen Schlacht vor sich: verwundete Soldaten, zerfetzte Pferde, zum Himmel emporleckende Flammen ... Vor einem Monat hatte Swerajow mit seiner Familie London verlassen – genau drei Tage nach jener schrecklichen, schicksalhaften Nacht ihrer unrechtmäßig ausgelebten Leidenschaft. Entgegen seiner Ankündigung, noch etwa eine Woche bleiben zu wollen, war er in überstürzter Eile an Bord eines russischen Schiffes mit Kurs auf St. Petersburg gegangen.

Carolyn vergrub den Kopf in die aufgestützten Hände und versuchte, sich Swerajows Heimreise vorzustellen. Sie hatte in der Nachrichtenabteilung des Chronicle nichts von einem Zwischenfall auf See gehört, aber das besagte nicht, dass es keine Schwierigkeiten gegeben hatte in Anbetracht der französischen Blockade. Solche kleineren Scharmützel waren nicht wichtig genug für die Nachrichtenspalten. Als der Herzog von Wellington in seiner Eigenschaft als Befehlshaber der britischen Truppen in Spanien und Portugal kürzlich die Stadt Salamanca eingenommen hatte, war ganz London drei Tage lang im Siegesrausch gewesen. Doch von dem Krieg in Russland drangen nur spärlich Neuigkeiten auf die Insel. Im Juli sollte es eine Schlacht bei Ostrowo gegeben haben. Allerdings wusste kein Mensch, wo dieser Ort überhaupt lag. Und dann war von einem unbedeutenden Sieg der russischen Armee in der Nähe von Brest berichtet worden, aber es war immerhin der erste Erfolg gewesen. Was jedoch im Großen und Ganzen in Russland vorging, konnte niemand genau sagen. Napoleons Grande Armee schien immer weiter vorzudringen, ohne auf nennenswerten Widerstand zu stoßen. Gerüchten zufolge sollte sie bereits unmittelbar vor Smolensk stehen. Bei dieser Meldung war Carolyn sofort zur Landkarte geeilt und hatte entsetzt festgestellt, wie nahe diese Stadt bei Moskau lag – höchstens einhundertfünfzig Meilen entfernt. Wenn das stimmte, musste Nikolaus auch dort sein, denn er war sicherlich stehenden Fußes zu seinem Kommando bei der Ersten Armee zurückgekehrt. Unglücklicherweise hatte sie ihn nicht gefragt, wohin genau er gehen würde und wo seine Truppe stand. Sie hatte ja auch nicht ahnen können, dass er so schnell abreisen würde – ohne Abschied zu nehmen.

Langsam rollte eine Träne über ihre Wange.

Zumindest Katja ist in St. Petersburg sicher, dachte Carolyn niedergeschlagen. Immerhin weiß ich, wo ich das Kind finden könnte, wenn ich Sehnsucht nach ihm habe. Sie wohnte in dem Stammsitz der Swerajow, dem Wladchja Palast. Aber was sollten diese unsinnigen Überlegungen! Sie würde doch nie vor der Frage stehen, Katja in St. Petersburg zu suchen.

Am liebsten hätte sie jetzt bitterlich geweint. Nie wäre ihr in den Sinn gekommen, dass Liebeskummer so schmerzlich, so schwer zu ertragen war. Aber so konnte es nicht weitergehen. Sie musste Nikolaus vergessen. Sie musste ihr Herz von dieser Liebe befreien. Was sie getan hatten, war unrecht gewesen, auch wenn es noch so wundervoll und in Ordnung erschienen war. Aber wie sollte es ihr gelingen, ihn aus ihren Gedanken zu verbannen, wenn sie sich ständig Sorgen um sein Wohlergehen machen musste? Wenn er ihre Vorstellungswelt mehr beherrschte als je zur Zeit seiner Anwesenheit? Und wenn sie, zum Teufel noch einmal, hier in London keine Möglichkeit hatte, irgendetwas über ihn, über sein Land und über diesen verdammten Krieg in Erfahrung zu bringen!

Immer, wenn sie bei ihren Überlegungen an diesem Punkt angelangt war, schien es ihr, es gebe gar keine andere Möglichkeit für sie, als so schnell wie möglich nach Russland zu reisen und selbst nach dem Rechten zu sehen. Wenn doch nur der Vater bei seiner Rückkehr ein paar neue Informationen mitbrachte!

Als die Glocke an der Ladentür läutete, fuhr Carolyn empor und stellte bestürzt fest, dass draußen bereits die Abenddämmerung eingesetzt hatte, während der Laden schon in tiefer Dunkelheit lag. Mühsam versuchte sie, den Besucher zu erkennen, und sagte aus Ärger über ihr törichtes Verhalten mürrisch: „Wir haben für heute schon geschlossen." Sie konnten es sich eigentlich nicht leisten, ein Geschäft zu verpassen, aber in ihrer niedergeschlagenen Stimmung war ihr heute alles gleichgültig.

„Dann hätte der Riegel vorgeschoben werden müssen", erwiderte eine scharfe weibliche Stimme, bei deren Klang Carolyn erneut zusammenzuckte.

„Warum sitzt du hier im Dunkeln?" Lady Stafford näherte sich dem Ladentisch. „Hast du melancholische Anwandlungen?" Kritisch musterte sie die Enkelin. „Du siehst ja regelrecht verheult aus", stellte sie unverblümt fest.

Dieses Zusammentreffen hat mir gerade noch gefehlt, dachte Carolyn. Ausgerechnet heute. „Ich habe nicht geweint", erwiderte sie abweisend und erhob sich. „Ich habe eine starke Erkältung."

„So, so", sagte die alte Dame mit zweifelnder Miene. „Und warum sitzt du dann im Dunkeln?"

„Ich habe nachgedacht."

Edith Owsley schüttelte ärgerlich den Kopf. „Würde es dir etwas ausmachen, eine Kerze anzuzünden? Meine Augen sind nämlich auch nicht mehr das, was sie einmal waren."

Da diese Feststellung natürlich nicht als Frage gemeint war, machte sich Carolyn seufzend daran, den Laden mit Hilfe eines Öllämpchens halbwegs zu erhellen. Was, um alles in der Welt, mochte die Großmutter hierher geführt haben? Und wie konnte sie nur die alte Dame so schnell wie möglich wieder loswerden? Verzweifelt suchte sie nach einer passenden Ausrede.

In diesem Augenblick legte Edith Owsley mit einem unüberhörbaren Klatschen ein altes, zerlesenes Buch auf den Ladentisch. Erleichtert atmete Carolyn auf. Es war also nur ein geschäftlicher Besuch.

„Möchten Sie mir ein antiquarisches Werk verkaufen?“ fragte sie höflich.

Die alte Dame lachte. „Keineswegs. Es ist die Familienbibel, die seit zweihundertundachtundzwanzig Jahren in unserem Besitz ist. Ich bin der Ansicht, dass du sie jetzt haben sollst.“

Fassungslos starrte Carolyn sie an.

„Nun, hast du die Sprache verloren?“

„W...warum?“ Sollte sie auf die Probe gestellt werden?

„Warum nicht?“ Edith Owsleys Miene war ausdruckslos. „Ich will sie diesem albernen Burschen nicht geben, und seine Mutter ist auch nicht viel besser, hat keinen Funken Verstand im Kopf. Wenn Margaret noch lebte, würde ich ihr wahrscheinlich die Bibel geben ... vielleicht auch nicht. Sagen wir also, sie ist ein Ausgleich dafür, dass ich an den Essays von Burke so viel Freude gehabt habe.“

Immer noch fand Carolyn keine Worte, denn diese alte, wertvolle Bibel war beileibe kein Ausgleich für den Essayband von Burke, den man in jeder ordentlichen Buchhandlung kaufen konnte.

„Ich will sie aber gar nicht“, erwiderte sie schließlich steif. Doch das war eine Lüge, eine faustdicke Lüge. Sie wollte diese Bibel von ganzem Herzen!

Die Großmutter hob die Schultern. „Na, dann wirf sie eben weg“, sagte sie kurz, lächelte jedoch dabei.

Liebend gern hätte Carolyn ihr erklärt, dass sie eine alte Hexe sei, ohne Wenn und Aber. Indes würde das wohl zu weit gehen. Ratlos starrte sie auf die Bibel, die vor ihr auf dem Ladentisch lag.

„Ich habe mir die Freiheit genommen, deinen Namen und deinen Geburtstag einzutragen. Schließlich ist jeder einzelne Owsley hier verewigt. Zumindest seit den letzten zweihundert Jahren.“

Carolyn stockte der Atem, und ihre Hände begannen zu zittern. Verlegen schüttelte sie den Kopf.

„Also, warum hast du vorhin geweint?" erkundigte sich Lady Stafford auf einmal wieder resolut.

„Ich sagte doch schon, dass ich erkältet bin", erwiderte Carolyn, ohne den Blick von der Bibel wenden zu können.

„Ja, ja, und ich bin ein unbedarfter Backfisch. Ich nehme an, du trauerst dem faszinierenden Ausländer nach", stellte Edith Owsley mit einem vielsagenden Lächeln fest.

Entsetzt schnappte Carolyn nach Luft.

„Na also! Das war ja die beste Bestätigung. Was ist denn eigentlich vorgefallen? Ich dachte, du bist die Erzieherin seiner Tochter? Warum hast du sie dann nicht nach Russland begleitet?"

Carolyn hatte keineswegs die Absicht, ihrer so überaus aufdringlichen Großmutter irgendetwas zu erklären. Wie war sie überhaupt dahinter gekommen?

„Was sollte ich denn in Russland", erwiderte sie ausweichend. „Das ist doch Unsinn."

„Wieso? Viele Europäer haben sich im Laufe der Zeit in St. Petersburg niedergelassen", erklang plötzlich eine etwas burschikose männliche Stimme von der Tür her.

Erschrocken schrie Carolyn auf, denn der Tonfall war unverkennbar fremdländisch gewesen ... genauer gesagt slawisch. Einen atemberaubenden Augenblick lang glaubte sie, es sei Nikolaus. Doch es war nur Alexander, der auf der Schwelle den Regen von seiner Pelerine schüttelte.

„Sie sehen enttäuscht aus", sagte Alexi lachend und zog eine Grimasse. „Ja, ja, ich bin eben eine Handbreit kleiner, und mein Haar ist schwarz, nicht blond."

Carolyn spürte, dass die Großmutter sie eindringlich musterte, und so erwiderte sie mit aller Gefasstheit, derer sie fähig war: „Welch eine Überraschung. Was führt Sie denn hierher?" Doch sie hätte Alexi viel lieber an den Armen gepackt, ihn geschüttelt und zu wissen verlangt, wie es Niki ging.

„Ich bin auf dem Sprung abzureisen. Es ist offensichtlich mein Schicksal, ständig mit irgendwelchen Aufträgen von einer Regierung zur anderen geschickt zu werden." Er nahm den Hut ab, aus dessen

Krempe das Wasser lief. „Du lieber Himmel, ich mache ja den ganzen Fußboden nass!“ Dann wandte er sich mit einer höflichen Verbeugung an Edith Owsley. „Guten Abend, Mylady.“

„Sie scheinen der Bruder zu sein“, stellte die Großmutter sachlich fest.

„In der Tat. Anscheinend haben Sie gerade über Niki gesprochen?“ Alexi warf Carolyn einen verschmitzten Blick zu.

„Sie fängt Grillen. Ich glaube, sie sehnt sich danach, zu ihrer Schutzbefohlenen nach Russland zu reisen.“ Die alte Dame schien sich ebenfalls glänzend zu amüsieren. „Ist denn das fürchterliche Weibsbild endlich dort, wo der Pfeffer wächst?“

Alexander blinzelte verschwörerisch. „Leider hat Nikolaus meinen Rat nicht befolgt und sie nach Sibirien geschickt. Das wäre der passende Ort für sie gewesen. Sie musste nach Twer gehen, obwohl sie das Landleben so hasst. Aber ich werde ihn schon noch dazu überreden, sie so weit wie möglich in den Osten zu verbannen – meinethalben auf die Halbinsel Kamtschatka.“

„Wie geht es Katja?“ unterbrach Carolyn Alexis Furcht erregende Ankündigung. Diese merkwürdige Halbinsel musste ja am anderen Ende der Welt sein – mindestens aber im Stillen Ozean.

„Nun, der eigentliche Grund meines Hierseins ist ...“ Er griff in die Tasche seines Rockes und zog ein versiegeltes Schreiben hervor. „Ich soll diesen Brief abgeben.“

Aufgeregt streckte Carolyn den Arm danach aus. Einen Augenblick lang sahen sie sich in die Augen, dann schüttelte Alexander leicht den Kopf. „Nein“, murmelte er. „Er ist von Katja.“

Ungläubig hielt sie immer noch die Hand auf. Er musste doch noch einen Brief für sie haben. Großer Gott, wenigstens eine kurze Nachricht von Niki! Bitte! Aber Alexander zuckte nur bedauernd mit den Schultern, und Carolyn blieb nichts anderes übrig, als sich damit abzufinden, dass Nikolaus kein einziges Wort für sie übrig gehabt hatte. Tränen stiegen ihr in die Augen, während sie Katjas Brief ans Herz drückte, und es fiel ihr schwer, die Fassung zu bewahren. Hatte Niki wirklich nicht einen winzigen Platz in seinem Herzen für sie bewahrt? Hatte er vielleicht inzwischen schon vergessen, dass es sie auf dieser Welt noch gab? Und wenn nicht, warum hatte er nicht auch geschrieben?

„Das Leben ist eben voller Überraschungen", unterbrach die Großmutter ihre Gedanken, „und gerade das macht es lebenswert." Sie nickte der Enkelin lächelnd zu. „Wenn du dich zu der Reise entschließt, dann komme vorher zu mir und sage Lebewohl." Und zu Alexi gewandt fügte sie hinzu: „Eine interessante Entwicklung der Dinge, nicht wahr? Oh, was ich noch fragen wollte: Werden Sie den Krieg gewinnen oder verlieren?"

„Gewinnen, Mylady. Wir werden unter allen Umständen gewinnen, denn kein Russe wird die Waffen niederlegen, solange sich auch nur noch ein einziger fremder Soldat auf dem Boden von Mütterchen Russland befindet. In dieser Frage sind sich Fürst und Leibeigener einig."

„Hm, vielleicht sollte Ihr Zar aber doch vorsichtshalber aufhören, seine Armeen zu kommandieren", nahm sich die alte Dame zu bemerken heraus. „Guten Tag, junger Mann."

Alexander verabschiedete Lady Stafford, die geradezu majestätisch aus dem Laden stolzierte, mit einer tiefen Verbeugung.

Nun kam auch Carolyn aus der Tiefe ihres Kummers wieder zu sich. „Ich bin sehr unhöflich", sagte sie leise, „denn ich habe Ihnen ja nicht einmal einen Stuhl angeboten. Möchten Sie vielleicht ein Glas Wein?"

Mit einem erleichterten Seufzer ließ sich Alexander auf den harten Schemel neben dem Ladentisch fallen. „Danke, Carolyn, aber ich kann mich leider nicht lange aufhalten."

„Wie geht es ihm?" flüsterte sie.

„Gut, soviel ich weiß."

„Und wo ist er jetzt?" Nun konnte sie ihre Sorge nicht mehr verbergen.

„Bei Smolensk."

So waren die Gerüchte also zutreffend. „Dort steht doch die Erste Armee, nicht wahr?"

Alexi nickte. „Und auch Fürst Pjotr Iwanowitsch Bagration mit der Zweiten."

„Wird es Kämpfe geben?“

„Das kann ich nur vermuten“, erwiderte Alexi achselzuckend. „Aber ich bin eigentlich sicher, dass es diesmal zu einer Schlacht kommt. Napoleon ist schon zu weit nach Osten vorgestoßen. Nun kann das Oberkommando nicht mehr länger tatenlos zusehen. Auf gar keinen Fall.“

Verzweifelt lehnte sich Carolyn an das mit Büchern voll gestopfte Regal, während Alexanders tröstende Worte ungehört an ihrem Ohr vorüberrauschten. Er hatte keine Zeit, länger zu verweilen, doch er versprach, am kommenden Tag noch einmal bei ihr vorbeizuschauen, bevor er sich am Abend nach Russland einschiffen würde.

Als sie die Tür hinter ihm geschlossen hatte, stiegen erneut Tränen in ihre Augen. Alexander war die letzte Verbindung zu Nikolaus. Was würde ihr bleiben, wenn auch er England verlassen hatte? Ach ja, Katjas Briefe!

Sie schob den schweren Riegel vor und zerbrach mit zitternden Fingern das gelbrote Siegel.

„Liebe Miss Browne“, so begann das Schreiben. „Da ein Kurier zu meinem Onkel nach London abgeht, kann ich ihm einen Brief an Sie mitgeben, der auf diesem Wege sehr schnell bei Ihnen sein wird. Ich vermisse Sie nämlich sehr.

Papa ist wieder bei der Armee, und es wird wohl ein schlimmer Krieg werden, wenigstens sagen das alle. Natürlich versucht jeder, es vor mir zu verbergen, aber die Dienerschaft redet von nichts anderem mehr. Das Haus ist dunkel und still und die Stadt ebenso. Früher waren immer viele Menschen auf den Straßen, aber jetzt sind sie wie ausgestorben. Das kommt von dem Krieg. Jeder hat wahrscheinlich Angst und bleibt lieber zu Hause. Abends brennt auch nirgends mehr Licht. Madame Arkadjewa sagt, weil Öl und Kerzen wegen des Krieges so teuer geworden sind. Früher haben wir uns darüber nie Gedanken machen müssen.

Mama ist nicht in St. Petersburg. Papa hat sie nach Twer geschickt. Ich wollte mit ihr fahren, aber er hat mir erklärt, dass Mama das Alleinsein auf dem Lande braucht. Mir hat es in Twer immer sehr gut gefallen. Noch besser jedoch in St. Petersburg, nur jetzt nicht mehr, wo alles so ruhig und dunkel ist und die Leute alle immer nur flüstern. Ich hoffe, dass Papa meine Mutter recht bald wieder hierher kommen lässt. Ich weiß ja über alles Bescheid, aber ich vermisse sie trotzdem.

Miss Browne, ich wünschte, Sie hätten uns begleitet. Es würde Ihnen in St. Petersburg bestimmt gefallen. Ich meine, so wie es früher war. Mir fehlen unsere Gespräche, und ich denke oft an unseren einzigen Ausflug. Der Unfall war natürlich schrecklich, aber das Museum war wunderbar. Bei Madame Arkadjewa darf ich nichts mehr über Völkerkunde und Astronomie lernen.

Jetzt muss ich aufhören, denn der Kurier steht schon auf dem Sprunge. Ich hoffe, es geht Ihnen gut. Mein kleiner Kater fragt auch immer nach Ihnen.

Ihre Freundin Katharina Nikolajewna Swerajowa."

Nach dem letzten Wort legte Carolyn den Kopf auf die Arme und schluchzte so herzzerreißend wie seit dem Tode ihrer Mutter nicht mehr. Zunächst glaubte sie, sie weine um das kleine Mädchen, das jetzt so einsam in St. Petersburg war. Doch dann merkte sie, dass sie die Tränen vor allem wegen ihrer hoffnungslosen Liebe zu einem für sie unerreichbaren Mann vergoss, der ihre Gefühle noch nicht einmal erwiderte.

Als sie sich schließlich müde geweint hatte und einschlief, träumte sie von einem goldstrotzenden Palast, von Zobelpelzen und einem zähnefletschenden Wolf. Aber auch von Blut ... von Strömen von Blut ...

Irgendwie hatte Carolyn dann doch noch den Weg in ihr Bett gefunden, und als sie dort am Morgen die Augen aufschlug, fiel ihr sofort wieder der schreckliche Traum von einer todbringenden Schlacht ein, und zwei Gedanken schossen durch ihren Kopf. Der erste: Heute würde auch Alexander nach Russland zurückreisen. Der zweite: In der Nacht musste der Vater heimgekehrt sein. Im Schlaf hatte sie seine Stimme gehört.

Hastig sprang sie aus dem Bett, wusch sich das Gesicht mit kaltem Wasser und zog ein einfaches Kleid an. Dann lief sie zum Schlafzimmer des Vaters, fand sein Bett leer, aber benutzt vor, und hastete in halsbrecherischer Eile die Treppe zur Buchhandlung hinab.

Am Ladentisch saß der Vater und notierte sich etwas in einem kleinen Buch.

„Papa!“

Lächelnd blickte er auf, und sie stürzte auf ihn zu und umschlang ihn mit beiden Armen. George Browne drückte seine Tochter an die Brust, als wolle er sie nie wieder loslassen, länger und inniger als je zuvor bei einer Rückkehr.

Besorgt sah Carolyn ihn an. „Ist etwas geschehen, Papa?“

„Nein, nein, mein Kind.“ Es gelang dem Vater, beruhigend zu lächeln. „Ich bin nur froh, dass ich dich wiederhabe. Du hast mir sehr gefehlt.“

Aber Carolyn spürte, dass sich noch mehr hinter diesen Worten verbergen musste. Nur konnte sie sich beim besten Willen nicht erklären, was es wohl sein mochte.

„Ich habe deine Gegenwart auch sehr entbehrt, Papa. War die Reise angenehm? Hast du alle Handschriften gut und sicher an ihren Bestimmungsort gebracht?“

Der Vater nickte unsicher. „Gewiss doch, mein Kind“, und fügte dann verwundert hinzu: „Aber du bist offensichtlich nicht mehr bei deinem russischen Fürsten angestellt?“

„Denk dir, er ist bereits nach Russland zurückgekehrt. Hast du nichts von dem Vertrag gehört, der am 12. Juli unterzeichnet worden ist? Schon drei Tage später ist er mit der ganzen Familie abgereist.“

Erleichtert atmete George Browne auf. „Das war wohl für alle das Beste. Du gehörst doch hierher, zu mir, in unsere Buchhandlung, mein Kind.“

Carolyn schwieg und sah ihn nicht an. Sie wusste, er würde schimpfen und toben, wenn sie ihm sagte, womit sie sich in Gedanken beschäftigte – nein, verbesserte sie sich, was ich zu tun beabsichtige. Auf einmal war sie sich ihrer Entscheidung ganz sicher.

„Wie geht es übrigens dem jungen Davison?“ erkundigte sich der Vater beiläufig.

„Ich vermute, gut", erwiderte Carolyn und unterdrückte dabei ein Seufzen.

„Hast du ihn denn seit dem Ball nicht mehr wiedergesehen?"

„Doch. Er ist ein paar Mal in den Laden gekommen, aber ... aber ich habe mich gerade nicht wohl gefühlt." Der arme Anthony! Sie hatte die Kranke gespielt, in Wirklichkeit war es jedoch ihr gebrochenes Herz gewesen, das sie dazu veranlasst hatte, alle seine Einladungen abzulehnen.

„Und was macht Copperville?"

Resigniert hob Carolyn die Schulter. „Copperville hat eine Schreibblockade. Er hat nur eine einzige Kolumne zu Stande gebracht, und die hat Mister Taft auch noch abgelehnt."

Nun wurde der Vater hellhörig. „Ist irgendetwas geschehen, Carolyn?"

Einen Augenblick lang suchte sie krampfhaft nach einer Antwort und malte dabei ratlos mit der Fingerspitze Kreise auf die Tischplatte. Dann entschloss sie sich kurzerhand, die Wahrheit zu sagen. Es hatte keinen Sinn, den Vater noch länger im Ungewissen zu lassen. „Ich habe gestern Abend einen Brief von Katja bekommen. Sie ist ganz allein in St. Petersburg, denn ihre Mutter musste nach Twer fahren, und ihr Vater ist wieder bei der Armee. Sie fürchtet sich vor dem Krieg in ihrem Land, und die Gouvernante hat wenig Verständnis dafür. Das hat sie alles nicht so wörtlich geschrieben, aber es war aus dem Ton zu erkennen, in dem der Brief geschrieben worden ist."

„Das tut mir Leid", erwiderte der Vater kurz angebunden. „Allerdings ist das Befinden von Swerajows Tochter nicht unsere Angelegenheit, sondern die seine – und die ihrer Mutter."

Carolyn warf ihm einen ärgerlichen Blick zu. Aber noch ehe sie etwas darauf entgegnen konnte, wurde heftig an die Tür geklopft.

George Browne runzelte die Stirn. „Es ist gerade acht Uhr. Wer kommt denn um diese Zeit in eine Buchhandlung?"

Carolyn ahnte sofort, wer Einlass begehrte. „Das kann nur der jüngere Bruder des Fürsten sein", erklärte sie hastig, eilte zur Tür und schob rasch den schweren Riegel zurück.

„Guten Morgen, Miss Browne." Alexi zog den Hut und trat in den Laden. „Guten Morgen, Mr. Browne." Dieser zweite Gruß klang wesentlich weniger liebenswürdig. Es war nicht zu übersehen, dass ihm die Gegenwart des Buchhändlers nicht sonderlich behagte.

„Ich hoffe, Sie haben gut geschlafen", versuchte Carolyn, ein höfliches Gespräch in Gang zu bringen, während sie zugleich inständig wünschte, der Vater möge sie mit Alexander allein lassen.

„Leider nicht, da ich in wenigen Stunden England verlassen werde." Der junge Mann lächelte, entschuldigend und aufmunternd zugleich.

Carolyn presste die Hand auf ihr Herz und sah ihn verzweifelt an.

„Nun, dann wünschen wir Ihnen gute Reise", mischte sich der Vater nun wieder ein. Es schien, als könne er den unerwünschten Gast gar nicht schnell genug wieder loswerden.

Aber Alexi neigte nur gleichgültig den Kopf, ohne den Blick von Carolyn zu wenden. „Haben Sie Katjas Brief inzwischen gelesen?" erkundigte er sich.

„J...ja." Es klang wie ein Krächzen. Sie räusperte sich aufgeregt, und auf ihren Wangen zeichneten sich zwei rote Flecke ab.

„Und? Haben Sie eine Antwort, die ich mit nach St. Petersburg nehmen soll?"

Wortlos schüttelte Carolyn den Kopf.

„Soll ich dann warten, bis Sie der Kleinen einen Brief geschrieben haben?"

Hilflos biss sich Carolyn auf die Lippen und sah dann den Vater flüchtig an. „Ich gehe mit Seiner Durchlaucht vor die Tür, Papa, denn ich habe etwas mit ihm zu besprechen." In fliegender Eile packte sie seinen Arm und zog Alexi auf die Straße hinaus.

„Carolyn!" rief der Vater außer sich. „Was soll das bedeuten?"

Aber sie antwortete ihm nicht, sondern schlug stattdessen die Ladentür hinter sich zu. Draußen war es kühl und frisch. Es hatte die ganze Nacht geregnet, und die Pflastersteine glänzten immer noch vor Nässe. Sie fröstelte in dem dünnen Kleid und kreuzte schützend die Arme vor der Brust.

„Sie haben keine Nachricht für mich, nicht wahr?" stieß sie atemlos hervor.

Alexander schüttelte den Kopf. „Nikolaus hat mir auch nicht selbst geschrieben, denn er ist sofort zu seiner Truppe geeilt und hat in dieser kritischen Situation wahrscheinlich keine Möglichkeit, Briefe zu verfassen."

„Ach so." Diese Antwort tröstete Carolyn ein bisschen. Aber sie hatte dessen ungeachtet darauf gehofft, dass Alexander ihr auch Mut machen ... ihr zureden würde zu dem Entschluss ...

„Katjas Brief klang so traurig, so verlassen", sagte sie zögernd.

„Sie fühlt sich auch unglücklich", erwiderte Alexi ungewöhnlich ernst. „Das Haus scheint jetzt einem Mausoleum zu gleichen, und Madame Arkadjewa ist ja kalt wie ein Fisch und ohne jedes Mitgefühl."

Carolyn holte tief Atem, schluckte und flüsterte dann: „Nehmen Sie mich mit?"

Einen Herzschlag lang starrte Alexander sie ungläubig an. Dann spielte ein verstehendes Lächeln um seine Lippen.

„Können Sie in zwei Stunden bereit sein?"

„Ich bin schon bereit", erwiderte Carolyn.

Als Carolyn in den Laden zurückkehrte, hörte sie den Vater in der Küche hantieren. Zögernd schritt sie zur Tür und schaute eine Weile zu, wie er im Küchenschrank nach seinem Lieblingstee suchte. Dann sagte sie leise: „Papa."

George Browne wandte sich mürrisch um. „Seit wann hast du Geheimnisse vor mir?"

„Als ich die Stellung bei Swerajow angenommen habe, hat er mich gefragt, ob ich nicht auch mit nach St. Petersburg kommen würde", erwiderte Carolyn, ohne auf seine Frage einzugehen.

„Nein!" Der Vater war bleich geworden.

„Er hat mir die Entscheidung überlassen, und ich habe mich nun entschlossen, seinen Bruder nach Russland zu begleiten – heute noch."

George Browne starrte seine Tochter wortlos an. „Du hast den Verstand verloren", murmelte er schließlich. „Ich verbiete dir das."

„Du kannst es mir nicht verbieten, weil ich dich nicht um deine Erlaubnis gebeten habe.“ Verzweifelt krampfte Carolyn die Hände zusammen. „Papa, ich muss nach St. Petersburg. Das Kind braucht mich.“

„Erzähle mir keine Märchen. Es geht dir nicht um die Kleine, sondern um diesen Kerl. Er ist aber verheiratet, Carolyn! Hast du das denn vergessen?“

Carolyn spürte, wie die aufsteigenden Tränen ihr die Kehle zuzuschnüren drohten. Wie könnte sie vergessen, dass er verheiratet war, wenn seine Frau durch alle ihre Träume spukte! Aber es war doch gar nicht Marie Helene, die im Wege stand. Es war der unüberbrückbare Abstand zwischen ihnen – und die Tatsache, dass Niki sie nicht liebte. Denn sonst hätte er einen Weg gefunden, einen ehrenhaften, rechtmäßigen ...

Entsetzt merkte sie, wie sehr sie sich das Unmögliche wünschte: eine Heirat. Und nun brannten die Tränen in ihren Augen. „Ich muss fahren“, flüsterte sie.

„Fahren? Fahren? Und was weiter?“

„Ich werde Katjas Vertraute sein, ihre Freundin!“ rief Carolyn aufgebracht.

„Ihre Freundin oder seine?“ schrie der Vater zurück.

Verletzt und beleidigt wandte sich Carolyn ab. „Du solltest mich eigentlich besser kennen.“

„Oh ja, ich kenne dich. Doch ich habe immer, wenn du mit ihm zusammen warst, den Glanz in deinen Augen gesehen. Russische Fürsten lassen sich indes nicht von ihren Gemahlinnen scheiden. Mit einer Bürgerlichen haben sie nur ein Verhältnis. Für ihn wird es eine angenehme Abwechslung sein, die vorübergeht. Aber für dich? Du wirst dein Leben lang darunter leiden, Carolyn.“

Herr im Himmel, der Vater hatte Recht, so Recht. Aber nun konnte sie nicht mehr zurück – wollte auch gar nicht mehr. „Ich fahre nach St. Petersburg, weil ich mich um sein Kind kümmern will, und nicht, um ihm das Bett zu wärmen, Papa. Im Übrigen ist er bei der Armee in der Nähe von Moskau, Hunderte Meilen entfernt von St. Petersburg.“

„Und wenn Napoleon nun die Richtung ändert? Wenn er statt nach Moskau nach St. Petersburg marschiert? Was dann? Dann bist du in einer belagerten Stadt eingeschlossen!"

„Wenn Napoleon statt nach Moskau nach St. Petersburg marschiert, werde ich froh und dankbar sein, mich um ein verlassenes Kind kümmern zu können, denn Katja würde mich dann noch dringender brauchen", erwiderte Carolyn mit äußerlicher Ruhe, obwohl sie das Gefühl hatte, als ob in ihr alles in Scherben ginge. „Verstehe das doch, Papa. Ich muss zu ihr, und ich brauche deinen Segen für diese Reise."

„Den wirst du dafür nicht bekommen", entgegnete George Browne schroff.

Einen Augenblick lang herrschte bedrückendes Schweigen in der kleinen Küche. Dann sagte Carolyn müde: „Ich fahre, Papa, ob mit oder ohne deinen Segen." Langsam ging sie zur Tür und stieg die Treppe zu ihrem Zimmer hinauf.

„Er nutzt dich nur aus!" rief der Vater ihr nach. „Und du wirst daran zu Grunde gehen, denke an meine Worte!"

Einen Herzschlag zögerte sie, stützte sich schwer auf das Geländer. Doch dann richtete sie sich wieder auf und setzte ihren Weg fort.

„Gehe nicht fort, Carolyn!" Es klang wie der Schrei eines Ertrinkenden. „Bitte, gehe nicht fort! Ich flehe dich an."

Auf der obersten Stufe drehte sich Carolyn noch einmal um. „Vielleicht mache ich tatsächlich einen Fehler. Aber das ist mein gutes Recht. Ich habe dich lieb, Papa, und ich werde dir schreiben." Die letzten Worte gingen in einem leisen Schluchzen unter. Wie gehetzt rannte sie in ihr Zimmer.

Der Vater blickte ihr nach, ohne sie zu sehen, denn nun standen auch in seinen Augen Tränen.

25. KAPITEL

ST. PETERSBURG, DEN 1. SEPTEMBER 1812

Es war kalt. Carolyn wickelte sich fester in ihren wollenen Wintermantel, froh darüber, dass sie so vernünftig gewesen war, ihn mitzunehmen, obwohl noch Hochsommer geherrscht hatte, als sie mit Alexander an Bord des russischen Schiffes gegangen war.

Die Kutsche, die er vor wenigen Minuten am Pier gemietet hatte, ratterte eine breite Geschäftsstraße entlang, die in nichts einer Londoner Verkehrsader ähnelte. Auffallend war vor allem, dass sie von zahllosen Bäumen, überwiegend Birken und Föhren, gesäumt wurde. Und der Himmel darüber war grau – nicht das vertraute Londoner Grau, das trübe war vom ständigen Nebel. Es war frisch und klar, und man verband mit seinem Anblick die Vorstellung von Regen oder sogar Schnee – dieselbe an Eisen erinnernde Tönung, wie sie auch das Wasser hatte, das hin und wieder zwischen den dicht gedrängten, meist zweistöckigen Häusern hindurchschimmerte. All das betonte den unübersehbaren Eindruck, dass man sehr weit im Norden sein musste.

Alexander hatte ihr erzählt, dass St. Petersburg Russlands Tor nach Europa sei. Die Stadt war an der Mündung des Flusses Newa erbaut worden, an einer Bucht der Ostsee, und wurde von unzähligen kleinen Flüssen und Kanälen durchzogen. Ihr Schiff hatte an der Wassilewskijinsel angelegt, die die Newa in zwei Arme teilte, und hier hatte sie zum ersten Mal begriffen, warum man in St. Petersburg immer Wasser sah, wohin man auch blickte.

Jetzt fuhren sie an vielen kleinen Holzhäusern vorbei, hinter denen wieder die Docks zum Vorschein kamen. Es schienen Speicher zu sein, die einmal bunt bemalt gewesen waren. Reste der fröhlichen Farben hingen noch wie vergessene Flickenteppiche an den Balken und zeugten davon, dass die Stadt einmal unter schwedischer Herrschaft gestanden hatte. Fußgänger sah man nur selten, nur dann und wann stämmige Frauen, beladen mit gefüllten Körben und Beuteln.

Dafür drängten sich auf dem Fahrdamm schwere Rollwagen voller Waren für die nahe gelegenen Märkte.

Unvermittelt bog der Kutscher so scharf um eine Hausecke, dass Carolyn gegen Alexander geschleudert wurde. Dahinter führte der Weg über eine schmale steinerne Brücke. Überrascht richtete sich Carolyn auf, denn nun erblickte sie vor sich einen weitläufigen Platz, umgeben von einer Gruppe unvergleichlich prächtiger Gebäude.

„Das ist der Palastplatz“, erklärte Alexander lächelnd. „Das lang gestreckte Gebäude dort drüben mit den vielen Säulen und dem goldenen Turm ist die Admiralität. Zurzeit wird sie rekonstruiert.“

Vor der Front des Gebäudes erstreckte sich eine gepflegte Gartenanlage, die trotz der herbstlichen Kühle voller farbenprächtiger Blüten war. Dazwischen sprudelten kleine Kaskaden aus Springbrunnen aus hellem Kalkstein. Aber Carolyns Aufmerksamkeit wurde noch mehr von einem imposanten Schloss angezogen, das mit einer Überfülle an Schmuckelementen im Rokokostil in den Farben Grün, Weiß und Gold verziert war. Überlebensgroße Statuen schmückten das Dach des mächtigen Bauwerkes. Das musste der Palast sein, der diesem Platz den Namen gegeben hatte.

Alexander war ihrem bewundernden Blick gefolgt. „Das Winterpalais, der Lieblingswohnsitz des Zaren“, erläuterte er. „Und daneben ist die Eremitage, sie wurde für Katharina die Große als Residenz erbaut. Aber sie benutzte das Haus auch als Aufbewahrungsort für die Kunstsammlung, die ihr Gemahl Peter begonnen hatte und die sich auch heute noch darin befindet.“

„Es ist wundervoll“, stellte Carolyn tief Atem holend fest. Im selben Augenblick streifte das Vorderrad der Kutsche eine der niedrigen Ziersäulen vor dem Garten der Admiralität, und die Passagiere wurden erneut heftig durcheinander gerüttelt.

Erschrocken klammerte sich Carolyn an den abgewetzten Ledersitz. „Bis hierher sind wir ohne Unfall gekommen“, stellte sie kopfschüttelnd fest, während sie dabei an den aufregenden Schiffswechsel in Riga dachte.

„Nur um hier wegen eines tölpelhaften russischen Kutschers noch zu Schaden zu kommen“, vollendete Alexander lachend.

„Wahrscheinlich will der Kerl rasch nach Hause, wo die Frau schon mit dem Abendbrot wartet. St. Petersburg ist nicht gerade berühmt für seine Fuhrleute."

„Das glaube ich gern." Carolyn bemühte sich, wieder an Katja zu denken, derentwegen sie diese endlose Reise in den Norden unternommen hatte. Aber immer aufs Neue tauchte stattdessen Swerajows Bild vor ihr auf. „Ich kann es noch gar nicht fassen, dass ich jetzt in Russland bin", murmelte sie, mehr zu sich selbst.

„Da werden Sie bestimmt nicht die Einzige sein", bemerkte Alexi lächelnd.

Carolyn errötete, und ihr Herz schlug schneller. „Er wird es doch gar nicht erfahren", erwiderte sie leise und war sich zugleich bewusst, dass Alexander nicht der Mensch war, der auf einen Schwindel hereinfiel. Er war genauso scharfsinnig wie sein Bruder. Das hatte sie während der zwei Wochen ihrer gemeinsamen Reise oft genug festgestellt.

Nun warf er ihr einen hintergründigen Blick zu und sagte dann: „Und ob er es erfahren wird. Ich habe nämlich die Absicht, nach Smolensk zu reisen oder wo immer die Erste Armee jetzt steht."

Verwirrt schwieg Carolyn, während die Kutsche nun einem breiten, baumbestandenen Boulevard folgte und das Winterpalais und die Eremitage zur linken Seite hinter ihr zurückblieben. Elegante drei- bis vierstöckige Häuser reihten sich entlang der Straße auf. Viele von ihnen waren aus glänzendem roten Granit erbaut, und hinter ihnen erstreckten sich Gärten und Parkanlagen. Nun erschien auf der linken Seite eine vergoldete Kuppel und neben ihr eine wie eine Nadel in den klaren, feuchten Himmel ragende Kirchturmspitze.

Alexi legte beruhigend die Hand auf Carolyns Arm. „Er wird sich gewiss freuen. Ich kenne doch meinen Bruder. Er ist um Katjas Wohlergehen sehr besorgt, insbesondere jetzt, da ihn seine Pflichten von daheim fern halten und Marie Helene in Twer ist. Machen Sie sich keine Sorgen."

Carolyn nickte wortlos, obwohl sie auf einmal große Angst verspürte. Wenn Nikolaus nun glaubte, sie habe ihn bis nach Russland verfolgt? Das hatte doch keineswegs in ihrer Absicht gelegen. Nicht im Entferntesten war sie mit dem Vorsatz nach St. Petersburg gekommen, hier ihre Beziehungen zu ihm wieder aufzunehmen ... gottbewahre ... sosehr sie sich auch danach sehnte.

„Wir fahren jetzt über den Newski Prospekt“, erklärte Alexi in diesem Augenblick. „Und die Kirche, an der wir eben vorübergekommen sind, ist die Kasaner Kathedrale. In ein paar Minuten sind wir am Ziel.“

Wieder begann Carolyns Herz heftig zu klopfen, obwohl Nikolaus ja ganz gewiss nicht anwesend sein würde. Er bewachte mit seinen Bataillonen die Straße nach Moskau – so zumindest hatte Alexander es ihr erklärt. Mit einer Mischung aus Freude und Angst betrachtete sie die Geschäfte am Newski Prospekt, die sich eigentlich kaum von den Läden in der Londoner Innenstadt unterschieden.

Auf einmal erkannte sie, warum ihr dennoch St. Petersburg so ganz anders als London vorkam. Es lag weder an den Birken und Föhren, an dem frischen Wind oder an der beeindruckenden Architektur der Häuser, sondern an der Stille. „Es ist so ruhig hier!“ rief sie, während sie überrascht feststellte, dass sie mittlerweile der einzige Wagen auf der Fahrbahn waren, wenn man von einer wartenden Kutsche vor einem der imposanten Gebäude absah. Weit voraus kreuzte eine Pferdebahn die Straße. Aber wo waren die Kaleschen, Kremser, Einspänner und Reiter, die die City von London belebten? „Wo sind denn die Leute alle?“

„Ja, dieser Eindruck ist auch für mich ungewohnt“, entgegnete Alexander. „Früher war die Stadt so lebhaft und bunt und wimmelte gerade um diese Zeit von Menschen und Fahrzeugen. Aber wir haben Krieg, Carolyn. Napoleon dringt immer tiefer in unser Land vor, ohne dass man ihn bis jetzt ernstlich aufgehalten hätte. Es hat noch nicht einmal ein größeres Gefecht gegeben. Der Adel hat zwar die Stadt nicht verlassen, aber man empfindet die Lage nicht als passend für Einkaufsbummel, Spaziergänge, Diners oder gar Bälle. Und im Übrigen sind inzwischen auch alle Waren knapp geworden.“

Natürlich, es war das Gefühl der Verlassenheit, das so bedrückend über der Stadt lag, und die für eine Großstadt ungewöhnliche Lautlosigkeit. Das Einzige, was sich zu bewegen schien, waren die

Tauben, die sich hin und wieder auf dem verrosteten Eisengitter einer kleinen Kirche niederließen.

„Es ist zudem sehr teuer, eine riesige Armee in Kriegszeiten zu unterhalten", fuhr Alexi stirnrunzelnd fort. „Deshalb sind die Steuern stark erhöht worden. Jeder von uns bekommt die Not in irgendeiner Form zu spüren."

Sie passierten jetzt eine Reihe von sehr unterschiedlichen Geschäften. Neben Juwelieren und Läden voller kostbaren Pelzwerkes befanden sich kleine Bäckereien oder Stände mit Gemüse und Kartoffeln. Dann bog die Kutsche in eine Seitenstraße, und Carolyn richtete sich gespannt auf. Direkt vor ihnen erhob sich auf einer künstlichen Anhöhe ein stattliches Gebäude.

„Ist das ... ich meine, das ist doch das Haus, nicht wahr?"

Alexander nickte. „Der Wohnsitz unserer Familie."

Aber es war natürlich kein Haus, und auch kein Familienwohnsitz. Es war – Carolyn zählte rasch die Fenster und Stockwerke – mindestens so groß wie fünf der eindrucksvollen Gebäude, an denen sie auf der Fahrt vorübergekommen waren.

Das Palais erhob sich quer am Ende der Straße und wurde von einem kunstvollen schmiedeeisernen Zaun, etwa in halber Mannshöhe, von ihr getrennt. Goldene Figurinen zierten den oberen Rand des Gitters. Die beiden geschwungenen Freitreppen, die parallel zueinander zu dem hohen Eingangstor führten, wiesen ebenfalls kostbaren Schmuck auf. In der Mitte des Aufgangs befand sich ein mächtiger Springbrunnen, den eine Statuengruppe krönte. Sie stellte einen Krieger in Siegespose dar mit zwei seiner gefallenen Opfer zu seinen Füßen.

Das Palais selbst war ein monumentaler Bau aus rosa getöntem Sandstein im Stil des Barocks. Breite Ziersimse umgaben die überdimensionalen Fenster, und an dem Mitteltrakt befanden sich zahlreiche Balkone mit schmiedeeisernen Gittern. Bei ihrem Anblick stellte sich Carolyn vor, wie Swerajow und Marie Helene von einem dieser Balkone herab ihre Gäste begrüßt hatten. Das oberste Stockwerk wurde von Giebelfenstern verziert, und das Dach neigte sich sanft herab, in der Mitte wiederum von einer goldenen Statue gekrönt, die

Carolyn nicht genau erkennen konnte. Aber es schien ihr ein Motiv aus dem Familienwappen zu sein.

„Es ist grandios", murmelte sie hingerissen, als die Kutsche ein Tor in dem eisernen Gitter passierte, das von zwei livrierten Dienern weit geöffnet worden war. Langsam trabten die Pferde um den Springbrunnen und durch eine bogenförmige Einfahrt. Nun konnte man sehen, dass der Palast an beiden Seiten von gepflegten Rasenflächen und sorgsam gestutztem Buschwerk eingerahmt wurde.

Mit einem Satz war Alexi auf heimischem Boden und half dann Carolyn aus der Kutsche. Eine Schar Diener bemächtigte sich unter ehrerbietigen Verneigungen des Gepäcks der beiden Ankömmlinge und unterhielt sich dabei in einer für Carolyns Ohren natürlich völlig unverständlichen Sprache.

„Kommen Sie." Höflich bot Alexander seiner Begleiterin den Arm und geleitete sie durch eine hohe Flügeltür in die schwach beleuchtete riesenhafte Eingangshalle, von deren Kuppel ein vielarmiger Leuchter aus Kristall herabhing. Goldene Geländer schlossen die einzelnen Stockwerke ab. Der Fußboden bestand aus braun und gold gemustertem glänzend polierten Marmor, und überall standen Statuen, Büsten oder anderer Zierrat.

„Der größte Teil des Hauses ist nicht bewohnt", erklärte Alexi. „Die Familie lebt im Ostflügel, und die Dienerschaft ist in einem gesonderten Gebäude untergebracht. Da Marie Helene nicht anwesend ist, lasse ich Ihnen ein Zimmer in der Nähe von Katja zurechtmachen."

„Das wäre ja wunderbar", erwiderte Carolyn und folgte Alexander durch einen endlosen Korridor, an dem ein Salon neben dem anderen lag. Im Vorübergehen erhaschte sie hin und wieder einen Blick auf eines der Zimmer, sah hier einen dicken Perserteppich, dort Leuchter aus farbigem Kristall, Porträts in breiten Goldrahmen, mit Samt oder Brokat bezogene Möbel in Königsblau und Purpurrot, manche der Stoffe verblasst durch die Zeit. Es war ganz ohne Zweifel ein königlicher Palast.

Endlich öffnete Alexi eine dunkel glänzende Holztür und verkündete, dass man nunmehr den Ostflügel betreten werde. „Die allgemein zugänglichen Räume wie das Musikzimmer und der Salon befinden sich im Erdgeschoss, die Wohngemächer der Familie im ersten Stock und die Privatappartements der Herrschaft im zweiten Stock. Katja schläft in der dritten Etage und wahrscheinlich auch Madame Arkadjewa. Signor Raffaldi zieht es vor, in der Stadt zu wohnen."

„Hier werde ich mich nie zurechtfinden", sagte Carolyn besorgt.

„Keine Sorge, Katja kennt den Palast wie ihre rechte Hand. Wenn sie sich geärgert hat, verschwindet sie manchmal für Stunden darin."

Sie fanden Katja und die Gouvernante in einem großen übermöblierten Salon, der jedoch im Gegensatz zu den anderen, die Carolyn gesehen hatte, gemütlich und irgendwie heimisch wirkte. In dem mit Reliefs verzierten Kamin loderte ein helles Feuer. Madame Arkadjewa saß, steif wie gewöhnlich, in einer Sofaecke. Katja aber hatte sich mit einem Buch in einen hohen rot bezogenen Lehnstuhl gekuschelt, und zu ihren Füßen spielte der vierbeinige Alexander, aus dem inzwischen ein halbwegs erwachsener Kater geworden war, mit einem bunten Wollknäuel. Beim Anblick des anscheinend zufrieden in das Buch vertieften Kindes wurde es Carolyn warm ums Herz.

„Katja", sagte sie leise.

Die Kleine blickte empor, sprang mit einem Freudenschrei auf, rannte über die orientalischen Teppiche zur Tür und schlang die Arme um Carolyn.

Gerührt über diese unerwartet herzliche Begrüßung neigte sich Carolyn zu ihr hinab und drückte sie fest an sich, während ihr die Tränen in die Augen stiegen. Wie viel Sorgen hatte sie sich doch um das kleine Mädchen gemacht! „Ich bin sehr froh, dich wiederzusehen", flüsterte sie.

„Ich ... ich habe überhaupt nicht gewusst, dass Sie kommen werden, Miss Browne." Vor Aufregung hatte Katja rote Wangen bekommen. „Ich weiß gar nicht, was ich sagen soll."

„Nun, ich habe doch deinen Brief erhalten", erwiderte Carolyn mit einem frohen Lachen. „Und da musste ich mich einfach auf den Weg machen. Ich habe dich nämlich sehr vermisst."

Aus der Sofaecke erklang das verächtliche Schniefen der Gouvernante.

Doch nun trat auch Alexander dazwischen. „Was ist denn das für eine Begrüßung, Katjuscha? Hast du mich völlig vergessen?“

„Entschuldige, Onkel Alexi.“ Katja lächelte schelmisch und jauchzte dann fröhlich, als der Onkel sie hoch in die Luft emporhob.

Carolyn nickte der Gouvernante grüßend zu. „Guten Tag, Madame.“

„Guten Tag.“ Madame Arkadjewa neigte kaum merklich den Kopf. „Seine Exzellenz hat mich nicht von Ihrer Ankunft informiert.“

Es war offensichtlich, dass sie die Rivalin in Verlegenheit bringen wollte, doch Carolyn ließ sich nicht beirren. „Seine Exzellenz hat gar nicht gewusst, dass ich nach St. Petersburg reisen werde“, erwiderte sie übertrieben liebenswürdig.

„Nun, das mag sein, wie es will“, mischte sich Alexander ein. „Miss Browne war jedenfalls so freundlich, mit mir nach Russland zu fahren, und ich setze sie nun im Namen meines Bruders wieder in die Stellung ein, die sie in London in Bezug auf Katja eingenommen hat. Ist das verständlich ausgedrückt?“

„Gewiss, Hoheit.“ Die Gouvernante bewegte an Stelle einer Verneigung den Oberkörper nach vorn. „Völlig verständlich. Ist es gestattet, dass ich mich brieflich an Seine Exzellenz wende?“

„Selbstverständlich. Ich reise morgen zu ihm und kann Ihren Brief gern mitnehmen.“ Alexander lächelte spöttisch. „Wissen Sie übrigens, wo er ist?“ fügte er herablassend hinzu.

Die Miene der Gouvernante veränderte sich. Sie drückte jetzt nicht mehr nur Verärgerung aus, sondern auch – so schien es Carolyn zumindest – Furcht, und anstatt einer Antwort blickte Madame Arkadjewa sorgenvoll auf Katja.

Aber Carolyn schenkte ihr weiter keine Beachtung, sondern nahm Katjas Hand und fragte: „Möchtest du mir nicht die Gästezimmer zeigen? Dein Onkel hat gesagt, dass ich in deiner Nähe wohnen soll. Vielleicht können wir uns bei dieser Gelegenheit auch dein Zimmer ansehen?“

„Das ist eine ausgezeichnete Idee." Alexander nickte den beiden zu. „Inzwischen kann ich ein paar Worte mit Madame Arkadjewa wechseln. Wollen wir dann zusammen zu Abend essen? Es ist ja schon beinahe die Zeit dafür, und ich habe später noch eine dringende Angelegenheit zu erledigen."

„Fein, Onkel Alexi!" Katja klatschte in die Hände. „Kommen Sie, Miss Browne." Eilig zog sie Carolyn mit sich, und auch das Perserkätzchen wollte mit von der Partie sein. Als Carolyn dabei war, die Tür hinter sich zu schließen, streifte ihr Blick Alexanders Gesicht. Es sah gar nicht mehr freundlich aus. Es war ausgesprochen grimmig.

Auf einmal hatte sie das Gefühl, als liege ein Stein auf ihrer Brust.

„Das ist also dein Zimmer", sagte Carolyn und vergaß vor Überraschung die unerfreuliche Unterhaltung, die jetzt gerade in dem Salon im Gange sein musste.

Das Appartement wäre einer Königin würdig gewesen. Aber schließlich war Katja die Tochter eines altehrwürdigen Fürstenhauses, und es lag durchaus im Bereich der Möglichkeiten, dass sie nach einer entsprechenden Heirat einmal eine Königin sein würde. Das Schlafzimmer wurde von einem riesigen Himmelbett beherrscht, dessen Pfosten bis zur Decke reichten. An den beiden Schmalseiten des Raumes befand sich je ein riesiger marmorner Kamin und eine mit Brokat bezogene Sitzgruppe. Die Wände waren mit in sich gemusterter Seide bespannt. Alles war in den Farben Blau, Grün und Gold gehalten. Zur Linken führte eine Tür in das Ankleidekabinett und den Waschraum und zur Rechten in den Salon, der ähnlich ausgestattet war wie der Schlafraum.

„Gefällt es Ihnen?" erkundigte sich Katja stolz.

„Aber gewiss", erwiderte Carolyn, während sie sich fragte, warum ihr eigentlich diese prächtigen Zimmer nicht zusagten. Lag es daran, dass sie so förmlich wirkten, so erwachsen? Das war doch kein gemütliches Heim für ein Kind. Man konnte sie nur als repräsentativen Aufenthaltsort für eine bedeutende Persönlichkeit bezeichnen. „Und wo hast du deine Spielsachen?"

Statt einer Antwort zog Katja Carolyn zu einem vierstöckigen Puppenhaus, das bis ins kleinste Detail dem Palast der Swerajow, in dem sie sich jetzt befanden, glich. Und die Puppen darin stellten das Fürstenpaar dar, die Dienerschaft und die Gäste.

„Du lieber Himmel!“ entfuhr es Carolyn bei diesem Anblick, denn das Puppenhaus war größer als Katja.

„Ich habe es zu meinem vierten Geburtstag bekommen“, erklärte die Kleine zurückhaltend.

Carolyn schüttelte den Kopf. Wie konnte man einem vierjährigen Kind ein solches Geschenk machen? „Und das andere Spielzeug?“

„Ich habe weiter keine Spielsachen“, erwiderte Katja zögernd. „Zumindest keine richtigen.“

„Und was hast du zu deinem letzten Geburtstag bekommen?“

Das Kind bekam leuchtende Augen, ging zu einer kunstvoll gearbeiteten Kommode und zog eine Schublade heraus. Als sie ein samtbezogenes Kästchen herausholte und es öffnete, kniff Carolyn unwillkürlich die Augen zusammen. Auf dunkelblauem Samt lag eine wundervolle Perlenkette mit einem brillantbesetzten Verschluss. „Ich habe auch die passenden Ohrringe dazu“, erklärte Katja eifrig.

„Wie schön!“ Diesmal war Carolyn ehrlich. Und doch hätte sie um ein Haar wieder den Kopf geschüttelt. Das war ein Geschenk für eine Debütantin beim Hofball! „Aber ein paar Puppen hast du doch sicherlich?“

„Ich habe ein Pony. Das heißt Pjotr, und es ist draußen im Stall. Möchten Sie es sehen?“ Erwartungsvoll sah Katja zu ihr empor.

„Später gern, Liebes.“ Carolyn strich ihr zärtlich über das Haar, während sie darüber nachdachte, wie sie auf dem schnellsten Wege richtige Spielsachen für die Kleine beschaffen konnte.

„Und dann habe ich auch noch Bücher“, fuhr Katja entgegenkommend fort.

„Nun, das ist großartig.“ Carolyn nickte zufrieden. „Möchtest du mir nun auch mein Zimmer zeigen?“ Ein bisschen ängstlich war ihr bei dieser Frage allerdings zu Mute, und sie hoffte dringend, dass es eine ganz normale Behausung sein würde.

Einen Augenblick überlegte das Kind. Dann führte es Carolyn wieder auf den Korridor hinaus und öffnete eine nebenan liegende Tür. „Meinen Sie, das hier würde Ihnen gefallen?“

Kaum, dass sie die Schwelle überschritten hatte, verliebte sich Carolyn in das Zimmer. Es war – obwohl immer noch weiträumig – kaum halb so groß wie Katjas Schlafgemach. Die Wände waren nur getüncht und ebenso wie der Kamin aus Sandstein in den Farben Rot, Blau und Weiß gehalten. Das Bett erwies sich im Vergleich zu Katjas baldachingekröntem als sehr schlicht. Blassblaue Vorhänge wurden von roten Seidenkordeln gehalten. Vom Fenster aus konnte man auf die Newa blicken, auf der just in diesem Moment ein kleiner Kahn vorübersegelte, während eine Möwe krächzend auf ihn herabstürzte. Alles wirkte frisch und luftig.

Nun entdeckte sie am anderen Ufer ebenfalls ein palastähnliches Gebäude mit einer goldenen Kuppel und kleinen spitzen Türmen. „Was für ein Anblick beim Erwachen!“ murmelte sie und musste dabei an ihre kleine Bodenkammer in London denken. Dabei verspürte sie einen Stich im Herzen, gemischt aus Heimweh und Sorge um den allein zurückgebliebenen Vater. Ich muss noch heute an ihn schreiben, dachte sie seufzend.

„Gefällt Ihnen das Zimmer nicht, Miss Browne?“ erkundigte sich Katja besorgt. „Sie können auch ein anderes haben. Wirklich, Sie können sich aussuchen, was Sie möchten.“

„Aber ich finde es doch ganz wundervoll“, erwiderte Carolyn lächelnd. „Es ist genau das richtige für mich – nicht zu groß und nicht zu prächtig. Ich werde mich hier bestimmt wohl fühlen.“

„Nun, dann wird es von heute an Ihnen gehören“, versicherte Alexander, der unbemerkt eingetreten war. „Und wenn Sie noch irgendetwas brauchen sollten ...“, er sah sich kritisch um, „... vielleicht einen Schreibsekretär, dann sagen Sie dem Haushofmeister Bescheid. Die Lakaien und Zimmermädchen beherrschen im Übrigen alle die französische Sprache, denn in dieser verständigt man sich bei Hofe. Einige von ihnen können auch Deutsch, sodass es sicher keine Verständigungsschwierigkeiten für Sie geben wird.“ Er nickte Carolyn aufmunternd zu und wandte sich dann an Katja. „Katjuscha, warum bittest du Madame Arkadjewa nicht, den Koch von unserer Ankunft zu unterrichten? Ich habe nämlich einen Bärenhunger nach der langen Reise."

Das Kind nickte, nahm das Kätzchen auf den Arm und lief eilfertig davon.

„Nun, so haben Sie sich also mit Ihrer neuen Umgebung schon etwas vertraut gemacht", stellte Alexi befriedigt fest. „Und Sie erwecken einen keineswegs unglücklichen Eindruck. Das freut mich."

Carolyn sah ihn nachdenklich an. „Dafür schien die Gouvernante ziemlich bedrückt zu sein. Gibt es schlechte Nachrichten? Was ist mit Niki?"

„Niki geht es gut", erwiderte er kurz.

Erleichtert ließ sich Carolyn in einen der hübschen Sessel sinken und presste die Hände an die Schläfen. „Warum erzählen Sie mir nichts Genaueres? Ich bin eine Fremde in einem fremden Land. Lassen Sie mich doch bitte nicht im Dunkeln!"

„Ich möchte Sie nicht beunruhigen. Für Sie und Katja besteht keine Gefahr. Weder Nikolaus noch ich würden das je zulassen."

Erschrocken blickte sie ihn an. „Was ist geschehen? So sagen Sie es doch endlich!"

„Smolensk ist zerstört worden, und die Franzosen haben Wjasma eingenommen."

„Wjasma? Wo liegt das?" erkundigte sich Carolyn angstvoll.

„Etwa einhundertvierzig Meilen vor Moskau."

„Und wo ist Nikolaus jetzt?" Sie sprang auf. „Wo genau?"

„Bei der Ersten Armee – wahrscheinlich irgendwo zwischen Wjasma und Moskau."

„Großer Gott, kann denn niemand Napoleon aufhalten?"

„Was reden Sie da", versetzte Alexi ärgerlich. „Natürlich werden wir ihn aufhalten."

„Verzeihen Sie." Carolyn senkte den Kopf. „Ich ... ich bin doch nur so in Sorge."

Alexander sah sie schweigend an. „Wir sind alle in Sorge", sagte er schließlich gefasst, „wenn auch aus sehr unterschiedlichen Gründen."

26. KAPITEL

Carolyn war noch vor dem Morgengrauen aufgestanden, um Alexanders Abreise nicht zu verpassen. In einen wollenen Umhang gehüllt, eilte sie die Treppe hinunter. Draußen war es bereits außerordentlich kühl. Doch in Anbetracht der Tatsache, dass es in diesen Breiten im Allgemeinen schon im Oktober zu schneien begann, galten solche niedrigen Temperaturen im Herbst nicht als ungewöhnlich. Der Ostflügel war menschenleer. Seine Bewohner scheinen alle noch im tiefen Schlaf zu liegen, dachte Carolyn lächelnd, bis sie vor der Tür des Speisezimmers Alexanders angenehm dunkle Stimme hörte und Katjas kindlich hohes Kichern. Auch das Knacken des Feuers im Kamin war zu vernehmen.

So war sie also nicht die Einzige, die dem so überaus charmanten jungen Fürsten Lebewohl sagen wollte. Zögernd blieb sie auf der Schwelle stehen. Der holzgetäfelte Raum mit den vielfach verschlungenen exotischen Schnitzereien wirkte durch den rötlichen Feuerschein nicht einfach nur warm, sondern einladend und traulich. Katja hockte vor dem Kamin und war gerade dabei, die glühenden Scheite aus Birkenholz mit einem eisernen Schürhaken aufzulockern. Wie reizend die Kleine aussah in ihrem mit Bändern besetzten hellblauen Morgenmantel und dem langen schwarzen Zopf, den das Kammermädchen ihr für die Nacht immer flocht.

Suchend sah sich Carolyn nach Alexander um, entdeckte ihn schließlich neben der Anrichte und ... schrie auf. Er war heute nicht wie üblich mit einem seiner gut sitzenden braunen oder grauen Schoßröcke und den dazu passenden eng anliegenden Hosen bekleidet. Nein, er trug einen karminroten Uniformrock mit schweren goldenen Epauletten auf den Schultern, goldglänzenden Knöpfen und dicken geflochtenen Goldkordeln an Kragen und Ärmeln. Seine Hosen steckten in hohen, glänzend schwarzen Stiefeln, an deren Absätzen goldene Sporen glitzerten. Verwundert drehte er sich um. „Ist irgendetwas nicht in Ordnung?“ fragte er lächelnd.

„Sie gehen also auch zur Armee“, flüsterte Carolyn entsetzt.

Alexi nickte. „Genauer gesagt, zur Kavallerie. Ich habe mich gestern freiwillig gemeldet.“ Sein Ton war so unbekümmert wie seine Miene.

„Er sieht wunderschön aus, nicht wahr?“ Bewundernd strich Katja über seinen Ärmel.

Der Onkel schlang die Arme um sie und hob sie empor. „So schön wie dein Papa?“

„Ich glaube, noch schöner.“

Lachend stellte er das Kind wieder auf den Boden. „Meine Nichte scheint eine Schwäche für mich zu haben.“ Vergnügt blinzelte er Carolyn zu.

Aber Carolyn war ganz und gar nicht zum Lachen zu Mute. „Warum, um Himmels willen, müssen Sie auch noch in den Krieg ziehen? Ist es denn nicht genug, dass Nikolaus bereit ist, sein Leben für Russland zu opfern?“

Alexanders Lächeln erlosch. „Vielleicht bin ich es müde geworden, noch länger im Hintergrund gegen einen nie wirklich fassbaren Feind zu kämpfen.“

„Ach, was sind Sie für ein Narr!“ rief Carolyn außer sich. Was sollte werden, wenn beide Männer den Tod auf dem Schlachtfeld fanden?

„Schon möglich“, entgegnete er mit blitzenden Augen. „Aber ich kann diese verfluchten Franzosen in meinem Land nicht länger ertragen. Was ist aus dieser Stadt geworden? Aus meinem Volk? Sie sind zum ersten Male hier und erkennen den Unterschied nicht. Ich aber sehe ihn, und es macht mich krank, in die angstvollen Gesichter zu blicken. Überall nur Furcht und Traurigkeit und, was das Schlimmste ist, Beschämung. Deshalb bin ich bereit, den Feind mit meinen eigenen Händen über die Grenzen zurückzutreiben. Ich will ebenfalls gegen diese verdammten Franzmänner kämpfen!“

Trotz ihrer beklemmenden Sorge begriff Carolyn seine Beweggründe. „Ich wollte Sie nicht verletzen, Alexi“, murmelte sie und wischte sich mit dem Zeigefinger die aufsteigenden Tränen aus dem Auge. „Sie sind mir doch so ans Herz gewachsen“, fügte sie kaum hörbar hinzu.

Alexander trat auf sie zu und legte ihr flüchtig den Arm um die Schulter. „Sie sind mir auch lieb geworden wie eine Schwester", sagte er lächelnd. „Machen Sie sich keine Gedanken. Ich hänge zu sehr am Leben, um mich von irgendeinem französischen Bauerntölpel umbringen zu lassen. Im Übrigen habe ich mir den Rang eines Oberst gekauft."

„Oberst – wie Nikolaus", sagte Carolyn träumerisch. Doch dann wurde sie wieder von Bangigkeit erfasst. „Steht ein Oberst eigentlich an der Spitze seiner Truppe, wenn die Schlacht beginnt?" erkundigte sie sich mit vor Aufregung schriller Stimme. „Und übernimmt die Kavallerie nicht immer die ersten Attacken?"

„Mancher Oberst pflegt in der Etappe zu bleiben", erwiderte Alexi trocken.

„Aber das sind doch dann Feiglinge!"

Er nahm ihre Hand und zog sie an die Lippen. „Es ist schon spät, und ich muss gehen. Ich werde zur Ersten Armee stoßen."

„Dann sehen Sie also Nikolaus." Carolyns Herz klopfte bei diesem Gedanken bis zum Halse.

„Darauf habe ich ganz besonderen Wert gelegt. Möchten Sie ihm schnell noch ein paar Zeilen schreiben? Ein paar Minuten kann ich noch warten."

Doch Carolyn schüttelte den Kopf. „Sagen Sie ihm ..." Sie zögerte. „Sagen Sie ihm, dass ich für ihn und seine Männer beten werde und für ein rasches Ende des schrecklichen Krieges." Sie ergriff Katjas Hand, aber es war mehr zu ihrem eigenen Trost als zu dem des Kindes. „Und sagen Sie ihm auch noch, dass ich mein Bestes für das Wohl seiner Tochter tun werde."

Alexander sah sie mit einem ungewohnt ernsten Ausdruck an. „Ich werde es gewissenhaft ausrichten. Auf Wiedersehen, Carolyn. Katja, gib mir einen Abschiedskuss."

Das Kind stürzte in seine ausgebreiteten Arme, und er hielt es eine Zeit lang fest an seine Brust gepresst. Für einen flüchtigen Augenblick schien es Carolyn, als seien seine Augen dabei feucht geworden, und sie wandte sich rasch um. Nur jetzt nicht schwach werden, befahl sie sich. Nicht jetzt!

Das Abendessen war eine recht trübe Angelegenheit. Nur Carolyn, Katja und die Gouvernante saßen an dem langen ovalen Tisch im Speisezimmer, an dem gut zwei Dutzend Leute Platz finden konnten. Er war viel zu groß für sie, genauso wie der riesige Palast. Lustlos schob Katja das Essen auf dem Teller hin und her, und Madame Arkadjewa schob sich nur mechanisch die Bissen in den Mund. In dem allgemeinen Zustand bedrückender Stille und Traurigkeit erstarb jedes heitere Wort schon auf der Zunge.

Seufzend riss sich Carolyn zusammen und befahl dem Diener, die Teller abzuräumen. „Ich glaube, ich habe eine Kirschtorte als Nachtisch gesehen", sagte sie lächelnd zu Katja.

Die Kleine sah sie erfreut an, wurde aber sogleich wieder trübsinnig. „Warum ist er nur nicht gekommen? Ich verstehe das nicht." fragte sie leise.

In St. Petersburg hatte sich hartnäckig das Gerücht gehalten, der Zar sei in der Stadt, und deshalb waren Carolyn und Katja zusammen mit Tausenden Petersburgern zur Eremitage gegangen, um das Schauspiel seines feierlichen Einzuges mitzuerleben. Die Parade war in der Tat auch sehenswert gewesen – mit einer Schwadron Kavallerie in karminroten Waffenröcken auf weißen Pferden, mehreren Regimentern Infanterie in dunkelgrünen Uniformen, die Offiziere mit hohen goldglänzenden Helmen, und einigen Militärkapellen. Der Zar aber war nirgends zu sehen gewesen.

Unter der wartenden Menge machte sich Enttäuschung breit, und auch Carolyn bekämpfte nur mühsam ihre Ratlosigkeit. Schließlich tröstete sie sich mit dem Gedanken, dass sich Zar Alexander vielleicht unerkannt in das Winterpalais begeben hatte, um angesichts der dauernden Demütigungen durch Napoleons Grande Armee seinem Volk nicht unter die Augen treten zu müssen.

„Vielleicht war er müde, Katja. Schließlich ist er ja auch nur ein Mensch so wie du und ich. Er wollte den Leuten das Vergnügen der Parade nicht nehmen, aber sich selbst nicht daran beteiligen. Ein bisschen Eigenleben braucht auch er."

Diese Begründung schien Katja zu überzeugen, nicht jedoch die Gouvernante. „Wer eine Krone trägt, hat kein Recht auf ein Eigenleben", erklärte sie in ihrer üblichen unfreundlichen Art. Diesmal musste Carolyn ihr insgeheim sogar Recht geben.

Unvermittelt erklangen Schritte im Korridor. Aber noch ehe sie dazu kam, sich zu überlegen, wer wohl gekommen sein mochte, hörte sie Nikis Stimme und wandte sich rasch um. Im Türrahmen stand Nikolaus in einem mit einer Pelerine versehenen graugrünen Uniformmantel über einem gleichfarbigen Waffenrock und lächelte freudig. Ihr Herzschlag stockte. Doch dann merkte sie, dass dieses Lächeln nicht ihr galt, sondern seiner Tochter.

„Papa!" Langsam erhob sich Katja. Ihre Augen erschienen noch größer vor Aufregung und Überraschung.

„Komm, mein Schatz." Nikolaus hockte sich nieder und breitete die Arme aus. Rasch eilte das Kind zu ihm, und er drückte es heftig an die Brust. Dann richtete er sich wieder auf, nickte erst der Gouvernante zu und sah schließlich Carolyn an.

Sie spürte, dass ihre Wangen brannten, und brachte kein Wort über die Lippen. Einen Atemzug lang trafen sich ihre Blicke, hielten sich fest. Doch er gab weder ein Zeichen der Überraschung noch der Freude.

„Miss Browne!" Nikolaus schüttelte kaum merklich den Kopf. „Ich hatte nicht erwartet, Sie hier zu finden."

Zögernd erhob sich Carolyn. Bilder von ihrer letzten Begegnung in London standen lebhaft und eindringlich vor ihr auf, begleitet von süßen und dann ach so bitteren Gefühlen, denn Niki machte einen unerwartet förmlichen, beinahe distanzierten Eindruck.

„Exzellenz", sagte sie und benutzte damit seit langer Zeit wieder diese offizielle Anrede, „auch wir hatten nicht erwartet, Sie hier zu sehen."

Bei ihrer schlagfertigen Antwort zuckte erneut ein Lächeln um seine Lippen. „Der Zar verlangte meine Anwesenheit."

„Ich verstehe." Aber sie verstand überhaupt nichts mehr. Was dachte Nikolaus jetzt? Was fühlte er? War er erfreut oder verärgert über ihre Gegenwart? Und warum war er so offensichtlich erschöpft? „Hatten Sie eine weite Reise?"

„Etwa siebenhundert Kilometer – in vier Tagen."

„Aber das ist doch unmöglich!" rief Carolyn betroffen. Am liebsten wäre sie zu ihm geeilt, hätte ihm den schweren, staubigen Mantel abgenommen und seinen Hals umschlungen. Doch es hatte sich ja in der Zwischenzeit gar nichts verändert. Er war nach wie vor unerreichbar für sie. Nur ihre Liebe hatte sich unsinnigerweise noch verstärkt.

„Nichts ist unmöglich", entgegnete Nikolaus kurz.

„Sie werden hungrig sein, Exzellenz", machte sich die Gouvernante jetzt bemerkbar. „Fjodor, noch ein Gedeck!"

Aber Nikolaus wehrte ab. „Ich habe nur ein paar Minuten Zeit, denn ich werde erwartet."

„Vom Zaren?" erkundigte sich Katja aufgeregt.

Der Vater nickte.

Verzweifelt umklammerte Carolyn die hohe geschnitzte Lehne ihres Stuhles. Also ging Nikolaus wieder fort, ohne dass sie die Möglichkeit hatten, unter vier Augen miteinander zu sprechen? Aber wozu sollte das schließlich auch gut sein. Vielleicht war sie ihm gleichgültig geworden. Es hatte ja den Anschein gehabt, als sei ihre Anwesenheit ohne jegliche Bedeutung für ihn.

„Wir haben uns heute die Parade angesehen, Papa", berichtete Katja stolz. „Sie war herrlich. Aber der Zar hat nicht teilgenommen."

Nikolaus presste die Kiefer aufeinander. „Alexander hat ein großes Talent, unangenehmen Situationen aus dem Wege zu gehen", murmelte er. „Jetzt musst du mich jedoch entschuldigen, sonst komme ich zu spät. Katja, wir frühstücken morgen zusammen."

Zumindest wird er nicht abreisen, wenn wir alle noch schlafen, sagte sich Carolyn erleichtert und merkte plötzlich, dass sie sich immer noch krampfhaft an der Stuhllehne festhielt. Verlegen ließ sie die Hände sinken und beobachtete schweigend, wie Nikolaus den Uniformmantel zuknöpfte und zur Tür ging. Er geht fort, er geht fort, dachte sie immer wieder, ohne den geringsten Hinweis darauf, dass ich ihm noch irgendetwas bedeute. Was bin ich doch für eine Närrin.

An der Schwelle jedoch blieb Nikolaus noch einmal stehen und wandte sich um. Sein Blick umfing Carolyn wie eine Liebkosung, und es lag Verlangen in ihm, leidenschaftliches Verlangen.

Im Hause herrschte vollkommene Stille. Carolyn saß im Salon auf einem Sofa neben dem Kamin, in dem ein helles Feuer flackerte. Sie hatte sich einen weichen Kaschmirschal über die Knie gelegt und hielt ein aufgeschlagenes Buch in der Hand, in das sie jedoch bis jetzt noch keinen Blick geworfen hatte. Eine große altertümliche Standuhr in der Ecke zeigte den Verlauf der Stunden an. Gleich würde sie elfmal schlagen.

Drei Stunden war Nikolaus schon fort. Aber die Unterredung mit dem Zaren konnte noch viel länger dauern, wenn Alexander es wünschte.

Voller Sehnsucht wanderten ihre Gedanken zu dem geliebten Mann. Nie, nie in ihrem ganzen Leben würde sie ihn vergessen können, selbst wenn sie auf dem schnellsten Wege nach London zurückkehren, Anthony Davison heiraten und Kinder mit ihm haben würde. Einen Mann wie Nikolaus konnte man einfach nicht aus dem Gedächtnis verlieren.

Aber wollte sie das denn wirklich, da er ihr doch so viel bedeutete? Nun, irgendwann würde sie nicht umhinkönnen, zumindest Abstand zu ihm zu finden, denn eines Tages musste sie Russland wieder verlassen, und er würde in St. Petersburg bleiben – mit seiner Frau, deren Platz sie nie und nimmer einnehmen konnte. Nun war es heraus ... ihr geheimer Traum, ihr unsinniger Wunsch, seine Lebensgefährtin zu sein, seine Stütze, seine Gemahlin.

Krampfhaft schluckte sie die Tränen hinunter. Sie musste sich beherrschen, um jeden Preis. Keinesfalls durfte sie in seiner Gegenwart anfangen zu weinen. Wieder hielt sie sich vor Augen, dass in den russischen Adelskreisen eine Scheidung noch undenkbarer war als daheim in England. Aber selbst wenn eine offizielle Trennung von Marie Helene möglich wäre – mit diesem Gewissenskonflikt könnte sie ohnehin nicht leben, dessen war sich Carolyn ganz sicher.

So blieb ihr demnach nichts anderes übrig, als dankbar die Krümchen aufzusammeln, die ihr zugeworfen wurden ... und seine Geliebte zu werden. Sie wusste zwar nicht, wie sie diesen Zustand ertragen sollte. Aber ein Leben ohne ihn wäre wohl noch unerträglicher.

Nun konnte Carolyn die Tränen doch nicht mehr zurückhalten. Sie kroch noch tiefer in die weiche Sofaecke und schluchzte in den Kaschmirschal.

Nikolaus lenkte seine lebhafte Schimmelstute mit sicherer Hand durch die nachtdunklen Straßen der Stadt. Ihre Hufe klapperten laut auf den Pflastersteinen, die feucht waren vom Abendnebel. Vor dem wolkenverhangenen Himmel ragte der goldglänzende Spitzturm einer Kirche empor, und eine silberne Mondsichel kam nach und nach zum Vorschein.

Wie trübsinnig und bedrückend die dunkle Stadt doch wirkt, dachte er wehmütig. Vor dem Krieg waren die Straßen um diese Zeit angefüllt mit prächtigen Kutschen, deren Insassen von einem Ball oder einem anderen gesellschaftlichen Ereignis heimkehrten. Die Häuser und Paläste waren hell erleuchtet, und in den Seitenstraßen sangen wodkaberauschte Matrosen ihre melancholischen Lieder.

Als in der Ferne das Swerajowsche Palais in Sicht kam und seine Gedanken dabei zu Carolyn wanderten, fasste Nikolaus die Zügel unwillkürlich fester. Beim Himmel, er war doch im gewissen Sinne überhaupt nicht überrascht gewesen, sie unter seinem Dach vorzufinden. Die vergangenen schwierigen Wochen hatten ihm die Augen geöffnet, ohne dass es langen Nachdenkens bedurft hätte. Eigentlich war ihm schon, unmittelbar nachdem diese Hand voll von einem Mädchen damals in London völlig aufgelöst die Bibliothek verlassen hatte, klar geworden, dass er irgendwie und irgendwann begonnen hatte, die kleine Buchhändlerstochter mit ihrer Vorliebe für Verkleidungen und Streitgespräche zu lieben. Und von diesem Augenblick an hatte er an gebrochenem Herzen gelitten, denn ihre Lage war doch nahezu aussichtslos.

Sicherlich, er könnte ihr ein wundervolles Haus hier in St. Petersburg bauen lassen, könnte mit ihr auf Bälle gehen, herrliche Reisen machen und auch tiefsinnige philosophische Gespräche führen. Ihm selbst würde das genügen, da er ja ohnehin keine andere Wahl hatte. Aber Carolyn durfte er ein solches Leben nicht anbieten. Sie verdiente Besseres. Sie verdiente einen Ehemann, einen ehrlichen Namen und einen Titel. Und nichts davon konnte er ihr geben.

Gedankenverloren sprang er im Hof aus dem Sattel und warf dem herbeieilenden Stallknecht den Zügel zu. Unzählige Male hatte er in den vergangenen Wochen die Feder zur Hand genommen, um Carolyn einen Brief zu schreiben, und sie doch immer wieder unbenutzt zur Seite gelegt, denn er war sich bewusst, dass ihre Entscheidung, in London zu bleiben, die einzig richtige gewesen war. Aber er hatte sie nichtsdestoweniger vermisst, schmerzlich vermisst.

Immerhin muss ich dankbar sein, sagte er sich spöttisch, während er die Treppe emporstieg, dass ich zumindest endlich weiß, was Liebe ist, auch wenn mir jetzt nichts anderes zu tun bleibt, als in mein Zimmer zu gehen. Wenn ich wenigstens von der Flasche Wodka, die ich mit Alexander geleert habe, einen Rausch bekommen hätte! Aber nein, ich habe die Welt und das Leben nur noch nüchterner betrachtet.

Morgen werde ich dann in aller Herrgottsfrühe mit Katja Tee trinken und so tun, als sei Carolyn nichts als eine der vielen Angestellten in meinem Haushalt. Und danach werde ich mich wieder auf den Weg zur Front machen ...

Überrascht hielt er an der Tür des Grünen Salons inne. In der Ecke des kleinen Sofas lehnte Carolyn, den Kopf zur Seite geneigt, schlafend. Das Feuer im Kamin war heruntergebrannt, und nur vereinzelt zuckten noch winzige Flämmchen über die glühenden Birkenscheite. Noch während er sich sagte, dass er eigentlich ganz schnell vorübergehen müsste, stand er bereits neben dem Sofa und blickte auf das so lang entbehrte Gesicht hinab, auf dem noch Tränenspuren zu entdecken waren. Durfte er nicht vielleicht doch noch ein Weilchen mit ihr reden? Morgen musste er zur Armee zurückkehren, und in wenigen Tagen würde es eine große Schlacht geben, wenn ihn nicht alles täuschte.

„Carolyn“, sagte er leise.

Sofort hob sie die Lider mit den dichten Wimpern und blickte lächelnd zu ihm empor.

„Du bist eingeschlafen.“ Ohne es zu wollen, erwiderte Nikolaus ihr Lächeln.

„Es scheint so. War das Gespräch mit dem Zaren angenehm?"

Er nickte gleichgültig und zog sich einen der leichten Armstühle heran. „Ich hatte noch gar keine Gelegenheit, dich zu fragen, wie du hierher gekommen bist."

„Alexander brachte mir einen Brief von Katja", erwiderte Carolyn zögernd. „Sie schien Sehnsucht nach mir zu haben. Es klang alles so traurig. Und ... und da habe ich Alexander gebeten, mich mit nach St. Petersburg zu nehmen." Unsicher senkte sie den Blick.

„Nun, dann hattest du ja verlässlichen männlichen Schutz – Gott sei Dank." Am liebsten hätte er sie in die Arme genommen, sie geküsst, ihr gesagt, wie er sich nach ihr gesehnt hatte ... Aber er blieb dessen ungeachtet ruhig und auch etwas steif sitzen.

„Und ... du? Wie ist es dir ergangen? Ich habe mir Sorgen gemacht."

Eigentlich wollte Nikolaus ein zu persönliches Gespräch vermeiden. Deshalb fragte er höflich: „Meinetwegen?"

„Ja."

Diese Antwort gab ihm einen Stich ins Herz, aber er schmerzte merkwürdigerweise nicht. „Mir ist es gut gegangen. Bis jetzt hat es noch keine größeren Gefechte gegeben. Allerdings bin ich sicher, dass Marschall Kutusow schon seine eigenen Pläne hat. Ich habe großes Vertrauen in ihn, wenn wir bis jetzt auch nichts anderes gemacht haben, als uns immer wieder vor der heranrückenden Grande Armee zurückzuziehen."

Carolyn blickte ihn prüfend an. „Aber du bist dennoch bedrückt. Ich sehe es deinen Augen an."

„Nur ein Einfaltspinsel macht sich in unserer Situation keine Sorgen. Wir können es uns nicht leisten, mehr als eine Schlacht gegen Napoleon zu verlieren, auch wenn unser gegenwärtiger Rückzug nur strategischer Natur ist. Wenn wir ihn zum Kampf stellen, müssen wir auch siegen."

Carolyn nickte gedankenvoll. „Das verstehe ich." Dann legte sie ihm besänftigend die Hand auf den Arm und sagte leise: „Mache dir keine Sorgen um Katja, Nikolaus. Ich werde mich um sie kümmern wie um mein eigenes Kind."

Eine Welle heißer Liebe stieg in Nikolaus empor. „Das weiß ich", erwiderte er mit heiserer Stimme und bemerkte auf einmal, dass Tränen über ihre Wangen liefen. „Weine doch nicht", bat er und umschloss ihre Hand mit seinen beiden Händen. „Warum weinst du denn?"

Wortlos schüttelte Carolyn nur immer wieder den Kopf. Schließlich murmelte sie: „Wie sollte ich nicht weinen, da ich dich doch so vermisst habe."

Nikolaus zog seine Hände zurück und richtete sich auf. Er wollte – er musste um jeden Preis anständig bleiben. „Ich habe dich auch vermisst ... sehr", erwiderte er förmlich.

„Aber wir müssen Fr...freunde sein, nichts weiter", stammelte Carolyn mit zitternden Lippen. „Das L...leben ist so ungerecht."

Einen Herzschlag lang blickte er sie schweigend an, während sich zwei scharfe Falten zwischen seinen Brauen abzeichneten. „Ja, das Leben kann schrecklich ungerecht sein", bestätigte er ruhig, während er zugleich erkannte, dass er ihren Kummer nicht länger ertragen konnte, auch wenn ihm noch so viel daran gelegen war, sich als Ehrenmann zu erweisen. Mit einem Schritt war er neben ihr, zog sie in seine Arme und wiegte sie wie ein Kind. Immer wieder streichelte er ihre Locken, derweil die Tränen unablässig über ihre Wangen liefen.

„Bitte, bitte, höre auf zu weinen, Carolyn", flehte er schließlich. „Ich kann deine Tränen nicht länger ertragen."

„Ent...entschuldige." Sie schluchzte noch ein paar Mal leise und seufzte dann wie erleichtert.

Jetzt muss ich sie loslassen, aufstehen und weggehen, jetzt, sofort, sagte sich Nikolaus. Aber er rührte sich nicht. Carolyns Wange lag an seiner Brust, ihre Hüften und Schenkel berührten sich, schienen zu verschmelzen. Er schloss die Augen. Sein Herz hämmerte so stark, dass er fürchtete, sie könne es hören.

„Carolyn", flüsterte er.

„Nikolaus."

Jetzt nichts mehr denken, einmal den Verstand beiseite lassen, nur noch einmal und dann nie wieder. Langsam senkte er die Lippen auf ihren Mund.

27. KAPITEL

Der Kuss wurde leidenschaftlicher.

Nikolaus nahm Carolyns Mund mit einer Art wilder Entschlossenheit in Besitz, und sie umklammerte seine Schultern und antwortete mit einem Verlangen, in dem auch Verzweiflung mitschwang. Nur jetzt nichts denken – außer dem einen: Endlich ist es, wie es sein muss ... wie es gut und richtig ist.

Nur zögernd löste er die Lippen von den ihren und sah sie eindringlich an. Tiefer Kummer überschattete sein schönes Gesicht.

Aber Carolyn flüsterte: „Es wird keine Reue geben", denn sie hatte seine unausgesprochene Frage mit dem Instinkt der Liebenden verstanden, wenngleich sie nicht sicher war, ob sie nicht gelogen hatte ... für sie beide.

Mit kräftiger Hand zog Nikolaus sie empor. „In London", murmelte er, „habe ich dich auf dem Teppich der Bibliothek geliebt. Diesmal möchte ich dich mit in mein Bett nehmen."

Mit zitternden Lippen versuchte Carolyn zu lächeln, von den unterschiedlichsten Gefühlen erfüllt. Aber sie alle wurden übertönt von ihrer Liebe.

Eng aneinander geschmiegt verließen sie den Salon, stiegen die Treppe hinauf und schritten lautlos den teppichbelegten Korridor entlang, von dessen Wänden die Swerajows und ihre Gemahlinnen verwundert und neugierig, wie es Carolyn schien, auf sie herabblickten.

Die Tür zu Nikis Schlafzimmer war nur angelehnt, und so konnte man sehen, dass der Raum in warmes Kerzenlicht getaucht war. Nur flüchtig streifte Carolyns Blick die schweren, mit rot und gold gemustertem Stoff bezogenen Möbel, denn er wurde wie magisch von dem riesigen geschnitzten, mit einem Baldachin versehenen Bett angezogen.

Noch während sie bewundernd über das seidige Ebenholz strich, hörte sie, wie Nikolaus die Tür hinter sich abschloss.

Zögernd wandte sie sich um und beobachtete, wie er auf sie zukam. Sie hätte ihm entgegeneilen mögen, ihm sagen, dass sie ihn liebte, mehr und tiefer, als sie es je für möglich gehalten hätte. Doch sie blieb dessen ungeachtet reglos stehen und krampfte die Hände nur wie eine Ertrinkende in die Falten ihres Kleides.

Lächelnd zog Nikolaus sie an sich. „Ich wusste, dass ich dich hier finden würde, wenn ich eines Tages zurückkäme“, sagte er leise und liebkoste ihre Lippen mit Küssen, die leicht waren wie eine Feder und doch so erregend.

Schauer liefen über Carolyns Brüste, über die Schenkel, über den ganzen Körper. „Nun ja“, erwiderte sie mühsam, „du hast ja auch einen sehr zufriedenen Eindruck angesichts dieser Tatsache gemacht.“

Nikis Lachen klang merkwürdig rau. Wie beiläufig strich er über die harten Spitzen ihrer Brüste und brachte Carolyn damit zum erwartungsvollen Aufstöhnen. „Es war wohl kaum Zufriedenheit, Ljubowniza“, sagte er, während er begann, ihr Kleid am Nacken zu öffnen.

Als der leichte Stoff zu Boden glitt, erstarrte sie sekundenlang. Dann trat sie zur Seite. Wie eine vom Himmel gewehte Wolke blieb ein helles Häufchen auf dem Teppich liegen. Das Hemd, das sie darunter trug, war zart und durchsichtig, wie man es in England im Sommer eben zu tragen pflegte. Nikolaus legte den Arm um sie, starrte auf ihre kaum verhüllten, festen Brüste und drückte sein Gesicht darauf, ehe er auch das Hemd abstreifte und eines der rotbraunen Krönchen zwischen die Lippen nahm und zärtlich damit spielte.

Nur mit Mühe unterdrückte Carolyn einen lustvollen Schrei und vergrub die Hände in seinem dichten Haar. Nie hätte sie geahnt, wie erregend eine solche Liebkosung sein konnte. Hingebungsvolle Liebe und heiße Begehrlichkeit fluteten wie Wellen über ihren Körper, während aus dem Spiel Küsse wurden, die ihr beinahe die Sinne raubten.

„Nikolaus“, flüsterte sie und wies mit dem Blick auf das breite Bett.

Aber er ging auf ihr Ersuchen nicht ein, sondern streifte ihre Strümpfe ab und streichelte dann die Innenseite ihrer Schenkel, höher und immer höher, bis er mit dem Handrücken die Stelle erreichte, wo ihr Verlangen heiß pulsierte. Der Druck auf das samtweiche, glühend heiße Fleisch benahm Carolyn den Atem. Nun endlich begann Nikolaus, sie in Richtung auf das ungewöhnlich hohe Bett zu drängen, dessen Rand sie plötzlich an ihrer Hüfte spürte.

„Was ... was ...“ , stammelte sie.

„Hab Vertrauen, Ljubowniza.“

Hatte so einst der Teufel zu einer Heiligen gesprochen? Carolyn konnte diesen Gedanken nicht zu Ende denken, denn auf einmal lag Niki vor ihr auf den Knien und küsste jetzt die Innenseite der Schenkel. Wollüstige Schauer rannen ihr unaufhörlich über den Rücken. Sie ahnte seine Absicht, obwohl sie eine solche Liebkosung nicht für möglich hielt, und schloss die Augen.

Als sein Mund das Ziel erreicht hatte und nun die Zunge ihre Liebkosungen begann, zuckte sie wie im Krampf und schrie auf, kurz und schrill, einmal, zweimal, dreimal ...

Als sie von der Insel der Seligen zurückkehrte und die Augen wieder zu öffnen wagte, erblickte sie Nikis dichtes Haar an ihre Schenkel gepresst. Langsam hob er den Kopf und sah sie an. In seinen Augen lag eine wilde Glut, und sofort entzündete sich ihr Verlangen erneut. Sie wollte lächeln, aber es gelang ihr nicht.

Rasch stand Nikolaus auf, hob sie auf seine Arme und legte sie auf das Bett. Dann knöpfte er sich hastig den Uniformrock auf, warf ihn zur Seite, zog die Stiefel aus, griff nach dem Hosenbund, öffnete ihn, ohne auch nur einen Atemzug lang den Blick von Carolyn zu wenden, einen Blick, der eindringlich war, wild, entschlossen.

„Ich liebe dich“, flüsterte sie. „Ich liebe dich und ich sehne mich nach dir.“

„Ich sehne mich auch nach dir.“ Seine Stimme war klanglos und rau. „Ich will eins sein mit dir, Carolyn. Ich will in dir sein.“

Das hatte sie nicht gewünscht zu hören. Ich liebe dich auch, hätte er sagen müssen. Aber vielleicht hatte er es gewollt – oder doch wenigstens gemeint, versuchte sie sich zu trösten.

In herrlicher Nacktheit und hochgradiger Erregung kehrte Niki zum Bett zurück, ließ sich vorsichtig auf sie niedersinken und umfing ihre Lippen in einem leidenschaftlichen Kuss, nahm sie in Besitz, ungestüm, beinahe wütend. Doch dann riss er sich ruckartig los. „Ich kann nicht länger warten", murmelte er. „Bei Gott, ich kann nicht länger warten. Ich habe dich zu sehr vermisst."

Carolyn drückte ihn an sich. „Du brauchst auch nicht zu warten", flüsterte sie, „ich habe dich doch auch ..." In diesem Augenblick spürte sie ihn, hart und kraftvoll, und sie stöhnte.

„Lass dich gehen", redete Niki auf sie ein, „sei entspannt – nicht verkrampfen", während er Spanne für Spanne den Weg suchte und fand.

Sie folgte seinem Rat und erlebte nun mit allen Sinnen das unbeschreibliche Gefühl, von ihm ausgefüllt zu sein. Das ist der Himmel, dachte sie, der Himmel auf Erden, mit dem Geliebten vereint sein – ganz und gar eins ...

Als Carolyn erwachte, fand sie das Zimmer von einer überraschend strahlenden Helle erfüllt. Blinzelnd und etwas ratlos betrachtete sie das riesige Bett, in dem sie lag, und die zurückgeschobenen dunkelroten Bettvorhänge, bis auf einmal die Erinnerung an den gestrigen Abend wiederkehrte. Es war Nikis Bett, und sie hatten sich in dieser Nacht geliebt, wundervoll und oft geliebt!

Lächelnd stellte sie fest, dass sie sich unsagbar zufrieden fühlte – im Körper und im Herzen. Doch beim weiteren Nachdenken erlosch das glückliche Lächeln jählings, und sie richtete sich ruckartig auf. Wo war Nikolaus? Sie blickte zum Fenster, an dem die Gardine zur Hälfte aufgezogen war und dadurch das ungewöhnlich intensive Sonnenlicht ins Zimmer dringen ließ. Großer Gott, es musste offensichtlich bereits Vormittag sein!

Einen Augenblick lang überlegte sie, was es wohl zu bedeuten hatte, dass sie um diese Stunde allein in Nikis Bett erwacht war. Suchend sah sie sich um und entdeckte an der gegenüberliegenden Wand eine Tür aus dunklem Eichenholz. Wahrscheinlich führte sie in das Ankleidezimmer oder in einen Wohnraum.

Rasch warf Carolyn die Decke zur Seite, sprang aus dem Bett und begann, ihre Kleider zusammenzusuchen. Die Unterwäsche fand sich direkt vor ihr auf dem dichten persischen Vorleger, und sie schlüpfte hastig hinein. Das Kleid lag immer noch wie ein vom Himmel gewehtes Wölkchen mitten im Zimmer. Als sie es über den Kopf zog, stiegen die Bilder der vergangenen Nacht wieder vor ihr auf, und ihre Wangen röteten sich. Niemand hatte ihr gesagt, dass Leidenschaft so herrlich war, so einmalig, so voller Überraschungen. Und auch in keinem der vielen Bücher, die sie bis jetzt gelesen hatte, war etwas darüber zu erfahren gewesen.

Mühsam schloss sie die Knöpfe am Rücken und hielt dann vergeblich Ausschau nach dem zweiten Strumpf. So zog sie schließlich seufzend die flachen Pumps über die bloßen Füße, lief zu der dunklen Tür und riss sie atemlos auf.

„Niki?"

Enttäuscht ließ sie die Hand sinken. Der prächtige Salon, der sich ihren Blicken darbot, war ebenfalls leer. Wo, um alles in der Welt, war Nikolaus? Hat er vielleicht gar schon St. Petersburg verlassen, dachte sie, und bei dieser Vorstellung schlug ihr Herz wie rasend vor Verzweiflung und Zorn. Das konnte nicht sein. Das durfte nicht sein! Niki würde nicht fortgehen, ohne ihr Lebewohl zu sagen.

In fliegender Hast eilte sie durch den Korridor, an dessen Wänden die Swerajows heute nicht mehr mit so nachsichtiger Verwunderung auf sie herabzuschauen schienen wie in der letzten Nacht. Er reist nicht ohne Abschied ab, sagte sie sich immer wieder. Das wird er nicht tun. Völlig überflüssigerweise fiel ihr in diesem Augenblick ein, dass Niki verheiratet war, zumindest auf dem Papier. Aber sie wollte jetzt nicht an Marie Helene denken – nicht ausgerechnet jetzt!

Sie hatte doch versichert, dass sie nichts bereuen würde. Jetzt jedoch, den Tränen nahe, wusste sie nicht mehr, was in ihr vorging. Nur dass sie Angst hatte, schien ihr – nein, es war wohl mehr Hoffnungslosigkeit gemischt mit Entsetzen. Blindlings stolperte sie die breite Treppe hinab und lief zu dem Salon, in dem sie gestern Abend eingeschlafen war ... leer! Nicht einmal das kleinste Feuer brannte in dem Kamin. Auch in dem riesigen Speisezimmer war kein Mensch zu sehen. Nur die benutzten Teller auf dem Tisch und die halb geleerten Platten auf der Anrichte zeigten ihr, dass das Frühstück bereits beendet sein musste.

Wie von Furien gehetzt, rannte Carolyn über die flachen Stufen zum Erdgeschoss hinab und wäre um ein Haar mit einem rotbackigen Hausmädchen zusammengestoßen. Unfähig, sich zu beherrschen, ergriff sie dessen Arm und schüttelte ihn wild. „Wo ist er? Wo? Swerajow?“ rief sie außer sich.

Das Mädchen sah sie erschrocken an und erwiderte irgendetwas Unverständliches auf russisch.

„Der Fürst? Seine Exzellenz! Nikolaus Swerajow! Wo?“ Wild gestikulierend schrie Carolyn das Mädchen an. „Wo ist er? Ist er schon abgereist?“

Mit weit aufgerissenen Augen wies die junge Russin mit dem Finger auf den Mitteltrakt des Palastes.

Sofort ließ Carolyn sie los, raffte die Röcke zusammen und durchquerte mit keuchendem Atem den Rest des Ostflügels. An der Tür zur Eingangshalle blieb sie unvermittelt stehen. In einem neuen Uniformrock, den Mantel über die Schulter gelegt, stand Nikolaus mitten im Raum und umarmte seine Tochter, während Madame Arkadjewa aus gebührender Entfernung zusah.

So ist er also tatsächlich im Aufbruch? Ohne Abschied von mir zu nehmen, dachte Carolyn zutiefst getroffen.

In diesem Augenblick hob Nikolaus den Kopf und erblickte sie auf der Schwelle. Sein Gesicht war maskenhaft starr und zeigte nicht die geringste Spur irgendeines Gefühls.

Ohne es zu wollen, eilte Carolyn zu ihm. „Nikolaus! Es ist schon so spät und ...“ Sie fing einen Blick der Gouvernante auf, der spöttisch war und scheel zugleich, und dachte entsetzt: Oh Gott, sie weiß es. Aber wenigstens Katja sah mit einem unschuldigen Lächeln zu ihr empor und schien völlig ahnungslos zu sein. Mit feuerroten Wangen wandte sie sich wieder an Nikolaus. „Sie brechen schon auf, Exzellenz? So früh bereits?“ Ihre Stimme war unnatürlich schrill, der Tonfall beinahe hysterisch.

Der Fürst neigte den Kopf. „Guten Morgen, Miss Browne. Ja, ich muss mich wieder auf den Rückweg machen. Und in Anbetracht der Tatsache, dass ein Ritt von vielen hundert Meilen vor mir liegt, ist meine Abreise eigentlich schon recht verspätet.“ Sein Blick war distanziert. Und was noch? Verächtlich? Herzlos? Völlig gleichgültig? Eisig kalt?

Wortlos starrte Carolyn ihn an. Ihr schwindelte, und der Atem ging schwer. Das konnte doch nicht möglich sein. Er musste doch auch den Wunsch haben, unter vier Augen von ihr Abschied zu nehmen. In ihrer Verzweiflung nahm sie all ihren Mut zusammen. „Dürfte ich einen Augenblick mit Ihnen hinausgehen, Exzellenz?" Das Lächeln, das diese Worte begleitete, war ein wenig zu strahlend.

Nikolaus hob erstaunt die Brauen. „Ich müsste schon längst unterwegs sein, Miss Browne. Gibt es denn noch etwas Wichtiges, das Sie mit mir zu besprechen hätten?"

Er behandelt mich wahrhaftig wie eine seiner Angestellten, dachte Carolyn fassungslos, und nicht wie eine Frau, die er wenige Stunden zuvor voller Leidenschaft und Hingabe geliebt hat. Aber vielleicht verstellte er sich nur wegen der Anwesenheit von Madame Arkadjewa? Sicherlich! „Ich würde in der Tat gern noch eine Frage bezüglich Ihrer Tochter mit Ihnen besprechen", erwiderte sie mit heiserer Stimme und beschwor sich dabei, um keinen Preis anzufangen zu weinen. Es ist doch nur Theater – wegen der Gouvernante muss es sein.

Der Fürst hob die Schulter. „Also gut." Abschiednehmend strich er noch einmal über Katjas Haar. „Schreibe mir, Duschenka. Ich werde dir auch schreiben." Dann wandte er sich so rasch um, dass die Pelerine seines Mantels flatterte, und verließ mit großen Schritten das Haus, ohne sich darum zu kümmern, ob Carolyn ihm tatsächlich folgte.

Mit gerafften Röcken eilte sie ihm nach, stolperte die breite Freitreppe hinab. Dort wartete ein Stallknecht mit Nikis Pferd, einer kräftigen kastanienbraunen Stute mit einer weißen Blesse auf der Stirn, während zwei goldbetresste Lakaien vor dem Tor Wache hielten. Dieses Szenario vernichtete ihre letzte Hoffnung.

Atemlos holte sie Nikolaus ein, als er bereits die Zügel von dem Groom entgegengenommen hatte und sich mit einer kraftvollen Bewegung in den Sattel schwang. Ungeduldig sah er auf sie hinab. „Nun?"

„Nikolaus ...“, begann sie leise.

Nur ein kurzes Zucken seiner Nasenflügel zeigte an, dass seine Geduld offensichtlich über Gebühr beansprucht wurde. „Ich bin sehr erfreut“, schnitt er Carolyn das Wort ab, „dass Sie schließlich doch noch gekommen sind, um mir die Sorge um meine Tochter abzunehmen, und ich bin sicher, dass Sie bei Ihnen gut aufgehoben ist. Gibt es sonst noch irgendetwas von Bedeutung, das Sie mit mir besprechen möchten?“

Seine Worte schnitten wie mit Messern in ihr Herz. Ungläubig blickte sie in sein geliebtes Gesicht. Warum nur schickte er die Diener nicht fort? Sie wandte den Kopf bedeutungsvoll zu den Lakaien, aber Nikolaus schien nicht zu verstehen – nicht verstehen zu wollen. „Niki?“ stammelte sie schließlich verzweifelt. „Niki, was habe ich getan? Wie kannst du so weggehen?“

Ein unbeherrschter Ruck am Zügel ließ die Stute unruhig tänzeln. „Ich verstehe Sie nicht, Miss Browne. Soweit mir bekannt ist, haben Sie Ihre Pflichten vorbildlich und hingebungsvoll erfüllt, was mehr ist, als man schlechterdings von Ihnen verlangen kann. Und was meine eilige Abreise betrifft, so habe ich doch meines Wissens gestern Abend darauf hingewiesen, dass ich am frühen Morgen aufbrechen muss.“

Nikolaus neigte grüßend den Kopf. „Also dann, adieu, Miss Browne.“

„Adieu?“ Sie konnte es immer noch nicht begreifen.

Mit kräftiger Hand wendete der Fürst die Stute und galoppierte durch die Einfahrt auf die Straße hinaus, ohne einen Blick zurückzurichten. Sekunden später war er um die Wegbiegung verschwunden, aufgesogen von der Stadt, fort für immer.

Einen Herzschlag lang glaubte Carolyn sterben zu müssen. Sie taumelte und merkte verwundert, dass es dunkel um sie wurde, schwarz wie die Nacht. Ihre Beine trugen sie nicht mehr. Plötzlich war einer der Lakaien neben ihr und fing sie auf. Warum, dachte sie im Hinüberdämmern, warum nur?

Das darf nicht sein. Das geht doch nicht. Das ist einfach nicht möglich.

Carolyn saß in ihrem Zimmer, wohin sie sich geflüchtet hatte, nachdem sie von der ersten Ohnmacht ihres Lebens wieder zu sich gekommen war. Unaufhörlich liefen ihr seitdem die Tränen über die Wangen. Längst hatte sie es aufgegeben, sie zu trocknen.

Es war also alles bedeutungslos gewesen, denn andernfalls könnte niemand auf der Welt so kalt und grausam sein. Was kümmerte schließlich einen russischen Fürsten die Gouvernante seiner Tochter, selbst wenn die gesamte Dienerschaft von dieser Affäre wusste? Hatte er nicht immer wieder betont, dass er gewohnt war zu tun, was ihm beliebte? Dass die Swerajows bekannt waren für ihre leicht entflammbare Leidenschaft und die Verachtung aller Konventionen? Es war also völlig bedeutungslos gewesen, und nur sie selbst war eine Närrin, wenn sie geglaubt hatte, er finde mehr an ihr als die bloße Befriedigung seiner Lust.

Stöhnend bedeckte sie das Gesicht mit den Händen, während auf einmal eine innere Stimme ihr zuflüsterte, dass sie keine Närrin sei, dass Nikolaus sie liebte, wirklich liebte, und dass sie auch nicht einen Augenblick lang daran zweifeln durfte. Es musste eine Erklärung für sein Verhalten geben!

Mühsam schluckte sie die Tränen hinunter und schüttelte den Kopf. Dieser romantischen Einbildung durfte sie ihr Ohr nicht leihen. Sie musste auf ihren Verstand hören, und der sagte ihr, dass sie auf eine ganz üble Weise ausgenutzt worden war und dass sie sich eben doch wie ein Einfaltspinsel benommen hatte.

Langsam ging sie zum Waschtisch und wusch sich das Gesicht ab. Angewidert betrachtete sie sich im Spiegel. Sie sah verschwollen und rotfleckig aus, kurz: verheerend. Und sie hatte immer noch das Gefühl, als müsse sie sterben.

Doch dann gab sie sich einen Ruck. Auch wenn sie ein gebrochenes Herz hatte, musste sie die Aufgabe erfüllen, die sie nun einmal freiwillig übernommen hatte. Für einen Rückzieher oder auch nur für Reue war es zu spät. Das Kind brauchte sie. Vielleicht würde der Krieg bald ein Ende finden, und dann würde sie auf dem schnellsten Wege nach London zurückkehren. Swerajow würde sicherlich eine andere, ebenso passende Gesellschafterin für seine Tochter finden.

Zögernd näherte sie sich dem Unterrichtsraum und blieb dann lauschend vor der Tür stehen. Signor Raffaldi verbesserte gerade Katjas Aussprache. Es war die Französischstunde. Die Gouvernante schien glücklicherweise nicht anwesend zu sein.

Als Carolyn die Schwelle überschritt, hoben Lehrer und Schülerin wie auf ein Kommando den Kopf und blickten sie befangen an. Signor Raffaldi wurde rot, verbeugte sich flüchtig und murmelte: „Guten Tag."

Offensichtlich wusste er bereits, dass sie bei dem Fürsten in Ungnade gefallen war. Und wenn er davon Kenntnis hatte, war wahrscheinlich auch die gesamte Dienerschaft schon unterrichtet. Aber Carolyn war zu verzweifelt, um über diese Tatsache nachzudenken.

„Guten Tag", erwiderte sie. „Es ist zwölf Uhr und Zeit für die halbe Stunde Philosophie in Katjas Stundenplan."

Die Kleine nickte strahlend, wurde dann aber plötzlich ernst. „Haben Sie geweint, Miss Browne?" erkundigte sie sich besorgt.

Nur mit Mühe unterdrückte Carolyn einen erneuten Tränenstrom. Wieder sah sie Nikolaus vor sich, wie er kühl vom Rücken seines Pferdes auf sie herabblickte, so als sei sie völlig ohne Belang für ihn. „Ich fühle mich ein bisschen krank", erklärte sie mit einem gezwungenen Lächeln.

Katja schien sich mit dieser Antwort zufrieden zu geben, und Carolyn setzte sich nun neben sie und legte die gefalteten Hände auf die Tischplatte. „Hast du den Aufsatz über Sokrates geschrieben, den ich dir aufgegeben habe?" fragte sie freundlich.

Katja nickte eifrig und zog ein dicht beschriebenes Blatt aus dem Schubfach ihres Schreibpultes. Doch noch ehe sie es Carolyn reichen konnte, stürmte Madame Arkadjewa ins Zimmer. Ohne von Carolyns Anwesenheit Notiz zu nehmen, rief sie bereits an der Tür: „Katja, komm sofort mit! Deine Mutter ist da."

Wie vom Donner gerührt, starrte Carolyn sie an, während das Kind überrascht aufsprang. „Meine Mutter? Aber ... aber sie ist doch in Twer!"

„Die Fürstin ist hier, unten in der Halle. Sie ist soeben eingetroffen." Immer noch übersah die Gouvernante Miss Browne geflissentlich. „Und da sie einen Berg von Koffern mitgebracht hat, wird sie wohl auch hier bleiben wollen. Wir müssen hinuntergehen und sie begrüßen."

Wieder schien sich alles um Carolyn zu verdunkeln, und der Raum schwankte leise. Wie konnte das nur alles geschehen? Erst Nikis herzlose Zurückweisung und nun die Rückkehr der Fürstin? Wie sollte sie das ertragen? Wie nur? Marie Helene würde nur einen einzigen Blick auf sie werfen müssen, um ihren Zustand zu erkennen und ihn dann erbarmungslos auszunutzen. Daran gab es keinen Zweifel.

„Miss Browne!" Aufgeregt zupfte Katja sie am Ärmel. „Ich muss hinuntergehen und Mama begrüßen! Darf ich?"

Mit zitternden Knien erhob sich Carolyn. „Aber gewiss, Kind", sagte sie lächelnd. „Wir machen dann morgen weiter."

Die Gouvernante ergriff den Arm des Mädchens und schob es zur Tür, als sich plötzlich rasche Schritte auf dem Korridor näherten. Unmittelbar danach erschien auch schon Marie Helene auf der Schwelle. Sie trug ein elegantes hochgeschlossenes Kleid aus silbergrauer Seide mit einem dazu passenden pelzbesetzten Umhang, und ihr Blick schien Carolyn förmlich zu durchbohren. „Sie!" rief sie aufgebracht. „Ich habe gerade erst erfahren, dass Sie im Hause sind!" Wütend zerrte sie den langen grauseidenen Handschuh von der rechten Hand.

Carolyn blieb wie angewurzelt stehen. Aber auch Signor Raffaldi, Madame Arkadjewa und Katja, die die Mutter erwartungsvoll anblickte, regten sich nicht.

„Guten Tag, Hoheit", sagte Carolyn schließlich mit tonloser Stimme.

„Mama!" begann Katja jetzt eifrig. „Mama ..."

Aber ihre Mutter schien sie überhaupt nicht zu bemerken, sondern ging herausfordernd auf Carolyn zu. „Was haben Sie überhaupt hier zu suchen? Wie konnten Sie die Unverschämtheit haben und meinen Mann bis nach Russland verfolgen? Es ist einfach unerhört!"

Carolyn warf einen entsetzten Blick auf Katja, die die beiden Frauen bestürzt beobachtete. „Euer Hoheit, ich ... ich bitte Sie", stammelte sie. „Könnten wir nicht unter vier Augen miteinander reden, wenn Sie ein Gespräch mit mir führen möchten? Ihre Tochter würde Sie doch jetzt gern begrüßen."

„Wenn ich ein vertrauliches Gespräch führen wollte, dann hätte ich es getan." Marie Helene musterte ihre Tochter mit kühler Miene. „Katja ist schon sehr erwachsen, nicht wahr, Kleines?"

Verlegen nickte Katja.

„Sie kann ruhig wissen, wie skandalös sich ihr Vater benimmt. Niki ist wirklich zu weit gegangen." Mit zorngeröteten Wangen stellte sich die Fürstin vor Carolyn, musterte sie aufmerksam und rief dann triumphierend: „Sie sehen ja völlig verweint aus!"

Nur mit Mühe reckte Carolyn die Schultern und legte den Kopf in den Nacken. „Ich fühle mich heute etwas krank", sagte sie so ruhig wie möglich.

„Ach was, Sie haben geheult." Marie Helene lachte höhnisch. „Demnach hat er Sie also bereits satt."

Carolyn zuckte zusammen. Wie mit einem glühenden Schürhaken hatte die Fürstin mit diesen wenigen Worten die frische Wunde wieder aufgerissen, und sie schmerzte nun unerträglich. Aber um keinen Preis durfte Nikolaus' Frau Zeuge ihrer Verzweiflung, ihrer Niederlage werden – um keinen Preis durfte auch nur eine Träne vor ihren Augen vergossen werden!

„Ich fühle mich heute etwas krank", wiederholte Carolyn mechanisch. Aber ihre Stimme war heiser und kaum verständlich.

Die Fürstin lachte demonstrativ. „Das ist die Strafe dafür, dass Sie sich erdreistet haben, nach etwas zu greifen, das Ihnen nicht zusteht." Dann wandte sie ihrer Widersacherin schulterzuckend den Rücken zu und richtete nun endlich auch das Wort an die anderen Anwesenden. „Ach, ich bin ja so froh, wieder in der Stadt zu sein! Wie ich das fröhliche Leben von St. Petersburg vermisst habe! Und denkt euch, meine Lieben, auf dem Lande hat es bereits geschneit! Nun, der Zar gibt heute Abend einen kleinen intimen Empfang, und die Großherzogin Katharina hat auf meiner Anwesenheit bestanden. Wie könnte ich da ablehnen? Ich bin nämlich mit ihr gereist, müsst ihr wissen." Spielerisch fuhr sie durch Katjas Locken. „Bis heute

Abend habe ich aber noch viel zu tun. Ich weiß überhaupt nicht, was ich anziehen soll, und wahrscheinlich brauche ich auch noch neue Schuhe." Sie gab dem Kind einen leichten Klaps auf die Wange und eilte aus dem Zimmer.

Die drei Erwachsenen sahen ihr wortlos nach. In Katjas Augen aber blinkten Tränen, und ihre Nasenspitze war gerötet. Eine Woge von Hass gegen diese eitle, seelenlose Person, die die eigene Tochter so rücksichtslos behandelte, stieg in Carolyn auf. Sie nahm Katjas Hand und streichelte sie zärtlich. „Nun, nun", flüsterte sie, „du darfst deiner Mama nicht böse sein. Sie ist wie ein wunderschöner bunter Schmetterling, der von Blume zu Blume flattern muss, weil er nicht anders kann."

Aber Katja sah sie nur mit großen Augen an, und ihre Lippen zitterten.

Diesen Anblick konnte Carolyn nicht länger ertragen. Sie öffnete die Arme, und das Kind stürzte schluchzend an ihre Brust. Erschrocken und ratlos drückte sie es fest an sich. Noch nie hatte Katja eine Gefühlsregung gezeigt, geschweige denn Tränen vergossen – und nun dieser Ausbruch von abgrundtiefem Kummer!

„Warum? Warum? Warum?" Die Kleine schien sich die Augen aus dem Kopf weinen zu wollen, und auch Carolyn konnte ihrer Tränen nun nicht mehr Herr werden. Immer wieder strich sie besänftigend über Katjas Haar. „Warum was, Liebling?" fragte sie leise.

„Was habe ich ihr denn getan?" schluchzte Katja und klammerte sich an Carolyn. „Warum hat sie mich nicht lieb?"

Ihr Schmerz rief ein Echo in Carolyn hervor, das wie mit Messern in ihre Seele schnitt. Nikis Bild erschien vor ihr und ließ sich nicht mehr vertreiben. Und während sich das Kind einen jahrelangen Kummer von der Seele weinte, dachte Carolyn: Was habe ich ihm getan? Warum liebt er mich nicht?

Was habe ich ihm getan ...

28. KAPITEL

Carolyn saß mit Katja, Madame Arkadjewa und Signor Raffaldi beim Frühstück und betrachtete das Kind mit wachsender Sorge. Obwohl sie nach dem gestrigen Auftritt mit der Fürstin am liebsten augenblicklich nach England zurückgefahren wäre, hatte sie sich rasch eines Besseren besonnen angesichts der Veränderung, die mit Katja seit der Ankunft ihrer Mutter vor sich gegangen war. Sie hatte fast kein Wort mehr gesprochen und hörte im Unterricht völlig teilnahmslos zu. Zumindest war es gut, dachte Carolyn, dass die Kleine endlich einmal geweint und damit unverhohlen gezeigt hat, wie unglücklich sie in Wirklichkeit ist. Aber der Wandel war dennoch beunruhigend. Katja schien ein gänzlich anderes Kind geworden zu sein.

Mitten in diese bedrückenden Überlegungen schneite Marie Helene plötzlich herein. Sie schien direkt von dem Empfang beim Zaren zu kommen, denn sie trug noch ein bezauberndes Ballkleid aus eisblauem Organdy, das vorn und hinten sehr tief ausgeschnitten war. Auf ihren nachtschwarzen Locken thronte ein Brillantdiadem, und das Dekolletee schmückte ein Kollier mit lichtblauen Saphiren. Trotz der späten Mittagsstunde stand sie mit einem strahlenden Lächeln auf der Schwelle, so als sei es das Allernormalste der Welt, um diese Stunde von einem abendlichen Empfang zurückzukehren. Verlegen schob Carolyn ihren gefüllten Teller hin und her.

„Guten Morgen!“ zwitscherte die Fürstin vergnügt.

Doch Katja sah ihre Mutter nicht an, sondern saß stocksteif auf ihrem Stuhl und blickte nur starr auf die gegenüberliegende Wand. Mit ihrer ausdruckslosen Miene ähnelte sie mehr einer schönen, leblosen Porzellanpuppe als einem kleinen munteren Mädchen.

„Schätzchen, was ist los mit dir? Ist es nicht ein herrlicher Morgen? Ach, die Gesellschaft beim Zaren war einfach wundervoll!“ Marie Helene lief zum Tisch und umarmte Katja, obwohl das Kind nach wie vor kein Zeichen von Anteilnahme von sich gab. Dann wandte sie sich an die Gouvernante. „Madame“, sagte sie im befehlenden Ton, „sorgen Sie dafür, dass ich bis achtzehn Uhr nicht gestört werde. Ich möchte ein paar Stunden schlafen. Wenn ich aufgewacht bin, wünsche ich Tee und Gebäck. Sie kennen die Sorte, die ich bevorzuge – mit Erdbeercreme gefüllt.“

„Gewiss, Hoheit“, erwiderte Madame Arkadjewa steif.

Nun ließ Marie Helene ihren Blick mit beleidigender Herablassung über Carolyn streifen. „Sie sind ja immer noch hier“, bemerkte sie indigniert. „Das überrascht mich wahrlich.“ Mit diesen Worten kehrte sie ihr den Rücken und verließ das Zimmer. Der kostbare Pelz in ihrer Hand schleifte dabei unbeachtet über den Boden.

Nur mit Mühe unterdrückte Carolyn ein Kopfschütteln und beschäftigte sich wieder mit dem Omelett auf ihrem Teller. Als Auswirkung des blitzartigen Auftrittes der Fürstin lag noch immer eine spannungsgeladene Stille über dem Raum, und auch Katja stocherte nur lustlos in ihrem Essen herum.

„Iß doch weiter, Kind“, ermunterte Carolyn die Kleine, die einen merkwürdig verstörten Eindruck machte. „Es schmeckt herrlich.“

„Ich habe keinen Hunger“, erwiderte Katja.

„Aber du hast doch seit gestern Abend nichts mehr gegessen!“

Doch statt einer Antwort sprang Katja plötzlich auf, zum Entsetzen aller Anwesenden, denn sie hatte nicht um Erlaubnis gefragt. „Ich bin krank“, murmelte sie, „und ich will ins Bett gehen.“

Carolyn sah sie ratlos an, während sich die Gouvernante würdevoll erhob. „Komtesse Katharina“, sagte sie gemessenen Tones, „selbst wenn Sie in der Tat krank sein sollten, wäre das dennoch kein Grund, die guten Manieren außer Acht zu lassen.“

Einen Herzschlag lang starrte das Kind die unnachsichtige Gouvernante an. Dann tat Katja das Undenkbare: Sie rannte aus dem Zimmer.

Madame Arkadjewa griff sich ans Herz und schien nahe daran zu sein, vom Schlag getroffen zu werden. Signor Raffaldi aber hatte nur ratlos die Brauen gehoben. Während Carolyn die beiden noch unsicher betrachtete, begann sie plötzlich fast gegen ihren Willen zu kichern.

Die Gouvernante fuhr auf. „Finden Sie ein solches Benehmen etwa zum Lachen?“ rief sie empört und sah zum ersten Male seit Swerajows Abreise Carolyn wieder an.

„Madame Arkadjewa“, mühsam unterdrückte Carolyn ihren Drang zu lachen, „ich glaube, selbst Sie müssen zugeben, dass ein solches Benehmen für ein Kind weit natürlicher ist als der von Ihnen bevorzugte Rekrutengehorsam. Wir sind doch glücklicherweise nicht bei der Armee.“

Die Gouvernante schnappte nach Luft. „In Ihren Augen mag das Betragen natürlich sein, aber ich spüre, dass hier irgendetwas vorgeht. Ich weiß nur noch nicht, was.“

Carolyn warf ihr einen überraschten Blick zu, denn bis jetzt hatte Madame Arkadjewa noch nie über ihre persönlichen Eindrücke gesprochen. Im Augenblick schien sie jedoch äußerst fassungslos zu sein. „Es tut mir Leid, dass Sie sich so aufgeregt haben“, sagte sie zögernd. „Aber ich glaube, wir sind alle ein wenig durcheinander, und die Abwesenheit des Fürsten macht alles noch verworrener.“ Bei diesen Worten versetzte ihr der Gedanke an ihre verschmähte Liebe wieder einen Stich ins Herz.

Die Gouvernante erwiderte jedoch nichts, sondern ließ sich nur wieder auf den Stuhl sinken und starrte dann mit düsterer Miene auf ihren Teller.

Nun mischte sich Signor Raffaldi in seiner üblichen liebenswürdigen Art ein. „Der Fürst ist fast immer abwesend, Miss Browne. Er ist eben Offizier. Seine Aufenthalte hier im Hause sind selten und nur kurz.“

Carolyn nickte seufzend, während ihr in den Sinn kam, dass Nikolaus vielleicht öfter und länger hier wäre, wenn die Fürstin ihm das Leben nicht so schwer machen würde. Nachdenklich spielte sie mit ihrer Gabel und fragte schließlich leise: „Die Fürstin ... ich meine, bleibt sie immer so lange weg?“

Signor Raffaldi beschäftigte sich angelegentlich mit seinem Frühstück und überließ der Gouvernante eine Antwort. „Sie kann tun, was sie will“, sagte diese kühl. „Niemand hat ihr etwas zu sagen, denn sie ist die Herrin. So ist das nun einmal.“

„Ich verstehe“, murmelte Carolyn. Aber es erschien ihr unerträglich, dass die Fürstin ihr ausschweifendes Leben nicht einmal vor ihrem Kind zu verbergen versuchte.

Doch dann nahm überraschenderweise Madame Arkadjewa noch einmal das Wort. „Im Übrigen ist sie immer so“, sagte sie mürrisch. „Außer bei Anwesenheit von Seiner Hoheit.“

Während die Fürstin ihren versäumten Schlaf nachholte, sprachen zwei Besucher für sie im Palast vor. Der eine wurde von dem Haushofmeister abgewiesen. Den anderen beobachtete Carolyn zufällig, als sie an einem geöffneten Fenster die frische, nach Salz und Meer riechende Luft genoss. Ein gut aussehender Mann in einer prächtigen Uniform ging über den gepflasterten Innenhof zu seinem schwarzen Wallach, den ein Stallknecht am Zügel hielt. Neugierig musterte sie die auffallende Erscheinung. War er etwa Marie Helenes Liebhaber und hatte sie in dieser Nacht so lange aufgehalten? Er war ausgesprochen hübsch und sah hinreißend aus in dem weißen, goldbetressten Waffenrock.

„Das ist Fürst Woronski“, sagte in diesem Augenblick die Gouvernante hinter ihr.

Carolyn fuhr herum. „Er muss zum Gefolge des Zaren gehören, sonst wäre er nicht hier in St. Petersburg.“

„Nein“, erwiderte Madame Arkadjewa, während sich ihre Wangen sichtlich röteten, „er gehört zur Zweiten Armee, die ja den Weg nach Moskau bewacht, wie wir alle wissen.“

„Nun, offensichtlich hat die Fürstin in ihm einen Bewunderer“, bemerkte Carolyn leichthin.

Die Gouvernante schwieg.

„Ist irgendetwas mit ihm?“ erkundigte sich Carolyn nicht sehr interessiert.

„Er ist der Vetter des Fürsten“, erwiderte Madame Arkadjewa und wandte sich vom Fenster ab. „Und er ist nur ein Freund der Familie.“

„Ach so.“

Irgendetwas veranlasste Carolyn, auch dann noch hinter der zur Seite gezogenen Gardine stehen zu bleiben, als die Gouvernante den Raum bereits wieder verlassen hatte. Zu ihrer Verwunderung stellte sie fest, dass der junge Fürst keine Anstalten machte, den Palast zu verlassen, sondern vielmehr den Groom anwies, den Wallach in den Stall zu bringen. Einen Augenblick später eilte jemand quer über den Rasen auf Woronski zu. Die Person kam aus einem Seiteneingang des Ostflügels. Es war eine Frau. Es war Marie Helene.

Unfähig, sich zu rühren, starrte Carolyn auf den Vorplatz hinab. Der Fürst nahm Marie Helenes Hand und zog sie an seine Lippen. Hielt er sie länger als gewöhnlich, oder schien es nur so? Die Fürstin trug nur ein dünnes weißes Musselinkleid und fröstelte sichtlich in dem kühlen Wind. Sofort zog der junge Mann den fesch über einer Schulter hängenden pelzbesetzten Umhang von seinem Uniformrock und hüllte sie sorglich damit ein, während er eindringlich auf sie einredete.

Obwohl sich Carolyn durchaus der Ungehörigkeit ihres Lauschens bewusst war, konnte sie der Versuchung nicht widerstehen und stieß das Fenster lautlos noch weiter auf. Zunächst war zu ihrer Enttäuschung jedoch nichts zu verstehen, da die beiden zu weit entfernt waren. Dann jedoch begannen sie sich langsam dem Haus zu nähern, und nun drangen auch ihre Stimmen bis zu Carolyn hinauf, die sich rasch hinter dem Vorhang verbarg. Um keinen Preis durfte Marie Helene sie entdecken. Ihr Wutausbruch musste fürchterlich sein.

An dem Tonfall des jungen Fürsten war deutlich zu erkennen, dass er aufgebracht und verärgert war. „Warum hast du mich gestern Abend so demonstrativ übersehen?“ sagte er missmutig. „Was, zum Teufel, denkst du dir dabei?“

„Sascha, es ist aus zwischen uns“, erwiderte Marie Helene mit seidenweicher Stimme. „Es tut mir wirklich sehr, sehr Leid.“

„Und warum hast du mir nichts von dem Kind gesagt? Ich habe auf anderem Wege erfahren müssen, dass du es verloren hast!“

Carolyn traute ihren Ohren nicht. Konnte es möglich sein: Der Vater von Marie Helenes Kind war Nikis Vetter! Vorsichtig lugte sie hinter der Gardine hervor. Die beiden standen jetzt ganz in der Nähe, und Woronski hatte Marie Helenes Handgelenke ergriffen. Er war rot vor Zorn. Die Fürstin aber wirkte ungewohnt verwirrt.

„Sascha, bitte, das ist doch Schnee von gestern. Außerdem hatte ich geglaubt, du hättest Kenntnis davon." Sie schüttelte seine Hände ab. „Übrigens weiß er alles."

Der Fürst hob erschrocken den Kopf. „Wer ... doch nicht Niki?"

„Natürlich Niki, wer sonst." Marie Helene lächelte unsicher.

„Großer Gott, du hast es ihm gesagt!"

„Sascha, ich bin doch nicht verrückt! Er hat es irgendwie herausbekommen. Ich nehme an, durch Alexi. Wahrscheinlich wird er nun auf einem Duell bestehen." Jetzt wirkte ihr Lächeln plötzlich beinahe zufrieden.

„Das macht dir wohl noch Freude?" fuhr Sascha sie wütend an. „Wünschst du dir, dass er stirbt – oder ist es dir lieber, wenn ich dabei draufgehe?"

Marie Helene zuckte mit den Schultern. „Kann ich denn etwas dafür, wenn ihr beide um mich kämpft", erwiderte sie hochmütig.

„Nun, vielleicht komme ich auch zu der Erkenntnis, dass du es gar nicht wert bist, meine Teure!"

Statt einer Antwort holte Marie Helene aus und schlug ihm mit der flachen Hand ins Gesicht.

Entsetzt presste sich Carolyn die Hand auf den Mund, um ihren Schreckensruf zu unterdrücken. Aber der junge Mann hatte bereits wieder Marie Helenes Handgelenke ergriffen und zerrte so wütend daran, dass sie taumelte und an seine Brust fiel.

„Hast du mit ihm geschlafen? Ja oder nein? Antworte!" Jedes Wort Woronskis wurde von einem unbändigen Schütteln begleitet.

„Was geht dich das an?" zischte die Fürstin. „Lass mich sofort los!" Vergebens versuchte sie, sich von seinem Zugriff zu befreien.

„Also doch! Du hast mit Anatol geschlafen, du Miststück! Hat er dich denn wenigstens glücklich gemacht, chérie? Hat er dich so glücklich gemacht, wie ich es getan habe?"

„Ja! Ja! Ja!" schrie Marie Helene ihm ins Gesicht.

Einen Augenblick lang starrte der junge Mann sie wortlos an. Dann riss er sie in seine Arme, beugte sie ungestüm zurück und küsste sie, küsste sie leidenschaftlich und endlos. Unter seiner wilden Zärtlichkeit schien Marie Helene dahinzuschmelzen. Sie umschlang seinen Nacken und presste sich an ihn, als wolle sie eins werden mit ihm.

Wie gebannt beobachtete Carolyn diesen Ausbruch ungezügelter Lust. Schließlich lösten sich die Liebenden zögernd voneinander, und Sascha sagte leise: „In einer Stunde muss ich fort."

„Fort?" rief die Fürstin entsetzt. „Aber das geht doch nicht! Du kannst doch jetzt nicht fortgehen!"

„Ich kann es, und ich werde es auch tun", erwiderte Woronski hitzig. „Es wird eine Schlacht geben bei einem kleinen Ort in der Nähe von Moskau – ich glaube, er heißt Borodino. Und ich habe nicht die Absicht, das erste große Treffen dieses Krieges zu versäumen. Unsere Armeen werden sich voraussichtlich bereits übermorgen vereinigen, und dann wird das Schicksal seinen Lauf nehmen – vorausgesetzt, es geschieht kein Wunder, und Napoleon bleibt weiterhin auf dem Vormarsch."

Halt suchend klammerte sich Carolyn an den Fensterrahmen. Eine Schlacht. Der erste große Waffengang dieses unseligen Krieges – so etwa hatte der junge Mann eben gesagt. Plötzlich drangen Nikis eindringliche Worte wieder in ihr Gedächtnis. „Wir können es uns nicht leisten", hatte er gesagt, „mehr als eine Schlacht zu verlieren. Andernfalls würde der ganze Krieg verloren gehen und mit ihm unser Heimatland." Verzweifelt schloss sie die Augen. Nikolaus würde dabei sein, und auch Alexi. Panische Angst griff wie mit Eisenfingern nach ihrem Herzen.

„Bleibe doch wenigstens noch ein paar Stunden", flehte unter dem Fenster die Stimme der Fürstin. „Sascha, Liebling, bleibe doch noch."

„Es geht nicht, Marjuscha. Aber ich komme so bald wie möglich wieder. In der Zwischenzeit halte dich von Anatol fern, hörst du! Ich verbiete dir, ihn zu sehen. Und wenn du mit Niki zusammentriffst, dann rede nicht über mich. Er muss furchtbar wütend sein. Ich liebe ihn ebenso sehr wie dich, und deshalb werde ich selbst mit ihm sprechen."

Carolyn beobachtete, wie der junge Mann sich schweren Herzens von der Fürstin losriss und zum Gehen wandte.

„Glaube nur nicht, dass du zu mir zurückkommen kannst", rief sie ihm nach und stampfte dabei mit dem Fuß auf. „Nicht, wenn du mich jetzt so verlässt, Sascha!"

Sie erhielt jedoch keine Antwort mehr.

Wie betäubt starrte Carolyn dem Davoneilenden hinterher, während die Angst um Nikolaus ihr fast den Atem nahm. Er bleibt am Leben, sagte sie sich unaufhörlich – er muss am Leben bleiben, trotz allem, was er mir angetan hat. In ihrer Verwirrung war sie hinter der Gardine hervorgetreten, und als Marie Helene sich umwandte, um ins Haus zurückzugehen, sah sie die Rivalin am Fenster stehen und schrie zornentbrannt auf.

Carolyns erster Gedanke war, im Klassenraum Zuflucht zu suchen, obwohl es noch nicht Zeit für Katjas Astronomieunterricht war. Doch dann sagte sie sich, dass es sehr unklug wäre, das Kind zum Zeugen eines Wutausbruches seiner Mutter zu machen. Wer weiß, was diese in ihrem Zorn alles sagen würde! Das konnte sie der Kleinen nicht auch noch antun. Nein, nein, sie durfte einem Zusammentreffen mit der Fürstin nicht ausweichen. Es wäre ja so oder so nicht zu vermeiden.

Langsam ging Carolyn den Korridor entlang und traf auch, wie erwartet, mit Marie Helene zusammen, die ihr aufgebracht den Weg versperrte.

„Was hatten Sie vorhin am Fenster zu suchen?" fuhr sie Carolyn an. Ihre Wangen waren gerötet, und ihre schwarzen Augen funkelten gefährlich.

„Ich habe ein wenig frische Luft geschöpft", erwiderte Carolyn so gefasst wie möglich.

„Lügen Sie nicht. Sie haben mir nachspioniert!"

„Nein. Ich sagte doch, dass ich frische Luft brauchte."

„Wie lange haben Sie dort am Fenster gestanden? Was haben Sie gesehen?"

„Nur einen kurzen Augenblick. Gesehen habe ich überhaupt nichts." Bei dieser Lüge wurden Carolyn vor Aufregung die Hände feucht.

„Na, wunderbar“, bemerkte die Fürstin boshaft. „Ich schlage vor, dass Sie auch weiterhin bei dieser Behauptung bleiben, Miss Browne. Ich wünsche nämlich nicht, dass Sie mit irgendjemandem über mein Tun und Lassen reden. Haben Sie mich verstanden?“

Carolyn wollte schon wortlos nicken, als ihr fast gegen den Willen die Worte über die Lippen kamen: „Mit wem sollte ich denn über Ihr Tun und Lassen reden, Hoheit?“

Für den Bruchteil einer Sekunde sah sie Marie Helenes Hand auf sich zukommen, doch sie war zu entsetzt, um sich in Sicherheit bringen zu können. Und dann schlug die Fürstin mit derselben Wucht zu wie zuvor bei Sascha Woronski.

Bestürzt taumelte Carolyn einen Schritt zurück. „Wie können Sie es wagen“, flüsterte sie zitternd und hätte sich am liebsten auf die Gegnerin gestürzt. Aber der Gedanke an Katja hielt sie davon zurück. Ihr zuliebe durfte sie sich nicht zu einem verabscheuungswürdigen Handeln hinreißen lassen. Das Kind hatte bereits zu viel ertragen müssen.

„Wie ich es wagen kann?“ fragte die Fürstin höhnisch. „Nun, ich bin doch nicht die Person, die sich unter dem Vorwand einer Anstellung in dieses Haus geschlichen hat, um einer Ehefrau den Mann wegzunehmen.“

„Darauf antworte ich Ihnen nicht“, stieß Carolyn hervor und wusste doch im selben Augenblick, dass sie tatsächlich Schuld auf sich geladen hatte, wenn auch nicht in dem Sinne, wie Marie Helene ihn verstand.

„Sie scheinheiliges Weibsstück!“ schrie die Fürstin außer sich. „Sie haben mit ihm geschlafen. Denken Sie denn, ich bin dumm? Ich habe genug Mädchen hier im Hause, die mir alles berichten, und ich weiß, dass Sie die letzte Nacht in seinem Bett verbracht haben. Also hören Sie endlich auf, den Unschuldsengel zu spielen. Sie sind keinen Deut besser als ich.“

Diese Worte trafen Carolyn wie ein Schwall eisigen Wassers. Vergebens suchte sie nach einer Erwiderung, einer Gegenwehr. Schließlich murmelte sie: „Ich bedaure es. Ich bedaure es wirklich. Aber ich liebe Nikolaus, obwohl ich es nicht gewollt und mich lange dagegen gewehrt habe. Eine solche Frau, wie Sie glauben, bin ich aber dennoch nicht." Es klang unsagbar Mitleid erregend.

Marie Helene streifte sie denn auch mit einem verächtlichen Blick. „Du lieber Himmel! Hunderte von Frauen Ihrer Art haben sich in ihn verliebt ... und sind sehr bereitwillig in sein Bett gestiegen." Sie wandte sich gleichgültig zum Gehen und hielt dann noch einmal inne. „In einer Viertelstunde rufe ich die Dienerschaft im Großen Salon zusammen. Sie gehören auch dazu." Mit raschen Schritten verschwand sie in der Tiefe des Korridors.

Am ganzen Körper bebend blickte Carolyn ihr nach. Die letzte Bemerkung der Fürstin hatte mehr geschmerzt als der Schlag auf die Wange. So war sie also auch nur eine von Nikis vielen unbedeutenden Eroberungen? Eines der zahllosen Opfer seines hinreißenden Äußeren und seines sinnlichen Charmes? Das würde zumindest seine Kälte beim Abschied erklären, die sie nicht hatte begreifen können.

Das Hämmern in ihren Schläfen schmerzte genauso wie das Brennen ihrer Wange. Nein, sie würde sich nicht mit der Dienerschaft im Salon einfinden, niemals! Doch als sie die Treppe emporstieg, begegneten ihr Katja, die Gouvernante und Signor Raffaldi, der ihr freundlich mitteilte: „Wir sollen alle in den Großen Salon kommen, Miss Browne", und dann besorgt hinzufügte: „Sind Sie krank?"

„Vermutlich", erwiderte Carolyn und schloss sich mit einem kaum hörbaren Seufzen an. Ihr Herz wurde erst ein wenig leichter, als Katja vertrauensvoll ihre Hand ergriff und so mit ihr durch das Haus ging.

Als sie den Salon betraten, war Carolyn überrascht von der großen Anzahl von Menschen, die sich bereits dort versammelt hatten. Es mussten etwa sechzig Bedienstete aller Art sein, die in erwartungsvollem Schweigen der Dinge harrten, die da kommen sollten. Sie kamen allerdings erst zehn Minuten nach der angegebenen Zeit in Gestalt von Marie Helene, die Aufmerksamkeit heischend in die Hände klatschte, kaum dass sie die Schwelle überschritten hatte. Ein merkwürdiges Gefühl von lähmender Angst überkam Carolyn bei ihrem Anblick.

„Wir werden uns nach Moskau begeben“, verkündete die Fürstin freudestrahlend. „Ich wünsche in zwei Stunden und keinen Augenblick später aufzubrechen. Das bedeutet, dass jeder von euch umgehend seine Sachen zu packen hat. Alle Kutschen und Wagen müssen zur Abfahrt vorbereitet werden. Ich denke, dass wir auch in der Nacht reisen werden, um so schnell wie möglich am Ziel zu sein. Habt ihr das begriffen?“

Fassungslos starrte Carolyn sie an und wartete darauf, dass irgendjemand widersprechen würde. Schließlich sollte in der Nähe von Moskau bald eine Schlacht stattfinden. Was dachte sich die Fürstin nur dabei? Doch dann fiel ihr ein, dass Sascha Woronski ja ebenfalls in dieser Gegend sein würde.

„Also gut“, fuhr Marie Helene fort, als niemand etwas zu sagen wagte, „dann werden wir uns also in zwei Stunden auf den Weg machen. Jeder von euch hat sich unverzüglich an seine Arbeit zu begeben.“

Schweigend eilte die Dienerschaft aus dem Raum, und auch Madame Arkajewa und Signor Raffaldi wandten sich zum Gehen. Will denn wirklich niemand etwas sagen, dachte Carolyn verzweifelt. Schließlich fasste sie sich ein Herz und sagte: „Hoheit?“

Marie Helene blickte sie kühl an. „Was wünschen Sie, Miss Browne? Möchten Sie mir mitteilen, dass Sie Ihre Arbeit in unserem Hause beenden wollen?“

„Ich möchte keineswegs den nötigen Respekt außer Acht lassen, Hoheit. Doch ich muss darauf aufmerksam machen, dass der Fürst uns im Interesse unserer Sicherheit befohlen hat, hier in St. Petersburg zu bleiben.“

„Mein Gemahl ist nicht hier“, erwiderte die Fürstin mit einem hochmütigen Lächeln. „Aber ich bin da. Und wir fahren nach Moskau.“

Noch einmal raffte sich Carolyn mit dem Mut der Verzweiflung zu einem Widerspruch auf. „Man sagt, dass dort in den nächsten Tagen die Kampfhandlungen beginnen. Wir werden uns in Gefahr begeben, wenn wir in diese Gegend reisen.“

„Genau das ist ja der Grund, weshalb ich diese Reise befohlen habe.“ Die Fürstin nahm froh gestimmt Katjas Hand. „Morgen oder spätestens übermorgen werden unsere Armeen auf die Franzosen treffen, und danach wird es in Moskau wieder so ereignisreich und lustig sein wie vor dem Krieg. Das wird wundervoll werden! Während der Ballsaison ist Moskau mit keiner anderen Stadt der Welt zu vergleichen. Und nach unserer ersten gewonnenen Schlacht wird außerdem eine grandiose Siegesfeier stattfinden, und Tausende Menschen werden die Nacht zum Tage machen. Der Stadt stehen herrliche Tage bevor! Wir können doch unmöglich hier bleiben und den ganzen festlichen Trubel verpassen."

„Wird der Krieg dann auch wirklich vorbei sein?" erkundigte sich Katja zaghaft.

„Aber ganz bestimmt!" rief ihre Mutter begeistert. „Unsere Soldaten sind den Franzosen weit überlegen. Das weiß doch jeder. Und nun werden wir es der Welt auch beweisen. Komm, hilf mir, Kleines, die Kleider auszusuchen, die ich einpacken soll. Ich werde doch an so vielen Bällen und anderen Festlichkeiten teilnehmen." Vergnügt trällernd zog sie das Kind mit sich fort.

Als die beiden gegangen waren, herrschte wieder bedrücktes Schweigen in dem Salon. Schließlich sagte Carolyn halblaut: „Das ist doch völliger Wahnsinn. Der Fürst wird wütend sein, wenn er es erfährt. Ich bin sicher, dass wir uns in große Gefahr begeben – oder irre ich mich da?" wandte sie sich an den Hauslehrer.

Signor Raffaldi schien jedoch nicht sonderlich beunruhigt zu sein. „Was wissen Sie denn von einer bevorstehenden Schlacht?" fragte er neugierig.

Rasch berichtete Carolyn von dem Gehörten, ohne jedoch zu sagen, aus welcher Quelle ihre Information stammte.

„Ach was, es wird nicht weiter gefährlich sein." Der Hauslehrer machte merkwürdigerweise einen beinahe so begeisterten Eindruck wie die Fürstin. „Wenn wir in Moskau angekommen sind, werden die Kampfhandlungen sicherlich längst beendet sein, denn selbst wenn wir Tag und Nacht unterwegs sind, brauchen wir mindestens eine Woche für die Reise. Und letztendlich haben wir ja auch nicht die Absicht, mitten über das Schlachtfeld zu fahren. Die Fürstin weiß genau, was sie will. Moskau wird der Mittelpunkt der Siegesfeiern werden. Es ist übrigens eine sehr beeindruckende Stadt, Miss Browne. Sie werden begeistert sein."

Wie vor den Kopf geschlagen sah Carolyn ihn an. „Und wenn die Schlacht nicht gewonnen wird? Wenn Napoleon den Sieg davonträgt und weiter auf Moskau vordringt? Wäre es dann für uns immer noch so sicher, Signor Raffaldi?"

„Jetzt malen Sie aber den Teufel an die Wand, Miss Browne! Napoleon kann gar nicht gewinnen. Endlich wird er einmal merken, wie entschlossen die Russen kämpfen können." Er lachte leise. „Und nun packe ich meine Sachen. Sie sollten dasselbe tun, sofern Sie nicht lieber nach London zurückkehren möchten." Mit diesen Worten verließ er eilig den Salon.

Ratlos wandte sich Carolyn an die Gouvernante. „Und Sie, Madame Arkadjewa? Was halten Sie von diesem Wahnwitz? Ich begreife es einfach nicht."

„Ich hoffe, dass die Fürstin mit ihrer Ankündigung eines glorreichen Sieges Recht behält", erwiderte die Gouvernante trocken. „Doch das mag sein, wie immer es wolle. Die Fürstin hat den Umzug nach Moskau befohlen, und deshalb werden wir auch alle nach Moskau fahren."

Angstvoll griff sich Carolyn an die Kehle. Sicherlich, sie selbst müsste nicht unbedingt mitkommen. Aber sie konnte doch Katja in dieser gefährlichen Situation nicht der zweifelhaften Obhut ihrer Mutter überlassen. Schweren Herzens gestand sie sich ein, dass die Gouvernante die Lage zutreffend beurteilt hatte. Es blieb keine Wahl.

29. KAPITEL

Schon den sechsten Tag war der aus einer geräumigen Kutsche und sechs Gepäckwagen bestehende Treck unterwegs. Er hatte endlose Wälder aus Birken, Eichen, Kiefern und Fichten durchquert und immer wieder in den kleinen Dörfern, die er passierte, die Pferde gewechselt. Unzählige Flüsse und Wasserläufe waren auf seinem Weg zu überwinden gewesen, und nun hatte die Reisegesellschaft eine Gegend erreicht, die flach war und öde, nur hin und wieder von kleinen Hügeln unterbrochen. Von der durchdringenden herbstlichen Kälte war bereits alles Grün vergilbt und verdorrt, obwohl man erst den neunten September schrieb. Nur vereinzelt standen hier und dort noch kleine Gruppen von Nadelbäumen. Dafür wurden die silbrigen Birken jetzt wieder häufiger. Da es die ganze Zeit nicht geregnet hatte, war man gut vorangekommen und würde voraussichtlich am nächsten Tag noch vor Einbruch der Dunkelheit Moskau erreichen.

Schon breitete sich die Dämmerung über das Land. Müde betrachtete Carolyn ein Flussufer, das zu ihrer Rechten aufgetaucht war, während alle anderen in der Kutsche bereits eingeschlafen waren. Auf dem langsam dahinfließenden, lehmigen Wasser schien ein totes Tier zu treiben. Bis jetzt war ihnen auf den Straßen keine Menschenseele begegnet, sodass es auch keinen Grund zur Besorgnis gegeben hatte. Die Dörfer waren still und verschlafen gewesen, wie es sich für die einsamen Ansiedlungen in diesem weiten Land gehörte. Die Menschen darin hatten sich jedoch als sehr freundlich und neugierig erwiesen, und man konnte dadurch kaum den Eindruck gewinnen, dass sich Russland im Krieg befand. Niemand hatte etwas von einer großen Schlacht gehört, die in der Nähe von Moskau stattgefunden hatte, und so war Carolyn schließlich zu der Überzeugung gekommen, dass sich Sascha Woronski wohl geirrt haben musste.

Dennoch musste sie unaufhörlich an Nikolaus denken. In Moskau würden sie ganz in seiner Nähe sein. Durch einen glücklichen Zufall war es ihr gelungen, kurz vor ihrer Abreise noch eine Botschaft an ihn abzusenden, in welcher sie ihm von der befohlenen Reise nach Moskau berichtete. Sicherlich würde er daraufhin die erste Gelegenheit wahrnehmen und nach dem Befinden seiner Familie sehen. Aber was wäre dann? Keinesfalls würde sie noch einmal seine abweisende Kälte ertragen können. Immer wieder kehrten die wunderbaren Augenblicke ihrer Liebe in ihr Gedächtnis zurück, die Erinnerung an seine Leidenschaft und seine Zärtlichkeit, und dann sagte sie sich, es müsse doch eine Erklärung für sein Verhalten geben – sie konnte sich gewiss nicht so geirrt haben ...

Mitten in ihre Überlegungen hinein hielt die Kutsche jählings an, und die übrigen Mitreisenden erwachten durch den Ruck. Katja reckte sich, versuchte, aus dem Fenster zu sehen, und fragte dann: „Warum fahren wir nicht weiter?"

„Ich weiß es nicht", erwiderte Carolyn besorgt und fuhr erschrocken zusammen, als auf einmal donnernde Hufschläge erklangen. Wenigstens ein halbes Dutzend Reiter schien sich ihnen mit großer Geschwindigkeit zu nähern. Ein Blick aus der geöffneten Kutschentür bestätigte ihr diese Vermutung.

Angstvoll zuckte sie zurück und flüsterte aufgeregt: „Soldaten kommen!"

Die Fürstin erbleichte. „Doch hoffentlich die unseren?"

„Das konnte ich nicht erkennen. Sie sind noch zu weit entfernt."

Beklommen sahen sich die Insassen der Kutsche an. Schließlich brach Katja das drückende Schweigen und fragte: „Was geschieht mit uns, wenn es Franzosen sind?"

Beruhigend ergriff Carolyn ihre Hand. „Gar nichts, Liebling. Wir sind Damen, und man wird uns zweifellos weiterfahren lassen." Aber ungeachtet ihres freundlichen Lächelns schlug ihr Herz angstvoll und wild bei der Vorstellung, was gerade Frauen durch feindliche Soldaten zugefügt werden konnte.

Dann waren sie plötzlich in eine riesige Staubwolke gehüllt, in der nur undeutlich Reiter und Pferde auszumachen waren. Als sich der aufgewirbelte Staub schließlich verzogen hatte, konnte Carolyn zu ihrer grenzenlosen Erleichterung das vertraute Grau und Grün der Uniformen erkennen. Gott sei gelobt, es sind Russen, dachte sie dankbar und flehte schon mit dem nächsten Atemzug, es möge ein bekanntes Gesicht unter ihnen sein – vielleicht Alexi oder gar Nikolaus. Aber das Gesicht des jungen Offiziers, der durch das geöffnete Kutschenfenster blickte, war ihr fremd. Er trug einen hohen schwarzen Lederhelm mit einem Rosshaarbusch, und auf seinem dunkelgrünen Kollett blitzten goldene Knöpfe. Hastig riss er die Tür auf und wandte sich dann in fließendem Französisch an Marie Helene, die er mit sicherem Blick aus der Gruppe weiblicher Reisenden als die tonangebende herausgefunden hatte.

„Ich bin Major Werenko, Madame", sagte er mit einer kurzen Verbeugung, „und muss Sie fragen, was Sie hier auf dieser Straße suchen."

Die Fürstin nickte hochmütig und erwiderte: „Zunächst möchte ich Sie darüber aufklären, dass ich Fürstin Swerajowa bin, und im Übrigen befinde ich mich auf dem Weg nach Moskau."

„Ich bedaure außerordentlich, Ihnen mitteilen zu müssen, dass Sie auf dieser Straße nicht weiterfahren können, Hoheit", erklärte der Offizier, nicht sonderlich beeindruckt. „Was wollen Sie denn ausgerechnet jetzt in Moskau? Die Stadt ist doch geräumt worden. Wenn Sie trotzdem unbedingt auf Ihrer Weiterfahrt bestehen, müssen Sie einen anderen Weg einschlagen."

„Moskau ist geräumt worden?" rief Marie Helene entsetzt. „Aber warum denn? Napoleon rückt doch nicht etwa weiterhin unbedrängt vor?"

Bei diesen Worten richteten sich alle Augen angstvoll auf den jungen Mann. Doch dieser zuckte nur mit den Schultern. „Es ist nicht meine Aufgabe, mit Ihnen die näheren Umstände der Evakuierung Moskaus zu diskutieren, Hoheit. Ich kann Ihnen lediglich mitteilen, dass die Bürger von den Behörden aufgefordert wurden, die Stadt so schnell wie möglich zu verlassen."

„Aber ich muss nach Moskau!" schrie Marie Helene unbeherrscht. „Meine arme Mutter liegt dort im Sterben."

Angewidert sah Carolyn sie an und ergriff tröstend Katjas Hand. Zugleich aber schnürte ihr quälende Furcht die Kehle zu. Warum nur durften die Menschen nicht in Moskau bleiben? Erwartete man etwa, dass Napoleon die Stadt einnehmen würde? Und warum leisteten die Russen keinen Widerstand?

Die Fürstin versuchte jedoch jetzt, auf andere Art zu ihrem Ziel zu gelangen. „Vielleicht könnten Sie uns zu unserem Reiseziel begleiten, Monsieur Commandante“ fragte sie mit einem bezaubernden Lächeln.

Ihre Verführungskünste prallten jedoch an dem jungen Offizier wirkungslos ab. „Ich bedaure sehr, Hoheit“, erwiderte er steif, „Ihren Wünschen nicht nachkommen zu können, aber ich bin hier im Dienste des Vaterlandes. Wenn Sie unbedingt nach Moskau wollen, wird Ihnen nichts anderes übrig bleiben, als einen Umweg zu machen. Bei dem Dorf dort drüben gibt es eine alte Brücke, auf welcher Sie den Fluss überqueren können. Von dort aus führt dann eine andere Straße nach Moskau. Sie ist etwas länger und auch nicht so gut in Schuss wie diese hier, aber Sie erreichen auf ihr ebenfalls Ihr Ziel.“

„Müssen wir wirklich dieses Ungemach auf uns nehmen?“ erkundigte sich Marie Helene schmollend und wandte sich mit beleidigter Miene ab.

Major Werenko wurde rot vor Ärger. „Wenn Sie weiter geradeaus fahren, Hoheit“, sagte er kurz angebunden, „werden Sie wahrscheinlich den französischen Bataillonen in die Arme laufen. Eine solche Möglichkeit darf ich aber nicht zulassen.“ Mit einem kurzen Nicken warf er die Tür wieder zu und beendete auf diese Weise die unfruchtbare Diskussion mit der Fürstin.

Während Marie Helene noch damit beschäftigt war, ihrer Empörung über diese ihrer Meinung nach unverschämte Behandlung Ausdruck zu verleihen, sprang Carolyn aus der Kutsche und eilte angstgetrieben dem jungen Offizier nach. „Herr Major! Herr Major, auf ein Wort noch!“ rief sie schon von weitem, und als sie atemlos bei ihm anlangte, stammelte sie: „Die Schlacht ... bitte ... hat es eine Schlacht gegeben?“

Der Major sah sie ausdruckslos an. „Die Schlacht hat vor zwei Tagen stattgefunden, bei Borodino, einem großen Dorf auf dem Weg nach Moskau. Napoleon konnte unsere Stellungen nicht durchbrechen. Und nun bewachen wir weiter die Straße nach Moskau.“

Seine Miene war jedoch so ernst, dass Carolyn ihn erneut zurückhielt, als er schon im Begriff war, sein Pferd zu wenden. „Aber ...

aber wenn Napoleon nicht gesiegt hat ... warum wurde Moskau dann geräumt?“

„Die Franzosen halten sich für die Sieger, mein Fräulein, da Marschall Kutusow den Armeeführern befohlen hat, sich weiter nach Osten zurückzuziehen.“ Der Offizier straffte die Zügel mit einer so heftigen Bewegung, dass der graue Wallach zu tänzeln begann. „Der Kampf hat viele Opfer gekostet“, fügte er halblaut hinzu. „Schauen Sie dorthin.“ Er wies mit dem Kopf in die Richtung, aus der auch er gekommen war.

Dort stand jetzt eine düstere Wolke unmittelbar über dem Horizont, die langsam näher kam. Carolyn kniff die Augen zusammen und bemühte sich, die Ursache dieser merkwürdigen Erscheinung herauszufinden. Schließlich lösten sich einige Formen aus der dunklen Masse, erste Umrisse waren zu erkennen, und sie begriff, dass es zahllose Wagen sein mussten, die sich da auf sie zu bewegten.

„Das sind die Verwundeten“, sagte der Major und biss die Zähne zusammen. „Verwundete und Flüchtlinge aus Moskau. Bei Borodino sind Tausende auf beiden Seiten gefallen. Nie in meinem Leben hätte ich gedacht, dass ich so etwas sehen müsste.“

Die Reisegesellschaft benötigte noch einen weiteren vollen Tag, bis sie auf dem angewiesenen Umweg endlich am späten Nachmittag Moskau erreichte. Die Straße war schmal, ausgefahren und morastig gewesen, aber auch hier waren den Reisenden in endlosen Reihen Wagen voller Verwundeter in blutgetränkten, zerfetzten Uniformen entgegengekommen. Dazwischen drängten sich größere und kleinere Karren, voll gepackt mit Hausrat aller Art, vom Federbett bis zum Spinett, auf den Sitzen alte Männer, Matronen, Hausmädchen mit schlafenden Kindern in den Armen – die Einwohner Moskaus auf der Flucht vor den heranrückenden Franzosen.

Der Wagenzug der Fürstin war der Einzige, der sich gegen den Strom bewegte.

Marie Helene war von ihrem Vorhaben nicht abzubringen gewesen, und Carolyn verfluchte sie insgeheim wegen ihres rücksichtslosen Egoismus.

Als sie schließlich die Außenbezirke der Stadt erreichten, stand die Sonne bereits tief am Himmel. Ratternd rollten die Wagen über eine kleine Brücke und dann durch die menschenleeren Straßen auf den Stadtkern zu. Obwohl Carolyn voller Angst darauf wartete, dass aus irgendeiner der vielen Gassen plötzlich französische Soldaten hervorstürzen könnten, wurde sie dennoch wider Willen von dem so überaus fremdländischen Eindruck, den Moskau auf sie machte, gefesselt. Moskau ähnelte St. Petersburg auch nicht im Entferntesten. Während in St. Petersburg der Einfluss des Westens überall deutlich zu spüren war, schien in Moskau das wahre Herz Russlands zu schlagen. Hier herrschten kleine Häuser mit typisch russischen Schmuckelementen auf den bunt bemalten Holzbalken vor. Die zahlreichen christlich-orthodoxen Kirchen wiesen fast immer die seltsam zwiebelförmig gestalteten, mit Patina bedeckten Turmbekrönungen auf. In die farbenfrohen Wände und Türen waren kyrillische Schriftzeichen eingraviert, deren Bedeutung für eine Westeuropäerin wie Carolyn rätselhaft bleiben musste. Und schließlich erschienen in ihrem Blickfeld die dunkelroten Mauern und Rundtürme des Kreml mit ihren treppenförmigen, zinnenartigen Verzierungen und den einem Zuckerhut ähnelnden Spitzen. Die riesige Anlage des Kreml bildete den weithin sichtbaren Mittelpunkt der Stadt.

Aber auch hier war keine Menschenseele zu sehen.

„Niemand ist mehr hier", flüsterte Carolyn bedrückt, während sie vergeblich nach einem Wagen oder wenigstens einem Fußgänger auf den schmalen Gehwegen Ausschau hielt. Der kalte Schweiß stand ihr auf der Stirn, und ihr Herz klopfte zum Zerspringen. Angstvoll wandte sie sich an die Fürstin.

„Hoheit, es ist noch nicht zu spät zur Umkehr." Ihre Stimme klang verzweiflungsvoll beschwörend. Ich will nicht hier bleiben, sagte sie immer wieder, ich will nicht ...

Aber Marie Helene starrte nur unentwegt geradeaus. „Wir sind gleich da", murmelte sie.

Sie fuhren nun an mehrstöckigen Steinhäusern vorüber, die von den öffentlichen Wegen durch hohe Eisengitter getrennt waren, hinter denen man mit Kopfsteinen gepflasterte Höfe erkennen konnte.

Einige der Gebäude wurden von Säulen und klassizistischen Giebeln geschmückt, während andere im russischen Stil erbaut waren mit den typischen flachen Dächern, den eigentümlichen Schnitzereien und der bunten Bemalung am Obergeschoss.

Hier schienen die Häuser noch nicht gänzlich verlassen zu sein. Erleichtert beobachtete Carolyn, wie aus einem von ihnen durch die weit geöffnete Tür Hausrat hinausgetragen und auf eine Reihe wartender Wagen geladen wurde. Zahlreiche lederne Reisekoffer waren darunter, kostbare venezianische Kristallspiegel, ein Mahagonisekretär.

Marie Helene lächelte selbstgefällig. „Na also, es sind doch nicht alle geflohen."

Bittend sah Carolyn erst die Gouvernante und dann Signor Raffaldi an. Doch sie taten, als merkten sie nichts davon. Offensichtlich schien keiner der beiden Lust zu haben, sich auf einen Disput mit der Fürstin einzulassen. „Aber was haben wir davon, wenn wir hier bleiben?" nahm Carolyn ihren aussichtslosen Kampf wieder auf.

„Genug jetzt!" fuhr Marie Helene sie an. „Hören Sie auf mit dem Gerede, dass Moskau geräumt werden musste. Das war doch nur ein ganz unsinniges, boshaftes Gerücht. Wir haben zweifellos die Schlacht gegen Napoleon gewonnen."

Bei diesen Worten passierte die Kutsche ein reich verziertes schmiedeeisernes Tor und anschließend einen hohen Torbogen, der von zahllosen Türmchen gekrönt wurde, und hielt schließlich in dem gepflasterten Hof an. Während sich die Insassen anschickten, mit steifen Gliedern aus dem Wagen zu klettern, blieb Carolyn sitzen und betrachtete neugierig Nikis Moskauer Residenz. Die steinernen Wände waren über und über mit seltsamen, in Blau und Gold gehaltenen Reliefs bedeckt. Mit seinen vergoldeten Kuppeln und den zwei wuchtigen Glockentürmen unterschied sich das Gebäude von dem Petersburger Palast wie Tag und Nacht. Nicht der geringste europäische Einfluss war mehr zu erkennen. Sie hatte das Schwindel erregende Gefühl, durch Jahrhunderte zurückgewandert zu sein, um zu guter Letzt an einem orientalisch anmutenden Ort anzukommen. Nur widerwillig riss sie sich von dem märchenhaften Anblick los und folgte den anderen zu der großen Eingangstür aus pechschwarzem Holz.

Eine der Dienstmägde schlug mit dem schweren Türklopfer dagegen, und sofort erschien ein livrierter Diener, der die Fürstin einen Augenblick lang mit offenem Munde anstarrte, und sich dann eilfertig verneigte. „Wir haben Eure Hoheit gar nicht erwartet", stammelte er mit rotem Kopf.

„Das merke ich", erwiderte Marie Helene und schob ihn zur Seite, um eintreten zu können.

Carolyn, die sich ihr mit Katja an der Hand angeschlossen hatte, fand sich staunend in einer hellblau getünchten Eingangshalle mit fantasievoll verzierten hölzernen Simsen wieder. Weiße Steinsäulen, die sich spiralförmig nach oben verjüngten, trugen die gewölbte Decke mit einem farbenfrohen Fresko im Rokokokostüm. Beim Anblick der pausbäckigen Trompetenengel über ihren Köpfen in einem ansonsten durch und durch moskowitischen Haus musste Carolyn unwillkürlich lächeln.

„Ich bitte vielmals um Verzeihung, Eure Hoheit. Wir glaubten, Sie hielten sich in Twer auf." Der Diener begleitete jedes Wort mit einer devoten Verneigung.

„Schon gut. Kümmere dich darum, dass die Wagen entladen werden."

„Gewiss, gewiss, Hoheit. Aber darf ich Eure Hoheit darauf aufmerksam machen, dass fast alle Herrschaften Moskau gestern verlassen haben?"

„Und warum?" erkundigte sich die Fürstin hochmütig. „Wir haben doch eine Schlacht gewonnen, wenn ich mich nicht irre."

„So ist es. Man hat uns gesagt, Marschall Kutusow habe den Sieg davongetragen. Aber es wurde dennoch eine offizielle Proklamation verbreitet, in welcher alle Bürger aufgefordert wurden, die Stadt zu verlassen. Wer zurückbleiben wolle, müsse es auf seine eigene Gefahr tun. Daraufhin haben sich in der Nachbarschaft alle auf den Weg gemacht bis auf Fürst Golizyn, und auch dort packt man jetzt die Sachen."

Marie Helene sah ihre Begleiter ratlos an und stampfte dann zornig mit dem Fuß auf. „Das ist doch Unsinn! Es muss ein Missverständnis sein. Ich kann nicht glauben, dass der Zar beabsichtigt, Moskau in die Hände der Franzosen fallen zu lassen."

„Ich weiß es auch nicht, Euer Hoheit", erwiderte der Lakai ängstlich. „Aber wir haben hier im Hause auch alles für eine Flucht vorbereitet, um dem Befehl zur Räumung nachzukommen."

Carolyn bis sich auf die Lippen, denn ihr lag ein befriedigter Ausruf auf der Zunge. Oh, lieber Gott, flehte sie voller Inbrunst, lasse sie bitte vernünftig sein und augenblicklich mit Sack und Pack Moskau wieder verlassen!

„Nun gut", erwiderte die Fürstin schließlich. „Ich werde der Sache auf den Grund gehen. Ladet nur das Notwendigste für einen kurzen Aufenthalt aus. Wenn wir wirklich aus Moskau fort müssen, werden wir nach Twer gehen. Das ist ja nur eine Tagereise von hier entfernt. Und nun gehe ich aus, um herauszufinden, was eigentlich geschehen ist – natürlich erst nachdem ich gebadet und mich umgezogen habe", fügte sie lächelnd hinzu.

Langsam verschwand die Sonne hinter dem Horizont, und nur der letzte blassgelbe Schein lag jetzt noch über dem Land und den in bleigrauer Dämmerung versinkenden Zelten. Die letzten herbstgelben Birkenblätter raschelten im Abendwind. Irgendwo in weiter Ferne erklang das klagende Geheul von Wölfen. Für den uneingeweihten Beobachter mochte diese Szene alltäglich erscheinen. Nirgendwo waren noch Zeichen der blutigen Schlacht zu erkennen, die vor nur sechs Tagen in unmittelbarer Nähe stattgefunden hatte.

Nikolaus stand neben dem Lagerfeuer vor seiner Unterkunft und lauschte auf die flüsternden Stimmen der erschöpften Soldaten. Nur wenige Schritte von ihm entfernt hatten die Männer, für die er als Kommandeur die Verantwortung trug, ihr Lager aufgeschlagen, und er konnte hin und wieder sogar einzelne Gesichter erkennen. In ihren Mienen lag noch immer das grenzenlose Entsetzen, das die erbarmungslosen Kämpfe in der Nähe des Dorfes Borodino bei jedem von ihnen ausgelöst hatten. Und auch er selbst hatte sich von diesem Schock noch nicht völlig erholt. Noch heute zog sich sein Magen zusammen, wenn er an jene grauenvollen Bilder dachte.

Langsam wandte er sich um und blickte in die Richtung, in der Moskau in etwa einem Tagesritt Entfernung liegen musste. Auf Befehl von Marschall Kutusow hatten sich trotz des nicht ungünstig verlaufenen Treffens bei Borodino die Erste und die Zweite Armee weitere sechzig Meilen nach Osten zurückgezogen, denn das gegenüber der zahlenmäßig überlegenen Grande Armee schwächere russische Heer sollte nicht ohne Not weiter dezimiert werden.

Müde schloss Nikolaus die Augen. Nie in seinem Leben hätte er geglaubt, dass eine Feldschlacht so opferreich und gewaltig und doch letztlich so ergebnislos sein konnte. Am Morgen waren die ersten Meldungen über die Verluste eingetroffen. Etwa ein Drittel der russischen Soldaten waren auf dem Schlachtfeld geblieben, und den Franzosen war es auch nicht besser ergangen. Ein Drittel. Bei Gott, das waren etwa vierzigtausend Mann!

Das Feldlazarett lag ein paar Dutzend Meilen nördlicher, in einem gesicherten Gebiet. Tag und Nacht zogen die Karren mit den Verwundeten an dem Feldlager der Ersten Armee vorüber und führten den Überlebenden eindringlich vor Augen, dass die Verlustzahlen wohl tagtäglich zunehmen mussten. Manch einer der Verletzten würde wahrscheinlich nicht einmal mehr lebend im Lazarett ankommen.

Das Oberkommando hatte eine Siegesbotschaft herausgegeben, und das war insofern berechtigt, als die russischen Truppen Napoleon noch immer den Weg nach Moskau versperrten. Dennoch konnte Nikolaus nur mit Widerwillen über die augenblickliche Lage nachdenken, denn er zweifelte nicht daran, dass Kutusow vor Moskau keinen weiteren Widerstand leisten würde. Und die Vorstellung, dass auch die Franzosen einen großen Sieg bei Borodino gefeiert hatten, da sich die russischen Armeen unaufhörlich weiter vor ihnen zurückzogen, widerte ihn ganz besonders an. Dabei waren eigentlich beide Seiten keine Sieger, sondern Verlierer gewesen. Und warum das alles? Nur weil ein einziger größenwahnsinniger Mensch die halbe Welt erobern wollte.

„Oberst Swerajow?" In diese düsteren Überlegungen hinein ertönte plötzlich die Stimme seines Adjutanten.

Nikolaus wandte sich um. „Ja, Pawel Petrowitsch, was gibt es?"

„Ein Kurier aus St. Petersburg ist eingetroffen, Herr Oberst." Der junge Offizier wies hinter sich ins Dunkel.

Sofort erschien das Bild der beiden Menschen, die ihm das Liebste auf der Welt waren, vor Swerajows geistigem Auge – Katja und Carolyn –, und er fragte sich aufgeregt, ob er wirklich auf einen Brief von Carolyn hoffen durfte, da sie von seinem kalten Abschied in St. Petersburg gewiss so sehr verletzt sein musste. Aber er hatte ja nur getan, was er seinerzeit für das Beste hielt. Inzwischen hatte er angesichts des Todes jedoch erkannt, dass es beileibe nicht das Beste gewesen war. Jetzt wusste er, dass es richtiger gewesen wäre, offen mit ihr über die Zukunft zu reden, anstatt ihr auf seine Art eine Entscheidung aufzuzwingen. In diesem Sinne hatte er ihr auch vor kurzem einen Brief geschrieben. Doch es war zu früh, um darauf bereits eine Antwort erwarten zu können.

Nächtelang hatte er sich zuvor gefragt, was er tun sollte, wenn sie seine Erklärung nicht verstehen würde. Wenn der einzige, ihm damals möglich erscheinende Ausweg aus ihrer Zwangslage möglicherweise bei ihr die gegenteilige Wirkung gehabt hatte? Er war doch überzeugt gewesen, dass Carolyn in einem illegitimen Verhältnis nicht glücklich geworden wäre, ja, dass er sie damit zu Grunde gerichtet hätte. Und einer solchen Entwicklung der Dinge hätte er nicht zusehen können. Deshalb gab es nur eine Möglichkeit: Er musste Carolyn aufgeben, musste sich für ein ehrenvolles Verhalten entscheiden und sie nicht in eine Affäre verwickeln, die ihr letzten Endes das Herz brechen würde. Und da er nicht annehmen konnte, dass Carolyn aus diesen Gründen die Rückkehr zu bloßen freundschaftlichen Beziehungen akzeptieren würde, hatte er sich eben gezwungen gesehen, den Lumpen zu spielen. Doch nun wartete er voller Aufregung und Besorgnis auf ihre Reaktion zu dem Versuch, ihr sein Verhalten verständlich zu machen. Als er sich dem Boten näherte, erkannte er in ihm einen seiner Stallknechte. Der junge Mann war über und über mit Staub bedeckt und sah sehr erschöpft aus.

„Miss Browne hat mich geschickt, Exzellenz", sagte er mit heiserer Stimme und überreichte Nikolaus ein versiegeltes Schreiben.

Einen Herzschlag lang starrte Swerajow ungläubig auf den schmalen Umschlag. Carolyn hatte ihm also geschrieben, obwohl sie seine wahrscheinlich wenig überzeugende Rechtfertigung noch gar nicht erhalten hatte? Kopfschüttelnd brach er das Siegel, entfaltete den Bogen und starrte entsetzt auf den einzigen Satz, den er enthielt.

„Ihre Gemahlin hat unsere Abreise nach Moskau angeordnet, und wir brechen noch in diesem Augenblick auf." Unterzeichnet war der Brief mit „Carolyn Browne" und datiert vom 3. September.

Eine eisige Hand schien sich um Swerajows Kehle zu legen.

Wütend und aufgeregt lief Carolyn im Zimmer auf und ab. Wo blieb nur die Fürstin?

Ein Tag war seit ihrer Ankunft in Moskau bereits vergangen, und am Morgen hatte Fürst Golizyn als Letzter aus der Nachbarschaft mit seinem Gesinde Moskau verlassen. Carolyn war von dem Poltern und Klappern erwacht und hatte gerade noch mit ansehen können, wie die Dienerschaft in die Gepäckwagen kletterte und die Kolonne sich dann in Bewegung setzte. In der Stille, die nach ihrem Verschwinden eintrat, hatte man die Vögel auf den Dachtraufen zwitschern gehört. Vergebens war Carolyn lange Zeit am Fenster stehen geblieben und hatte die Gebäude auf der gegenüberliegenden Seite gemustert. Überall waren die Gardinen zugezogen. Nichts regte sich. Nur ein streunender Köter schnupperte an den eisernen Gittern. Offensichtlich waren alle Häuser in diesem Stadtviertel verlassen und die wenigen Menschen im Palais Swerajow die einzigen Bewohner der wie ausgestorben wirkenden Straße.

Wo aber hielt sich Marie Helene auf? Sie hatte gestern Abend in einer Aufmachung, als wolle sie zu einem Hofball gehen, das Haus verlassen und war bis jetzt noch nicht zurückgekehrt.

Ratlos presste Carolyn die Handflächen gegen die Wangen, als sich eilige Schritte näherten. Doch es war nicht die Fürstin, wie sie für den Bruchteil einer Sekunde gehofft hatte, sondern nur die Gouvernante, die sich angstvoll umsah. „Ihre Hoheit ist nicht nach Hause gekommen, nicht wahr?" fragte sie leise, und ihre Worte klangen überhaupt nicht mehr streng und energisch, sondern unsicher und beinahe entsetzt.

„So ist es", erwiderte Carolyn aufgebracht. „Und wir hier scheinen die Einzigen zu sein, die in der Stadt geblieben sind."

Madame Arkadjewa wurde blass und rang nur schweigend die Hände, während Carolyn ihr rastloses Hin und Her wieder aufnahm. Zumindest wird Katja dadurch etwas abgelenkt, dass Signor Raffaldi ihr die Bücher in der Bibliothek zeigt, dachte sie erleichtert. Aber was, um Himmels willen, sollten sie tun, wenn Marie Helene nicht mehr zurückkam? Von Rechts wegen müssten sie augenblicklich ihre Siebensachen packen und Moskau auf dem schnellsten Wege wieder den Rücken kehren. Hier zu bleiben wäre der reine Wahnsinn, schon in Katjas Interesse. Und schließlich war ja ihre vordringlichste Pflicht, sich um das Kind zu kümmern, es in Sicherheit zu bringen.

„Diese Situation ist unerträglich", murmelte sie mehr zu sich selbst. Doch die Gouvernante nickte mit düsterer Miene und sagte dann: „Vielleicht ist ihr etwas zugestoßen?"

„Ach was", erwiderte Carolyn wütend. „Ich kann mir sehr genau vorstellen, was ihr zugestoßen ist. Sie hat sich mit dem charmanten Sascha Woronski getroffen, und nun finden die beiden nicht mehr aus dem Bett."

Madame Arkadjewa schnappte schockiert nach Luft, schien aber nichtsdestoweniger diese Ansicht zu teilen, denn sie machte keinerlei Anstalten, Carolyn zu widersprechen, sondern flüsterte nur: „Was sollen wir denn nur tun?"

Einen Herzschlag lang dachte Carolyn an Nikolaus und daran, dass er ihr seine Tochter anvertraut hatte. Trotz allem, was er ihr angetan hatte, durfte sie ihn nicht enttäuschen. „Wir reisen ab", erklärte sie entschieden. „Sofort. Sagen Sie den Dienstleuten, dass wir in einer Stunde nach Twer fahren."

„Ohne die Fürstin?"

„Ja." Obwohl das Gefühl der Verantwortung wie eine Zentnerlast auf ihr lag, ließ sich Carolyn nicht beirren. „Ja, ohne die Fürstin. Sie muss eben sehen, wie sie allein nach Twer kommt."

„Aber wir können doch ohne Mama nicht wegfahren", erklang plötzlich Katjas Stimme von der Tür her, und Carolyn fuhr erschrocken herum. Blas und ängstlich stand das Kind zögernd auf der Schwelle.

„Ich dachte, du bist in der Bibliothek, Liebling, und kramst in den Büchern." Krampfhaft bemühte sich Carolyn, unbekümmert und vergnügt zu erscheinen.

Aber Katja schüttelte stumm den Kopf und kam langsam näher. „Ich hatte keine Lust mehr", flüsterte sie, „es ist alles so still", und fügte dann fast verzweifelt hinzu: „Wir können nicht ohne Mama wegfahren!"

„Katja, Liebes, ich weiß, was du dir für Sorgen um deine Mutter machst. Aber sie ist eine erwachsene Frau und kann selbst auf sich Acht geben. Alle Leute sind aufgefordert worden, Moskau so schnell wie möglich zu verlassen. Von unseren Nachbarn ist niemand mehr hier. Sämtliche Häuser sind leer, und Napoleon kann jeden Augenblick in die Stadt einziehen. Wir müssen fort!"

„Nein", murmelte Katja. „Ich komme nicht mit ohne Mama."

Ratlos biss sich Carolyn auf die Unterlippe, während nun die Gouvernante in ihrer üblichen unnachsichtigen Art eingriff. „Deine Mutter wird auch nach Twer kommen, wenn es an der Zeit ist", sagte sie barsch. „Was ist eigentlich los mit dir, Katja? Du bist doch sonst ein so wohl erzogenes Mädchen. Gehe sofort zu Miss Browne, und entschuldige dich für dein Benehmen."

Das Kind aber warf ihr nur einen störrischen Blick zu und rannte dann unvermittelt quer durch die große Halle und zur Eingangstür hinaus. Erschrocken sahen sich die beiden Frauen an, ehe sie ihm aufgeregt nachliefen. Als sie den Palast verließen, konnten sie gerade noch erkennen, wie Katja durch den großen Torbogen und hinaus auf die Straße hastete.

„Katja!" schrie Carolyn entsetzt, denn sie merkte nun, dass es dem Mädchen ernst war. Katja wollte tatsächlich weglaufen! Mit wachsender Geschwindigkeit eilte sie die Straße entlang und verschwand dann hinter einer Hausecke.

Atemlos folgte Carolyn mit gerafften Röcken. „Helft mir doch! Helft doch!" rief sie verzweifelt, während sie über die unebenen

Kopfsteine stolperte. Doch als sie um die Ecke bog, an der sie Katja zum letzten Male gesehen hatte, blieb sie starr vor Schrecken stehen. Nirgendwo war auch nur eine Spur des Kindes zu entdecken.

Ein paar Stunden später sank Carolyn tränenüberströmt und mit zitternden Knien auf der Freitreppe vor dem Palais der Familie Swerajow nieder. Ihr helles Kleid war grau und schmutzig geworden und hing traurig an ihrem Körper herab.

Im Hof standen wartend die beladenen Gepäckwagen, die all ihre Habseligkeiten enthielten, und auch die Sachen der Fürstin waren mit verpackt worden. Seit Stunden waren sie zur Abfahrt bereit, aber noch immer fehlte von Katja jede Spur. Carolyn stützte den Kopf in die Hände und versuchte vergebens, ihrer Tränen Herr zu werden. Noch nie in ihrem Leben war sie so voller quälender Sorge gewesen – und so angsterfüllt.

Großer Gott, wo mochte Katja nur sein? Wenn ihr nun irgendetwas zugestoßen war? Vielleicht waren die Franzosen schon in die Stadt eingedrungen und hatten das Kind auf der Straße aufgegriffen? Oder aber die Kleine versteckte sich irgendwo vor den fremden Soldaten?

Plötzlich setzte sich Madame Arkadjewa neben die leise schluchzende Carolyn und legte ihr einen wollenen Schal um die Schulter. „Sie werden sich erkälten“, murmelte sie verlegen. Sie selbst trug einen dicken Mantel mit Pelzbesatz an Kragen und Manschetten.

Dankbar zog Caroline den Schal enger um sich, obwohl sie die fast winterliche Kälte bis jetzt überhaupt nicht gespürt hatte. Jählings fiel ihr auch wieder die Totenstille auf, die wie eine schwere Decke über dem Haus und der ausgestorbenen Straße lag. Die Pferde dösten angeschirrt vor sich hin. Hin und wieder schnaubte eines leise oder scharrte mit dem Huf. Die Gouvernante und sie selbst waren die einzigen menschlichen Wesen ringsum.

„Wir können ohne Katja nicht wegfahren“, flüsterte Carolyn, während sie sich immer wieder verzweifelt fragte, warum das Kind fortgelaufen war – ausgerechnet jetzt, wo jede Minute zählte. In dieser Situation, da die Franzosen vielleicht schon die Außenbezirke von Moskau erreicht hatten, während sie noch hier auf der Freitreppe saßen!

„Natürlich nicht", stimmte Madame Arkadjewa ohne zu zögern zu.

In diesem Augenblick trat Signor Raffaldi reisefertig gekleidet aus dem Haus. „Wir müssen endlich aufbrechen", sagte er aufgeregt. „Keine Minute länger dürfen wir hier in der Stadt bleiben. Was sollen wir denn machen, wenn die Franzosen plötzlich vor uns stehen? Wir sind die Einzigen weit und breit, großer Gott! Wer soll uns dann beistehen? Ich zweifle nicht daran, dass Napoleon über kurz oder lang Moskau in seinen Besitz bringt."

Verständnislos sah Carolyn zu ihm empor. „Aber wir können doch nicht ohne Katja abreisen, Signor Raffaldi!"

Doch der sonst stets so liebenswürdige Italiener blickte sie nur finster an. „Ich bin genauso besorgt über das Verschwinden des Kindes wie Sie, Miss Browne. Aber ich habe auch keine Lust, in einem Krieg, der mich nichts angeht, den Tod zu finden. Leben Sie denn wohl." Mit diesen Worten ging er auf einen der Wagen zu, kletterte auf den Bock und ergriff die Zügel.

Regungslos beobachteten die beiden Frauen, wie Signor Raffaldi die Pferde antrieb und den Wagen durch den Torbogen hinaus auf die Straße lenkte. Wenige Augenblicke später war das schwer beladene Gefährt verschwunden.

„Das hätte ich von ihm nicht erwartet", flüsterte Carolyn betroffen.

Die Gouvernante legte ihr die Hand auf den Arm. „Vielleicht sollten wir das Gesinde auch wegfahren lassen. Wir könnten ja zwei Pferde zurückbehalten und die Wagen wieder einholen, wenn wir Katja gefunden haben."

„Ich kann aber nicht reiten", erwiderte Carolyn ratlos. Doch dann gab sie sich einen Ruck. „Nun, wie auch immer, irgendwie werde ich mich schon auf einem Pferd vorwärts bewegen können. Also, dann sagen wir den Leuten jetzt, dass sie sich auf den Weg machen sollen."

Doch bevor sie sich noch erheben konnte, jagte eine Kutsche heran, an der ein reiterloses Pferd festgemacht war, und fuhr in den Hof ein. Unter dem halb heruntergeklappten Verdeck war eine Uniform zu erkennen, und sofort begann Carolyns Herz wie wild zu schlagen. Nikolaus! Doch es war Sascha Woronski, der die Zügel in Händen hielt, und Marie Helene, in einen Umhang aus seidenweichem Zobelpelz gehüllt, schmiegte sich eng an ihn.

Bei diesem Anblick stieg siedendheißer Zorn in Carolyn auf. Am liebsten würde ich die beiden mit den bloßen Händen erwürgen, dachte sie, während sie voller Empörung beobachtete, wie Sascha aus der Kutsche sprang und der Fürstin dann fürsorglich hinaushalf. Marie Helene schüttelte den Staub von ihren Röcken und tänzelte mit gezierten Schritten auf das Haus zu.

„Wir müssen sofort abfahren“, rief sie schon von weitem. „Napoleon steht bereits vor der Stadt.“

Nur mühsam wahrte Carolyn ihre Fassung. „Ihre Tochter ist verschwunden, Hoheit. Sie ist weggelaufen“, sagte sie bedrückt.

Jählings hielt die Fürstin am Fuße der Treppe inne. „Was sagen Sie da? Katja ist verschwunden?“

Sascha Woronski war blass geworden und kam hastig auf die Gouvernante zu. „Dann muss das Kind sofort gesucht werden, Madame Arkadjewa. Es ist keine Zeit mehr zu verlieren.“

Noch während die erschrockene Gouvernante nach Worten suchte, mischte sich Carolyn wieder ein. „Ich bin stundenlang durch die Straßen gelaufen auf der Suche nach Katja, Hoheit“, wandte sie sich an Woronski. „Sie müssen wissen, dass mich Fürst Swerajow persönlich als Betreuerin für seine Tochter eingestellt hat, und ich habe ihm mein Wort gegeben, dass ich nach besten Kräften für das Kind sorgen werde. Leider mussten wir entgegen seiner ausdrücklichen Anweisung St. Petersburg verlassen, da die Fürstin seinen Befehl widerrufen hat, und mitten durch die Kriegswirren nach Moskau reisen. Nichtsdestoweniger bin ich bereit, mich weitere Stunden in der Stadt nach Katja umzusehen. Aber wir brauchen Hilfe. Allein ist es nicht zu schaffen.“ Auffordernd sah sie den jungen Mann an.

„Sie scheinen demnach die berühmte Miss Browne zu sein“, erwiderte Woronski und versuchte vergeblich, herablassend zu wirken.

Carolyn streifte die Fürstin mit einem flüchtigen Blick. „Ich bin in der Tat Carolyn Browne", erwiderte sie kurz, „Und was ich eben meinte, ist, dass Sie zu Pferde ein weitaus größeres Gebiet absuchen können, als es mir zu Fuß möglich wäre. Im Übrigen kann ich auch gar nicht reiten."

Sascha Woronski nickte und wandte sich an die Fürstin. „Sorge dafür, dass der gesamte Haushalt jeden Augenblick aufbrechen kann."

„Die Leute sind reisefertig", erwiderte Carolyn verärgert. „Schon seit geraumer Zeit."

„Touche, Madame." Der junge Mann konnte ein Lächeln nicht unterdrücken. „Touche." Mit zwei langen Schritten war er an der Hinterfront des Wagens, band dort das Pferd los und schwang sich in den Sattel.

„Wo willst du hin?" schrie Marie Helene mit schriller Stimme.

„Ich suche Katja", erwiderte er und fasste die Zügel fester. „Was dachtest du denn, Marjuscha?"

Die Fürstin brach in Tränen aus, die zum ersten Male echt zu sein schienen. „Wie konnte sie nur davonlaufen? Ich werde ihr ein paar Ohrfeigen verpassen, wenn sie zurückkommt, jawohl, das werde ich! Napoleon steht vor den Toren, und unsere bornierten Heerführer ziehen sich immer weiter zurück. Feiglinge sind sie! Allesamt Feiglinge!" Sie brach in wildes Schluchzen aus.

Sascha Woronski betrachtete sie schweigend, und nur zwischen seinen Brauen standen zwei scharfe Falten. Dann wandte er sich an Carolyn. „Wir treffen uns zu jeder zweiten vollen Stunde wieder hier. Ich denke, sie hat sich irgendwo in der Nachbarschaft versteckt. Sollten Sie das Kind durch Zufall finden, machen Sie sich sofort auf den Weg. Ich werde Sie dann schon einholen."

Carolyn nickte. „Ich glaube auch, dass Katja in der Nähe ist. Vielleicht sollten wir das Personal bereits vorausschicken. Wenn wir das Kind gefunden haben, sehen wir uns dann alle in Twer wieder. Es ist wirklich nicht nötig, dass die Leute auch noch hier bleiben."

„Eine ausgezeichnete Idee. Aber ich denke, Sie können nicht reiten?"

„Nun, ich werde mich schon irgendwie auf einem Pferd vorwärts bewegen können", erwiderte Carolyn zum zweiten Male innerhalb kurzer Zeit.

„In Ordnung." Woronski wies auf die Wagen. „Schicke das Personal augenblicklich weg, Marie Helene, und halte eines der Pferde zurück. Lass es in den Stall zurückbringen. Der leichteste unter den Wagen wird auch so vorankommen." Von irgendwoher erschien ein Stallknecht und machte sich eilig an dem Geschirr einer schlanken braunen Stute zu schaffen.

Marie Helene starrte ihn entsetzt an. „Ich ... ich werde auch mitfahren", sagte sie schließlich mit wachsender Erregung. „Es gibt für mich doch keinen Grund, noch länger hier zu bleiben", erklärte sie zum Befremden aller Anwesenden. „Und wenn Sie Katja gefunden haben, treffen wir uns alle in Twer wieder."

In ohnmächtiger Wut verbarg Carolyn ihre geballten Hände unter dem Schal. Dann warf sie einen Hilfe suchenden Blick auf den Liebhaber der Fürstin, der Marie Helene mit einem Ausdruck grenzenloser Ungläubigkeit ansah.

„Du willst deine Tochter ihrem Schicksal überlassen, Marie Helene?" fragte er ruhig.

„Was heißt, ihrem Schicksal überlassen?" begehrte die Fürstin auf. „Ich lasse doch Katja nicht im Stich. Du oder Miss Browne – einer von euch wird Katja finden. Du hast ja selbst gesagt, dass die anderen nicht länger mit der Abreise warten sollen. Und da Miss Browne so perfekt in allem ist, wird sie es schon richtig machen. Im Übrigen werdet ihr beide zu Pferde uns sehr rasch eingeholt haben, denn die Wagen kommen ja viel langsamer vorwärts als zwei Reiter. Iwan Jefimowitsch!" rief sie ins Haus. „Hole die Leute zusammen! Wir reisen augenblicklich ab."

Nur wenige Augenblicke später versammelte sich die Dienerschaft auf dem Hof und verteilte sich dann schweigend auf die wartenden Wagen. Die Kammerzofe der Fürstin polsterte für sie eine freigehaltene Ecke eines Gepäckwagens mit zahlreichen Kissen aus, denn die Kutsche wurde in Moskau zurückgelassen, da sie für eine Flucht zu auffällig gewesen wäre.

Der Aufbruch fand in großer Hast und bedrückender Stille statt, und Carolyn legten sich dabei Zorn und Ratlosigkeit wie ein Alb auf die Brust. Als sie zu Sascha Woronski hinüberblickte, stellte sie fest, dass es ihm anscheinend ähnlich erging.

Seine düstere Miene drückte ein solches Maß von Trostlosigkeit aus, dass seine unverhüllte Pein Carolyn trotz seines unverzeihlichen Verrates an Nikolaus zu Herzen ging.

Dann riss er unvermittelt am Zügel und lenkte sein Pferd im schnellen Trab zum Torbogen hinaus.

„Bis Twer dann, Sascha!" rief Marie Helene ihm nach, doch er antwortete nicht und warf auch keinen Blick mehr zurück.

Ärgerlich zuckte die Fürstin mit den Schultern und rief dem Kutscher dann einen Befehl zu. Langsam setzte sich ihr Wagen in Bewegung, und die Übrigen folgten, begleitet nur von dem Knarren der Räder und dem Klappern der Hufe, das in der leeren Straße gespenstisch widerhallte.

Bewegungslos starrten die beiden Frauen den davonrollenden Planwagen nach, bis auch der letzte ihren Blicken entschwunden war. Von Sascha Woronski war ohnehin schon wenige Augenblicke nach seinem Aufbruch nichts mehr zu sehen gewesen.

Jählings rann ein eisiger Schauer über Carolyns Rücken. Mit zitternden Fingern schlang sie den Schal enger um ihren Körper, denn ihr war plötzlich bewusst geworden, dass sie allein und schutzlos in der menschenleeren Stadt zurückgeblieben waren – zwei Frauen ohne die geringste Möglichkeit, sich gegen Angreifer zur Wehr zu setzen. Aber es war zu spät, um noch irgendetwas an ihrer Lage ändern zu können.

Zögernd wandte sie sich an die Gouvernante. „Wollen wir jetzt wieder auf die Suche gehen?" fragte sie leise, denn sie wagte in ihrer Verlorenheit nur zu flüstern.

Madame Arkadjewa nickte wortlos, und so machten sich beide auf, das verschwundene Kind zu suchen.

30. KAPITEL

Im silbrigen Licht des Vollmondes galoppierte Nikolaus mit halsbrecherischer Geschwindigkeit durch die Toreinfahrt seines Moskauer Hauses und riss am Fuße der Freitreppe so heftig am Zügel, dass sich die graubraune Stute aufbäumte. Vergebens durchforschte er jeden Winkel. Der Vorhof lag ebenso wie der Palast selbst dunkel und verlassen vor ihm. Alles war menschenleer wie die Straßen und Gassen, die er durchquert hatte ... wie die ganze sonst so lebendige Stadt. Mit klopfendem Herzen schwang er sich aus dem Sattel und stieg die flachen Marmorstufen empor. Als er an der hölzernen Eingangstür rütteln wollte, gab sie sofort nach. Der schwere eiserne Riegel war von innen nicht vorgeschoben worden. Aber dennoch schien niemand im Hause zu sein. Kein Laut war in dem totenstillen Gebäude zu vernehmen.

„Carolyn! Katja! Iwan Jefimowitsch!" rief er zutiefst erschrocken. Doch nichts regte sich in der von undurchdringlicher Dunkelheit erfüllten Eingangshalle, und auch in den oberen Stockwerken entstand keine Bewegung. Offensichtlich schlafen sie nicht, sondern haben Moskau doch noch rechtzeitig verlassen, dachte Nikolaus erleichtert. Gott sei gedankt, dass ihnen die Flucht gelungen ist.

Doch als er sich wieder zum Gehen wandte, erschien auf der Schwelle des Eingangs plötzlich ein Schatten. Automatisch zuckte seine Hand zum Degen im Gurt. „Wer ist da?" rief er mit befehlsgewohnter Stimme.

„Ich bin's, Niki", erwiderte eine schmerzlich vertraute Stimme.

Ungläubig starrte Nikolaus sekundenlang auf Sascha Woronski, der einen Schritt zurückgetreten war und sich nun mitten im Schein des Mondes deutlich abzeichnete. Dann ging er langsam auf den Vetter zu, während er verzweifelt um Fassung rang und nicht wusste, ob er den Gefährten seiner Jugend hasste ... oder immer noch liebte.

„Ich freue mich, dich zu sehen", sagte Sascha leise.

Spöttisch verzog Nikolaus die Mundwinkel. „Das kann ich von mir nicht behaupten", erwiderte er abweisend. Wie viele Nächte hatte er darüber nachgedacht, ob er Sascha zum Duell fordern sollte?

Ob einer von ihnen Marie Helenes unverzeihliches Benehmen vielleicht mit dem Leben bezahlen musste? Doch immer noch kämpfte sein männlicher Stolz mit seinem gesunden Menschenverstand, ohne dass einer von ihnen die Oberhand gewonnen hätte. Was Sascha getan hatte, war nicht wieder gutzumachen – diese Tatsache konnte nichts aus der Welt schaffen. Und so ging er denn gleichgültig an dem Vetter vorüber die Treppe hinab, während er sich angstvoll fragte, was er tun sollte, wenn Sascha versuchen würde, eine Aussprache mit ihm herbeizuführen.

Und tatsächlich griff Sascha nach seinem Arm, als er schon fast vorüber war. „Bitte, bleibe noch, Niki", bat er eindringlich.

Langsam wandte sich Nikolaus um. „Du solltest dein Schicksal nicht unnötig herausfordern, Sascha. Ich bin im Übrigen nicht in der Stimmung, um mir Geständnisse oder Entschuldigungen anzuhören. Napoleon steht unmittelbar vor Moskau, und ich bin verpflichtet, auf dem schnellsten Wege zu meiner Truppe zurückzukehren."

„Ich habe nicht die Absicht, ein Geständnis zu machen, und will mein Verhalten auch nicht entschuldigen. Später, irgendwann einmal werde ich versuchen, deine Verzeihung zu erbitten, und vielleicht sogar dein Verständnis." Noch immer umklammerte Sascha den Ärmel von Nikis Uniformrock.

Zornig schüttelte Nikolaus die Hand des Vetters ab. Nie würde er ihm verzeihen – niemals ...

„Warte doch, Nikolaus! Du kannst nicht fortgehen." Saschas Ton war seltsam bedrückt.

„Willst du mich vielleicht daran hindern?" erkundigte sich Nikolaus geringschätzig, während er nach dem Zügel griff.

„Katja ist verschwunden!"

Mitten in der Bewegung erstarrte Nikolaus vor Entsetzen. Er glaubte, sich verhört zu haben.

„Heute Morgen ist sie weggelaufen", berichtete Sascha hastig. „Am Nachmittag hat sich Marie Helene mit der Dienerschaft auf den Weg nach Twer gemacht. Seit dieser Zeit suche ich die Umgebung vergeblich nach dem Kinde ab. Auch Madame Arkadjewa und Miss

Browne sind seit Stunden zu Fuß unterwegs, um Katja ausfindig zu machen. Sie haben bis jetzt ebenfalls kein Glück gehabt."

Fassungslos presste Nikolaus die Hände auf sein Herz. Katja war verschwunden! Sein kleines Mädchen. Ein schutzloses, unschuldiges Kind von sechs Jahren.

„Großer Gott!" keuchte er verzweifelt.

Furchtsam drückten sich Carolyn und Madame Arkadjewa mit dem Rücken gegen die kalte Steinwand eines Hauses und flehten den Himmel an, dass der helle Mond noch lange hinter den dunklen Wolken verborgen bleiben möge. Ihr Atem ging rau und stoßweise, während sie beobachteten, wie die ersten französischen Gardegrenadiere gemächlich die Straße entlangmarschierten. Jeden Augenblick konnten sie die beiden angstzitternden Frauen entdecken!

Mit klammen Fingern umkrampfte Carolyn das fest verschlossene eiserne Gittertor vor der Haustür. Es schien ihr, als habe man sie in einen Grauen erregenden, schrecklichen Albtraum versetzt, und sie wusste auf einmal nicht mehr, wie sie mitten in der Nacht an diesen unbekannten Ort gekommen war.

Allein befand sie sich in einer fremden Stadt, die gerade von feindlichen Soldaten besetzt worden war. Und Nikis Kind hatte sich immer noch nicht angefunden! Zum wiederholten Male flehte Carolyn den Himmel an, er möge ihnen den Weg zu Katja zeigen. Oder wenigstens Sascha zu ihr führen.

Der kleine Trupp Franzosen schien sich seiner Sache sehr sicher zu sein, denn die Männer unterhielten sich laut und ungeniert, und ihre Schritte hallten in der engen Straße wider. Offensichtlich waren sie aber so mit sich selbst beschäftigt, dass sie die beiden Frauen nicht bemerkten und schließlich in einer Seitengasse verschwanden.

Als sie außer Sicht waren, sank Carolyn lautlos zu Boden.

Angst und Verzweiflung trieben ihr die Tränen in die Augen. „Nun sind sie also da", sagte sie mit erstickter Stimme. „Die Franzosen sind in der Stadt, und wir haben nicht einmal eine Waffe."

Die Gouvernante hob schweigend ihren Rock. In dem Strumpfband unter ihrem Knie steckte eine kleine perlmuttbesetzte Pistole.

Verblüfft von dem höchst unerwarteten Anblick, starrte Carolyn auf das glitzernde Ding und fragte dann: „Ist sie auch geladen?"

Schweigend nickte Madame Arkadjewa und ließ den Rock dann wieder herabfallen. „Was machen wir jetzt nur?" murmelte sie.

„Wir können ja nichts anderes tun als weitersuchen", erwiderte Carolyn und rieb sich mit dem Handrücken über die Augen. „Katja muss doch irgendwo sein, wenn ihr nichts zugestoßen ist."

„Wir haben praktisch das ganze Umfeld durchforscht – mindestens zwanzig Straßen." Hilflos hob die Gouvernante die Schultern. „Wenn sie nicht will, dass man sie findet, sind alle unsere Bemühungen vergebens."

In Gedanken musste Carolyn ihr Recht geben. Aber noch schwerer wog ihre immer fester werdende Überzeugung, dass sich Katja gar nicht versteckt hatte, sondern dass ihr irgendein Missgeschick widerfahren sein musste. Dennoch klammerte sie sich verzweifelt an die unbestimmte Hoffnung, dass russische Flüchtlinge sie gefunden und außerhalb Moskaus in Sicherheit gebracht hatten.

„Die Franzosen würden einem so kleinen Kind doch nichts zu Leide tun", flüsterte sie.

Die Gouvernante streifte sie mit einem ausdruckslosen Blick. „Katja ist ein sehr hübsches Mädchen."

Aufstöhnend barg Carolyn das Gesicht in ihren Händen. „Wenn ich sie doch endlich wieder bei mir hätte", schluchzte sie.

In diesem Augenblick ertönte lauter Gesang, der schnell näher kam. Es waren eindeutig französische Worte, und die Stimmen ließen auf einen reichlichen Genuss von Branntwein schließen. Angstvoll klammerten sich die beiden Frauen aneinander, als plötzlich aus einer Gasse lautlos mehrere Männer auf Strohschuhen hervorkamen, die brennende Pechfackeln in den Händen trugen. Es waren offensichtlich Russen, aber keine Soldaten. Sie sahen aus wie einfache Bauern. Auf der gegenüberliegenden Seite blieben sie stehen und hielten die Fackeln an ein hölzernes Gebäude. Sofort züngelten die Flammen an den trockenen Holzbalken empor, und nur wenige Augenblicke später war das Haus ein einziges flammendes Inferno.

Gebannt starrten die beiden Frauen auf das grausige Schauspiel und auf die davoneilenden Männer, die ihre eigene herrliche Stadt in Brand steckten. Ein Dutzend berittener Franzosen verfolgten vergebens die Flüchtenden, die sich in den Gassen und Durchgängen besser zurechtfanden als die Fremden.

Carolyn sprang auf und schüttelte die Fäuste. „Verflucht seid ihr alle!" schrie sie außer sich und meinte damit wohl Franzosen und Russen gleichermaßen.

Doch die Gouvernante ergriff ihr Handgelenk und zerrte sie hastig mit sich fort. Vom Hauptturm des Kreml, dem Spasskiturm, ertönte in diesem Augenblick ein Glockenspiel.

„Es ist Mitternacht", keuchte Madame Arkadjewa. „Vielleicht hat Fürst Woronski Katja gefunden und ist längst mit ihr zu Hause."

Sie rannten in wilder Hast die Straße entlang. Nur fort von dem brennenden Gebäude! Nur zurück in den Palast des Fürsten! Carolyn war so erschöpft, dass sie nicht mehr wusste, wodurch sie eigentlich noch in der Lage war, ihre Beine zu bewegen. Sie waren leblos wie zwei Stücke Holz und gehorchten doch irgendwie noch einem inneren Befehl. Schließlich erreichten sie das Palais, das düster und still vor ihnen lag. Hier war noch alles wie ehedem. Nichts hatte sich verändert, seit sie sich vor Stunden aufgemacht hatten, Katja zu suchen. Oder? Ja, die Eingangstür stand doch ganz weit offen!

Aufgeregt umklammerte Carolyn Madame Arkadjewas Arm. „Irgendjemand muss im Hause sein", flüsterte sie atemlos.

Die beiden Frauen wechselten besorgte Blicke, und Carolyn presste die Hand auf ihr wild klopfendes Herz. Unschlüssig verharrten sie auf der Freitreppe, denn keine von ihnen wagte sich ins Innere, bevor sie nicht festgestellt hatten, ob ein Mitglied der Familie oder ein bedrohlicher Eindringling das Gebäude betreten hatte.

„Fürst Woronski?" rief Carolyn halblaut. „Fürst Woronski, sind Sie es?"

„Hoheit?" versuchte auch die Gouvernante ihr Glück.

Doch sie erhielten keine Antwort.

Plötzlich ertönte vom Ende der Straße her ein zischendes Knattern, das ihnen erschreckend bekannt vorkam. Als sie sich zögernd umwandten, sahen sie, dass eines der stattlichen Gebäude auf der anderen Seite lichterloh brannte. Zuckende Flammen tanzten die hölzernen Fenstersimse entlang, über die breiten, bunt bemalten Balken bis hinauf zum Dach. Und auch die lautlosen Männer auf ihren Strohschuhen hasteten wieder durch die Dunkelheit.

Von panischer Angst getrieben, liefen die beiden Frauen ins Haus. Carolyn warf die Tür hinter sich zu, schob den schweren eisernen Riegel vor und lehnte sich schwer atmend gegen die Einfassung aus dem exotischen schwarzen Holz.

„Wenn sie nun den Palast auch in Brand stecken?“ Die Gouvernante machte jetzt einen sehr verstörten Eindruck.

„Dann müssen wir versuchen, durch die hinteren Fenster zu entkommen“, erwiderte Carolyn, während sie krampfhaft versuchte, sich die Lage der Zimmer ins Gedächtnis zu rufen. Doch noch während sie über den besten Fluchtweg nachdachte, erklang im oberen Stockwerk ein dumpfes Poltern.

Die beiden Frauen wagten nicht, sich zu bewegen, bis Madame Arkadjewa schließlich vorsichtig den Rock emporhob und die Pistole aus ihrem Strumpfband zog. Sie waren sicher, sich nicht getäuscht zu haben. Irgendjemand musste sich im oberen Teil des Hauses befinden. Zum Glück lag die Eingangshalle im tiefsten nächtlichen Dunkel, und die Säulen boten zudem noch genügend Deckung.

Dann knackte eine Stufe ... und noch eine. Carolyns Herz schlug bis zum Halse, während die Gouvernante neben ihr den Hahn der Pistole spannte. Diese kleine Bewegung verursachte ein unerwartet klirrendes Geräusch, das von der hohen Decke beängstigend widerzuhallen schien.

„Ist da jemand?“ ertönte von der Treppe her eine leise Kinderstimme.

Carolyn schrie auf und stürzte auf Katja zu, die langsam die Stufen herabstieg. Das Gesicht des Kindes war geisterbleich und tränenüberströmt.

„Ich bin es! Carolyn!“ Ungestüm riss sie die Kleine an sich und drückte sie fest an ihre Brust, während Katja leise vor sich hin schluchzte.

„Wo warst du nur?“ Carolyn wusste nicht, ob sie das Kind wütend schütteln oder zärtlich liebkosen sollte. „Wo warst du nur? Wo?“ stammelte sie unaufhörlich. „Wir haben dich überall gesucht.“

Katjas Schluchzen wurde lauter. „Ich ... ich bin nach Hause gekommen, und alle waren fort. Ich habe gedacht, ich würde Mama und Papa und ... und euch alle nie wiedersehen.“ Wie eine Ertrinkende klammerte sie sich an Carolyn.

Bei der Vorstellung, wie es dem Kinde in dem verlassenen Haus zu Mute gewesen sein mochte, krampfte sich Carolyns Herz zusammen. Tröstend wiegte sie Katja in den Armen und redete beruhigend auf sie ein. „Nun ist ja alles wieder gut. Du bist nicht mehr allein. Wir fahren zusammen nach Twer und treffen dort deine Mama. Schon gut, schon gut, mein Liebling.“ Nun konnte auch sie ihre Tränen nicht mehr länger zurückhalten, und auch Madame Arkadjewa kämpfte sichtlich mit ihrer Rührung.

In diesem Augenblick erklang im Vorhof das Klappern von Hufen. Laute Stimmen ertönten, und durch die Fenster fiel das Licht von Fackeln, diesmal jedoch in den Händen französischer Soldaten.

Zu Tode erschrocken legte Carolyn die Hand über Katjas Mund und blickte die Gouvernante ratlos an. Die Frauen verstanden sich ohne Worte. Was sollten sie jetzt tun? Sich im Haus verstecken und warten, bis die Eindringlinge wieder verschwunden waren? Wenn sich die Soldaten aber nun in dem Palast einnisteten? Oder ihn gar in Brand steckten? Vielleicht sollten sie lieber die Flucht über die Rückseite des Hauses wagen? Was, wenn sie nun dabei entdeckt und verfolgt und ... gefangen genommen wurden?

Jetzt versuchte irgendjemand die Eingangstür zu öffnen.

„La porte est fermée, mes amis. Peut-être quelqu'un est à la maison. Die Tür ist abgeschlossen. Vielleicht ist jemand zu Hause.“

Wie auf ein Kommando rannten die drei in den angrenzenden Großen Salon, schlossen die Tür und drückten sich daneben gegen die Wand. Dann hörten sie in der Eingangshalle das Splittern von Glas.

Während nebenan ein Fenster nach dem anderen eingeschlagen wurde und bereits laute Männerstimmen und Tritte schwerer Reiterstiefel in der Eingangshalle erklangen, maß Carolyn mit dem Blick die Breite des Raumes, der leider alles andere als nur ein gemütliches Zimmerchen war, und überlegte, ob sie ihn unbemerkt mit Katja durchqueren konnte.

Plötzlich spürte sie, wie Madame Arkadjewa sie in die Richtung der hinteren Tür zu schieben versuchte, und als sie sich verwundert umwandte, sah sie, dass die Gouvernante wieder die Pistole in der Hand hielt, mit dem Kopf zur Tür wies und lautlos das Wort „Geht!" formte.

Abwehrend schüttelte Carolyn den Kopf. Nie und nimmer würde sie Madame Arkadjewa allein in dem Haus voller feindlicher Soldaten zurücklassen! Doch nun wurde bereits an der Tür gerüttelt, die zur Eingangshalle führte.

Wieder befahl die Gouvernante unhörbar: „Geht!"

Es blieb Carolyn in der Tat keine andere Wahl, wenn sie Katja in Sicherheit bringen wollte. Sie nahm die Hand des Kindes, duckte sich nieder und begann, so leise wie möglich an den vielen Möbeln vorüber zur gegenüberliegenden Tür zu gelangen. Doch noch ehe sie die rettende Schwelle erreicht hatten, zerbrach die vordere Tür unter den Tritten zahlreicher Stiefel. Fackelschein fiel in den Raum. Angstbebend hockten sich die beiden Flüchtlinge auf allen vieren hinter ein Sofa.

„C'est trop sombre. Es ist zu dunkel", sagte ein Mann beim Betreten des Salons. „Je ne peux voir rien. Ich kann nichts sehen." Sofort wurden noch einige Fackeln gebracht, und Carolyn stockte der Atem vor Entsetzen.

In diesem Augenblick fiel ein Schuss. Er kam aus Madame Arkadjewas Pistole. Der Mann schrie auf und sank in die Knie, während augenblicklich weitere Soldaten in den Salon drängten und aufgeregte Rufe ertönten.

Die plötzliche Verwirrung in den Reihen der Franzosen nutzte Carolyn blitzschnell aus und rannte mit Katja um ihr Leben zum hinteren Ausgang. Nun wurde noch ein weiteres Mal geschossen. Es klang dumpfer als zuvor. Doch die Flüchtlinge hatten jetzt die andere Tür erreicht und stolperten von Angst vorwärtsgepeitscht blindlings durch den Korridor. Irgendwo schlug Carolyn mit dem Ellenbogen gegen eine Scheibe, spürte einen schneidenden Schmerz, hörte hinter sich Madame Arkadjewa schreien und die Rufe der Verfolger. Aber sie erreichte schließlich doch noch mit Katja ungesehen und völlig außer Atem eines der Fenster, das auf den Park hinter dem Hause blickte. Zitternd kletterten sie auf das Fensterbrett und sprangen Hand in Hand in das herbstlich kahle Gebüsch, während die bedrohlichen Geräusche hinter ihnen zurückblieben.

Als Nikolaus im Galopp um eine Hausecke bog, bemerkte er einen entgegenkommenden Reiter. Schon wollte er sein Pferd herumreißen, als er Sascha erkannte und nun der Stute die Hacken in die Flanken drückte.

Vor einer kleinen Kirche, deren mit Grünspan bedeckte Kupferkuppel im Mondlicht zauberhaft schimmerte, trafen die beiden Männer aufeinander. „Kein Glück gehabt, nicht wahr?“ fragte Nikolaus überflüssigerweise, denn der niedergeschlagene Gesichtsausdruck des Vetters sagte ihm schon genug.

„Nichts. Keine Spur. Wir sollten zum Palast zurückreiten. Vielleicht haben die beiden Frauen Katja inzwischen gefunden, und wir treffen sie dort.“

Wortlos wendete Nikolaus die unruhig schnaubende Stute, und nun ritten die beiden Männer schweigend nebeneinander her. Der Hufschlag ihrer Pferde hallte erschreckend laut in den menschenleeren Gassen wider. Sowohl Nikolaus als auch Sascha waren bei ihrer Suche bereits auf die Vorhut der Franzosen gestoßen, und so wussten sie, dass Napoleon inzwischen in Moskau einmarschiert war. Glücklicherweise hatten sie den Feind immer noch rechtzeitig bemerkt, so dass sie sich rasch in Sicherheit bringen konnten. Zweifellos wären sie ohne Anruf erschossen worden, wenn man sie entdeckt hätte. Deshalb sahen sie sich auch jetzt immer wieder wachsam um, bevor sie um eine Hausecke bogen.

„Es tut mir so Leid, Niki“, murmelte Sascha plötzlich.

Aus seinen sorgenvollen Gedanken gerissen, musterte Nikolaus eindringlich das vertraute Gesicht des Vetters. Er wusste, dass Sascha nicht die Affäre mit Marie Helene meinte, sondern Katjas Verschwinden, und die Suche nach ihr und die Überlegung, wie er sie und Carolyn jetzt noch gefahrlos aus der Stadt bringen konnte, war auch das Einzige, was ihn noch beschäftigte. Marie Helenes Liebesabenteuer mit wem auch immer kümmerten ihn nicht mehr.

Als sie auf einen kleinen Platz einbiegen wollten, sahen sie, dass fast alle Häuser, die ihn umgaben, in hellen Flammen standen. Mit harter Hand brachten sie die Pferde zum Stehen, und Nikolaus wies mit dem Kopf auf einen schmalen, baumbestandenen Seitenpfad zu ihrer Rechten, der noch einsam und verlassen dalag. Über diesen kleinen Umweg konnten sie von der anderen Seite an sein Palais gelangen, das nicht mehr weit entfernt war.

In unmittelbarer Nähe mussten sie dann doch noch einen früher sehr belebten Boulevard überqueren. Dort mündete die Straße, in welcher der Palast lag. Einen Herzschlag lang zögerten sie und sahen sich dann plötzlich von einer Schar französischer Jäger zu Pferde in ihren roten pelzbesetzten Dolmans umringt.

„Halt! Arrêtez-vous!“ schrie einer von ihnen.

Der Ruck, mit dem Nikolaus sein Pferd herumriss, war so kraftvoll, dass er um ein Haar der Stute das Genick gebrochen hätte. Als er tief über ihren Hals gebeugt in die entgegengesetzte Richtung davongaloppierte, peitschten den Flüchtenden Schüsse nach, und Sascha, der sich unmittelbar hinter ihm hielt, stöhnte auf.

Mit wütender Verzweiflung drückte Nikolaus dem Pferd die Sporen in die Seite. Er musste zum Palast! Er musste nachsehen, ob Katja vielleicht dort war! Aber es blieb jetzt nur noch ein Weg: über den Platz, wo die Häuser in Flammen standen. Wieder pfiff eine Kugel an seinem Ohr vorüber.

„Sascha!“ schrie er. „Sascha, mir nach!“ Aber er sah sich nicht um, denn er wusste, der Vetter würde ihm folgen – tot oder lebendig.

Noch einmal riss er die Stute am Zügel vorwärts, und dann stürmten sie hinein in das lodernde Inferno. Neben ihm krachten glühende Balken zu Boden und wirbelten einen Vorhang von Funken auf. Brennende Schindeln flogen durch die Luft. Nikolaus verspürte einen beißenden Schmerz am Bein und schlug mit der von einem dicken ledernen Handschuh geschützten Hand auf den glimmenden Stoff seiner Reithose. Plötzlich versperrte ein lichterloh brennender Planwagen den Weg. Flüchtlinge hatten ihn wohl zurücklassen müssen. „He! Ho!“ spornte Niki die tapfere Stute an, die mit Todesverachtung das flammende Hindernis nahm.

Auf das letzte Stück der Straße hatte das Feuer noch nicht übergegriffen. Hier war alles ruhig und die Luft kühl und frisch. Keiner der Franzosen würde es wagen, den beiden Männern auf diesem gefahrvollen Wege zu folgen. Dankbar klopfte Nikolaus den festen Hals der Stute und sah sich dann nach Sascha um. Zum Glück hatte auch dessen Uniform kein Feuer gefangen, doch sein Gesicht war kreidebleich, und an der rechten Seite lief ihm Blut über Brust und Arm.

„Was ist?“ erkundigte sich Nikolaus in ehrlicher Besorgnis. „Ist es schlimm?“

„Ein Schuss in die Schulter“, erwiderte Sascha mit rauer Stimme. „Er wird schon nicht das Leben kosten.“

„Ganz bestimmt nicht“, versicherte Niki, obwohl er nur zu genau wusste, dass auch zunächst harmlos erscheinende Verletzungen durch eine Kugel dennoch oft tödlich ausgingen. Von Ferne erblickte er die Kuppeln und Türme seines Hauses und trieb die Stute noch einmal an. Beim Näherkommen dann entdeckte er die Pferde im Vorhof und auf deren Schabracken das napoleonische Wappen. Hinter den Fenstern im Erdgeschoss flackerte Fackelschein. Dann schrie eine Frauenstimme auf.

Ohne nachzudenken riss Nikolaus die Pistole aus dem Halfter und sprengte durch das offene Tor, die Freitreppe hinauf und in die Eingangshalle.

Hinter den Büschen am Rande der Terrasse versteckt hörte Carolyn Madame Arkadjewas Schrei. Pferdegetrappel folgte – wieder ein Schuss – dann ein lautes Röcheln – wildes unverständliches Gebrüll – Krachen von Holz – Klirren von Säbeln – Pferdewiehern – noch ein Schuss ...

Katja weinte vor Angst, und Carolyn nahm sie tröstend in die Arme, obwohl auch sie am ganzen Körper zitterte. Vergebens versuchte sie herauszufinden, was drinnen im Hause vorging. Offensichtlich war ein heftiger Kampf im Gange, doch zwischen wem und warum konnte sie sich nicht erklären, bis sie auf einmal eine vertraute Stimme hörte.

„Hierher, Sascha!“

Nikolaus! Niki war gekommen! Nun wird alles wieder gut werden, war ihr erster Gedanke, der jedoch augenblicklich von peinigender Angst verdrängt wurde. Wenn ihm nur nichts zustieß! Es waren doch so viele Franzosen im Hause, mindestens zehn ... oder noch mehr. Hoffentlich war er nicht in einen Hinterhalt geraten! Es durfte ihm nichts geschehen.

Jetzt aber erklangen die Rufe der Franzosen nicht mehr in der Eingangshalle, sondern tönten gedämpft vom Vorhof her. Dann war eiliger Hufschlag zu hören, der sich rasch entfernte. Im Hause trat Stille ein.

Vorsichtig schlich Carolyn zu dem Fenster, aus dem sie mit Katja geflüchtet war, und zog sich auf den Sims empor. Die Tür zum Salon stand immer noch weit offen, und im Schein der zurückgelassenen Fackeln erblickte sie Nikolaus mitten im Raum, den blutbeschmierten blanken Degen in der Hand. Grenzenlose Erleichterung und überschäumende Dankbarkeit erfüllten ihr Herz.

„Nikolaus!“ rief sie leise. „Niki!“

Mit einer müden Bewegung hob Nikolaus den Kopf und sah ihr quer über den weiträumigen Salon und den breiten Korridor in die Augen.

„Carolyn“, murmelte er. Und nun entspannte sich auch seine Miene. Der Hauch eines Lächelns zuckte einen Herzschlag lang um seine Mundwinkel.

Vergebens kämpfte Carolyn gegen ihre Tränen an, während sie sich wieder zu Boden gleiten ließ. Es ist ein Wunder, ein Wunder – wir leben alle noch –, großer Gott, ich danke dir, dachte sie fassungslos. Dann hockte sie sich neben Katja nieder.

„Liebling, dein Vater ist da! Komm, wir gehen zu ihm.“

Irgendwie brachte sie es trotz ihrer Erschöpfung zu Stande, das Kind auf das Fensterbrett zu heben. „Papa! Papa!“ rief Katja wie zu neuem Leben erweckt. Alle Schrecken der letzten Stunden schienen beim Anblick des Vaters in Vergessenheit geraten zu sein.

Nikolaus eilte zum Fenster und nahm seine Tochter in die Arme. Er presste sie an sich, als wolle er sie nie wieder loslassen, vergrub das Gesicht in ihren schwarzen Locken und flüsterte ihr zärtliche Worte ins Ohr. Als Carolyn mit letzter Kraft durch das Fenster kletterte, sah sie, dass seine Schultern zuckten. Und nun weinte sie auch ... lautlos und aus tiefstem Herzen.

Langsam ging sie zu einem der mit Goldbrokat bezogenen Sessel und ließ sich mit einem unterdrückten Stöhnen hineinsinken. Bei diesem Laut blickte Nikolaus auf und sah sie lange schweigend an. Dann erhob er sich und kam, mit Katja im Arm, zu ihr hinüber.

„Du bist ja verletzt", sagte er und wies auf ihr blutbeflecktes Kleid.

Carolyn schüttelte den Kopf. „Ach, das ist nur von einer zerbrochenen Glasscheibe", erwiderte sie und betrachtete kopfschüttelnd die Schnitte auf ihrem Arm, an denen das Blut bereits wieder verkrustet war.

„Und über dem Auge hast du eine Schramme."

Erstaunt griff sich Carolyn an die Stirn und merkte dabei auf einmal, dass sie schreckliche Kopfschmerzen hatte. Woher die Schramme kam, konnte sie sich allerdings nicht erklären. „Das hat nichts zu bedeuten", sagte sie leise.

„Aber du blutest ja auch schrecklich, Papa!" rief in diesem Augenblick Katja erschrocken. „Es ist schon eine große Pfütze auf dem Teppich."

Entsetzt sprang Carolyn auf und entdeckte nun auch, dass Nikis Reithose unmittelbar unter dem Knie blutdurchtränkt war. Ein dünnes Rinnsal lief von dieser Stelle aus unaufhörlich über die hohen Stiefel auf den Boden herab.

„Allmächtiger! Du bist verwundet!"

Nikolaus machte eine wegwerfende Handbewegung. „Es war nur ein Pistolenschuss."

Einen Atemzug lang starrte Carolyn regungslos in sein aschfahles Gesicht. Dann nahm sie ihr Herz in beide Hände. „Die Blutung muss sofort gestillt werden", sagte sie aufgeregt und begann, die Spitzendecke von der Mahagonikommode in breite Streifen zu reißen.

„Ist Madame Arkadjewa tot?" erkundigte sich in diesem Augenblick Katja mit zitternder Stimme und wies auf eine Stelle hinter dem Rücken des Vaters.

Bestürzt wandten sich Carolyn und Nikolaus um. Unmittelbar neben der hohen Flügeltür, die zur Eingangshalle führte, lag die Gouvernante merkwürdig zusammengekrümmt auf dem Boden. Das Oberteil ihres hellgrauen Wollkleides war dunkelrot gefärbt. In der Hand hielt sie die kleine Perlmuttpistole.

„Oh nein", flüsterte Carolyn. „Oh nein!" Sie rang nach Atem. „Oh nein!" Schluchzend sank sie in die Knie. Die strenge Frau war wohl doch nicht so hartherzig gewesen, wie sie den Anschein erweckt hatte. Vielleicht konnte sie ihre Zuneigung nur nicht zeigen, oder sie hatte geglaubt, es sei ihre Pflicht, unnachsichtig zu sein. Und nun hatte sie ihr Leben geopfert, damit Katja in Sicherheit gebracht werden konnte!

Nikolaus hatte rasch Katjas Kopf an seine Brust gedrückt, damit ihr der weitere Anblick erspart blieb. „Sie hat bestimmt nichts gemerkt", sagte er in dem unbeholfenen Versuch, das Kind zu trösten. „Sie war sicher sofort tot."

„Aber sie wollte uns doch nur retten, Papa."

„Ja, das wollte sie wohl. Sie war sehr tapfer. Und nun müssen wir ebenso tapfer sein."

Bei diesen Worten raffte sich auch Carolyn wieder auf. Sie erhob sich und griff nach dem provisorischen Verband, den sie vorbereitet hatte. Doch dann bemerkte sie, dass Nikolaus sich nur noch mit Mühe aufrecht hielt, und nahm ihm rasch das Kind aus dem Arm. „Lauf geschwind, Katja, und hole ein paar saubere Handtücher aus deinem Schlafzimmer", sagte sie resolut und schob die Kleine zur Treppe. Nikolaus brauchte sie jetzt dringend. Sie musste die Blutung stillen und das Knie verbinden und durfte nicht länger trüben Gedanken nachhängen.

Katja nickte eifrig und lief davon.

„Leider brauche ich deine Hilfe wirklich", sagte Nikolaus bedrückt, während er vorsichtig die zerfetzte Hose aus dem Stiefel zu ziehen versuchte. „Wir müssen Moskau so schnell wie möglich verlassen."

Verzweifelt biss sich Carolyn auf die Lippe. Moskau verlassen? Sich auf die Flucht begeben mit dem verletzten Nikolaus? Und wer weiß, wie viele Franzosen sich bereits in der Stadt befanden! Der Albtraum war offensichtlich noch nicht zu Ende.

Nur mit Mühe gelang ihr ein Lächeln. „Natürlich dürfen wir nicht länger in Moskau bleiben. Aber bevor wir aufbrechen können, muss ich mich erst um deine Wunde kümmern." Plötzlich kam ihr der Ruf in Erinnerung, durch den sie Nikis Anwesenheit erfahren hatte, und sie fragte erstaunt: „Ist Sascha Woronski nicht auch hier gewesen?"

Nikolaus fuhr zusammen. In dem Durcheinander des Kampfes und in der nachfolgenden Wiedersehensfreude hatte er den Vetter völlig vergessen. Suchend sah er sich um. Vor der Eingangstür stand Saschas schwerer dunkelbrauner Wallach und ließ müde den Kopf hängen. In der Halle lagen umgestürzte Stühle auf dem Boden, ein weggeworfenes Gewehr, Glasscherben – und dazwischen Sascha, so bleich und reglos wie Madame Arkadjewa.

31. KAPITEL

Der Allmächtige sei gepriesen, Sascha lebte! Carolyn kniete neben dem am Boden Liegenden und blickte zu Nikolaus empor, der mühsam bis zu dieser Stelle gehumpelt war und sich nun auf einen der schweren vielarmigen eisernen Standleuchter stützte. „Er ist noch am Leben, Nikolaus", flüsterte sie von Dank erfüllt.

Nikolaus musterte seinen Vetter eingehend und nickte dann bestätigend. „Wir müssen ihn irgendwie von hier fortbringen, Carolyn", sagte er besorgt. „Ich denke, dass in der Remise noch der Jagdwagen stehen wird. Katja kann dir beim Anschirren helfen, denn wir haben keine Zeit zu verlieren."

Als ihr der wahre Umfang ihrer Zwangslage bewusst wurde, senkte Carolyn bestürzt den Kopf. Sie musste sich also auf die Flucht begeben, mit dem Kind und mit zwei verwundeten Männern, von denen der eine bewusstlos und vielleicht dem Tode nahe war – ganz zu schweigen von der Tatsache, dass sie noch nie in ihrem Leben einen Wagen gelenkt hatte. Wie, um alles in der Welt, sollte sie Niki und Sascha überhaupt in den Wagen bekommen? Und was sollte sie tun, wenn sie wieder auf Franzosen treffen würden? Wenn die Soldaten, die aus dem Palast vertrieben wurden, ihnen irgendwo auflauerten? Hilflos sah sie Nikolaus an und erkannte, dass auch er sich in Gedanken mit den Gefahren zu befassen schien, die ihnen auf ihrem Wege begegnen konnten.

In diesem Augenblick kam Katja mit einem Stapel schneeweißer Handtücher zurück und legte ihn auf einen der Stühle mit den hohen gedrechselten Lehnen.

„Duschenka, hilf Carolyn, die Fackeln auszulöschen, und dann zünde eine einzige Kerze an", befahl Nikolaus, und die beiden beeilten sich, seinen Anweisungen nachzukommen.

Nach und nach versank die Eingangshalle wieder in nächtliche Dunkelheit, und nur das flackernde Licht eines einsamen Wachsstockes warf zuckende Schatten über das wüste Durcheinander, das der Kampf mit den Eindringlingen zurückgelassen hatte.

„Ich sollte ihm wenigstens noch seine Schulter verbinden", sagte Carolyn zögernd.

„Nein, dazu ist jetzt keine Zeit mehr. Nehmt sein Pferd, spannt es vor den Jagdwagen und bringt ihn in den Hof. Aber beeilt euch."

„Kommen Sie, Miss Browne." Katja ergriff Carolyns Hand und zog sie zum hinteren Ausgang. „Ich weiß Bescheid, und ich bin sehr kräftig für ein Kind." Trotz ihrer beruhigenden Worte waren ihre Augen groß und dunkel vor Angst.

„Das weiß ich, mein Liebling." Carolyn strich ihr übers Haar. „Und du bist genauso tapfer wie dein Vater."

Das Anschirren von Saschas dunkelbraunem Wallach hatte doch mehr Mühe verursacht, als vorauszusehen war. Vor allem das Entfernen des schweren Kavalleriesattels war äußerst schwierig für die beiden gewesen. Doch schließlich hatten sie es geschafft, und der Jagdwagen stand abfahrbereit im Hof.

„Kommen die Franzosen denn zurück?" erkundigte sich Katja furchtsam, während sie mit Carolyn die Freitreppe emporeilte.

„Nein, nein, das glaube ich nicht", erwiderte Carolyn entgegen ihren Befürchtungen und drückte tröstend die Hand des Kindes.

Inzwischen hatte sich Nikolaus bis zur Eingangstür geschleppt und klammerte sich jetzt an die glatte Messingklinke.

„Endlich! Es wird allerhöchste Zeit, Carolyn!"

Doch Carolyn schüttelte nur ungestüm den Kopf, holte ein paar Handtücher herbei und begann sie mitten durchzureißen.

„Was soll das jetzt?" fuhr Nikolaus sie an.

„Ich will nicht, dass du stirbst!" Carolyns Stimme war schrill und hoch vor peinigender Angst. Alles, alles kann ich ertragen, auch noch eine solche Nacht voller Höllenqualen, aber nicht Nikis Verlust, dachte sie verzweifelt. „Wenn ich Sascha schon nicht verbinden darf, dann lass mich wenigstens für dich sorgen." Sie hockte sich neben Nikolaus auf den Boden und entfernte die Reste der zerfetzten Reithose von der Wunde.

„Wir müssen von hier fort, in drei Teufels Namen!" presste Nikolaus zwischen den Zähnen hervor.

„Wird denn Papa sterben?“ fragte Katja im Flüsterton.

„Nein, mein Kind. Weißt du, Carolyn neigt immer etwas zu Übertreibungen.“ Irgendwie gelang es Nikolaus, seinen Worten einen überzeugenden Ton zu verleihen.

Carolyn aber nahm keine Notiz von ihnen. Mit zusammengebissenen Zähnen wickelte sie die Leinenstreifen so fest wie möglich um das zerschossene Knie und bemühte sich, dabei nicht an die Schmerzen zu denken, die sie Nikolaus zwangsläufig damit bereiten musste. Als sie fertig war, sah sie Katja an.

„Reiße die Schnüre von dem Vorhang dort drüben – am besten alle vier“, wies sie hastig an.

Nikolaus blickte kopfschüttelnd auf sie herab. „Ich wusste gar nicht, dass du dich auch für die Heilkunst interessiert hast“, sagte er mit einem leichten Lächeln, das auf seinen schmerzverzerrten Lippen fast gespenstisch wirkte.

„Ich habe auch einmal eine medizinische Enzyklopädie gelesen“, erklärte Carolyn und neigte den Kopf ein wenig zur Seite, so als wolle sie um Verzeihung für diese faustdicke Lüge bitten, während sie den Verband mit einer der Vorhangschnüre befestigte. Zumindest war es ihr gelungen, die Blutung zu stillen. Noch nie hatte sie gesehen, dass ein Mensch derartig viel Blut verlieren und sich dennoch auf den Beinen halten konnte. Wahrscheinlich lag es an Nikis außergewöhnlicher Willenskraft. Aber dennoch musste die Wunde unbedingt so bald wie möglich fachgerecht versorgt werden. „Wo können wir nur einen Arzt für dich und deinen Vetter finden?“ murmelte sie.

„In der Nähe von Kutusows Feldlager gibt es auch ein Lazarett“, erwiderte Nikolaus. „Dort wird man sich schon um uns kümmern.“

„So, das wäre es erst einmal.“ Carolyn erhob sich und musterte noch einmal besorgt die Bandage. „Meinst du, dass du damit reiten kannst?“

Nikolaus nickte kurz und drückte ihr dann unvermittelt einen Kuss auf die Wange. In seinen Augen lag grenzenlose Dankbarkeit und der Widerschein eines Gefühls, dessen Quelle zu ergründen sich

Carolyn versagte. Rasch wandte sie sich um und beobachtete stattdessen, wie Katja ihres Vaters Stute herbeiführte.

Das Schwierigste stand jedoch noch bevor: Nikolaus in den Sattel zu helfen. Von beiden Seiten geschoben und gestützt, gelang es schließlich, und dann sank er stöhnend und von Schauern geschüttelt vornüber auf den Hals des Pferdes.

„Werde nur nicht ohnmächtig, Niki, bitte!" flehte Carolyn verzweifelt.

Mühsam richtete sich Nikolaus auf. „Jetzt Sascha!" ächzte er.

Hastig eilte Carolyn ins Haus zurück, sah sich suchend um und zerrte dann einen kleinen persischen Teppich neben den immer noch Bewusstlosen.

„Katja, Katja, komm her und hilf mir!" rief sie angstvoll. „Wir müssen ihn zusammen auf den Vorleger rollen."

Das Kind hastete die Freitreppe empor und in die nun völlig lichtlose Halle. Als sich die beiden über den reglosen jungen Mann neigten, ertönte von irgendwoher ein merkwürdig knackendes Geräusch und gleich darauf ein lautes Krachen und Knattern, das von der Rückseite des Hauses auszugehen schien oder auch vom obersten Stockwerk.

Entsetzt und kreidebleich klammerte sich Katja an Carolyn, die fassungslos den Atem anhielt, denn sie wusste, was das zu bedeuten hatte. Es war das unheilvolle Prasseln eines Feuers!

„Beeilt euch!" schrie Nikolaus vom Hof her, und Carolyn schreckte empor.

„Komm, fasse hier mit an." Sie wies auf Woronskis unverletzte Seite, während sie krampfhaft versuchte herauszufinden, an welcher Stelle der Brand wohl schon wütete. Aber selbst wenn zunächst nur das Nebenhaus betroffen wäre, konnte es doch nicht mehr lange dauern, bis das Feuer auch auf den Swerajowschen Palast übergreifen würde.

„Hierher ziehen!" Mit gemeinsamer Anstrengung glückte es zu guter Letzt, Sascha auf den Teppich zu schieben und ihn mit den übrig gebliebenen Vorhangschnüren festzubinden, sodass eine Art Schlitten daraus wurde. Als der letzte Knoten geknüpft war, zerriss ein ohrenbetäubender Knall die Luft, dem sofort ein rasendes Knattern folgte. Jetzt war deutlich zu erkennen, dass dieser Lärm über ihren Köpfen tobte.

„Katja! Carolyn!" erklang Nikis Aufschrei von draußen.

„Wir müssen ihn die Treppe hinunterziehen", flüsterte Carolyn und legte sich das Ende einer Schnur über die Schulter. Katja hängte sich an die andere, und so erreichten sie Schritt für Schritt die Eingangstür, dann die oberste Stufe, die Zweite ... die Dritte ... Es schnitt Carolyn ins Herz, zusehen zu müssen, wie der Bewusstlose einem gefüllten Kartoffelsack gleich die Treppe herabholperte, doch es gab keine andere Möglichkeit.

Unten angekommen nahm Nikolaus dem Kind die Schnur ab und befestigte sie an seinem Sattelknopf. Unter Aufbietung seiner letzten Kraft zog er, unterstützt von Carolyn, Sascha in den wartenden Wagen, während Katja die leblos herabhängenden Beine des Verwundeten über den Rand nachschob. Einen Augenblick lang rangen alle drei keuchend nach Atem, als das Unglaubliche geschafft war. Dann sprang Carolyn auf den Kutschbock, zog Katja neben sich und ergriff die Zügel.

„Wohin soll es gehen, Nikolaus?" rief sie aufgeregt. „Ich weiß doch nicht, welchen Weg wir nehmen müssen!"

„Nach Südwesten halten", stöhnte Nikolaus. Sein Gesicht war aschfahl, und die Zähne schlugen im Fieberschauer aufeinander.

„Hilf mir kutschieren, Katja", schluchzte Carolyn. „Ich habe es doch noch nie gemacht." Das Kind rief dem Pferd ein paar Worte in russischer Sprache zu und knallte dabei mit der Peitsche. Sofort schoss der Wallach wie von Furien gehetzt über den Hof, durch den Torbogen und hinaus auf die Straße. Hinter den Flüchtenden blieb der in brandroten Feuerschein gehüllte Palast zurück.

„Dawai! Skorij! Skorij!" schrie Katja. „Los! Schnell! Schnell!"

Und vor ihnen dämmerte am Horizont blassgrau schimmernd der neue Tag herauf.

Drei Tage später saß Carolyn in einem großen Zelt auf einer Holzkiste neben der strohgefüllten Matratze, auf die man den bewusstlosen Nikolaus gebettet hatte. Sie hielt seine fieberheiße Hand und durchlebte in Gedanken noch einmal die Aufregungen und Strapazen ihrer Flucht aus dem brennenden Moskau.

Schon nach wenigen Stunden war Nikis Wundfieber so stark geworden, dass er sich nicht mehr im Sattel halten konnte. Mit letzter Kraft kletterte er, von Carolyn unterstützt, zu Sascha in den Wagen, während Katja die Zügel seiner Stute an der Seite befestigte.

Immer wieder trafen sie auf Scharen von Flüchtlingen, Soldaten und Zivilisten, die gleich ihnen den Weg nach Osten eingeschlagen hatten. Irgendwann am späten Nachmittag nahmen sie dann zwei verwundete Gardeinfanteristen mit, deren dunkelgrüne Waffenröcke blutverkrustet waren. Sie kauerten sich dankbar in die Ecken neben Sascha und Nikolaus, der inzwischen auch das Bewusstsein verloren und im Fieberwahn zu fantasieren begonnen hatte. Ihrem Bericht nach gehörten sie zum Regiment Preobrashenki und wussten angeblich genau, wo sich das Feldlazarett befand. Mit ihrer Unterstützung fanden sie dann auch tatsächlich am anderen Morgen das rettende Krankenzelt, in dem nun allen Verletzten die so dringend benötigte Hilfe zuteil wurde.

Einen Tag und eine Nacht lang war Nikolaus von schweren Fieberschauern geschüttelt worden, und Carolyn war nur von seiner Seite gewichen, um hin und wieder nach Katja zu sehen. Das Kind hatte in kurzer Zeit die Herzen der leichter Verwundeten gewonnen, denen sie Wasser holte oder immer wieder abgegriffene Briefe vorlas. Die Männer nannten sie „Prinzessin“ und „unser kleiner Engel“ und lächelten dankbar, wenn sie an ihre Lager trat und sich ganz ernsthaft mit ihnen unterhielt. In solchen Augenblicken schien sie kein Kind mehr zu sein.

In der vergangenen Nacht war Nikis Fieber endlich zurückgegangen. Er atmete etwas ruhiger, und seine Stirn fühlte sich nicht mehr so heiß an. Müde, aber erleichtert ließ Carolyn den Kopf sinken.

Die vergangenen Tage waren endlos und schrecklich gewesen. Die Angst um sein Leben hatte sie bis an die Grenze des Erträglichen gequält, und immer wieder hatte sie den Himmel angefleht,

Nikolaus zu retten, denn ihre Gefühle für ihn waren unverändert geblieben ... trotz allem.

Angestrengt starrte sie in sein schweißglänzendes Gesicht. Zuckten da nicht eben die Wimpern? „Nikolaus?“ flüsterte sie aufgeregt, und inbrünstige Hoffnung ließ ihr den Atem stocken.

Als Antwort auf ihre leise Anrede bewegten sich jetzt deutlich sichtbar die Lider. Zitternd beugte sie sich über den Kranken. „Niki?“ wiederholte sie dringlicher. „Ich bin es. Carolyn. Kannst du mich hören?“

Langsam, ganz langsam öffnete Nikolaus die Augen.

Tränen quollen Carolyn aus den Augenwinkeln, liefen über die Wangen und fielen auf ihre Hand, die immer noch seine Finger umklammerte. Lieber Gott, ich danke dir, dass die Ärzte Recht behalten haben – ich danke dir für deine Hilfe –, ich danke dir, wiederholte sie unaufhörlich in Gedanken.

„Carolyn“, murmelte Nikolaus, und es klang ein wenig verwundert und ratlos. Doch dann schob er die Brauen zusammen, und sein Blick wurde angstvoll fragend.

„Katja ist auch hier“, berichtete Carolyn hastig, denn sie ahnte, was ihm Sorgen bereitete. „Sie ist draußen vor dem Zelt. Wenn es der Arzt erlaubt, bringe ich sie nachher zu dir“, fügte sie lächelnd hinzu, während ihr Herz vor Freude und Glück zu zerspringen drohte.

Für einen kurzen Augenblick erschien ein frohes Lächeln auf Nikis Lippen, das jedoch schnell wieder erlosch. „Und Sascha?“ erkundigte er sich beklommen.

Carolyn hob bedrückt die Schultern. „Er hat immer noch sehr schweres Fieber, Nikolaus, und die Ärzte wissen nicht, ob er überleben wird. Katja ist oft bei ihm gewesen, und auch ich habe ihm immer wieder Mut zugesprochen, auch wenn er es nicht hören konnte.“

Lange sah Nikolaus sie schweigend an. Dann rollte ihm plötzlich eine Träne über die Wange. Aufschluchzend barg Carolyn ihr Gesicht an seiner Schulter, und eine Zeit lang ließen sie beide ihrem Schmerz freien Lauf.

Schließlich flüsterte Carolyn: „Es tut mir alles so schrecklich Leid. Aber du hast ja wenigstens Glück gehabt, Niki, und dein Fieber überwunden.“ Sie küsste zärtlich seine Stirn und richtete sich dann wieder auf.

„Ja, ich habe wohl Glück gehabt.“ Nur mit Mühe konnte Nikolaus die vom Fieber ausgetrockneten Lippen bewegen. „Aber nicht nur Glück. Mein Leben verdanke ich vor allem dir.“

Carolyn erschrak. Indes war es ein froher Schreck. Hoffnung erfüllte sie, wundervolle, freudige Hoffnung, und nur ein einziger brennender Wunsch: Nikolaus möge sie ebenso lieben wie sie ihn. Nach Marie Helene fragte sie nun nicht mehr.

„Du schuldest mir keinen Dank“, sagte sie leise und strich sacht über seine Wange. Er wandte den Kopf zur Seite und küsste sanft ihre Handfläche. „Doch“, murmelte er leise, „auch um Katjas willen.“

Durch einen Schleier von Tränen lächelte Carolyn ihn an.

„Wie soll ich das nur wieder gutmachen?“ fragte Nikolaus hilflos. Doch Carolyn schüttelte nur wortlos den Kopf.

Für einen kurzen Augenblick schloss Nikolaus die Augen und holte tief Luft. Dann hob er die Lider und sah Carolyn zärtlich an. „Ich liebe dich“, sagte er ruhig. „Kann ich dich mit meiner Liebe entschädigen für all die Mühsal und Gefahren, die du für mich – für uns – auf dich genommen hast?“

Wie betäubt starrte Carolyn ihn an und dachte an jenen Morgen in St. Petersburg, da er sie so kalt und herzlos verlassen hatte. „Ja“, flüsterte sie schließlich.

Doch Nikolaus schien ihre Gedanken erraten zu haben, denn er fügte hinzu: „Auch damals habe ich dich geliebt. Aber ich wollte dich absichtlich wegstoßen, damit wir beide in Ehren weiterleben konnten. Ich glaubte, ein Liebesverhältnis würde dich nur unglücklich machen.“

Bei seinen Worten entzündete sich ein strahlendes Leuchten in ihren Augen, wie der Schein der aufgehenden Sonne über den Schatten der Nacht. Tief in ihrem Herzen hatte sie doch immer gewusst, dass es eine Erklärung für sein Verhalten geben musste! „Ich will aber nicht länger in Ehren leben", flüsterte sie. „Dazu ist das Leben zu kostbar ... und unsere Liebe auch."

Wortlos nahm Nikolaus ihre Hand und drückte sie auf sein Herz.

„Exzellenz, es ist noch zu früh, um aufzustehen und das Bein zu belasten." Der Arzt schüttelte missbilligend den Kopf.

„Ach, Unsinn", erwiderte Nikolaus und stützte sich schwer auf eine provisorische Krücke.

„Ihr Verwandter kann warten", fuhr der grauhaarige Mann fort. „Noch ein paar Tage Bettruhe wären für Sie dringend vonnöten."

Nikolaus runzelte ärgerlich die Stirn. „Fürst Woronski ist wieder bei Bewusstsein, und sein Fieber ist endlich abgeklungen. Aber er ist immer noch so schwach, dass niemand sagen kann, ob er wirklich überleben wird. Ich muss ihn unbedingt sprechen." Ohne weiter von den Einwendungen des Armeearztes Kenntnis zu nehmen, humpelte er durch den Zelteingang und blieb draußen im Freien einen Augenblick lang tief atmend stehen. Wie gut ist es doch zu leben, dachte er, zu leben mit Katja und Carolyn.

Dann schleppte er sich mühselig zwischen Hunderten oder gar Tausenden von Verwundeten, die unter offenem Himmel auf Strohschütten lagen, zu dem Zelt hinüber, in dem sich die besonders schwierigen Fälle befanden. Als er den schweren Vorhang zurückschlug, der den Eingang abschloss, musste er die Augen erst wieder an das Dämmerlicht gewöhnen. Doch dann erkannte er Sascha sofort unter dem etwa einen Dutzend schwer Verletzter. Der ganze Oberkörper war mit weißen Binden umwickelt worden, und sein Gesicht, das sonst immer eine leicht dunkle Tönung aufwies, hatte eine beängstigend aschgraue Farbe.

Langsam ging Nikolaus zu dem Lager und beugte sich über ihn. „Sascha?" fragte er leise.

Sofort öffnete Woronski die Augen und sah ihn an. Man hatte den Eindruck, dass er lächeln wollte, aber zu schwach dazu war.

„Dich hatte es ja ganz schön erwischt", sagte Nikolaus so unbekümmert wie nur möglich. „Aber zum Teufel, ich erwarte von dir, dass du dich anstrengst, wieder gesund zu werden."

Der Vetter richtete unablässig den Blick auf ihn, und seine Lippen formten lautlos das Wort: „N...i...k...i."

„Sprich jetzt nicht", drängte Nikolaus. „Wir haben noch ein ganzes Leben lang Zeit zum Reden, sobald unsere Wunden verheilt sind. Bei dir wird es allerdings etwas länger dauern und der Krieg aller Wahrscheinlichkeit bis dahin zu Ende sein. Bist eben ein Glückskind, alter Junge."

„M...Mos..." In Saschas Augen lag eine bange Frage.

„Ja, Napoleon ist in Moskau. Aber er kann es sich dort nicht bequem machen, nachdem inzwischen die halbe Stadt abgebrannt ist und ständig neue Feuer ausbrechen. Er glaubt zwar immer noch daran, dass Alexander um Frieden bitten wird, aber der Zar soll erwidert haben: ‚Frieden? Wir müssen erst einmal Krieg führen.'" Nikolaus nickte zufrieden, und auch auf Saschas Mund lag der Abglanz eines Lächelns.

„Im Augenblick wartet Kutusow auf Verstärkung, neue Pferde und Proviant sowie auf einen günstigen Augenblick für einen Angriff auf die Franzosen. Langsam beginne ich, seine vermeintlich verrückte Strategie zu verstehen. Wenn wir Glück haben, wird es in diesem Jahr zeitig zu schneien beginnen. Napoleon steht tief in unserem Land, und seine Nachschublinien sind dadurch sehr dünn und verwundbar. Ich habe so ein Gefühl, als solle dieser Winter entscheidend für uns werden." Er lächelte. „Alexi geht es im Übrigen gut. Ich habe gestern eine Nachricht von ihm erhalten. Er ist auch bei der Armee und hat bei Borodino seine Feuertaufe erhalten. Doch nun genug über den Krieg. Für uns beide ist er wohl vorüber. Ich werde mich zur endgültigen Genesung nach St. Petersburg begeben." Doch dann zögerte er und räusperte sich verlegen, ehe er fortfuhr: „Was den anderen Punkt betrifft, so ist er für mich erledigt. Schließlich bist du wie ein Bruder für mich, und sie ist es nicht wert, dass wir uns ihretwegen entzweien. Außerdem hast du dein Leben für Katja aufs Spiel gesetzt."

„Niki", stammelte Sascha, „ich ... war ..."

„Schon gut, schon gut. Spar dir deine Kräfte für die Heilung. Ich wünsche dir alles Gute." Die Männer drückten einander schweigend die Hand. Dann wandte sich Nikolaus um und humpelte aus dem Zelt.

Im Freien genoss er die frischkühle Herbstluft in vollen Zügen, als er Carolyn durch das Gewimmel der Verwundeten und Pfleger auf sich zukommen sah. Sein Herz wurde warm bei ihrem Anblick, und ein Gefühl unbändigen Glückes erfüllte ihn.

Die tief stehende Sonne verlieh ihren Locken eine unbeschreibliche, wie Silber schimmernde Farbe. Carolyn, seine Carolyn, war so schön – und nicht nur das, sie war auch die tapferste Frau, die ihm je begegnet war. Nie würde er ihren Mut und ihre Umsicht in jener Nacht in Moskau vergessen – ihre Entschlossenheit, ihre Hilfsbereitschaft.

Als sie ihn erblickte, winkte sie ihm von weitem lächelnd zu, und wieder tat sein Herz einen Sprung dabei. Sie hat ja so Recht, dachte er. Das Leben ist zu kostbar und ebenso eine Liebe wie die unsere. Nie wieder durfte Carolyn ihn verlassen. Er würde ihr ein schönes Palais in St. Petersburg bauen lassen und dort mit ihr leben. Vielleicht sollte er ihr auch ein Haus in London kaufen und natürlich Unmassen von Büchern, sofern ihr Herz danach verlangte. Und falls sie gern ein eigenes Journal herauszugeben wünschte, würde er ihr auch diesen Wunsch erfüllen und sie natürlich außerdem mit Juwelen und Pelzen überschütten. Der ganzen Welt würde er sie als seine Favoritin präsentieren. Als seine Geliebte. Mochte Marie Helene noch so sehr jammern und zetern.

Als Carolyn schließlich vor ihm stand, blickte sie ihn bekümmert an. „Wir haben Besuch bekommen, Nikolaus. Du wirst nicht erraten, wer es ist. Raffaldi!“

„Raffaldi?“ wiederholte Nikolaus überrascht. „Ist er denn nicht in Twer?“ Missmutig runzelte er die Stirn in Gedanken an die feige Selbstsucht, mit der der Hauslehrer Carolyn und Katja in Moskau im Stich gelassen hatte.

„Offensichtlich nicht.“ Carolyn schien bedrückt zu sein.

„Und Marie Helene? War er mit ihr zusammen?“ Hoffentlich ist sie wenigstens in Twer geblieben, dachte er ärgerlich.

„Er bringt wohl Nachrichten über sie“, erwiderte Carolyn.

„Komm", sagte Nikolaus und legte ihr den freien Arm um die Schulter. „Du hast nichts zu fürchten. Lass uns hören, was er zu berichten hat."

Als die beiden zu seinem Zelt zurückgekehrt waren, trafen sie dort den Hauslehrer im Gespräch mit Katja an. Signor Raffaldi begrüßte Nikolaus mit einer ehrerbietigen Verneigung. Seine Miene war ausdruckslos, fast versteinert. Man sah ihm an, dass er wohl kaum gute Nachrichten zu überbringen hatte.

„Kommen Sie", sagte Nikolaus und wies auf den Zelteingang. „Carolyn, du wartest lieber mit Katja hier draußen."

Im Innern des Zeltes ließ er sich mühsam auf einer Holzkiste neben seinem Lager nieder und streckte das immer noch dick bandagierte Bein aus.

„Ich bin sehr glücklich, dass Ihre schreckliche Wunde so gut verheilt ist, Hoheit", begann der Hauslehrer, wurde jedoch sofort von Niki unterbrochen.

„Was gibt es in Twer?" erkundigte er sich ungeduldig.

Signor Raffaldi senkte den Blick. „Nichts Gutes, Exzellenz. Sie sollten sich auf einen schweren Schicksalsschlag vorbereiten."

„Sagen Sie endlich, was geschehen ist!" fuhr Nikolaus ihn an.

„Ihre Gemahlin ist nicht mehr am Leben", sagte Raffaldi tonlos.

Nikolaus starrte ihn an. Sein erster Gedanke war: Katja! Sie hing hingebungsvoll an der Mutter und fragte jeden Tag, wann sie endlich wieder mit ihr zusammensein würde. Wie sollte sie über ihren Verlust hinwegkommen?

„Was ist geschehen? Berichten Sie."

„Die Fürstin unternahm zusammen mit ihrer Zofe und einigen Dienern einen Ausflug zu der Datscha in Ihrem Jagdrevier. Sie wollte sich wohl dort mit Freunden treffen. Ich erhob Einspruch gegen ein solches Unternehmen, da es mir zu gefährlich erschien in diesen unruhigen Zeiten, und blieb in Twer. Im Wald wurden sie dann tatsächlich von Banditen überfallen. Sie töteten alle und steckten das Haus in Brand. Als ich mich am anderen Tage von Sorgen geplagt dorthin begab, fand ich nur noch verkohlte Balken vor, Asche, glimmende Reste der Einrichtung und ... das." Er öffnete die Hand und reichte Nikolaus einen Ring mit einem riesigen gelben Diamanten. Es war unverkennbar Marie Helenes Ring. Einen Stein diesen Umfanges gab es wohl kaum ein zweites Mal.

Raffaldi räusperte sich. „Ich bin zutiefst betroffen, Exzellenz", murmelte er.

Nikolaus starrte schweigend auf den Ring, den er Katja als Erinnerung an ihre Mutter geben würde. Dann schloss er die Finger darum und sah den Hauslehrer mit eisiger Miene an.

„Sie sind entlassen, Signor Raffaldi."

Raffaldi nickte und wollte sich entfernen.

„Nicht so, wie Sie denken. Ich entlasse Sie aus meinen Diensten."

Der Hauslehrer zuckte zusammen und legte die Hand auf sein Herz. „Exzellenz, womit habe ich eine solche Behandlung verdient?" rief er pathetisch.

„Das will ich Ihnen gern erklären", entgegnete Nikolaus verächtlich. „Sie haben im Interesse Ihrer eigenen Rettung meine Tochter und Miss Browne in Moskau im Stich gelassen, und Sie haben sich in Twer auch nicht um die Sicherheit meiner Gemahlin gekümmert. Gehen Sie."

Kreidebleich taumelte Raffaldi aus dem Zelt.

Als er verschwunden war, öffnete Nikolaus langsam die Hand und blickte lange schweigend auf den makellosen, wie von einem inneren Licht erfüllten Stein – das Einzige, was von einer schönen Frau, die seinen Namen trug, zurückgeblieben war.

Carolyn beobachtete verwirrt, wie der Hauslehrer das Zelt verließ und ohne nach rechts oder links zu schauen zu seinem Pferd lief, das in unmittelbarer Nähe an einem Pflock festgebunden war. Es muss irgendetwas sehr Unerfreuliches vorgefallen sein, wenn er sich nicht einmal von Katja verabschiedet, dachte sie und konnte sich dabei des Gefühls nicht erwehren, dass sie Signor Raffaldi heute zum letzten Mal gesehen hatte.

„Katja, bleibe einen Augenblick hier bei Leutnant Rostow", sagte sie aufgeregt und nickte dem jungen Mann, der sofort bereitwillig seinen Würfelbecher hervorzog, freundlich zu. Trotz seines dick verbundenen rechten Armes hatte er Katja das Spielen mit den Würfeln beigebracht.

Rasch schlüpfte Carolyn in das dämmrige Zelt und fand Nikolaus mit düsterer Miene auf einer Holzkiste sitzend vor. „Was ist geschehen?“ fragte sie angstvoll und legte ihm die Hand auf die Schulter.

Zögernd hob er den Kopf und blickte sie an, als komme er soeben aus einer weiten Ferne zurück. „Wo ist Katja?“ fragte er leise.

„Sie würfelt draußen mit Leutnant Rostow“, erwiderte Carolyn und bemerkte zu ihrer Verwunderung, dass Niki einen offensichtlich äußerst kostbaren Ring in der Hand hielt, den er jetzt wieder mit unergründlicher Miene betrachtete.

„Ihre Mutter ist tot“, murmelte Nikolaus kaum hörbar.

Starr vor Entsetzen sah Carolyn ihn an, während er ihr in kurzen Worten mitteilte, was nach Raffaldis Bericht in der Nähe von Twer geschehen war. Katja, dachte sie nur immer wieder, Katja. Und dann erinnerte sie sich jenes Morgens, an dem ihre eigene Mutter tot in ihrem Bett gelegen hatte, und spürte dabei wie schon so oft in den vergangenen Jahren, dass man nie im Leben den Verlust einer Mutter verwinden konnte. Oh nein, niemals. Großer Gott.

„Weine doch nicht, Carolyn“, hörte sie Nikis Stimme und merkte auf einmal, dass ihr die Tränen über die Wangen liefen. Sie wischte sich mit dem Handrücken über die Augen und blickte zu dem halb geöffneten Zelteingang, von dem Katjas fröhliches Lachen erklang. Wahrscheinlich hatte sie gerade eine Runde gewonnen.

„Meine Mutter ist gestorben, als ich ebenso alt war wie Katja“, sagte sie tonlos. „Seit dieser Zeit gibt es keinen Menschen mehr, der mich so liebt, wie sie es getan hat, und auch ich habe niemanden mehr geliebt als sie.“

„Ich weiß“, erwiderte Nikolaus. „Deshalb bist du auch die Einzige, der Marie Helenes Tod trotz allem so nahe geht.“

Sie sah ihn an und begriff jählings, dass es ja für sie beide um mehr ging als den unerwarteten Tod der Fürstin. Es gab auf einmal nicht mehr nur Hoffnung, sondern Freiheit. Freiheit! Bei diesem Gedanken begann ihr Herz wie rasend zu klopfen.

Nikolaus erhob sich, griff nach seiner Krücke und wandte sich dem Ausgang zu. „Ich will nachsehen, ob ich irgendwo einen Geistlichen finden kann“, sagte er ruhig.

Carolyn fuhr auf. „Niki, was hast du ...“

Aber er hob abwehrend die Hand, und auf seiner Stirn zeigten sich tiefe Furchen. „Wir sind beide glücklich mit dem Leben davongekommen. Gib mir einen überzeugenden Grund, warum wir noch länger warten sollen.“

„Du willst ... du willst wirklich ...“, stammelte Carolyn. Aber sie wusste es ja, oh, sie wusste, was er vorhatte.

„Jawohl, ich will dich heute noch zu meiner Gemahlin machen. Und versuche nicht, mir einzureden, ich müsse ein Jahr lang um einen Menschen trauern, den ich verachtet habe.“

„Aber sie war Katjas Mutter. Was wird das Kind dazu sagen?“

„Ich werde es Katja schon irgendwie erklären.“ Nikolaus trat auf sie zu und zog sie mit dem freien Arm an seine Brust. Von einer Woge der Seligkeit ergriffen, verbarg Carolyn das Gesicht an seiner Schulter. Sie schämte sich, dass sie Marie Helenes Tod mit einem Male nicht mehr bedauern konnte, da er ihr doch ein solch namenloses Glück bescherte. Nie hätte sie gewünscht, es auf dem Leid eines anderen zu begründen. Doch das Schicksal hatte es so entschieden. Oder hatte Marie Helene vielleicht ihren Untergang durch ihr Verhalten selbst herausgefordert? Brennende Tränen quollen unter Carolyns Lidern hervor, Tränen des Glücks und des Schmerzes, der Dankbarkeit und der Beschämung. Langsam hob sie den Kopf und sah Nikolaus in die Augen.

„Ich habe so auf diesen Augenblick gewartet“, murmelte er und presste seine Lippen hart auf ihren Mund.

ST. PETERSBURG

„Ist es erlaubt, Hoheit?“

Alexi machte eine tiefe, ehrerbietige Verbeugung. Aber als er sich wieder aufrichtete, lächelte er Carolyn schelmisch an. In der hellgrauen Uniform der Gardehusaren, die goldverschnürte Attila mit dem weißen Pelzbesatz über der Schulter, sah er einfach hinreißend aus. Die von einem weiß-roten Federbusch geschmückte hohe Pelzmütze hatte er abgenommen und trug sie vorschriftsmäßig in der Beuge des linken Armes.

„Alexi!"

Carolyn raffte ihr seidenes Kleid und eilte die Treppe zur Eingangshalle hinab. Am liebsten wäre sie dem Schwager um den Hals gefallen. Doch sie besann sich im letzten Augenblick und erwiderte seine Verbeugung mit einem liebenswürdigen Neigen des Kopfes. Dabei rutschte das Diadem, das sie in ihren kurzen Locken trug, zur Seite, und es hatte für einen kurzen Augenblick den Anschein, als wolle es ihr gänzlich entgleiten.

Alexander nahm die ihm entgegengestreckte Hand und betrachtete Carolyn schweigend. Dann murmelte er bewundernd: „Die Ehe mit meinem Bruder scheint dir ausgezeichnet zu bekommen."

Verlegen senkte Carolyn den Blick. Vor drei Wochen hatte sie vor dem Popen im Feldlazarett, der eigentlich dazu bestimmt war, den Sterbenden die Letzte Ölung zu geben, die Ehe mit Nikolaus geschlossen, und das frisch vermählte Paar hielt sich erst seit wenigen Tagen hier in St. Petersburg auf, da der Arzt Nikolaus die weite Reise nicht früher gestattet hatte. So war Carolyns Verwirrung über den unverhofften Wandel der Dinge noch nicht abgeklungen ... ihre Verwirrung und ihre Beunruhigung.

„Was führt dich hierher, Alexi?" erkundigte sie sich.

„Ich habe gehört, dass der Zar heute Abend einen kleinen Empfang euch zu Ehren gibt. Wie könnte ich dabei fehlen?"

„Es hat natürlich einen großen Skandal in den Adelskreisen gegeben", sagte Carolyn und lächelte wie um Entschuldigung bittend.

„Ach was", erwiderte Alexander lachend, „die Welt ist an unsere Skandale gewöhnt und erwartet von einem Swerajow nichts anderes als Missachtung von Brauch und Sitte."

„Das hat Nikolaus auch gesagt." Erleichtert atmete Carolyn auf. „Er ist übrigens in der Bibliothek. Komm."

Vor der Tür blieb der Schwager stehen. Seine Miene war plötzlich sehr ernst geworden. „Und wie geht es Katja?“ fragte er leise.

Resigniert hob Carolyn die Hände. „Die Kleine ist vom Verlust ihrer Mutter natürlich tief betroffen, zumal sie weiß, was der Tod bedeutet, da sie ihn nicht nur in Moskau, sondern auch in den Wochen im Feldlazarett mit eigenen Augen gesehen hat. Ich tue mein Bestes, um ihr eine gute Stiefmutter zu sein, und hole sie sogar des Nachts in unser Bett, wenn sie wieder einmal einen ihrer Albträume gehabt hat.“

„Aha. Das muss Niki ganz besonders gut gefallen“, erwiderte Alexi mit Unschuldsmiene.

Carolyn musterte ihn misstrauisch und sagte dann würdevoll: „Das tut es wirklich“, während sie die Tür öffnete.

Bei ihrem Anblick erhob sich Nikolaus hinter seinem Schreibtisch. In dem zärtlichen Blick, mit dem er seine junge Frau umfing, lag Liebe und Bewunderung, und er schickte umgehend den Haushofmeister, dem er gerade einige Anweisungen gegeben hatte, mit einem kurzen Wink aus dem Zimmer.

Wieder kämpfte Carolyn mit ihrer Verlegenheit. Sie wusste, dass das kostbare silberdurchwirkte Abendkleid nicht nur ihre Figur ganz besonders vorteilhaft hervorhob, sondern sogar der Tönung ihres Teints angepasst war. Doch an all den Prunk und Reichtum, der sie jetzt umgab, hatte sie sich noch nicht gewöhnt. Um ihre Verwirrung zu verbergen, machte sie einen kindlichen Knicks und sagte: „Sie haben Besuch, Hoheit.“

Lachend kam Nikolaus, zwar immer noch hinkend, aber bereits ohne Krücken, auf den Bruder zu und schloss ihn in die Arme. „Wie schön, dich wiederzusehen!“

„Ich musste dir doch gratulieren, Niki. Nach deinem Aussehen zu urteilen, scheinst du dich in deinem neuen Status außerordentlich wohl zu fühlen.“

„So ist es.“ Bei diesen Worten bedachte Nikolaus seine junge Frau mit einem vielsagenden Blick.

„Sascha geht es übrigens auch viel besser. Wahrscheinlich wird er in einem halben Jahr wieder völlig auf dem Posten sein. Doch nun will ich erst einmal meine Nichte begrüßen. Bis nachher!" Mit einem vergnügten Winken verabschiedete sich Alexi und verließ dann eilig die Bibliothek.

Als er die Tür hinter sich geschlossen hatte, wandte Nikolaus sich lächelnd an Carolyn. „Du siehst wunderschön aus", sagte er leise.

„Aber ich bin schrecklich nervös", erwiderte sie.

Tröstend nahm er ihre Hand. „Es ist ja nur ein Empfang im ganz kleinen Kreise."

„Aber uns zu Ehren ... vom Zaren höchstpersönlich gegeben!"

Wortlos zog Nikolaus Carolyn an sich und wollte sie küssen. Doch sie wehrte ihn bedrückt ab.

„Was hast du, Ljubowniza", erkundigte er sich besorgt.

„Ich weiß es auch nicht", erwiderte sie zögernd.

„Irgendetwas quält dich, seit wir hier in St. Petersburg sind. Ich fühle es."

„Da hast du Recht." Carolyns Versuch zu lächeln misslang, und so strich sie Nikolaus nur gedankenverloren über die Wange. „Aber es betrifft nicht uns. Es ist nur ..."

„Was ist es denn?"

„Hier wird mir jeden Tag vor Augen geführt, dass ein Traum in Erfüllung gegangen ist. Aber ich habe dabei immer den Eindruck, dass er einfach zu schön ist, um wahr zu sein." Ratlos hob Carolyn die Schultern. „Ich kann dir dieses Gefühl nicht erklären ... ich habe Angst ... Angst vor einem plötzlichen Erwachen, vor seinem Ende."

Nikolaus runzelte die Stirn. „Das ist doch Unsinn. Wir sind verheiratet. Unser Ehebund wird ein Leben lang halten."

Carolyn nickte einsichtsvoll. Aber ihre Furcht wurde dadurch nicht verdrängt. Aus irgendeinem unerklärlichen Grund wartete sie insgeheim darauf, dass ihr über kurz oder lang der Wind wieder ins Gesicht blasen würde. Manchmal sagte sie sich, diese Zwangsvorstellungen seien nur die Auswirkung ihrer von zu viel Glück überreizten Nerven. Und dann wiederum schien es ihr, als habe sie plötzlich einen sechsten Sinn bekommen – eine Art Vorahnung.

„Ich denke unaufhörlich", flüsterte sie und starrte dabei ins Leere, „dass irgendetwas geschehen wird, irgendetwas Schreckliches für dich und mich."

Einen Atemzug lang erstarrte Nikolaus vor Ratlosigkeit und Schreck. Dann zog er Carolyn wieder an sich.

„Was, um alles in der Welt, sollte denn geschehen, Liebste?" murmelte er, vergrub das Gesicht in ihrem Haar und wiegte sie zärtlich in den Armen.

In diesem Augenblick erklang im Korridor eine Frauenstimme. Irgendjemand rief in schrillen und hysterischen Tönen nach einem Diener. Irgendjemand? Nikolaus fuhr entsetzt empor, und Carolyn rann ein Schauer über den Rücken.

„Nein", murmelte sie ungläubig, „nein, nein." Es konnte doch nicht Marie Helene sein.

Doch die grelle Stimme kam unaufhaltsam näher. Aschfahl und mit blutleeren Lippen starrte Nikolaus wie gebannt auf die Tür, die plötzlich mit solcher Wucht aufgestoßen wurde, dass sie gegen eines der hohen Bücherregale prallte ... und Marie Helene stand auf der Schwelle.

„Ihr habt geglaubt, ich bin tot!" kreischte sie. „Oh nein, da irrt ihr euch gewaltig. Ich bin nicht tot. Mache dich fort von meinem Mann, du Hure!"

Carolyn löste sich aus Nikis Umarmung und spürte dabei, wie ihre unterschwellige Angst von einem Gefühl dumpfer Benommenheit abgelöst wurde. Ich habe es gewusst, dachte sie unaufhörlich, ich habe gewusst, dass es so kommen würde. Es konnte nicht gut gehen.

Marie Helene bot einen erbarmungswürdigen Anblick. Abgemagert, bleich, mit wirren, ungekämmten Haaren, eine verkrustete Narbe quer über der Wange, ähnelte sie weitaus mehr einer Vogelscheuche als der wunderschönen Fürstin Swerajowa. Einer ihrer Arme war von den Fingern bis zur Schulter hinauf bandagiert, und auch die andere Hand trug eine dicke weiße Binde.

„Niki!" Sie stürzte an die Brust ihres Gemahls und schluchzte hemmungslos.

Langsam und lautlos zog sich Carolyn Schritt für Schritt zurück. Sie spürte keinen Schmerz, keine Qualen. Nur eine große Leere war um sie ... eine Leere voller Dunkelheit und Schatten.

„Ich wäre ja fast gestorben", jammerte Marie Helene. „Sieh dir mein Gesicht an, Niki. Sie wollten mich umbringen, mit einem langen Messer."

Sie wimmerte wie ein Kind. „Und das Feuer! Es war die Hölle. Ich konnte mich nur mit Mühe in den Wald schleppen. Sie dachten, ich bin tot. Meine Hände, meine schönen Hände sind völlig verunstaltet! Oh, Niki, was hat man mir angetan!"

Die Worte rauschten an Carolyns Ohr vorüber, ohne irgendeine Gefühlsregung zu wecken. Sie kam sich vor wie die Zuschauerin eines absonderlichen Dramas, das zu bizarr war, um ihr Herz zu berühren. Noch ein Schritt, und noch ein Schritt. Bald würde der Vorhang über dieser makabren Szene fallen. Bald würde Ruhe eintreten – tiefe, endlose Ruhe.

Ruhe, Frieden ... und sonst nichts.

Leichte, eilige Schritte erklangen im Korridor, und plötzlich stand Katja mit strahlendem Gesicht im Zimmer.

„Mama!" rief sie. „Mama! Mama!"

Aber Marie Helene hob bei diesen freudigen Rufen den Kopf nicht von der Brust ihres Mannes, sondern zerfloss weiterhin in Tränen des Selbstmitleides. Noch einmal umfing Carolyn ihren herrlichen russischen Märchenprinzen mit ihrem Blick. Er war kreidebleich, und auf seinem Gesicht lag der Ausdruck blanken Entsetzens. Seine Arme hingen wie leblos an ihm herab.

„Mama!" Katja war zu ihrer Mutter gelaufen und zerrte in freudiger Erregung an ihrem Kleid. „Mama! Wir dachten, du bist tot! Liebe Mama!"

„Carolyn", sagte Nikolaus mit heiserer Stimme, „Carolyn, geh doch nicht fort. Wir werden das in Ordnung bringen."

Aber dieser Mann mit den goldbraunen Locken war plötzlich ein Fremder geworden, und Carolyn sah keinen Grund mehr, auf seine Worte zu hören. Mitleidig betrachtete sie das schöne Kind, das an dem Rock seiner Mutter hing – seiner Mutter, die sich wie eine

Ertrinkende an Nikis Schultern klammerte, so als nehme sie ihre Tochter überhaupt nicht wahr.

Ein Zuschauer ... ein Zaungast bei einem wunderlichen Drama – das und nichts anderes sollte ich doch sein, dachte Carolyn. Warum also laufen mir plötzlich die Tränen über die Wangen? Sie schüttelte abwehrend den Kopf.

„Sage ihr, dass sie Katja lieb haben muss." Mit zitterndem Finger wies sie auf die schluchzende Fürstin, wandte sich dann ruckartig um und verließ den Raum ... verließ das Leben des Fürsten Nikolaus Swerajow ... für immer.

VIERTER TEIL
Der Phoenix

32. KAPITEL

LONDON IM DEZEMBER 1812

Carolyn tauchte die Feder in das Tintenfass und schrieb mit großen sorgfältigen Buchstaben: „Die Flüchtlinge, Kapitel XIII“. Dann hielt sie einen Augenblick inne und begann folgendermaßen: „Für Sarah wurde es eine endlose Nacht. Die Flammen hatten sich allenthalben über die ganze Stadt ausgebreitet. Sie waren überall, schienen von jeder Seite auf sie einzudringen. Doch dann erblickte sie plötzlich einen Schatten, ein Phantom – und es war wirklich und wahrhaftig ihr geliebter William, der im allerletzten Moment und mit Gottes Hilfe nicht zu spät gekommen war, damit sie gemeinsam der Feuersbrunst entfliehen konnten.“

„Carolyn? Arbeitest du schon wieder an deinem Roman?“ erkundigte sich der Vater von der Tür her.

Aus ihren bitteren Erinnerungen gerissen, fuhr Carolyn hoch, wagte aber nicht den Kopf von ihrem Manuskript zu heben, denn hinter ihren Lidern brannten heiße Tränen, und sie brauchte etwas Zeit, um wieder zu ihrer üblichen zur Schau getragenen Ruhe zurückzufinden.

„Ja“, sagte sie schließlich mit einem leichten Seufzer, legte die Feder zur Seite und zwang sich zu einem Lächeln, um den Vater zu beruhigen.

George Browne betrat die Küche mit bedrückter Miene. „Ich habe gerade den Laden für heute geschlossen“, sagte er, und sein munterer Ton stand in krassem Gegensatz zu seinem sorgenvollen Blick. „Und mir ist dabei ein guter Gedanke gekommen. Wollen wir nicht wieder einmal im ‚Grauen Wolf‘ zu Abend essen? Ich glaube, wir beide könnten ein wenig Tapetenwechsel und einen Schluck Bier gut gebrauchen.“

Aber Carolyn starrte nach wie vor auf die eng beschriebenen Papierbogen und sah dabei die kostbaren Kelche mit schwerem roten Wein vor sich, die sie so oft mit Nikolaus geleert hatte. „Ich bin aber heute gar nicht hungrig, Papa“, erwiderte sie. „Und ich möchte auch dieses Kapitel noch zu Ende bringen.“

Zögernd ließ sich der Vater ihr gegenüber an dem blank gescheuerten Küchentisch nieder. „Sag mir doch, was dich bedrückt, mein Kind“, bat er leise. „Und erzähle mir endlich, was du in Russland erlebt hast.“

Abwehrend schüttelte Carolyn den Kopf. „Da gibt es nichts zu erzählen, Papa.“ Oh doch, es gäbe sehr viel zu erzählen, dachte sie, und deshalb schrieb sie ja auch diesen Roman als Ergebnis all ihrer Erlebnisse. Nur ein glückliches Ende würde es darin nicht geben. Das überließ sie solchen Schriftstellerinnen wie Jane Austen. Bei ihr sollten die Leser am Ende über das tragische Schicksal ihrer Heldin, die ihren Angebeteten und seine Liebe verloren hatte, Ströme von Tränen vergießen. Nie zuvor in ihrem Leben hatte sie sich so verlassen gefühlt.

Tröstend nahm der Vater ihre Hand. „Manchmal möchte ich diesen Swerajow am liebsten umbringen, denn ich weiß genau, dass er an deiner gedrückten Stimmung schuld ist.“

„Sage so etwas nie wieder!“ Zornig zog Carolyn ihre Hand weg. „Er ist der ehrenhafteste Mann, dem ich je begegnet bin. Und ich werde auch nie wieder seinesgleichen finden, Papa.“

„Wenn er so ehrenhaft ist“, fragte George Browne ärgerlich, „warum hast du dann ein gebrochenes Herz?“

Wortlos zuckte Carolyn die Schulter und erhob sich. Sie hatte nie und nimmer die Absicht, dem Vater irgendetwas zu berichten. Dann wanderten ihre Gedanken wieder einmal zu Marie Helene, die vom Feuer und von den Messern der Banditen so gepeinigt und entstellt worden war, und ihr Herz schien vor Mitleid zerspringen zu wollen. Kein Mensch sollte so etwas erleiden müssen. Und ganz gleich, wie unwürdig und schamlos sich die Fürstin früher betragen hatte, ein so ehrenhafter Mann wie Nikolaus würde sie jetzt nicht mehr verstoßen.

Aber das hatte Carolyn auch gar nicht erwartet. Es war eben vorbei. Dieses Märchen war von Anfang an nichts als ein schöner Traum gewesen.

„Ich möchte dir doch nur helfen", murmelte der Vater bedrückt.

Carolyn wandte sich ab. „Mir kann niemand helfen."

Stöhnend schlug George Browne die Hände vor das Gesicht. „Dein Kummer bricht mir das Herz!" rief er außer sich.

„Nun, dann haben wir eben beide ein gebrochenes Herz", entgegnete Carolyn sarkastisch und griff wieder nach der Feder. „Ich möchte nun aber wirklich gern an meinem Roman weiterschreiben."

„Und was ist mit Copperville? Dein Redakteur hat in der vergangenen Woche dreimal anfragen lassen, ob du nicht wieder eine Kolumne für ihn hast."

Aber Carolyn hatte schon wieder am Tisch Platz genommen und war mit ihren Gedanken erneut bei Sarah und William. „Copperville ist tot. Er ist in Moskau gestorben."

Bekümmert schüttelte der Vater den Kopf. „Nun ja, wenn das so ist ... Bevor du jedoch wieder zu schreiben beginnst, möchte ich dir noch diesen Brief geben. Er ist von deiner Großmutter." Zögernd hielt er ihr einen versiegelten Umschlag hin.

Ungeduldig legte Carolyn die Feder beiseite, zerbrach mit gleichgültiger Miene das Siegel und überflog den Inhalt des Schreibens. Dann legte sie den goldgeränderten Bogen achtlos auf den Tisch zurück. „Wieder eine Einladung nach Midlands", teilte sie schulterzuckend mit.

„Das verstehe ich nicht mehr", erklärte der Vater. „Erst taucht sie kurz nach deiner Abreise hier im Laden auf und will alles über deinen derzeitigen Aufenthalt wissen – und nun schon die vierte Einladung nach Midlands, seitdem du wieder in London bist. Wirst du hinfahren? Du solltest es wirklich tun, Carolyn. Du hast immer so getan, als kümmere dich ihre Missachtung nicht, aber ich weiß, wie sehr du in Wirklichkeit darunter gelitten hast. Ich glaube, sie wünscht jetzt aus ehrlichem Herzen, dich in ihre Familie aufzunehmen."

Doch Carolyn hatte längst nach einem neuen Blatt Papier gegriffen und war bereits dabei, mit den üblichen höflichen Sätzen die

Einladung dankend abzulehnen. „Nein, ich werde nicht nach Midlands fahren", erklärte sie mit Nachdruck. „Warum sollte ich auch? Die Vergangenheit ist vorbei und vergessen. Ich lebe jetzt in der Gegenwart." Energisch tauchte sie erneut die Feder in das Tintenfass und schrieb: „Sarah eilte William entgegen, der in wildem Galopp durch die lodernden Flammen auf sie zukam ..."

„Und was ist mit der Zukunft?" fuhr der Vater dazwischen und schlug mit den flachen Händen auf die Tischplatte.

„Die Zukunft interessiert mich nicht mehr", erwiderte Carolyn. Es sollte herablassend klingen, aber stattdessen war ihre Stimme rau von ungeweinten Tränen.

„Zur Hölle mit allem und jedem!"

Sie schrak zusammen. Noch nie zuvor war ein Fluch über die Lippen des Vaters gekommen. Erschrocken sah sie ihn an und hob abwehrend die Hand. In diesem Augenblick wurde heftig an die Ladentür geklopft, und der späte Besucher unterbrach zum Glück ein weiteres Gespräch zwischen Vater und Tochter, das Gefahr lief, die gewohnten Bahnen zu verlassen.

Murrend schlurfte George Browne in den Verkaufsraum und lugte durch einen Spalt in dem Fensterladen. Dann schlich er zu Carolyn zurück und flüsterte aufgeregt: „Es ist der junge Davison. Diesmal lasse ich ihn aber herein!"

„Nein, warte, Papa!" Carolyn griff nach seinem Arm, doch der Vater schüttelte ihre Hand ab.

„Wenn ich ihn wieder fortschicke, wird er nie mehr wiederkommen", erwiderte der Vater zornig. „Ich sage dir das zum allerletzten Mal. Er ist ein anständiger junger Mann mit ehrlichen Absichten, und er ist von Kopf bis Fuß verliebt in dich. Weise ihn nicht ab!"

„Aber ich liebe ihn doch nicht", flüsterte Carolyn mit zitternden Lippen. Doch der Vater hatte sich bereits umgedreht und ging nun mit energischen Schritten zur Ladentür, um sie zu öffnen.

Mühsam schluckte Carolyn die aufsteigenden Tränen hinunter. Oh Nikolaus, dachte sie verzweifelt, werde ich mich denn ein Leben lang nach dir sehnen? Wie soll ich das ertragen? Ich möchte am liebsten sterben.

Dieser Wunsch kam ihr in letzter Zeit immer öfter, und er entsprach der Wahrheit. Sie hatte in der Tat keine Lust mehr zu leben, denn nicht nur ihr Herz war zerbrochen. Ihre Seele, ihr ganzes Sein war in Stücke gerissen. Nie hätte sie gedacht, dass Liebe eine solche Qual sein könnte. Wenn sie es auch nur im Entferntesten geahnt hätte, wäre sie ihr ... und ihm ... von Anfang an aus dem Wege gegangen.

Zu Beginn hatte es ihr noch gar nicht so hoffnungslos geschienen, als sie – wiederum mit Alexanders Hilfe – aus St. Petersburg geflohen war. Der Schock über die unerwartete Wendung der Dinge saß noch so tief, dass alle Gefühle, alle Schmerzen darunter begraben waren. Doch während der zweiwöchigen Heimreise hatte sich ihr innerer Aufruhr nach und nach gelegt und nichts als einen quälenden Albtraum zurückgelassen.

Anthony Davisons Eintritt riss Carolyn aus ihren trüben Gedanken. Der junge Mann trug ein kleines Päckchen in der Hand und lächelte sie freudig an. Nur mit Mühe gelang es ihr, sein Lächeln einigermaßen glaubhaft zu erwidern.

„Ich hoffe, dass ich nicht allzu sehr störe." Anthony begleitete seine Worte mit einer ehrerbietigen Verbeugung. „Eigentlich wollte ich schon hier sein, bevor der Laden geschlossen wird. Aber der Verkehr auf Fall Mall war wieder so dicht, dass mein Gespann nur im Schritt vorwärts kam."

„Sie stören keineswegs, Anthony", erwiderte Carolyn höflich, während sie sich bemühte, das Bild ihres Romanhelden William zu verdrängen, der groß und goldhaarig war wie Nikolaus. Wenn sie doch nur rasch wieder an ihre Schreibarbeit zurückkehren könnte!

„Und das ist für Sie." Der junge Mann überreichte ihr feierlich das Päckchen, das dem Aussehen nach ein Buch sein musste.

„Vielen Dank", murmelte Carolyn und wickelte das Geschenk ohne große Begeisterung aus.

„Ich dachte", erklärte Anthony unter sichtbarem Erröten, „dass Sie sich über Sir Walter Scott mehr freuen würden als über einen Blumenstrauß."

Carolyn musterte den Einband. „Ah, ‚Die Jungfrau vom See'. Wie hübsch."

„Ich hoffe, es wird Ihnen gefallen", sagte der junge Mann verlegen.

„Natürlich wird mir das Buch gefallen", erwiderte Carolyn und blätterte scheinbar interessiert in dem mit Goldschnitt verzierten Band. Ihre Gedanken aber kreisten dabei jedoch um die nächste Szene ihres Romans, jene Nacht, in der die beiden Liebenden aus Moskau fliehen und in welcher ihre lang ersehnte, leidenschaftliche Vereinigung stattfindet. „Ja, ganz bestimmt. Ich danke Ihnen."

„Und außerdem ... Morgen Abend findet ein Tanztee bei Lady Stratford statt. Würden Sie mir wohl die Ehre geben, mich dorthin zu begleiten?"

Mit dem Ausdruck des Bedauerns hob Carolyn die Schultern. „Sie dürfen versichert sein, Anthony, dass ich Ihre Einladung zu schätzen weiß. Aber ich fühle mich gar nicht wohl und kann sie deshalb leider nicht annehmen."

Die Miene des jungen Mannes verdüsterte sich. „Nun ja, wenn das so ist ...", murmelte er betroffen, „... dann wünsche ich Ihnen noch einen angenehmen Abend." Mit einer kurzen Verneigung wandte er sich um, lief an George Browne vorüber quer durch den Laden und zur Tür hinaus. Nur das melodische Klingeln der Türglocke begleitete seinen hastigen Abgang.

„Nun wird er nie wiederkommen!" rief der Vater außer sich. „Jetzt hast du ihn zum vierten Male weggeschickt!"

Eben noch hatte Carolyn mit den Tränen gekämpft. Doch jetzt brachte sie der Zorn des Vaters derart auf, dass sie ihm das Buch vor die Füße warf und schrie: „Soll er doch! Meinetwegen! Ich werde ihn nie heiraten." Und dann fügte sie leiser hinzu: „Mein Herz gehört doch einem anderen."

Sekundenlang starrte George Browne ungläubig auf das am Boden liegende Buch, ehe er sich ächzend niederbückte, um es wieder aufzuheben.

Auch Carolyn begriff plötzlich nicht mehr, wie sie so aus der Fassung hatte geraten können, und schlug die Hände vor das Gesicht. „Alles, was ich will", flüsterte sie verzweifelt, „ist, in Ruhe gelassen zu werden."

In diesem Augenblick erklang erneut die Türglocke, denn der Vater hatte die Ladentür noch nicht wieder hinter Anthony geschlossen. Rasch wischte sich Carolyn mit dem Daumenballen die Tränen aus den Augen, während George Browne leise schimpfend in den Verkaufsraum zurückging.

„Guten Abend, Browne", ertönte von dort eine gepflegte männliche Stimme, die Carolyn bekannt vorkam. Vorsichtig schlich sie aus der Küche und spähte in den schwach erleuchteten Laden. Um ein Haar hätte sie vor Überraschung aufgeschrien, als sie den späten Besucher erkannte. Es war Lord Stuart Davison, Anthonys Vater! Aber was wollte er hier und auch noch zu dieser ungewöhnlichen Zeit?

„Guten Abend, Mylord. Welche ... welche ... eh, seltene Ehre. Wünschen Sie ein Buch zu kaufen?" Der Vater schien völlig verwirrt über die vornehme Kundschaft zu sein. Nein, nicht verwirrt. Er war bleich wie der Tod und hatte ganz offensichtlich vor irgendetwas Angst.

Kurz entschlossen trat Carolyn neben den Ladentisch, machte einen leichten Knicks und sagte: „Guten Abend, Mylord. Kann ich behilflich sein?"

„Ah, Miss Browne. Haben Sie sich inzwischen von den Anstrengungen Ihrer weiten Reise erholt?" erkundigte sich Stuart Davison lächelnd. Doch in seinem Lächeln lag keine Freundlichkeit. Es war kalt und hochmütig.

George Browne aber schob sich aufgeregt zwischen den Besucher und Carolyn. „Meine Tochter hat sich noch nicht erholt. Sie fühlt sich gar nicht wohl. Und wenn Sie ein Buch kaufen möchten, so kommen Sie doch morgen wieder. Um neun Uhr mache ich den Laden auf."

„Sie wissen genau, dass ich bei Ihnen keine Bücher kaufen will." Lord Davison schob die beiden achtlos beiseite, ging in die Küche, so als sei er hier zu Hause und nicht die Familie Browne, und zog zwei Stühle an den Tisch. „Setzen Sie sich", befahl er George Browne kurz, ohne sich weiterhin zu bemühen, ein Lächeln vorzutäuschen.

Ratlos sah Carolyn den Vater an. Was hatte dieses merkwürdige Gebaren von Davison zu bedeuten? Anscheinend nichts Gutes. „Mylord", sagte sie und folgte dem ungebetenen Gast in die Küche, „ist etwas nicht in Ordnung?"

„Bitte", erwiderte Lord Davison barsch und wies auf den zweiten Stuhl, „setzen Sie sich, habe ich gesagt."

Wieder warf Carolyn ihrem Vater einen bestürzten Blick zu.

George Browne standen dicke Schweißperlen auf der Stirn. „Tue, was er sagt, Carolyn", flüsterte er und wandte sich dann mit flehender Miene an Davison: „Bitte nicht in Gegenwart meiner Tochter!"

Aber Lord Stuart Davison geruhte nicht zu antworten. Er wartete schweigend, bis Vater und Tochter Platz genommen hatten, und verkündete dann ungerührt: „Wir benötigen die einzigartigen Talente von Miss Browne."

„Nein!" schrie George Browne und sprang auf. „Nein! Das kommt überhaupt nicht in Frage!"

Statt einer Erwiderung fiel Davisons Faust donnernd auf den Tisch, und der Vater sank verängstigt auf seinen Stuhl zurück. Verstört von den unerklärlichen Vorgängen, sah Carolyn zu dem unliebsamen Besucher empor. „Was geht hier eigentlich vor?" fragte sie beklommen.

„Nun, es geht um die Tatsache, dass Ihr Vater ein Landesverräter ist", erwiderte Davison trocken. „Und dass nur Sie ihn vor dem Galgen bewahren können."

Halt suchend klammerte sich Carolyn an die Tischkante. „Das ist doch barer Unsinn", flüsterte sie. Als sie indes bemerkte, dass der Vater das Gesicht unter den Händen verbarg, dass seine Schultern zuckten und er gar zu weinen schien, begann sie zu begreifen. „Papa?" flüsterte sie ungläubig. Doch es kam kein Echo.

„Ihr Vater dient uns seit acht Jahren als Kurier", übernahm Davison die nähere Erklärung. „Aber Sie haben doch wohl selbst nicht geglaubt, dass er so oft quer durch ganz Europa gereist ist, nur um seinen Kunden diese oder jene kostbare Handschrift ins Haus zu liefern, Miss Browne, nicht wahr?"

Carolyn starrte ihn an. „Als Kurier? Aber ein Kurier ist doch kein Verräter.“ Verzweifelt griff sie sich an die Kehle. „Papa! Sag doch etwas!“ Sie sprang auf und rüttelte den Vater an der Schulter.

„Ja, ja, ich bin ein Kurier gewesen“, rief George Browne, während ihm erneut die Tränen unter den Lidern hervorquollen.

„Aber doch kein Verräter!“ Entschlossen trat Carolyn auf Lord Davison zu. „Ich kenne meinen Vater, Mylord. Er liebt sein Vaterland und würde England niemals schaden, weder im Frieden noch im Krieg.“

Zu ihrer Überraschung begann Stuart Davison zu lachen, amüsiert und behaglich. „Aber er hat es getan, verehrte Miss Browne. Er hat acht Jahre lang Informationen an die Franzosen verkauft. Und das ist ein Verbrechen, das nur am Galgen gesühnt werden kann.“

„Nein!“ stieß Carolyn mit heiserer Stimme hervor. „Nein! Papa!“ Das konnte, das durfte nicht möglich sein. Ihre ganze Welt war in Stücke gebrochen. Nur der Vater war ihr geblieben. Und nun das ...

„Ich habe es doch für dich getan, Carolyn“, flüsterte George Browne, und diese Worte stießen wie ein Messer in Carolyns Herz. Sie schrie auf und tastete Halt suchend nach der Lehne des Stuhles.

„Carolyn!“ Der Vater griff nach ihrer Hand. „Du bist mein Leben. Ich liebe dich über alles in der Welt. Die Buchhandlung brachte nichts mehr ein. Wir haben so dringend Geld gebraucht und wären schon lange obdachlos, wenn ich diese Möglichkeit nicht ergriffen hätte. Kannst du mir nicht verzeihen?“ Schluchzend rang er die Hände.

Nun liefen auch Carolyn Tränen über die Wangen. Ihr lautloses bitterliches Weinen war herzzerreißend. „Oh, Papa, wie konntest du das nur tun? Alles, alles, aber nicht das“, flüsterte sie. Der Kummer benahm ihr den Atem, und ihr Herz klopfte in dumpfen, ungleichmäßigen Schlägen. Ihr Vater war ein Landesverräter. Wie war das möglich? Er sagte, er habe es für sie getan. Aber sie würde doch viel lieber ein Bettler ohne Dach über den Kopf sein als so etwas ...

„Das bringt uns nun also zu Ihnen, Miss Browne“, fuhr Davison jetzt in geschäftsmäßigem Ton fort.

„Nein“, murmelte George Browne mit schwacher Stimme, „nein. Was immer Sie über mich denken, aber ziehen Sie um Gottes willen Carolyn nicht mit hinein.“

Lord Davison jedoch betrachtete ihn so gleichgültig, als wäre er nichts anderes als ein Fleck auf seinem glänzenden Lackschuh. „Wenn Ihre Tochter nicht zur Mitarbeit bereit ist, Browne“, erklärte er kühl, „werde ich dafür sorgen, dass Sie an den Galgen kommen. Und denken Sie nicht, dass ich das nicht wagen würde. Meine eigenen Spuren in dieser Sache sind so geschickt verborgen, dass niemand mich mit in die Tiefe reißen kann.“

Voller Hoffnung hob Carolyn den Kopf. „Sie haben also auch Schuld auf sich geladen?“

„Ach, versuchen Sie es doch nicht mit solchen versteckten Drohungen. Es gibt auch nicht den Hauch eines Beweises gegen mich, aber von den Aktivitäten Ihres Vaters habe ich so viele Zeugnisse, dass es zu einer sofortigen Verurteilung ausreichen würde ... sofern Sie nicht tun, worum ich Sie ersuche“, fügte er mit einem herablassenden Lächeln hinzu.

„Und was verlangen Sie von mir?“ hörte sich Carolyn zu ihrer Verwunderung sagen. Noch immer war sie wie betäubt von dieser fürchterlichen Entdeckung.

„Nun, die Aufgabe wird Ihnen sehr entgegenkommen. Fürst Swerajow ist gestern in London eingetroffen. Wir wissen, dass er wichtige Informationen für unser Land mitbringt, und ich bin sicher, dass Sie die entsprechenden Möglichkeiten finden werden, diese aus ihm herauszulocken.“ Spöttisch zog Davison die Mundwinkel herab.

Nun erwiderte Carolyn nichts mehr. Sie blickte durch den Mann vor ihr hindurch wie durch Nebel, hinter dem sich tiefe Dunkelheit ausbreitete.

Es kann also immer noch schlimmer kommen, war das Einzige, was ihr dabei in den Sinn kam, und sie wiederholte es immer wieder, mechanisch und nutzlos wie das Klappern eines leeren Mahlwerkes.

Carolyn lag auf dem Bett und presste mit beiden Armen ein Kissen auf ihr wild klopfendes Herz. Durch einen Schleier von Tränen starrte sie zur Decke empor.

Nikolaus ist in London – Vater ist ein Verräter – und er wird hängen, wenn ich Nikis Geheimnisse nicht auskundschafte ... Wie mit gleichmäßigen Hammerschlägen prägten sich diese Gedanken in ihr Hirn.

Also Nikolaus war in London. Sie konnte sich nicht erklären, was ihn hierher führte. Aber dass es mit ihr nichts zu tun hatte, dessen war sie sich sicher. Aller Wahrscheinlichkeit nach war ihm wieder einmal eine diplomatische Mission vom Zaren übertragen worden, und Davison wollte nun wissen, welche Vorgaben er dafür erhalten hatte und ob die Gerüchte stimmten, die besagten, dass Russland eine geheime Allianz mit Preußen vorbereitete, eine Allianz, die einem vernichtenden Krieg gegen Napoleon dienen sollte. Als Lord Davison ihr diese Aufgabenstellung eröffnete, hatte sie ihn angesehen, als habe er seine fünf Sinne nicht mehr beieinander. Wie sie das wohl anstellen sollte, hatte sie ihn gefragt.

Und der ehrenwerte Lord war bei seinen Erklärungen nicht sonderlich zurückhaltend gewesen. Sie solle zu diesem Zweck ihr Liebesverhältnis zu dem Fürsten wieder aufleben lassen, hatte er befohlen und hinzugefügt, er räume ihr genau eine Woche Zeit ein, um Einzelheiten über das Bündnis zwischen den beiden Nationen in Erfahrung zu bringen. Zudem habe er gehört, Swerajows nächstes Ziel sei Breslau in Schlesien. Wenn das zutreffe, so solle sie ihn unbedingt dorthin begleiten, um weitere Berichte über seine Intentionen nach London schicken zu können.

Selbstverständlich würde sie alles tun, um den Vater vor einem so furchtbaren Schicksal zu bewahren. Aber der Gedanke, Nikolaus zu diesem Zwecke so schamlos auszunutzen, war ihr unerträglich. Verzweifelt schloss sie die Augen. Wie sollte sie nur in der Lage sein, das Unabwendbare zu tun?

„Carolyn?“ Vorsichtig betrat der Vater das kleine Zimmer. „Da unten ist jemand, der dich unbedingt sprechen will“, sagte er leise.

Aber Carolyn sah ihn nicht an. Die Furcht, es werde ihr nicht gelingen, Nikolaus die gewünschten Informationen zu entlocken, schnürte ihr die Kehle zusammen. Würde Davison dann wohl seine Drohung wahr machen?

„Wer immer es ist, Papa, sage ihm, er soll weggehen", murmelte sie schließlich.

„Aber es ist deine Großmutter, und sie beharrt darauf, dich zu sehen. Sie sagt, sie habe den langen Weg von Midlands nach London nur auf sich genommen, um mit dir zu sprechen."

Müde richtete Carolyn sich auf und strich sich die Haare aus der Stirn. Die alte Lady Stafford war die Letzte, die sie im Augenblick sehen mochte. „Gib ihr diesen Brief, den ich vorhin geschrieben habe", erwiderte sie und wies auf die kleine Kommode.

Der Vater seufzte und sah sie bedrückt an. „Es tut mir so unendlich Leid, Carolyn", flüsterte er.

Aber Carolyn bis sich auf die Unterlippe, um ein Schluchzen zu unterdrücken, und schüttelte nur schweigend den Kopf.

Zögernd ließ sich George Browne auf der Bettkante nieder. „Du verachtest mich jetzt, nicht wahr?" fragte er mit zitternder Stimme.

Abwehrend hob Carolyn die Hände. „Nie ... nie könnte ich dich verachten, Papa. Ich wünschte nur ..." Die erneut hervorquellenden Tränen hinderten sie am Weitersprechen.

„Carolyn, du bist doch alles, was mir geblieben ist, seit deine Mutter uns verlassen musste, und ich liebe dich von ganzem Herzen. Ich hatte große Verluste gehabt – du weißt doch, ich habe keinen Sinn für Zahlen –, und das Geschäft ging wieder einmal schlecht. Wir haben doch kaum mehr als ein Buch am Tage verkauft", erklärte er jammernd.

Carolyn ergriff seine Hand. „Ich weiß, Papa. Wahrscheinlich habe ich absichtlich die Augen vor der Tatsache verschlossen, dass wir mit der Buchhandlung unseren Lebensunterhalt nicht verdienen konnten."

„Ich habe es nur für dich getan, damit du ein ordentliches Zuhause hattest und genug zu essen", sagte der Vater mit verzweifelter Miene. „Bitte, bitte, verzeihe mir meinen Fehler."

„Wie sollte ich dir nicht verzeihen, Papa?“ Liebevoll strich Carolyn ihm über die Wange. „Ich habe dich doch auch lieb. Wenn es nur einen anderen Ausweg gegeben hätte!“ fügte sie bekümmert hinzu.

„Wenn du wüsstest, wie oft ich mir das gewünscht habe!“ erwiderte der Vater in düsterem Ton. „Und stattdessen wirst du nun auch in diese Angelegenheit verwickelt. Lieber, lieber Gott, ich habe so schreckliche Angst ... um uns beide!“

„Es wird dir kein Leid zugefügt, Papa“, versicherte Carolyn entschlossen. „Das verspreche ich dir. Bald wird es uns beiden wieder besser gehen.“ Doch bei diesen Worten schien ihr irgendetwas die Kehle zuzuschnüren. Nikolaus, dachte sie, Nikolaus, ich muss dich ausnutzen und hintergehen, wenn ich meinen Vater retten will. Und ich liebe dich doch so sehr!

„Aber ich will nicht, dass du mit Swerajow dein Spiel treibst. Du sollst dich nicht für so etwas hergeben, um mich zu retten!“ rief der Vater verzweifelt.

Carolyn schüttelte schweigend den Kopf und erhob sich langsam. Was sollte sie darauf antworten? Es blieb ihr ja gar keine andere Wahl. Als sie sich umwandte, um nach ihrem Schal zu greifen, erblickte sie auf der Schwelle ihre Großmutter. Sie stützte sich schwer auf die vergoldete Krücke eines Spazierstockes und kam nun geradewegs auf ihre Enkelin zu.

„Ich habe dir bis heute vier Einladungen nach Midlands geschickt“, erklärte Edith Owsley in scharfem Ton. „Drei davon hast du höflich, aber entschieden abgelehnt. Aus diesem Grunde habe ich mich entschlossen, die vierte Einladung noch einmal mündlich zu wiederholen oder wenigstens den wahren Grund für deine Zurückweisung zu erfahren.“

Erleichtert atmete Carolyn auf. Offensichtlich hatte die Großmutter nichts von ihrem Gespräch mit dem Vater mitbekommen.

„Sie sind in mein Schlafzimmer eingedrungen, Mylady“, wies sie die Besucherin ärgerlich hin.

„Das habe ich bereits bemerkt“, versetzte die alte Dame schnippisch. „Darf ich fragen, welches Spiel du mit dem schönen russischen Fürsten zu spielen beabsichtigst? Und warum ist Swerajow wieder nach London gekommen? Läuft er dir etwa nach? Habt ihr vielleicht ein Verhältnis miteinander?"

Bei diesen Worten stöhnte George Browne entsetzt auf, während Carolyn spürte, wie ihre Wangen zu glühen begannen. „Sie haben eine sehr vertrauliche Unterhaltung mit angehört, Lady Stafford", sagte sie in vorwurfsvollem Ton.

Mit energischen, vom gleichmäßigen Klopfen des Stockes begleiteten Schritten kam Edith Owsley näher. „Ja, das habe ich, und ich muss sagen, dass ich darob sehr besorgt bin. Ihr macht beide einen außerordentlich erregten Eindruck, und du hast offensichtlich sogar geweint." Sie wies mit der Stockspitze auf Carolyn.

„Ach was, ich bin krank", entgegnete Carolyn ungehalten.

„Also, wann kommst du nun nach Midlands?" nahm die Großmutter ihr eigentliches Anliegen wieder auf.

„Ich bin sehr beschäftigt und habe keine Zeit für Besuche", gab Carolyn gereizt zur Antwort.

„Beschäftigt? Womit? Spielchen mit dem Fürsten?"

Wieder schoss brennende Röte in Carolyns Wangen. „Ich schreibe einen Roman", erklärte sie herablassend.

„Einen Roman? Was für eine Art Roman soll es denn werden?"

„Ein romantischer", erwiderte Carolyn mit verkniffener Miene.

„Ein romantischer Roman? Ein solches Gewäsch von dem geistreichen Copperville? Was ist los mit dir, Mädchen?" Die alte Dame ließ sich leise ächzend neben ihrem ungeliebten Schwiegersohn auf der Bettkante nieder. Ungläubig starrte Carolyn auf diesen jedwedem vernünftigen Denken zuwiderlaufenden Anblick.

„Die Kolumnen von Copperville haben mich immer köstlich unterhalten", sagte Lady Stafford und blickte ihre Enkelin dabei durchdringend an. „Sie waren amüsant und gewitzt. Aber als er uns beide aufs Korn nahm, kurz bevor du nach Russland gereist bist, habe ich gemerkt, dass irgendetwas mit ihm nicht mehr in Ordnung war. Der Artikel hatte mich sehr verstimmt. Ich bin deshalb schnurstracks zur Redaktion des Chronicle gegangen und habe zu erfahren verlangt, wer sich da gewagt hatte, mich und meine Enkelin öffentlich anzugreifen. Dein Redakteur hat sich gedreht und gewunden, bis ich ihm auf den Kopf zusagte, dass du es gewesen sein musst." Unvermittelt brach sie in schallendes Gelächter aus. „Du hättest sein verdutztes Gesicht sehen sollen, Carolyn, als er begriffen hatte, dass du selbst die Betreffende in der Kolumne warst und obendrein auch noch meine lange verschmähte Enkelin."

Mühsam suchte Carolyn nach Worten. „Ich ... ich glaube, ich muss ... ich muss ein paar Worte mit Mr. Taft wechseln."

„Hmm, mag schon sein. Aber seit du aus Russland zurück bist, hat Copperville noch keine einzige Zeile geschrieben. Stattdessen sitzt du hier und kritzelst irgendwelchen romantischen Kitsch zusammen. Ich frage noch einmal: Was ist los mit dir? Hat der schöne Fürst dein Herz gebrochen?" Mit zusammengekniffenen Augen musterte Lady Stafford ihre Enkelin. „Deinem Aussehen nach könnte das zutreffen, meine Liebe."

Trotzig verschränkte Carolyn die Arme vor der Brust. „Selbst wenn ich ein gebrochenes Herz hätte, ginge es Sie doch noch lange nichts an."

Die alte Dame erhob sich feierlich und stieß dabei den Stock geräuschvoll auf die abgetretenen Dielen. „Ich möchte dir helfen, Kind", sagte sie ruhig. „Wie kann ich das aber, wenn ich nicht weiß, was euch beide eigentlich bedrückt?"

Einen Augenblick lang blickte Carolyn ihre Großmutter unschlüssig an. Sie konnte ihr noch immer kein Vertrauen entgegenbringen. Gleichwohl wäre es unsagbar tröstlich, wenn ein starker Mensch ihr zur Seite stehen und die Last mit ihr tragen würde. Aber das Gestern war keineswegs schon vergessen. Nein, nie würde ihr die Vergangenheit aus dem Gedächtnis schwinden. Und so erwiderte sie nur abweisend: „Meinen Sie nicht auch, dass Ihre Hilfsbereitschaft ein bisschen zu spät kommt?"

„Was soll denn das nun wieder?" erkundigte sich Edith Owsley ruhig. Doch ihre beherrschte Miene verriet, dass sie die Antwort nur zu genau kannte.

Aufgebracht trat Carolyn einen Schritt näher zu ihr und merkte in ihrer Aufregung nicht, dass sie plötzlich in das verwandtschaftliche Du verfiel. „Du hast meine Mutter und mich an einem eiskalten Wintertag vor die Tür gesetzt!“ stieß sie unter Tränen hervor. „Wir waren so verzweifelt, denn wir wussten, dass wir unser Heim und unser Geschäft verlieren würden, wenn du uns nicht hilfst. Kurze Zeit später ist meine Mutter an der Schwindsucht gestorben. Aber ich glaube nicht, dass es nur diese Krankheit gewesen ist. Wie konntest du das tun?“ schrie sie außer sich. „Wie konntest du dein Kind im Stich lassen?“

Lady Stafford war bleich geworden. „Vielleicht“, erwiderte sie mit heiserer Stimme, „vielleicht war ich nur eine dumme, stolze, starrköpfige ... und einsame Närrin.“

Aber Carolyn hatte ihr schon den Rücken gewandt und war nun im Begriff, das Zimmer zu verlassen.

„Vielleicht“, rief die Großmutter ihr nach, „möchte ich mich jetzt ehrlich bemühen, diesen schrecklichen Fehler wieder gutzumachen.“

Einen Herzschlag lang zögerte Carolyn. Dann jedoch eilte sie blindlings zur Tür hinaus.

33. KAPITEL

Diesmal logierte Nikolaus im St. James Hotel, wo er die gesamte erste Etage gemietet hatte, denn er brauchte viel Platz für sich selbst, seine Dienerschaft, seine Tochter und deren neue Gouvernante, die verarmte Witwe eines russischen Barons. Die Dauer seines Aufenthaltes hatte er fürs Erste auf zwei Wochen begrenzt. In dieser Zeit hoffte er, seine Geschäfte in London zu regeln, bevor er dann nach Breslau weiterreiste.

Seine Geschäfte – das war allein Carolyn.

Gedankenverloren blickte er auf die Platte des zierlichen Schreibtisches im Stil Ludwigs XVI. und drehte die Schreibfeder unentschlossen zwischen den Fingern. Wie, um alles in der Welt, musste sich ein Mann in seiner Situation ausdrücken? Sollte er einen solchen Brief mit einer Entschuldigung beginnen? Oder lieber mit einem Eingeständnis seiner Gefühle? Nie in seinem ganzen Leben hatte er einen Menschen so vermisst wie Carolyn in den vergangenen zehn Wochen. Deshalb wäre es wohl das Beste, eine Liebeserklärung an den Anfang zu stellen ... und eine Erläuterung seiner Absichten. Aber er hatte Angst vor ihrer Reaktion. Zwar hatte sich Carolyn in jener fürchterlichen Brandnacht von Moskau, umgeben von feindlichen Soldaten, zu ihrer Liebe bekannt, die in ihren Augen zu kostbar war, um Zweifeln und Bedenken geopfert zu werden. Aber an dem Tag, da die Fürstin Swerajowa von den Toten auferstanden war, war ihr Herz zerbrochen ... und auch das seine.

Nun also war Marie Helene wirklich von der Bühne des Lebens abgetreten. Die schrecklichen Ereignisse im Wald von Twer hatten in ihrem Gemüt tiefe Wunden hinterlassen, und von diesem Trauma war sie nie wieder genesen. Sie hatte sich von allem zurückgezogen, mit niemandem mehr gesprochen, in ihr Zimmer eingeschlossen und war dann eines Nachts, wenige Wochen nach ihrem plötzlichen Erscheinen in St. Petersburg, nur mit einem dünnen Nachthemd bekleidet davongelaufen, während der erste Schneesturm des hereinbrechenden Winters tobte. Erst Tage später hatte man ihren Leichnam in der Nähe des Hafens gefunden.

Die Frage, ob es Selbstmord oder der Ausbruch geistiger Umnachtung gewesen war, hatte Nikolaus unbeantwortet gelassen. Wozu wäre es auch gut gewesen? Müde legte er die Feder zur Seite und starrte in den luxuriös eingerichteten Raum, ohne ein einziges Möbelstück, ein einziges Gemälde oder eine der zahllosen Nippsachen wahrzunehmen. Die Antwort hätte ohnehin keine Bedeutung für ihn gehabt. Nur die Tatsache, dass er ohne Carolyn nicht mehr leben konnte, zählte noch für ihn. Und er glaubte fest daran, dass sie nach wie vor dieselben Gefühle für ihn hegte.

Doch dann fiel ihm plötzlich der junge Anthony Davison wieder ein, und er musste daran denken, was Carolyn in den vergangenen Monaten alles hatte durchmachen müssen. Das machte ihn wieder unsicher.

Ein leichtes Klopfen an der Tür riss ihn aus seinen Gedanken. Sein Kammerdiener trat ein und meldete: „Sie haben einen Besucher, Exzellenz. Es ist die verwitwete Countess of Stafford."

Nikolaus erhob sich, griff nach dem Stock mit dem kugelförmigen Knauf aus Lapislazuli und machte eine ungeduldige Handbewegung. „Bitte Ihre Ladyschaft herein", sagte er mit einem unterdrückten Seufzer.

Als die alte Dame den eleganten kleinen Salon betrat, fiel ihm als Erstes auf, dass auch sie jetzt offensichtlich die Unterstützung durch einen Stock benötigte. Damals, auf dem Empfang bei Lord Davison, hatte sie ihn noch nicht gebraucht. Doch ansonsten sah sie für ihr Alter, das er auf etwa fünfundsiebzig schätzte, noch sehr gut aus.

„Guten Tag, Fürst Swerajow". sagte Edith Owsley ganz unzeremoniell und nickte ihm kurz zu.

Leicht hinkend ging Nikolaus ihr entgegen und verneigte sich höflich. „Es ist mir ein Vergnügen, Sie wiederzusehen, Lady Stafford. Bitte, nehmen Sie doch Platz."

Die alte Dame suchte sich mit sicherem Blick den imposantesten Armstuhl aus, auf dem sie sich wie auf einem Thron niederließ. Nikolaus verbiss sich ein Lächeln und zog sich einen zierlichen Rokokostuhl heran.

„Ich stelle mit Bedauern fest, dass Sie verletzt sind, Fürst", begann Edith Owsley die Unterhaltung. „Rührt es vom Kriege her?"

Nun konnte Nikolaus doch nicht umhin zu lächeln. „Boshafte Zungen könnten diese Frage als Dreistigkeit einordnen, Madam."

„Meinetwegen. In meinem Alter habe ich keine Zeit mehr, um lange auf den Busch zu klopfen. Deshalb spreche ich ohne Umschweife aus, was ich zu sagen habe."

„Gewiss, Madam." Zustimmend neigte Nikolaus den Kopf. „Nun also, es ist in der Tat eine Kriegsverletzung, und ich werde wohl für den Rest meines Lebens lahmen wie ein alter Gaul", erklärte er beiläufig. „Aber ich preise mich dennoch glücklich, mit dem Leben davongekommen zu sein."

„Dieses kleine Gebrechen ist natürlich unerfreulich, Fürst. Aber ich muss nichtsdestoweniger einräumen, dass dieser leichte Gehfehler einem Manne von Ihrem Format gut zu Gesicht steht", beteuerte die alte Dame mit einem verschmitzten Lächeln.

Lachend schüttelte Nikolaus den Kopf. Die verwitwete Countess schien ein Original zu sein.

Doch Edith Owsley war schon wieder ernst geworden. „Carolyn Browne steckt in großen Schwierigkeiten, Fürst", sagte sie mit sorgenvoller Miene.

Betroffen richtete Nikolaus sich auf. „In Schwierigkeiten, sagen Sie? Worum handelt es sich denn?"

„Das weiß ich nicht. Es scheint ziemlich schwer wiegend zu sein. Leider hat sie mich nicht ins Vertrauen gezogen, denn sie kann mir offensichtlich meine früheren Fehler nicht verzeihen. Ich nehme an, ihr törichter, ganz und gar unfähiger Vater hat sich in irgendwelche gefährlichen Machenschaften eingelassen. Ich kann mir allerdings gar nicht vorstellen, was das sein sollte. Haben Sie vielleicht eine Ahnung, Fürst?" Die alte Dame blickte Nikolaus mit einem Ausdruck kindlicher Unschuld in die Augen.

„Leider nein." Nikolaus hob bedauernd die Schultern, während er insgeheim George Browne verwünschte. Was, zum Teufel, hatte er jetzt wieder angestellt?

„Und nun ist Carolyn anscheinend gezwungen, sich zu kompromittieren. Zumindest habe ich es so verstanden, als sie sich mit ihrem Vater darüber unterhalten hat."

Nikolaus schwieg, während tausend Gedanken durch sein Hirn schossen. Gewiss, Carolyn hatte viele Talente, und er konnte sich gut vorstellen, dass ein Mann wie Lord Davison diese Talente gern zu seinem eigenen Vorteil ausnutzen würde. Und gerade jetzt war der Einsatz ganz besonders hoch. Napoleon hatte sich zum Rückzug aus dem von den eigenen Bürgern in Brand gesteckten Moskau gezwungen gesehen, nachdem er vergebens auf ein warmes Winterquartier in dieser Stadt gehofft hatte. Danach hatte bereits im November der eisige russische Winter begonnen. Die Wege vereisten. Tausende von Pferden erfroren in den bitterkalten Nächten, sodass der Artillerie und den Verpflegungswagen die Bespannung fehlte und die Kavallerie zu Fuß marschieren musste. Aber auch die Soldaten litten unter der Kälte, der alle jene zum Opfer fielen, die in den zahlreichen Scharmützeln auf dem Rückzug verwundet wurden und am Wegrand liegen blieben.

Am fünften Dezember verließ dann der Kaiser der Franzosen heimlich seine ruhmreiche Grande Armee im Schutze der Nacht, da er beunruhigende Nachrichten über einen möglichen Staatsstreich in Paris erhalten hatte. Kutusows Truppen aber jagten die Franzosen weiter vor sich her, bis sich schließlich nur noch ein jämmerlicher Rest der ehemals so gefeierten, als unbesiegbar geltenden Armee über den Njemen auf preußisches Territorium retten konnte. „Mit Mann und Ross und Wagen, so hat sie Gott geschlagen!" dichtete aus diesem Anlass ein siebzehnjähriger Gymnasiast aus Berlin, der sich als einer der Ersten zum freiwilligen Kampf gegen den Usurpator gemeldet hatte. Napoleon war vom Kriegsglück verlassen worden, und ein Sieg über ihn schien plötzlich in greifbare Nähe gerückt zu sein.

Aber niemals würde Nikolaus zulassen, dass Carolyn in das schmutzige und gefährliche Geschäft der Spionage verwickelt würde. Nie und nimmer! Zum Teufel mit ihrem törichten, unzuverlässigen Vater, dachte er wütend.

„Nun, Fürst", unterbrach Edith Owsley seine Überlegungen, „was halten Sie von dieser Angelegenheit? Sie haben sich noch gar nicht dazu geäußert."

Nikolaus zwang sich zu einem Lächeln. „Ich bin außerordentlich verbunden für Ihre Fürsorge, Lady Stafford. Und noch mehr danke ich Ihnen dafür, dass Sie mich auf die Gefahr aufmerksam gemacht haben, in der Carolyn schwebt."

„So, so, sie ist also Carolyn für Sie", erwiderte die alte Dame mit gutmütigem Spott. „Und wie passt Ihre verehrte Gemahlin zu diesem Stand der Dinge?"

Langsam erhob sich Nikolaus, lehnte sich auf seinen Stock und sah ernst und ruhig auf die kleine Gestalt der verwitweten Countess herab. „Ihre Enkelin hat an jenem Abend, da die Franzosen in Moskau einmarschierten, meiner Tochter das Leben gerettet und dann auch mich und meinen schwer verwundeten Vetter aus der Stadt heraus und in Kutusows Lager in Sicherheit gebracht, wo uns beiden ärztliche Hilfe zuteil werden konnte. Sie ist die tapferste Frau, der ich je begegnet bin, und unter diesen Umständen sollten wir die Formalitäten beiseite lassen." Er hielt inne und blickte irgendwohin ins Leere. „Und im Übrigen ist meine Gemahlin tot", fügte er leise hinzu.

„Das tut mir aufrichtig Leid. Sie war eine sehr schöne Frau." Edith Owsley stand auf und klopfte dabei mit dem Stock auf den glänzend polierten Fußboden. „Bei passender Gelegenheit müssen Sie mir die ganze Geschichte erzählen. Ich bin schon jetzt äußerst gespannt darauf. Und was die Formalitäten anbelangt ... nun, ich bin noch nie ein besonderer Freund des Zeremoniells gewesen." Bei diesen Worten verzog sie verächtlich ihre schmal gewordenen Lippen. „Wann werden Sie also zu ihr gehen?" erkundigte sie sich geradeheraus.

Es gehörte zu den Begebenheiten, die Nikolaus ganz besonders zu schätzen wusste, wenn ein anderer haargenau dasselbe dachte wie er. Lady Stafford schien offensichtlich nicht nur eine nützliche, sondern auch eine seelenkundige Verbündete zu sein. Er lachte leise und erwiderte: „Innerhalb der nächsten Stunde."

Die alte Dame nickte zufrieden. „Sehr gut."

Dann wandte sie sich um und verließ wortlos den kleinen Salon.

„Carolyn, er ist da! Swerajow! Großer Gott!" George Browne war außer sich vor Aufregung.

Carolyn stand in dem kleinen Verschlag neben dem Laden, der als Lager diente, auf einem Tritt und war gerade dabei, einen Berg von Büchern, die seit langem nicht mehr nachgefragt worden waren, abzustauben. Ganz bewusst hatte sie sich eine Arbeit gesucht, die sie von den trüben Aussichten der Gegenwart ablenken sollte. Doch immer wieder waren ihre Gedanken zu der Aufgabe gewandert, die ihr unausweichlich bevorstand, und ihr Herz war von Angst und Sorge erfüllt.

Langsam strich sie die dunkelgraue Schürze glatt, die sie über ihr einfaches blaues Kleid gebunden hatte, und versuchte dabei krampfhaft, ihre Fassung zu wahren, obwohl das Blut in ihren Ohren rauschte und ihre Knie zitterten. Durch die angelehnte Tür konnte sie Nikolaus sehen. Er trug einen Mantel aus dichtem dunkelbraunen Pelz, und der hochgeschlagene Kragen umrahmte eindrucksvoll sein ebenmäßiges Gesicht. Bei diesem Anblick schlug eine Welle von Erinnerungen über ihr zusammen, wundervolle, schmerzliche Erinnerungen.

„Soll ich euch lieber allein lassen?" erkundigte sich der Vater bekümmert.

Aber Carolyn nickte nur schweigend. Wie gebannt kletterte sie von dem Tritt herab und ging in den Laden hinüber. Beim Geräusch ihrer Schritte hob Nikolaus den Kopf, und einen Herzschlag lang sahen sich die beiden wortlos an.

Carolyn war sich bewusst gewesen, wie sehr sie Niki liebte, wie sehr sie ihn vermisste – doch sie hatte keine Vorstellung gehabt, was es bedeuten würde, ihm auf einmal wieder gegenüberzustehen, nachdem ihre fantastischsten Träume für kurze Zeit Wirklichkeit geworden und dann zu Staub zerfallen waren. Am liebsten wäre sie zu ihm gelaufen, in seine Arme, um für immer in diesem Hort der Liebe zu bleiben. Doch stattdessen verharrte sie wie angewurzelt auf der Stelle, unfähig sich zu rühren, unfähig, etwas anderes zu tun, als Niki anzusehen.

Diensteifrig trat der Vater dazwischen. „Guten Tag, Exzellenz. Wie schön, Sie einmal wiederzusehen, Hoheit."

Nikolaus streifte ihn mit einem Blick voller amüsierten Spottes. „Guten Tag, Mr. Browne. Ich freue mich, dass Sie während meiner Abwesenheit Ihr Herz für mich entdeckt haben."

Unsicher und ratlos sah George Browne von Carolyn zu Swerajow und zog sich dann schließlich unter mehrfachen Verbeugungen in die Küche zurück, deren Tür er nachdrücklich hinter sich schloss.

Ein bedrückendes Schweigen breitete sich im Laden aus. Es schien die Luft in Schwingungen zu versetzen, hämmerte auf Carolyns Schläfen und jagte ihr Schauer über den Rücken. Achtlos legte sie den Staubwedel zur Seite und wischte mechanisch die Hände an der Schürze ab.

„Nikolaus", sagte sie mit dem wenig gelungenen Versuch zu lächeln, „ich habe schon gehört, dass du in der Stadt bist, und war sehr überrascht von dieser Tatsache."

„Wie kann meine Anwesenheit in London – und damit in deinem Leben – eine Überraschung für dich sein?" Unablässig blickte Nikolaus in ihre Augen.

Carolyn stockte der Atem. Freude und Angst mischten sich auf seltsame Weise in ihrem Herzen, denn trotz aller leidenschaftlicher Liebe, die Nikis nie erwartete Rückkehr in ihr wieder auflodern ließ, erinnerte eine leise Stimme in ihrem Innern an Davisons Drohungen und die ihr gestellte Aufgabe. Wenn sie Nikis Andeutung recht verstanden hatte, so hätte es seiner Meinung nach für sie selbstverständlich sein müssen, dass er sie ausfindig machen würde. Doch auf diese Frage sollte sie sich besser nicht einlassen, wenn sie auch gern herausgefunden hätte, ob er tatsächlich ihretwegen nach London gekommen war.

„Nun, ich hatte angenommen, dass dich deine zahlreichen Verpflichtungen eine Zeit lang in Russland aufhalten würden", sagte sie leise. Deine zahlreichen Verpflichtungen ... das waren seine Tochter und seine Gemahlin.

„Diese Annahme beruhte auf einem Irrtum“, entgegnete Nikolaus ruhig.

„Das scheint mir allerdings auch so“, stellte Carolyn trocken fest. „Aber das Leben ist eben voller Überraschungen.“ Bei diesen Worten musste sie an Marie Helenes unerwartete Wiederauferstehung denken.

„Gewiss, voller Überraschungen, Schwierigkeiten und Wandlungen“, zählte Nikolaus mit unbewegter Miene auf.

Verwirrt blickte Carolyn ihn an, als er dann unvermittelt ihre Hand ergriff. „Du siehst wundervoll aus“, murmelte er zärtlich.

Doch sie entzog ihm so jählings die Hand, dass er zusammenzuckte. Und dann zeichnete sich der Ausdruck von Enttäuschung in seinen Augen ab, nur einen Herzschlag lang. Aber er genügte, um Carolyn wieder an ihre Pflichten zu gemahnen. Oh Gott, was tue ich denn, sagte sie sich. Ich soll ihn doch verführen, soll seine Geheimnisse aus ihm herauslocken und ihn nicht abweisen. Sie biss sich auf die Unterlippe. „Nun, ich denke, ich habe mehr Schwierigkeiten gehabt, als sich ein Mensch normalerweise wünscht“, sagte sie mit einem Anflug von Spott.

„Ja, das ist wahr.“ Nikolaus streifte den schweren Pelzmantel ab und legte ihn auf den Ladentisch. „Aber du bist widerstandsfähig – einer der stärksten Menschen, der mir je begegnet ist. Und wenn dir das Leben noch so viele Hindernisse in den Weg legt, du wirst sie alle überwinden. Daran gibt es für mich keinen Zweifel.“ Sein Blick schien bei diesen Worten bis in ihr Herz dringen zu wollen.

Carolyn sah ihn an und hätte am liebsten geweint. „Da irrst du dich“, flüsterte sie. „Ich bin besiegt. Ich liege am Boden.“

„Das glaube ich nicht“, erwiderte Nikolaus mit rauer Stimme.

Aber Carolyn hob nur resigniert die Schulter. „Wie geht es Katja?“

„Katja ist auch hier. Wir wohnen während der nächsten zwei Wochen im Hotel St. James, und dann reise ich weiter nach Breslau.

Möchtest du die Kleine nicht begrüßen? Ich lade dich heute zum Abendessen ein."

Ich sollte ablehnen, aber ich darf es nicht, dachte Carolyn verzweifelt. Es ging alles viel zu schnell. Plötzlich steht er vor mir und hat tatsächlich die Absicht, anschließend nach Preußen zu gehen, genauer gesagt nach Schlesien. Vergebens versuchte sie, die innere Kraft wiederzufinden, die Nikolaus soeben an ihr gerühmt hatte.

Wieder nahm er ihre Hände, die von seinen großen, festen Handflächen eingeschlossen wurden wie ängstliche Vögelchen. „Ich habe dich so vermisst, Carolyn. Du hättest nicht auf diese Art aus St. Petersburg verschwinden und dich vorher so hartnäckig weigern sollen, mit mir zu sprechen." Er holte tief Atem, presste die Lippen aufeinander und fügte dann ruhig hinzu: „Marie Helene ist tot."

Einen Augenblick lang starrte Carolyn ihn ungläubig an. Dann öffnete sie den Mund. Doch noch ehe sie etwas sagen konnte, fuhr Nikolaus hastig fort: „Diesmal gibt es keinen Zweifel daran. Sie lief eines Nachts fort, mitten im Schneesturm und nur mit einem Hemd bekleidet. Tage später fand man sie erfroren im Hafen. Sie wurde auf dem Friedhof Maria Verkündigung beigesetzt."

„Wollte ... wollte sie denn sterben?" fragte Carolyn entsetzt. Sie erinnerte sich an die maßlose Eitelkeit der Fürstin und an die entstellende Narbe in ihrem Gesicht, an die verbundenen Hände ...

„Ich weiß es nicht."

Die beiden blickten sich stumm in die Augen, und vor Carolyn stiegen dabei Bilder auf, strahlende, herrliche Bilder: sie selbst und Nikolaus, beieinander, als Mann und Frau. Aber dann musste sie wieder an ihren Vater denken und an Lord Davisons Drohungen.

„Wie hat Katja diesen Verlust aufgenommen?" fragte sie voller Mitgefühl.

„Sie ist traurig, sehr traurig – aber auch merkwürdig ergeben. Vor ihrem Tod wollte Marie Helene niemanden sehen oder sprechen, nicht einmal ihre eigene Tochter", berichtete Nikolaus bedrückt.

„Das ist ja schrecklich", murmelte Carolyn.

„Ja, das ist es." Nikolaus drückte ihre Hände. „Katja spricht manchmal von dir. Sie vermisst dich wohl ebenso sehr wie ich."

Aber Carolyn erwiderte nichts mehr. Sie stand reglos wie eine Statue und starrte Nikolaus an.

„Du hast einmal gesagt, unsere Liebe sei zu kostbar, um sie zu verleugnen", sagte er leise.

„Das ist sie auch jetzt noch", flüsterte Carolyn, während ihr zwei Tränen über die Wangen liefen.

„Ich möchte dich wieder als meine Gemahlin bei mir haben." Eindringlich blickte Nikolaus sie an.

Vergebens versuchte Carolyn, ihm ihre Hände zu entziehen. Es war alles so wundervoll, wie im Märchen ... Aber sie wusste, dass er sein Angebot zurücknehmen würde, wenn er merkte, dass sie ihn hinterging. Das war so sicher wie das Amen in der Kirche.

Aber vielleicht würde er es nie herausbekommen ...

„Carolyn", unterbrach Nikis warme Stimme ihre Gedanken. „Carolyn, ich brauche dich, Katja braucht dich. Wir beide vermissen dich schrecklich."

Verzweifelt schluckte Carolyn die emporquellenden Tränen hinunter und verwünschte dabei Stuart Davison und seine Intrigen. Wenn sie wenigstens Nikolaus ihr Herz ausschütten könnte! Ihre Liebe war doch wahrhaftig so kostbar. Fast hätte sie in diesem Augenblick zu ihrem grenzenlosen Entsetzen sogar ihren Vater verflucht.

Zärtlich legte Nikolaus die Hände auf ihre Schulter. „Komm zurück zu mir, Carolyn. Komme wenigstens mit in mein Hotel und verbringe diesen Abend mit uns. Weise mich doch nicht völlig zurück. Ich lasse dir alle Zeit, die du willst, um über meinen Vorschlag nachzudenken. Ich bin bereit zu warten."

Müde schloss Carolyn die Augen. Der Atem stockte ihr, und sie konnte auf einmal nicht mehr klar denken. Nur das eine wusste sie noch: Die Einladung zum Abendessen durfte sie nicht ausschlagen. Wenigstens diesen Abend musste sie mit Nikolaus und Katja verbringen.

„Also gut, ich werde heute Abend ins Hotel kommen", sagte sie leise und dachte dabei nicht an das Glück, wieder mit ihm beisammen sein zu können, und auch nicht an eine neuerliche Hochzeit, sondern nur an Verführung und Verrat.

Als Carolyn von der Schwelle des Kinderzimmers aus Katja erblickte, wurde sie von einer tiefen, reinen Freude fast überwältigt, einer Freude, die nicht belastet war von den Schuldgefühlen, die Davisons Auftrag ausgelöst hatte. Einen Augenblick lang beobachtete sie schweigend, wie das Mädchen der Gouvernante aus einem dicken Buch vorlas, ohne die Eintretende bemerkt zu haben. Wie unvergleichlich, von fast klassischer Schönheit dieses Kind doch war! Sie spürte, dass sie es liebte wie eine jüngere Schwester oder gar wie ihre eigene kleine Tochter.

Tief aufatmend betrat sie, gefolgt von Nikolaus, den Raum. „Katja, Liebling!" rief sie leise.

Das Mädchen sprang mit einem Freudenschrei auf und ließ das Buch dabei achtlos zu Boden fallen. Glückstrahlend lief es auf Carolyn zu, die sich niedergehockt hatte, und umschlang sie mit seinen mageren Ärmchen. Gerührt drückte Carolyn das Kind an ihr Herz.

„Ich habe dich ja so vermisst, mein Kleines. Ich habe dich so vermisst", flüsterte sie immer wieder dieselben Worte, die gleichermaßen für Nikolaus bestimmt waren, aber ihm gegenüber doch nicht ausgesprochen werden durften.

„Und ich habe Sie auch vermisst, Miss Browne, ganz schrecklich. Es war so einsam ohne Sie", erwiderte Katja schüchtern, ohne Carolyn loszulassen.

Zärtlich sah Carolyn sie an. „Nun, dann haben wir also beide dieselbe Sehnsucht erleiden müssen", sagte sie lächelnd.

„Und der arme Papa erst!" rief Katja nach einem schnellen Seitenblick auf ihren Vater. „Er hat ja solches Herzweh gehabt, nachdem Sie uns verlassen haben. Warum sind Sie nur so schnell abgereist?"

Ratlos hob Carolyn die Schultern, denn sie wusste nicht, was sie dem Kind auf diese Frage zur Antwort geben sollte. Schließlich sagte sie halblaut: „Vielleicht habe ich euch beide zu lieb gehabt."

„Aber das wäre doch unsinnig! Es war wegen meiner Mutter, nicht wahr? Weil sie nicht tot war und Sie deshalb meinen Vater nicht heiraten konnten?" Mit großen Augen, in denen keinerlei Vorwurf lag, blickte Katja Carolyn an.

„Oh, mein Gott", stöhnte diese kaum hörbar und drückte das Kind erneut an ihre Brust. „Es tut mir ja so Leid, dass du deine Mutter verloren hast", flüsterte sie.

Inzwischen war Nikolaus hinzugetreten und neigte sich jetzt zu den beiden hinab. „Wie klug du doch bist, Katja, mein Kind, wie scharfsinnig", sagte er, mehr zu Carolyn gewandt. „Das war genau der Grund, weshalb Miss Browne fortgegangen ist."

Unwillig schüttelte Carolyn den Kopf, denn sie hielt es nicht für richtig, dem Kind so schonungslos die Wahrheit zu sagen. Doch noch ehe sie den Versuch machen konnte, die Wirkung von Nikis Worten auf irgendeine Weise abzuschwächen, erklärte Katja mit zitternden Lippen: „Mama war sehr krank und wollte niemanden sehen", und fügte dann leise hinzu: „Aber sie hat mich ja sowieso nicht lieb gehabt." Tausend ungeweinte Tränen schwangen bei diesen Worten in ihrer dünnen Stimme mit.

„Oh, Liebling, sie hat dich lieb gehabt!" rief Carolyn außer sich. „Sie hat dich auf ihre Art sehr lieb gehabt." Der Kummer des Kindes zerriss ihr fast das Herz.

„Ja, ja, es ist schon gut", erwiderte Katja mit abweisender Miene. „Bitte, kommen Sie doch wieder zu uns, Miss Browne. Bitte!"

Einen Herzschlag lang zögerte Carolyn mit der Antwort und wagte dabei nicht, Nikolaus anzusehen. Wie gerne hätte sie aus vollem Herzen Ja gesagt.

„Ich werde sehen, was sich machen lässt", murmelte sie schließlich.

Seufzend nickte Katja, während Nikolaus Carolyn die Hand reichte, um ihr beim Aufstehen behilflich zu sein.

Das Abendessen fand in dem pomphaft eingerichteten kleinen Speisezimmer statt. Auf dem mit einem blütenweißen Tafeltuch aus Damast verhüllten viel zu großen Esstisch glitzerten Kristall und Silber neben den breiten Goldrändern an dem hauchzarten Porzellan. Aber als Katja zu Bett gegangen war, saßen sich nur noch Nikolaus und Carolyn an der reich gedeckten Tafel gegenüber – jeder an einem Ende, wie es sich gehörte.

Es wurde edler französischer Wein gereicht, und Nikolaus beobachtete zufrieden, wie Carolyn genussvoll an ihrem Glase nippte. Er schien nicht zu ahnen, dass bittersüße Bilder vergangener glücklicher Stunden dabei in ihr Gedächtnis zurückkehrten.

„Er ist ausgezeichnet", sagte sie und kämpfte dabei verzweifelt gegen ihr Verlangen, Nikolaus die ganze Wahrheit zu offenbaren.

Doch er schien im selben Augenblick den gleichen Erinnerungen nachgehangen zu haben, denn er erwiderte mit einem hintergründigen Lächeln: „Das ist er, in der Tat. Es ist ein Medoc. Was macht übrigens Copperville, Carolyn?"

Abwehrend schob Carolyn die Brauen zusammen. „Copperville habe ich begraben."

„Aber warum das?" Nikolaus schien aufrichtig bestürzt über diese Mitteilung zu sein.

Eine Weile stocherte Carolyn schweigend in ihrem Endiviensalat herum, bis sie schließlich die Schultern hob und erklärte: „Es macht mir eben keinen Spaß mehr, das extravagante Benehmen reicher Würdenträger aufs Korn zu nehmen."

„Aha." Nikolaus stellte den kostbaren Kristallkelch auf den Tisch zurück. „Aber das ist wirklich sehr schade, denn deine Giftpfeile trafen stets ins Schwarze und kamen auch immer zur rechten Zeit. Mit deinen sozialen Satiren dürftest du manche deiner Leser nicht nur amüsiert haben."

Unwillkürlich legte Carolyn die Gabel mit einem solchen Nachdruck auf den Teller zurück, dass das feine Porzellan bedenklich klirrte. „Es gibt keinen Satiriker mehr und deshalb auch keine Satiren", erwiderte sie mit unbeabsichtigter Schärfe.

„Du bist sehr verletzt, nicht wahr? Das tut mir aufrichtig Leid." Nikolaus wandte den Blick nicht von ihr, doch Carolyn wich ihm aus und starrte stattdessen auf den leeren Teller. Als sie sich wieder einigermaßen gefangen hatte, sagte sie ruhig: „Ich schreibe jetzt einen Roman, einen romantischen Roman."

Überrascht hob Nikolaus die Brauen. „Wirklich?"

„Ja. Er heißt ‚Die Flüchtlinge' und handelt von den Abenteuern einer Engländerin, die sich unglücklicherweise während Napoleons Einmarsch in Russland aufhielt." Carolyn hatte den Eindruck, ihre Antwort habe aggressiv geklungen, und sie bereute schon, dass sie Nikolaus von ihrem Roman erzählt hatte.

Während zwei Lakaien die benutzten Teller abräumten, um Platz für das Dessert zu schaffen, herrschte Schweigen in dem kleinen Raum. Doch als man die Gäste diskret wieder allein gelassen hatte, erkundigte sich Nikolaus, während er die mit Sahne verzierte Erdbeertorte betrachtete: „Und diese junge Engländerin ... sie muss sich verliebt haben, sonst würde dem Roman ja die Romantik fehlen."

Carolyn nickte wortlos.

„Aber sie lebt zum Schluss trotz allem glücklich und in Freuden, vermute ich."

„Nein", erwiderte Carolyn kurz, „der Roman geht nicht gut aus. Die junge Frau kehrt nach London zurück, wo sie den Rest ihres Lebens als alte Jungfer verbringt, da sie alle Bewerber abweist."

Unvermittelt erhob sich Nikolaus und griff nach seinem Stock. „Ich fürchte", bemerkte er mit rauer Stimme, „dieser Roman wird nicht meinen Beifall finden."

„Aber es macht mir Freude, ihn zu schreiben!" rief Carolyn ärgerlich und sprang nun ebenfalls auf.

Mit schleppendem Schritt umrundete Nikolaus, auf den Stock gestützt, den Tisch und stellte sich neben Carolyn. „Du bist erzürnt", sagte er mit blitzenden Augen, „und ich verarge dir nicht deinen Groll über alles, was geschehen ist. Aber", er hielt inne und stieß mit dem Stock auf den Boden, „aber du hast keinen Grund, deswegen mit mir zu hadern."

Er hat Recht, dachte Carolyn, doch es ändert nichts daran, dass ich zornig bin, dass ich Wut habe auf das Leben, auf Marie Helene, auf meinen Vater, auf mich selbst und – verdammt noch einmal – auch auf Nikolaus.

„Ich habe nicht darum gebeten!" rief sie und presste beide Hände auf ihr Herz. „Um nichts habe ich gebeten."

Achtlos lehnte Nikolaus den Stock gegen die Tischplatte, ergriff ihre Hände und hielt sie nur ganz leicht fest. „Und ich? Habe ich vielleicht darum gebeten, mein Herz an dich zu verlieren? Ich habe nichts anderes gewollt, als meinem Vaterland in Kriegszeiten zu dienen und ein verantwortungsbewusster und fürsorglicher Vater zu sein! Du aber hast mein Leben ganz und gar verändert."

Carolyn versuchte, ihm die Hände zu entziehen. „Da offensichtlich keiner von uns um irgendetwas gebeten hat, sollte ich jetzt vielleicht nach Hause gehen", sagte sie in beleidigend süßem Ton.

„Zum Teufel!" Mit einem energischen Ruck zog Nikolaus sie an sich und presste seine Lippen auf ihren Mund.

Einen Herzschlag lang regten sich Ärger und Widerstand in Carolyn über diesen Kuss, der in seiner wilden Entschlossenheit fast brutal war, und sie stemmte die Fäuste gegen seine Brust. Doch dann erkannte sie plötzlich, dass sich ihr Zorn gar nicht gegen Nikolaus richtete. Nein, er richtete sich gegen das Schicksal, gegen Gott und die Welt, gegen alles und jeden, denn sie liebte Nikolaus, liebte ihn nach wie vor. Aber er würde sie bald wieder verlassen ... wenn er den Verrat entdeckt hatte ... und nie, nie würde sie ihn wiedersehen. Sie schloss die Augen, schmiegte sich in seine Arme und ließ sich in den Kuss versinken.

Mit einem unterdrückten Stöhnen schlang Nikolaus die Arme um sie und küsste nun ihre Wangen, ihre Augen, ihre Schläfen, ihr Kinn. Aber Carolyn drängte ihren Mund wieder zu seinen Lippen. Jetzt war sie es, die ihn küsste, und Verlangen entbrannte dabei in ihr, erst nur leicht und prickelnd, doch dann immer heftiger und dringender, bis sie ihn auf einmal hart an ihrem Leib verspürte und wusste, dass auch Nikis Begehren geweckt war.

Erst als die Lakaien mit einem dezenten Klopfen an der Tür ihren Eintritt ankündigten, um den Tisch endgültig abzuräumen, lösten sie sich widerwillig voneinander. Lautlos und rasch verrichteten die Bediensteten ihre Arbeit. Dann war wieder Stille. Nur die Kerzen flackerten noch in den schweren silbernen Leuchtern, und ihr Schein warf riesenhafte Schatten an die seidenbespannten Wände.

Tief atmend sah Nikolaus auf Carolyn hinab. „Wenn ich könnte", sagte er leise, „würde ich dich auf meinen Armen in das Schlafzimmer hinübertragen."

Carolyn lächelte. „Ich ziehe es aber vor", erwiderte sie ebenso leise, „Hand in Hand mit dir dorthin zu gehen." Bei diesen Worten lief ein freudiges, sehnsuchtsvolles Beben über ihren Körper.

„Nur du, meine Carolyn, konntest eine so unübertreffliche Antwort geben", murmelte Nikolaus.

„Nur du, Niki, bist selbst so unübertrefflich", erwiderte Carolyn mit dem Ausdruck unerschütterlicher Gewissheit.

„Ach, man kann mich wohl kaum als vollkommen bezeichnen", flüsterte Nikolaus, und in seinen goldbraunen Augen lag dabei ein Meer von Liebe.

„Doch, Niki. Ich habe noch nie zuvor jemanden so bewundert wie dich."

„Wie kommt es nur, dass wir immer dasselbe füreinander fühlen?"

„Ja, wie wohl?" Mit einem glücklichen Lächeln, aber dennoch den Tränen gefährlich nahe, reichte Carolyn ihm den Stock und ergriff dann seine freie Hand.

Decken und Laken türmten sich am Fußende des Bettes, während Carolyn müde in Nikis Armen lag, die Wange an seine Brust geschmiegt. Aber das herrliche Gefühl der Entspannung und Befriedigung, nach dem sie sich so gesehnt hatte, war schnell wieder verflogen und hatte Angst und Anspannung Platz gemacht. Zum Teufel mit Davison! Zum Teufel auch mit dem Vater, der ihr Leben ruiniert hatte!

Nikolaus rollte sich wohlig auf die Seite, stützte sich auf einen Ellenbogen und umfing mit seinen Blicken ihre hüllenlose Gestalt. „Du bist so schön", sagte er bewundernd und wickelte sich spielerisch eine ihrer blonden Locken um den Finger. „Ich muss gestehen, dass mir dein Haar jetzt besser gefällt, da du es bis zur Schulter trägst."

Vergebens bemühte sich Carolyn um ein Lächeln. „Soll ich es noch weiterwachsen lassen?" erkundigte sie sich ganz ernsthaft, während sie verzweifelt auf der Unterlippe kaute.

„Aber ich mag es auch, wenn du mir Rätsel aufgibst", erwiderte Nikolaus, ohne auf ihre Frage einzugehen, und wurde plötzlich ebenfalls ernst. „Irgendetwas bedrückt dich. Ist es die Entscheidung, vor die ich dich gestellt habe? Dann denke jetzt bitte nicht daran – nicht jetzt. Du hast so viel Zeit, um darüber nachzudenken, ob du meinen Antrag annehmen willst."

Mühsam schluckte Carolyn die Tränen hinunter. „Ja", sagte sie und klammerte sich an den Strohhalm, den Nikolaus ihr mit seinen Worten gereicht hatte, „ja, diese Entscheidung ist sehr schwer für mich." Sie schloss die Augen und verbarg ihr Gesicht wieder an seiner Brust, damit er die Unwahrheit nicht in ihren Augen lesen konnte.

Wortlos streichelte Nikolaus ihr Haar. Schließlich fragte Carolyn betont gleichgültig: „Hast du nicht gesagt, dass du in zwei Wochen nach Preußen reisen musst? Wie hieß doch diese Stadt? Ach ja, Breslau."

„Allerdings. Ich habe dort einen Auftrag zu erledigen."

„Hochwichtige Staatsangelegenheiten wahrscheinlich?" Diesmal gelang es Carolyn ohne große Mühe, ihrer Stimme einen neckenden Ton zu geben.

„Leider hast du Recht, Ljubowniza. Aber frage mich nicht weiter. Die Sache ist sehr vertraulich." Mechanisch strich er über ihre Locken. „Und sprich zu niemandem darüber, wohin ich fahre, wenn ich London wieder verlasse – auch nicht zu deinem Vater."

Carolyns Herz hämmerte schmerzhaft in ihrer Brust. Nikolaus fuhr also nach Breslau, um dort aller Wahrscheinlichkeit nach ein Bündnis mit Preußen zu schließen. Und sie hatte die Pflicht, die Einzelheiten darüber in Erfahrung zu bringen!

„Aber warum ist denn das so ein Geheimnis?" erkundigte sie sich treuherzig.

Nikolaus hörte auf, ihr Haar zu streicheln, und schwieg einen Augenblick. Dann erwiderte er: „Ich habe ja nicht gesagt, dass es ein Geheimnis ist. Die Angelegenheit ist einfach nur vertraulich."

Carolyn spürte sein aufkeimendes Misstrauen und sah ihn mit strahlender Miene an. „Kommst du danach wieder nach London?"

Nikolaus aber blieb ernst. „Nur, wenn du nicht mit mir nach Breslau fährst."

Krampfhaft rang Carolyn nach Luft. Das war es doch, was Davison wollte! Sie sollte Nikolaus als seine Mätresse begleiten und dabei Informationen sammeln. Das konnte sie nicht tun. Niemals! Sie musste jetzt versuchen, Näheres auszukundschaften und den Himmel dabei anflehen, dass es ausreichte, damit der Vater den Kopf aus der Schlinge ziehen konnte. Und danach würde sie für immer aus Nikis Leben verschwinden.

„Was hast du, Carolyn?" erkundigte sich Nikolaus beunruhigt.

Sie richtete sich auf und schüttelte den Kopf. „Nichts. Ich bin nur etwas übermüdet. Es war ein anstrengender Tag. Du begibst dich doch nicht in Gefahr, wenn du nach Preußen reist, nicht wahr, Nikolaus?"

„Aber nein. Sei unbesorgt."

Lächelnd gab sie Niki einen Kuss auf die Wange. „Wollen wir jetzt schlafen?" fragte sie und streckte sich wohlig, während tausend Gedanken durch ihr Hirn schossen. Augenscheinlich war Nikolaus nicht bereit, ihr irgendetwas über seine Mission in Preußen zu verraten. Aber wenn es ein offizieller Auftrag war, dann mussten sich doch Instruktionen und andere aussagekräftige Papiere in seinem Besitz befinden. Hatte sie im Nebenzimmer nicht einen Schreibsekretär gesehen? Je eher sie die geforderten Informationen verschaffte, desto besser. Lange konnte sie diesen Zustand ohnehin nicht mehr aushalten. So schnell es ging, wollte sie wieder daheim sein, wo sie in Einsamkeit ihrer verlorenen Liebe nachtrauern konnte.

„Eine gute Idee", sagte in diesem Augenblick Nikolaus lachend und blies die Kerze auf dem Nachttisch aus. Dann zog er die Decke wieder empor, schlang seinen Arm um Carolyn und legte sich entspannt auf die Seite. Carolyn aber war nicht mehr in der Lage, das Glück seiner Nähe zu genießen. Angstvoll lauschte sie auf seinen Atem und wartete darauf, dass er tief und gleichmäßig wurde und damit anzeigte, dass Niki eingeschlafen war. Dann musste sie handeln, wenn sie den Vater retten wollte. Ach, wenn man doch die Zeit anhalten könnte!

Endlich schien es, als sei Nikolaus in einen festen Schlaf gefallen. Eine Zeit lang lag sie noch reglos neben ihm, um ganz sicherzugehen. Schließlich war sie überzeugt, dass sie sich bestimmt nicht irrte, und kroch vorsichtig aus dem Bett. Zu ihrer Erleichterung bewegte sich Niki tatsächlich nicht.

Die Nachtkühle ließ ihren nackten Körper erschauern, und so tastete sie auf dem Boden nach ihren Kleidern, fand das Hemd, dann die Unterröcke. Der leichte Stoff raschelte nach ihrem Dafürhalten viel zu laut beim Anziehen, und so hielt sie immer wieder inne und wartete aufgeregt darauf, dass Nikolaus wach werden und sie fragen würde, was sie vorhabe. Aber nach wie vor vernahm sie nichts anderes von ihm als seine regelmäßigen, ruhigen Atemzüge.

Es fällt mir so schwer, dachte sie verzweifelt, und mir bricht das Herz dabei.

Auf Zehenspitzen schlich sie sich dann an die Tür zum Nebenzimmer, wo sie den Schreibtisch entdeckt hatte, und versuchte vergebens, lautlos den Türknopf zu drehen. Er gab ein knackendes Geräusch von sich, und wieder erwartete sie, Nikolaus werde aufspringen und sie des falschen Spiels oder gar des Verrats bezichtigen. Doch erneut blieb alles ruhig.

Sie schlüpfte durch die nur einen Spaltbreit geöffnete Tür und schloss sie dann vorsichtig wieder hinter sich, ohne sie wirklich fest einzuklinken, da sie das wiederholte Knacken des Schlosses fürchtete.

Einen Augenblick lang lehnte sie sich leise keuchend an die Wand, versuchte, ihre Fassung und ihre Selbstdisziplin wiederzuerlangen, und verachtete sich selbst dabei fast noch mehr als den feinen Lord Davison. Wie konnte sie nur so etwas tun? Aber es blieb ihr doch gar keine andere Wahl, sofern sie den Vater aus einer tödlichen Gefahr erretten wollte. Sie würde es nie und nimmer ertragen, wenn er dem Gericht überantwortet würde.

Der Raum war in tiefes Dunkel gehüllt, da man die schweren samtenen Fenstervorhänge zugezogen hatte. Krampfhaft versuchte Carolyn, ihre Gedanken einzig und allein auf ihre Aufgabe zu konzentrieren und sie nicht immer wieder zu Nikolaus wandern zu lassen. Vorsichtig ertastete sie sich den Weg zu dem zierlichen Schreibsekretär, zündete dann eine Kerze an und stellte sie auf den geschnitzten Aufsatz. Dann begann sie methodisch, wenn auch mit zitternden Fingern, die auf der Tischplatte liegenden Papiere durchzusehen – Seite für Seite. Es waren sehr viele und alle in russischer Sprache verfasst! Sie hatte gehofft, Unterlagen in Französisch vorzufinden, da es die offizielle Sprache am russischen Hofe war. Doch leider hielt sie vergebens danach Ausschau. Ratlos zog sie eine der Schubladen auf, erkannte an einem darin liegenden Brief Nikis zerbrochenes Siegel ... aber wiederum enthielt der Brief nur die unleserlichen kyrillischen Schriftzeichen. Tränen der Verzweiflung stiegen ihr in die Augen, und das fürchterliche Bild ihres zur Richtstätte geschleppten Vaters stieg vor ihr auf.

Plötzlich wurde der Raum von hellem Licht erfüllt. Erschrocken schrie Carolyn auf, fuhr herum und erblickte Nikolaus auf der Schwelle, einen schweren fünfarmigen Leuchter in der Hand. In seinen Augen lag lodernder Zorn – und zugleich tiefer Schmerz.

Einen Herzschlag lang sahen sie sich schweigend an. Dann klammerte sich Carolyn Halt suchend an den Rand des Schreibtisches. Ihr Herzschlag schien auszusetzen, und ihr Atem stockte, während sie beobachten musste, wie sich Nikis Ausdruck von Zorn in ein Gefühl wandelte, das wohl das Furchtbarste war, was ihr hatte widerfahren können: in grenzenlose Abscheu.

Wortlos wandte er sich um.

„Nikolaus!“ schrie Carolyn.

Aber er machte keine Anstalten, stehen zu bleiben, sondern hinkte, schwer auf den Stock gestützt, zurück in das Schlafzimmer ... verschwand aus ihrem Leben, für immer!

In diesem Augenblick verlor alles andere seine Bedeutung.

„Nikolaus!“ rief sie verzweifelt. „Nikolaus, geh nicht fort!“

Schluchzend eilte sie ihm nach.

34. KAPITEL

Nikolaus saß auf dem Bettrand und zog sich die dunkelgrauen Hosen an, die er am Abend zuvor getragen hatte. Seine Bewegungen waren so heftig und ungeduldig, dass sie wie ein Kampf wirkten, obwohl sie nur geringer Anstrengung bedurften. Er hob auch nicht den Kopf, als Carolyn auf der Schwelle erschien.

„Nikolaus! Nikolaus, ich hatte keine andere Wahl. Glaube es mir doch bitte!“ rief sie verzweifelt.

Doch erst nachdem er sämtliche Knöpfe geschlossen hatte, ließ er sich dazu herab, sie anzusehen. „So kostbar ist also unsere Liebe“, sagte er mit schneidendem Hohn, „so kostbar, dass du mich skrupellos hintergehst.“

Seine goldbraunen Augen aber waren dunkel überschattet von Schmerz, und Carolyn erkannte daran, dass sie ihn tief verwundet hatte. Doch gerade aus diesem Grunde liebte sie ihn mehr als je zuvor. „Ich hatte doch keine Wahl“, wiederholte sie flüsternd, während ihr die Angst, Nikolaus für immer verloren zu haben, die Kehle zuschnürte. Aber er hat mir ja nie wirklich gehört, dachte sie müde.

„Ich hätte das nie von dir gedacht. Niemals.“ Brüsk wandte Nikolaus ihr den Rücken zu, und nur die hängenden Schultern verrieten seine Niedergeschlagenheit.

In wilder Hast lief Carolyn zu ihm, umschlang ihn und drückte ihre Stirn an seinen Rücken. „Nikolaus, mein Vater muss sterben, wenn ich ihm nicht helfe. Das kann ich nicht zulassen!“ klagte sie mit tränenerstickter Stimme. „Ich wurde unter Druck gesetzt ... erpresst ... ach, zur Hölle mit allen, die mir – die uns das angetan haben!“ Sie spürte fast körperlich, wie ihre ganze Welt in diesem Augenblick in Stücke brach, und hatte das Gefühl, sie könne das nicht auch noch ertragen, ohne den Verstand darüber zu verlieren.

Während ihrer Worte hatte Nikolaus zunächst noch in eisigem Schweigen verharrt. Doch nun drehte er sich um und schob sie ein

Stück von sich. „Wovon redest du da, in drei Teufels Namen?" fragte er barsch.

„Mein Vater hat sein Heimatland verraten", schrie Carolyn außer sich und griff nach seiner Hand. „Und er wird deshalb am Galgen enden, wenn ich keine Informationen über die Beziehungen zwischen Russland und Preußen verschaffe. Doch das ist mir nun misslungen, und so muss er sterben, und dich habe ich auch noch verloren. Ich habe überhaupt alles verloren, woran mein Herz hing." Ein wildes Schluchzen erschütterte ihren Körper. Kraftlos sank sie auf eine kleine Polsterbank am Fußende des Bettes und bedeckte das Gesicht mit den Händen. Wie sollte sie jetzt weiterleben? Wie nur?

Plötzlich aber kniete Nikolaus neben ihr und legte die Hände auf ihre Schultern. „Warum bist du nur nicht gleich zu mir gekommen?" fragte er kopfschüttelnd.

Mutlos ließ sie die Hände sinken. „Wie hätte ich das denn tun können? Sollte ich dich vielleicht bitten, ebenfalls dein Vaterland zu verraten? Was hättest du von mir gedacht? Dann war es besser, unsere Liebe aufs Spiel zu setzen, als dich in einen so schrecklichen Zwiespalt zu bringen."

Eine Weile sah Nikolaus sie schweigend an. Schließlich erhob er sich und griff nach seinem marineblauen Schoßrock. „Dein Vater wird nicht an den Galgen kommen, Carolyn, und ich werde mein Vaterland nicht verraten. Hinsichtlich dieser beiden Fragen kannst du ganz beruhigt sein", sagte er, während er die spitzenbesetzten Manschetten seines Hemdes zurechtzog.

Dankbar blickte Carolyn zu ihm auf und wagte doch nicht, das Fünkchen Hoffnung, das in ihr aufzuglimmen begann, weiter anzufachen. Lieber Gott, lieber Gott, wenn es ihm gelänge ... Als Nikolaus nach seinem Stock griff, erkundigte sie sich ängstlich: „Was hast du vor?"

„Habe Vertrauen zu mir", erwiderte Nikolaus mit ausdrucksloser Miene und umklammerte beim Hinausgehen den Knauf seines Stockes wie einen Degengriff.

Es war schon weit nach Mitternacht, als ein verschlafener Lakai dem Fürsten Swerajow die Tür von Lord Stuart Davisons Stadthaus öffnete.

Noch während der späte Besucher mit lauter Stimme erklärte, den Hausherrn unbedingt jetzt und augenblicklich sprechen zu müssen, erschien dieser bereits auf der Treppe. Er trug einen Schlafrock aus schwerer orientalisch gemusterter Seide und hielt einen silbernen Leuchter in der Hand, machte jedoch keineswegs einen schlaftrunkenen Eindruck und wurde sofort vollends hellwach, als er seinen ungebetenen Gast erkannte.

Während Nikolaus ihn mit einem kühlen Lächeln musterte, bemühte er sich, seinen Zorn nicht sichtbar werden zu lassen. Er machte eine weltmännische Verbeugung und beteuerte mit einer entschuldigenden Geste: „Ich bedaure außerordentlich, Sie zu einer so unpassenden Zeit stören zu müssen, Mylord, aber unaufschiebbare Angelegenheiten, die ich mit Ihnen besprechen muss, zwingen mich leider dazu."

Davisons Miene war ebenso frostig wie die seines Gastes. Mit einem kurzen Kopfnicken schickte er den Diener fort und sagte dann: „Ich stehe selbstverständlich zu Ihrer Verfügung. Würden Sie mir bitte folgen, Exzellenz."

Durch einen schmalen Korridor führte er Nikolaus zu einem kleinen, elegant eingerichteten Salon, stellte dort den Leuchter auf eine mit Schnitzereien verzierte Etagere und bot seinem Besucher einen Stuhl an.

Lässig ließ sich Nikolaus auf dem gepolsterten Sitz nieder, betrachtete den Hausherrn, der ihm gegenüber Platz genommen hatte, sekundenlang wortlos und sagte dann unvermittelt: „Sie wollen also George Browne an den Galgen bringen, Mylord."

Davison runzelte die Stirn. „Ich habe nicht die geringste Ahnung, wovon Sie reden, Exzellenz."

„Wirklich? Nun, dann habe ich eben andere Neuigkeiten für Sie, gute Neuigkeiten, wie Sie mir hoffentlich beipflichten werden. Carolyn Browne hat heute Abend eingewilligt, meine Frau zu werden."

Nun lächelte Davison zum ersten Male. „Ich habe bereits gerüchteweise erfahren, dass die Fürstin Marie Helene nicht mehr unter den Lebenden weilt“, erwiderte er in leicht spöttischem Ton. „Meinen Glückwunsch zu dieser neuen Verbindung. Doch wieso sollte Sie mich betreffen?“

Nikolaus lehnte sich zurück und kreuzte die Arme vor der Brust. „Lassen wir doch diese Spielereien, Lord Davison. Wie wir beide nur zu genau wissen, sind Sie ein Agent in französischen Diensten. Einen ängstlichen Menschen wie George Browne konnten Sie einschüchtern. Aber es war ein großer Fehler, den Versuch zu unternehmen, auch seine Tochter in diese Machenschaften zu verwickeln. Aus diesem Grunde haben Sie es jetzt auch mit mir zu tun, und ich bin kein erstrebenswerter Gegner für Sie, Sir. Das kann ich Ihnen versprechen.“

„Ach, Sie sind ja völlig verrückt“, versetzte Davison scheinbar ärgerlich.

„Ich habe Vertrauensleute in London“, fuhr Nikolaus ungerührt fort. „Als ich im Juli abreiste, habe ich sie beauftragt, sowohl auf George Browne als auch auf Sie ein wachsames Auge zu richten. Und jetzt haben sie mir einen umfangreichen und detaillierten Bericht über Ihre Aktivitäten übergeben, Mylord.“

Unsicher sah Davison ihn an. „Wollen Sie mir drohen, Exzellenz?“

„Glauben Sie, ich ließe mir eine solche Möglichkeit entgehen, da ich nun sehr persönlich in diese Angelegenheit verstrickt bin? Seien Sie versichert, dass Sie es sein werden, der am Galgen endet, wenn George Browne auch nur ein Härchen gekrümmt wird“, erwiderte Nikolaus und maß sein Gegenüber mit einem eiskalten Blick.

„Für Ihre Behauptungen gibt es weder schriftliche Dokumente noch sonstige Beweise“, versuchte Davison, sich aus der Schlinge zu ziehen.

„Da irren Sie sich aber gewaltig.“ Nikolaus lachte verächtlich. „Möchten Sie nicht ein paar Einzelheiten hören? Am dritten August zum Beispiel, es war ein Sonntag, und ich war auf dem Wege nach Riga, verbrachten Sie nach Mitternacht drei Stunden in dem Etablissement der Madame Claire Russell. Am folgenden Nachmittag trafen Sie sich mit George Browne in dem Gasthof zu den drei Hunden, wo Sie mit ihm seine Reise nach Prag besprachen und ihm ein Manuskript, wie Sie es zu nennen beliebten, übergaben. Von dem Gasthof gingen Sie auf direktem Weg nach Whitehall. Zwei Tage später reiste George Browne ab und erreichte nach zehn Tagen Prag."

Davison war leichenblass geworden. „Aber das sind doch alles nur Behauptungen", murmelte er.

„Von den Berichten existieren Kopien, die ich Graf Lieven, unserem neuen Botschafter in London, übergeben habe", entgegnete Nikolaus, „und zwar mit sehr genauen Instruktionen, Mylord."

„Das war schlau eingefädelt, sehr schlau." Schwer atmend fuhr sich Davison mit der Hand in den Ausschnitt seines Hemdes. „Nun gut, Browne ist aus dem Spiel. Er war sowieso nicht viel wert."

„Natürlich nicht. Kuriere gibt es ja wie Sand am Meer." Nikolaus lächelte spöttisch. „George Browne quittiert also den Dienst." Aber du, mein Lieber, bist noch nicht aus dem Spiel, dachte er dabei. Es beginnt gerade erst richtig für all das, was du Carolyn angetan hast.

Davison zuckte die Schulter. „Er war gänzlich ungeeignet. Ein rechter Tölpel." Dann warf er Nikolaus einen lauernden Blick zu. „Sie sind doch auf dem Wege nach Breslau, nicht wahr?"

Seine langjährige, auf dem diplomatischen Parkett gewonnene Routine ermöglichte es Nikolaus, Überraschung und Ärger über das Bekanntwerden seines Auftrages zu verbergen. „Nach Breslau? Nein, keineswegs. Ich werde wieder nach Russland zurückfahren", erklärte er gleichmütig. „Mein Aufenthalt hier in London war einzig und allein der Klärung persönlicher Angelegenheiten gewidmet. Aber da die Stunde schon sehr weit vorgeschritten ist, möchte ich Sie nicht länger aufhalten, Mylord." Er erhob sich und machte eine leichte Verbeugung.

Davison erwiderte nichts, doch seine Miene drückte nur allzu deutlich Zweifel an der Behauptung seines Gastes aus. Nichtsdestoweniger schenkte Nikolaus ihm zum Abschied ein liebenswürdiges Lächeln, das in krassem Gegensatz zu der wilden Wut in seinem Innern stand, und hinkte dann eilig aus dem Zimmer. Auf dem Korridor hörte er Davison fluchen. Es war ein sehr unfeiner Ausdruck.

„Was meinst du, wird er tun?“ fragte George Browne zum wiederholten Male, und seine Miene wurde immer ängstlicher dabei.

Es war noch sehr früh am Morgen, aber Vater und Tochter saßen schon seit Stunden an dem sauber gescheuerten Tisch in der kleinen Küche hinter der Buchhandlung.

Carolyn hatte sich entschlossen, nach Hause zu gehen, nachdem sich Nikolaus mitten in der Nacht auf den Weg gemacht hatte. Daheim empfing sie der Vater noch vollständig bekleidet, denn er war gar nicht erst zu Bett gegangen, da er vor Aufregung ohnehin kein Auge hätte zumachen können. Ihre unerwartete Heimkehr versetzte ihn jedoch noch mehr in Angst und Schrecken, und als sie ihm haarklein berichtet hatte, was in der Nacht geschehen war, geriet er so durcheinander, dass Carolyn nicht mehr wagte, sich schlafen zu legen.

So saßen sie denn beim Schein einer einsamen Kerze schweigend am Küchentisch. Nur hin und wieder unterbrachen George Brownes Fragen die drückende Stille. Langsam dämmerte hinter dem schmalen Fenster ein trüber Wintermorgen herauf, und ein paar vereinzelte Schneeflocken schwebten langsam zur Erde.

„Ich weiß es nicht, Papa“, erwiderte Carolyn wie schon so oft in den letzten Stunden. „Er machte jedenfalls einen sehr entschlossenen Eindruck.“ Müde erhob sie sich von dem harten Stuhl. „Ich kann diese quälende Ungewissheit nicht mehr ertragen“, sagte sie und griff sich verzweifelt an die Kehle. „Und ich kann auch den Gedanken nicht mehr ertragen, dass ich Nikolaus so hintergangen habe, nachdem er mich gerade erst gefragt hatte, ob ich seine Frau werden will.“ Aufstöhnend schlug sie die Hände vor das Gesicht.

Der Vater trat neben sie und legte ihr zaghaft die Hand auf die Schulter. „Es ist alles meine Schuld", murmelte er. „Vielleicht sollten wir beide außer Landes gehen."

Der Gedanke erschien Carolyn sehr verlockend. Aber dann könnte sie ja Nikolaus nie wiedersehen – es sei denn, sie würden sich in Russland in Sicherheit bringen. Diese Vorstellung erfüllte sie mit einer sinnlosen Hoffnung, die jedoch sofort wieder von Zweifeln verdrängt wurde. Es war unvorstellbar, dass er ihr den Vertrauensbruch verzeihen würde – und was hätte es dann für einen Wert, mit ihm in demselben Land zu leben? Vielleicht würde er sogar irgendwann eine andere heiraten. Es wäre unerträglich! Nein, nein, dann würde sie lieber so weit wie möglich von ihm entfernt sein. Vielleicht wäre China das Richtige? Oder Amerika?

„Da ist jemand an der Tür", rief der Vater in diesem Augenblick erschrocken.

Carolyn fuhr aufgeregt herum, denn sie war überzeugt, der Besucher könne nur Nikolaus sein. Wer würde sie wohl sonst in aller Herrgottsfrühe aufsuchen? Doch als ein leises Klopfen ertönte, schüttelte sie enttäuscht den Kopf. Nikolaus pflegte weitaus energischer anzuklopfen. Es musste also jemand anderes sein. Vorsichtig schlich sie zur Ladentür, öffnete die hölzerne Jalousie einen Spalt ... und blickte mitten in das Gesicht ihrer Großmutter.

„Es ist Lady Stafford", teilte sie dem Vater über die Schulter mit. „Was mag sie um diese Zeit von uns wollen?"

Doch George Browne kam nicht mehr dazu, seiner Tochter zu antworten.

„Nun, willst du mich nicht hereinlassen, mein Kind?" rief die alte Dame von draußen. Offensichtlich war ihr die Bewegung hinter der Tür nicht entgangen.

Seufzend schlug Carolyn den Fensterladen zurück, schob den Riegel zur Seite und ließ die Großmutter eintreten. Unwillkürlich musterte sie dabei die morgenstille Straße. Aber außer der Kutsche von Lady Stafford war nichts und niemand zu erblicken – keine Spur von Nikolaus.

Niedergeschlagen schloss sie die Tür. Vielleicht hätte ich doch lieber im Hotel bleiben sollen, dachte sie bekümmert. Indes war sie zu beschämt und schuldbewusst gewesen und hatte geglaubt, sie müsse Nikolaus für immer aus den Augen gehen. Sie hätte ihm aber deshalb keinen Vorwurf machen können, keineswegs! Ach, noch nie in ihrem Leben hatte sie sich so verwirrt und unsicher gefühlt.

„Du bist schon aufgestanden? Erwartest du jemanden?" erkundigte sich die Großmutter unumwunden.

„Nein, nein ... vielleicht", stammelte Carolyn.

„Kind, du siehst ja aus wie der wandelnde Tod!" Mit unerwarteter Freundlichkeit legte die alte Dame ihre Hand auf Carolyns Arm. „Und wie du zitterst! Leider weiß ich nicht, was dich anficht, denn du hast mir nicht ein einziges Wort gesagt, obwohl ich dir mit meinem gesunden Menschenverstand – gar nicht zu reden von meinen fünfundsiebzig Jahren Erfahrung – durchaus eine Hilfe sein könnte. Nun, zumindest bin ich froh, dass ich deinem schönen russischen Fürsten gestern einen Besuch abgestattet habe."

„Was haben Sie?" Ungläubig riss Carolyn die Augen auf.

„Ich habe bei Fürst Swerajow vorgesprochen", erwiderte Edith Owsley lächelnd, „um ihn zu informieren, dass dein törichter Vater dich in große Schwierigkeiten gebracht hat und du ganz sicherlich Hilfe brauchst, da du meine Unterstützung ja zurückgewiesen hast."

Einen Augenblick lang hatte Carolyn den Eindruck zu träumen, und sie war nahe daran, sich zum Beweis des Gegenteils in den Arm zu kneifen. „Aber warum, um alles in der Welt, haben Sie das getan?" fragte sie fassungslos, wenn auch keineswegs vorwurfsvoll.

„Warum? Nun, weil du meine Enkelin bist und offensichtlich in einer argen Zwangslage steckst. Der Fürst scheint im Übrigen genauso verliebt in dich zu sein wie du in ihn. Und er ist kein Narr", schloss die Großmutter befriedigt.

Die deckenhohen Bücherregale schienen plötzlich leise zu schwanken, und Carolyn klammerte sich ängstlich am Ladentisch fest. „Ich weiß nicht, was ich zu dieser Einmischung sagen soll", murmelte sie. „Ich bin so schrecklich müde, und in meinem Kopf schwirrt alles durcheinander. Ich kann gar keinen klaren Gedanken mehr fassen."

„Nun, nun", sagte die Großmutter begütigend, „du bist doch ein starkes Mädchen, sogar noch stärker als deine Mutter, und du wirst wieder auf die Beine kommen – da habe ich keine Zweifel."

Carolyn schluckte krampfhaft. „Ich glaube, ich sollte mich für Ihre Bemühungen bedanken."

Edith Owsley hob die Schultern. „Das wäre nicht übel für den Anfang. Vielleicht könnten wir eine Art Waffenstillstand schließen."

Für den Anfang? Eine Art Waffenstillstand? Träume ich wirklich nicht? dachte Carolyn verwirrt. Aber nein, da waren ja schon all die vielen Einladungen nach Midlands gewesen. Und vielleicht wäre Großmutters Landsitz genau der rechte Ort, um sich dort zu verbergen, bis die Schmerzen und Sorgen und Gewissensbisse, die ihr gebrochenes Herz erfüllten, für den Rest ihres Lebens erträglich geworden waren.

Mitten in diese Überlegungen hinein erklang die Türglocke, und Nikolaus betrat, begleitet von dem Klopfen seines Stockes, den Laden. Der mit Schneeflocken bedeckte kostbare Pelzmantel lag nur lose auf seinen Schultern.

„Guten Morgen, Fürst!" rief Lady Stafford erfreut. „Ich glaube, wir haben hier alle auf Sie gewartet."

Aber Nikolaus deutete lediglich eine knappe Verbeugung an und murmelte: „Guten Morgen." Sein Blick war einzig und allein auf Carolyn gerichtet, die ihn wie gebannt ansah und kein Wort herausbrachte. „Komm mit in die Küche", sagte er kurz.

„Sie entschuldigen uns doch bitte", flüsterte Carolyn und ging wie eine Traumwandlerin hinter ihm her auf den Schein der Kerze zu, die im Hintergrund auf dem Küchentisch flackerte.

„Ei, ei, wie ungehörig!" Die alte Dame schnalzte mit der Zunge. Doch es klang nicht tadelnd, sondern eher heiter überlegen und verständnisvoll.

Sorgfältig schloss Carolyn die Tür hinter Nikolaus und hob dann voller Furcht und Hoffnung den Blick zu ihm empor, während sie unter ihrem Schal verborgen die Hände flehend faltete.

Nikolaus nickte ihr zu. „Es ist erledigt. Davison wird es fürs Erste nicht mehr wagen, dich oder deinen Vater unter Druck zu setzen."

„Fürs Erste?" Ratlos hob Carolyn die Schulter.

„Davison ist ein Verräter und als solcher gefährlich und zudem eine Bedrohung für die Interessen deines Landes und auch meines. Wir werden deinen Vater so schnell wie möglich nach Russland schicken. Ich hoffe, dass ich schon übermorgen eine Passage nach St. Petersburg für ihn bekomme. Sobald er sicher außer Landes ist, werde ich Davisons Schandtaten ans Tageslicht bringen. Ich habe genug Beweise gegen ihn, die zu einer Verurteilung reichen. Danach rechne ich im Gegenzug mit einer Begnadigung deines Vaters, sodass er später nach London zurückkehren kann."

„Und wenn man ihn nicht begnadigt?" fragte Carolyn ängstlich.

„Dann bleibt er eben in St. Petersburg oder in irgendeiner anderen Stadt, die ihm besser gefällt, und ich werde für ihn sorgen."

Carolyn spürte, wie ihr der Atem stockte und ihre Knie zu zittern begannen. Sie war nicht mehr im Stande zu denken. Aber fühlen ... oh ja, fühlen konnte sie noch, wie die Last von ihr wich und Raum gab für ihr Sehnen, für ihre Liebe. „Warum tust du das?" flüsterte sie unter Tränen. „Ich habe dich doch so enttäuscht."

Sacht strich Nikolaus über ihre Wange. „Weil ich weiß, warum du es getan hast, und weil ich dich liebe."

Diese einfachen Worte überwältigten Carolyn. Sie presste die Hände auf ihr wild klopfendes Herz und schloss einen Atemzug lang die Augen. „Du liebst mich also noch immer?" fragte sie leise.

„Ich habe nie aufgehört, dich zu lieben, und werde es bis an das Ende meiner Tage tun. Ich will dich nie wieder verlieren, hörst du – nie wieder."

„Meine Liebe wird dir nie verloren gehen", schluchzte Carolyn.

„Deine Liebe? Und du? Was ist mit dir? Ich will dich wieder an meiner Seite haben, für jetzt und immerdar, und du musst mir versprechen, meine Frau zu werden. Du sollst mich nach Breslau begleiten und dann zurück nach St. Petersburg ... als Fürstin Swerajowa, meine Gemahlin." Nikis Stimme war rau geworden vor Ergriffenheit. „Großer Gott, ich kann mir nicht vorstellen, dich auch nur noch einen einzigen Tag zu entbehren."

Wie in einem Rausch sank Carolyn an seine Brust, während all die Erinnerungen der vergangenen Monate vor ihr aufstiegen. Sie sah Nikolaus zum ersten Male die Buchhandlung betreten, groß und hochmütig und unwiderstehlich, sah den Ballsaal vor sich und die Rennbahn mit einem gewissen Charles Brighton, wartend in einer der Logen, und schließlich ihre erste Begegnung mit Katja, dem schönen, schwermütigen Kind. Die Bilder von dem brennenden Moskau und von der Flucht mit den beiden verwundeten Männern schob sie rasch beiseite und verweilte lieber bei ihrer improvisierten Trauung in dem Feldlazarett der Ersten Russischen Armee. Dabei rann eine Träne aus ihrem Augenwinkel, und sie klammerte sich noch fester an Nikolaus, so fest, als wolle sie ihn nie wieder von sich lassen.

„Wir haben so viel Glück geteilt und so viel miteinander durchlitten", murmelte sie, an seine Brust geschmiegt. „Ich liebe dich mehr als menschenmöglich und könnte auch nicht eine Minute ein sinnvolles Leben ohne dich führen. Und so versteht es sich für mich von selbst, dass ich deine Frau werden und dich nach Russland begleiten möchte. Von nun an werde ich jeden Tag, jeden Augenblick, den ich mit dir verbringe, an mein Herz drücken und in Ehren halten. Vielleicht wird mich dann auch eines Tages die Angst verlassen, wir könnten erneut getrennt werden."

Wortlos hob Nikolaus ihr Gesicht zu sich empor und umfing ihren Mund mit seinen hungrigen Lippen. In seliger Hingabe schien Carolyn in diesem Kuss zu vergehen, bis plötzlich die Küchentür aufgerissen wurde.

„Genug jetzt!" sagte Edith Owsley energisch. „Das reicht bis zur Hochzeitsnacht."

Nikolaus und Carolyn fuhren auseinander, teilten aber nichtsdestoweniger, wenn auch etwas befangen, das amüsierte Lächeln der alten Dame.

„Ich bitte vielmals um Entschuldigung“, sagte Nikolaus zu Lady Stafford gewandt.

An Stelle einer Antwort stieß diese mit dem Stock auf den Boden und erklärte: „Ich habe eine wichtige Mitteilung zu machen.“

Alle blickten sie erwartungsvoll an, und Carolyn klammerte sich aufgeregt an Nikis Hand, denn sie konnte an diese glückliche Wendung der Dinge immer noch nicht so recht glauben. Ihr schwindelte förmlich vor Glückseligkeit, und die bescheidene Umgebung schien hinter einem rosigen Schleier zu verschwinden.

„Wie ich meinem etwas tölpelhaften Enkel Thomas bereits angekündigt habe“, begann Edith Owsley mit einer Miene, in der sich Spott und Rührung mischten, „beabsichtigte ich, mein Vermögen einer wohltätigen Stiftung zu vermachen. Doch nun habe ich meinen Entschluss geändert. Es soll mein Hochzeitsgeschenk für euch werden, vorausgesetzt natürlich, dass ihr einwilligt, die Hochzeit in Midlands zu feiern.“

Einen Herzschlag lang zögerte Carolyn. Aber ihre Gedanken waren dabei nicht bei dem unglaublich großzügigen Geschenk ihrer Großmutter, sondern vielmehr bei der Vorstellung, in Midlands mit Nikolaus vor den Altar zu treten. Plötzlich wusste sie, dass sie sich nichts auf der Welt mehr wünschte als eine Trauung im Hause der Großmutter.

„Nun?“ forschte Lady Stafford sichtlich ungeduldig. „Was ist? Möchtest du dich nicht wenigstens bedanken, mein Kind?“

„Mylady, ich ...“ Fassungslos wischte Carolyn mit dem Handrücken die Tränen von der Wange.

„Wäre es eigentlich nicht endlich an der Zeit, mich Großmutter zu nennen?“ erkundigte sich die alte Dame mit gespieltem Tadel.

Carolyn schluckte. „Gewiss ... ich ... Großmutter ... ich bin überwältigt ...“ Sie warf einen raschen Seitenblick auf Nikolaus, in dessen Augen ein Meer von Liebe zu schimmern schien. „Dein Vermögen ... ich werde es natürlich auch mildtätigen Zwecken zukommen lassen. Und wenn es Nikolaus recht ist“, wieder sah sie ihren künftigen Gatten zärtlich an, „dann würde ich sehr, sehr gern bei dir in Midlands Hochzeit feiern.“

„Aber das bedarf doch keiner Frage“, erwiderte Nikolaus freudestrahlend. „Niemand verdient eine solche Freude mehr als du.“

Nun endlich wagte es auch George Browne, seine Tochter zu umarmen und ihr viel Glück zu wünschen, während Edith Owsley darauf bestand, dass Nikolaus sie auf beide Wangen küsste. Dabei versicherte sie immer wieder, dass sie von Anfang an – seit sie ihn mit Carolyn auf dem Ball bei Lord Sheffield gesehen hatte – sicher gewesen sei, das Schicksal habe sie füreinander bestimmt.

Dann schüttelte der Vater seinem künftigen Schwiegersohn die Hand und bat um Entschuldigung für die Differenzen der Vergangenheit.

Carolyn aber trat derweil beiseite und beobachtete lächelnd ihre Familie. Ihre Familie. Unvermittelt stand das Bild ihrer Mutter vor ihrem geistigen Auge, so klar und lebendig wie seit Jahren nicht mehr, und auf ihren Lippen lag ein verzeihendes Lächeln, während sie die Hand auszustrecken schien, um ihrer Tochter über das Haar zu streichen. Margaret Owsley hatte ihren Frieden mit der Vergangenheit gemacht ...

„Ist alles in Ordnung?“ Nikis besorgte Frage riss Carolyn aus ihrer Traumwelt, in der sie die Liebkosung ihrer Mutter ganz deutlich zu spüren geglaubt hatte.

Sie lehnte sich seufzend an ihn und erwiderte: „Nie in meinem ganzen Leben habe ich mich wohler gefühlt.“ Und während sie das sagte, merkte sie, wie der Schmerz um den Verlust der Mutter und alle Sorgen, die sie so lange bedrückt hatten, leichter wurden, ungreifbarer, sich in Nebel aufzulösen schienen.

„Ich glaube, ich kann dasselbe von mir behaupten“, erklärte Nikolaus ernsthaft.

„Und ich glaube“, entgegnete Carolyn und blickte liebevoll zu ihm auf, „dass es ganz natürlich war, Angst zu haben, wenn eine Liebe so reich und tief ist und wenn zwei Menschen so viel dafür leiden mussten.“

„Du hast Recht, wie immer.“ Zärtlich küsste Nikolaus ihre Wange. „Aber die Zeit heilt alle Wunden, Ljubowniza, und sie wird auch die unseren heilen.“

Zu seiner Überraschung schüttelte Carolyn den Kopf. „Nein, da bin ich mit dir ausnahmsweise einmal nicht einer Meinung, Niki.“

Verwundert sah er sie an und fragte dann belustigt: „Willst du dich ausgerechnet jetzt in ein Streitgespräch mit mir einlassen?“

Nun lachte auch Carolyn leise. „Nicht die Zeit – die Liebe heilt alle Wunden, Nikolaus, und deshalb werden wir gemeinsam unserer Genesung entgegengehen.“

„Ach, vergib mir, Schatz, dass ich ein so verflixter Realist bin.“ Übermütig wirbelte Nikolaus sie im Kreise.

„Nur, wenn du mit meiner grenzenlosen Romantik Nachsicht übst“, erwiderte sie atemlos.

„Ich möchte dich doch gar nicht anders haben“, erklärte er und legte beteuernd die Hand auf sein Herz.

„Bravo!“ rief Edith Owsley und klatschte amüsiert in die Hände.

Dass in den Augen der streitbaren alten Dame Tränen standen, bemerkte keiner der Anwesenden.

– ENDE –